Rosamunde Pilcher

September

roman

VAN REEMST
UITGEVERIJ

HOUTEN

Oorspronkelijke titel: *September*
© 1990 Robin Pilcher, Fiona Pilcher, Mark Pilcher en Philippa Imrie
© 1990 Oorspronkelijke uitgave: Hodder and Stoughton Ltd.
© 1994 Nederlandstalige uitgave:
Van Reemst Uitgeverij, Unieboek bv
Postbus 97
3990 DB Houten

Dertiende druk 2004

Vertaling: René Stoute en Robert Vernooy
Omslagontwerp: Andrea Scharroo
Omslagillustratie: August Macke - 'Mädchen unter Bäumen'

ISBN 90 410 0012 7

NUR 340

Mei

1

Begin mei brak eindelijk de lente in Schotland aan. Al veel te lang had de winter zich met ijzige vingers aan het land vastgeklampt, weigerend z'n wrede greep op te geven. De hele maand april waaiden bijtende winden uit het noordwesten, die de eerste bloesems van de struiken rukten en de gele trompetten van de vroege narcissen bruin kleurden. Sneeuw bedekte de heuveltoppen en lag tot diep in de dalen, en de boeren, verstoken van vers gras, reden met tractors hun laatste voorraden naar de open velden waar vee ineengedoken bij elkaar stond in de beschutting van lage stenen muurtjes.

Zelfs de wilde ganzen, gewoonlijk vertrokken tegen het eind van maart, keerden laat terug naar hun broedplaatsen in het ijskoude noorden. De laatste vlucht verdween in het midden van april, gakkend op weg naar onbekende verten, zo hoog vliegend dat de pijlpuntformaties niet veel steviger oogden dan spinnewebben, zwalpend in de wind.

En toen, zomaar ineens, liet het grillige klimaat van de Hooglanden zich vermurwen. De wind draaide naar het zuiden en bracht het zachte weer dat de rest van het land al wekenlang genoot, samen met de geur van vochtige aarde en ontluikend leven. Het landschap werd zacht, fris groen, de kersebomen herstelden zich van de winterse aanslagen, ontloken en spreidden hun takken uit in een mist van sneeuwwitte bloesem. De tuinen van de landhuisjes botten allemaal tegelijk uit in het geel van de winterjasmijn, het paars van de krokussen en het diepe blauw van de hyacinten. Vogels zongen en de zon gaf, voor het eerst sinds de afgelopen herfst, echte warmte.

Iedere ochtend, weer of geen weer, liep Violet Aird naar het dorp om in de supermarkt van meneer Ishak twee pinten melk, *The Times*, allerhande kruidenierswaren en voorraden in te slaan die nodig waren voor het levensonderhoud van een alleenstaande oudere dame. Slechts sporadisch, in 't hartje van de winter, als de sneeuw zich ophoopte en de weg verraderlijk glad werd, zag ze van deze wandeling af, onder het motto dat voorzichtigheid vóór flinkheid gaat.

Het was geen gemakkelijke tocht. Een halve mijl langs de steile weg naar beneden, tussen de velden door die eens behoorden tot Croy, het landgoed van Archie Balmerino, en dan de straffe klim van een halve mijl terug naar huis. Ze bezat een auto en kon de tocht best daarmee maken, maar ze was ervan overtuigd dat wanneer je met het naderen van de oude dag de auto begon te gebruiken voor korte tochtjes, je dan het gevaar liep dat je benen snel achteruitgingen.

Tijdens al die lange wintermaanden had ze zich voor deze expeditie dik moeten inpakken. Gevoerde laarzen, truien, een waterdicht jack, een sjaal, handschoenen en een wollen muts, goed over haar oren getrokken. Deze ochtend droeg ze een tweedrok en een gebreid vest en was ze blootshoofds. De zon monterde haar op en maakte dat ze zich energiek en weer jong voelde. Ze dacht aan haar kindertijd, aan de keren dat ze haar zwarte wollen kousen mocht uitdoen en ze de frisse, koele wind langs haar blote benen voelde strijken.

Het was deze morgen druk in de dorpswinkel, zodat ze even moest wachten voor ze geholpen werd. Ze vond het niet erg, omdat dit betekende dat ze tijd had voor een praatje met andere klanten, allemaal bekenden, over het weer of over hoe het was met iemands moeder, of kon toekijken hoe een kleine jongen met volle aandacht een zak tumtum uitkoos, die hij betaalde van zijn zakgeld. Hij haastte zich niet. Mevrouw Ishak stond daar geduldig terwijl hij zijn keuze maakte. Toen het eindelijk zover was, deed ze de tumtum in een kleine papieren zak en nam het geld van hem aan.

'Je moet ze niet allemaal in één keer opeten hoor, want anders raak je al je tanden kwijt,' waarschuwde zij hem. 'Goedemorgen, mevrouw Aird.'

'Goedemorgen, mevrouw Ishak. Wat een heerlijke dag!'

'Ik kon het niet geloven, toen ik de zon zag schijnen.' Mevrouw Ishak, van de milde zonneschijn van Malawi verbannen naar dit noordelijke klimaat, was doorgaans ingepakt in dikke vesten en achter de toonbank stond een petroleumkachel waar ze zich overheen boog zodra het een moment rustig was. Maar op deze ochtend zag ze er opgeruimd uit. 'Ik hoop dat het niet opnieuw zo koud wordt.'

'Ik denk het niet. Het is lente. O, dank u, mijn melk en de krant. Edie wil ook nog wat meubelwas en een rol keukenpapier. En ik denk dat ik maar een doosje eieren neem.'

'Als uw mand te zwaar is, kan mijn man die met zijn auto naar uw huis brengen.'

'Nee, ik red het wel, dank u zeer.'

'U loopt anders wel heel wat af.'

Violet glimlachte. 'Maar denkt u zich eens in hoe goed het voor mij is.' Bepakt en bezakt begon ze aan de tocht naar huis, naar Pennyburn. Over het wegdek, langs de rij lage cottages, waarvan de blinkende ramen het zonlicht reflecteerden en de deuren openstonden om de frisse warme lucht binnen te laten; dan door de hekken van Croy en weer de heuvel op. Dit was een eigen weg, de oprijlaan aan de achterkant van het grote landhuis, waar halverwege Pennyburn stond, omgeven door glooiende velden. Een keurig onderhouden gazon, begrensd door gesnoeide beukenhagen, leidde naar het huis en het was altijd een beetje een opluchting om bij de bocht aan te komen en te weten dat je niet verder hoefde te klimmen.

Violet nam de mand, die zwaar begon te worden, in haar andere hand en bedacht hoe ze de rest van de dag zou doorbrengen. Dit was een van de ochtenden dat Edie haar hielp, zodat Violet haar huis kon laten voor wat het was en in plaats daarvan in de tuin kon werken. De laatste tijd was het zelfs voor Violet te koud geweest om te tuinieren en er waren allerlei dingen verwaarloosd. Het gazon lag er na de lange winter afgetrapt en mossig bij. Ze moest er misschien een hark over halen om de grond wat adem te geven. Daarna moest de enorme kuil met zorgvuldig samengestelde compost nodig op de kruiwagen worden geladen en verspreid worden over haar nieuwe rozenperk. Het vooruitzicht alleen al gaf haar voldoening en stemde haar vrolijk. Ze kon niet wachten om aan het werk te gaan.

Ze versnelde haar tred. Vrijwel onmiddellijk daarna zag ze de onbekende auto die voor haar voordeur was geparkeerd en wist ze dat de tuin voorlopig zou moeten wachten. Een bezoeker. Hoogst irritant. Wie had zich aangediend? Met wie was ze gedwongen te gaan zitten en te praten, in plaats van dat ze kon opschieten met het werk in de tuin? De auto was een keurige kleine Renault en verraadde niets over de eigenaar. Violet ging het huis via de keukendeur binnen en trof daar Edie aan bij de kraan, bezig met het vullen van de ketel.

Ze zette de mand op tafel. 'Wie is het?' vroeg ze zachtjes, terwijl ze met haar vinger wees.

Edie dempte ook haar stem. 'Mevrouw Steynton. Uit Corriehill.'

'Hoe lang is ze er al?'

'Nog maar kort. Ik heb haar gezegd te wachten. Ze is in de zitkamer. Ze wil even met je praten.' Edie ging over op haar gewone toon. 'Ik ben net voor jullie beiden een kop koffie aan het zetten. Ik breng de koffie wel binnen als hij klaar is.'

Er was geen excuus of uitweg en daarom ging Violet naar haar bezoekster. Verena Steynton stond bij het raam van de zonovergoten zitkamer, die uitzicht gaf op Violets tuin. Toen Violet de kamer binnenkwam, draaide ze zich om.

'O, Violet, het spijt me. Ik voel me zo bezwaard. Ik zei tegen Edie dat ik een andere keer zou terugkomen, maar ze bezwoer me dat je elk moment thuis kon komen van het dorp.'

Ze was een lange, slanke vrouw van rond de veertig en altijd onberispelijk en elegant gekleed. Dit onderscheidde haar meteen van de andere vrouwen van het dorp, voor het merendeel bezige plattelandsvrouwen, die tijd noch zin hadden zich erg te bekommeren om hun voorkomen. Verena en haar echtgenoot Angus waren betrekkelijke nieuwkomers in de buurt, ze woonden amper tien jaar op Corriehill. Voordien had

Angus als effectenmakelaar in Londen gewerkt, maar met z'n schaapjes op het droge en moe van de meedogenloze concurrentiestrijd had hij Corriehill gekocht, tien mijl van Strathcroy, en was met zijn vrouw en zijn dochter Katy naar het noorden verhuisd, waar hij rondneusde naar een andere en hopelijk minder veeleisende bezigheid. Hij had uiteindelijk een in het slop geraakte houthandel in Relkirk overgenomen, die hij met de jaren had weten op te bouwen tot een lucratief en bloeiend bedrijf.

Wat Verena betreft, ook zij was bezig met haar carrière, nauw betrokken als ze was bij de organisatie Scottish Country Tours. Gedurende de zomermaanden vervoerde deze firma busladingen Amerikaanse bezoekers, die tegen betaling werden ondergebracht in een keur van particuliere huizen. Isobel Balmerino had zich ooit tot deze beproeving laten verleiden. Het was zwaar werk en Violet kon geen uitputtender manier bedenken om aan een beetje geld te komen.

Hoe dan ook, vanuit sociaal oogpunt bezien was de familie Steynton een ware aanwinst voor de gemeenschap gebleken, vriendelijk en bescheiden als ze waren, gul met hun gastvrijheid en altijd bereid om tijd en moeite te besteden aan het organiseren van bazaars, gymkana's en diverse andere vormen van liefdadigheid.

Nochtans kon Violet nog steeds niet bedenken waarom Verena hier was.

'Ik ben blij dat je gebleven bent. Ik had je niet graag willen missen. Edie zet juist een kopje koffie voor ons.'

'Ik had moeten bellen, maar ik was op weg naar Relkirk en bedacht plotseling dat het veel beter zou zijn om langs te komen en m'n kans te wagen. In een opwelling. Je vindt het toch niet erg?'

'In het geheel niet,' loog Violet robuust. 'Kom, ga zitten. Ik ben bang dat de haard nog niet is aangestoken, maar...'

'O, hemeltje, wie heeft er een haardvuur nodig op een dag als deze? Is het niet zalig om de zon te zien?'

Ze ging op de sofa zitten en kruiste haar lange, elegante benen. Violet, minder bevallig, liet zich zakken in haar eigen brede leunstoel.

Ze besloot meteen ter zake te komen. 'Edie zei dat je met me wilde praten.'

'Ik dacht zo opeens... jij zou de aangewezen persoon zijn om te helpen.'

De moed zonk Violet in de schoenen, ze zag al een bazaar voor zich, een tuinfeest of een liefdadigheidsconcert, waarvoor zij gevraagd zou worden om theemutsen te breien, kaartjes te verkopen of de opening te verrichten.

'Helpen?' zei ze zwakjes.

'Nee. Niet zozeer helpen, alswel advies geven. Zie je, ik denk erover een bal te geven.'

'Een *bal*?'

'Ja. Voor Katy. Ze wordt eenentwintig.'

'Maar hoe zou *ik* je kunnen adviseren? Ik kan me de tijd niet heugen dat ik zoiets heb gedaan. Heus, je doet er beter aan iemand te vragen die wat meer van deze tijd is. Peggy Ferguson-Crombie, bijvoorbeeld, of Isobel?'

'Het is alleen dat ik dacht... jij bent zo ervaren. Jij woont hier langer dan wie dan ook die ik ken. Ik wilde je reactie horen op het idee.'

Violet was in verlegenheid gebracht. Zoekend naar woorden verwelkomde zij de entree van Edie met het dienblad. Edie plaatste het blad op een krukje naast de open haard. 'Willen jullie koekjes?' vroeg ze.

'Nee, Edie, ik denk dat het zo prima is. Dank je wel.'

Edie vertrok. Even later hoorden ze boven de stofzuiger ronken.

Violet schonk de koffie in. 'Wat had je in gedachten?'

'O, je weet wel. Echte Schotse muziek en volksdansen.'

Violet dacht dat ze het wist. 'Je bedoelt cassettes in de stereo en een groepje dansers in de hal?'

'Nee, niet zoiets. Een echt *groot* bal. We doen het in stijl. Met een feesttent op het gazon...'

'Ik hoop dat Angus zo rijk is.'

Verena negeerde deze interruptie. '...en een geschikt orkest voor de muziek. We gebruiken de hal wel, uiteraard, maar dan om er te kunnen zitten. En de salon. En ik ben er zeker van dat Katy een disco wil voor al haar Londense vrienden, dat schijnt het helemaal te wezen. Misschien de eetzaal. Die kunnen we veranderen in een hol, of een grot...'

Holen en grotten, dacht Violet. Verena heeft duidelijk haar huiswerk gedaan. Maar ja, ze was een voortreffelijk organisatrice. Violet merkte welwillend op: 'Je *hebt* al plannetjes gesmeed.'

'En Katy kan al haar vrienden uit het zuiden vragen... we zullen slaapplaatsen voor hen moeten vinden, dat spreekt vanzelf...'

'Heb je al met Katy gepraat over je idee?'

'Nee, dat zei ik je. Jij bent de eerste aan wie ik het vertel.'

'Misschien wil ze helemaal geen bal.'

'Maar natuurlijk wil ze dat. Ze is altijd dol geweest op feestjes.'

Violet bedacht, Katy kennende, dat dit waarschijnlijk waar was. 'En wanneer staat het te gebeuren?'

'Ik dacht aan september. Dat is de aangewezen tijd. Massa's mensen die hier zijn voor de jacht en iedereen heeft nog vakantie. De zestiende is misschien een goede dag, de meeste jongere kinderen zijn tegen die tijd weer naar school.'

'Het is nu pas mei. September is nog ver weg.'

'Weet ik, maar het is nooit te vroeg om een datum te prikken en met de voorbereidingen te beginnen. Ik moet de feesttent huren, het cateringbedrijf inschakelen en uitnodigingen laten drukken...' Ze kwam met een ander aangenaam idee. 'En Violet, zouden tuinlichtjes niet schattig zijn, vanaf de ingang langs de oprijlaan helemaal tot aan het huis?'

Het klonk allemaal vreselijk ambitieus. 'Het zal een heleboel werk voor je worden.'

'Niet echt. De Amerikaanse invasie is dan voorbij, aangezien er na augustus geen betalende gasten meer komen. Ik heb dan alle tijd om me er helemaal op te richten. Geef toe, Violet, het is een goed idee. En denk eens aan al die mensen die ik van m'n sociale-gewetenslijst kan schrappen. We kunnen ze er allemaal in één klap afhalen. Inclusief,' voegde ze eraan toe, 'de Barwells.'

'Ik geloof niet dat ik de Barwells ken.'

'Nee, hoe zou je ook. Het zijn zakenrelaties van Angus. We hebben twee keer bij hen gedineerd. Twee avonden van kaakverkrampende verveling. We hebben hen nooit teruggevraagd, eenvoudig omdat we van niemand konden vragen het een avond in een dergelijk martelend saai gezelschap uit te houden. En er zijn een heleboel anderen,' zei ze zelfvoldaan. 'Als ik Angus herinner aan *hen*, gaat hij niet moeilijk doen over het tekenen van een paar cheques.'

Violet had een beetje medelijden met Angus. 'Wie ga je nog meer vragen?'

'O, iedereen. De Millburns en de Ferguson-Crombies en de Buchanan-Wrights, en de oude Lady Westerdale en de Brandons. En de Staffords. Al hun kinderen zijn nu groot, dus kunnen zij ook uitgenodigd worden. En de Middletons moeten overkomen uit Hampshire en de Luards uit Gloucestershire. We maken een lijst. Ik hang een vel papier op het prikbord in de keuken en elke keer als ik een nieuwe naam bedenk, schrijf ik die erop. En jij, natuurlijk, Violet. En Edmund en Virginia en Alexa. En de Balmerino's. Isobel zal een dineetje voor me organiseren, daar ben ik zeker van...'

Plotseling begon het allemaal toch wel leuk te klinken. Violets aandacht dreef af naar het verleden, naar haast vergeten gebeurtenissen die ze zich nu weer herinnerde. De ene herinnering leidde naar de volgende. Zonder na te denken zei ze: 'Je zou Pandora ook een uitnodiging moeten sturen,' en kon zich vervolgens niet voorstellen waarom ze met deze suggestie op de proppen was gekomen.

'Pandora?'

'Archie Balmerino's zuster. Wie aan feestjes denkt, denkt automatisch aan Pandora. Maar natuurlijk heb jij haar nooit gekend.'

'Ik heb wel over haar *gehoord*. Om de een of andere reden komt haar naam altijd ter sprake tijdens etentjes. Denk je dat ze zou komen? Ze is toch zeker twintig jaar niet thuis geweest?'

'Dat is waar. Zomaar een malle gedachte. Maar waarom probeer je het niet? Wat een opkikker zou het voor die arme Archie zijn. En als iets dat dolende schepsel terug naar Croy kan brengen, is het de verlokking van een heus bal.'

'Dus je staat aan mijn kant, Violet? Denk je dat ik ermee moet doorgaan en het moet doen?'

'Ja, dat denk ik wel. Als je de energie en de middelen hebt, geloof ik dat het een prachtig en genereus idee is. Het zal ons allemaal iets fantastisch geven om naar uit te kijken.'

'Zeg er niets over tot ik Angus gestrikt heb.'

'Geen woord.'

Verena glimlachte tevreden. En toen schoot haar nog een verheugende gedachte te binnen. 'Ik zal een goed excuus hebben,' zei ze, 'om een nieuwe jurk voor mezelf te kopen.'

Maar Violet had dat probleem niet. 'Ik,' zei ze tegen Verena, 'zal mijn zwarte fluwelen dragen.'

2

De nacht was kort en hij sliep niet. Spoedig zou de dag aanbreken.
Hij had gehoopt dat hij voor één keer zou kunnen slapen, aangezien hij
moe was, uitgeput. Gesloopt door drie dagen in een voor het seizoen
ongewoon heet New York; dagen gevuld met vergaderingen, zaken-
lunches, lange middagen met onenigheid en discussie; te veel Coca
Cola en zwarte koffie, te veel recepties en late avonden en een misselijk
makend gebrek aan beweging en frisse lucht.

Eindelijk was het doel bereikt, al was het niet gemakkelijk gegaan. Harvey Klein was een harde noot om te kraken en er was heel wat overre-
dingskracht voor nodig geweest om hem ervan te overtuigen dat dit de
allerbeste, en inderdaad de enige, manier was om de Engelse markt te
veroveren. De advertentiecampagne die Noel had meegebracht naar
New York, compleet met tijdschema, ontwerpen en foto's, was goedge-
keurd en ze waren het eens geworden. Met het contract eenmaal op zak
kon Noel zijn weekendtas pakken, op de valreep een telefoontje beantwoorden, z'n koffertje vullen met documenten en rekenmachientje,
nog een telefoongesprek afhandelen (Harvey Klein die hem een goede
reis wenste), zorgen dat hij beneden kwam, uitchecken en een taxi naar
het vliegveld nemen om terug te keren naar Londen.

In het avondlicht zag Manhattan er, als altijd, sprookjesachtig uit –
verlichte torens rezen hoog op in de amethistkleurige hemelgloed en de
snelwegen waren bewegende rivieren van koplampen. Hier had je een
stad die je, op zijn onstuimige en onbevangen manier, elke denkbare
vorm van genoegen kon bieden.

Voorheen, bij eerdere bezoeken, had hij dankbaar gebruikgemaakt van
al het plezier, maar deze keer was er geen gelegenheid geweest om te
genieten van de aangeboden gastvrijheid en hij voelde een tikje spijt bij
dit onvoldaan vertrek, alsof hij weggesleurd werd van een kolossaal
feest nog voor het echt begonnen was.

Op de luchthaven Kennedy zette de taxi hem af bij de balie. Hij ging
netjes in de rij staan, checkte in, bevrijdde zichzelf van z'n weekendtas,
ging weer in de rij staan voor de veiligheidscontrole en kon toen eindelijk op weg naar de vertrekhal. Hij kocht een fles Scotch in de duty-
freewinkel, een *Newsweek* en *Advertising Age* in de kiosk. Nadat hij
een stoel had gevonden, wachtte hij, onderuit gezakt van vermoeidheid, tot zijn vlucht zou worden afgeroepen.

Op kosten van Wenborn & Weinburg reisde hij Club Class, dus had hij tenminste ruimte voor zijn lange benen. Bovendien had hij om een plaats bij het raam gevraagd. Hij deed z'n colbertje uit, maakte het zich gemakkelijk en verlangde naar een borrel. Het zou hem goed uitkomen als er niemand naast hem kwam zitten, maar deze vage hoop stierf bijna meteen, toen een ruim bepakte figuur in een marineblauw krijt-streepkostuum de stoel claimde, diverse zakken en tassen in de bagage-ruimte boven de stoelen propte en ten lange leste met veel misbaar naast hem neerplofte.

De man nam erg veel ruimte in beslag. In het vliegtuig was het koel, maar deze man had het heet. Hij haalde een zijden zakdoek te voor-schijn en depte zijn voorhoofd, kwam omhoog en zakte ineen, zocht naar zijn stoelgordel en slaagde erin Noel, tamelijk pijnlijk, een por te geven met z'n elleboog.

'Het spijt me. Het ziet er naar uit dat we volgeladen zitten vanavond.'
Noel had geen zin om te praten. Hij glimlachte, knikte en sloeg veelzeg-gend zijn *Newsweek* open.

Ze stegen op. Er werden cocktails geserveerd en daarna een maaltijd. Hij had geen honger, maar at toch alles op, omdat het de tijd doodde en er niets anders te doen was. De enorme 747 ronkte verder, hoog boven de Atlantische Oceaan. De maaltijd werd weggehaald en de film begon. Noel had hem al gezien in Londen, dus vroeg hij de stewardess hem een whisky-soda te brengen, die hij langzaam dronk, het glas wiegend in zijn hand om er langer mee te doen. De cabinelichten werden gedoofd en passagiers namen kussens en dekens aan. De dikke man vouwde zijn handen over zijn buik en snurkte ogenblikkelijk. Noel sloot zijn ogen, maar dit maakte dat ze aanvoelden alsof ze vol zaten met gruis, dus deed hij ze weer open. Zijn verstand maalde, het had drie dagen lang op volle toeren gewerkt en weigerde om langzamer te draaien. De moge-lijkheid van vergetelheid vervaagde.

Hij vroeg zich af waarom hij niet opgetogen was, terwijl hij toch een waardevolle klant had binnengehaald en naar huis ging met de ge-dachte dat de hele zaak beklonken was. Een toepasselijk beeld voor Saddlebags. Saddlebags. Het was een van die woorden die, hoe vaker je ze zei, steeds belachelijker klonken. Maar het was niet belachelijk. Het was ontzettend belangrijk, niet alleen voor Noel Keeling, maar even-zeer voor Wenborn & Weinburg.

Saddlebags. Een firma oorspronkelijk afkomstig uit Colorado, waar het bedrijf een aantal jaren geleden was begonnen met het vervaardigen van eersteklas lederwaren voor de club van rijke veeboeren. Zadels, teugels, riemen en rijlaarzen, allemaal voorzien van het prestigieuze handelsmerk van de firma, een hoefijzer rond de letter S.

Na dit bescheiden begin had het bedrijf in het hele land een goede repu-tatie opgebouwd en vertoonden de verkoopcijfers een stijgende lijn, de concurrentie had het nakijken. Ze gingen over tot het fabriceren van andere artikelen. Koffers, handtassen, modieuze accessoires, schoenen en laarzen. Alles gemaakt van de beste huiden, met de hand gestikt en afgewerkt. Het logo van Saddlebags werd een statussymbool, dat wedijverde met Gucci of Ferragamo, en met een vergelijkbaar prijskaartje. En hun faam breidde zich verder uit, zodat toeristen die Amerika bezochten en graag met een imposante buit thuiskwamen een Saddlebags-tasje of een riem met handgeslagen gouden gesp uitzochten.

Dan ging het gerucht dat Saddlebags de Engelse markt op wilde, via een of twee zorgvuldig uitgekozen Londense warenhuizen. Charles Weinburg, Noels directeur, kreeg lucht van dit voornemen door een opmerking die iemand tijdens een Londens diner liet vallen. De volgende ochtend was Noel, als vice-president en hoofd van de advertentie-afdeling, bij hem geroepen om de zaak te bepraten.

'Ik wil deze klant, Noel. Op dit moment heeft slechts een handvol mensen hier ooit gehoord van Saddlebags en ze zullen een eersteklas campagne nodig hebben. Wij liggen voor op de anderen en als we het goed aanpakken, kunnen we het aan, dus heb ik gisteravond laat met New York gebeld en gesproken met de president van Saddlebags, Harvey Klein. Hij voelt wel voor een bijeenkomst, maar wil een complete presentatie... ontwerpen, mediabeheersing, slagzinnen, de hele mikmak. Het beste van het beste, paginagrote kleurenafdrukken. Je hebt twee weken. Ga aan de slag met de ontwerpafdeling en verzin iets. En vind in godsnaam een fotograaf die een mannelijk fotomodel er als een man kan laten uitzien en niet als een etalagepop. Als het nodig is, probeer je een echte polospeler te pakken te krijgen. Als hij het doen wil, kan het mij niet schelen wat we hem moeten betalen...'

Het was negen jaar geleden dat Noel Keeling in dienst was getreden bij Wenborn & Weinburg. Negen jaar bij dezelfde firma is lang in de reclamewereld en van tijd tot tijd stond hij zelf versteld van zijn ononderbroken dienstverband. Anderen, leeftijdgenoten die gelijk met hem waren begonnen, waren naar andere firma's vertrokken of hadden hun eigen bureau opgezet. Maar Noel was gebleven.

De redenen voor Noels honkvastheid waren voornamelijk geworteld in zijn privé-leven. Inderdaad, na een jaar of twee bij de firma had hij serieus overwogen weg te gaan. Hij was rusteloos, onvoldaan en niet eens bovenmatig geïnteresseerd in de baan. Hij droomde van nieuwe uitdagingen: voor zichzelf beginnen, de hele reclame laten voor wat het was en iets gaan doen in onroerend goed of aandelen. Zijn plannen om een miljoen te verdienen had hij echter moeten laten varen, simpelweg vanwege een gebrek aan het nodige kapitaal. Hij had geen geld en de frustratie over onbenutte mogelijkheden en gemiste kansen maakte hem bijna radeloos.

Vier jaar geleden echter was de situatie drastisch veranderd. Hij was dertig, vrijgezel en nog steeds onverdroten bezig een hele rits vriendinnen af te werken, zonder een flauw vermoeden dat deze onverantwoordelijke serie avontuurtjes niet eeuwig kon duren. Maar toen stierf zeer onverwacht zijn moeder en voor het eerst van zijn leven zag Noel zichzelf als een niet onbemiddeld man.

Haar dood kwam zo volslagen onverwacht dat hij gedurende enige tijd in een shocktoestand verkeerde, waarin hij het bijna onmogelijk vond om het kille feit te aanvaarden dat zij voor eeuwig weg was. Hij was altijd dol op haar geweest, op een afstandelijke en verstandelijke manier, waarbij hij haar voornamelijk had gezien als een onuitputtelijke bron van eten en drinken, schone kleren, een warm bed en, wanneer hij erom vroeg, morele steun. Bovendien had hij haar onafhankelijke geest gerespecteerd en ook het feit dat zij zich op geen enkele manier bemoeide met zijn privé-leven. Maar tegelijkertijd had haar idiote gedrag hem dikwijls woest gemaakt. Het ergste was haar gewoonte zich te omringen met de ergste hielelikkers en klaplopers. Iedereen was haar vriend. Zij beschouwde hen allemaal als haar vrienden. Noel beschouwde hen als een stelletje verdomde uitvreters. Zij sloeg geen acht op zijn cynische houding en bedroefde oude vrijsters, eenzame weduwen, berooide artiesten en werkeloze acteurs werden tot haar aangetrokken als motten tot een kaarsvlam. Haar vrijgevigheid aan jan en alleman had hij als dom en egoïstisch beschouwd, omdat er nooit geld over scheen te blijven voor de dingen waarvan Noel geloofde dat ze belangrijk waren.

Na haar dood weerspiegelde haar testament deze onnadenkende vrijgevigheid. Ze bleek een flink bedrag te hebben nagelaten aan een jonge man... niets te maken met de familie... die ze onder haar beschermende vleugels had genomen en om de een of andere reden had willen helpen. Voor Noel was het een bitter gelag. Zijn gevoelens – en zijn portemonnee – waren diep gekwetst en hij werd verteerd door zinloze wrok. Het had echter geen nut zich op te winden, aangezien zij er niet meer was. Hij kon het niet meer met haar uitpraten, haar beschuldigen van gebrek aan loyaliteit en van haar een verklaring eisen over wat ze verdomme aan het doen was. Zijn moeder had zich buiten zijn bereik geplaatst. Hij stelde zich haar voor, veilig voor zijn woede, aan de overkant van een soort kloof of een niet te overbruggen rivier, omgeven door zonlicht, velden, bomen en wat er verder nog deel uitmaakte van haar persoonlijke voorstelling van de hemel. Waarschijnlijk zat ze, op haar eigen milde wijze, haar zoon uit te lachen, haar donkere ogen flonkerend van ondeugend genoegen, als gewoonlijk onaangedaan door zijn eisen en verwijten.

Met alleen zijn twee zusters om hem het leven zuur te maken, had hij zijn familie de rug toegekeerd en zich in plaats daarvan geconcentreerd op dat ene overgebleven stabiele element in zijn bestaan – zijn werk. Tot zijn eigen verrassing en tot verbazing van zijn superieuren, ontdekte hij net op tijd dat hij niet alleen geïnteresseerd, maar ook buitengewoon goed in reclame was. Tegen die tijd was zijn moeders erfenis vrijgegeven en zijn aandeel in de buit veilig op de bank gestort; jeugdige fantasieën over enorme risico's en snelle winsten waren voorgoed verbleekt. Noel was tot het besef gekomen dat geld verdienen met andermans fortuin veel verschilde van afstand doen van wat je zelf bezit. Hij waakte over zijn bankrekening alsof het een kind was en hij was niet van plan om deze op het spel te zetten. Liever kocht hij een bescheiden auto en begon hij, aarzelend nog, zijn voelsprieten uit te steken voor een nieuwe plek om te wonen...

Het leven ging verder. Maar zijn jeugd was voorbij en het was een moeilijk bestaan. Geleidelijk aan wist Noel dit te accepteren en hij ontdekte tegelijkertijd dat hij niet bij machte was zijn laatste grief tegen zijn moeder te blijven koesteren. Nutteloze wrok was veel te vermoeiend. En ten slotte moest hij toegeven dat hij er nog niet zo slecht uit te voorschijn was gekomen. Bovendien miste hij haar. Gedurende de laatste jaren had hij haar maar weinig gezien, opgesloten als ze zat in het meest eenzame deel van Gloucestershire. Maar toch *was* ze er altijd – aan de andere kant van de telefoon of aan het eind van een lange rit, wanneer hij de hete Londense straten in de zomer geen moment langer kon verdragen. Het maakte niet uit of hij alleen kwam of een groep vrienden meenam voor het weekend. Er was altijd ruimte, een ontspannen welkom, verrukkelijk eten, van alles of niets te doen. Brandende open haarden, geurige bloemen, hete baden en warme comfortabele bedden, goede wijnen en een kalme conversatie.

Allemaal verdwenen. Het huis en de tuin, verkocht aan onbekenden. De warme geur van haar keuken en het fijne gevoel dat iemand anders verantwoordelijk was en hij geen enkele beslissing hoefde te nemen. Verdwenen was ook de enige mens in de wereld bij wie hij nooit een spel hoefde te spelen of net te doen alsof. Leven zonder haar, hoe gekmakend en grillig ze ook was geweest, was als leven met een gerafeld gat in het midden en daar had hij, herinnerde hij zich met een wrange glimlach, danig aan moeten wennen.

Hij zuchtte. Het leek allemaal zo lang geleden. Een andere wereld. Hij had zijn whisky op en staarde naar buiten, de duisternis in. Hij dacht aan die keer dat hij de mazelen had, vier jaar oud, en hoe de nachten tijdens zijn ziekte oneindig lang leken te duren, elke minuut duurde een uur en de dageraad was een eeuwigheid van hem vandaan geweest.

Nu, dertig jaar later, keek hij naar de dageraad. De hemel lichtte op en de zon gleed vanachter de onechte wolkenhorizon, en alles kleurde roze en het licht verblindde de ogen. Hij bekeek de zonsopgang door een vliegtuigraam en was dankbaar dat de nacht verdreven was, nu was het de volgende morgen en hoefde hij niet meer te proberen of hij kon slapen. Rondom hem werden mensen wakker en kwamen in beweging. Het cabinepersoneel ging rond met jus d'orange en kokend hete gezichtsdoekjes. Hij veegde z'n gezicht af en voelde de stoppels op zijn kin. Anderen kwamen overeind, vonden een toilettas en gingen naar het toilet om zich te scheren. Noel bleef zitten. Hij kon zich wel scheren als hij thuiskwam.

En dat deed hij, drie uur later. Afgemat, vies en verfomfaaid klom hij uit de taxi en betaalde de chauffeur. De ochtendlucht was koel, hemels koel na New York, en het regende zachtjes, een nevelige motregen. In Pembroke Gardens werden de bomen groen, het wegdek nat. Hij rook de frisheid en, terwijl de taxi wegreed, bleef hij een moment stilstaan en bedacht of het mogelijk was deze dag vrij te nemen. Om bij te komen, een beetje te slapen, een lange wandeling te maken. Dat zat er echter niet in. Er was werk te doen. Het kantoor en zijn directeur wachtten. Noel pakte zijn bagage op, liep de stenen trap af en opende zijn voordeur.

Men noemde het een tuinappartement omdat, aan de achterkant, openslaande deuren toegang gaven tot een kleine binnenplaats, zijn deel van de veel grotere tuin die bij het hoge huis hoorde. In de namiddag viel de zon erop, maar op dit vroege uur lag het in de schaduw en de kat van de bovenburen had zich behaaglijk in een van de canvas stoelen genesteld, en er blijkbaar de nacht doorgebracht.

Het was geen grote flat maar de kamers waren ruim. Een huiskamer en een slaapkamer, een kleine keuken en een badkamer. Logés moesten op de sofa slapen, een onhandelbaar stuk meubilair dat, indien resoluut benaderd, uitgeklapt kon worden tot een extra tweepersoonsbed. Mevrouw Muspratt, zijn werkster, had de boel gedaan terwijl hij weg was en dus was alles opgeruimd en schoon, maar potdicht en bedompt.

Hij opende de tuindeuren en joeg de kat weg. In zijn slaapkamer ritste hij zijn weekendtas open en haalde zijn toilettas eruit. Hij kleedde zich uit en liet zijn vuile en gekreukte kleren op de vloer vallen. In de badkamer poetste hij zijn tanden, nam een hete douche, schoor zich. Nu had hij, voor alles, een kop zwarte koffie nodig. In zijn badjas en blootsvoets stapte hij de keuken in, vulde de ketel en stak het gas aan, gooide lepels koffie in zijn Franse koffiepot. De heerlijke geur verkwikte hem. Terwijl de koffie doorliep, verzamelde hij zijn post, nam plaats aan de keukentafel en bladerde door de enveloppen. Niets leek erg urgent. Hoewel, er was een bonte ansichtkaart uit Gibraltar. Hij draaide hem om. De kaart bleek gepost in Londen en kwam van de vrouw van Hugh Pennington, een oude schoolmakker van Noel, die in Chelsea woonde.

Noel, ik heb geprobeerd je te bellen, maar kreeg geen gehoor. Tenzij we het tegendeel horen, verwachten we je dertien mei aan het souper. Tussen half acht en acht uur. Geen avondkleding. Liefs, Delia.

Hij zuchtte. Dat was vanavond. Tenzij we het tegendeel horen. O best, tegen die tijd kon hij waarschijnlijk wel weer een stootje hebben. En het zou amusanter worden dan televisie kijken. Hij gooide de ansichtkaart op tafel, hees zichzelf overeind en schonk de koffie in.

Die dag voerde Noel lange tijd besprekingen, opgesloten in het kantoor, en hij had geen idee van wat er buiten de deur gebeurde. Toen hij eindelijk klaar was en naar huis reed in een file die niet opschoot maar bewoog met de snelheid van een reumatische slak, zag hij dat de regen van die ochtend verdreven was door een briesje en dat het een perfecte voorjaarsavond was. Ondertussen had hij een staat van uitputting bereikt waarbij alles licht en helder wordt en vreemd gewichtloos, en het vooruitzicht op wat slaap net zo ver weg lijkt als de dood. Maar in plaats van het bed in te duiken, zou hij andere kleren aantrekken en iets drinken. Vervolgens zou hij niet de auto nemen, maar lopen naar Chelsea. De frisse lucht en de lichaamsbeweging zouden zijn eetlust opwekken voor het uitstekende maal dat hem hopelijk wachtte. Hij kon zich nauwelijks herinneren wanneer hij voor het laatst aan een tafel had gezeten met iets anders voor zich dan een boterham.

Het was een goed idee geweest om te gaan wandelen. Hij liep via lommerrijke achterafstraatjes, terrassen en tuinen, waar de magnolia's bloeiden en de wisteria zich vastklemde aan de puien van dure Londense huizen. In Brompton Road aangekomen, stak hij over bij het Michelingebouw en sloeg af bij Walton Street. Hier vertraagde hij zijn pas en nam de tijd om in de aantrekkelijke winkeletalages te kijken, de meubelwinkel, de kunstgalerie die sportprenten verkocht, jachttaferelen en afbeeldingen van trouwe Labradors die door de sneeuw renden met fazanten in hun bek. Ze hadden er een Thorburn die hij dolgraag wilde hebben. Hij stond er langer dan hij van plan was, gewoon alleen maar te kijken. Misschien belde hij de galerie morgen voor de prijs. Tegen de tijd dat hij Ovington Street bereikte, was het al half acht geweest. Langs de stoepen stonden de auto's van de bewoners in rijen achter elkaar en er reden een paar kinderen midden op straat met hun fietsen heen en weer. Het huis van de Penningtons bevond zich halverwege, beneden aan het bordes. Terwijl hij naderde, kwam er op de stoep een meisje zijn kant op. Ze had een kleine witte Highland-terriër aan de riem en was blijkbaar op weg naar de brievenbus, want ze hield een brief in haar hand. Hij keek naar haar. Ze droeg een spijkerbroek en een grijs sweatshirt en had haar in de kleur van de beste soort marmelade, maar ze was niet lang en zeker niet bijzonder slank. Feitelijk helemaal Noels type niet. En toch, toen ze hem passeerde, bekeek hij haar een tweede keer, omdat er iets vaag bekends aan haar was. Het was echter moeilijk te bedenken waar ze elkaar ooit ontmoet konden hebben. Een of ander feestje misschien. Dat haar was opvallend...

De wandeling had hem vermoeid en hij was hard aan een borrel toe. Met betere dingen om aan te denken, zette hij het meisje uit zijn hoofd, beklom de trappen en drukte op de bel. Hij draaide de klink naar beneden om de deur te openen, met een groet op z'n lippen, wachtend. Halló, Delia, ik ben het. Hier ben ik.

Maar er gebeurde niets. De deur bleef stevig op slot, wat vreemd en ongebruikelijk was. Als Delia wist dat hij onderweg was, zou ze de deur zeker van het slot hebben gelaten. Hij drukte nogmaals op de bel en wachtte.

Meer stilte. Hij hield zichzelf voor dat ze er wel moesten zijn, maar wist al met afschuwelijke zekerheid dat niemand op zijn gebel zou reageren en dat de Penningtons, verdomme nog aan toe, niet thuis waren.

'Hallo.'

Hij draaide zich om van de ongastvrije deur. Beneden, op de stoep, stond het plompe meisje met haar hond, terug van het posten van de brief.

'Hoi.'

'Moet je bij de Penningtons zijn?'

'Het was de bedoeling dat ik bij hen zou eten.'

'Ze zijn weg. Ik zag hen wegrijden in hun auto.'

In broeiende stilte verteerde Noel deze onwelkome bevestiging van wat hij al wist. Hij was teleurgesteld en niet erg welwillend tegenover het meisje, wat te begrijpen is wanneer iemand je slecht nieuws brengt. Hij bedacht dat het geen pretje geweest moest zijn voor een boodschapper in de Middeleeuwen. Destijds liep je alle kans zonder hoofd te eindigen of te worden gebruikt als menselijke kanonskogel voor een monsterachtige katapult.

Hij wachtte tot ze weg zou gaan. Dat deed ze niet. Verdomme, dacht hij. Toen gaf hij het op, stopte zijn handen in zijn zakken en daalde de trappen af om zich bij haar te voegen.

Ze beet op haar lip. 'Wat jammer. Het is rottig als zoiets gebeurt.'

'Ik vraag me af wat er mis is gegaan.'

'Wat nog veel erger is,' zei ze op de toon van iemand die gewend is de dingen van de vrolijke kant te bekijken, 'als je op de verkeerde avond komt aanzetten en ze je niet verwachten. Dat is mij een keer gebeurd en het was vreselijk gênant. Ik had de data door elkaar gehaald.'

Dit hielp niet erg. 'Ik veronderstel dat jij denkt dat ik de data door elkaar gehaald heb.'

'Dat kan makkelijk gebeuren.'

'Deze keer niet. Ik heb de ansichtkaart vanmorgen pas ontvangen. Dertien mei.'

'Maar het is vandaag de twaalfde,' zei ze.

'Nee, niet waar.' Hij was zeker van zijn zaak. 'Het is de dertiende.'

'Het spijt me vreselijk, maar het is de twaalfde. Donderdag twaalf mei.' Het klonk verontschuldigend, alsof de verwarring allemaal haar schuld was. 'Morgen is het de dertiende.'

Langzaam drong het tot zijn slaapdronken brein door. Dinsdag, woensdag... verdomme, ze had gelijk. De dagen waren in elkaar overgevloeid en ergens was hij de draad kwijtgeraakt. Hij schaamde zich over zijn domheid en begon onmiddellijk smoesjes te verzinnen om z'n eigen stommiteit te rechtvaardigen.

'Ik heb hard gewerkt. Gevlogen. Ik zat in New York. Ben vanmorgen teruggekomen. Een jetlag kan rare dingen met je hersens doen.'

Ze keek begrijpend. Haar hondje snuffelde aan zijn broek en hij stapte opzij, hij voelde er niets voor beplast te worden. Haar haar zag er verbazingwekkend uit in de avondzon. Ze had grijze ogen met groene spikkeltjes en de huid van een melkmeisje, met een blos als van een perzik.

Ergens. Maar waar?

Hij fronste. 'Hebben wij elkaar eerder ontmoet?'

Ze glimlachte. 'Nou ja, eigenlijk wel. Ongeveer zes maanden geleden. Op de cocktailparty van de Hathaway's, in Lincoln Street. Maar het was er stampvol, dus is er weinig reden waarom je je mij herinneren zou.'

Nee, hij zou het zich niet herinneren. Omdat zij niet het soort meisje was dat hem opviel, waarmee hij wilde omgaan of zelfs maar mee wilde praten. Bovendien, hij was naar het feestje gegaan met Vanessa en had de meeste tijd doorgebracht in een krampachtige poging haar niet uit het oog te verliezen en te verhinderen dat ze met een andere man zou weggaan.

Hij zei: 'Wat vreemd. Het spijt me. Wat goed van je dat je mij nog kent.'

'Eigenlijk was er nog een andere gelegenheid.' Hij schrok, bang nog zo'n sociale blunder voor z'n kiezen te krijgen. 'Jij werkt toch bij Wenborn & Weinburg, is het niet? Ik heb een lunch voor de directie gemaakt, een week of zes geleden. Maar dat zal je niet opgevallen zijn, omdat ik een witte overall droeg en borden ronddeelde. Niemand heeft ooit oog voor koks en serveersters. Da's een gek gevoel, alsof je onzichtbaar bent.'

Hij realiseerde zich hoe waar dit was. Hij werd nu wat vriendelijker gestemd en vroeg hoe ze heette.

'Alexa Aird.'

'Ik heet Noel Keeling.'

'Weet ik. Ik wist het nog van het Hathaway's feest en van die lunch, waarvoor ik destijds de tafelschikking moest doen en naamkaartjes schrijven.'

Noel zocht in zijn geheugen naar die bepaalde dag en zag tot in de smakelijkste details de maaltijd voor zich die zij bereid had. Gerookte zalm, een perfect gegrilde biefstuk, waterkerssalade en een citroensorbet. De gedachte aan deze heerlijkheden alleen al bracht het water in zijn mond. Wat hem eraan herinnerde dat hij razende honger had.

'Voor wie werk jij?'

'Voor mezelf. Ik ben freelance.' Ze zei dit tamelijk trots. Noel hoopte dat ze niet op het punt stond de geschiedenis van haar carrière uit de doeken te doen. Hij voelde zich niet sterk genoeg om daar maar te staan en te luisteren. Hij had iets te eten nodig en, nog belangrijker, hij zat te springen om een borrel. Hij moest een smoesje verzinnen, ervandoor gaan en zich van haar ontdoen. Hij wilde iets zeggen, maar zij was hem voor.

'Ik neem aan dat je geen zin hebt om iets te gaan drinken met mij?'

De uitnodiging kwam zo onverwacht dat hij niet onmiddellijk antwoordde. Hij bekeek haar en ontmoette haar zorgelijke blik en begreep dat zij in feite extreem verlegen was. Om met zo'n voorstel voor de dag te komen, had ze heel wat moed bij elkaar moeten rapen. Hij was echter zelf ook onzeker en wist niet of ze hem in de dichtstbijzijnde pub uitnodigde of in een van die schimmige kelderruimten gevuld met samenhokkende collega's, van wie er één zichzelf zonder twijfel net helemaal had opgetut.

Geen zin om zich bloot te geven. Hij was voorzichtig. 'Waar?'

'Ik woon twee deuren van de Penningtons vandaan. Jij ziet eruit alsof je best een borrel kunt gebruiken.'

Hij liet zijn voorzichtigheid varen. 'Dat kan ik zeker.'

'Niets is zo erg als op de verkeerde tijd op de verkeerde plaats te zijn en te weten dat het allemaal je eigen schuld is.'

Dat had wel iets tactvoller gezegd kunnen worden. Maar aardig was ze wel. 'Dat is erg aardig.' Hij nam een besluit. 'Ik zou het zeer op prijs stellen.'

3

Het huis was identiek aan dat van de Penningtons, behalve dat de voordeur niet zwart was, maar donkerblauw en er een laurierboom in een teil naast stond. Zij ging hem voor, opende de deur met haar sleutel en hij volgde haar naar binnen. Ze sloot de deur achter hem en bukte zich om de riem van het hondje los te maken. De hond begon meteen overvloedig te drinken uit een ronde bak die, handig, onderaan de trap stond. De bak droeg het opschrift HOND.

Ze zei: 'Dat doet hij altijd als hij binnenkomt. Hij schijnt te denken dat hij een bijzonder lange wandeling heeft gemaakt.'

'Hoe heet hij?'

'Larry.'

De hond lebberde luidruchtig, de stilte vullend, want voor het eerst van zijn leven zat Noel Keeling verlegen om woorden. Hij was overrompeld. Hij was er niet zeker van wat hij had verwacht, maar dit zeker niet – een onmiddellijke indruk van aangename weelde, volgestouwd met bewijzen van rijkdom en goede smaak. Dit was een riant Londens herenhuis, maar dan op miniatuurschaal. Hij zag de smalle hal, de steile trap, de gepolitoerde trapleuning. Een dik honingkleurig tapijt van muur tot muur, een antieke speeltafel met daarop een bloeiende roze azalea, een ovale spiegel in sierlijke lijst. Maar wat hem echt trof was de geur. Het kwam hem akelig bekend voor. Boenwas, appels, de suggestie van vers gezette koffie. Gedroogde bloemen misschien of veldbloemen. De geur van nostalgie, jeugd. De geur van de thuishaven die zijn moeder voor haar kinderen had gecreëerd.

Wie was er verantwoordelijk voor deze aanslag op zijn geheugen? En wie was Alexa Aird? Dit was een gelegenheid om terug te vallen op koetjes en kalfjes, maar Noel kon geen alledaags praatje bedenken. Misschien was dat wel het beste. Hij wachtte af wat er vervolgens zou gebeuren, niets anders verwachtend dan dat hij zou worden meegetroond naar boven, naar een gehuurde kamer of een klein zolderappartement. Maar ze legde de honderiem op tafel en sprak op de manier van een gastvrouw: 'Kom alsjeblieft binnen,' en leidde hem de kamer in die achter de open deur lag.

Het huis was een pendant van dat van de Penningtons maar dan ongeveer duizendmaal indrukwekkender. De smalle en lange kamer strekte zich uit van de voorkant naar de achterkant van het huis. De kamer aan de straatkant was de salon – te weids om als zitkamer te betitelen – en de andere kant was ingericht als eetkamer. Hier voerden openslaande deuren naar een smeedijzeren balkon, opgefleurd met viooltjes in terracotta potten.

Alles was goud en roze. Gordijnen, zwaar gevoerd als donzen dekbedden, hingen in bundels en plooien. Sofa's en stoelen, losjes overtrokken met de beste kwaliteit sits en her en der bedekt met geborduurde kussens. De alkoven waren gevuld met blauwwit porselein en Noel zag een bureau dat openstond en uitpuilde van de brieven en paperassen van een bezige eigenaar.

Het was allemaal erg elegant en volwassen, en het rijmde totaal niet met dit gewone en niet bijzonder aantrekkelijke meisje in haar spijkerbroek en sweatshirt.

Noel schraapte zijn keel.

'Wat een prachtige kamer.'

'Ja, hij is mooi, vind je niet? Je zult wel uitgeput zijn.' Nu ze veilig in haar eigen territorium was, leek ze niet zo heel bedeesd. 'Een jetlag sloopt je. Als mijn vader naar New York gaat, neemt hij de Concorde. Hij haat die nachtvluchten.'

'Ik ben zo weer in orde.'

'Wat wil je drinken?'

'Heb je toevallig whisky?'

'Natuurlijk. Grouse of Haigs?'

Hij kon zijn geluk niet op. 'Grouse?'

'IJs?'

'Als je hebt.'

'Ik haal het even uit de keuken. Als je jezelf ondertussen wilt bedienen... daar zijn glazen... alles is er. Het duurt niet lang...'

Ze liet hem alleen. Hij hoorde haar praten tegen het hondje en daarna lichte voetstappen toen ze de trap afrende naar het souterrain. Een borrel. Hij verplaatste zich naar het uiterste eind van de kamer, waar een benijdenswaardig buffet stond, tot zijn tevredenheid beladen met flessen en karaffen.

Hier hingen alleraardigste olieverfschilderijen, stillevens en landschappen. Zijn ogen, dwalend, taxerend, hechtten zich aan de zilveren fazant in het midden op de ovale tafel, de prachtige Georgian flessehouders. Hij liep naar het raam en keek uit over de tuin – een kleine geplaveide binnenplaats, met rozen tegen de bakstenen muur en een opgehoogd perk met bloeiende planten. Er stond een witte smeedijzeren tafel met vier bijpassende stoelen, beelden oproepend van maaltijden in de open lucht, zomerse feestjes en gekoelde wijn.

Een borrel. Op het buffet bevonden zich zes zware tumblers, netjes op een rij. Hij pakte de fles Grouse, schonk wat in een glas, deed er sodawater bij en liep terug naar het andere eind van de kamer. In zijn eentje en nog steeds zo nieuwsgierig als een kat, sloop hij rond. Hij tilde de vitrage op en tuurde langs de straat, liep naar de boekenplank, bekeek de titels, in een poging enige aanwijzingen te vinden over de eigenaar van dit verrukkelijke huis. Romans, biografieën, een boek over tuinieren, een ander over het kweken van rozen.

Hij pauzeerde om over alles na te denken. Het een en ander bij elkaar optellend, kwam hij tot een voor de hand liggende conclusie. Dit huis in Ovington Street was eigendom van Alexa's ouders. Vader in zaken, belangrijk genoeg om in een Concorde te kunnen vliegen, alsof zoiets heel gewoon was, en bovendien zijn vrouw mee te kunnen nemen. Hij veronderstelde dat zij op dit moment in New York zaten. Naar alle waarschijnlijkheid zouden ze als het harde werk gedaan was en de conferenties afgesloten naar Barbados vliegen of naar de Maagden-eilanden voor een weekje in de zon, om bij te komen. Alle stukjes van de puzzel vielen op hun plaats.

En wat Alexa betrof, zij paste zolang op hun huis en hield kapers van de kust. Dat verklaarde waarom ze alleen was en in staat royaal te zijn met haar vaders whisky. Wanneer de ouders terugkwamen, bruin van de zon en beladen met cadeaus, zou ze weer naar haar eigen onderkomen gaan. Een gedeelde flat of een rijtjeshuis in Wandsworth of Clapham. Nu dit allemaal overzichtelijk was gerangschikt in z'n hoofd, voelde Noel zich beter en sterk genoeg om zijn verkenningstocht te vervolgen. Het blauwwitte porselein was Saksisch. Bij een van de leunstoelen stond een mand op de vloer, boordevol helder getinte knotten wol en een half voltooid wandkleed. Bovenop het bureau prijkten een stel foto's. Mensen die trouwden, baby's vasthielden, picknickten met thermoskannen en honden. Niemand kwam hem bekend voor. Eén foto trok zijn aandacht en hij nam hem in zijn handen om hem beter te kunnen zien. Een reusachtig negentiende-eeuws landhuis, half verscholen achter klimop. Een serre stak aan een kant naar voren en er waren schuiframen en een rij dakkapellen. Treden voerden naar een open voordeur en bovenaan de trap poseerden gehoorzaam twee statige jachthonden. Op de achtergrond zag hij winterse bomen, een kerktoren en een steile heuvel.

Het buitenhuis van de familie.

Ze kwam terug. Hij hoorde haar zachte voetstappen de trap op komen. Voorzichtig zette hij de foto weer terug en draaide zich om om haar tegemoet te gaan. Ze kwam door de deur, een blad in haar handen, met daarop een ijsemmer, een wijnglas, een geopende fles witte wijn en een schaaltje met cashewnoten.

'O, prima, je hebt iets te drinken.' Ze zette het blad neer op de tafel achter de sofa, een stapeltje tijdschriften opzij schuivend om ruimte te maken. De kleine terriër, duidelijk verknocht, volgde haar op de voet.

'Ik ben bang dat ik alleen maar wat noten kon vinden...'

'Op dit moment' – hij hief zijn glas – 'is dit werkelijk het enige wat ik nodig heb.'

'Arme kerel.' Ze viste een handvol ijsblokjes op en liet ze in zijn glas vallen.

Hij zei: 'Ik ben intussen tot de conclusie gekomen dat ik een volslagen dwaas figuur heb geslagen.'

'O, doe niet zo stom.' Ze schonk zichzelf een glas wijn in. 'Dat kan iedereen gebeuren. Bedenk dat je nu een heerlijk feest hebt om naar uit te kijken, morgenavond. Nadat je een nachtje goed hebt geslapen, kun je er weer volop tegenaan. Waarom ga je niet zitten? Deze stoel zit het lekkerst, hij is ruim en comfortabel...'

Dat was zo. En wat heerlijk, eindelijk, niet meer op pijnlijke voeten te staan, zachte kussens in z'n rug, een borrel in z'n hand. Alexa ging in de stoel tegenover hem zitten, met haar rug naar het raam. De hond sprong onmiddellijk op haar schoot, maakte het zich gemakkelijk en viel in slaap.

'Hoelang was je in New York?'

'Drie dagen.'

'Vind je het leuk om te gaan?'

'Meestal wel. Alleen de terugreis is zo vermoeiend.'

'Wat moest je daar doen?'

Hij vertelde het. Hij legde haar uit van Saddlebags en Harvey Klein. Ze was onder de indruk. 'Ik heb een riem van Saddlebags. Mijn vader nam hem vorig jaar voor me mee. Hij is prachtig. Heel dik en zacht en mooi.'

'Nou, spoedig zul je er een in Londen kunnen kopen. Als je het niet erg vindt om je blauw te betalen.'

'Wie bedenkt de advertentiecampagne?'

'Doe ik. Dat is mijn werk. Ik ben hoofd van de ontwerpafdeling.'

'Dat klinkt ontzettend belangrijk. Je zult wel heel goed zijn. Heb je er plezier in?'

Noel dacht hierover na. 'Als ik er geen plezier in had, dan zou ik er niet goed in zijn.'

'Dat is beslist waar. Ik kan niks ergers bedenken dan werk te moeten doen dat je haat.'

'Hou jij van koken?'

'Ja, daar ben ik dol op. En dat komt mooi uit, want dat is zowat het enige dat ik kan. Ik was vreselijk dom op school. Ik had maar drie voldoendes op het eindexamen. Mijn vader maakte een enorme stennis en wilde dat ik een secretaresseopleiding zou volgen of een cursus vormgeving, maar op het laatst gaf hij toe dat het volkomen weggegooide tijd en verspild geld zou betekenen en hij liet me kok worden.'

'Heb je een opleiding gevolgd?'

'O, zeker. Ik kan allerlei exotische maaltijden bereiden.'

'Heb je altijd voor jezelf gewerkt?'

'Nee, ik ben begonnen voor een bureau. Daarna werkten we met z'n tweeën. Maar het is leuker in m'n eentje. Ik heb een aardig zaakje opgebouwd. Niet alleen directielunches, maar ook bruiloften en partijen, en kant-en-klaarmaaltijden aan huis. Ik heb een handige Mini-bestel. Daarmee breng ik alles rond.'

'Kook je hier?'

'Meestal wel. Etentjes bij mensen thuis zijn een beetje ingewikkelder, omdat je werken moet in andermans keuken. In andermans keuken sta je altijd voor raadsels. Ik neem in ieder geval mijn eigen messen mee.'

'Klinkt bloeddorstig.'

Ze lachte. 'Om groenten te hakken, niet om de gastvrouw te vermoorden. Je glas is leeg. Wil je nog iets drinken?'

Noel zag dat z'n glas leeg was en zei dat hij er nog wel een wilde, maar voordat hij kon opstaan, kwam Alexa al overeind, het hondje zette ze voorzichtig op de grond. Ze nam zijn glas uit zijn hand en verdween naar achteren. Hij hoorde aangename geluiden. Een scheut sodawater. Het was allemaal erg vredig. De avondbries die door het open raam naar binnen kwam, bewoog de dunne vitrage. Buiten startte een auto en reed weg, maar de kinderen die op hun fietsen speelden, waren blijkbaar binnen geroepen en naar bed gestuurd. Het gemiste etentje was nu niet meer van belang en Noel voelde zich een beetje als een man die, sjokkend door een verlaten woestijn, onverhoopt op een weelderige, door palmen omgeven oase is gestuit.

Het koele glas werd weer in zijn hand gestopt. Hij zei: 'Ik heb altijd gevonden dat dit een van de aardigste straten in Londen is.'

Alexa keerde terug naar haar stoel, trok haar benen op en vouwde ze onder zich.

'Waar woon jij?'

'Pembroke Gardens.'

'O, maar dat is ook heel lieflijk. Woon je alleen?'

Hij merkte dat hij enigszins werd overrompeld, maar toch ook geamuseerd, door haar directheid. Ze dacht waarschijnlijk aan het feestje bij de Hathaway's en zijn hardnekkige achtervolging van de sensationele Vanessa. Hij glimlachte. 'Meestal wel.'

De dubbelzinnigheid van zijn antwoord ontging haar. 'Heb je een appartement daar?'

'Ja. Een souterrain, dus het krijgt weinig zon. Hoe dan ook, veel tijd breng ik daar niet door, dus doet het er niet echt toe. Gewoonlijk slaag ik erin Londense weekends te vermijden.'

'Ga je naar je ouderlijk huis?'

'Nee. Maar ik heb geschikte vrienden.'

'Hoe zit het met broers en zusters?'

'Twee zusters. De een woont in Londen en de ander in Gloucestershire.'

'Ik neem aan dat je weleens bij hen logeert.'

'Niet als ik het kan voorkomen.' Genoeg. Hij had genoeg vragen beantwoord. Het was tijd de rollen om te draaien. 'En jij? Ga jij in de weekends naar huis?'

'Nee. Ik ben heel vaak aan het werk. Mensen hebben de neiging di-neetjes te organiseren op de zaterdagavonden of lunches op zondag. Bovendien is het nauwelijks de moeite waard naar Schotland te gaan, alleen voor een weekend.'

Schotland.

'Je bedoelt... je woont in Schotland?'

'Nee. Ik woon hier. Maar het huis van mijn familie staat in Relkirk-shire.'

Ik woon hier.

'Maar ik dacht dat je vader...' Hij stopte, omdat wat hij had gedacht, puur giswerk bleek. Was het mogelijk dat hij het helemaal bij het ver-keerde eind had? '...Het spijt me, maar ik had de indruk...'

'Hij werkt in Edinburgh. Bij Sanford Cubben. Hij is hoofd van hun Schotse vestiging.'

Sanford Cubben, de kolossale internationale beleggingsmaatschappij. Noel bracht enkele mentale correcties aan. 'Ik snap het. Wat dom van mij. Ik dacht dat hij in Londen zat.'

'O, je bedoelt dat over New York. Dat stelt niets voor. Hij vliegt de hele wereld over. Tokio, Hongkong. Hij is niet vaak in het land.'

'Dus je ziet hem niet veel?'

'Soms, als hij op doorreis is in Londen. Hij logeert hier niet, omdat hij naar een flat van de firma gaat, maar gewoonlijk belt hij op en als er tijd is neemt hij me mee uit eten naar de Connaught of Claridge's. Da's een geweldig uitje. Ik pik er allerhande ideeën voor in de keuken op.'

'Dat is waarschijnlijk een uitstekende reden om naar Claridge's te gaan. Maar...' *Hij logeert hier niet.* '...van wie is dit huis?'

Alexa glimlachte volmaakt onschuldig. 'Van mij,' vertelde ze hem.

'O...' Het was onmogelijk het ongeloof uit zijn stem te houden. Het hondje was terug op haar schoot. Ze aaide z'n kop, speelde met de wol-lige, gespitste oren.

'Hoelang woon je hier al?'

'Ongeveer vijf jaar. Het was het huis van mijn grootmoeder. Mijn moe-ders moeder. We waren altijd dik bevriend. Ik bracht vaak een deel van mijn schoolvakanties bij haar door. Tegen de tijd dat ik naar Londen kwam om mijn kookcursus te doen, was zij weduwe en alleen. Dus trok ik bij haar in. Verleden jaar overleed ze en liet mij dit huis na.'

'Ze moet erg op je gesteld zijn geweest.'

'Ik was dol op haar. Het veroorzaakte wel wat toestanden in de familie. Dat ik bij haar woonde, bedoel ik. Mijn vader vond het helemaal geen goed idee. Hij was erg op haar gesteld, maar dacht dat ik onafhankelij-ker moest zijn. Vrienden van mijn eigen leeftijd maken, in een flatje wonen met een ander meisje. Maar ik had er echt geen zin in. Ik ben afschuwelijk lui in die dingen en oma Cheriton...' Ze stopte abrupt. Over de afstand die hen scheidde, ontmoetten hun ogen elkaar. Noel zei niets en na een pauze ging ze door, achteloos sprekend, alsof het geen belang had. '...ze werd oud. Het zou niet aardig geweest zijn om haar in de steek te laten.'

Nog een stilte. Toen zei Noel: 'Cheriton?'

Alexa zuchtte. 'Ja.' Het klonk alsof ze de een of andere gruwelijke misdaad opbiechtte.

'Een ongewone naam.'

'Ja.'

'Ook erg bekend.'

'Ja.'

'Sir Rodney Cheriton?'

'Hij was mijn grootvader. Ik wilde het je niet vertellen. De naam ontglipte me.'

Dus dat was het. De puzzel klopte. Dat verklaarde het geld, de weelde, de kostbare bezittingen. Sir Rodney Cheriton, nu overleden, stichter van een financieel imperium dat zich wereldwijd uitstrekte, die in de jaren zestig en zeventig geassocieerd werd met zoveel overnames en conglomeraten dat zijn naam zelden ontbrak in de *Financial Times*. Dit huis was het thuis geweest van Lady Cheriton, en de ongekunstelde kleine kok met het lieve gezichtje, die als een schoolmeisje met opgetrokken benen in haar stoel zat, was haar kleindochter.

Hij was verbijsterd. 'Wel, wie had dat gedacht?'

'Doorgaans vertel ik dit niet aan mensen, want ik ben er helemaal niet trots op.'

'Je zou juist wel trots moeten zijn. Hij was een voornaam man.'

'Het is niet dat ik hem niet mocht. Hij was altijd erg aardig tegen mij. Alleen ben ik het niet echt eens met die gigantische overnames en bedrijven die steeds maar groter worden. Ik hou ervan als ze kleiner en kleiner worden. Ik hou van de winkel op de hoek waar men je naam kent. Ik hou niet van de gedachte dat mensen opgeslokt worden, verloren raken of overbodig gemaakt.'

'We kunnen moeilijk de klok terugdraaien.'

'Dat weet ik. Mijn vader zegt dat ook steeds. Maar het doet me pijn wanneer een klein rijtje huizen gesloopt wordt en er alweer zo'n vreselijke kantoorblokkendoos met zwarte ramen voor in de plaats komt, als een legbatterij. Daarom hou ik zo van Schotland. Strathcroy, het dorp waar wij wonen, lijkt nooit te veranderen. Behalve dat mevrouw McTaggert, die de kruidenierswinkel runde, besloot dat ze niet langer zo goed ter been was en met pensioen ging. Haar winkel werd gekocht door Pakistani. Ze heten Ishak, ze zijn ontzettend aardig en de vrouw draagt mooie felgekleurde zijden kleren. Ben je ooit in Schotland geweest?'

'Ik was in Sutherland, om te vissen in de Oykel.'

'Wil je een foto van ons huis zien?'

Hij liet niet merken dat hij 'm al eerder goed bekeken had. 'Graag.'
Alexa zette de hond nogmaals op de vloer en stond op. Het hondje,
verveeld door al deze activiteiten, zat op het haardkleed en keek boos.
Ze haalde de foto en gaf hem aan Noel.
Na een passende pauze zei hij: 'Het ziet er zeer comfortabel uit.'
'Het is er heerlijk. Dit zijn mijn vaders honden.'
'Hoe heet je vader?'
'Edmund. Edmund Aird.' Ze bracht de foto terug. Ze draaide zich om
en kreeg de gouden staande klok in het oog, die in het midden van de
schoorsteenmantel stond. 'Het is bijna half negen,' zei ze.
'Goeie hemel.' Hij keek op zijn horloge. 'Het klopt. Ik moet gaan.'
'Je hoeft niet weg. Ik bedoel, ik kan iets voor je maken, je een warme
maaltijd voorschotelen.'
Het voorstel was zo goed en zo aanlokkelijk dat Noel zich gedwongen
zag lichtjes tegen te stribbelen. 'Da's erg aardig van je, maar...'
'Ik ben er zeker van dat je niets te eten hebt in Pembroke Gardens. Niet
als je net thuiskomt uit New York. En het is geen moeite. Ik doe het
graag.' Hij zag aan de uitdrukking op haar gezicht dat ze wilde dat hij
bleef. Afgezien daarvan, hij had een knagende honger.
'Ik heb een paar lamskoteletten.'
Dat maakte een einde aan zijn tegenwerpingen. 'Ik kan me niets lekker-
ders voorstellen.'
Alexa's gezicht straalde. Ze was zo doorzichtig als helder beekwater.
'O, prima. Ik zou me echt ongastvrij gevoeld hebben als ik je had laten
gaan zonder iets in je maag. Wil je hier blijven of ga je mee naar de
keuken om naar me te kijken?'
Als hij in deze stoel bleef zitten, zou hij in slaap vallen. Hij hees zich
overeind uit de stoel. 'Ik ga mee en kijk hoe je het doet.'

Alexa's keuken was geen verrassing – totaal niet modern, maar nogal
huiselijk en ogenschijnlijk op goed geluk ingericht, alsof het niet zo uit-
gekiend was, maar na verloop van jaren bij elkaar geraapt. Er lag een
betegelde vloer, met hier en daar een rieten mat en er waren grenen
keukenkasten. Onder een raam, waardoor je de kleine binnenplaats
kon zien, met z'n treden die uitkwamen op de straat, bevond zich een
granieten gootsteen. De muur achter de gootsteen was bekleed met
Delftsblauwe tegels en diezelfde tegels zaten aan de muur tussen de kasten. Het keukengerei waarmee zij werkte was overal aanwezig: een dik
hakblok, een rij koperen steelpannen, een marmeren deegroller. Er waren rekken met kruiden en bossen uien en er stond verse peterselie in
een beker.
Ze pakte een blauwwit slagersschort en bond dat rond haar middel.
Over het dikke sweatshirt maakte dit haar vormlozer dan ooit en het
accentueerde haar volle, in spijkerbroek gestoken achterwerk.

Noel vroeg of hij kon helpen.

'Nee, niet echt.' Ze was al bezig, deed de grill aan, opende laden. 'Tenzij je een fles wijn wilt openen. Wil je dat?'

'Waar staat de wijn?'

'Daar staat het rek...' Ze wees met haar hoofd, haar handen druk bezig. 'Op de vloer. Ik heb geen kelder en dat is de koelste plek die er is.'

Noel ging kijken. Aan het eind van de keuken kwam je via een poortje in wat waarschijnlijk eens een kleine bijkeuken was geweest. Hier lag ook een stenen vloer en er stond een aantal glimmend witte elektrische apparaten. Een afwasmachine, een wasmachine, een hoge koelkast en een enorme vrieskist. Achterin leidde een gedeeltelijk glazen deur direct naar de tuin. Bij de deur stonden een paar rubberlaarzen en een houten tobbe met tuingereedschap. Een afgedragen regenjas en een mishandelde vilthoed hingen aan een haak.

Hij vond het wijnrek achter de vrieskist. Op z'n hurken inspecteerde hij een stel flessen. Ze had een voorraad uitmuntende wijnen. Hij koos een Beaujolais en ging terug naar de keuken.

'Wat dacht je van deze?'

Ze wierp er een blik op. 'Uitstekend. Dat was een goed jaar. Er ligt een kurketrekker in die la. Als je hem nu opent, krijgt hij tijd om te ademen.'

Hij vond de kurketrekker en trok de kurk omhoog, die rustig en ongeschonden uit de fles kwam, en plaatste de geopende fles op tafel. Met niets anders meer te doen, schoof hij een stoel aan tafel om van het staartje whisky te genieten.

Ze had de koteletten uit de koelkast gehaald, mixte de ingrediënten voor een salade, vond een Frans stokbrood. Daarna arrangeerde ze de koteletten op de grill, haar hand reikend naar een pot rozemarijn. Haar handelingen waren vaardig en kwamen zonder inspanning en het kwam Noel voor dat zij, al werkend, tamelijk zelfverzekerd was geworden, vermoedelijk omdat ze iets deed waarvan ze wist dat ze er erg goed in was.

Hij zei: 'Je ziet er erg professioneel uit.'

'Ben ik ook.'

'Doe je ook aan tuinieren?'

'Waarom vraag je dat?'

'Al die spullen bij de achterdeur.'

'Ik snap het. Ja, ik werk in de tuin, maar die is zo klein dat het eigenlijk geen *echt* tuinieren is. Op Balnaid is de tuin enorm groot en er moet altijd wel iets aan gedaan worden.'

'Balnaid?'

'Dat is de naam van ons huis in Schotland.'

'Mijn moeder was een fanatiek tuinierster.' Dit gezegd hebbende, begreep Noel niet waarom hij dit feit aanroerde. Hij sprak zelden over zijn moeder, tenzij iemand hem een directe vraag stelde. 'Eeuwig aan het graven en altijd bezig met het wegkruien van grote ladingen mest.'

'Tuiniert ze niet meer?'

'Ze is dood. Ze overleed vier jaar geleden.'

'Oh, het spijt me. Waar tuinierde ze?'

'In Gloucestershire. Ze kocht een huis met wat hectaren wildernis. Tegen de tijd dat ze stierf, had ze het omgetoverd in iets heel bijzonders. Je weet wel... het soort tuin waar mensen graag in lopen na de lunch.'

Alexa glimlachte. 'Ze klinkt als mijn andere grootmoeder, Vi. Die woont in Strathcroy. Haar naam is Violet Aird, maar we noemen haar allemaal Vi.' De koteletten lagen op de grill, het brood werd warm gemaakt, de borden heet. 'Mijn moeder is ook dood. Ze kwam om het leven bij een auto-ongeluk toen ik zes was.'

'Nu is het mijn beurt om te zeggen dat het me spijt.'

'Ik herinner me haar, natuurlijk, maar niet erg goed. Ik herinner me haar voornamelijk van gedagzeggen, 's avonds voor ze naar een diner ging. Beeldige zwierige jurken en bontjes, geurend naar parfum.'

'Zes jaar is erg jong om je moeder te verliezen.'

'Het was minder erg dan het had kunnen zijn. Ik had een lieverd van een kinderjuf, ze heette Edie Findhorn. Na mammies dood gingen we terug naar Schotland en woonden we met Vi op Balnaid. En zo was ik gelukkiger dan velen.'

'Trouwde je vader opnieuw?'

'Ja. Tien jaar geleden. Ze heet Virginia. Ze is veel jonger.'

'Een boze stiefmoeder?'

'Nee. Ze is lief. Een beetje als een zuster. Ze is ongelooflijk mooi. En ik heb een halfbroer die Henry heet. Hij is bijna acht.'

Ze was nu de salade aan het maken. Met een scherp mes hakte en snipperde ze erop los. Tomaten en selderij, kleine verse champignons. Haar handen waren gebruind en bekwaam, de nagels kort en ongelakt. Er was iets zeer bevredigends aan haar. Hij probeerde zich de laatste keer te herinneren dat hij op deze manier zat, lichtelijk suf van de honger en de borrels, en vredig toekijkend hoe een vrouw een maal voor hem bereidde. Het lukte niet.

De moeilijkheid was dat hij nooit gevallen was voor huiselijke vrouwen. Zijn vriendinnen waren gewoonlijk fotomodellen of jonge, streberige actrices met enorme ambitie en weinig hersens. Wat ze allemaal gemeen hadden was hun uiterlijk, want hij had ze graag heel jong en heel mager met kleine borsten en lange, dunne benen. Geweldig voor zijn eigen persoonlijke amusement en bevrediging, maar van weinig nut voor het huishouden. Bovendien waren ze bijna allemaal... hoe mager ook... op het een of andere dieet, en terwijl ze er geen moeite mee hadden gigantische en dure maaltijden in restaurants te verzwelgen, waren ze niet geïnteresseerd in het klaarmaken van ook maar de simpelste snack in hun eigen of Noels appartement.

'O, schatje, dat is zo vervelend. Afgezien daarvan, ik heb geen honger. Neem een appel.'

Van tijd tot tijd dook er een meisje in Noels leven op dat zo dwaas verliefd was, dat ze de rest van haar leven met hem wilde doorbrengen. Dan werd er veel – misschien te veel – tijd en moeite geïnvesteerd. Intieme etentjes bij de open haard en uitnodigingen op het platteland en weekends met de honden. Maar Noel, op z'n hoede voor een vaste verbintenis, had de boot afgehouden en ten slotte vonden de meisjes, na een pijnlijke periode vol afgebroken telefoontjes en gehuilde beschuldigingen, andere mannen en trouwden met hen. Op die manier was hij op zijn vierendertigste nog steeds vrijgezel. Broedend boven zijn whiskyglas kon Noel niet beslissen of dit hem achterliet met een gevoel van triomf of verslagenheid.

'Zo dan.' De salade was klaar. Nu begon ze een dressing te bereiden van prachtige groene olijfolie en lichte wijnazijn. Diverse kruiden en specerijen werden toegevoegd en de geur hiervan deed hem watertanden. Toen dit gedaan was, begon ze de tafel te dekken. Een rood met wit geblokt kleed, wijnglazen, houten peper- en zoutstrooiers, een aardewerk botervloot. Ze nam vorken en messen uit een la en gaf ze aan Noel en hij dekte voor twee personen. Het leek een goed moment om de wijn te schenken, en dat deed hij en overhandigde Alexa haar glas.

Ze nam het van hem aan. In haar schort en omvangrijk sweatshirt, en met rode wangen van de hete grill, zei ze: 'Ik drink op Saddlebags.'

Om de een of andere reden ontroerde dit hem.

'En ik drink op jou, Alexa. En dank je wel.'

Het was een eenvoudige, maar heerlijke maaltijd, die volledig aan Noels gulzige verwachtingen voldeed. De koteletten waren mals, de salade knapperig en er was warm stokbrood om in de saus te deppen. Dit alles weggespoeld met goede wijn. Na enige tijd hield zijn maag op met rammelen en voelde hij zich onmiskenbaar beter.

'Ik kan me niet herinneren ooit zo lekker gegeten te hebben.'

'Het is niets bijzonders.'

'Maar perfect.' Hij nam nog wat salade. 'Als je ooit een aanbeveling nodig hebt, laat het me weten.'

'Kook jij ooit voor jezelf?'

'Nee, ik kan een uitsmijter bakken, maar als het moet koop ik gourmetmaaltijden bij Marks en Spencer en warm ze op. Eens in de zoveel tijd, als ik wanhopig ben, breng ik een avond door bij Olivia, mijn Londense zuster, maar zij is net zo hulpeloos in de keuken als ik en gewoonlijk draait het eropuit dat we iets exotisch eten, zoals kwarteleieren of kaviaar. Lekkere liflafjes, maar niet erg vullend.'

'Is ze getrouwd?'

'Nee. Ze is een carrièrevrouw.'

'Wat doet ze?'

'Ze is hoofdredactrice van *Venus*.'

'Alsjemenou.' Ze glimlachte. 'Wat een illustere relaties houden wij er op na.'

Alles op tafel was verorberd, maar Noel had nog steeds trek en dus kwam Alexa met kaas en een tros lichtgroene druiven. Ze leegden het laatste restje wijn. Alexa stelde voor om koffie te zetten.

De duisternis zette in. Buiten, in de schemerblauwe straat, gingen de lantaarns aan. Hun gloed viel binnen in het souterrain, maar het grootste deel lag in het donker. Plotseling werd Noel overmand door een geweldige geeuw. Toen hij hiermee klaar was, verontschuldigde hij zich. 'Neem me niet kwalijk. Ik moet echt naar huis.'

'Neem eerst wat koffie. Dat houdt je wakker tot je je bed bereikt. Weet je wat – waarom ga je niet naar boven, lekker onderuitzakken, dan breng ik je koffie. En daarna bel ik een taxi.'

Dat leek een bijzonder verstandig plan.

'Goed.'

Zelfs dat ene woord kostte hem moeite. Hij was zich ervan bewust dat hij zijn tong en lippen in de juiste positie plooide om te kunnen praten, en hij wist dat hij òf dronken was òf op het punt stond te bezwijken onder een gebrek aan slaap. Koffie was een goed idee. Hij legde z'n handen op tafel en duwde zich omhoog. De trap beklimmen, op weg naar de salon, was een nog grotere beproeving. Halverwege struikelde hij en was bijna plat op zijn gezicht gevallen, maar hij kon zich nog net staande houden.

Boven, in de stilte van de schemering, wachtte de lege kamer. De enige verlichting was afkomstig van de straatlantaarns, die gereflecteerd werden door het bronzen haardhekje en de facetten van de kristallen kroonluchter in het midden van het plafond. Het leek zonde om de vredige duisternis te doorbreken door de lampen aan te doen, dus liet hij dat. De hond sliep op de stoel waar Noel eerder in had gezeten, daarom liet hij zich op een hoek van de sofa zakken. De hond, verstoord, werd wakker en richtte z'n kop op, starend naar Noel. Noel staarde terug. De hond veranderde in twee honden. Hij was dronken. Hij had in geen eeuwigheid geslapen. Hij wilde nu niet slapen. Hij sliep niet.

Hij dommelde weg. Slapend en wakend tegelijk. Hij zat in de 747, ronkend boven de Atlantische Oceaan, met z'n dikke buurman snurkend naast zich. Zijn baas vertelde hem naar Edinburgh te gaan, om Saddlebags te verkopen aan een man die Edmund Aird heette. Er klonken stemmen, geroep en geschreeuw; de kinderen die op straat met hun fietsen speelden. Nee, ze waren niet op straat, ze waren buiten in een tuin. Hij bevond zich in een krappe kamer met een hoog plafond, glurend door een kier van een raam. Kamperfoeliebladeren tikten tegen het glas. Zijn oude kamer, in zijn moeders huis in Gloucestershire. Buiten op het gazon was een spel in voorbereiding. Kinderen speelden cricket. Of was het honkbal? Ze keken op en zagen zijn gezicht achter het raam. 'Kom beneden,' zeiden ze tegen hem. 'Kom beneden en doe mee.' Hij was blij dat ze hem erbij wilden hebben. Het was fijn om thuis te zijn. Hij verliet z'n kamer en ging naar beneden; stapte de tuin in, maar het cricketspel was afgelopen en iedereen was verdwenen. Het kon hem niet schelen. Hij lag in het gras en staarde naar de blauwe lucht. Alles was in orde. Geen van die nare dingen was werkelijk gebeurd en er was niets veranderd. Hij was alleen, maar er zou spoedig iemand komen. Hij kon wachten.

Een ander geluid. Een tikkende klok. Hij opende zijn ogen. De straatverlichting brandde niet meer en de duisternis was verdwenen. Het was niet zijn moeders tuin, niet zijn moeders huis, maar een onbekende kamer. Hij had geen idee waar hij was. Hij lag plat op zijn rug op de sofa, met een deken over zich heen. De franje kietelde zijn kin en hij duwde het weg. Omhoog kijkend, zag hij de glinsterende kristallen van de kroonluchter en toen wist hij het weer. Hij draaide zijn hoofd, zag de leunstoel met de leuning naar het raam gekeerd; daar zat een meisje, haar glanzende haar stak af tegen het ochtendlicht achter het raam met het open gordijn. Hij bewoog. Zij hield zich stil. Hij zei haar naam. 'Alexa?'

'Ja.' Ze was wakker.

'Hoe laat is het?'

'Even over zevenen.'

'Zeven uur 's morgens?'

'Ja.'

Hij rekte zich uit, gaf z'n lange benen de ruimte. 'Ik ben in slaap gevallen.'

'Je sliep tegen de tijd dat ik boven kwam met de koffie. Ik dacht er aan je te wekken, maar besloot toen om het niet te doen.'

Hij knipperde, wreef de slaap uit z'n ogen. Hij zag dat zij niet langer haar spijkerbroek en sweatshirt droeg, maar een witte badjas, strak om haar lichaam gewikkeld. Ze had zichzelf in een deken gerold, maar haar benen en voeten die eronderuit staken waren bloot.

'Ben je hier de hele nacht geweest?'

'Ja.'

'Je had naar bed moeten gaan.'

'Ik vond het niet leuk je alleen te laten. Ik wilde niet dat je wakker werd met het gevoel dat je weg moest en niet in staat zou zijn een taxi te vinden midden in de nacht. Ik maakte mijn logeerbed op, maar toen dacht ik, wat heeft het voor nut? Dus liet ik je gewoon maar slapen.'

Hij greep het staartje van zijn droom voordat deze in vergetelheid vervaagde. Hij had in zijn moeders tuin in Gloucestershire gelegen en wist dat er iemand aankwam. Niet zijn moeder. Penelope was dood. Iemand anders. Toen verdween de droom voorgoed, hem achterlatend met Alexa.

Hij voelde zich, tot zijn verrassing, ontzettend goed, energiek en verkwikt. Beslist. 'Ik moet naar huis.'

'Zal ik een taxi voor je bellen?'

'Nee. Ik ga lopen. Dat zal me goed doen.'

'Het is een heerlijke ochtend. Wil je iets eten voor je weggaat?'

'Nee, het gaat best.' Hij duwde de deken van zich af en zat rechtop, kamde zijn haar en wreef over z'n stoppelige kin. 'Ik ga ervandoor.' Hij stond op.

Alexa deed geen pogingen om hem te laten blijven, maar liep enkel met hem mee naar de hal, opende de voordeur voor de heldere, prille ochtend in mei. In de verte was het geraas van het verkeer al hoorbaar, hoewel een vogel ergens in een boom zong. De lucht was fris, hij meende dat hij seringen rook.

'Dag Noel.'

Hij draaide zich om. 'Ik bel je nog.'

'Dat hoef je niet.'

'Hoef ik dat niet?'

'Je bent me niets verplicht.'

'Je bent erg lief.' Hij bukte zich en kuste haar perzikwang. 'Dank je wel.'

'Ik vond het leuk.'

Hij verliet haar, liep de treden af en zette er op de stoep stevig de pas in. Aan het eind van de straat keek hij om. Ze was weg en de blauwe voordeur was dicht. Maar het kwam Noel voor dat er over het huis met de laurierboom een bijzondere gloed hing.

Hij glimlachte en vervolgde zijn weg.

Juni

4

Isobel Balmerino, achter het stuur van haar minibus, reed de tien mijl naar Corriehill. Het was bijna vier uur in de middag en begin juni, maar hoewel de bomen volop bladeren droegen en de groene velden vol met groeiende gewassen stonden, was het tot dusverre helemaal geen zomer geweest. Echt koud was het niet, maar het was miezerig en druilerig, en de hele weg vanaf Croy hadden de ruitewissers aangestaan. Lage wolken hingen boven de heuvels en alles was in grauwe kleuren gedompeld. Het speet haar voor de buitenlandse bezoekers, die van zo ver waren gekomen om de luister van Schotland te zien, om te ontdekken dat deze gehuld was in somberheid en alles bijna onzichtbaar bleef.
Niet dat haar dit erg dwars zat. Ze had deze lastige reis, dwars door de velden en over smalle paadjes, al zo vaak gemaakt dat ze weleens dacht dat als ze de minibus op eigen kracht zou laten rijden, hij dit heel aardig zou redden, zichzelf naar Corriehill en terug sturend zonder menselijke hulp, betrouwbaar als een toegewijd paard.
Ze kwam nu op een bekend kruispunt en was er bijna. Ze sloeg af en stuurde de minibus over een smalle landweg met meidoorns. Het weggetje kronkelde zich omhoog naar de heuvel en intussen werd de mist dikker; uit voorzorg deed ze de koplampen aan. Rechts van haar doemde de stenen muur op, de uiterste grens van het landgoed Corriehill. Nog een kwart mijl en ze zou de grote toegangspoort bereiken, de twee portiershuisjes. Even later reed ze er tussendoor en hotste over de kuilen in de weg, die was omzoomd door eeuwenoude beuken en brede bermen met ruig gras dat tijdens het voorjaar goud kleurde van de narcissen. De narcissen waren allang dood en hun verdorde kelken en dode bladeren waren het enige dat was overgebleven van hun vroegere pracht. Op een dag zou Verena's klusjesman de greppels maaien met zijn maaimachine en dat zou dan het einde zijn van de narcissen. Tot de volgende lente.
Triest bedacht ze, en niet voor het eerst, dat naarmate je ouder werd je het drukker kreeg en de tijd steeds sneller ging, de maanden elkaar ruw verdrongen en de jaren van de kalender glipten en in het verleden verdwenen. Ooit was er tijd genoeg geweest. Tijd om te staan of te zitten en alleen maar te *kijken* naar narcissen, of om in een opwelling het huis te laten voor wat het was, de achterdeur uit te gaan en de heuvel op te lopen, in het leeuwerikgezang van een lege zomerochtend. Of eropuit te gaan voor een dagje in Relkirk, winkelen, een vriendin ontmoeten en

samen lunchen, het café vol warme menselijkheid en gesprekken, de geur van koffie en het soort eten dat je nooit voor jezelf maakte.

Al die dingen leken om diverse redenen nooit meer te gebeuren.

Het pad werd minder steil. Grind knarste onder de wielen van de minibus. Het huis dook voor haar op uit de mist. Er stonden geen andere auto's, wat betekende dat alle andere gastvrouwen waarschijnlijk al geweest waren, hun gasten hadden opgepikt en weer waren weggegaan. Verena zou dus op haar zitten wachten. Isobel hoopte dat ze niet ongeduldig was geworden.

Ze reed de wagen voor, schakelde de moter uit en stapte naar buiten in de zachte, druilerige lucht. De voordeur stond open en gaf toegang tot een geplaveide veranda, met achterin een glazen deur. Deze veranda lag vol met een grote hoeveelheid duur uitziende bagage. Isobel verloor alle moed, omdat het nog meer leek dan anders. Koffers (enorm groot), kledinghoezen, kleine koffers, golftassen, dozen en cadeaus en draagtassen voorzien van de bekende namen van grote warenhuizen. (Ze hadden duidelijk gewinkeld.) Alles was gemerkt met het herkenbare gele label: SCOTTISH COUNTRY TOURS.

Ze bleef even staan om de namen op de labels te lezen. Joe Hardwicke. Arnold Franco. Myra Hardwicke. Susan Franco. De koffers waren voorzien van opzichtige monogrammen en aan de golftassen hingen prestigieuze labels.

Ze zuchtte. Daar gaan we weer. Ze deed de glazen tussendeur open. 'Verena!'

De hal van Corriehill was enorm, met een gebeeldhouwde eiken trap die naar de bovenste verdieping voerde en veel lambrizering. De vloer lag bezaaid met kleden, sommige heel gewoon en andere waarschijnlijk onbetaalbaar, en in het midden stond een tafel met een verzameling parafernalia: een geranium in een pot, een honderiem, een ijzeren blad om brieven op te leggen en een massief, in leer gebonden gastenboek. 'Verena?'

In de verte werd een deur gesloten. Voetstappen kwamen uit de richting van de keuken over de overloop. Verena Steynton verscheen en zag er, als altijd, lang en slank, beheerst en perfect gekleed uit. Zij was een van die vrouwen die, om gek van te worden, altijd tot in de puntjes verzorgd voor de dag kwamen, alsof ze het grootste deel van de dag spendeerde aan het uitkiezen en bij elkaar zoeken van de diverse kledingstukken. Deze rok, dit bloesje, dit cashmir vest, deze schoenen. Zelfs het vochtige en drukkende weer, dat het kapsel ruïneerde van haast iedere rechtgeaarde vrouw, maakte geen kans tegen Verena's coiffure, die onder geen enkele omstandigheid ooit inzakte en altijd mooi en aantrekkelijk oogde, alsof ze net vanonder de droogkap kwam. Isobel koesterde geen illusies over haar eigen verschijning. Gedrongen en fors als een Schotse pony, haar huid rossig en glanzend, haar handen ruw van het werk, had ze lang geleden opgehouden zich druk te maken over haar uiterlijk. Maar, kijkend naar Verena, wenste ze plotseling dat ze de tijd had genomen om iets anders aan te trekken dan haar corduroybroek en het gewatteerde modderkleurige vest zonder mouwen, dat haar beste vriend was.

'Isobel.'

'Ik hoop dat ik niet te laat ben.'

'Nee. Je bent de laatste maar je bent niet te laat. Je gasten zijn klaar en wachten op je in de salon. Meneer en mevrouw Hardwicke en het echtpaar Franco. Naar hun uiterlijk te oordelen iets robuuster dan onze doorsnee gasten.' Dit luchtte Isobel enigszins op. Misschien zouden de mannen in staat zijn hun eigen golftassen te versjouwen. 'Waar is Archie? Ben je alleen?'

'Hij moest naar een bijeenkomst van de kerk op Balnaid.'

'Kun je het aan?'

'Natuurlijk.'

'Wel, kijk, voor je hen meeneemt, er is een kleine wijziging in de plannen. Ik leg het je uit. We kunnen maar beter naar de bibliotheek gaan.' Gehoorzaam volgde Isobel haar, bereid om alle instructies aan te nemen. De bibliotheek van Corriehill was een plezierige ruimte, kleiner dan de meeste andere kamers, het rook er prettig mannelijk – naar pijp rook en verbrand hout, naar oude boeken en oude honden. De oudehondegeur was afkomstig van een bejaarde labrador, soezend op zijn kussen bij de gloeiende resten van een vuur. Hij richtte zijn kop op, zag de twee dames, knipoogde hautain en ging door met slapen.

'Het zit zo...' begon Verena en gelijkertijd rinkelde de telefoon op het bureau. Ze zei: 'Verdorie. Neem me niet kwalijk, het duurt maar even,' en nam op. 'Hallo, Verena Steynton... Ja.' Haar stem veranderde. 'Meneer Abberley. Bedankt voor het terugbellen.' Ze trok de bureaustoel naar zich toe en ging zitten, pakte haar ballpoint en een notitieblok. Ze maakte de indruk dat ze zich opmaakte voor een lang gesprek en Isobel zuchtte, want ze wilde naar huis.

'Ja. O, geweldig. Welnu, we zullen uw grootste feesttent nodig hebben, ik denk aan die met de gele en witte strepen. En een dansvloer.' Isobel spitste haar oren, niet langer ongeduldig, maar schaamteloos meeluisterend. 'De datum? We dachten zestien september. Dat is een vrijdag. Ja, het lijkt mij het beste als u even langskomt, dan kunnen we het bespreken. Volgende week is prima. Woensdagochtend. Goed. Dan zie ik u. Goedendag, meneer Abberley.' Ze hing op en leunde achterover in haar stoel, met de uitdrukking op het gezicht van iemand die goed werk heeft geleverd. 'Zo, dat is het eerste wat geregeld is.'

'Wat ben je in hemelsnaam van plan?'

'Nou, Angus en ik praten er al zo lang over en we hebben eindelijk besloten om de knoop door te hakken. Katy wordt dit jaar eenentwintig en we gaan een bal voor haar geven.'

'Mijn hemel, je moet stinkend rijk zijn.'

'Nee, niet echt, maar het is toch wel een gebeurtenis en we zijn zoveel mensen iets verschuldigd, dat het een goede manier is om in één klap een hoop goed maken.'

'Maar september is nog eindeloos ver weg, het is nu pas begin juni.'

'Dat weet ik, maar je kunt nooit te vroeg beginnen. Je weet hoe het is in september.' Isobel wist er alles van. Het Schotse seizoen, met een massale trek van het zuiden naar het noorden voor de hoenderjacht. Elk groot huis organiseerde partijtjes, dansfeesten, cricketwedstrijden, lokale spelletjes en alle denkbare gezellige activiteiten, ten slotte uitmondend in een uitputtende week van jachtpartijen.

'We hebben een feesttent nodig, omdat er binnen echt geen ruimte is om te dansen en Katy staat erop dat we een of andere hoek tot een nachtclub maken, zodat al haar yuppievrienden uit Londen hun nummertje kunnen schuifelen. Dan moeten we een goede band zien te vinden en een competent cateringbedrijf. De tent heb ik tenminste geregeld. Jullie krijgen natuurlijk allemaal een uitnodiging. Ze keek Isobel streng aan. 'Ik hoop dat Lucilla komt.'

Het was moeilijk om niet een beetje jaloers te zijn op Verena, zoals ze daar een bal voor haar dochter zat te organiseren, in de wetenschap dat deze dochter zou meewerken en van elk moment van haar feest zou genieten. Haar eigen Lucilla en Katy Steynton waren samen op school geweest en met elkaar bevriend op de glansloze manier van kinderen die door hun ouders bij elkaar zijn gezet. Lucilla was twee jaar jonger dan Katy en had een totaal ander karakter, en zodra de school was afgelopen, gingen zij hun eigen weg.

Katy, de droom van iedere moeder, had zich trouw geschikt. Een jaar in Zwitserland en daarna een secretaresseopleiding in Londen. Ze slaagde en vond een baan die de moeite waard was... het had iets van doen met geld inzamelen voor goede doelen... en ze deelde een klein huis in Wandsworth met uitermate geschikte vrienden. Het zou niet lang duren eer ze zonder enige twijfel verloofd zou raken met een briljante jongeman die Nigel heette, of Jeremy of Christopher, haar onschuldige gezichtje zou op de voorpagina van *Country Life* verschijnen en de bruiloft zou voorspelbaar zijn, met een witte jurk, een heleboel kleine bruidsmeisjes, en 'Praise My Soul the King of Heaven'.

Isobel wilde niet dat Lucilla zoals Katy was, maar soms, zoals nu, kon ze niet helpen dat ze wenste dat haar schattige, dromerige dochter een klein beetje gewoner was geweest. Maar zelfs als kind al had Lucilla van een soms ongewone individualiteit en goedaardige rebellie blijk gegeven. Haar politieke voorkeur lag bij de linkse partijen en er was niet veel voor nodig of ze stortte zich hals over kop op de een of andere zaak die haar aandacht had getrokken. Ze was tegen kernenergie, de vossejacht, het doodknuppelen van jonge zeehondjes en het ontduiken van belasting. Daarbij toonde ze zich bezorgd over het lot van thuislozen, bedelaars, drugsverslaafden en de arme drommels die bezig waren te sterven aan aids.

Al van jongs af aan was ze creatief geweest en na zes maanden in Parijs als au pair gewerkt te hebben, werd ze aangenomen op de kunstacademie in Edinburgh. Daar raakte ze bevriend met de meest uiteenlopende types die ze van tijd tot tijd meenam naar Croy. Ze zagen er allemaal nogal gek uit, maar niet gekker dan Lucilla, die haar kleren bij het Leger des Heils kocht en er geen moeite mee had een kanten avondjurk te dragen met een heren tweedcolbert en Edwardian rijglaarzen.

Na de kunstacademie bleef ze in Edinburgh, maar slaagde er niet in een manier te vinden om aan de kost te komen. Niemand voelde zich geroepen om haar wonderlijke schilderijen te kopen en geen enkele galerie wilde ze exposeren. Wonend op een zolderkamertje in India Street, hield ze zich in leven met het schoonmaken van andermans huizen. Dit bleek verrassend lucratief en zodra ze genoeg gespaard had om de oversteek van Het Kanaal te kunnen betalen, vertrok ze naar Frankrijk met een rugzak en haar schildersspullen. Het laatste nieuws was dat ze in Parijs woonde, samen met mensen die ze onderweg had ontmoet. Het was allemaal nogal zorgwekkend.

Zou ze thuiskomen? Isobel kon natuurlijk poste-restante schrijven naar het adres dat haar dochter haar gegeven had. *Lieve Lucilla, zorg dat je hier bent in september, want je bent uitgenodigd voor Katy Steyntons bal.* Maar het was niet waarschijnlijk dat Lucilla er veel acht op zou slaan. Ze had nooit gehouden van formele partijtjes en wist nooit wat ze moest zeggen tegen de welopgevoede jongemannen die ze daar ontmoette. *Mammie, ze zijn echt gruwelijk burgerlijk. En ze hebben allemaal haar dat op tweed lijkt.*

Ze was moeilijk. Maar ze was ook lief, vriendelijk, grappig en liefdevol. Isobel miste haar verschrikkelijk.

Ze zuchtte en zei: 'Ik weet het niet. Ik neem aan van niet.'

'O jeetje.' Verena was meelevend, wat het er niet beter op maakte. 'Nou ja, het geeft niet, ik stuur haar een uitnodiging. Katy zal haar zo graag weer eens willen zien.'

In stilte betwijfelde Isobel dit. Ze zei: 'Is het feest een geheim of mag ik erover praten?'

'Nee, natuurlijk is het geen geheim. Hoe meer mensen het weten, hoe beter. Misschien bieden ze aan etentjes te geven.'

'Ik geef wel een diner.'

'Je bent te goed.' Ze zouden daar eeuwig hebben gezeten, verdiept in hun plannen maken, als Verena zich niet plotseling iets had herinnerd.

'Hemeltjelief, ik ben die arme Amerikanen vergeten. Ze zullen zich wel afvragen wat er met ons gebeurd is. Nou, kijk... het geval is' – ze rommelde tussen de spullen op haar bureau en haalde een paar vellen papier met getypte instructies te voorschijn – 'dat de twee mannen de meeste tijd met golfen hebben doorgebracht en ze willen morgen ook spelen, dus slaan ze het uitstapje naar Glamis over. In plaats daarvan heb ik geregeld dat ze morgenochtend om negen uur van Croy worden opgehaald en naar Gleneagles gebracht. Dezelfde auto zal ze ergens in de middag terugbrengen als ze klaar zijn met het spel. Maar de dames willen naar Glamis, dus als je ze hier om ongeveer tien uur kunt afzetten, dan kunnen ze met de anderen mee in de bus.'

Isobel knikte, hopend dat ze niets van dit alles zou vergeten. Verena was zo efficiënt en, in elk opzicht, Isobels meerdere.

Scottish Country Tours werd geleid vanuit een centraal bureau in Edinburgh, maar Verena was de plaatselijke coördinatrice. Het was Verena die elke week Isobel belde om haar te laten weten hoeveel gasten ze verwachten kon (zes was de limiet, meer ruimte had ze niet), alsmede om haar op de hoogte te houden van kleine eigenaardigheden of persoonlijke problemen van haar gasten.

De reizen begonnen in mei en gingen door tot eind augustus. Ze duurden een week en verliepen volgens een vast patroon. De groep, komend uit New York, begon hun verblijf in Edinburgh, waar ze twee dagen rondkeken. Dinsdag bracht de bus hen naar Relkirk, waar ze plichtsgetrouw rondhobbelden rond de Auld Kirk, het plaatselijke kasteel en een tuin van de National Trust. Daarna werden ze getransporteerd naar Corriehill, om verwelkomd en ingedeeld te worden door Verena. Van Corriehill werden ze opgehaald door de diverse gastvrouwen. Woensdag was de dag voor Glamis Castle en een toeristisch ritje naar Pitlochry, en op donderdag namen ze weer plaats in de bus om de hooglanden te bekijken en Deeside en Inverness te bezoeken. Op vrijdag keerden ze terug naar Edinburgh en op zaterdag vlogen ze naar huis, terug naar het vliegveld Kennedy en al die andere westelijke steden.

Isobel wist zeker dat ze tegen die tijd allemaal totaal uitgeput zouden zijn.

Vijf jaar geleden had Verena Isobel gestrikt voor deze zaak. Ze had uitgelegd wat er verlangd werd en Isobel een folder van de firma te lezen gegeven. Het was te veel van het goede.

Logeer als onze gast in een particulier huis. Ervaar zelf de gastvrijheid en de historische grandeur van enkele van Schotlands lieflijkste onderkomens en ontmoet, als vrienden, de oude families die er wonen.

Dergelijke overdrijving moest je maar kunnen waarmaken.

'We zijn geen oude familie,' hield ze Verena voor.

'Oud genoeg.'

'En Croy is niet echt historisch.'

'Sommige gedeelten wel. En je hebt veel slaapkamers. Daar gaat het maar om. En denk eens aan al die fijne centjes...'

Dit had Isobel uiteindelijk overgehaald. Verena's voorstel kwam op een moment waarop het fortuin van de Balmerino's, letterlijk, tot nul was gereduceerd. Archies vader, de tweede Lord Balmerino, een charmante maar tevens onpraktische man, was overleden en had het landgoed in wanorde achtergelaten. Zijn plotselinge dood kwam voor hem, en voor de meeste andere mensen, als een verrassing en de ongehoord hoge belastingaanslag roomde het overgrote deel van het geërfde familiekapitaal af. De Balmerino's bevonden zich plotseling in een moeilijke situatie, worstelend met de opvoeding van hun twee kinderen, Lucilla en Hamish, het huishouden van het grote en onpraktische huis en het onderhoud van de landerijen. Archie was toen nog een gewoon soldaat. Op z'n negentiende was hij bij de Queen's Loyal Highlanders gegaan, gewoon omdat hij niets anders bedenken kon, en hoewel hij volop genoten had van zijn jaren bij het regiment, was hij niet gezegend met de ambitie om hogerop te komen. Hij wist dat hij het nooit tot hoger officier zou brengen.

Croy behouden, ondanks alles, werd hun eerste prioriteit. Vol goede moed maakten zij plannen. Archie zou uit het leger gaan en, nu hij nog jong genoeg was, een of ander baantje proberen te vinden. Maar voordat ze dit ten uitvoer konden brengen, werd Archie opgeroepen voor een laatste dienstreis met zijn regiment en vertrok naar Noord-Ierland. Het regiment kwam vier maanden later naar huis, maar het duurde acht maanden voordat Archie weer op Croy terug was. Het kostte Isobel een week om zich te realiseren dat, ongeacht zijn terugkeer in de burgermaatschappij, welk baantje dan ook voorlopig van de baan was. Tijdens lange en slapeloze nachten overdacht zij hun problemen.

Maar ze hadden vrienden. In het bijzonder Edmund Aird, die de ernst van de situatie onderkende. Edmund diende zich aan en nam het roer over. Het was Edmund die een huurder voor de boerderij vond en Edmund die de verantwoordelijkheid voor het jachtgebied op zich nam. Samen met Gordon Gillock, de opzichter, zorgde hij ervoor dat de heide werd afgebrand en dat de schuilhutten werden onderhouden en vervolgens verhuurde hij alles aan een groep zakenlieden uit het zuiden, behalve een stuk jachtterrein voor zichzelf en voor Archie.

Voor Isobel was het een enorme opluchting tenminste van enkele van haar problemen te worden verlost, maar het inkomen bleef een nijpend probleem. Er was nog steeds wat familiekapitaal, maar dit zat vast in aandelen en obligaties en het was het enige dat Archie zijn kinderen kon nalaten. Isobel had wat eigen geld, maar dit haalde weinig uit, zelfs als je het optelde bij Archies legerpensioen en zijn zestig procent invaliditeitsuitkering. De dagelijkse uitgaven voor het onderhoud van het huis, het eten en de kleding van de familie bleven een constante bron van zorgen, zodat Verena's aanbod, aanvankelijk intimiderend, in feite als een geschenk uit de hemel kwam.

'O, kom op, Isobel. Jij kunt dit met je ogen dicht.'

En Isobel begreep dat het waar was. Per slot van rekening was ze gewend een groot huishouden te leiden en vertrouwd met logés. Toen Archies vader nog leefde, moesten er altijd feestjes georganiseerd worden voor na de jacht en waren er bals in september. Tijdens de schoolvakanties was Croy bevolkt met vriendjes van de kinderen en Kerstmis en Pasen gingen nooit voorbij zonder dat hele families deelden in de feestvreugde.

Met dit alles vergeleken, klonk Verena's voorstel in 't geheel niet moeilijk. Het vergde slechts twee dagen per week, gedurende de vier zomermaanden. Dat kon toch zeker niet te zwaar zijn. En... opbeurende gedachte... het feit dat er mensen kwamen en gingen zou een stimulans zijn voor Archie. Het vermaken van de gasten zou hem weer bezig houden en wellicht weer wat zelfvertrouwen geven, en jammer genoeg was dat hard nodig ook.

Wat ze zich niet had gerealiseerd, was dat het herbergen van betalende gasten wel iets anders was dan je eigen vrienden over de vloer hebben. Ze leerde algauw dat je geen ruzie met hen kon maken, netzomin als je erbij kon gaan zitten en niets zeggen. Ook kon je hun niet toestaan de keuken af te schuimen en de koelkast te plunderen of een salade in elkaar te flansen. De echte moeilijkheid zat hem in het feit dat ze betaalden. Dit bracht de gastvrijheid op een heel ander niveau, omdat het betekende dat alles perfect moest zijn. De rondreis was niet goedkoop en, zoals Verena ronduit eiste, de klanten moesten waar voor hun dollars krijgen.

Er waren voor de gastvrouwen bepaalde richtlijnen vastgelegd op een instructievel. Elke slaapkamer moest zijn voorzien van een toilet, bij voorkeur aangrenzend. De bedden dienden elektrische dekens te hebben en de kamers centrale verwarming. Extra verwarming was gewenst... het liefst een open haard en als dat niet mogelijk was een elektrische kachel of gashaard. En verse bloemen voor in de slaapkamers. (Toen ze dit las, ergerde Isobel zich. Wie dachten ze wel dat ze waren? Ze had nog nooit van haar leven een gast in een kamer ondergebracht zonder dat er verse bloemen op de commode stonden.)

Dan waren er nog de richtlijnen voor het ontbijt en het avondeten. Het ontbijt moest stevig en hartig zijn; jus d'orange, koffie en thee, alles moest er zijn. 's Avonds diende de gastvrouw een cocktail te serveren en wijn voor bij het diner. De maaltijd hoorde in stijl opgediend te worden, met kaarsen, kristal en zilver op tafel, en moest uit ten minste drie gangen bestaan, gevolgd door koffie en conversatie. Ook andere verstrooiingen, hoe onwaarschijnlijk ook, moesten beschikbaar zijn. Een beetje muziek... misschien een deuntje op de doedelzak...?

De bezoekers van overzee zaten te wachten in Verena's salon. Verena gooide de deuren open. 'Het spijt me dat het zo lang duurde. Er moesten nog een of twee dingetjes geregeld worden,' zei ze met een stem die geen ruimte liet voor vragen of opmerkingen. 'Dit is uw gastvrouw, die u meeneemt naar Croy.'

De salon van Corriehill was groot en licht, schaars gemeubileerd en werd niet vaak gebruikt. Die dag brandde er echter een klein vuur in de haard vanwege het gure weer, en de vier Amerikanen zaten er in leunstoelen en op een sofa omheen. Om de tijd de doden hadden ze de televisie aangezet en ze keken, licht verbijsterd, naar een cricketmatch. Verstoord stonden ze op, lachten wat en een van de mannen bukte zich om de televisie uit te zetten.

'Welnu, mag ik u voorstellen. De heer en mevrouw Hardwicke, de heer en mevrouw Franco. Dit is uw gastvrouw voor de komende twee dagen. Lady Balmerino.'

Terwijl ze handen schudde, begreep Isobel wat Verena bedoelde toen ze de gasten van deze week beschreef als iets steviger dan gewoonlijk. Om de een of andere reden trok Scottish Country Tours hoogbejaarde klanten aan en soms waren ze niet alleen oud, maar was bovendien hun gezondheidstoestand wankel – kortademig en onzeker op de benen. Maar deze twee echtparen hadden de middelbare leeftijd nog maar net bereikt. Ze hadden grijs haar, dat wel, maar barstten zo te zien van de energie en hadden een benijdenswaardig bruine kleur van de zon. De Franco's waren klein van stuk en de heer Franco was helemaal kaal, de Hardwickes waren lang, gespierd en slank en oogden alsof ze hun hele leven buiten hadden doorgebracht en veel aan gymnastiek deden.

'Ik ben bang dat ik een beetje laat ben,' hoorde Isobel zichzelf zeggen, hoewel ze best wist dat ze helemaal niet laat was. 'Maar we kunnen vertrekken, wanneer u zover bent.'

Ze waren er helemaal klaar voor. De dames verzamelden hun handtassen en hun prachtige nieuwe Burberrie regenjassen en het groepje marcheerde door de hal naar de veranda. Isobel maakte de achterdeur van de minibus open en intussen kwamen de mannen aansjouwen met de zware koffers die ze over het grind sleepten, waarna ze haar hielpen met inladen. (Dit was ook iets ongekends. Zij en Verena moesten dit gewoonlijk zelf doen.) Toen alles veilig aan boord was, sloot ze de deuren. De Hardwickes en de Franco's namen afscheid van Verena. 'Maar,' zei Verena, 'ik zie de dames morgen. En ik hoop dat het golfen een groot succes wordt. Jullie zullen Gleneagles fantastisch vinden.'

De portieren werden geopend en ze klommen allemaal naar binnen. Isobel ging achter het stuur zitten, deed haar veiligheidsgordel om, startte de motor en reed weg.

'Het is jammer van het weer. We hebben nog helemaal geen zomer gehad.'
'O, we hebben er totaal geen last van gehad. We vinden het vervelend dat u er op een dag als vandaag op uit moest om ons op te halen. Hopelijk was het niet al te veel moeite.'
'Nee, in 't geheel niet. Het is mijn werk.'
'Is het ver naar uw huis, Lady Balmerino?'
'Ongeveer tien mijl. En ik zou graag willen dat u me Isobel noemt.'
'Goh, dank u, zullen we doen. En ik heet Susan, mijn man hier Arnold en de Hardwickes heten Joe en Myra.'
'Tien mijl,' zei een van de mannen. 'Da's een behoorlijke afstand.'
'Ja. Eigenlijk gaat mijn man altijd mee op deze ritjes. Maar hij moest naar een vergadering. Hij komt rond theetijd thuis, dus u zult hem dan wel ontmoeten.'
'Zit Lord Balmerino in zaken?'
'Nee. Nee, het is geen zakenbijeenkomst. Het is een vergadering van de kerk. Onze dorpskerk. We moeten geld inzamelen. Ze hebben nogal een klein budget. Maar mijn echtgenoots grootvader heeft de kerk gebouwd, dus voelt hij zich verplicht te helpen.'
Het regende weer. De ruitewissers zwiepten heen en weer. Misschien zou een praatje hun aandacht van het treurige weer afleiden.
'Is dit uw eerste bezoek aan Schotland?'
De twee dames, elkaar aanvullend als een tweestemmig duo, vertelden het haar. De mannen waren hier eerder geweest om te golfen, maar dit was voor het eerst dat de vrouwen meegingen. En ze waren gewoonweg verzot op alles wat ze hier aantroffen en ze waren helemaal dol geworden in de winkels in 'Edinburrow'. Het had geregend, natuurlijk, maar dat deerde hun niet. Ze droegen hun nieuwe Burberries en ze vonden allebei dat de regen 'Edinburrow' juist zo historisch en romantisch maakte. Ze zagen precies voor zich hoe Mary en Bothwell lang geleden samen over de Royal Mile waren gereden.
Toen ze uitgepraat waren, vroeg Isobel uit welk deel van Amerika zij kwamen.
'New York, de staat. Rye.'
'Zit u daar aan zee?'
'Oh, zeker. Onze kinderen zeilen elk weekend.'
Isobel kon het zich voorstellen. Kon zich die kinderen voorstellen, zongebruind met hun haren wapperend in de wind, barstensvol vitaminen en een en al gezondheid, scherend over het strakke blauwe water onder de krommende vleugel van het grote witte zeil. En zonneschijn. Blauwe

lucht en zonneschijn. Elke dag opnieuw, zodat je dingen kon organiseren, tenniswedstrijden en picknicks en 's avonds barbecues, in de zekerheid dat het niet zou gaan regenen.

Dat was hoe de zomers waren, in haar herinnering. De eindeloze, doelloze zomers van haar kindertijd. Wat was er gebeurd met die lange, zonovergoten dagen, die zoet geurden naar rozen, waarop je alleen maar binnenkwam om te eten en soms zelfs dat niet eens? Zwemmen in de rivier, luieren in de tuin, tennissen, theedrinken in de schaduw van een boom omdat het op andere plekken te heet was. Ze herinnerde zich picknicks op de heide die trilde in het zonlicht, de aanplant te droog om een kampvuur te maken, en leeuweriken die hoog in de lucht voorbijvlogen. Wat was er met haar wereld gebeurd? Welke kosmische ramp had die vrolijke dagen doen omslaan in deze eindeloze donkere en natte droefgeestigheid?

Het was niet alleen het weer, maar het was een feit dat het weer alles erger maakte: het afgeschoten been van Archie, het aardig moeten doen tegen onbekenden die betaalden om in de logeerkamers te slapen, de eeuwige vermoeidheid, het voortdurende geldgebrek, de zorgen over het bijeenbrengen van het collegegeld voor Hamish. En de afwezigheid van Lucilla.

Ze hoorde zichzelf, tamelijk luid, zeggen: 'Dat is het verschrikkelijke van het leven in Schotland.'

Een moment, misschien waren ze verrast door haar uitbarsting, gaf niemand commentaar op deze mededeling. Toen sprak een van de dames: 'Pardon, wat zegt u?'

'Neem me niet kwalijk. Ik bedoelde de regen. We worden zo moe van die regen. Ik bedoelde deze verschrikkelijke zomers.'

5

De imponerende, antieke Presbyteriaanse kerk in Strathcroy, de officiële Kerk van Schotland, stond op de zuidelijke oever van de Croy in
een landelijke omgeving. Je kwam er via de grote weg die door het dorp
liep, over een gebogen stenen brug. Het pastorieterrein, een grazige
weide, waar elk jaar in september de Strathcroy Games werden gehouden, liep schuin af naar de waterkant. Het kerkhof, dat in de schaduw
lag van een reusachtige haag, stond vol met door de tijd aangevreten,
hellende grafstenen, waartussendoor een graspad naar de hekken van
de pastorie leidde. Dit was eveneens een solide en imposant gebouw,
opgetrokken om de vroeger grote families van geestelijken te huisvesten, met een prachtige tuin barstensvol knoestige, maar vruchtdra-
gende fruitbomen en ouderwetse rozen, die het goed deden achter de
beschutting van een hoge stenen muur. Het charmante tafereel ademde
de sfeer van tijdloosheid, huiselijke zekerheid en godvrezende vroom-
heid.
De kleine Episcopale kerk direct achter de brug, die eerder knielde dan
stond, vormde een scherp contrast, als ware het gebouw een arm ge-
zinslid, zowel letterlijk als figuurlijk overschaduwd door een rijkere
broer. De grote weg liep er vlak langs en tussen de kerk en de weg bevond zich een grasperk dat de rector, de Eerwaarde Julian Gloxby, zelf
elke week knipte. Een smal pad voerde naar een helling aan de achterkant van de kerk en de pastorie, die daar weer achter stond. Beide waren klein en witgekalkt. De kerk had een kleine toren met één enkele bel
en een houten portaal met daarin de hoofdingang. Binnen was het al
even onopvallend. Geen mooie kerkbanken, geen plavuizen op de
vloer, geen oude relikwieën. Een versleten loper leidde naar het altaar
en een kortademig harmonium deed dienst als orgel. Er hing altijd een
wat vochtige geur.
Zowel de kerk als de pastorie waren aan het begin van de eeuw opge-
richt door de eerste Lord Balmerino en overgedragen aan het bisdom,
met een kleine schenking voor het onderhoud. De inkomsten die dit
opleverde, waren al sinds lang opgedroogd, de gemeente was klein en
het kerkbestuur was eeuwig op zoek naar geld om de eindjes aan elkaar
te knopen.
Toen de elektrische leidingen niet alleen onvoldoende, maar zonder
meer gevaarlijk werden bevonden, was het bijna gedaan met de kerk.
Maar Archie Balmerino trommelde zijn uitgedunde troepen op, nam

zitting in comités, bracht een bezoek aan de bisschop en peuterde een subsidie los. Desondanks bleef een geldinzameling noodzakelijk. Diverse suggesties werden naar voren gebracht, besproken en uiteindelijk afgewezen. Ten slotte werd besloten om terug te vallen op de oude vertrouwde bazaar. Die zou in juli plaatsvinden, in het dorpshuis. Er zou een rommelmarkt komen, met een planten- en groentekraam, een stalletje voor snuisterijen en handwerkspullen en, uiteraard, thee met alles erop en eraan.

Er werd een comité in het leven geroepen, dat op die grijze en mistige middag in juni bijeenkwam rond de eettafel te Balnaid, het huis van Virginia en Edmund Aird. Tegen half vijf werd de vergadering gesloten, waren de zaken naar tevredenheid geregeld en bescheiden plannen bedacht, waaronder het drukken van opvallende posters, het lenen van schragentafels en het organiseren van een loterij.

De rector, diens vrouw en Toddy Buchanan, de waard van de Strathcroy Arms, waren al in hun auto's op weg naar huis. Dermot Honeycombe, druk met zijn antiekwinkel, had moeten afzeggen. Tijdens zijn afwezigheid was besloten om hem het snuisterijenstalletje te laten doen.

Er waren nu nog slechts drie mensen over. Virginia en haar schoonmoeder Violet zaten aan een kant van de lange mahoniehouten tafel en Archie Balmerino aan de andere kant. Zodra de anderen weg waren, was Virginia naar de keuken gegaan om thee te zetten, die ze zonder veel omhaal binnenbracht op een dienblad. Drie mokken, een bruine theepot, een kan melk en een suikerpot. Het was zowel verkwikkend als aangenaam, en het was plezierig om te kunnen ontspannen na de zware discussies van die middag en zonder enige terughoudendheid te kunnen praten, genietend van de probleemloze nabijheid van familie en oude vrienden.

Ze praatten nog steeds over de bazaar.

'Ik hoop alleen dat Dermot er geen bezwaar tegen heeft dat hij het snuisterijenstalletje moet bemannen. Misschien moet ik hem opbellen en hem de gelegenheid geven nee te zeggen.' Archie hield altijd rekening met andermans gevoelens, bang dat anderen dachten dat hij zijn zin aan het doordrijven was.

Violet wuifde dit idee weg. 'Natuurlijk heeft hij er geen bezwaar tegen. Een lieve man, vindt het nooit erg om te komen helpen. Hij zou waarschijnlijk gekwetster zijn als we het baantje aan een ander gaven. Tenslotte kent hij de waarde van al die spullen...'

Ze was een rijzige dame van achter in de zeventig, gekleed in een afgedragen jasje en rok en degelijke wandelschoenen. Haar haar was grijs en springerig, van achteren opgestoken in een knotje, en haar gezicht, met de brede bovenlip en de wijd uit elkaar staande ogen, deed denken aan dat van een vriendelijk schaap. En toch was ze niet gewoontjes en ook niet onelegant. Ze was een persoonlijkheid, statig en kaarsrecht en haar vrolijke, intelligente ogen namen elke suggestie van hooghartigheid weg. Ze glommen nu van plezier. '... Zelfs van porseleinen hondjes met een been in hun bek en tafellampen gemaakt van oude, met schelpen beplakte whiskyflessen.'

Virginia lachte. 'Hij tikt waarschijnlijk voor een habbekrats een aantal echt antieke dingen op de kop en verkoopt ze dan de volgende dag voor een ongelooflijke prijs in zijn winkel.'

Ze leunde achterover en rekte zich uit als een lui meisje. Virginia Aird was begin dertig, blond en nog steeds even slank als op de dag dat ze met Edmund trouwde. Vandaag, zonder zich aan de formele omstandigheden aan te passen, droeg ze haar gebruikelijke kleding: een spijkerbroek, een marineblauwe Guernsey-trui en glimmende leren instappers. Ze was mooi op een parmantige en katachtige manier, maar deze schoonheid dankte ze hoofdzakelijk aan haar ogen, die enorm groot waren en glinsterden als blauwe saffieren. Haar huid was zacht, zonder make-up en had de kleur van een verrukkelijk bruin ei. Uit haar ogen kropen dunne lijntjes en alleen dit verraadde haar leeftijd.

Ze bewoog haar vingers en draaide met haar polsen, alsof ze een voorgeschreven oefening deed.

'En Isobel zal voor de thee zorgen.' Ze stopte met uitrekken. 'Waarom is Isobel vandaag niet gekomen, Archie?'

'Ik heb het je verteld... of misschien was je toen net de kamer uit. Ze moest naar Corriehill om de gasten van deze week op te halen.'

'Ja, natuurlijk, wat dom van mij. Sorry...'

'Dat doet me aan iets denken.' Violet hield haar mok op. 'Schenk me nog eens wat thee in, als je wilt. Ik kan het blijven drinken tot het m'n oren uitkomt... Ik sprak Verena Steynton gisteren in Relkirk en ze vertelde me dat ik het niet langer geheim hoefde te houden. Zij en Angus zijn van plan in september een feest te geven voor Katy.'

Virginia fronste. 'Hoe bedoel je, geheim houden?'

'Nou, ze nam me een paar weken geleden in vertrouwen, maar ze zei dat ik er niet over mocht praten tot ze er met Angus over gesproken had. Het lijkt erop dat ze hem eindelijk overtuigd heeft.'

'Jeetje, wat opwindend! Een kleine fuif of een echt feest?'

'O, een echt feest. Feesttenten en lampjes buiten, gedrukte uitnodigingen en iedereen in avondkleding.'

'Wat *enig*.' Virginia was meteen enthousiast, zoals Violet had verwacht. 'Het is heerlijk als mensen thuis feestjes geven, omdat je dan geen kaartjes hoeft te kopen. In plaats daarvan heb ik nu een goed excuus om een nieuwe jurk te kopen. We moeten allemaal bij elkaar komen en mensen te logeren vragen. Ik zal nagaan of Edmund niet van plan is die week naar Tokio te gaan.'

'Waar is hij nu?' vroeg Edmunds moeder.

'O, in Edinburgh. Hij is rond zes uur thuis.'
'En Henry? Wat is er met Henry? Is die niet al lang uit school?'
'Nee. Hij is bij Edie langs om daar thee te drinken.'
'Dat zal haar wat opvrolijken.'
Virginia fronste, verbaasd, wat niet zo vreemd was. Meestal was het andersom en was Edie degene die het opvrolijken voor haar rekening nam. 'Wat is er aan de hand?'
Violet keek naar Archie. 'Herinner jij je Edies nichtje, Lottie Carstairs? Ze was dienstbode op Strathcroy in het jaar dat jij met Isobel trouwde.'
'Of ik me haar *herinner*?' Zijn gezichtsuitdrukking was er een van afschuw. 'Wat een verschrikkelijk vrouwmens. Zo gek als een ui. Ze brak het merendeel van het theeservies op Rockingham en je trof haar altijd aan op plaatsen waar je haar helemaal niet verwachtte. Ik heb nooit begrepen waarom mijn moeder haar in dienst heeft genomen.'
'Nood breekt wet. Het was een drukke zomer en ze zat om hulp te springen. In elk geval, Lottie bleef maar vier maanden en toen ging ze terug naar Tullochard om bij haar bejaarde ouders te wonen. Ze is nooit getrouwd...'
'Dat verbaast me niks...'
'...en nu zijn ze natuurlijk dood en bleef zij alleen achter. Ze werd op den duur steeds vreemder. Ten slotte ging ze echt over de streep en werd ze opgenomen in het dichtstbijzijnde gekkenhuis. Edie is haar naaste bloedverwante. Ze is die arme stakker elke week gaan opzoeken. En nu zeggen de artsen dat ze voldoende opgeknapt is om ontslagen te worden, maar ze kan uiteraard niet zelfstandig wonen. Tenminste, nu nog niet.'
'En je bedoelt dat Edie haar in huis gaat nemen?'
'Ze zegt dat ze wel zal moeten. Er is niemand anders. Je weet hoe goed Edie is... ze heeft zich altijd al verantwoordelijk gevoeld voor haar familie. Het bloed kruipt waar het niet gaan kan en dat soort onzin.'
'En heel wat lastiger ook,' merkte Archie droog op. 'Lottie Carstairs. Ik kan me niets ergers voorstellen. Wanneer gaat dit allemaal gebeuren?'
Violet haalde haar schouders op. 'Ik weet het niet. Volgende maand misschien. Of in augustus.'
Virginia gruwde. 'Ze gaat toch zeker niet bij Edie *wonen*?'
'Laten we hopen van niet. Laten we hopen dat het een tijdelijke oplossing is.'
'Waar moet Edie haar in hemelsnaam onderbrengen? Ze heeft maar twee kamers in dat kleine huisje van haar.'
'Ik heb het niet gevraagd.'
'Wanneer heeft ze je dit verteld?'
'Vanmorgen. Toen ze het tapijt in de eetkamer aan het stofzuigen was. Ik vond dat ze er een beetje bedrukt uitzag, dus heb ik gevraagd wat er aan de hand was. Ik hoorde het allemaal bij een kop koffie.'

'O, arme Edie. Ik vind het zo naar voor haar...'

Archie zei: 'Edie is te goed.'

'Dat is ze zeker.' Violet dronk haar thee op, keek op haar horloge en begon haar spullen bij elkaar te zoeken: haar grote handtas, haar papieren, haar bril. 'Dat was erg lekker, liefje. Zeer verkwikkend. En nu moet ik naar huis.'

'Ik ook,' zei Archie. 'Terug naar Croy om nog meer thee te drinken met de Amerikanen.'

'Je zult nog vollopen. Wie heb je deze week?'

'Geen idee. Hopelijk zijn ze niet al te bejaard. Verleden week dacht ik dat een van die oude rakkers doodbleef in een aanval van angina, precies tijdens de soep. Goddank overleefde hij het.'

'Het is een hele verantwoordelijkheid.'

'Niet echt. Het ergste zijn degenen die hebben gezworen geen druppel te zullen drinken. Doopsgezinden met de bijbel in hun hand. Daar moet je je vingers niet aan branden. Ben je met de auto, Vi, of wil je een lift naar huis?'

'Ik ben lopend gekomen, maar heuvelopwaarts zou ik wel een lift willen.'

'Dan breng ik je.'

Ook hij zocht zijn papieren bijeen en hees zich omhoog. Hij pauzeerde een moment, vond de juiste balans en over het dikke tapijt liep hij naar hen toe. Hij hinkte slechts lichtjes, wat een mirakel mocht heten aangezien zijn rechterbeen vanaf de dij uit aluminium bestond.

Hij was vandaag rechtstreeks vanuit zijn tuin naar de vergadering gekomen en had zich verontschuldigd voor zijn kleding, maar niemand had er aanstoot aan genomen. Hij liep er meestal zo bij. Vormloze corduroybroeken, een geruit hemd met verstelde kraag en een tot op de draad versleten tweedcolbert dat hij zijn tuinjasje noemde, hoewel geen enkele zichzelf respecterende tuinman erin begraven zou willen worden.

Virginia duwde haar stoel naar achteren en stond op. Violet deed hetzelfde, maar veel langzamer, haar bewegingen aanpassend aan Archies pijnlijke tred. Ze had in geen enkel opzicht haast om weg te komen, maar zelfs als ze dat wel zou hebben, dan nog zou ze het nooit tonen. Ze droeg Archie een warm hart toe en haar gevoelens voor hem waren ronduit beschermend. Ze kende hem tenslotte al zijn hele leven. Herinnerde zich hem als kleine jongen, als wilde jongeman, als soldaat. Altijd lachend en met een enthousiasme – een enorme levensvreugde – dat zo besmettelijk was als de pest. Ze herinnerde zich dat hij altijd in beweging was. Op het tenniscourt; op het Regimental Ball, waar hij zijn partners het hoofd letterlijk op hol swingde; op de heuvel achter Croy, waar hij een groep jagers leidde; op de heide, waar hij met zijn lange benen de anderen met groot gemak achter zich liet.

Toen was hij Archie Blair. Nu was hij Lord Balmerino. De Lord en de Laird. Mooie titels voor een man die zo dun was als een stok en ook nog een metalen been had. Het zwarte haar had nu witte plekken, de huid van zijn gezicht was doorgroefd met lijnen, zijn donkere ogen lagen diep verzonken en werden overschaduwd door de dikke wenkbrauwen.

Hij stond naast haar en glimlachte. 'Klaar, Vi?'

'Helemaal klaar.'

'In dat geval gaan we.' Toen, middenin een pas, stopte hij weer. 'O, god, ik herinner het me nu pas. Virginia, heeft Edmund jou een envelop voor mij gegeven? Ik heb hem gisteravond gebeld. Het is nogal dringend. Een document van Bosbeheer?'

Violet was meteen achterdochtig. 'Je gaat toch geen coniferen planten, hè?'

'Nee, het gaat om een toegangsweg die ze willen aanleggen aan de rand van het jachtgebied.'

Virginia schudde haar hoofd. 'Hij heeft er niets over gezegd. Misschien vergeten. Laten we maar even kijken op zijn bureau in de bibliotheek. Daar ligt-ie waarschijnlijk...'

'Goed. Ik wil hem graag meenemen als het kan.'

Ze liepen op hun gemak van de eetkamer naar de hal. Deze was zelfs nog groter, met houten panelen en een massieve trap met een zware leuning, die in drie korte etappes naar de bovenste verdieping leidde. Er stonden verschillende oude meubels bij elkaar: een bewerkte eiken kast, een hangoortafel en een chaise-longue die zijn beste tijd gehad had. De honden lagen hier vaak, maar op dit moment was het leeg.

'Ik ga niet mee zoeken naar die papieren van Bosbeheer,' kondigde Violet aan. 'Ik wacht hier tot jullie ze gevonden hebben.' En ze ging pontificaal op het hondebed zitten om te wachten.

Ze lieten haar achter. 'Het duurt maar even.' Zij keek hen na terwijl ze door de brede hal liepen die naar de bibliotheek leidde, door de salon en verder nog door glazen deuren naar de hoge serre.

Violet genoot van haar tijdelijke eenzaamheid, met de sfeer van het oude huis om zich heen. Ze kende het zo goed, kende het al zolang als ze zich kon herinneren. Alles was haar op een plezierige manier vertrouwd. Elke krakende traptrede, elk geurtje. De hal was tochtig, maar die tocht deed haar niets. Het was niet langer Violets huis, maar Virginia's. En toch voelde het nog ongeveer zoals vroeger, alsof het door de jaren heen een sterk eigen karakter had gekregen. Misschien omdat er hier zoveel was gebeurd. Omdat het een veilige haven en toetssteen was geweest van een en dezelfde familie.

Niet dat Balnaid een erg oud huis was. Het was zelfs een paar jaar jonger dan Violet, gebouwd door haar vader, in die tijd Sir Hector Akenside en een zeer invloedrijk man. Ze dacht altijd dat Balnaid een beetje zoals Sir Hector was. Groot, vriendelijk en weelderig en toch volledig zonder pretenties. In een tijd dat mannen die fortuinen hadden verdiend enorme, verbijsterend lelijke monumenten bouwden, met kantelen en torentjes, had Sir Hector zijn heldere verstand gericht op minder glansrijke maar ongetwijfeld belangrijker zaken.

Centrale verwarming, adequate waterleiding, genoeg badkamers en zonovergoten keukens, zodat de bedienden (en er waren er heel wat) in een plezierige omgeving zouden werken. En vanaf de dag dat het eindelijk klaar was, was het alsof Balnaid er altijd al had gestaan. Het huis, gebouwd van stenen uit de omgeving, stond op de zuidoever van de Croy, met zijn rug naar het dorp en de rivier. Aan de voorkant keek het uit op prachtige landerijen.

De tuin was groot en rijkelijk voorzien van heesters en oude bomen, dankzij Sir Hector zelf. Hij had alles zelf geplant en ontworpen, zodanig dat vaste paadjes overgingen in perken met onduidelijke grassen, narcissen en grasklokjes. Koraalrode en gele azalea's groeiden in heerlijk geurende ruikers en uitnodigende, gemaaide paadjes verdwenen tussen de hoge roze en rode bloesems van de rododendrons uit zicht. Achter de tuin, gescheiden door een diepe, droge sloot en een muur, lag een weiland waar de heuvelpony's graasden, en daar weer achter lagen de met stenen muurtjes afgebakende velden van de naburige schapenfokker. In de verte kon je de heuvels zien. Ze verhieven zich om de hemel aan te raken, constant en steeds wisselend, als een neergelaten toneelscherm, terwijl de seizoenen en het licht veranderden: besneeuwd, paars van de heide, groen van de ontluikende lente, heen en weer zwiepend door stormen... wat dan ook. Ze waren altijd prachtig.

Ze waren altijd prachtig geweest.

Violet wist dit omdat Balnaid haar thuis was geweest in haar kinderjaren en dus haar hele universum. Ze was opgegroeid tussen deze muren, had er in haar eentje gespeeld in die magische tuin, had in de rivier op forel gevist, had haar stevige Shetlander door het dorp gereden en over de verlaten heuvels van Croy. Op haar tweeëntwintigste was ze in Balnaid getrouwd.

Ze herinnerde zich hoe ze de kleine afstand naar de Episcopale kerk had afgelegd achterin de statige Rolls-Royce van haar vader, met naast zich Sir Hector, compleet met hoge hoed. De Rolls was voor de gelegenheid versierd met witte zijden linten. Deze verminderden op de een of andere manier zijn waardigheid. Het tafereel was in de ogen van Violet bijna net zo ongepast als zij zich voelde, met haar mollige lichaam ingeregen in een witte satijnen jurk, die gruwelijk ongemakkelijk zat. En dan die sluier van geërfd Limerick-kant, die als nevel haar blozende gezicht verborg. Ze herinnerde zich de terugkeer naar Balnaid in dezelfde luxe auto, maar tijdens die rit was zelfs de pijnlijke strakheid van haar kleding niet meer van belang, omdat ze, ten slotte, de triomfantelijke echtgenote was van Geordie Aird.

Ze had sindsdien onafgebroken op Balnaid gewoond en was pas vertrokken toen, nu tien jaar geleden, Edmund met Virginia trouwde. Hij kwam met Virginia op Balnaid wonen en Violet begreep dat haar tijd gekomen was om te vertrekken en dat het huis zijn nieuwe jonge meesteres moest kunnen verwelkomen. Ze vermaakte haar bezit aan Edmund en kocht een vervallen tuinhuis van Archie Balmerino. Dit huisje heette Pennyburn en daar, binnen de grenzen van het landgoed Croy, bouwde ze een nieuw thuis. Het herstel en het opknappen van het kleine huis had haar een jaar gekost en ze was nog steeds niet klaar met de tuin.

Ik ben, zei ze tot zichzelf, een bevoorrechte vrouw.

Terwijl ze daar zat, op die naar honden ruikende chaise-longue, keek Violet om zich heen. Ze zag het versleten Turkse tapijt, het meubilair dat ze haar hele leven had gekend. Het was plezierig dat de dingen niet al te zeer veranderd waren. Toen ze afscheid nam van Balnaid had Violet nooit gedacht dat er zo weinig zou veranderen. Edmunds nieuwe vrouw, had ze gedacht, zou als een nieuwe bezem al die stoffige tradities wegvegen en ze was inderdaad nieuwsgierig om te zien wat Virginia – zo jong en vitaal als een hap frisse lucht – zou bereiken. Maar afgezien van het compleet herinrichten van de grote slaapkamer, het opfrissen van de salon met een lik verf en het veranderen van een oude dienstbodenkamer in een bijkeuken waar je het zoemen hoorde van ijskasten, wasmachines, droogtrommels en dergelijke luxe, had Virginia niets veranderd. Violet accepteerde het, maar het bevreemdde haar. Tenslotte was er aan geld geen gebrek en in haar ogen was het raar dat Virginia er genoegen mee nam te leven temidden van versleten tapijten, verschoten fluwelen gordijnen en oud Edwardian behang.

Misschien had het iets te maken met de komst van Henry. Want nadat Henry geboren was, schoof Virginia al haar andere interesses opzij en wijdde zich helemaal aan haar zoon. Dit was heel aardig, maar kwam toch een beetje als een schok voor Violet. Ze had geen idee dat haar schoondochter zo moederlijk zou zijn. Doordat Edmund vaak van huis was, bleven moeder en kind vaak alleen achter, en Violet had zo haar stille bedenkingen tegen deze overweldigende toewijding. Het was steeds weer een verrassing voor haar dat Henry ondanks zijn opvoeding opgroeide tot een schat van een jongen. Misschien een beetje te afhankelijk van zijn moeder, maar toch niet verwend en een charmant kind. Wie weet...

'Sorry, Vi, dat we je hebben laten wachten.'

Verrast draaide ze zich om en zag Archie en Virginia naar haar toe komen, Archie die de lange gele envelop vasthield alsof het een zwaar bevochten schat was. '...kostte wat tijd om hem te vinden. Zullen we nu gaan, dan breng ik je naar huis.'

6

Henry Aird, acht jaar oud, klopte met de nodige gewichtigheid op Edies voordeur en gebruikte daarvoor haar ijzeren deurklopper, die de vorm van een kabouter had. Het huis bestond uit één verdieping en stond in een rij huizen langs de hoofdstraat van Strathcroy, maar dat van Edie was mooier dan de andere, met het mosachtige, rieten dak en de vergeet-me-nietjes die in een klein perkje tussen de stoep en de muur groeiden. Hij stond daar en hoorde haar voetstappen; ze deed de deur van het slot en gooide 'm open.

'Zo, daar ben je dan, als een duveltje uit een doosje.'

Ze lachte altijd. Hij was dol op haar en als mensen vroegen wie zijn beste vrienden waren, dan stond Edie bovenaan zijn lijst. Ze was niet alleen vrolijk, maar ook dik, had witte haren en blozende wangen; ze was zo appetijtelijk als een versgebakken koekje.

'Heb je een leuke dag gehad?'

Dit vroeg ze altijd, ondanks het feit dat ze hem elke dag tijdens de lunch zag. Edie zorgde op school voor het middageten. Het kwam goed uit dat Edie dit deed, omdat ze terughoudend was in het opdienen van dingen die hij vreselijk vond, zoals gehakt met kerrie en zware custardpudding, terwijl ze royaal was met de aardappelpuree en het chocoladegebak.

'Ja, ging wel.' Hij liep naar de zitkamer, gooide zijn regenjack en zijn schooltas op de bank. 'We hebben tekenles gehad. We moesten iets tekenen.'

'Wat moesten jullie tekenen?'

'We moesten een *liedje* tekenen.' Hij begon de gespen van zijn tas los te maken. Hij had een probleem en dacht dat Edie hem kon helpen dit op te lossen. 'Eerst zongen we 'Speed Bonnie Boat Like a Bird on the Wing over the Sea to Skye' en daarna moesten we een tekening maken. Alle andere kinderen maakten roeiboten en eilanden en ik heb *dit* gemaakt.'

Hij haalde de tekening te voorschijn, een beetje verkreukeld door zijn gymschoenen en zijn tekendoos. 'En meneer McLintock *lachte* en ik weet niet waarom.'

'Lachte hij?' Ze nam de tekening van hem aan, haalde haar bril en zette 'm op. 'En zei hij niet waarom hij moest lachen?'

'Nee. De bel ging en de les was afgelopen.'

Edie zat op de bank en hij zat naast haar. Samen staarden zij zwijgend naar zijn werk. Hij vond het een van zijn beste tekeningen. Een prachtige speedboot die door blauw water sneed, met wit water langs de boeg en een schuimend spoor bij het achterschip. Er zweefden meeuwen in de lucht en op de voorplecht van de boot lag een baby in een doek gewikkeld. Het was moeilijk geweest om de baby te tekenen, want baby's hebben zulke gekke gezichten. Bijna geen neus of kin. Deze baby keek bovendien nog een beetje onzeker, alsof hij elk moment van de boot in de zee kon glippen. Maar toch, hij was er.

Edie zei niets. Henry legde haar uit: 'Het is een speedboot. En dat is de jongen die in het liedje op de boot geboren wordt.'

'Ja, dat zie ik wel.'

'Maar waarom moest meneer McLintock dan lachen? Het is niet grappig.'

'Nee, het is niet grappig. Het is een mooie tekening. Het is alleen... nou ja... het gaat niet over een speedboot in het liedje. De boot gaat wel snel over het water, maar het is geen speedboot. En de jongen die geboren werd en koning zou worden, was Bonnie Prins Charlie en hij was toen al groot.'

Dat verklaarde alles. 'O,' zei Henry, 'nu snap ik het.'

Ze gaf hem de tekening terug. 'Maar het is nog steeds een prachtige tekening en ik vind het heel naar van meneer McLintock dat hij erom lachte. Stop de tekening in je tas en neem hem mee naar huis om aan je moeder te laten zien, dan zal jouw Edie thee gaan zetten.'

Terwijl hij dit deed, stond zij op, legde haar bril terug op de schoorsteenmantel en ging de kamer uit door een deur die naar haar keuken en de badkamer leidde. Dit waren moderne aanpassingen, want toen Edie een klein meisje was, bestond het huisje uit niet meer dan twee kamers: de woonkamer, die ook als keuken dienst deed, en de slaapkamer. Een woonkeuken en binnenkamer werd het genoemd. Geen stromend water en een houten hok achterin de tuin als toilet. Verbazingwekkender was dat Edie één van vijf kinderen was geweest en er dus ooit zeven mensen in deze kamers hadden gewoond. Haar ouders sliepen in een bedstee in de keuken, met de baby op een plank boven hun hoofd, en de rest van de kinderen sliep op elkaar gepropt in de andere kamer. Voor water moest mevrouw Findhorn elke dag de lange wandeling naar de dorpspomp maken en de familie nam eens per week een bad in een ijzeren tobbe voor het keukenvuur.

'Maar hoe konden jullie ooit met z'n vijven in de slaapkamer, Edie?' vroeg Henry vaak, gefascineerd door de mathematische logica van absolute ruimte. Zelfs nu, met alleen Edies bed en haar klerenkast, leek het akelig klein.

'O, weet je, we waren niet allemaal tegelijk thuis. Tegen de tijd dat de jongste werd geboren, werkte mijn oudste broer al op het land en woonde hij in een hut met de andere boerenknechten. En toen de meisjes oud genoeg waren, zochten ze een betrekking in een of ander groot huis. Het was altijd pijnlijk als er een weg moest, tranen met tuiten, maar er was geen ruimte hier voor ons allemaal en het waren te veel monden om te voeden. En mijn moeder had het extra beetje geld hard nodig.'

Ze vertelde hem nog meer dingen. Hoe ze op winterse avonden dicht op elkaar zaten voor het vuur van aardappelschillen, luisterend naar hun vader, die hardop de verhalen van Rudyard Kipling las of *The Pilgrim's Progress*. De kleine meisjes met hun breiwerkjes, bezig sokken te maken voor het mansvolk. En als ze toe waren aan de hiel werd de sok doorgegeven aan een oudere zus of aan hun moeder, omdat dat onderdeel van het breien nog te moeilijk voor hen was.

Het klonk allemaal erg arm, maar toch ook wel gezellig. Als hij in Edies huis rondkeek, kon Henry zich maar moeilijk voorstellen hoe het was geweest in vroeger tijden. Want nu was het zo licht en vrolijk als maar kon, de bedstee was weg en er lagen beeldschone tapijten met cirkelmotieven op de vloer. Ook het oude keukenfornuis was weg en een prachtig groenbetegeld fornuis was ervoor in de plaats gekomen. En er hingen gebloemde gordijnen, er stond een televisie en veel mooi porselein. Met zijn tekening veilig opgeborgen, gespte hij zijn tas weer dicht. Speed Bonnie Boat. Hij had het verkeerd begrepen. Hij begreep de dingen vaak verkeerd. Er was een ander liedje dat hij geleerd had op school. 'Ho ro my Nut Brown Maiden.' Henry, uit volle borst meezingend met de rest van de klas, kon zich dat hazelnootkleurige meisje goed voorstellen. Een meisje uit Pakistan, zoals Kedejah Ishak, met haar donkere huid en haar glanzende vlecht, als een gek roeiend op een winderig meer.

Zijn moeder had het moeten uitleggen aan hem.

Maar ook gewone woorden konden hem in de war brengen. Als mensen iets tegen hem zeiden, dan hoorde hij het wel, maar precies zoals het klonk. En het woord of het beeld dat door het woord werd opgeroepen, bleef in zijn hoofd hangen. Volwassenen gingen op reis naar 'Taailand' of 'Moskouw'. Of de 'Zwarte Zee'. De Zwarte Zee leek hem een verschrikkelijk oord. Edie had hem een keer verteld over een vrouw die er helemaal stuk van was dat haar dochter was getrouwd met een of andere zwerver, die niet goed genoeg voor haar was. De arme kapotte vrouw had hem wekenlang nachtmerries bezorgd.

Maar het ergste was het misverstand dat was ontstaan met zijn grootmoeder en dat voor altijd een wig tussen hen had kunnen drijven als Henry's moeder niet uiteindelijk had ontdekt wat hem dwarszat en het uit de wereld had geholpen.

Op een dag was hij na school naar Pennyburn gegaan om thee te drinken met zijn grootmoeder, Vi. Het stormde en de wind huilde rond het kleine huis. Terwijl ze bij het vuur zaten, had Vi plotseling een geïrriteerde kreet geslaakt, was opgestaan, had ergens een kamerscherm vandaan gehaald en het voor de glazen deur gezet die naar de tuin leidde. Henry vroeg haar waarom ze dit deed en toen ze het hem vertelde, was hij zo met afschuw vervuld, dat hij de rest van de middag nauwelijks meer iets zei. Toen zijn moeder hem kwam ophalen, was hij nog nooit zo blij geweest haar te zien en hij kon niet wachten met het aanschieten van zijn regenjack om het huis uit te komen, bijna vergetend Vi te bedanken voor de thee.

Het was afschuwelijk. Hij voelde dat hij nooit meer terug wilde naar Pennyburn en toch wist hij dat hij wel moest, al was het alleen maar om Vi te beschermen. Elke keer als zijn moeder voorstelde daar op bezoek te gaan, verzon hij een smoesje of zei hij dat hij liever naar Edie ging. Ten slotte, toen hij op een avond in bad zat, kwam ze erbij zitten en praatte met hem... ze stuurde het gesprek met zachte hand in de richting van het gevoelige onderwerp en vroeg op het laatst ronduit waarom hij niet langer naar Vi wilde.

'Je vond het altijd zo leuk. Is er iets gebeurd?'

Het was een opluchting geweest er ten minste over te kunnen praten.

'Het is verschrikkelijk.'

'Schat, wat is verschrikkelijk?'

'Ze komen naar binnen, uit de tuin de kamer in. Vi heeft een scherm neergezet, maar ze kunnen dat scherm makkelijk omver slaan. Ze kunnen haar kwaad doen. Ik denk niet dat ze daar nog langer kan wonen.'

'In godsnaam! Wat komt er binnen?'

Hij zag het voor zich. Hoge zwarte poten, een lange dunne glimmende bek en grote gele tanden met de lippen omhoog gekruld, klaar om aan te vallen of te bijten.

'Afschuwelijke *mieren*.'

Zijn moeder was verbijsterd. 'Henry, ben je gek geworden? Mieren zijn klein en leven in het bos of in de tuin. Ze doen geen kwaad als ze het huis in komen.'

'Dat doen ze wel!' Hij schreeuwde omdat ze zo dom was. 'Ze zei van wel. Ze zei dat er vreselijke mieren waren bij de deur en in de kamer. Ze *zei* het zelf.'

Het bleef lang stil. Hij staarde naar zijn moeder en zij staarde naar hem met haar heldere blauwe ogen, maar ze glimlachte niet.

Ten slotte zei ze: 'Ze heeft niet gezegd dat er mieren waren, Henry. Ze had het over kieren. Je weet wel, waar een nare, koude tocht door komt.'

Kieren. Geen mieren, maar kieren. Al die heibel om wat stomme tocht. Hij had zich idioot gedragen, maar hij was zo opgelucht dat zijn grootmoeder veilig was voor monsters, dat het er niet toe deed.

'Vertel het aan niemand,' smeekte hij.

'Ik zal het Vi moeten uitleggen. Maar zij zal het heus niet verder vertellen.'

'Goed dan. Je mag het aan Vi vertellen. Maar aan niemand anders.'
En zijn moeder beloofde het en hij was uit het bad gesprongen, hele-maal druipnat. Nadat hij was ingepakt in een grote donzige handdoek, opende zijn moeder haar armen en omhelsde hem en zei hem dat ze hem met huid en haar ging opeten, zoveel hield ze van hem. Ze hadden daarna 'Camptown Races' gezongen en aten macaroni met kaas als avondeten.

Edie had saucijzebroodjes gemaakt en had aardappelkoekjes gebakken en een blik bonen opengetrokken. Terwijl Henry zich hier aan de keu-kentafel doorheen werkte, dronk Edie tegenover hem een kop thee. Ze zou zelf later eten.
Al kauwend bedacht hij dat ze stiller was dan anders. Normaal hield ze bij zulke gelegenheden nooit op met praten en luisterde hij met einde-loos geduld naar de roddels in het dal. Wie er dood was en hoeveel ze hadden nagelaten; wie zijn vader op de boerderij in de steek had gelaten en er vandoor was gegaan naar Relkirk om in een garage te gaan werken; wie er zwanger was geworden en beter had moeten weten. Maar vandaag hoorde hij over zulke dingen niets. In plaats daarvan zat Edie met haar rimpelige ellebogen op tafel en staarde uit het raam naar haar lange, smalle achtertuin.
Hij vroeg: 'Waar denk je aan, Edie?' Dit vroeg zij altijd aan hem als hij iets op zijn lever had.
Ze zuchtte diep. 'O, Henry, ik weet het niet, echt niet.'
Dat maakte hem niet veel wijzer. Maar toen hij aanhield, legde ze de benarde situatie uit. Ze had een nicht die in Tullochard had gewoond. Ze heette Lottie Carstairs en was nooit erg slim geweest. Nooit ge-trouwd. Was huishoudster geworden, maar zelfs daarin was ze van weinig nut gebleken. Ze had bij haar moeder en vader gewoond tot die oudjes waren gestorven en was toen erg raar geworden en moest naar het ziekenhuis. Edie zei dat het een zenuwinstorting was. Maar ze was aan het herstellen. Op een dag zou ze uit het ziekenhuis komen en kwam ze bij Edie wonen, omdat er geen andere plek was waar die arme ziel naar toe kon.
Henry vond het een slecht idee. Hij wilde Edie graag voor zichzelf hou-den.
'Maar je hebt geen plaats.'
'Ze zal in mijn slaapkamer moeten.'
Hij was verontwaardigd. 'Maar waar moet *jij* dan slapen?'
'Op het opklapbed in de zitkamer.'
Ze was veel te dik voor het opklapbed. 'Waarom kan Dotty daar niet slapen?'
'Omdat zij de gast is en ze heet Lottie.'
'Blijft ze lang?'

'Dat moeten we afwachten.'

Henry dacht hierover na. 'Blijf je wel juf voor het middageten en help je mammie en Vi nog op Pennyburn?'

'Lieve hemel, Henry, Lottie is niet bedlegerig.'

'Denk je dat ik haar aardig vind?' Dit was belangrijk.

Edie merkte dat ze niet wist wat ze moest zeggen. 'O, Henry, ik weet het niet. Ze is een treurig geval. Er is een steekje aan d'r los, zei mijn vader altijd. Schreeuwde als een verzopen kip als een man zijn neus om de deur stak en *onhandig*! Jaren geleden werkte ze een blauwe maandag voor de oude Lady Balmerino op Croy, maar ze brak zoveel serviesgoed dat ze haar moesten ontslaan. Ze heeft daarna nooit meer gewerkt.'

Henry was ontzet. 'Je moet haar niet de afwas laten doen, anders breekt ze al je mooie dingen.'

'Het is niet alleen mijn porselein wat ze zal breken...' voorspelde Edie somber. Maar voordat Henry deze interessante draad kon oppakken, had zij zichzelf weer in de hand, trok een vrolijker gezicht en veranderde doelbewust van onderwerp. 'Wil je nog een aardappelkoekje of ben je klaar voor je chocoreep?'

7

Violet kwam met Archie en Virginia Balnaid uit en zag dat het opgehouden was met regenen. Ze liep de trap af naar de oprijlaan met grind, het was nog steeds vochtig, maar veel warmer. Ze tilde haar hoofd op en voelde het briesje op haar wangen, fris waaiend uit het westen. Lage wolken rolden langzaam opzij, hier en daar een stukje blauwe lucht onthullend en een felle, hemelse, zonnestraal. Het werd een mooie zomeravond – te laat om voor iemand nog van veel nut te zijn.

Archies oude Landrover stond op hen te wachten. Ze zeiden Virginia gedag, Violet met een vluchtige kus op de wang van haar schoondochter.

'Groetjes aan Edmund.'

'Ik zal het hem zeggen.'

Ze klommen in de Landrover, allebei met enige moeite, Violet omdat ze op leeftijd was en Archie vanwege zijn metalen been. Portieren werden dichtgeslagen. Archie startte de motor en ze reden weg. Over de gebogen oprijlaan naar de poort, naar buiten over het smalle pad dat langs de Presbyteriaanse kerk voerde en over de brug. Bij de hoofdweg stopte Archie, maar er was geen ander verkeer en hij sloeg de straat in die van begin tot eind door Strathcroy liep.

Rector Gloxby was aan de voorkant van de nederige Episcopale kerk bezig het gras te maaien.

'Hij werkt zo hard,' stelde Archie vast. 'Ik hoop echt dat we een fatsoenlijk bedrag ophalen met de bazaar. Fijn dat je vandaag gekomen bent, Vi. Ik ben er zeker van dat je liever was gaan tuinieren.'

'Het was zulk triest weer, ik had geen zin om tussen het onkruid te gaan staan,' zei Vi. 'Dus kun je net zo goed iets nuttigs gaan doen.' Ze dacht hierover na. 'Net als wanneer je je ziekelijk bezorgd maakt over een kind of een kleinkind, maar niets kunt doen en dan maar de vloer van de bijkeuken gaat schrobben. Aan het eind van de dag barst je nog steeds van de zorgen, maar je hebt tenminste een schone keukenvloer.'

'Je bent toch niet bezorgd over je familie, is het wel, Vi? Waar zou jij je nou bezorgd om moeten maken?'

'Alle vrouwen maken zich zorgen om hun familie,' zei Violet botweg. De Landrover rolde over de weg, langs het benzinestation, dat eens een timmerwerkplaats was geweest, en de supermarkt van de Ishaks. Hier voorbij waren de geopende hekken die toegang gaven tot de achteringang van Croy. Archie schakelde en draaide de weg op, die onmiddellijk sterk omhoog de heuvel op voerde. Eens, niet zo heel lang geleden, was het omringende land allemaal weiland geweest, gladde groene weidegrond waar stamboekvee op graasde, maar nu was het omgeploegd voor gewassen als gerst en koolraap. Slechts een paar bomen met enorme kronen getuigden nog van de pracht van vroeger jaren.

'Waarom ben je bezorgd?'

Violet aarzelde. Ze wist dat ze met Archie kon praten. Ze waren heel intiem, alsof hij haar eigen zoon was. Want hoewel hij vijf jaar jonger was dan Edmund, waren de twee jongens samen opgegroeid, hadden al hun tijd samen doorgebracht en waren boezemvrienden geworden.

Als Edmund niet op Croy zat, dan zat Archie op Balnaid. En waren ze niet in een van beide huizen, dan liepen ze door de heuvels met geweren en honden, schietend op hazen en konijnen, hielpen ze Gordon Gillock met het afbranden van de hei en het repareren van de schuilhutten. Of anders waren ze buiten in een boot op het meer, visten ze op forel in de bruine poelen van de Croy, waren ze aan het tennissen of aan het schaatsen op het ondergelopen land. Onafscheidelijk, had iedereen gezegd. Als broers.

Maar ze waren geen broers en ze gingen uit elkaar. Edmund was pienter. Twee keer zo pienter als zijn beide niet onintelligente ouders. Archie, aan de andere kant, was totaal onacademisch.

Edmund haalde met gemak de universiteit en kwam van Cambridge met een cum laude in economie. Hij werd meteen aangenomen door een vooraanstaande bank in het zakelijke hart van Londen.

Archie was bang voor de eentonigheid van een dergelijke baan en besloot het in het leger te proberen. Hij verscheen voor de gebruikelijke selectiecommissie en slaagde erin zich op de een of andere manier een weg door het gesprek te bluffen, want de vier hoofdofficieren waren blijkbaar van mening dat Archies bescheiden staat van dienst op school overtroffen werd door zijn open en vriendelijke persoonlijkheid en enorme levensblijheid.

Hij kreeg zijn basistraining op Sandhurst, ging bij de Queen's Loyal Highlanders en werd in Duitsland gelegerd. Edmund bleef in Londen. Hij was, wat niemand verbaasde, vreselijk succesvol en werd binnen vijf jaar door Sanford Cubben weggeplukt. Tussen alle drukte door trouwde hij en dit romantische gebeuren voegde nog meer glitter aan zijn imago toe. Violet herinnerde zich hoe ze arm in arm met Sir Rodney Cheriton over het lange kerkpad van de St Margaret in Westminster was gewandeld, in haar hart hopend dat Edmund met Caroline trouwde omdat hij echt van haar hield en niet omdat hij verleid was door het aureool van rijkdom dat haar omringde.

En nu was de cirkel rond en waren beide mannen terug in Strathcroy, Archie op Croy en Edmund op Balnaid. Volwassen mannen van middelbare leeftijd, nog steeds vrienden, maar niet langer intiem. Er was te veel met hen gebeurd en niet alles even goed. Jaren waren voorbij gegleden, als water onder een brug. Ze verschilden van elkaar: de een een zeer rijk zakenman, de ander altijd geld te kort en eeuwig bezig de eindjes aan elkaar te knopen. Maar dit was niet de oorzaak dat er een zekere vormelijkheid, een beleefdheid, tussen hen was ontstaan.

Ze waren niet langer als broers.

Violet zuchtte diep. Archie glimlachte. 'O, kom op, Vi, zo erg kan het niet zijn.'

'Nee, natuurlijk niet.' Hij had zelf genoeg problemen. Ze zou die van haar wat afzwakken. 'Maar ik maak me wel zorgen om Alexa. Ze lijkt zo eenzaam. Ik weet dat ze werk doet waar ze dol op is, dat ze in een charmant klein huisje woont en dat Lady Cheriton haar zo veel heeft nagelaten dat ze zich voor de rest van haar leven geen zorgen meer hoeft te maken. Maar ik ben bang dat er van haar sociale leven niets terechtkomt. Ik geloof echt dat ze denkt dat ze gewoontjes is, saai en onaantrekkelijk voor mannen. Ze heeft geen zelfvertrouwen. Toen ze naar Londen vertrok, hoopte ik zo dat ze haar draai zou vinden en vrienden van haar eigen leeftijd zou maken. Maar ze bleef alleen in Ovington Street met haar grootmoeder, als een soort gezelschapsdame. Als ze nu maar een lieve, aardige man zou ontmoeten die met haar wilde trouwen. Ze zou een echtgenoot en kinderen moeten hebben om voor te zorgen. Alexa is geboren om kinderen te hebben.'

Archie luisterde met instemming naar dit alles. Alexa was hem net zo dierbaar als wie dan ook. Hij zei: 'Haar moeder verliezen toen ze zo klein was... misschien was dat een meer traumatische ervaring dan iemand van ons toen besefte. Misschien is ze zich daardoor anders gaan voelen dan andere meisjes. Incompleet in zekere zin.'

Violet dacht hierover na. 'Ja. Misschien. Hoewel Caroline nooit een echte of liefhebbende moeder was. Ze bracht nooit veel tijd met Alexa door. Het was Edie die Alexa veiligheid en genegenheid gaf. En Edie was er altijd.'

'Maar je vond Caroline aardig.'

'O ja, ik vond haar aardig. Er was niets onaardigs aan haar. We konden het goed vinden en ik denk dat ze een goede echtgenote was voor Edmund. Maar ze was zo wonderlijk gereserveerd. Soms ging ik naar het zuiden om een paar dagen bij hen door te brengen in Londen, op uitnodiging van Caroline, heel charmant, ze wist dat ik het heerlijk vond om bij Alexa en Edie te zijn. En natuurlijk vond ik dat ook, maar ik voelde me nooit helemaal thuis. Ik heb hoe dan ook een hekel aan steden. Door straten en huizen en verkeer voel ik me belaagd. Opgesloten. Maar afgezien daarvan was Caroline nooit een ontspannen gastvrouw. Ik kreeg altijd de indruk dat ik in de weg stond en ze was onmogelijk om mee te praten. Het kostte me, als ik alleen met haar was, eindeloos veel moeite om een conversatie op gang te krijgen en jij weet ook wel dat ik, als het moet, de zolen van iemands schoenen kan praten. Maar er vielen stiltes en het waren stiltes die niet gezellig waren. Ik probeerde ze dan gevuld te krijgen, als een gek met mijn naaiwerk in de weer.' Ze keek Archie aan. 'Klinkt dat bespottelijk of begrijp je wat ik bedoel?'

'Ja, ik begrijp het. Ik heb Caroline nauwelijks gekend, maar de paar keer dat ik haar heb ontmoet, had ik altijd het gevoel dat mijn handen en voeten te groot waren.'

Maar zelfs deze voorzichtige poging tot een kwinkslag bracht Violet niet tot een glimlach, in beslag genomen als ze was door Alexa's problemen. Ze zei niets meer, tobbend over haar kleindochter.

Op dat moment waren ze halverwege de heuvel die naar Croy leidde en ze naderden de afslag naar Pennyburn. Er waren geen hekken, gewoon een opening in de afrastering, links van de weg. De Landrover draaide hier in en Archie reed ongeveer honderd meter langs een netjes geasfalteerde landweg, aan beide zijden begrensd door een gemaaide zoom gras en een kunstig geknipte beukenhaag. Aan het eind hiervan ging de landweg over in een tamelijk groot erf, met het kleine witte huis aan de ene kant en een dubbele garage aan de andere. De deuren stonden open, zodat je Violets auto kon zien, alsmede haar kruiwagen, een grasmaaimachine en een overvloed aan tuingereedschap. Tussen de garage en de beukenhaag bevond zich het bleekveld. Ze had die ochtend een was gedaan en een lijn vol wasgoed bewoog in de opkomende bries. Houten tobben, volgeplant met hortensia's in de kleur van roze vloeipapier, stonden naast de ingang van het huis en een lavendelheg groeide dicht tegen de muren.

Archie reed voor en zette de motor af, maar Violet maakte geen aanstalten om uit te stappen. Ze was begonnen met dit gesprek en wilde dat niet beëindigen voor ze klaar was.

'Dus denk ik niet dat het tragische verlies van haar moeder werkelijk de oorzaak is van Alexa's gebrek aan zelfvertrouwen. Ook niet het feit dat Edmund hertrouwde en haar met een stiefmoeder opscheepte. Niemand kon liever en begrijpender geweest zijn dan Virginia en de komst van Henry bracht niets dan vreugde. Ik heb ook niets gemerkt van rivaliteit.' Het noemen van Henry's naam herinnerde Violet aan nog een andere lastige zorg. 'En nu pieker ik over Henry. Omdat ik bang ben dat Edmund erop zal staan hem naar Templehall te sturen. En ik denk dat hij daar nog niet klaar voor is. En als hij gaat, hou ik m'n hart vast voor Virginia, aangezien Henry haar leven *is* en als hij tegen haar wil van haar weggerukt wordt, ben ik bang dat zij en Edmund van elkaar zullen vervreemden. Hij is zo vaak weg. Soms een hele week in Edinburgh, soms aan het andere eind van de wereld. Dat is niet goed voor een huwelijk.'

'Maar toen Virginia Edmund trouwde, wist ze hoe het zou zijn. Maak je er niet al te druk over, Vi. Templehall is een uitstekende school en

Colin Henderson is een sympathiek schoolhoofd. Ik heb veel vertrouwen in hem. Hamish heeft het daar enorm fijn gevonden, genoot van ieder moment.'

'Ja, maar jouw Hamish is heel anders dan Henry. Op z'n achtste jaar was Hamish al heel aardig in staat voor zichzelf te zorgen.'

'Ja.' Niet zonder trots moest Archie dit toegeven. 'Hij is een taaie kleine rakker.'

Violet werd overvallen door een andere afschuwelijke gedachte. 'Archie, ze slaan die kleine jongens toch niet, hè? Ze slaan hen toch niet?'

'Welnee. De ergste straf is om op een houten stoel in de hal te zitten. Om de een of andere reden is dit genoeg om het meest weerspannige kind de angst voor God bij te brengen.'

'Nou, ik neem aan dat dat iets is om dankbaar voor te zijn. Het is zo barbaars om kleine kinderen te slaan. En zo dom. Geslagen worden door iemand die je niet aardig vindt, vervult je alleen maar met angst en haat. Weggestuurd te worden om op een harde stoel te gaan zitten door een man die je respecteert en misschien zelfs aardig vindt, is duidelijk verstandiger.'

'Hamish heeft het grootste deel van zijn eerste jaar daar zittend op doorgebracht.'

'Stoute jongen. O hemel, ik verdraag het niet erover na te denken. En ik verdraag het ook niet om over Lottie na te denken. Ik maak me zorgen om Edie, die zichzelf opzadelt met die vreselijke krankzinnige nicht. We zijn allemaal al zo lang afhankelijk van Edie dat we vergeten dat ze niet langer jong is. Ik hoop alleen dat het allemaal niet te veel voor haar wordt.'

'Nou, het is nog niet zover. Misschien gebeurt het nooit.'

'We kunnen die arme Lottie moeilijk dood wensen, wat het enige alternatief zou zijn.'

Ze keek naar Archie en zag, ietwat tot haar verrassing, dat hij bijna zat te lachen. 'Zal ik je eens wat zeggen, Vi? Je maakt me treurig.'

'O, het spijt me.' Ze gaf hem een vriendschappelijke klap op z'n knie. 'Wat ben ik toch een vervelende ouwe zwamneus. Stoor je er niet aan. Vertel me, heb je nieuws van Lucilla?'

'Volgens het laatste bericht, hokkend op een Parijs' zoldertje.'

'Ze zeggen altijd dat kinderen een bron van vreugde zijn. Maar op z'n tijd kunnen ze als de meest verschrikkelijke hoofdpijnen zijn. En nu moet ik je naar huis laten gaan en je niet met praatjes ophouden. Isobel zit op je te wachten.'

'Je hebt zeker geen zin om mee te gaan naar Croy en nog meer thee te drinken?' Hij klonk smachtend. 'Helpen de Amerikanen te vermaken?'

Violet zonk de moed al in de schoenen bij het vooruitzicht. 'Archie, ik denk echt niet dat ik me in staat voel om dat te doen. Vind je me egoïstisch?'

'Helemaal niet. Het was maar een idee. Soms vind ik al dat opzitten en pootjes geven ontmoedigend. Maar het is niets vergeleken bij wat die arme Isobel moet doen.'

'Het moet verschrikkelijk veel werk zijn. Al dat redderen en verzorgen, koken, tafeldekken en bedden opmaken. En dan die gesprekken die je moet voeren. Ik weet dat het maar voor twee dagen per week is, maar kunnen jullie de koppen niet bij elkaar steken en een andere manier bedenken om geld te verdienen?'

'Kun jij dat?'

'Niet meteen. Maar ik wenste dat de zaken anders waren gelopen voor jullie. Ik weet dat je de klok niet kunt terugzetten, maar soms denk ik hoe fijn het zou zijn als er niets veranderd was op Croy. Als je dierbare ouders nog in leven zouden zijn en jullie allemaal weer jong. Komend en gaand, auto's af en aan op de oprijlaan, stemmen. Plezier.'

Ze keek naar Archie, maar die had zijn gezicht afgewend. Hij staarde over het bleekveld, alsof Violets theedoeken en kussenslopen, haar forse beha's en zijden onderbroeken het meest boeiende schouwspel in de wereld waren.

Ze dacht: *En jij en Edmund boezemvrienden*, maar dit zei ze niet.

'En Pandora erbij. Dat ondeugende, heerlijke kind. Ik heb altijd het idee gehad dat toen zij vertrok ze veel van het gelach met zich meenam.'

Archie bleef zwijgen. Toen zei hij 'ja' en verder niets.

Er hing nu een ongemakkelijke stilte tussen hen. Om die te vullen, begon Violet haar spullen bij elkaar te zoeken. 'Ik moet je niet langer ophouden.' Ze opende het portier en klom uit het grote oude voertuig. 'Bedankt voor de rit, Archie.'

'Een genoegen, Vi.'

'Groetjes aan Isobel.'

'Natuurlijk. Tot gauw.'

Ze wachtte, terwijl hij de Landrover keerde, en keek hoe hij wegreed, het weggetje af en de heuvel op. Ze voelde zich schuldig, omdat ze met hem mee had moeten gaan, theedrinken met Isobel en een beleefd praatje houden met de onbekende Amerikanen. Maar te laat, hij was nu weg. Ze zocht in haar handtas naar haar sleutel en ging het huis binnen.

Archie vervolgde zijn weg over de steeds steilere straat. Er waren nu bomen voor hem, grove dennen en hoge beuken. Daarbovenuit stak het heuvelland zijn gezicht in de lucht, kliffen met rotsblokken en vallend gesteente, uitlopende bosjes gaspeldoorn en adelaarsvarens en jonge zilverberken. Hij bereikte de bomen en het hoogste punt van de weg, die naar links boog en weer vlak werd. Vóór hem wees de door beuken omzoomde laan de weg naar het huis. Een beek liep van de heuveltoppen naar beneden in een serie poeltjes en watervallen en vloeide verder de heuvel af onder een gewelfde stenen brug door. Deze stroom was de Pennyburn en onderaan zorgde een taluud ervoor dat hij zijn weg vond door de tuin van Violet Airds huis.

Onder de beuken lag alles in de schaduw, het licht diffuus, doorschijnend en groenig. De bebladerde takken bogen diep voorover en het voelde een beetje als rijden over het middenpad van een enorme kathedraal. En toen, zeer abrupt, lag de beukenlaan achter hem en kwam het huis in zicht, stevig geworteld op de top van de heuvel, uitkijkend over het panorama van het bergdal. De avondbries had z'n werk gedaan, de wolken aan flarden gescheurd en de mist verdreven. De verre heuvels en de vredige stukken bouwland werden overspoeld door gouden zonlicht.

Plotseling werd het erg belangrijk om wat tijd voor zichzelf te hebben. Dit was egoïstisch. Hij was al laat en Isobel wachtte op hem, ze had zijn mentale steun nodig. Maar hij verdrong zijn schuldgevoel, parkeerde de auto buiten gehoorsafstand van het huis en schakelde de motor uit. Het was erg stil, er was alleen het zuchten van de wind in de bomen, de roep van een wulp. Hij luisterde naar de stilte, in de verte klonk het geblaat van een schaap. En Violets stem: *Jullie allemaal weer jong. Komend en gaand... En Pandora erbij...*

Dat had ze niet moeten zeggen. Hij wilde niet dat het verleden werd opgerakeld. Hij wenste niet opgevreten te worden door zijn smachtend verlangen naar vroeger jaren.

Jullie allemaal weer jong.

Hij dacht aan Croy zoals het ooit was geweest. Hij dacht aan thuiskomen als schooljongen, als jong soldaat met verlof. Over de heuvels scheurend in zijn open sportwagen met de wind die zijn wangen brandde. Wetend, met al het vertrouwen van de jeugd, dat alles zou blijven zoals hij het had achtergelaten. Met gierende remmen voor het huis stoppen; de honden die door de geopende deur buitelden, blaffend naar hem toe kwamen om hem te begroeten en die met hun geraas het huishouden waarschuwden, zodat tegen de tijd dat hij binnen was ze allemaal te hoop liepen. Zijn moeder en vader, Harris de butler en zijn vrouw de kokkin en ieder ander die daar die dag aan het werk was.

'Archie. O, lieveling, welkom thuis.'

En dan, Pandora. *Ik heb altijd het idee gehad dat toen zij vertrok ze veel van het gelach met zich meenam.* Zijn jonge zuster. In zijn herinnering was ze ongeveer dertien en al mooi. Hij zag haar rennen, met lange benen de trap af, om in zijn wachtende omhelzing te springen. Hij zag haar, met haar volle, fraai gebogen lippen en haar vrouwelijk uitdagende, schuine ogen. Hij voelde de lichtheid van haar lichaam terwijl hij met haar door de kamer zwierde. Hij hoorde haar stem.

'Je bent terug, jij bruut en je hebt een nieuwe auto. Ik zag het door het raam van de kinderkamer. Neem me mee voor een ritje, Archie. Laten we over de weg razen.'

Pandora. Hij merkte dat hij glimlachte. Altijd, zelfs als kind, was ze een levensgenieter geweest, iemand die vitaliteit en gelach toevoegde aan de meest suffe gelegenheden. Waar ze vandaan kwam had hij nooit goed begrepen. Ze was een geboren en getogen Blair en toch zo verschillend van de rest van hen, dat ze als baby verwisseld had kunnen zijn.

Hij herinnerde zich haar als baby, als klein meisje, als die verrukkelijke teenager met de lange benen, want ze had nooit last gehad van tienervet, puisten of een gebrek aan zelfvertrouwen. Op haar zestiende zag ze eruit als twintig. Elke vriend die hij mee naar huis bracht, raakte, zo niet verliefd, toch in elk geval in haar ban.

Het leven gonsde van activiteiten voor de jonge Blairs. Feestjes thuis, jachtpartijen, tennis in de zomer, picknicks in augustus op de zonovergoten, paarse heide van de heuvels. Er kwam hem een picknick voor de geest waarbij Pandora, klagend over de hitte, al haar kleren had uitgetrokken en naakt, met geen enkele aandacht voor de verbaasde toeschouwers, in het meer was gesprongen. Hij herinnerde zich danspartijen met Pandora in een witte chiffonjurk, haar gebruinde schouders bloot, wervelend van man naar man tijdens 'Strip the Willow' en de 'Duke of Perth'.

Ze was weg. Was al meer dan twintig jaar weg. Op haar achttiende, een paar maanden na Archies bruiloft, was ze er vandoor gegaan met een Amerikaan, de echtgenoot van een andere vrouw, die ze tijdens de zomer in Schotland ontmoet had. Met deze man vloog ze naar Californië en werd tussen de bedrijven door zijn vrouw. Ontzetting en afschuw waren door het graafschap gegolfd, maar de Balmerino's waren zo geliefd en gerespecteerd dat ze met veel sympathie en begrip tegemoet werden getreden. Misschien, zeiden de mensen hoopvol, komt ze terug. Maar Pandora kwam niet terug. Ze kwam zelfs niet terug voor de begrafenissen van haar ouders. In plaats daarvan, alsof ze bezig was aan een eindeloze 'Strip the Willow', slingerde ze zich, eigenzinnig als altijd, van de ene desastreuze liefdesaffaire naar de andere. Ze liet zich scheiden van haar Amerikaanse echtgenoot en verhuisde naar New York en later naar Frankrijk. Ze hield contact met Archie door middel van sporadische ansichtkaarten, vergezeld van een slordig geschreven adres, een beetje informatie en een groot onregelmatig kruis bij wijze van kus. Nu scheen ze beland te zijn in een villa in Majorca. God wist wie haar tegenwoordige metgezel was.

Al lang geleden hadden Archie en Isobel haar opgegeven en toch, van tijd tot tijd, merkte hij dat hij haar miste. Want hun jeugd was voorbij en het huishouden van zijn vader had zich verspreid. Harris en zijn vrouw waren gepensioneerd en de huishoudelijke hulp was gereduceerd tot Agnes Cooper die, twee dagen in de week, vanuit het dorp de heuvel beklom om Isobel te helpen in de keuken.

Wat het landgoed betrof, stonden de zaken er nauwelijks beter voor. Gordon Gillock, de opzichter, woonde nog steeds in zijn kleine stenen huis met de kennels aan de achterkant, maar het jachtgebied was verhuurd aan een groep zakenlieden en Edmund Aird betaalde zijn loon. Ook de boerderij was weg en het weiland was omgeploegd voor gewassen. De oude tuinman – een verweerde, magere man en een belangrijk deel van Archies jeugd – was ten slotte gestorven en niet vervangen. Zijn dierbare ommuurde tuin had plaats moeten maken voor gras; de ongesnoeide rododendrons groeiden onbelemmerd en het harde tennisveld was groen van het mos. Archie was nu officieel de tuinman, met zo nu en dan de hulp van Willy Snoddy, die in een groezelig huisje woonde aan het eind van het dorp, konijnen strikte en zalm stroopte en blij was van tijd tot tijd wat geld te verdienen om een borrel te kunnen drinken.

En hij zelf? Archie maakte de inventaris op. Een ex-officier van de Queen's Loyal Highlanders, met een metalen been, een zestigprocents invaliditeitsuitkering en teveel nachtmerries. Maar niettemin, dankzij Isobel, in bezit van zijn erfgoed. Croy was nog steeds van hem en zou, zo God het wilde, aan Hamish toebehoren. Hoewel kreupel en worstelend om de eindjes aan elkaar te knopen, was hij nog steeds de Balmerino van Croy.

Plotseling was het grappig. Balmerino van Croy. Zo'n welluidende titel en zo'n lachwekkende situatie. Het had geen zin om na te gaan waarom alles verkeerd was gegaan, hij kon er toch niet veel meer aan doen. Niet langer het spoor terug volgen. De plicht riep en de Lady Balmerino wachtte.

Om de een of andere duistere reden voelde hij zich opgewekter. Hij startte de motor en reed de korte afstand over het grind naar de voorkant van het huis.

8

Er was de hele dag een fijne motregen gevallen, maar nu was het droog, dus ging Henry na de thee met Edie naar haar tuin. Deze liep tot aan de rivier, waar haar waslijn tussen twee appelbomen was gespannen. Hij hielp haar het wasgoed van de lijn te halen en het in de wasmand te leggen; ze vouwden de lakens op met een klap en een knal om alle vouwen eruit te krijgen. Toen dit klaar was, gingen ze het huis weer binnen en Edie zette de strijkplank op en begon haar slopen te strijken samen met het tafelkleed en een blouse. Henry keek toe, dol op de geur en de manier waarop het hete ijzer het gekreukte vochtige linnen mooi glad, glanzend en fris maakte.

Hij zei: 'Je kunt erg goed strijken.'

'Dat mag ook wel na al die jaren.'

'Hoeveel jaar, Edie?'

'Nou...' Ze zette het strijkijzer overeind en vouwde de sloop met haar gerimpelde rode handen. 'Ik ben nu achtenzestig, en ik was achttien toen ik begon te werken voor mevrouw Aird. Reken jij dat maar uit.'

Zelfs Henry kon dat sommetje maken. 'Vijftig jaar.'

'Vijftig jaar is een lange tijd als je vooruitkijkt, maar terugkijkend lijkt het helemaal niet lang. Je gaat je afvragen waar het allemaal om draait in het leven.'

'Vertel me over Alexa en Londen.' Henry was nog nooit in Londen geweest, maar Edie had daar ooit gewoond.

'O, Henry, ik heb je die verhalen al duizendmaal verteld.'

'Ik wil ze zo graag *nog eens* horen.'

'Goed...' Ze perste een vouw, zo scherp als de snede van een mes. 'Toen je vader veel jonger was, was hij getrouwd met een dame die Caroline heette. Ze trouwden in Londen, in de St Margaret te Westminster, waar we allemaal heengingen om erbij aanwezig te zijn en we logeerden in een hotel dat Berkeley heette. Het was een schitterende bruiloft! Tien beeldige bruidsmeisjes, allemaal in witte jurkjes, net zwanen. En na de trouwerij gingen we allemaal naar een heel chic hotel dat de Ritz heette en daar hadden ze kelners in rokkostuum en zo voornaam dat je gedacht zou hebben dat ze zelf de bruiloftsgasten waren. En er was champagne en zoveel eten dat je niet wist waar je moest beginnen.'

'Waren er zuurtjes?'

'Zuurtjes in iedere kleur. Geel en rood en groen. En er was koude zalm en flinterdunne sandwiches die je met je vingers mocht eten en gekoelde druiven, allemaal glinsterend van de suiker. En Caroline droeg een jurk van prachtige zijde en een geweldig lange sleep, met op haar hoofd een diamanten diadeem die haar vader haar had gegeven als huwelijkscadeau. Ze leek net een koningin.'

'Was ze mooi?'

'O, Henry, alle bruidjes zijn mooi.'

'Was ze net zo mooi als mijn moeder?'

Maar Edie liet zich niet uit haar tent lokken. 'Ze was knap om te zien, op een aparte manier. Erg lang was ze, met prachtig zwart haar.'

'Vond jij haar aardig?'

'Natuurlijk vond ik haar aardig. Ik zou niet naar Londen zijn gegaan om voor Alexa te zorgen als ik haar niet had gemogen.'

'Vertel me daar eens wat over.'

Edie legde haar slopen opzij en begon aan een blauwwit geblokt tafelkleed.

'Nou, het was kort nadat jouw grootvader Geordie stierf. Ik woonde nog steeds op Balnaid en werkte voor oma Vi. Alleen wij tweeën in het huis, we hielden elkaar gezelschap. We wisten dat Alexa onderweg was, omdat Edmund was overgekomen voor zijn vaders begrafenis en hij het ons toen vertelde. "Caroline verwacht een baby," zei hij. Het was een geweldige troost voor je oma Vi om te weten dat, hoewel Geordie niet langer bij haar was, er een kleinkind onderweg was. En toen hoorden we dat Caroline een kinderjuf zocht om voor het kind te zorgen. Je oma Vi ging door het plafond, want ze kon de gedachte niet verdragen dat de een of andere hulp in uniform voor haar kleinkind zou zorgen en het misschien allemaal verkeerde ideeën zou aanpraten, zonder de moeite te nemen om met het kind te praten of haar voor te lezen. Ik dacht er geen moment aan om te gaan tot je oma Vi het mij vroeg. Ik wilde niet weg van Balnaid en Strathcroy. Maar... we bespraken het en op het laatst besloten we dat er niets aan te doen was. Dus ging ik naar Londen...'

'Ik weet zeker dat papa blij was je te zien.'

'Och, ja, hij was zeker blij. En op het eind bleek het een zegen te zijn dat ik was gegaan. Alexa werd geboren, gezond en wel, maar nadat de baby er was, werd Caroline ziek, erg ziek.'

'Had ze de mazelen?'

'Nee, het waren niet de mazelen.'

'Kinkhoest?'

'Nee. Zo'n ziekte was het niet. Het was meer nervositeit. Ze noemen het een postnatale depressie en het is vreselijk om te zien. Ze moest naar het ziekenhuis voor een behandeling en toen ze naar huis mocht, was ze werkelijk tot niets in staat, laat staan dat ze een baby kon verzorgen. Maar op den duur werd ze weer wat beter en Lady Cheriton, haar moeder, nam haar mee op een cruise naar een prachtig eiland dat Madeira heet. En na een maand of twee was ze weer hersteld.'

'Werd je helemaal alleen achtergelaten in Londen?'

'Niet *helemaal* alleen. Er was een aardige dame, die elke dag kwam om het huis schoon te maken, en je vader die in en uit liep.'

'Waarom ging je niet terug naar Schotland om bij Vi te wonen?'

'Er was ooit een moment dat we dachten te zullen gaan. Het was in de week van Lord en Lady Balmerino's huwelijk... alleen was Lord Balmerino toen natuurlijk nog Archie Blair en een vreselijk knappe jonge officier. Caroline zat nog steeds op Madeira en Edmund zei dat we voor de gelegenheid allemaal op Balnaid moesten komen logeren. Je oma Vi was helemaal opgewonden toen ze het nieuws hoorde dat we op bezoek zouden komen. Ze haalde de wieg van de zolder, waste de babydekens en stofte de kinderwagen af. En toen kreeg Alexa tandjes... ze was nog maar klein en wat had ze er een last van. De hele nacht huilen en er was niets wat ik kon doen om haar te kalmeren. Ik denk dat ik in twee weken niet één nacht fatsoenlijk heb geslapen. Op het laatst zei Edmund dat hij dacht dat de reis naar het noorden voor ons allebei te veel zou zijn. Hij had natuurlijk gelijk, maar ik kon wel huilen van teleurstelling.'

'En Vi ook.'

'Ja, ik denk het wel.'

'Ging papa naar de bruiloft?'

'O, ja, hij ging. Hij en Archie waren goede oude vrienden. Hij *moest* er bij zijn. Maar hij ging alleen.'

Ze was klaar met het tafelkleed. Nu was ze bezig aan haar beste blouse, met de punt van het ijzer voorzichtig in de bijeengenomen schouderpartij. Dat zag er moeilijker uit dan het strijken van slopen.

'Vertel me over het huis in Londen.'

'Henry, word je niet eens moe van al die oude verhalen?'

'Ik vind het fijn om over het huis te horen.'

'Nou goed. Het was in Kensington, een rijtjeshuis. Heel hoog en smal, en wat een werk gaf dat. De keukens waren in de kelder en de kinderkamers helemaal boven in het huis. Het leek of ik eeuwig bezig was trappen te lopen. Maar het was een schitterend huis, vol met dure spullen. En er was altijd iets te doen – mensen die op bezoek kwamen of etentjes en gasten die in hun beste kleren bij de voordeur stonden. Alexa en ik zaten dan altijd op de overloop alles te bekijken van achter de trapspijlen.'

'Maar niemand zag jullie.'

'Nee. Niemand zag ons. Het was net verstoppertje spelen.'

'En je ging weleens naar Buckingham Palace...'

'Ja, om te kijken naar de aflossing van de wacht. En soms namen we een taxi naar de dierentuin in Regent's Park en keken we naar de leeuwen. En toen Alexa oud genoeg was, bracht ik haar naar school en naar balletles. Sommigen van de andere kinderen waren kleine Lords en Ladies en wat hadden *zij* een bekakt stelletje kinderjuffrouwen!'

Kleine Lords en Ladies en een huis vol dure spullen. Edie, dacht Henry, had een fantastisch leven gehad. 'Was je verdrietig toen je uit Londen wegging?'

'Ik was verdrietig, omdat het een verdrietige tijd was en omdat de reden dat ik wegging zo treurig was. Een tragedie. Stel je voor Henry, een man die te hard reed met z'n auto, zonder aan andere mensen op de weg te denken. En je vader verloor in één klap zijn vrouw en Alexa haar moeder. En arme Lady Cheriton haar enig kind, haar enige dochter. Dood.'

Dood. Het was een verschrikkelijk woord. Als het geluid van een schaar waarmee je een stuk touw in tweeën knipte, terwijl je wist dat je de eindjes touw nooit meer aan elkaar zou krijgen.

'Vond Alexa het naar?'

' 'Naar' is niet het woord bij zo'n verlies.'

'Maar je kon naar Schotland terug.'

'Ja.' Edie zuchtte en vouwde haar blouse op. 'Ja, we kwamen terug. We kwamen allemaal terug. Je vader om in Edinburgh te gaan werken en Alexa en ik om op Balnaid te leven. En langzamerhand werden de dingen weer beter. Rouw is een gek iets, omdat je het niet voor de rest van je leven met je mee hoeft te dragen. Na een tijdje zet je het langs de kant van de weg en je loopt door en laat het daar liggen. Wat Alexa betreft, het was een nieuw leven. Ze ging naar de lagere school in Strathcroy, net als jij nu, en werd vriendjes met al de kinderen in het dorp. En je oma Vi gaf haar een fiets en een kleine Shetland pony. Na een tijdje zou je niet geloofd hebben dat ze ooit in Londen had gewoond. En toch, tijdens de vakanties, toen ze oud genoeg was om alleen te reizen, ging ze terug om een poosje bij Lady Cheriton te logeren. Dat was het minste wat we konden doen voor die arme dame.'

Haar strijkwerk was klaar. Ze deed het strijkijzer uit, zette het op het haardrooster om af te koelen en vouwde toen haar strijkplank op. Maar Henry wilde nog niet stoppen met het gesprek.

'Nog vóór Alexa, toen zorgde je toch voor papa, was het niet?'

'Dat deed ik inderdaad. Tot aan de dag dat hij acht jaar oud werd en naar kostschool ging.'

Henry zei: 'Ik wil niet naar een kostschool.'

'O, hou op.' Edie was kortaf. Ze had geen zin in die huilerige onzin. 'En waarom niet? Veel jongens van je eigen leeftijd, rugby, cricket en dolle pret.'

'Ik ken er niemand. Ik heb daar geen vrienden. En ik kan Moo niet meenemen.'

Edie wist alles over Moo. Moo was een lapje satijn en wol, overblijfsels van Henry's wiegdeken. Het leefde onder zijn kussen en hielp hem 's nachts in slaap te komen. Zonder Moo wilde hij niet slapen. Moo was erg belangrijk voor hem.

'Nee,' gaf ze toe. 'Je kunt Moo niet meenemen, dat is zeker. Maar niemand zou er bezwaar tegen hebben als je een teddybeer meenam.'

'Teddyberen werken niet. En Hamish Blair zegt dat alleen baby's teddy-beren meenemen.'

'Hamish Blair kletst een hoop onzin.'

'En jij kan me geen eten geven.'

Edie hield op kortaf te zijn. Ze stak haar hand uit en woelde door zijn haar.

'Ach jongen. We moeten allemaal groot worden, verder gaan. De we-reld zou stilstaan als we allemaal op dezelfde plaats bleven. Nu' – ze keek op haar klok – 'is het tijd dat je naar huis gaat. Ik heb je moeder beloofd dat je om zes uur thuis zou zijn. Red je het wel helemaal alleen of wil je dat ik een stukje met je meega?'

'Nee,' zei hij tegen haar. 'Ik red het wel alleen.'

9

Edmund Aird was bijna veertig toen hij voor de tweede keer trouwde, zijn nieuwe vrouw Virginia was drieëntwintig. Ze was niet afkomstig uit Schotland maar uit Devon en de dochter van een officier in het Devon & Dorset Regiment die uit het leger was gegaan om een geërfde boerderij te leiden, een flinke lap grond tussen Dartmoor en de zee. Ze was opgegroeid in Devon, maar haar moeder was een Amerikaanse en elke zomer staken zij en Virginia de Atlantische Oceaan over om juli en augustus in het oude huis van haar familie door te brengen en de hitte te ontwijken. Het huis stond in Leesport aan de zuidkust van Long Island, een dorp dat uitkeek over het blauwe water van de Great South Bay tot de duinen van Fire Island.

Het houten huis van de grootouders was oud, groot en luchtig. Zeebriesjes bliezen erdoorheen, en brachten de gordijnen in beweging en de geuren uit de tuin binnen. Deze tuin was ruim en gescheiden van de rustige, schaduwrijke straat door een omheining van witte palen. Er waren gemeubileerde vlonders om buiten te kunnen zitten en brede veranda's met het oog op de koelte, die waren afgeschermd door horren voor het weghouden van insekten. Maar de grootste charme was dat het grensde aan de *country club*, het middelpunt van sociale activiteiten, met restaurants en bars, een golfbaan, tennisbanen en een enorm blauwgroen zwembad.

Het was een wereld die ver verwijderd was van het vochtige en mistige Devon. De jaarlijks terugkerende bezoeken hadden de jonge Virginia een beschaving en een verfijndheid gegeven, die haar onderscheidden van haar Engelse leeftijdgenoten. Haar kleren, gekocht tijdens eindeloze winkelsessies op Fifth Avenue, waren zowel chic als trendy. Haar stem behield een spoor van haar moeders charmante, lijzige manier van praten en terug op school met haar keurig verzorgde blonde hoofd en haar lange, slanke Amerikaanse benen, was ze het onderwerp van veel bewondering en aanbidding en, onvermijdelijk, kreeg ze ook haar deel van kwaadaardige jaloezie.

Al vroeg leerde ze hiermee om te gaan.

Ze was niet bijzonder gesteld op school en haar hart ging uit naar de open lucht en elk soort activiteit buitenshuis. In Long Island speelde ze tennis, zeilde en zwom. In Devon reed ze paard en ging elke winter op vossejacht met de plaatselijke jachthonden. Toen ze ouder werd, verdrongen de jongemannen zich aan haar zijde, getroffen als ze waren door haar verschijning in jachtkostuum, schrijlings op een schitterend paard, of op de tennisbaan, in een wit rokje dat ternauwernood haar achterste bedekte. Tijdens kerstbals zwermden ze als bijen rond de spreekwoordelijke honingpot. Als ze thuis was, rinkelde de telefoon onafgebroken, het was steeds voor haar. Haar vader klaagde, maar was stiekem trots. Op den duur hield hij op met klagen en installeerde een tweede telefoon.

Toen ze klaar was met school ging ze naar Londen en leerde een elektrische schrijfmachine bedienen. Dit was extreem vervelend, maar aangezien ze geen speciaal talent en geen ambities had, leek dat het enige wat ze kon doen. Ze deelde een flat in Fulham en had tijdelijke baantjes, omdat ze op die manier vrij was om te doen wat ze wilde als er een plezierige uitnodiging haar kant op kwam. De mannen waren er nog steeds, maar nu waren het een ander soort mannen: ouder, rijker en soms getrouwd met andere vrouwen. Ze stond hun toe enorme geldbedragen aan haar te besteden, haar mee uit dineren te nemen en haar dure cadeaus te geven. En dan, als zij ten einde raad waren na onvervulde lust en eenzijdige devotie, verdween zij zonder waarschuwing uit Londen - om nog een gelukzalige zomer met haar grootouders door te brengen of op weg naar een feest op Ibiza of een jacht aan de westkust van Schotland of Kerstmis in Devon.

Tijdens een van deze onstuimige uitstapjes had ze Edmund Aird ontmoet. Het was in september op een jachtfeest in Relkirkshire. Ze logeerde bij de familie van een meisje met wie ze op school was geweest. Voorafgaand aan het bal was er een overvloedig diner en alle genodigden kwamen samen in de grote bibliotheek.

Virginia had als laatste haar entree gemaakt. Ze droeg een jurk zo lichtgroen dat het bijna wit was, strapless maar gevangen over een schouder door een takje klimop, waarvan de donkere blaadjes waren gemaakt van glimmend satijn.

Ze zag hem meteen. Hij was lang en stond met zijn rug naar de open haard. Dwars door de kamer heen ontmoetten hun ogen elkaar en hielden vast. Hij had zwart haar waar wit doorheen liep, als de vacht van een zilvervos. Ze was gewend aan de uitdossing van de mannen van de hooglanden, maar ze had er nog nooit een gezien die er zo ongedwongen en zo goed uitzag in zijn opschik, met de geruite kousen en de kilt en het sombere flessegroene jasje, waarop de zilveren knopen flonkerden.

'...Virginia liefje, daar ben je.' Dit was haar gastvrouw. 'Nu, wie ken je wel en wie ken je niet?' Onbekende gezichten, nieuwe namen. Ze hoorde nauwelijks wat ze zeiden. Ten slotte: '...en dit is Edmund Aird. Edmund, dit is Virginia. Ze logeert bij ons. Helemaal uit Devon. En je moet niet nu met haar praten, omdat ik jullie naast elkaar heb gezet bij het diner en je dan met haar kunt praten...'

Ze was nog nooit zo hals over kop en compleet verliefd geworden. Er waren, natuurlijk, avontuurtjes geweest, dwaze verliefdheden in de roerige dagen van de Leesport Country Club, maar nooit iets dat langer duurde dan een paar weken. Die avond was heel anders en Virginia wist, zonder twijfel, dat ze de enige man ontmoet had met wie ze de rest van haar leven wilde delen. Het duurde niet erg lang om te beseffen dat het ongelooflijke mirakel werkelijk gebeurde en dat Edmund precies hetzelfde voelde voor haar.

De wereld werd schitterend en prachtig. Niets kon misgaan. Ze duizelde van geluk en was klaar om haar lot aan dat van Edmund te verbinden, afstand te doen van al het gezonde verstand en vermoeiende principes. Hem haar leven te geven. Te leven aan de uiterste rand van de wereld als het moest; op de top van een berg; in openlijke zonde. Het deed er niet toe. Niets deed ertoe.

Maar Edmund, hoewel hij zijn hart had verloren, behield een stevige greep op zijn verstand. Hij deed een hoop moeite om zijn positie uit te leggen. Hij was tenslotte hoofd van de Schotse afdeling van Sanford Cubben, een vooraanstaand man en altijd in de belangstelling van de media. Edinburgh was een kleine stad, hij had veel vrienden en zakenrelaties en hij hechtte waarde aan hun respect en vertrouwen. Om al te openlijk uit de band te springen en te eindigen met zijn naam voluit in de roddelrubrieken van de boulevardbladen, zou niet alleen dom zijn maar mogelijk rampzalig.

Bovendien moest hij rekening houden met z'n gezin.

'Gezin?'

'Ja, gezin. Ik ben eerder getrouwd geweest.'

'Ik zou het vreemd hebben gevonden als het niet zo was.'

'Mijn vrouw overleed bij een auto-ongeluk. Maar ik heb Alexa. Ze is tien. Ze woont met mijn moeder in Strathcroy.'

'Ik hou van kleine meisjes. Ik zal heel zuinig zijn op haar.'

Maar er waren nog andere problemen die onder ogen moesten worden gezien.

'Virginia, ik ben zeventien jaar ouder dan jij. Vind je veertig niet al erg afgeleefd?'

'Leeftijd doet er niet toe.'

'Het zou betekenen dat je in de wildernis van Relkirkshire zou leven.'

'Ik zal me in een geruite plaid wikkelen en een hoed met een veer dragen.'

Hij lachte een beetje zuur. 'Jammer genoeg is het niet het hele jaar door september. Al onze vrienden wonen mijlen uit elkaar en de winters zijn lang en donker. Iedereen houdt een winterslaap. Ik ben zo bang dat je het erg saai zult vinden.'

'Edmund, het klinkt een beetje alsof je je bedacht hebt en me er vanaf probeert te houden.'

'Dat is het niet. Dat nooit. Maar je moet alle waarheden kennen. Geen illusies. Jij bent zo jong, zo mooi en zo vitaal, en je hebt je hele leven nog voor je...'

'Om bij jou te zijn.'

'Dat is een ander punt. Mijn werk. Het is erg veeleisend. Ik ben zo vaak weg. Vaak in het buitenland, soms wel twee of drie weken achtereen.'

'Maar je komt weer terug.'

Ze was onvermurwbaar en hij aanbad haar. Hij zuchtte. 'Ik zou voor ons allebei willen dat het anders kon zijn. Ik wilde dat ik weer jong kon zijn en zonder verantwoordelijkheden. Vrij om te doen wat ik wilde. Dan konden we samenleven en hadden we tijd om elkaar te leren kennen. En helemaal zeker te zijn.'

'Ik ben helemaal zeker.'

Dat was ze ook. Onontkoombaar. Hij nam haar in zijn armen en zei: 'Dan is er niets meer aan te doen. Ik zal met je moeten trouwen.'

'Arme kerel.'

'Zul je gelukkig zijn? Ik wil je zo graag gelukkig maken.'

'O, Edmund. Schat van een Edmund. Hoe zou ik iets anders kunnen zijn?'

Twee maanden later waren ze getrouwd, eind november, in Devon. Het was een rustige trouwerij, in de kleine kerk waar Virginia gedoopt was. Het einde van het begin. Geen spijt. De vluchtige, in het wilde weg aangegane affaires waren over en ze liet ze gaan zonder omkijken. Ze was mevrouw Edmund Aird.

Na hun huwelijksreis togen ze noordwaarts naar Balnaid, Virginia's nieuwe thuis en haar nieuwe, reeds bestaande familie: Violet, Edie en Alexa. Het leven in Schotland was volkomen verschillend van wat ze voorheen had gekend, maar ze deed er alles aan om zich aan te passen, al was het alleen maar omdat anderen, zeer duidelijk, hetzelfde deden. Violet was al in Pennyburn gaan wonen. Ze was het tegendeel van een bemoeizuchtige schoonmoeder. En Edie was al net zo tactvol. De tijd was aangebroken, kondigde ze aan, dat ook zij vertrok en zich vestigde in het huisje in het dorp waar ze was opgegroeid en dat ze had geërfd van haar moeder. Ze zou niet langer inwonend huishoudster zijn, maar zou in plaats daarvan doorgaan op een dagelijkse basis, haar tijd verdelend tussen Virginia en Violet.

Edie was, in die begindagen, een rots in de branding, een bron van goede adviezen en een bezorgster van gezellige roddel. Zij was het die, voor Alexa's bestwil, Virginia een paar details vertelde over Edmunds eerdere huwelijk, maar toen dit eenmaal gedaan was, had ze het er nooit meer over. Het was voorbij, afgesloten. Water onder de brug. Virginia was dankbaar. Edie, de oude dienster, die alles gezien en gehoord had, zou heel goed de vlieg kunnen zijn die de zalf stinkend maakte. In plaats daarvan werd ze een van Virginia's beste vriendinnen.

Alexa had wat meer tijd nodig. Ze was zachtaardig en eenzelvig en neigde ernaar verlegen en teruggetrokken te zijn. Ze was geen mooi kind, plomp met lichtrood haar en de witte huid die met die haarkleur samengaat. In het begin was ze onzeker van haar plaats in het gezin en had de haast ontroerende bereidheid iedereen een genoegen te willen doen. Virginia reageerde zo goed als ze kon. Dit kleine meisje was tenslotte Edmunds kind en een belangrijk deel van hun huwelijk. Ze zou nooit een moeder kunnen zijn, maar ze kon wel een zuster zijn. Onopvallend haalde ze Alexa uit haar schulp, sprak met haar alsof ze even oud waren, zorgde er goed voor niet op gevoelige teentjes te trappen. Ze toonde zich geïnteresseerd in Alexa's bezigheden, haar tekeningen en haar poppen en betrok haar bij alle mogelijke activiteiten en gebeurtenissen. Dit kwam niet altijd goed uit, maar het belangrijkste was dat Alexa zich nooit in de steek gelaten zou voelen.

Het kostte ongeveer zes maanden, maar het was het waard. Ze werd beloond doordat Alexa haar spontaan in vertrouwen nam en door haar ontroerende bewondering en toewijding.

Er was dus de familie, maar er waren ook vrienden. Ze waren op haar gesteld vanwege haar jeugd, haar affectie voor Edmund, het feit dat Edmund haar uitgekozen had om mee te trouwen en ze onthaalden haar vriendelijk. De Balmerino's, vanzelfsprekend, maar ook anderen. Virginia was een gezellig meisje dat geen bekoring vond in eenzaamheid en zichzelf graag omringd zag door mensen die haar mochten. Als Edmund weg was voor zaken, wat heel vaak voorkwam, was iedereen, vanaf het begin, enorm aardig en attent. Ze vroegen haar of ze langskwam en belden constant om zeker te zijn dat ze niet eenzaam of ongelukkig was.

Wat ze niet was. In stilte genoot ze bijna van de momenten dat Edmund afwezig was, omdat, op een vreemde manier, alles nog waardevoller leek te worden; hij was weg maar ze wist dat hij zou terugkomen en elke keer als hij terugkwam was het getrouwd zijn met hem zelfs nog beter dan voorheen. Ze was bezig met Alexa, met haar nieuwe huis en haar nieuwe vrienden, de lege dagen vullend en de uren tellend totdat Edmund zou terugkeren. Uit Hongkong. Uit Frankfurt. Eens had hij haar meegenomen naar New York en had zich daarna overgegeven aan een week vrijaf. Ze hadden de week in Leesport doorgebracht en ze herinnerde zich die tijd als een van de mooiste in haar hele leven.

En toen, Henry.

Henry veranderde alles, niet ten nadele, maar ten goede, als dat mogelijk was. Na Henry's geboorte had ze geen behoefte meer om uit te gaan. Ze had nooit gedacht dat ze in staat zou zijn tot zoveel onbaatzuchtige liefde. Het was anders dan haar liefde voor Edmund, maar nog dierbaarder, omdat het zo volkomen onverwacht was. Ze had zichzelf nooit als moeder gezien, had nooit de ware betekenis van dat woord doorgrond. Maar dit kleine wezentje, dit kleine leven, bracht haar in een staat van sprakeloze verwondering.

Ze plaagden haar allemaal, maar dit deed haar niets. Ze deelde hem met Violet en Edie en Alexa, en had plezier in dat delen omdat, aan het eind van de dag, Henry aan haar zou behoren. Ze zag hem opgroeien en genoot van al zijn vorderingen. Hij kroop en liep en sprak woorden; ze was opgetogen. Ze speelde met hem, maakte tekeningen, keek hoe Alexa hem in haar oude poppenwagen over het gazon duwde. Ze lagen in het gras en bekeken de mieren, liepen naar de rivier en gooiden steentjes in de snel wassende bruine stroom. Ze zaten bij winterse haardvuren en lazen prentenboeken.

Hij was twee. Hij was drie. Hij was vijf jaar oud. Ze bracht hem weg voor zijn eerste dag op de lagere school van Strathcroy en stond bij het hek te kijken hoe hij bij haar vandaan liep over het pad naar de school-ingang. Er waren overal kinderen, maar niemand lette op hem. Hij leek, op dat moment, bijzonder klein en erg kwetsbaar; ze kon het nau-welijks aan om hem te zien gaan.

Drie jaar later was hij nog steeds klein en kwetsbaar en haar moederin-stinct roerde zich heviger dan ooit. En dit was de oorzaak van de wolk die zich had samengepakt en die nu aan haar eigen persoonlijke hori-zon was verschenen. Ze was er bang voor.

Van tijd tot tijd was Henry's toekomst ter sprake gekomen, maar ze was ermee opgehouden het met Edmund te bespreken. Hij kende nochtans haar mening. De laatste tijd was er niets over gezegd. Ze was blij dat ze dit zo kon laten, onder het motto dat het het beste is een slapende tijger niet wakker te maken. Ze wilde niet hoeven bekvechten met Edmund. Ze was nog nooit tegen hem ingegaan omdat ze altijd blij was belang-rijke beslissingen aan hem over te kunnen laten. Hij was tenslotte ouder, wijzer en onmiskenbaar kundiger. Maar dit was iets anders. Dit was Henry.

Misschien, dat als ze de andere kant op keek, als ze er geen aandacht aan besteedde, het probleem zou verdwijnen.

Toen Archie en Violet weggingen en langzaam over de oprijlaan wegre-den in de oude, gedeukte Landrover, bleef Virginia waar ze was, voor het huis, onbevredigd en doelloos, met niets omhanden. De bijeen-komst had de dag in tweeën gebroken, maar het was nog te vroeg om naar binnen te gaan en over het avondeten na te denken. Het weer werd met het moment beter en de zon stond op het punt te voorschijn te ko-men. Misschien moest ze een poging wagen om wat te gaan tuinieren. Ze overwoog dit idee en verwierp het toen. Ten slotte ging ze het huis binnen, pakte de theemokken van de ontbijttafel en bracht ze naar de keuken. Edmunds spaniels dommelden in hun manden onder de tafel. Maar zodra ze haar voetstappen hoorden, werden ze wakker, kwamen overeind, belust op wat beweging.

'Ik stop deze even in het afwaswater,' zei ze tegen hen, 'en dan gaan we naar buiten.' Ze sprak altijd hardop tegen de honden en soms, zoals nu, was het een troost het geluid van haar eigen stem te horen. Gekke oude mensen spraken tegen zichzelf. Op momenten als deze was het niet moeilijk te begrijpen waarom.

In de bijkeuken, met de honden die om haar heen draaiden, nam ze een oud jack van een haak en duwde haar voeten in een paar rubberlaarzen. Daarna vertrokken ze. De honden renden vooruit, over het beboste pad dat langs de zuidelijke oever van de rivier liep. Twee mijl stroomopwaarts lag een andere brug over het water, die terugvoerde naar de grote weg en zo naar het dorp. Maar ze liet die achter zich en wandelde door tot waar de bomen ophielden en het jachtgebied begon, mijlen ongerepte heide en gras en adelaarsvarens die tegen de heuvels groeiden. Ver weg graasden de schapen. Er klonk alleen het geluid van stromend water.

Ze kwam bij de dam, de rivier die over de rand gleed en de diepe poel daarachter. Dit was Henry's favoriete zwemplekje. Ze ging zitten op de oever waar ze, in de zomer, picknicks hielden. De honden waren gek op de rivier. Ze stonden er met hun poten in en dronken alsof ze maandenlang geen water hadden gezien. Toen ze hiermee klaar waren, kwamen ze eruit en schudden zich naar hartelust uit en bespatten haar. De namiddagzon voelde warm. Ze trok haar jack uit en wilde er op gaan zitten, maar de onvermijdelijke muggen verschenen in drommen en begonnen te steken, dus stond ze op, floot de honden en ging naar huis.

Ze was bezig in de keuken het eten klaar te maken, toen Edmund thuiskwam. Ze zouden gegrillde kip eten en ze was broodkruimels aan het bakken voor de saus. Ze hoorde de auto, keek verrast op de klok en zag dat het pas half zes was. Hij was erg vroeg. Als hij uit Edinburgh kwam, was hij gewoonlijk niet eerder terug op Balnaid dan zeven uur of zelfs later. Wat zou er gebeurd kunnen zijn?

Ze hoopte dat er niets mis was, haalde ondertussen de broodkruimels uit de koekepan en gooide ze in de steelpan met de melk, de ui en de kruidnagelen. Ze keek op, hoorde zijn naderende voetstappen in de lange gang van de hal. De deur ging open en ze draaide zich om, glimlachend, maar vaag ongerust.

'Ik ben thuis,' kondigde hij overbodig aan.

Virginia genoot, zoals altijd, van de mannelijke verschijning van haar echtgenoot. Hij droeg een marineblauw kostuum met witte strepen, een lichtblauw overhemd met een witte boord en een zijden stropdas van Christian Dior, die zij hem met kerst had gegeven. Hij zag er met z'n aktentas in zijn hand wat verkreukeld uit, zoals te verwachten viel na een dag werken en een lange rit, maar in het geheel niet vermoeid. Dat zag hij nooit en hij klaagde er nooit over dat hij moe was. Zijn moeder zwoer dat hij nog nooit in zijn leven moe was geweest.

Hij was lang, zijn figuur nog steeds jeugdig en zijn knappe gezicht, met de rustige, toegeknepen ogen, nauwelijks getekend. Alleen zijn haar was veranderd. Het was eens zwart en nu zilverwit, maar dik en zacht als altijd. Op de een of andere manier maakte dit leeftijdsloze gezicht, in contrast met dat witte haar, hem gedistingeerder en aantrekkelijker dan ooit.

Ze zei: 'Waarom zo vroeg?'

'Redenen. Ik leg het je uit.' Hij kwam naar haar toe om haar te kussen; keek naar de steelpan. 'Ruikt goed. Melksaus met broodkruimels. Gegrillde kip?'

'Wat dacht je.'

Hij legde zijn aktentas op tafel. 'Waar is Henry?'

'Bij Edie. Hij komt niet eerder terug dan na zessen. Zij geeft hem thee en wat te eten.'

'Goed.'

Ze fronste. 'Waarom goed?'

'Ik wil met je praten. Laten we naar de bibliotheek gaan. Laat de saus maar, die komt later wel...'

Hij was al weg uit de keuken. Bezorgd en in de war haalde Virginia de steelpan van het vuur en sloot het fornuis zorgvuldig af. Toen volgde ze hem. Ze trof hem in de bibliotheek, gehurkt bij de open haard, bezig met een lucifer een krant en het aanmaakhout aan te steken.

Ze voelde dit als een vorm van kritiek.

'Edmund, ik had het vuur aan willen steken als ik de saus klaar had en de aardappels geschild. Maar het is zo'n gekke dag vandaag. We waren de hele middag in de eetzaal, bezig met die kerkbijeenkomst. We zijn hier helemaal niet geweest...'

'Geeft niets.'

Het papier brandde, het aanmaakhout knisperde en knapperde. Hij kwam overeind, veegde z'n handen af en stond daar naar de lekkende vlammen te kijken. Van zijn gezicht viel niets af te lezen.

'We gaan die bazaar in juli houden.' Ze ging zitten op de leuning van een van de stoelen. 'Ik heb het beroerdste baantje van allemaal, de spullen voor de rommelmarkt verzamelen. En Archie wilde een envelop van Bosbeheer... hij zei dat jij ervan wist. We vonden 'm op je bureau.'

'Ja. Dat klopt. Ik had de brief aan je willen geven.'

'...O, en iets verschrikkelijk opwindends. De Steyntons gaan een bal geven, voor Katy, in september...'

'Weet ik.'

'Weet je dat?'

'Ik heb vandaag met Angus Steynton geluncht in de New Club. Hij heeft het me verteld.'

'Ze maken er geen half werk van. Feesttenten, orkesten, een cateringbedrijf – alles. Ik ga een werkelijk sensationele jurk kopen...'

Hij draaide zijn hoofd en keek haar aan, haar gebabbel stierf weg. Ze vroeg zich af of hij zelfs wel geluisterd had. Na een poosje vroeg ze: 'Wat is er aan de hand?'

Hij zei: 'Ik ben vroeg thuis omdat ik niet naar kantoor ben gegaan vanmiddag. Ik ben naar Templehall gereden. Ik was bij Colin Henderson.'

Templehall. Colin Henderson. Ze had het gevoel alsof haar maag zich omdraaide en haar mond was plotseling droog. 'Waarom, Edmund?'

'Ik wilde wat dingen doorspreken. Ik had nog niet echt een besluit genomen over Henry, maar nu ben ik er zeker van dat dit het beste is.'

'Wat is het beste?'

'Hem daar in september heen te sturen.'

'Intern?'

'Ja, hij kan moeilijk elke dag op en neer.'

Haar bezorgdheid was nu verdwenen en werd overvleugeld door een langzame, alles verterende woede. Ze had nog nooit een dergelijke woede tegenover Edmund meegemaakt. Bovendien was ze geschokt. Ze kende hem als overheersend, zelfs dictatoriaal, maar nooit achterbaks. Nu had hij buiten haar om gehandeld. Ze voelde zich verraden, alle wapens uit handen geslagen voor ze maar één enkel schot had kunnen afvuren.

'Je had het recht niet.' Haar eigen stem, maar hij klonk niet als Virginia. 'Edmund. Je had het recht *niet*.'

Hij trok zijn wenkbrauwen op. 'Niet het recht?'

'Niet het recht om zonder mij te gaan. Niet het recht om te gaan zonder het mij te vertellen. Ik had erbij moeten zijn, om de dingen te bepraten, zoals jij het noemt. Henry is net zo goed mijn kind als het jouwe. Hoe durf je weg te glippen en alles achter mijn rug te regelen, zonder ook maar iets te zeggen!'

'Ik glipte niet weg en ik vertel het je nu.'

'Ja. Als een voldongen feit. Ik hou er niet van behandeld te worden als iemand die er niet toe doet, iemand die niets te zeggen heeft. Waarom zou *jij* altijd alle beslissingen moeten nemen?'

'Ik denk omdat ik dat altijd heb gedaan.'

'Het was achterbaks.' Ze stond op, haar armen strak voor haar borsten gekruist, alsof dit de enige manier was om zichzelf te verhinderen haar echtgenoot een klap te geven, door haar handen onder controle te houden. Ze was altijd inschikkelijk geweest, maar nu was ze als een tijgerin, vechtend voor haar welp. 'Je weet, je hebt altijd geweten, dat ik niet wil dat Henry naar Templehall gaat. Hij is te klein. Hij is te jong. Ik weet dat jij op je achtste naar kostschool ging en ik weet dat Hamish Blair daar zit, maar waarom moet het een onbreekbare traditie zijn die we allemaal moeten naleven? Het is archaïsch, Victoriaans, uit de tijd, om kleine kinderen van huis weg te sturen. En wat erger is, het is niet nodig. Henry kan heel best op Strathcroy blijven tot hij twaalf is. En dan kan hij naar kostschool gaan. Dat is redelijk. Maar niet eerder, Edmund. *Niet nu*.'

Hij keek haar aan in oprechte verbazing. 'Waarom wil je Henry anders maken dan andere jongens? Waarom zou hij te boek moeten staan als een curiositeit, die thuisblijft tot hij twaalf is? Misschien verwar je hem met Amerikaanse kinderen, die het gezinsleven schijnen te beheersen tot ze bijna volwassen zijn...'

Virginia was woedend. 'Het heeft niets te maken met Amerika. Hoe kun je zoiets zeggen? Het heeft te maken met wat iedere verstandige, normale moeder voor haar kinderen voelt. Jij bent het die op het verkeerde spoor zit, Edmund. Maar je wilt zelfs de mogelijkheid dat je het bij het verkeerde eind hebt niet overwegen. Je gedraagt je als een Victoriaan. Ouderwets, koppig en chauvinistisch.'

Ze kreeg geen reactie op deze uitbarsting. Edmunds uitdrukking veranderde niet. Bij zulke gelegenheden behield hij z'n poker-face, met slaperige ogen en een mond die niet glimlachte. Ze merkte dat ze wilde dat hij natuurlijk zou reageren, zich zou laten gaan, zijn geduld verliezen, zijn stem verheffen. Maar zo was Edmund Aird niet. In de zakenwereld stond hij bekend als een koude kikker. Hij bleef onbewogen, gecontroleerd, niet te provoceren.

Hij zei: 'Je denkt alleen aan jezelf.'

'Ik denk aan *Henry*.'

'Nee. Je wilt hem behouden. En je wilt je zin hebben. Het leven heeft je in de watten gelegd. Je kreeg altijd je zin; verwend en vertroeteld door je ouders. En misschien ben ik doorgegaan waar zij gestopt zijn. Maar er komt een tijd dat we allemaal volwassen moeten worden. Ik stel voor dat jij nu volwassen wordt. Henry is niet jouw bezit en je moet hem laten gaan.'

Ze kon nauwelijks geloven dat hij deze dingen tegen haar zei.

'Ik denk *niet* aan Henry als mijn bezit. Dat is een vreselijke beschuldiging. Hij is een mens met een eigen wil en ik heb hem zo gemaakt. Maar hij is acht jaar oud. Nauwelijks uit de kinderkamer. Hij heeft zijn thuis nodig. Hij heeft *ons* nodig. Hij heeft de beschermende omgeving nodig die hij zijn hele leven heeft gekend en hij heeft Moo nodig onder zijn kussen. Hij *kan* niet zomaar worden weggestuurd. Ik wil niet dat hij weggestuurd wordt.'

'Dat weet ik.'

'Hij is te klein.'

'Dus moet hij opgroeien.'

'Hij zal van mij vervreemden.'

Edmund zei hier niets op. Haar verbeten woede was verdwenen en ze bleef gekwetst en verslagen achter, bijna in tranen. Om dit te verbergen, wendde ze zich van haar echtgenoot af en liep naar het raam. Ze stond daar met haar voorhoofd tegen de koele ruit en staarde met nietsziende, brandende ogen naar de tuin.

Er viel een lange stilte. En toen, redelijk als altijd, begon Edmund weer te spreken. 'Templehall is een prima school, Virginia, en Colin Henderson is een goed schoolhoofd. De jongens worden nooit gedwongen, maar er wordt hun geleerd te werken. Het leven zal hard worden voor Henry. Het zal hard worden voor al die jongeren. Prestatiegericht en zwaar. Hoe eerder ze dit onder ogen zien en leren zowel de goede als de slechte tijden onder ogen te zien, hoe beter het is. Aanvaard de situatie. Doe het voor mij. Bekijk het van mijn kant. Henry is te afhankelijk van jou.'

'Ik ben zijn moeder.'

'Jij verstikt hem.' Daarop liep hij kalm de kamer uit.

10

In het gouden avondlicht liep Henry naar huis. Er waren weinig mensen op straat omdat het bijna zes uur was en iedereen binnen zat te eten. Hij stelde zich zo'n vertrouwde maaltijd voor. Soep misschien en daarna schelvis of karbonaadjes en dan cake en koekjes, alles weggespoeld met sterke en hete thee. Hijzelf zat lekker vol met saucijzebroodjes. Maar misschien zou er voor hij naar bed ging nog een plaatsje zijn voor een mok chocolademelk.

Hij stak de brug over die de Croy tussen de twee kerken overspande. Bovenop de brug stopte hij en leunde over de oude stenen borstwering om naar de rivier te turen. Het had te veel geregend, teveel voor de boeren en het water was gestegen, het droeg in zijn stroom zwervende rommel mee. Boomtakken en stukjes stro. Op een keer had hij een arm dood lammetje onder de brug zien wegspoelen. Verderop in het bergdal werd het land vlakker en daar veranderde de rivier van karakter, werd wijder en liep door weilanden, tussen velden waar het vee 's avonds bij elkaar kwam om vredig aan de waterkant te drinken. Maar hier stroomde het steil naar beneden, springend en glijdend over de rotsen in een reeks van kleine watervallen en diepe poelen.

Het geluid van de Croy was een van Henry's vroegste herinneringen. In de nacht kon hij hem horen door het open raam van zijn slaapkamer en hij werd iedere ochtend gewekt door zijn stem. Stroomopwaarts was de poel waar Alexa hem zwemmen had geleerd. Met zijn schoolvriendjes had hij op die oever menig nat en modderig spel gespeeld, dammen gebouwd en hun kamp opgeslagen.

Achter hem sloeg de grote klok van de Presbyteriaanse kerk het hele uur met zes plechtige, dreunende slagen. Met tegenzin trok hij zich terug van de borstwering en vervolgde zijn weg, langs het pad dat grensde aan de zuidelijke rivieroever. Hoge olmen bogen zich vooover, hun hoogste takken bevolkt door een kolonie luidruchtig krassende roeken.

Hij bereikte de geopende hekken van Balnaid en in zijn verlangen thuis te zijn, begon hij opeens te rennen, terwijl zijn schooltas tegen zijn heup bonsde. Toen hij om het huis was gelopen, zag hij zijn vaders donkerblauwe wagen op het grind geparkeerd staan. Wat geweldig, een onverwachte traktatie. Zijn vader kwam gewoonlijk niet thuis voordat Henry in bed lag. Maar nu zou hij ze in de keuken aantreffen, gezellig pratend en de nieuwtjes van die dag uitwisselend, terwijl zijn moeder het eten klaarmaakte en zijn vader een kop thee dronk.

Maar ze waren niet in de keuken. Hij begreep dit zodra hij door de voordeur kwam, omdat hij stemmen hoorde vanachter de gesloten deur van de bibliotheek. Gewoon stemmen en de deur gesloten, dus waarom had hij het gevoel dat er iets mis was; dat het niet was zoals het moest zijn?

Zijn mond was droog geworden. Hij liep op zijn tenen door de brede gang en stond voor de deur. Hij was echt van plan geweest naar binnen te gaan om hen te verrassen, maar in plaats daarvan merkte hij dat hij stond te luisteren.

'...nauwelijks uit de kinderkamer. Hij heeft zijn thuis nodig. Hij heeft *ons* nodig.' Zijn moeder, sprekend met een stem die hij nooit eerder had gehoord, op hoge toon en het klonk alsof ze op het punt stond in tranen uit te barsten. '...hij *kan* niet zomaar worden weggestuurd. Ik wil niet dat hij wordt weggestuurd.'

'Dat weet ik.' Dat was zijn vader.

'Hij is te klein.'

'Dus moet hij opgroeien.'

'Hij zal van mij vervreemden.'

Ze waren aan het kibbelen. Ze hadden ruzie. Het ongelooflijke was gebeurd: zijn moeder en vader maakten ruzie. Koud van schrik wachtte Henry op wat er vervolgens zou gebeuren. Na een tijdje sprak zijn vader weer.

'Templehall is een prima school, Virginia, en Colin Henderson is een goed schoolhoofd. De jongens worden nooit gedwongen, maar het wordt ze geleerd te werken. Het leven zal hard worden voor Henry...'

Dus daar ging die ruzie over. Ze gingen hem naar Templehall sturen. Naar kostschool.

'...en leren zowel de goede als de slechte tijden onder ogen te zien, hoe beter het is.'

Weg van zijn vriendjes, van Strathcroy, van Balnaid, van Edie en Vi. Hij dacht aan Hamish Blair, zoveel ouder, zo superieur, zo wreed. *Alleen baby's hebben teddyberen.*

'...Henry is te afhankelijk van jou.'

Hij kon het niet verdragen nog langer te luisteren. Alle angsten die hij ooit had gekend, verzamelden zich in hem. Hij deinsde achteruit van de deur van de bibliotheek en toen, eenmaal veilig in de hal, draaide hij zich om en rende weg. Door de hal, de trap op en langs de overloop naar zijn slaapkamer. Hij sloeg de deur achter zich dicht, rukte zijn schooltas af en wierp zich op zijn bed, de donzen deken om zich heen gewikkeld. Hij stak zijn hand uit onder het kussen naar Moo.

Henry is te afhankelijk van jou.

En dus zou hij weggestuurd worden.

Zijn duim in z'n mond, Moo tegen z'n wang gedrukt; hij was, voor dit moment, veilig. Hij was getroost en zou niet huilen. Hij sloot zijn ogen.

11

De salon van Croy, alleen in gebruik bij officiële gelegenheden, had enorme afmetingen. Het hoge plafond en de sierlijsten waren wit, de muren behangen met verschoten rood damast, de vloerbedekking een reusachtig Turks kleed, hier en daar versleten maar nog warm van kleur. Er stonden sofa's en stoelen, sommige met losse overtrekken, andere met hun originele fluwelen bekleding. Ze pasten geen van alle bij elkaar. Her en der stonden kleine tafels, beladen met Battersea doosjes, foto's in zilveren lijsten, stapels oude afleveringen van *Country Life*. Er hing een groot aantal donkere olieverfschilderijen, portretten en stillevens, en op de tafel achter de sofa stond een porseleinen Chinese vaas, met daarin een bloeiende en geurende rododendron.

Achter de met leer beklede haardrand brandde een vrolijk vuur. Het kleed ervoor was ruig en wit, en als de honden nat van buiten erop of in de buurt zaten, rook het sterk naar schapen. De open haard was van marmer en had een indrukwekkende schoorsteenmantel, en erbovenop stonden een stel vergulde kandelaars, twee Saksisch porseleinen figuurtjes en een opzichtige Victoriaanse klok.

Deze klok, zachtjes tikkend, sloeg nu elf uur.

Het verraste iedereen. Ook mevrouw Franco, opgedoft in een zwarte zijden broek en crèmekleurige crêpe blouse, verkondigde dat ze niet kon geloven dat het al zo laat was. Ze hadden allemaal zo lang gepraat dat de avond gewoon was omgevlogen. Ze moest naar bed en haar echtgenoot ook, als hij fit wilde zijn voor zijn partijtje golf op Gleneagles. Dat gezegd hebbend, kwamen de Franco's overeind. Zo ook mevrouw Hardwicke.

'Het was perfect, het diner was heerlijk... Allebei bedankt voor uw gastvrijheid...'

Iedereen zei welterusten. Isobel, in haar beste, twee jaar oude groen zijden jurk, leidde hen de salon uit om erop toe te zien dat ze veilig hun weg naar boven vonden. Ze sloot de deur achter zich en kwam niet terug. Archie bleef achter met Joe Hardwicke, die klaarblijkelijk niet van plan was zo vroeg naar bed te gaan. Hij was weer in zijn stoel gaan zitten en zag eruit alsof hij het op z'n minst nog een paar uur kon volhouden.

Archie was tevreden, hij vond het niet erg om in zijn gezelschap achter te blijven. Joe Hardwicke was een van hun betere gasten, een intelligente man met een liberale kijk op de dingen en een droog gevoel voor humor. Tijdens het eten... vaak een saaie bedoening... had hij zijn aandeel geleverd om de toch al soepel lopende conversatie gaande te houden; hij vertelde, met zichzelf als lijdend voorwerp, een of twee uiterst komische verhalen en bleek onverwacht veel van wijn af te weten. Het praten over Archies wijnkelder had het grootste deel van het hoofdgerecht in beslag genomen.

Archie schonk hem nu nog een slaapmutsje in, wat de Amerikaan dankbaar aannam. Daarna vulde hij een groot glas voor zichzelf, gooide een paar houtblokken op het vuur en zakte diep onderuit in zijn eigen stoel, zijn voeten op de schapevacht. Joe Hardwicke begon hem vragen te stellen over Croy. Hij vond deze oude plaatsen fascinerend. Hoelang woonde zijn familie hier al? Waar kwam zijn titel vandaan? Wat was de geschiedenis van het huis?

Hij was niet nieuwsgierig maar geïnteresseerd en Archie beantwoordde zijn vragen met plezier. Zijn grootvader, de eerste Lord Balmerino, was een industrieel van enige naam geweest, die een fortuin had verdiend in zware textiel. Hij was daarna tot de adelstand verheven en had aan het einde van de negentiende eeuw Croy en de landerijen gekocht.

'Er was toen nog geen woonhuis hier. Alleen een vestingtoren uit de zestiende eeuw. Mijn grootvader bouwde het huis en liet de originele toren intact. Dus, hoewel gedeelten aan de achterkant antiek zijn, is het voornamelijk Victoriaans.'

'Het lijkt erg groot.'

'Ja. Ze leefden op grote voet in die dagen...'

'En het landgoed...?'

'Voor het merendeel verhuurd. Het jachtgebied ging naar een groep zakenmensen voor het jagen op korhoenders. Ik heb een vriend, Edmund Aird, en hij is verantwoordelijk, maar ik heb mijn deel van het jachtgebied en ik voeg me bij die zakenlui op de dagen dat ze op jacht gaan. Ik heb ook nog een stuk grond om op herten te jagen, maar dat is alleen voor mijn vrienden. De boerderij is verpacht.' Hij glimlachte. 'Dus u ziet dat ik geen verantwoordelijkheden heb.'

'Maar wat doet u dan?'

'Ik help Isobel. Ik voer de honden en laat ze uit zo vaak ik kan. Ik zorg voor het sprokkelhout, hou de voorraad voor het haardvuur op peil. We hebben een kettingzaag in een van de bijgebouwen en een oude rakker uit het dorp komt af en toe om me te helpen. Ik maai het gras.' Hij stopte. Het stelde als antwoord niet veel voor, maar hij kon niets anders bedenken.

'Vist u?'

'Ja. Ik heb een plekje aan de Croy, ongeveer twee mijl stroomopwaarts van het dorp, daar is boven in de heuvels een meertje. Het is fijn om er heen te gaan voor de avond valt. Met de boot eropuit. Het is erg vredig. En als het winter is en al om vier uur donker, heb ik een werkplaats beneden in de kelder. Er is altijd wel iets dat gerepareerd moet worden. Ik repareer de hekken, vernieuw begrenzingen, bouw kastjes voor Isobel, bevestig planken aan de muur. En andere dingen. Ik hou ervan om met hout te werken. Het is fundamenteel, zeer therapeutisch. Misschien dat ik in plaats van bij het leger te gaan meubelmaker had moeten worden.'

'Zat u bij een Schots regiment?'

'Ik ben vijftien jaar bij de Queen's Loyal Highlanders geweest. Twee jaar daarvan brachten we door met de Amerikaanse strijdkrachten in Berlijn...'

Het gesprek ging verder, van Berlijn naar het Oostblok en dus naar de politiek en internationale kwesties. Ze namen nog een slaapmutsje en verloren het besef van de tijd. Toen ze eindelijk besloten om het voor gezien te houden, was het ruim na middernacht.

'Ik heb u opgehouden.' Joe Hardwicke verontschuldigde zich.

'Helemaal niet.' Archie nam de lege glazen en bracht ze naar een blad dat op de grote piano stond. '...Ik ben niet zo'n slaper. Hoe korter de nacht, hoe beter.'

'Ik...' Joe aarzelde. 'Ik hoop dat u me niet onbeschaamd vindt, maar ik zie dat u moeilijk loopt. Heeft u een ongeluk gehad?'

'Nee. Mijn been werd er afgeschoten in Noord-Ierland.'

'Heeft u een kunstbeen?'

'Ja. Aluminium. Prachtig stukje vakwerk. Nu, hoe laat wilt u uw ontbijt hebben? Komt kwart over acht u uit? Dan heeft u nog wat tijd voordat de auto komt om u op te halen voor Gleneagles. Zal ik u wekken?'

'Als u dat zou willen doen. Om ongeveer acht uur. Ik slaap als een blok in deze berglucht.'

Archie maakte aanstalten om de deur te openen. Maar Joe Hardwicke stond op. Kon hij misschien het blad met glazen voor Archie naar de keuken brengen? Archie was dankbaar maar resoluut. 'Zeker niet. Regels van het huis. Jullie zijn gasten. Verboden ook maar een vinger uit te steken.'

Ze stonden in de hal. 'Dank u,' zei Joe Hardwicke, aan de voet van de trap.

'Ik dank *u*. Goedenacht. En welterusten.'

Archie bleef onderaan de trap staan tot de Amerikaan verdwenen was en hij het openen en sluiten van zijn slaapkamerdeur hoorde. Toen ging hij terug naar de salon, pookte in het vuur, plaatste het vuurscherm ervoor, opende de zware gordijnen en controleerde de sluitingen van de ramen. Buiten strekte de tuin zich uit in het maanlicht. Hij hoorde een uil. Hij ging de kamer uit, liet het dienblad waar het was en knipte de lampen uit. Hij stak de hal over naar de eetkamer. De tafel was ontdaan van alle sporen van het diner en was nu gedekt voor het ontbijt. Hij voelde zich schuldig, want dit was normaal gesproken zijn werk en Isobel had het helemaal alleen gedaan, terwijl hij had zitten praten.

Hij liep door naar de keuken. Ook hier was alles netjes op orde. Zijn twee zwarte labradors sluimerden bij het fornuis in hun ronde manden. Gestoord in hun slaap hieven ze hun kop op. Klap, klap, gingen hun staarten.

'Zijn jullie uit geweest?' vroeg hij hun. 'Heeft Isobel jullie uitgelaten voor ze naar bed ging?'

Klap, klap. Ze waren tevreden en op hun gemak. Er viel niets meer voor hem te doen.

Naar bed. Hij merkte opeens dat hij erg moe was. Hij beklom de trap, onderweg lampen uitschakelend. In het kamertje naast de slaapkamer deed hij z'n kleren uit. Smokingjasje, vlinderdas, het witte overhemd met het frontje. Schoenen en sokken. Broeken waren het moeilijkst, maar hij had een manier ontwikkeld om ze uit te trekken. De grote kastspiegel toonde zijn beeltenis, maar hij zorgde er altijd voor niet te kijken, omdat hij er zo'n hekel aan had zichzelf te zien; de bleke stomp van zijn dijbeen, het glanzende metaal van het been, de schroeven en scharnieren, de riemen en gespen die het op zijn plaats hielden – alles onthuld, schaamteloos en op de een of andere manier obsceen.

Snel trok hij zijn nachthemd aan, dat gemakkelijker was te hanteren dan een pyjama. Hij ging naar de aangrenzende badkamer, waterde en poetste zijn tanden. In hun riante slaapkamer brandde geen licht, maar het maanlicht scheen door het gordijnloze raam. Aan haar kant van het brede tweepersoonsbed sliep Isobel. Maar terwijl hij door de kamer liep, bewoog ze en werd wakker.

'Archie?'

'Ja.'

'Hoe laat is het?'

'Bijna half twee.'

Ze dacht hierover na. 'Zat je te praten?'

'Ja. Het spijt me. Ik had je moeten helpen.'

'Het maakt niets uit. Ze waren aardig.'

Hij gespte zijn harnas los, zachtjes de gevoerde leren kom van zijn stomp verwijderend. Toen het vrijkwam, bukte hij zich om de gehate uitvinding op de vloer naast het bed te leggen, de riemen netjes uit elkaar, zodat hij het 's morgens met zo min mogelijk ongemak weer kon aandoen. Zonder het ding voelde hij zich scheef en vreemd gewichtloos, zijn stomp brandde en deed pijn. Het was een lange dag geweest. Hij lag naast Isobel en trok het koele laken op tot aan zijn schouders.

'Alles goed?' Haar stem klonk slaperig.

'Ja.'

'Wist je dat Verena Steynton een feest gaat geven voor Katy? In september.'

'Ja. Violet heeft het me verteld.'

'Ik zal een nieuwe jurk moeten hebben.'

'Ja.'
'Ik heb niets om aan te trekken.'
Ze gleed weer terug in haar slaap.

Zodra het begon, wist hij wat er ging gebeuren. Het was altijd hetzelfde. Verlaten, grauwe straten, volgekalkt met graffiti. Donkere luchten en regen. Hij droeg een camouflagejack en bestuurde een van de gepantserde Landrovers, maar er was iets niet in de haak; hij zou iemand bij zich moeten hebben en hij was alleen.
Hij hoefde alleen maar veilig naar de kazerne terug te keren, dat was alles. De kazerne was een voormalige Ulster Constabulary politiepost, versterkt en tot de nok toe vol met wapens. Als hij daar kon komen, zonder dat ze kwamen opdagen, zou hij veilig zijn. Maar ze waren er. Ze kwamen altijd. Vier figuren, verspreid over de weg voor hem, omsluierd door de regen. Ze hadden geen gezichten, alleen zwarte kappen en hun wapens waren op hem gericht. Hij greep naar zijn geweer, maar het was weg. De Landrover was gestopt. Hij kon zich niet herinneren hem tot stilstand gebracht te hebben. De deur was open en ze doken boven op hem, sleurden hem naar buiten. Misschien zouden ze hem deze keer doodslaan. Maar het was hetzelfde. Het was de bom. Het leek een pakje in bruin papier, maar het was een bom en ze legden hem achterin de Landrover. Hij stond erbij en keek toe. En toen zat hij weer achter het stuur en de nachtmerrie was nu echt begonnen. Omdat hij de bom door de geopende poort van de kazerne naar binnen zou rijden, waar hij zou exploderen en iedereen daar doden.
Hij reed als een gek, het regende nog steeds en hij kon niets zien, maar hij zou er spoedig zijn. Hij moest alleen nog door de poort zien te komen, het explosieve voertuig naar het munitiedepot rijden en er hoe dan ook uitspringen en rennen voor zijn leven voordat de bom zou ontploffen.
De paniek had hem in een ijzeren greep en in z'n oren bulderde het geluid van zijn eigen ademhaling. De poort zwaaide open, hij was erdoor, de oprit af, in het munitiedepot. De betonnen muren rezen aan alle kanten op, het licht buitensluitend. Ontsnappen. Hij rukte aan de hendel, maar hij zat vast. De deur wilde niet open, hij zat gevangen, de bom tikte als een klok, dodelijk en moorddadig. Hij zat gevangen. Hij schreeuwde. Niemand wist dat hij daar was. Hij bleef schreeuwen...
Hij werd wakker, schreeuwend als een kind, zijn mond open, zweet stroomde langs zijn gezicht... handen pakten hem beet...
'Archie.'
Zij was er, ze hield hem vast. Na een tijdje trok ze hem zachtjes terug op de kussens. Ze stelde hem gerust, moederlijk, met kleine geluidjes. Ze kuste zijn ogen. 'Het is goed. Het was een droom. Je bent hier. Ik ben hier. Het is allemaal voorbij. Je bent wakker.'

Zijn hart bonkte als een hamer en hij baadde in het zweet. Hij lag stil in haar omarming en geleidelijk aan werd zijn ademhaling rustiger. Hij reikte naar een glas water, maar zij was eerder, hield het voor hem om te kunnen drinken en zette het glas terug toen hij genoeg had.

Toen hij rustig was, zei ze, met iets van een glimlach in haar stem: 'Ik hoop dat je niemand wakker hebt gemaakt. Ze zullen nog denken dat ik je vermoord.'

'Ik weet het. Het spijt me.'

'Was het... hetzelfde?'

'Ja. Altijd hetzelfde. De regen, de kappen, de bom en dat verdomde munitiedepot. Waarom heb ik nachtmerries over iets dat nooit met mij gebeurd is?'

'Ik weet het niet, Archie.'

'Ik wil dat ze ophouden.'

'Weet ik.'

Hij draaide zijn hoofd, begroef zijn gezicht in haar zachte schouder. 'Als ze nu maar zouden ophouden, misschien dat ik dan weer een man voor je kon zijn.'

Augustus

12

Het bezorgen van de ochtendpost op Croy was iedere keer een feest. Tom Drystone, de postbode, achter het stuur van zijn rode bestelauto, bestreek gedurende de dag een enorm gebied. Lange, slingerende enkelsporige weggetjes leidden omhoog de bergdalen in, naar afgelegen schapenboerderijen en verre hoeven. Jonge vrouwen, geïsoleerd levend met hun kleine kinderen, keken uit naar zijn komst terwijl ze hun wasgoed ophingen in de koude, frisse wind. Oude, alleenstaande mensen waren van hem afhankelijk voor de bezorging van hun medicijnen, het maken van een praatje onder het genot van een kopje thee. In de winter verruilde hij zijn bestelauto voor een Landrover en alleen de allerergste sneeuwstormen konden hem verhinderen om de lang verwachte brief uit Australië of een nieuwe blouse uit de catalogus van Littlewoods te bezorgen. En als gierende noordwesterstormen telefoonleidingen en elektriciteitskabels beschadigden, was hij vaak de enige bron van communicatie met de buitenwereld.

Zelfs als hij een zuurpruim was geweest, die nooit eens een aardig woord over had, dan nog zou Toms dagelijks verschijnen altijd welkom zijn geweest. Maar hij was een vrolijke kerel, geboren en getogen in Tullochard en dus niet van streek te brengen door de grillen van het ruige landschap of de elementen. Bovendien werd hij, als hij geen post bezorgde, erg bewonderd om de vaardigheid waarmee hij de accordeon bespeelde en was hij een graag geziene gast op de plaatselijke feestavonden, waar hij op het podium de band leidde in een eindeloze reeks jigs en reels met een glas bier naast zich. Deze pakkende muziek ging overal met hem mee, want als hij de post bezorgde, floot hij.

Het was nu half augustus. Een maandag. Een winderige dag met veel bewolking. Het was niet warm, maar het regende tenminste niet. Isobel Balmerino zat met een schort voorgebonden aan de keukentafel op Croy en plukte zes korhoenders. Ze waren vrijdag geschoten en hadden een paar dagen in de provisiekast gehangen, maar ze wilde dit smerige klusje achter de rug hebben en de hoenders veilig in de diepvries voordat de volgende lading Amerikanen arriveerde.

De keuken was ruim en Victoriaans, ingericht met allerlei getuigenissen van haar drukke bestaan. Een dressoir beladen met een stel geschilferd hardstenen serviesgoed, een prikbord vol met ansichten, adressen en haastig neergeschreven notities om bij voorbeeld de loodgieter te bellen. De hondemanden stonden dicht bij het grote fornuis en grote bundels droogbloemen hingen aan het plafond, aan haken die eens in gebruik waren voor het roken van hammen. Boven het fornuis was een droogrek met een katrol waarmee, na een dag in de heuvels, doorweekte kleren of ook wel gestreken linnengoed dat nog niet helemaal droog was, werden opgehesen. Dit was geen bevredigende oplossing, omdat hun slopen dan vaag naar vis roken als ze gerookte haring bij het ontbijt hadden gegeten. Maar aangezien Isobel geen droogkast had, was er niets aan te doen.

Lang geleden, in de dagen van de vroegere Lady Balmerino, was deze katrol de oorzaak geweest van een oude familiegrap. Mevrouw Harris was toentertijd de kokkin van het huishouden. Ze kon heerlijk koken, maar nam het niet al te nauw met al die malle maatregelen aangaande de hygiëne. Het was haar gewoonte om een enorme zwarte ijzeren ketel met bonen, of de restanten van elke groente die ze maar geschikt achtte om van een bord te schrapen, op het fornuis te laten sudderen. Hiermee maakte ze haar beroemde soep. Op een keer bleef er een gezelschap over voor de jacht. Het weer was verschrikkelijk slecht en dus droop het rek boven het fornuis voortdurend van de natte jassen, kniebroeken, truien en harige kousen. De soep werd in die dagen erna steeds beter en steeds smakelijker. De gasten smeekten om een recept. 'Hoe doet u het, mevrouw Harris? De smaak! Het is verrukkelijk.' Maar mevrouw Harris wierp het hoofd in de nek en zei zelfvoldaan dat het niet meer was dan een handigheidje dat ze van haar moeder had geleerd. De week ging voorbij en het gezelschap vertrok, en bij het weggaan werden grote fooien in de rode, verweerde handen van mevrouw Harris gestopt. Toen ze weg waren, werd de ketel eindelijk geleegd om geschuurd te worden. Op de bodem werd een vervilte en niet erg schone jachtkous gevonden.

Vier vogels geplukt en nog twee te doen. Veren vlogen in het rond. Isobel verzamelde ze zorgvuldig, verpakte ze in krantenpapier en stopte de bundels in een zwarte plastic vuilniszak. Ze vouwde een nieuwe krant open en begon aan nummer vijf, toen ze gefluit hoorde.

De achterdeur werd opengeworpen en Tom Drystone maakte opgewekt zijn entree. De tocht veroorzaakte een wolk van veren. Isobel gaf een gil en hij sloot de deur haastig achter zich.

'Ik zie dat de landheer u bezighoudt.' De veren lagen weer stil. Isobel niesde. Tom liet met een knal een stapel post op het dressoir neerkomen. 'Kunt u de jonge Hamish niet vragen u een handje te helpen?'

'Hij is weg. Vertrokken voor een week in Argyll met een schoolvriend.'

'Hoe ging het met de jacht vrijdag op Croy?'

'Teleurstellend, vrees ik.'

'Ze schoten drieënveertig koppels in Glenshandra.'

'Die waren waarschijnlijk allemaal van ons, over de afrastering gevlogen om hun vriendjes te bezoeken. Wil je een kop koffie?'

'Nee, vandaag niet, bedankt. Ik heb een grote lading aan boord. Circulaires van de gemeente. Nou, ik ga ervandoor...'

En weg was hij, al fluitend nog voor hij de deur achter zich had dichtgegooid.

Isobel ging door met het plukken van de hoenders. Ze verlangde ernaar een blik op de brieven te werpen, te zien of er iets opwindends bij was, maar ze was onverbiddelijk voor zichzelf. Ze zou eerst het plukken afmaken. Daarna zou ze alle veren opruimen. Dan zou ze haar handen wassen en de post bekijken. En ten slotte zou ze zich wagen aan het schoonmaken van de vogels, een bloederig werkje.

De postauto scheurde weg. Ze hoorde voetstappen vanuit de hal over de gang naderen. Pijnlijk en ongelijk. De paar stenen treden af naar beneden, een voor een. De deur ging open en haar echtgenoot verscheen.

'Was dat Tom?'

'Hoorde je het fluiten niet?'

'Ik wacht op die brief van Bosbeheer.'

'Ik heb nog niet gekeken.'

'Waarom heb je niet gezegd dat je de hoenders ging doen?' Archie klonk eerder beschuldigend dan schuldbewust. 'Ik had je willen helpen.'

'Misschien wil je ze voor me schoonmaken?'

Hij trok een vies gezicht. Hij kon vogels schieten en een gewonde sneeuwhoen de nek omdraaien. Hij kon ze, als hij ertoe gedwongen werd, plukken. Maar hij was overgevoelig voor het opensnijden en het verwijderen van de ingewanden. Dit was al vaak de oorzaak geweest van wrijving tussen hem en Isobel, en dus veranderde hij snel van onderwerp. Zoals ze verwacht had dat hij zou doen.

'Waar is de post?'

'Op het dressoir.'

Hij hinkte er naar toe en nam hem mee naar het andere eind van de tafel, flink ver van de gebruikelijke rommel. Hij ging zitten en bladerde door de enveloppen.

'Verdomme. Hij zit er niet bij. Ik wou dat ze opschoten. Maar er is er wel een van Lucilla...'

'O, fijn, daar hoopte ik al op...'

'...en iets dat erg lang, stevig en dik is, wat een oproep van de koningin zou kunnen zijn.'

'Verena's handschrift?'

'Zou kunnen.'

'Dat is onze uitnodiging.'

'En nog twee dezelfde, om door te sturen. Een voor Lucilla en een andere voor' – hij aarzelde – 'Pandora.'

Isobels handen vielen stil. Over de lange, met veren bezaaide tafel keken ze elkaar aan. 'Pandora? Hebben ze Pandora gevraagd?'

'Blijkbaar.'

'Wat vreemd. Verena heeft me nooit verteld dat ze Pandora zou vragen.'

'Daar had ze ook geen reden toe.'

'We zullen hem naar haar doorsturen. Maak die van ons open en laten we kijken hoe hij eruitziet.'

Archie deed dit. 'Zeer indrukwekkend.' Hij trok zijn wenkbrauwen op. 'In reliëf, een mooie letter en een gouden randje. Zestien september. Verena is er wel laat mee, vind je niet? Ik bedoel, dat is over nauwelijks een maand.'

'Er is een ramp gebeurd. De drukker heeft een vergissing gemaakt. Ze hebben de eerste partij uitnodigingen aan de verkeerde kant van het papier gedrukt. Dus heeft zij ze allemaal teruggestuurd en hebben ze het opnieuw moeten doen.'

'Hoe wist ze dat ze aan de verkeerde kant waren gedrukt?'

'Verena weet zulke dingen. Ze is een perfectionist. Wat staat erop?'

'Er staat 'Lord en Lady Balmerino. Mevrouw Angus Steynton. Thuis. Voor Katy. Bla bla. Aanvang tien uur. Reageer alstublieft.' Hij hield de kaart omhoog. 'Onder de indruk?'

Ze had haar bril niet op, dus spande Isobel zich in en tuurde.

Mrs Angus Steynton
Thuis
Voor Katy
Vrijdag, 16 september 1988

RSVP
Aanvang 22.00 uur   *Corriehill, Tullochard,*
Relkirkshire

'Ik ben erg onder de indruk. Staat prachtig op de schoorsteenmantel. De Amerikanen zullen denken dat we een koninklijke uitnodiging hebben ontvangen. Nu, lees Lucilla's brief voor. Die is veel belangrijker.'

Archie sneed de dunne envelop met Franse postzegel en poststempel open en ontvouwde twee velletjes goedkoop, gelinieerd en zeer dun papier.

'Het lijkt alsof ze het op toiletpapier heeft geschreven.'

'Lees het voor.'

'Parijs, 6 augustus. Lieve mams en paps. Sorry dat ik al zolang niet geschreven heb. Weinig tijd voor nieuwtjes. Dit is maar een kort briefje om jullie de laatste ontwikkelingen door te geven. Ik vertrek hier over een paar dagen en zak dan af naar het zuiden. Reis per bus, dus jullie hoeven niet bang te zijn dat ik ga liften. Ga met een Australische jongen die ik heb ontmoet en Jeff Howland heet. Geen kunstenaar, maar een schapenfokker uit Queensland, die een jaar door Europa zwerft. Hij heeft vrienden op Ibiza, dus gaan we daar misschien heen. Ik weet niet wat we gaan doen als we op Ibiza zijn, maar de kans bestaat dat we naar Majorca gaan. Willen jullie dan dat ik langs Pandora ga? En zo ja, kunnen jullie dan haar adres sturen want ik ben het kwijt. En ik zit wat krap bij kas, dus zouden jullie me wat willen voorschieten tot mijn volgende toelage. Stuur alles p/a Hans Bergdorf, PO Box 73, Ibiza. Parijs was verrukkelijk maar op dit moment zijn er alleen maar toeristen. Iedereen is verder naar het strand of de bergen vertrokken. Zag onlangs een magnifieke Matisse-tentoonstelling. Heel veel liefs, schatjes en MAAK JE GEEN ZORGEN. Lucilla. PS. Vergeet het geld niet.'

Hij vouwde de brief op stopte 'm terug in de envelop.

Isobel zei: 'Een Australiër.'

'Een schapenfokker.'

'Rondzwervend door Europa.'

'Ze reizen tenminste per bus.'

'Ach, nou ja, het had erger kunnen zijn. Maar dat ze misschien naar Pandora gaat... is dat niet opvallend? Maandenlang hoor je Pandora's naam niet en opeens blijft-ie overal maar opduiken. Is Ibiza ver van Majorca?'

'Niet zover.'

'Ik wou dat Lucilla naar huis kwam.'

'Isobel, ze heeft de tijd van haar leven.'

'Ik vind het vervelend als ze geldgebrek heeft.'

'Ik stuur haar een cheque.'

'Ik mis haar zo.'

'Dat weet ik.'

Ze was klaar met plukken, de veren allemaal zorgvuldig verzameld en in de zwarte vuilniszak gestopt. De zes kleine lichaampjes lagen in een zielig rijtje, hun kopjes scheef, hun geklauwde pootjes omhoog als dansers. Isobel pakte haar dodelijk scherpe mes en zonder omhaal sneed ze in het eerste slappe lijfje. Toen legde ze het mes neer en duwde haar hand in de vogel. Ze trok 'm terug, rood van het bloed en haalde een lang lint van parelmoeren, grijzige ingewanden naar boven. Deze stapelden zich in een verrassende hoeveelheid op het krantenpapier op. De geur was overweldigend.

Archie sprong overeind. 'Ik ga nu die cheque uitschrijven.' Hij verzamelde de post. 'Voor ik het vergeet.' En hij vertrok naar zijn studeerkamer, deed de keukendeur stevig achter zich dicht, het toneel van de kleine huiselijke slachting buitensluitend.

Hij zat een moment aan zijn bureau met Pandora's envelop in z'n hand. Hij dacht eraan haar te schrijven. Een brief van hem te doen bij de invitatie van Verena. Het is een feest, zou hij zeggen. Het wordt leuk. Waarom kom je niet naar huis en logeer je bij ons op Croy? We zouden het zo fijn vinden als je kwam. Alsjeblieft, Pandora. Alsjeblieft.

Maar hij had dit al eerder gedaan en ze had nauwelijks de moeite genomen te reageren. Het had geen zin. Hij zuchtte en nauwgezet veranderde hij het adres op de envelop. Hij plakte er wat extra zegels en een luchtpoststicker op en legde hem opzij.

Hij schreef een cheque uit op naam van Lucilla Blair, voor een bedrag van hondervijftig pond. Daarna begon hij aan een brief aan zijn dochter.

Croy, 15 augustus

Mijn liefste Lucilla,

Heel erg bedankt voor je brief, die we vanmorgen ontvingen. Ik hoop dat je een goede reis hebt naar het zuiden van Frankrijk en dat je genoeg geld bij elkaar krijgt om naar Ibiza te gaan. Ondertussen stuur ik je deze cheque, zoals je hebt gevraagd. Wat Pandora betreft, ik ben er zeker van dat ze opgetogen zal zijn om je te zien, maar ik stel voor dat je eerst opbelt voordat je plannen maakt. Laat haar weten dat je je hebt voorgenomen om haar op te zoeken.

Het adres is Casa Rosa, Puerto del Fuego, Majorca. Haar telefoonnummer heb ik niet, maar ik weet zeker dat je het in het telefoonboek van Palma kunt vinden.

Bovendien stuur ik een uitnodiging door voor een feest dat de Steyntons geven voor Katy. Het is al over een maand en je hebt mogelijk andere en betere dingen te doen, maar ik weet dat je moeder heel gelukkig zal zijn als je erbij kunt zijn.

Ik had gisteren een fijne dag. Ze waren bezig met de drijfjacht en ik heb me 's ochtends bij de schutters gevoegd. Iedereen was vriendelijk en ik mocht de eerste schuilhut gebruiken. Hamish was meegegaan om mijn geweer en de jagerstas te dragen en zijn oude vader de heuvel op te helpen. Edmund Aird schoot uitzonderlijk goed en aan het eind van de dag zaten er eenentwintig en een halve koppels en twee hazen in de tas. Hamish is gisteren voor een week naar Argyll vertrokken met een schoolvriend. Hij ging op forel vissen, maar hoopt ook op wat diepzeevissen. Veel liefs, mijn kind. Paps.

Hij las deze boodschap door en vouwde hem vervolgens netjes op. Hij vond een grote bruine envelop en deed de brief erin, de cheque en Verena's uitnodiging. Hij plakte de brief dicht en deed de postzegels erop en adresseerde hem aan Lucilla, het adres dat zij hem gegeven had. Hij nam beide brieven mee naar de hal en legde ze op het kastje dat bij de deur stond. Zo gauw er iemand naar het dorp ging, zouden ze gepost worden.

13

De uitnodiging van de Steyntons werd deze woensdag bezorgd in Ovington Street. Het was vroeg in de morgen. Alexa stond blootsvoets, gewikkeld in haar badjas in de keuken, te wachten tot het theewater zou koken. De deur naar de tuin stond open en Larry was buiten bezig met zijn gebruikelijke snuffelronde. Soms ontdekte hij kattesporen en werd dan erg opgewonden. Het was een grijze ochtend. Misschien zou de zon later nog te voorschijn komen en de mist doen oplossen. Ze hoorde het klepperen van de brievenbus en zag, omhoog kijkend door het raam, de benen van de postbode die over de stoep liep.

Ze pakte een dienblad, deed theezakjes in de theepot en toen het water kookte schonk ze het in de theepot. Vervolgens droeg ze het blad de trap van het souterrain op, de hond aan zijn lot overlatend. De brieven lagen op de deurmat. Ze bukte zich, goochelend met het blad, om ze op te rapen en stopte ze in de ruime zak van haar badjas. Weer omhoog, het dikke tapijt zacht onder haar blote voeten. De deur van haar slaapkamer stond open, de gordijnen waren weggetrokken. Het was geen grote kamer, de ruimte werd helemaal gevuld door het bed dat Alexa van haar grootmoeder had gekregen, een imposant erfstuk, ruim en donzig, voorzien van een hoog koperen hoofd- en voeteneind. Ze zette het blad neer en kroop weer tussen de lakens.

Ze zei: 'Ben je wakker, ik heb thee voor je meegebracht.'

De bult aan de andere kant van het bed reageerde niet onmiddellijk op deze oproep. Toen kreunde het en kwam omhoog. Een naakte bruine arm verscheen vanonder de dekens en Noel keek haar aan.

'Hoe laat is het?' Zijn haar, donker afstekend op het witlinnen kussen, was door de war, zijn kin ruw van de stoppels.

'Kwart voor acht.'

Hij kreunde weer, streek met zijn vingers door zijn haar. Ze zei: 'Goedemorgen,' en boog om zijn ongeschoren wang te kussen. Hij legde zijn hand op haar achterhoofd en hield haar dicht tegen zich aan. Hij zei mompelend: 'Je ruikt heerlijk.'

'Citroenshampoo.'

'Nee. Geen citroenshampoo. Gewoon jij.'

Hij haalde zijn hand weg. Ze kuste hem opnieuw en wijdde zich toen aan de huiselijke taak van het inschenken van zijn thee. Hij schudde de kussens op, hees zichzelf omhoog en leunde achterover. Hij was naakt, zijn borst bruin alsof hij zojuist van een zonvakantie was teruggekomen. Ze overhandigde hem de dampende mok.

Hij dronk langzaam, in stilte. Hij had 's morgens lang nodig om op gang te komen en zei nauwelijks een woord voor het ontbijt. Dat was iets dat ze al vroeg had ontdekt, een van de kleine eigenaardigheden in zijn bestaan. Zoals de manier waarop hij koffie zette, zijn schoenen poetste of een droge martini mixte. 's Avonds maakte hij zijn zakken leeg en legde de inhoud netjes in een rij op de toilettafel, altijd in dezelfde volgorde. Portefeuille, creditcards, zakmes, kleingeld, de muntjes keurig opgestapeld. Het fijnste van alles was in bed te liggen en toe te kijken hoe hij dit deed; dan te zien hoe hij zich uitkleedde, wachtend tot hij klaar zou zijn, en naar haar toe kwam.

Elke dag bracht iets nieuws; elke nacht nieuwe, heerlijke ontdekkingen. Alle goede dingen hoopten zich op, zodat ieder moment, elk uur, beter was dan het moment en het uur daarvoor. Samenlevend met Noel, delend in die verrukkelijke combinatie van huiselijkheid en hartstocht, begreep ze voor het eerst waarom mensen ooit wilden trouwen. Het leek alsof het altijd zou blijven duren.

En ooit... nog maar drie maanden geleden... had ze zichzelf volmaakt tevreden gevoeld. Alleen in huis, met Larry als gezelschap, in beslag genomen door haar werk, haar kleine gewoontes en zo nu en dan een avondje uit of een bezoek aan vrienden. Niet meer dan een half leven. Hoe had ze het uitgehouden?

Je mist niet wat je nooit had. Edies stem, luid en duidelijk. De gedachte aan Edie deed Alexa glimlachen. Ze schonk haar eigen mok thee in, zette die naast zich neer en haalde de brieven uit haar zak. Ze spreidde ze uit op het donzen dekbed. Een rekening van Peter Jones, een folder over dubbele beglazing, een briefkaart van een vrouw die in Barnes woonde en wat lekkernijen wilde hebben voor in haar diepvries en ten slotte de enorme, stijve witte envelop.

Ze bekeek hem. Een Schots poststempel. Een uitnodiging? Misschien voor een bruiloft...

Ze ritste met haar duim de envelop open en nam de kaart eruit.

Ze zei: 'Allemachtig.'

'Wat is het?'

'Een uitnodiging voor een bal. "Jij *zult* naar het bal gaan," zei de goede fee tot Assepoester.'

Noel stak zijn hand uit en nam de kaart van haar over.

'Wie is mevrouw Angus Steynton?'

'Ze woont vlak bij ons in Schotland. Ongeveer tien mijl verderop.'

'En wie is Katy?'

'Hun dochter, natuurlijk. Ze werkt in Londen. Je hebt haar wellicht ontmoet...' Alexa dacht hierover na en veranderde toen van gedachten. 'Nee. Ik denk niet dat dat kan. Ze voelt zich aangetrokken tot jonge officieren... veel afspraakjes op de renbaan.'

'Zestien september. Ga jij?'

'Ik denk het niet.'

'Waarom niet?'

'Omdat ik niet zonder jou zou willen gaan.'

'Ik ben niet uitgenodigd.'

'Weet ik.'

'Ga je zeggen: "Ik kom als ik mijn geliefde mag meebrengen"?'

'Niemand weet dat ik een geliefde heb.'

'Heb je nog steeds niet aan je familie verteld dat ik bij je ben ingetrokken?'

'Nog niet.'

'Om een speciale reden?'

'O, Noel... ik weet het niet.' Maar ze wist het wel. Ze wilde hem helemaal voor zichzelf houden. Met Noel leefde ze in een geheime, magische wereld van liefde en ontdekking en ze was bang dat als ze iemand van buiten toeliet, alles dan zou oplossen en op de een of andere wijze verknoeid zou worden. Bovendien... en dit was een aandoenlijke toevoeging... ontbrak het haar aan enige vorm van innerlijke moed. Ze was nu eenentwintig, maar van binnen voelde ze zich nog steeds haast vijftien, verlangend om het iedereen naar de zin te maken, zoals ze altijd had gedaan. De gedachte aan mogelijke reacties van familie vervulde haar met een kwellende onrust. Ze stelde zich haar vaders afkeuring voor, Vi's ontzette verbijstering en Virginia's bezorgdheid. En dan de vragen.

Maar wie is hij? Waar heb je hem ontmoet? Wonen jullie samen? In Ovington Street? Maar waarom horen we er nu pas over? Wat doet hij? Hoe heet hij?

En Edie. *Lady Cheriton zal zich omdraaien in haar graf.*

Niet dat ze het niet zouden begrijpen. Of dat ze allemaal zo kleingeestig waren of hypocriet. Ook niet dat ze geen van allen van Alexa hielden – ze kon het gewoon niet verdragen als een van hen van streek zou zijn. Ze dronk een slok thee.

Noel zei: 'Je bent geen klein meisje meer.'

'Ik weet dat ik dat niet ben. Ik ben volwassen. Ik zou alleen willen dat ik niet zo'n slappeling was.'

'Schaam je je voor ons zondig samenzijn?'

'Ik schaam me nergens voor. Het is gewoon... de familie. Ik hou er niet van om ze pijn te doen.'

'Maar liefje, ze zullen veel erger gekwetst zijn als ze over ons horen voordat jij eraan toe bent het ze te vertellen.'

Alexa wist dat dit waar was. 'Maar hoe zouden ze erachter kunnen komen?' vroeg ze hem.

'Dit is Londen. Iedereen kletst. Ik ben verbaasd dat je vader het gerucht nog niet heeft gehoord. Neem het maar van mij aan en wees een dapper meisje.' Hij gaf haar zijn lege mok en een vlugge kus op de wang, pakte

zijn badjas en zwaaide zijn benen over de rand van het bed. 'En dan kun je mevrouw Stiffden, of hoe ze ook heten mag, schrijven en zeggen dat je dolgraag naar het bal zult komen en dat je je droomprins meebrengt.'
Alexa moest, ondanks alles, glimlachen. 'Ga je mee?'
'Waarschijnlijk niet. Stamfeesten zijn niets voor mij.' En daarmee vertrok hij naar de badkamer. Vrijwel meteen hoorde Alexa het stromen van water.
En waar was al die drukte nou voor? Alexa pakte de uitnodiging weer op en keek er fronsend naar. Ik wou dat je nooit gekomen was, zei ze tegen de kaart. Je hebt zojuist een heleboel narigheid veroorzaakt.

14

In augustus kookte het hele eiland in een ongekende hittegolf. De ochtenden begonnen heet en tegen de middag steeg de temperatuur tot ondraaglijke hoogte, iedereen met enig verstand tot de namiddag naar binnen jagend, om ademloos op een bed te lummelen of te slapen op een beschaduwd terras. De oude stad, hoog in de heuvels, sluimerde rustig en geblindeerd door de uren van de siësta. De straten waren verlaten en de winkels dicht.

Maar beneden in de haven was de situatie heel anders. Te veel mensen waren op de been, met te veel geld om uit te geven, om deze oude gewoonte te respecteren. De toeristen wilden niets weten van siësta's. Ze wilden geen moment van hun kostbare vakantie verspillen aan slapen. En de dagjesmensen konden nergens heen. En dus zaten ze in plaats daarvan in kuddes bij elkaar, rood en zwetend, op terrassen van cafés of ze zwierven doelloos rond in de van airconditioning voorziene souvenirwinkels. Het strand was bezaaid met palmrieten parasols en halfnaakte, stomende lichamen en de jachthaven volgepakt met de meest uiteenlopende vaartuigen. Alleen de mensen op de boten schenen te weten wat goed voor hen was. Gewoonlijk vol van bedrijvigheid, dobberden de jachten en de sloepen nu lui op de deining van het olieachtige water en in de schaduw van canvas dekzeilen lagen lusteloze lijven, bruin als mahoniehout, her en der op de dekken, alsof ze al dood waren.

Pandora werd laat wakker. Ze had de hele nacht liggen woelen en had ten slotte, om vier uur in de ochtend, een slaappil genomen. Ze was toen eindelijk in een zware, door dromen geplaagde slaap gevallen en zou zijn blijven slapen als het geluid van Seraphina die aan het rommelen was in de keuken, haar niet had gestoord. Het gerammel sloeg haar droom in stukken en na een poosje opende ze met tegenzin haar ogen. De droom ging over regen, over bruine rivieren, koude, natte geuren en het geluid van de wind. Over diepe meren en donkere heuvels met drassige paadjes die naar hun besneeuwde toppen leidden. Maar het belangrijkste was de regen. Niet recht naar beneden vallend, niet donderend en tropisch zoals hier als het regende, maar zachtjes en mistig. Aanrollend in wolken, verraderlijk als rook...

Ze bewoog. De beelden losten op, waren weg. Waarom zou ze van Schotland dromen? Waarom, na al die jaren, kwamen die kille herinneringen van vroeger terug om haar bij de kraag te grijpen? Misschien was het de hitte van deze zinderende augustus, de eindeloze dagen van meedogenloze zonneschijn, het stof en de droogte, de scherpe, donkere schaduwen van de namiddag. Die deden je verlangen naar die zachte, geurige mist.

Ze draaide haar hoofd op het kussen en zag, achter de glazen schuifdeur die de hele nacht openstond, de balustrade van het terras, de in het oog springende pracht van geraniums, de lucht. Blauw, wolkeloos, nu al schel van de hitte.

Ze duwde zich met een elleboog omhoog en reikte over het brede, lege bed naar het nachtkastje en haar horloge. Negen uur. Meer geratel uit de keuken. Het geluid van de draaiende afwasmachine. Seraphina liet wel merken dat ze er was. En als zij er was, betekende dat dat Mario – haar echtgenoot en Pandora's tuinman – al bezig was, druk schrapend in de tuin met zijn ouderwetse schoffel. Dit sloot iedere mogelijkheid uit van een vroege naakte duik. Mario en Seraphina woonden in de oude stad en kwamen elke ochtend naar hun werk op Mario's brommer, vol gas tegen de heuvel op scheurend. Mario bestuurde deze lawaaiige, brute uitvinding terwijl Seraphina bescheiden achterop zat, haar benen als een amazone aan een kant en haar sterke bruine armen om zijn middel geslagen. Het was een wonder dat die dagelijkse aanslag op de stilte Pandora niet eerder wakker had gemaakt, maar de slaappillen waren ook erg sterk.

Het was te heet om te blijven liggen in dit verkreukelde, rommelige bed. Ze was hier lang genoeg geweest. Pandora gooide het dunne laken opzij en stak blootsvoets en naakt de uitgestrekte oppervlakte van de marmeren vloer over naar de badkamer. Ze pakte haar bikini – niet meer dan twee stukjes geknoopte zakdoek – trok die aan en liep toen terug, door haar slaapkamer naar buiten het terras op en de trap af die naar het zwembad voerde.

Ze nam een duik. Het was koel, maar niet koel genoeg om echt verfrissend te zijn. Ze zwom. Ze dacht aan duiken in het meer van Croy, schreeuwend van pijn omhoog komen omdat de kou in iedere pijnlijke porie van het lichaam beet; een verlammende kou die de adem afsneed. Hoe kon ze gezwommen hebben in wat praktisch sneeuwwater was? Hoe konden zij en Archie en alle anderen zich gewenteld hebben in zulke masochistische genoegens? Maar wat een lol hadden ze gehad. En dan het water uit, nog nat een warme trui aantrekken en dan de beste forel van de wereld klaarmaken op rokerige sintels. Forel had sindsdien nooit meer zo goed gesmaakt als tijdens die geïmproviseerde maaltijden bij het kampvuur.

Ze zwom. Heen en weer, van de ene kant van het lange zwembad naar de andere. Weer Schotland. Nu geen dromen, maar bewuste herinneringen. Wat maakte het uit? Ze liet ze hun gang gaan. Liet de herinneringen haar wegleiden van het meer, naar beneden langs het ruige veenachtige pad dat de loop van de beek volgde, die duikelend de heuvel afdaalde om ten slotte in de Croy op te gaan. Turfachtig water, bruin en schuimend als bier, stromend over rotsen en in de diepe poelen spattend waar de forel zich in de schaduwen ophield. Door de eeuwen heen had deze stroom een kleine vallei uitgesleten en de oevers waren groen en fris, beschut voor de noordelijke winden en begroeid met schitterende wilde bloemen. Er groeiden vingerhoedskruid, asters, zachtgroene adelaarsvarens en lange, paarse distels. Er was een bijzonder plekje. Ze noemden het de Corrie en hadden er veel picknicks gehouden in de lente en ook in de winter, wanneer de noordelijke winden te koud waren om kampvuren bij het meer te maken.

De Corrie. Ze stond haar herinneringen niet toe te dralen, maar haastte ze verder. Het pad werd steiler, slingerend tussen grote rotsformaties, kliffen van graniet ouder dan de tijd zelf. Een laatste kromming en daar, diep beneden, lag het dal uitgespreid, zonovergoten, golvend met schaduwen van wolken, geopenbaard in al zijn landelijke schoonheid. De Croy een glinsterende draad, de twee gewelfde bruggen net zichtbaar tussen de bomen; het dorp door de afstand gekrompen tot een stuk kinderspeelgoed, geplaatst op een tapijt uit een kinderkamer.

Een pauze om te mijmeren en dan weer verder. Het pad werd gelijkmatiger. Vóór haar de hertenomheining en de hoge poort. Nu werden de eerste bomen zichtbaar; dennen en daarachter het groen van de beuken. Dan het huis van Gordon Gillock, met het wasgoed van zijn vrouw, wapperend als vlaggetjes in de wind en de jachthonden in hun hokken, die verstoord uitbraken in een hels kabaal van razend geblaf. Bijna thuis. Het pad werd nu een macadamweg, die tussen boerderijen, stenen bijgebouwen, schuren en stallen door voerde. De geur van vee en mest. Nog een poort en voorbij de boerderij met zijn fleurige tuin en stenen muur, die verscholen lag achter kamperfoelie. Het wildrooster. De oprijlaan met rododendrons langs de kanten...

Croy.

Genoeg. Pandora riep haar grillige herinneringen een halt toe alsof het al te gretige kinderen waren. Ze wenste niet verder te gaan. Genoeg van dit zwelgen. Genoeg Schotland. Ze zwom een laatste baan en klom toen via de smalle treden omhoog uit het zwembad. De stenen onder haar blote voeten waren al heet. Druipend liep ze terug naar het huis. In haar badkamer nam ze een douche, waste haar haar, trok een schone jurk aan, losjes en mouwloos, het koelste kledingstuk dat ze bezat. Ze verliet haar slaapkamer, stak de hal over en ging de keuken binnen.

'Seraphina.'

Seraphina draaide zich om van de gootsteen, waar ze druk bezig was met het schrobben van een emmer mosselen. Ze was een kleine, gedrongen vrouw met plompe, blote benen, de voeten gestoken in espadrilles, en donker haar, strak achterover gekamd tot een knot. Ze droeg altijd zwart omdat ze eeuwig in de rouw was. Ze was nog niet uit de rouw voor een van haar grootouders of een ver familielid, of een ander lid van haar familie ging het hoekje om en ze was weer terug in de rouw. De zwarte jurken zagen er allemaal eender uit, maar alsof ze hun somberheid moest goedmaken, waren haar schorten onveranderlijk gekleurd met drukke patronen.

Seraphina hoorde bij Casa Rosa. Voordien had ze vijftien jaar gewerkt voor een Engels echtpaar dat de villa had laten bouwen. Toen ze twee jaar geleden wegens familieomstandigheden en wankele gezondheid tegen hun zin in naar Engeland waren teruggekeerd, had Pandora, op zoek naar een plek om zich te vestigen, het pand van hen gekocht. Vervolgens ontdekte ze dat ze Seraphina en Mario had overgenomen. In het begin wist Seraphina niet zeker of ze wel voor Pandora wilde werken en ook Pandora verkeerde in dubio over Seraphina. Ze was niet wat je noemt aantrekkelijk en kwam vaak nogal brommerig over. Maar bij wijze van proef zouden ze het een maand met elkaar proberen; en de maand werd drie maanden en toen een jaar en de overeenkomst kwam, heel gemakkelijk, haast vanzelf tot stand, zonder dat er eigenlijk iets over gezegd werd.

'Señora. Buenos días. U bent wakker.'

Na vijftien jaar met haar vorige werkgevers, sprak Seraphina redelijk Engels. Pandora was dankbaar voor dit kleine geschenk. Haar Frans was vloeiend, maar Spaans bleef een gesloten boek. Mensen die op school Latijn hadden gehad, zeiden dat het gemakkelijk was, maar Pandora's opleiding voorzag niet in Latijn en ze was niet van plan er nu mee te beginnen.

'Heb je ontbijt?'

'Op tafel. Ik breng de koffie.'

Op het terras dat uitkeek over de oprijlaan, werd een tafel gezet. Hier was schaduw en verkoeling door elk briesje dat maar vanuit zee kwam. Terwijl ze door de zitkamer liep, viel haar oog op een boek dat op de koffietafel lag. Het was een groot en overdadig boek, door Archie verstuurd als cadeau voor haar verjaardag. *Wainwright in Scotland.* Ze wist waarom hij het had gestuurd. Hij hield nooit op, op zijn simpele en doorzichtige manier, te proberen haar naar huis te lokken. Dat was de oorzaak dat ze het zelfs niet had opengeslagen. Maar nu stond ze stil, haar aandacht getrokken. *Wainwright in Scotland.* Weer Schotland. Was dit een dag om je te drenken in nostalgie? Ze glimlachte om zichzelf, vanwege de sentimenten die plotseling bezit van haar hadden genomen. Waarom niet? Ze hurkte en pakte het boek op en nam het mee naar buiten het terras op. Ze schilde een sinaasappel en legde het boek open op tafel.

Het was inderdaad een boek voor op de koffietafel, gemaakt om in te grasduinen. Pentekeningen, fraai uitgevoerde landkaarten en een eenvoudige tekst. Kleurenfoto's sprongen van iedere pagina. De zilveren stranden van Morar. Ben Vorlich. De watervallen van Dochart. De oude namen weerklonken plezierig, als roffelende drums.

Ze begon de sinaasappel te eten. Sap drupte op de pagina's van het boek; ze veegde het onverschillig weg, vlekken achterlatend. Seraphina bracht haar koffie, maar ze keek niet eens op, zo in beslag genomen als ze was.

Hier ziet u de rivier, die na een lange en kalme tocht plotseling losbarst in een woeste razernij en verandert in een heftige waterval van wit schuim langs een brede en rotsige geul: een opmerkelijk schouwspel van zwiepend water. De stroomversnellingen worden onderbroken door begroeide eilandjes, één daarvan was eens de begraafplaats van de MacNab clan, en een idyllische begroeiing van bomen versterkt het beeld van een uitzonderlijke schoonheid...

Ze schonk koffie in, sloeg een bladzijde om en las verder.

Wainwright in Scotland nam haar hele dag in beslag. Ze nam het mee van de ontbijttafel naar haar ligstoel bij het zwembad en na de lunch nam ze het mee naar bed. Om vijf uur had ze het hele boek uitgelezen. Ze sloeg het dicht en liet het op de vloer vallen.

Het was nu koeler, maar ze had voor een keer nauwelijks last van de hitte gehad. Ze stond op van het bed en ging naar buiten om nog een keer te zwemmen, kleedde zich toen in een witte katoenen broek en een blauwwit shirt. Ze kamde haar haar, maakte haar ogen op, vond een paar oorbellen, een gouden armband. Haar witte sandalen. Deed wat parfum op. De fles was bijna leeg. Ze zou een nieuwe moeten kopen. Het vooruitzicht van de aankoop van deze kleine luxe vervulde haar met plezier.

Ze zei Seraphina gedag en ging naar buiten de treden af naar de garage waar haar auto geparkeerd stond. Ze stapte in en reed de bochtige heuvel af en kwam uit op de grote weg die naar de haven leidde, waarna ze haar auto op het plein voor het postkantoor parkeerde en naar binnen ging om haar post op te halen. Ze stopte de brieven in haar rieten mand, liet haar auto staan en wandelde langzaam door de nog altijd drukke straten, halt houdend voor de etalages, om een jurk te bekijken, de prijs te schatten van een verrukkelijke zijden sjaal. Ze stapte de parfumeriezaak binnen en kocht een fles Poison, ging weer verder in de richting van de zee. Ten slotte kwam ze uit op de brede, met palmen omzoomde boulevard die parallel aan het strand liep. Aan het eind van de dag was het nog steeds erg druk, het strand bevolkt en veel mensen in het water. Ver uit de kust vingen windsurfers de avondbries in hun zeilen, als vogels die het wateroppervlak met hun vleugels aantipten.

Ze kwam bij een klein café waar buiten nog een paar lege stoelen stonden. De kelner kwam en ze bestelde koffie met cognac. Achterover leunend in de ongemakkelijke ijzeren stoel, haar zonnebril boven op haar hoofd schuivend, rommelde ze in haar mand en haalde de brieven eruit. Een uit Parijs. Een van haar advocaat uit New York. Een ansicht uit Venetië. Ze draaide 'm om. Emily Richter, ze zat nog steeds in de Cipriani. Een grote, stijve witte envelop, geadresseerd aan Croy en opnieuw geadresseerd in Archies handschrift. Ze opende hem en las, ongelovig en toen enigszins geamuseerd, Verena Steyntons uitnodiging.

Thuis
Voor Katy

Buitengewoon. Alsof ze een oproep uit een andere eeuw ontving, een andere wereld. En toch een wereld waarin ze, door een of ander vreemd toeval, of ze het leuk vond of niet, de hele dag verkeerd had. Ze voelde zich onzeker. Was het een of ander voorteken? Moest ze op haar hoede zijn? En als het een voorteken was, geloofde ze eigenlijk wel in voortekenen?

Thuis voor Katy. Ze herinnerde zich andere uitnodigingen, 'kakkies' hadden Archie en zij ze genoemd, uitgestald op de schoorsteenmantel van Croy. Uitnodigingen voor tuinfeesten, cricketwedstrijden, bals. Bals in overvloed. Er was ooit een week in september geweest dat je nauwelijks sliep, dat je op de een of andere manier op de been bleef door uiltjes te knappen op de achterbanken van auto's of door dutjes in de zon terwijl anderen tennis speelden. Ze herinnerde zich een garderobe gevuld met baljurken en zijzelf eeuwig klagend tegen haar moeder dat ze niets had om aan te trekken. Iedereen had de ijsblauwe satijnen al gezien, omdat ze die aan had gehad tijdens de Northern Meetings en trouwens, iemand had champagne gemorst over de hele voorkant en de vlek wilde er niet uit. En de roze? De zoom was gescheurd en een van de schouderbandjes was losgeraakt. Waarop haar lieve en geduldige moeder, in plaats van Pandora aan te raden op zoek te gaan naar naald en draad om de roze te maken, haar dochter in de auto zette en naar Relkirk of Edinburgh reed om zich daar Pandora's nukkige grillen te laten welgevallen, sjokkend van winkel naar winkel totdat de allermooiste – en onvermijdelijk duurste – jurk eindelijk bemachtigd was.

Wat was ze verwend, zo aanbeden, zo gekoesterd. En op haar beurt... Ze legde het kaartje neer en keek op naar de zee. De kelner kwam met haar koffie en cognac op een klein blad. Ze bedankte hem en betaalde. Terwijl ze van de bittere, zwarte, gloeiend hete koffie dronk, keek Pandora naar de windsurfers en de slenterende stroom voorbijgangers. De avondzon gleed omlaag uit de hemel en de zee werd als gesmolten goud.

Ze was nooit teruggegaan. Haar eigen beslissing. Van niemand anders.

Ze waren haar niet achterna komen jagen, maar hadden het contact niet verloren. Altijd brieven, nog steeds vervuld van liefde. Nadat haar ouders waren gestorven, dacht ze dat de brieven niet meer zouden komen, maar dat was niet zo. Want toen nam Archie het over. Gedetailleerde beschrijvingen van de jacht, nieuws over zijn kinderen, wat dorpsroddel. Ze eindigden altijd op dezelfde manier. 'We missen je. Waarom kom je niet een paar dagen logeren? Het is al zo lang geleden dat we je voor het laatst zagen.'

Een jacht verliet de jachthaven, zachtjes varend tot het uit de buurt van het strand was en de zeilen door de wind kon laten bollen. Zonder bepaalde reden volgde ze zijn doorvaart. Ze keek wel, maar voor haar geestesoog verschenen beelden van Croy. Haar gedachten snelden eens te meer vooruit en deze keer hield ze ze niet tegen, maar liet ze gaan. Naar het huis. De trap op naar de voordeur. De deur stond open. Niets hield haar tegen. Ze kon gaan...

Ze zette het koffiekopje met een klap neer. Wat had het voor zin? Het verleden was altijd rooskleurig, omdat men zich alleen de goede tijden herinnerde. Maar hoe zat het met de donkere kanten van het verleden? Herinneringen die beter konden blijven waar ze waren, weggestopt, als trieste aandenkens in een grote koffer, het deksel dicht, de sleutel in het slot omgedraaid. Bovendien, het verleden bestond uit mensen, niet uit plaatsen. Plaatsen zonder mensen waren als treinstations waar geen treinen reden. Ik ben negenendertig jaar. Nostalgie laat alle energie uit het heden wegvloeien en ik ben te oud voor nostalgie.

Ze greep naar haar cognac. Op het moment dat ze dit deed, kwam er iets tussen haar en de zon en gleed er een schaduw over haar tafel. Geschrokken keek ze op en zag het gezicht van de man die naast haar stond. Hij maakte een kleine buiging.

'Pandora.'

'O, Carlos! Wat bezielt je me zo te besluipen?'

'Ik ben naar de Casa Rosa gegaan maar trof er niemand. Je ziet het, als jij niet naar mij komt, dan moet ik wel naar jou komen.'

'Het *spijt* me.'

'Dus probeerde ik de haven. Ik dacht dat ik je hier wel kon vinden.'

'Ik was aan het winkelen.'

'Mag ik bij je komen zitten?'

'Natuurlijk.'

Hij nam een stoel en ging tegenover haar zitten. Hij was een lange man van midden veertig, formeel gekleed in hemd, das en een licht colbertje. Zijn haar was donker, net als zijn ogen en zelfs op deze zwoele avond was zijn verschijning fris en energiek. Hij sprak vlekkeloos Engels en zag er uit, vond Pandora altijd, als een Fransman, hoewel hij in feite een Spanjaard was.

Ook was hij bijzonder aantrekkelijk. Ze glimlachte. Ze zei: 'Laat mij een cognac voor je bestellen.'

15

Virginia Aird baande zich met haar schouders een weg door de draai-deuren van Harrods en stapte naar buiten de straat op. In de winkel was de hitte en de drukte benauwend geworden. Buiten was het nauwe-lijks beter. Het was een broeierige dag, de lucht zwaar van uitlaatgassen en de claustrofobie van de zich opdringende menigte. In Brompton Road stond het verkeer vast en de stoepen werden overstroomd door een langzaam bewegende rivier van mensen. Ze was vergeten dat stra-ten in een stad zoveel mensen konden bevatten. Sommigen, nam je aan, moesten wel in Londen wonen, bezig met hun dagelijkse beslommerin-gen, maar de algehele indruk was die van een wereldwijde immigratie uit alle windrichtingen. Toeristen en bezoekers. Meer bezoekers dan je voor mogelijk hield. Grote blonde studenten met rugzakken kwamen voorbij. Hele Italiaanse of misschien Spaanse families; twee Indiase dames in prachtige sari's. En, uiteraard, Amerikanen. Mijn landgeno-ten, dacht Virginia zuur. Ze waren onmiddellijk herkenbaar door hun kleren en de overmaat aan fotoapparatuur die om hun nek hing. Een enorme man droeg zelfs zijn stetson.

Het was half vijf 's middags. Ze had de hele dag gewinkeld en was nu beladen met haar oogst, draagtassen en pakjes. Haar voeten deden pijn. Maar ze stond nog steeds op dezelfde plek, omdat ze nog niet be-sloten had wat ze nu zou gaan doen.

Er waren twee mogelijkheden.

Ze kon onmiddellijk, met het eerste het beste vervoermiddel dat zich aandiende, terugkeren naar Cadgwith Mews, waar ze in gerieflijke om-standigheden logeerde bij haar vriendin Felicity Crowe. Ze had een sleutel gekregen, dus zelfs als er niemand thuis was – als Felicity aan 't winkelen was of haar tekkel uitliet in het park – kon Virginia toch naar binnen gaan, haar schoenen uitschoppen, een kop thee zetten en ver-doofd van vermoeidheid op haar bed vallen. Dit vooruitzicht was im-mens verleidelijk.

Of ze kon naar Ovington Street gaan en riskeren dat Alexa niet thuis was. Dit *behoorde* ze te doen. Nu voelde ze zich niet bepaald schuldig over Alexa, maar er kon geen sprake van zijn dat ze terugkeerde naar Schotland zonder contact te hebben opgenomen met haar stiefdochter. Ze had hiertoe al pogingen ondernomen, telefonisch gisteravond bij Felicity, maar er werd niet opgenomen en ze had uiteindelijk de hoorn neergelegd, in de veronderstelling dat Alexa, voor een keer, aan de boemel was. Toen had ze het vanmorgen nog een keer geprobeerd, rond lunchtijd opnieuw en ten slotte vanuit de kapsalon, vanonder de haardroger. Maar nog steeds geen antwoord. Was Alexa misschien de stad uit?

Op dat moment botste een kleine Japanner, die aandachtig de andere kant opkeek, tegen haar op en sloeg een van de pakjes tegen de grond. Hij excuseerde zich uitputtend, raapte het pakje op, gaf het haar terug, boog, glimlachte, nam zijn hoed af en vervolgde zijn weg. Genoeg. Een taxi reed voor, loste zijn lading en voordat iemand anders aanspraak maakte, deed Virginia het.

'Waar gaat-ie heen, mop?'

Ze had een besluit genomen. 'Ovington Street.' Als Alexa niet thuis was, zou ze de taxi laten doorrijden naar Felicity's huis. Nu ze eenmaal besloten had, voelde ze zich beter. Ze deed het raampje open, leunde achterover en dacht eraan haar schoenen uit te doen.

Het was een kort ritje. Toen de taxi Ovington Street indraaide, ging Virginia verzitten om naar Alexa's auto uit te kijken. Als haar auto er stond, dan zou Alexa naar alle waarschijnlijkheid thuis zijn. De auto stond er – een witte Mini-bestel met een rode streep stond geparkeerd langs de stoep voor de blauwe voordeur. Opluchting. Ze wees de taxichauffeur het huis en hij stopte midden op straat.

'Kunt u een moment wachten? Ik wil zeker weten dat er iemand thuis is.'

'In orde, moppie.'

Ze pakte haar boodschappen en wurmde zich de taxi uit, ging de trap op en belde aan. Ze hoorde Larry blaffen en de stem van Alexa die hem zei dat hij stil moest zijn. Ze zette de pakjes voor de deur, zocht in haar tas en ging terug om de taxi te betalen.

Alexa stond in de keuken, druk doende met de brokstukken van haar dagtaak, alles wat ze achter in haar bestelwagen mee had teruggebracht uit Chiswick: steelpannen, tupperware bakjes, houten saladebakken, messen, een eierklutser en een kartonnen wijndoos gevuld met vuile glazen. Als alles schoon was, afgedroogd en weggezet, was ze van plan naar boven te gaan, haar gekreukte katoenen rok en shirt uit te trekken, een douche te nemen en dan schone kleren aan te trekken. Daarna wilde ze een kop thee zetten... Lapsang Souchong met een schijfje citroen... en dan zou ze Larry meenemen voor een wandeling en later over het eten gaan nadenken. Op de terugweg uit Chiswick was ze gestopt bij de visboer en had regenboogforel gekocht, Noels lievelingseten. Gegrild, met amandelen. En misschien...

Ze hoorde de taxi langzaam over straat naderen. Als je bij de gootsteen stond was het zicht beperkt. De taxi stopte. Een vrouwenstem. Hooggehakte voetstappen tikten over de stoep. Alexa spoelde een wijnglas onder de kraan, wachtte en luisterde. Toen klonk de deurbel.

Larry haatte de deurbel en barstte los in een aria van geblaf. En Alexa, zo druk bezet, was al evenmin enthousiast. Wie kon dat in vredesnaam zijn? 'O, hou je rustig, stom dier dat je bent.' Ze zette het glas neer, maakte haar schort los en ging naar boven om te kijken. Hopelijk was het niets belangrijks. Ze opende de deur voor een stapel duur ogende pakjes. De taxi draaide om en reed weg. En...

Ze was stomverbaasd. Haar stiefmoeder. Gekleed op Londen maar evengoed meteen herkenbaar. Ze droeg een zwarte jurk en een scharlakenrood jasje en lakpumps, en haar haar, net onder de handen van de een of andere exclusieve vakman vandaan, was gedaan in een nieuwe stijl, uit het gezicht achterover en vastgezet met een grote, zwartfluwelen strik.

Haar stiefmoeder. Ze zag er fantastisch uit, maar kwam onaangekondigd en volkomen onverwacht. De gevolgen hiervan verdreven alle gedachten uit haar hoofd, behalve die ene.

Noel.

'*Virginia*.'

'Schrik niet. Ik heb de taxi laten wachten omdat ik dacht dat je misschien weg zou zijn.' Ze kuste Alexa. 'Ik ben wezen winkelen,' legde ze onnodig uit en hurkte om haar pakjes te verzamelen. Alexa vermande zich met enige moeite en hielp.

'Maar ik wist zelfs niet dat je in Londen was.'

'Het is maar voor een paar dagen.' Ze smeten alles neer op de tafel in de hal. 'En zeg niet 'waarom heb je niet opgebeld', want ik heb onafgebroken gebeld. Ik dacht dat je weg was.'

'Nee.' Alexa sloot de deur. 'Wij... ik was gisteravond wel uit eten; en ik ben de hele dag weggeweest voor een klus. Ik stond net af te wassen. Daarom zie ik er zo verschrikkelijk uit...'

'Je ziet er geweldig uit.' Virginia bekeek haar. 'Ben je afgevallen?'

'Ik weet niet. Ik sta nooit op de weegschaal.'

'Wat was het voor klus?'

'O, een lunch voor iemand die negentig werd. In Chiswick. Een zalig huis, pal aan de rivier. Twintig gasten en allemaal familie. En twee achterkleinkinderen.'

'Wat heb je ze voorgezet?'

'Koude zalm en champagne. Dat wilde hij. En een verjaardagstaart. Maar waarom heb je niet gezegd dat je kwam...?'

'O, ik weet het niet. Het was meer een opwelling. Ik voelde gewoon dat ik een paar dagen weg wilde. Ik heb de hele dag gewinkeld.'

'Dat zie ik. En ik vind je haar heel leuk. Je moet uitgeput zijn. Kom binnen en ga lekker zitten...'

'Meer verlang ik niet...' Terwijl ze haar jasje uittrok, stapte Virginia door de open deur, wierp het jasje neer, liep in de richting van de grootste leunstoel, liet zich erin vallen, schopte haar schoenen uit en legde haar voeten op een bankje. 'Heerlijk.'

Alexa bleef staan en keek toe. Hoelang was ze van plan te blijven? Waarom...? 'Waarom blijf je hier niet logeren?' Godzijdank deed ze dat niet, maar het was de voor de hand liggende vraag om te stellen.

'Ik zou mezelf zeker hebben uitgenodigd, maar ik had Felicity Crowe beloofd dat ik de volgende keer als ik in Londen was bij haar zou slapen. Je weet, zij is mijn jeugdvriendin. Ze zou mijn bruidsmeisje geweest zijn als ik bruidsmeisjes had gehad. We zien elkaar niet vaak en als het gebeurt, praten we en giechelen we non-stop.'

Dus dat zat wel goed. 'Waar woont ze?'

'Een enig klein huisje in Cadgwith Mews. Maar ik zeg je, het is niet zo mooi als dit.'

'Wil je... wil je een kop thee?'

'Nee, doe geen moeite. Een frisdrankje is prima.'

'Ik heb een blikje cola in de koelkast.'

'Uitstekend.'

'Ik... ik ga het even halen.'

Ze liet Virginia achter en ging de trap af naar de keuken. Ze deed de koelkast open en haalde het blikje cola eruit. Virginia was er en het was noodzakelijk om kalm en objectief te blijven. Maar kalm en objectief blijven was niet Alexa's sterke punt. Beneden waren er nauwelijks sporen van Noel. Zijn Barbourjasje en wollen pet hingen beneden in het toilet. Een *Financial Times* lag in de zitkamer. Dat was alles. Maar boven was het anders. Zijn persoonlijke bezittingen lagen overal en het bed was, heel duidelijk, opgemaakt voor twee personen. Er was geen sprake van dat ze dat allemaal zou kunnen verbergen. Als Virginia naar boven ging...

Ze merkte dat ze ten prooi viel aan besluiteloosheid. Aan de ene kant was dit misschien de beste manier om het te doen. Ze had niets voorbereid, maar het was gebeurd. Virginia was er. Bovendien, Virginia was jong en strikt genomen niet eens familie. Ze zou het hopelijk begrijpen en het misschien zelfs aanmoedigen. Tenslotte had ze heel wat mannen gehad voor ze met pa trouwde. Virginia kon Alexa's pleitbezorgster zijn, de geschiktste persoon van allemaal om voorzichtig het nieuws door te geven dat de verlegen en dikke Alexa niet alleen – eindelijk – een man voor zichzelf had gevonden, maar dat ze hem in haar hart en haar huis had genomen en in alle openheid met hem samenwoonde.

Aan de andere kant, als ze dit deed, zou het geheim uitkomen en van Alexa worden verwacht dat ze Noel zou delen. Over hem vertellen en toestaan dat ze hem allemaal konden ontmoeten. Ze stelde zich voor dat haar vader naar Londen kwam en zou opbellen. 'Ik neem jullie allebei mee uit eten bij Claridge.' Ze stond te trillen op haar benen bij het idee, maar ze wist dat ze uiteindelijk in staat zou zijn met de situatie om te gaan. De onbeantwoorde vraag luidde hoe Noel zou reageren. Zou hij wellicht het gevoel hebben dat hij op de een of andere manier onder

druk werd gezet? Dat zou rampzalig zijn omdat, na drie maanden sa-
menwonen en kennis te hebben gemaakt met alle grillige trekjes van
elkaars karakter, Alexa wist dat dit iets was waar Noel niet tegen kon.
Ze raakte de kluts kwijt en deed verwoede pogingen om verstandelijk
te redeneren. Je kunt er niets aan doen, zei ze met Edies stem tegen zichzelf. Je moet de dingen nemen zoals ze komen. Het denken aan Edie
maakte dat ze zich wat sterker ging voelen. Ze sloot de deur van de
ijskast, pakte een glas en ging weer naar boven.
'Sorry dat het zo lang duurde.' Virginia rookte een sigaret. 'Ik dacht dat
je gestopt was met roken?'
'Dat was ook zo, maar ik ben weer begonnen. Vertel het niet aan je
vader.'
Alexa trok het blikje cola open, schonk het uit en gaf het glas aan Virgi-
nia.
'O, geweldig. Heerlijk. Ik dacht dat ik zou sterven van de dorst.
Waarom is het in alle winkels zo warm? Waarom zie je overal zoveel
mensen?'
Alexa nestelde zich in een hoekje van de sofa.
'Toeristen. Het kostte me uren om terug te komen uit Chiswick. En je
draagt de verkeerde schoenen voor het winkelen. Je zou sportschoenen
moeten dragen.'
'Dat weet ik. Het is krankzinnig, vind je niet? Je optutten als je naar
Londen gaat. Gewoonte, neem ik aan.'
'Wat heb je gekocht?'
'Kleren. Voornamelijk iets voor het feest van de Steyntons. Ik zie dat jij
je uitnodiging hebt gehad.'
'Ik heb er nog niet op gereageerd.'
'Maar je komt, natuurlijk.'
'Ik... ik weet niet... ik heb het tegen die tijd knap druk.'
'Maar je moet beslist komen. We rekenen op je...'
Alexa leidde haar af. 'Wat voor jurk heb je gevonden?'
'Hij is beeldig. Een soort voile, wit, in lagen, met overal zwarte stippen.
Fijne spaghettibandjes. Ik zal nog wat vaker in de zon moeten gaan
zitten.'
'Waar heb je hem gekocht?'
'Caroline Charles. Ik zal hem laten zien voor ik wegga. Maar, Alexa,
probeer echt te komen. Het is in september en iedereen is er en het
wordt fantastisch.'
'Ik zal wel zien. Hoe is het met pa?'
'Prima.' Virginia keerde zich om en drukte haar sigaret uit in de asbak.
Alexa wachtte op een vervolg op deze summiere mededeling, maar er
kwam niets meer.
'En Henry.'
'Met Henry gaat het ook heel goed.'

'Zijn ze allebei thuis?'

'Nee. Edmund zit deze week in zijn flat in Edinburgh en Henry is met zijn slaapzak naar Pennyburn vertrokken om bij Vi te logeren. Ik heb hem deze zomer mee naar Devon genomen. We zijn drie weken geweest en het was een groot succes. Hij heeft voor het eerst van z'n leven paardgereden, hij was dol op alle dieren op de boerderij en is gaan vissen met mijn vader.' Weer een pauze, niet geheel en al op haar gemak of verbeeldde Alexa zich dat maar? Toen ging Virginia verder: 'Ik wilde hem graag meenemen naar de States. Ik had opeens dat verlangen naar Leesport en Long Island. Maar opa en oma waren weg voor een lange cruise, dus had het niet veel zin om te gaan.'

'Nee, ik neem aan van niet.' Een auto startte en scheurde weg uit de straat. 'En wat gebeurt er zoal thuis?'

'O, niet veel. Het gebruikelijke. We hadden een bazaar in juli, om geld in te zamelen voor de elektrische leidingen. Het was meer werk dan je je kunt voorstellen en we kwamen uit op ongeveer vierhonderd pond. Ik vond het nauwelijks de moeite waard, maar Archie en de rector leken tamelijk tevreden. Henry won een fles rabarberwijn bij de verloting. Hij geeft 'm aan Vi voor haar verjaardag.'

'Vi boft maar. Hoe is het met haar? En hoe is het met Edie?'

'O, *Edie*. Dat is echt een probleem. Heb je het niet gehoord?'

Het klonk rampzalig. 'Wat gehoord?'

'Ze heeft die afschuwelijke nicht, weet je nog, die is bij haar ingetrokken. Ze is vorige week aangekomen en Edie ziet er nu al radeloos uit.'

Het idee dat Edie er radeloos uitzag, was voldoende om Alexa's hart te doen verkillen. '*Welke* afschuwelijke nicht?'

Virginia vertelde, tamelijk gedetailleerd, de kroniek van Lottie Carstairs. Alexa gruwde. 'Ik herinner me de Carstairs. Ze waren heel erg oud en woonden op een kleine hoeve op de heuvel bij Tullochard. En soms kwamen ze op zondag naar Strathcroy om bij Edie te eten.'

'Dat klopt.'

'Ze reden in zo'n petieterig autootje. Die twee kleine oudjes zaten voorin en hun grote klungelige dochter achterin.'

'Nu, de twee kleine oudjes zijn nu dood en de klungelige dochter is op z'n zachtst gezegd idioot geworden.'

Alexa was verontwaardigd. 'Maar waarom zou Edie voor haar moeten zorgen? Edie heeft al genoeg te doen zonder die verantwoordelijkheid.'

'Dat is wat wij haar hebben gezegd, maar ze wilde niet luisteren. Ze zegt dat die arme ziel nergens anders heen kan. In elk geval, verleden week werd ze gebracht in een ambulance en sindsdien zit ze bij Edie.'

'Maar toch niet voor altijd? Ze gaat toch zeker terug naar haar eigen huis?'

'Laten we het hopen.'

'Heb je haar gezien?'

'Of ik haar gezien heb? Ze dwaalt door het dorp en praat met iedereen. En niet alleen in het dorp. Ik nam op een dag de honden mee naar de dam en ik zat daar wat op de oever toen ik plotseling een raar gevoel kreeg. Ik draaide me om en daar was Lottie, die me van achteren besloop.'

'Wat luguber.'

'Luguber is het woord. Edie kan haar niet in de gaten houden. En dat is niet het ergste. Ze trekt er ook 's nachts op uit en zwerft in de buurt rond. Ik veronderstel dat ze vrij ongevaarlijk is, maar de gedachte dat ze door ramen gluurt is genoeg om iedereen de stuipen op het lijf te jagen.'

'Hoe ziet ze eruit?'

'Ze *lijkt* niet gek. Alleen een beetje vreemd. Met een erg bleke huid en ogen zo groot als pingpongballen. En ze glimlacht altijd, wat haar nog naargeestiger maakt. Innemend. Ik denk dat dat de benaming is. Edmund en Archie Balmerino zeggen dat ze altijd al zo was. Ze heeft een jaar op Croy gewerkt als dienstmeid. Ik geloof dat Lady Balmerino niemand anders kon vinden. Vi zegt dat het in het jaar was dat Archie en Isobel trouwden. Archie zweert dat elke keer als je een deur opende, Lottie zich er altijd achter aan het verschuilen was. En ze liet zoveel serviesgoed vallen dat Lady Balmerino haar ontsloeg. Zoals je zult begrijpen is dat alles bij elkaar nogal een probleem.'

De telefoon rinkelde.

'O, verdorie.' Alexa, verdiept in het drama van Strathcroy, stoorde zich aan de onderbreking. Met tegenzin stond ze op en liep naar haar bureau om de telefoon aan te nemen.

'Hallo?'

'Alexa Aird?'

'Spreekt u mee.'

'U zult zich mij niet herinneren – Moira Bradfort is mijn naam – maar ik was te gast op het dineetje van de Thomsons verleden week... en ik vroeg me af...'

Zaken. Alexa ging zitten, pakte haar blocnote, haar ballpoint, haar agenda.

'... niet voor oktober, maar het is beter de dingen meteen maar te regelen...'

Vier gangen, voor twaalf mensen. Misschien, zo stelde ze subtiel voor, kon Alexa haar enig idee van de kosten geven?

Alexa luisterde, beantwoordde vragen, maakte notities. Ze was zich ervan bewust dat achter haar rug Virginia uit haar stoel was opgestaan en op weg was naar de deur. Ze keek op. Virginia gebaarde en zei geluidloos: 'Ik ga alleen maar even naar de plee...' en voordat Alexa de kans had te zeggen dat ze het toilet beneden moest gebruiken en niet naar boven moest gaan, was ze weg.

'... uiteraard zal mijn man de wijn verzorgen...'

'Pardon, wat zei u?'

'Ik zei dat mijn *man* de *wijn* zal verzorgen.'

'...o, ja, natuurlijk... hoort u eens, zal ik u terugbellen?'

'Maar kunnen we nu niet alles regelen? Ik doe het liever op deze manier. En iets anders is de bediening. Heeft u een collega, of serveert u zelf?' Virginia was naar boven gegaan. Ze zou alles zien, de voor de hand liggende conclusies trekken, achter de waarheid komen. Vreemd genoeg voelde Alexa zich op een gelaten manier opgelucht. Het had ook weinig zin om iets anders te voelen, want het was te laat om er nog iets aan te doen.

Ze haalde diep adem. Ze zei, zo goed als ze kon: 'Nee. Ik heb geen collega. Maar u hoeft zich geen zorgen te maken, want ik kan het allemaal heel gemakkelijk zelf af.'

Virginia, op kousevoeten, liep de trap op en bedacht, zoals altijd, dat dit een van de mooiste kleinere huizen in Londen was. Zo fris, met z'n behang en glanzend witte verf. En zo gerieflijk, met dikke tapijten en overdadige gordijnen. Op de overloop stonden de deuren open naar de slaapkamer en de badkamer. Ze ging de badkamer binnen en zag dat Alexa hier nieuwe gordijnen had, een gevoerde chintz met een patroon van bladeren en vogels. Ze bewonderde ze en keek rond of er nog andere sporen van een opknapbeurt waren.

Die waren er niet, maar andere voorwerpen trokken onverwacht haar aandacht en de betekenis hiervan verdreef alle andere gedachten uit haar hoofd. Twee tandenborstels in de beker. Scheergerei op de glazen plank, een houten kom met scheerzeep en een scheerkwast. Een fles aftershave – Antaeus van Chanel – dezelfde als Edmund gebruikte. Naast het bad lag een grote natuurspons en aan de kraan hing een stuk zeep aan een koordje. Aan haken achter de deur hingen twee badjassen, een grote, blauw met wit gestreepte, de andere kleiner en wit.

Ze was nu totaal vergeten waarom ze naar boven was gegaan. Ze liep de badkamer uit en terug naar de overloop. Beneden was het stil. Het telefoongesprek was kennelijk beëindigd en Alexa's stem stilgevallen. Ze keek naar de deur van de slaapkamer, stak toen haar hand uit, duwde die open en ging naar binnen. Zag het bed, dubbele stapels kussens; Alexa's nachthemd netjes opgevouwen op de ene stapel, een hemelsblauwe mannenpyjama op de andere. Op het nachtkastje tikte zachtjes een varkensleren reiswekker. Deze wekker was niet van Alexa. Haar ogen zwierven door de kamer. Zilveren borstels op de commode, zijden stropdassen over een spiegel gehangen. Een rijtje herenschoenen. De deur van een klerenkast stond open. Ze zag rijen kostuums op hangers en bovenop de ladenkast een stapel onberispelijk gestreken overhemden.

Een voetstap op de trap achter haar. Ze draaide zich om. Daar stond Alexa in haar gekreukte, katoenen kleren; er ongeveer net zo uitziend als altijd. En toch anders. 'Ben je afgevallen?' had Virginia gevraagd, maar ze wist nu dat Alexa's onmiskenbaar stralende voorkomen, dat ze onmiddellijk toen ze haar zag had opgemerkt, niet het gevolg was van een dieet.

Ze keken elkaar aan en Alexa was standvastig. Ze keek niet weg. Er sprak geen schuld uit, geen schaamte en Virginia was blij voor haar. Alexa was eenentwintig. Het had lang genoeg geduurd, maar nu leek het erop dat ze, uiteindelijk, volwassen was geworden.

Terwijl ze daar stond, herinnerde ze zich Alexa als kind, zoals ze haar voor het eerst had leren kennen, zo verlegen, zo onzeker, zo verlangend anderen een plezier te doen. Destijds had de pas getrouwde Virginia zeer voorzichtig gehandeld, haar woorden zorgvuldig gekozen, zich altijd pijnlijk bewust van valkuilen als onbezonnen uitspraken of verkeerde handelingen.

Nu was het net zo.

Uiteindelijk was het Alexa die als eerste sprak. Ze zei: 'Ik had je willen vertellen dat je de w.c. beneden moest gebruiken.'

'Het spijt me. Het was niet m'n bedoeling rond te snuffelen.'

'Dat hoefde je ook niet. Het is nogal duidelijk.'

'Vind je het erg dat ik het weet?'

'Nee. Je zou er vroeg of laat toch achtergekomen zijn.'

'Wil je erover praten?'

'Als je wilt.'

Virginia kwam uit de slaapkamer en sloot de deur achter zich. Alexa zei: 'Laten we naar beneden gaan, dan zal ik het je vertellen.'

'Ik ben nog steeds niet naar de plee geweest.' En plotseling schoten ze allebei in de lach.

'Hij heet Noel Keeling. Ik heb hem op straat ontmoet. Hij zou gaan eten bij een stel mensen die Pennington heten – ze wonen een paar deuren verder – maar hij kwam op de verkeerde avond en had dus niets omhanden.'

'Was dat de eerste keer dat je hem zag?'

'O, nee, we hadden elkaar al eerder ontmoet, op een cocktail-party, maar ik maakte niet veel indruk op hem. En later heb ik een lunch voor zijn firma gemaakt.'

'Wat doet hij?'

'Hij zit in de reclame. Wenborn & Weinburg.'

'Hoe oud is hij?'

'Vierendertig.' Alexa's gezicht werd dromerig, precies het gezicht van een meisje dat eindelijk in staat is te praten over de man die ze liefheeft. 'Hij is... o, ik kan hem niet beschrijven. Ik ben nooit erg goed geweest in het beschrijven van mensen.'

Er viel een stilte. Virginia wachtte. En zei toen, in een poging om Alexa weer terug naar haar verhaal te krijgen: 'Dus, hij kwam naar Ovington Street op de verkeerde avond.'

'Ja. En hij was doodop. Je kon zien hoe moe hij was. Hij was net aangekomen uit New York, hij had niet geslapen en hij zag er zo neerslachtig uit, dat ik hem binnen vroeg. We dronken iets en aten wat. Lamskoteletten. En toen viel hij in slaap op de sofa.'

'Je was zeker erg onderhoudend.'

'O, Virginia, ik *zei* het toch. Hij was moe.'

'Sorry. Ga verder.'

'En de volgende avond ging hij dineren bij de Penningtons, dus kwam hij eerst even hier en bracht me een grote bos rozen. Een soort dankjewel. En een paar avonden later zijn we toen uit eten gegaan. En... tja, het rollebolde zo'n beetje vanzelf verder.'

Virginia vroeg zich af of 'rollebolde' in deze omstandigheden wel het juiste woord was. Maar ze zei: 'Ik snap het.'

'Toen zijn we in het weekend een dag naar het platteland gereden. Het was erg warm en de lucht blauw en we namen Larry mee; we liepen mijlenver over de heuvels en we dineerden op de terugweg naar Londen. Daarna gingen we naar zijn appartement voor koffie. En toen... nou... het was verschrikkelijk laat... en toen...'

'Heb je de nacht met hem doorgebracht.'

'Ja.'

Virginia pakte een nieuwe sigaret en stak die op. Haar aansteker dichtklikkend, zei ze: 'En de volgende ochtend had je nergens spijt van?'

'Nee. Nergens spijt van.'

'Was het... de eerste keer? Voor jou?'

'Ja. Maar dat had je niet hoeven vragen, nietwaar?'

'O, liefje, ik ken je zo goed.'

'Het maakte alles om te beginnen een beetje gênant. Omdat ik niet gewoon kon wachten tot hij er achterkwam. Ik kon niet net doen alsof. Dat zou zoiets geweest zijn als net doen alsof je verschrikkelijk goed kan zwemmen en dan in het diepe springen en verdrinken. Ik wilde niet verdrinken. Dus vertelde ik het aan hem. Ik was ervan overtuigd dat hij zou denken dat ik vreselijk schoolmeisjesachtig of nuffig was. Maar weet je wat hij zei? Hij zei dat het was alsof je een werkelijk schitterend en onverwacht cadeau kreeg aangeboden. En de volgende ochtend maakte hij me wakker door een fles champagne te openen met een formidabele plop en een vliegende kurk. We zaten in bed en dronken samen. En daarna...'

Ze pauzeerde, kennelijk even verlegen om adem als om woorden.

'Meer gerollebol...?'

'Nou ja, je weet wel. We waren steeds samen, ik bedoel als we niet werkten. Na een tijdje leek het belachelijk om aan het eind van een avond in verschillende richtingen weg te rijden of een tandenborstel van de ander te lenen. Dus hebben we het erover gehad. Hij heeft een heerlijk appartement in Pembroke Gardens en ik zou er graag heen zijn gegaan, maar ik kon dit huis niet onbewoond laten terwijl het zo vol staat met dierbare spullen van oma Cheriton. En om dezelfde reden was ik er niet happig op het te verhuren. Dat was een beetje een dilemma, maar toen ontmoette Noel vrienden die net getrouwd waren en een ruimte wilden huren totdat ze een eigen plek hadden gevonden. En dus liet hij hen in zijn appartement en trok bij mij in.'

'Hoelang woont hij hier nu?'

'Ongeveer twee maanden.'

'En je hebt het nooit verteld.'

'Dat was niet omdat ik mij schaamde of geheimzinnig wilde doen. Het was gewoon omdat het allemaal zo ongelooflijk wonderbaarlijk was, ik wilde het voor onszelf houden. Op de een of andere manier maakte dat deel uit van de betovering.'

'Heeft hij familie?'

'Allebei zijn ouders zijn overleden, maar hij heeft twee zusters. Een is getrouwd en woont ergens in Gloucestershire. De ander zit in Londen.'

'Heb je haar ontmoet?'

'Nee, ik hoef ook niet zo nodig. Ze is veel ouder dan Noel en ze klinkt nogal angstaanjagend. Ze is hoofdredactrice van *Venus* en verschrikkelijk stresserig.'

'En als ik thuis ben, wil je dan dat ik iets vertel?'

'Dat laat ik aan jou over.'

Virginia dacht hierover na. 'Het zou zeker beter zijn om het aan Edmund te vertellen voordat hij het van iemand anders hoort. Hij is vaak in Londen en je weet hoe de mensen praten. Vooral mannen.'

'Dat zegt Noel ook. Zou jij het aan pa kunnen vertellen? En aan Vi? Zou je het erg moeilijk vinden om het hun te vertellen?'

'Helemaal niet moeilijk. Vi is verbazingwekkend. Ze laat zich door niets van de wijs brengen. En wat je vader betreft, op dit moment kan het me echt niet schelen wat ik tegen hem moet zeggen.'

Alexa fronste. 'Wat *bedoel* je?'

Virginia haalde haar schouders op. Ze fronste. Als ze dat deed, werden alle dunne lijntjes in haar gezicht zichtbaar en leek ze niet langer zo jong. 'Je mag het ook wel weten. Het gaat op dit moment niet zo goed tussen ons. We hebben doorlopend ruzie, geen harde woorden, maar een zekere ijzige beleefdheid.'

'Maar...' Noel was vergeten en Alexa vervuld van bezorgdheid. Ze had Virginia nog nooit op zo'n koele toon over pa horen spreken, kon zich niet herinneren dat ze ooit ruzie hadden gehad. Virginia aanbad hem, stond achter al zijn plannen, stemde in met alles wat hij voorstelde. Nooit was er iets anders geweest dan liefdevolle harmonie, een duidelijke lichamelijke genegenheid en altijd – zelfs vanachter gesloten deuren – veel gelach en gepraat als ze samen waren. Ze schenen nooit te zijn uitgepraat en de stabiliteit van hun huwelijk was een van de redenen dat Alexa terugkeerde naar Balnaid zodra ze maar kon. Ze vond het fijn om bij hen te zijn. De gedachte dat ze ruzie hadden, niet met elkaar spraken, dat er geen liefde was, was onverdraaglijk. Misschien zouden ze wel nooit meer van elkaar houden. Misschien gingen ze scheiden...

'... Ik kan het niet *geloven*. Wat is er gebeurd?'

Virginia, die zag dat alle vreugde uit Alexa's gezicht was verdwenen, voelde zich schuldig en wist dat ze te veel had gezegd. Het kwam gewoon omdat ze, pratend over Noel, vergeten was dat Alexa haar stiefdochter was en zichzelf had toegestaan botweg en koel over haar problemen te spreken, alsof ze een oude en zeer goede vriendin in vertrouwen nam. Een leeftijdgenote. Maar Alexa was geen leeftijdgenote.

Ze zei vlug: 'Kijk niet zo verschrikt. Zo erg is het niet. Het is alleen dat Edmund erop staat Henry naar een kostschool te sturen en ik wil niet dat hij gaat. Hij is pas acht en ik denk dat hij te jong is. Edmund heeft altijd geweten hoe ik erover denk, maar hij regelde het allemaal zonder mij te raadplegen en ik was erg gekwetst. Het is op een punt gekomen waarop we er niet eens meer over kunnen praten. Het onderwerp wordt niet meer aangeroerd. We trekken allebei onze tenen in en dat schijnt het dan te zijn. Wat een van de redenen is waarom ik Henry mee heb genomen naar Devon. Hij weet dat hij weg moet naar kostschool en hij weet dat we boos zijn op elkaar. Voor zijn bestwil heb ik geprobeerd samen plezier te maken en de dingen te doen op de manier zoals ik ze altijd heb gedaan. En geen haar op mijn hoofd die eraan denkt om tegen hem iets over Edmund te zeggen. Je weet hoe hij zijn vader aanbidt. Maar het is niet makkelijk.'

'O, arme kleine Henry.'

'Ik weet het. Ik dacht dat een of twee dagen bij Vi hem goed zouden doen. Je weet dat ze maatjes zijn. Dus vond ik de smoes van een nieuwe jurk en dat ik jou ging opzoeken en ben voor een paar dagen naar Londen gekomen. Ik heb niet echt een nieuwe jurk nodig, maar ik heb jou gezien en zoals de zaken er hier voorstaan, maakt dat het de moeite waard.'

'Maar je moet nog steeds terug naar Balnaid.'

'Ja. Maar misschien wordt het beter.'

'Het spijt me echt. Maar ik begrijp het wel. Ik weet hoe pa kan zijn als hij eenmaal een besluit over iets heeft genomen. Als een stenen muur. Dat is de manier waarop hij werkt. Ik veronderstel dat dat een van de redenen is waarom hij zo succesvol is. Maar het is niet makkelijk als je aan de andere kant van de muur staat en een eigen standpunt hebt.'

'Zo is het. Ik denk weleens dat hij wat menselijker zou zijn als hij, al is het maar eens in zijn leven, echt ergens stampei over zou maken. Dan zou hij kunnen toegeven dat hij misschien een vergissing heeft gemaakt. Maar dat heeft hij nooit gedaan en dat zal hij ook niet.'

Ze waren het helemaal eens en zaten elkaar sip aan te kijken. Toen zei Alexa, zonder veel overtuiging: 'Misschien vindt Henry het fijn op kostschool, als hij er eenmaal is.'

'O, ik hoop het vurig. Voor ons allemaal. Voor Henry's bestwil in het bijzonder, ik zou dankbaar zijn als ik het mis bleek te hebben. Maar ik ben ontzettend bang dat hij het zal haten.'

'En jij...? O, Virginia. Ik kan me jou niet voorstellen zonder Henry.'

'Dat is het probleem. Ik ook niet.'

Ze greep naar een sigaret en Alexa besloot dat de tijd was gekomen om iets positiefs te ondernemen.

Ze zei: 'Laten we iets drinken. Na dit alles denk ik dat we er allebei wel een nodig hebben. Wat wil jij? Een Scotch?'

Virginia keek op haar horloge. 'Ik moet geloof ik gaan. Felicity verwacht me voor het eten.'

'Er is nog tijd zat. Je moet blijven en Noel ontmoeten. Hij kan zo komen. Ga alsjeblieft niet weg, nu je van zijn bestaan weet. En het zal het makkelijker voor je maken, als je Noel hebt ontmoet, om pa te vertellen hoe aardig je hem vindt.'

Virginia glimlachte. Alexa was eenentwintig en nu een vrouw met enige ervaring, maar nog steeds wonderlijk naïef.

'Goed dan. Maar maak hem niet te sterk.'

Noel had de bloemen gekocht bij een stalletje vlak bij kantoor. Anjers, lathyrus en een regen van gipskruid. Hij was niet van plan geweest bloemen te kopen, maar had ze gezien toen hij voorbijliep, dacht aan Alexa en ging terug om nogmaals te kijken. De bloemenverkoopster wilde graag naar huis en gaf hem twee bossen voor de prijs van een. Twee bossen, dat zag er goed uit.

Nu hij in Ovington Street woonde, liep hij iedere avond van kantoor naar huis. Zo kreeg hij nog wat lichaamsbeweging en de afstand was niet zo groot dat het vermoeiend was aan het eind van een werkdag. Het was plezierig om de straat in te lopen en te weten dat hij hier nu thuishoorde.

Hij had ontdekt dat het leven met Alexa veel voordelen had, ze bleek niet alleen een charmante, toegewijde geliefde te zijn, maar ook weinig veeleisend gezelschap. In het begin was Noel bang geweest dat ze bezitterig zou worden en jaloers op elk moment dat hij niet met haar doorbracht. Hij had al eerder met dergelijke gevoelens te maken gehad en op het laatst leek het dan alsof er een molensteen aan zijn nek hing. Maar Alexa was anders; ze was grootmoedig en begreep dat hij 's avonds soms een buitenlandse klant mee uit eten moest nemen en dat hij twee keer per week zijn gebruikelijke partijtje squash op de club speelde.

Hij wist nu dat, als hij de blauwe voordeur opende, ze daar zou zijn, wachtend op het geluid van zijn sleutel in het slot, de trap van het souterrain oprennend om hem te begroeten. Hij zou even bijkomen met een borrel, een douche nemen, een uitstekende maaltijd gebruiken; later naar het nieuws kijken of misschien naar muziek luisteren. En ten slotte, Alexa naar boven naar de slaapkamer brengen.

Hij versnelde zijn pas. Nam twee treden tegelijk tot bij de voordeur en goochelde met de bloemen om de sleutel uit zijn broekzak te kunnen halen. De deur draaide geluidloos naar binnen open en hij hoorde ogenblikkelijk de stemmen vanachter de geopende deur van de zitkamer. Alexa had blijkbaar bezoek. Wat ongebruikelijk was, omdat sinds Noel was ingetrokken in Ovington Street, zij alle bezoek ferm buiten de deur had gehouden.

'... Ik zou willen dat je bleef eten,' zei ze. Hij sloot de deur, ervoor zorgend geen geluid te maken. 'Kun je Felicity niet opbellen en een smoesje bedenken?'

De tafel in de hal was beladen met duur ogende aankopen. Hij zette zijn diplomatenkoffertje op de vloer.

'Nee, dat zou te cru zijn.' Een vrouwelijke bezoeker. Hij wachtte nog even en controleerde zijn uiterlijk, door z'n knieën zakkend voor de ovale spiegel, en streek met de hand zijn haar glad.

'Gegrilde forel met amandelen...'

Hij stapte door de open deur. Alexa zat op de sofa met haar rug naar hem toe, maar de bezoekster zag hem meteen en ze keken elkaar aan. Ze had de meest verbluffend blauwe ogen die hij ooit had gezien en hun heldere glans was uitdagend koel.

Ze zei: 'Hallo!'

Alexa sprong snel op. 'Noel. Ik heb je helemaal niet horen binnenkomen.' Ze had een blos op haar wangen en zag er vaag groezelig uit, maar erg lief. Hij gaf haar de bloemen en boog om haar bovenop haar hoofd te kussen.

'Je praatte te luid,' zei hij haar en draaide zich om naar de gast, die nu was opgestaan; een lange, prachtige blondine, die een slanke, zwarte jurk droeg en een gigantische zwarte fluwelen strik achterop haar hoofd had. 'Hoe maakt u het. Ik ben Noel Keeling.'

'Virginia Aird.' Haar handdruk was stevig, vriendelijk en, zo kwam het hem voor, in strijd met het licht in die fabelachtige ogen. Hij wist toen dat Alexa alles had verteld en dat dit betoverende wezen totaal *au fait* was van hun situatie. Het was aan hem om het af te maken.

'En u bent...?'

'Mijn stiefmoeder, Noel.' Alexa sprak snel, wat betekende dat ze opgewonden was en enigszins van slag. 'Ze is over uit Schotland om te winkelen. Ze kwam plotseling binnenvallen. Het was een ontzettend leuke verrassing. O, wat een schitterende bloemen. Je bent een schat.' Ze begroef haar neus in de bos en snoof wellustig. 'Waarom doen anjers mij altijd aan melksaus denken?'

Noel glimlachte naar Virginia. 'Ze denkt maar aan één ding. Eten.'

'Ik zal ze snel in het water zetten. We hebben iets te drinken, Noel.'

'Dat zie ik.'

'Wil je er ook een?'

'Ja, natuurlijk, maar maak je niet druk, ik pak zelf.'

Ze liet hen alleen en bracht het boeket naar de keuken. Noel wendde zich tot Virginia. 'Ga alsjeblieft weer zitten. Ik wilde jullie niet storen.' Dit deed ze, haar lange benen bevallig schikkend. 'Vertel me eens, wanneer ben je in Londen aangekomen? En hoelang blijf je?'

Virginia legde het uit. Een beslissing in een opwelling genomen, een uitnodiging van een oude vriendin. Haar stem was laag, met een aantrekkelijk residu van haar Amerikaanse accent. Ze had geprobeerd telefonisch contact te krijgen met Alexa, maar dat was niet gelukt. Uiteindelijk was ze gewoon langsgekomen en had Alexa verrast.

Terwijl ze hem dit allemaal vertelde, schonk Noel zijn glas in. Hij nam het mee naar zijn stoel en ging tegenover haar zitten. Ze had, zo zag hij, uitzonderlijk mooie benen.

'En wanneer ga je terug naar Schotland?'

'O, morgen misschien. Of de dag erna.'

'Ik hoorde dat Alexa je voor het eten uitnodigde. Ik zou het leuk vinden als je bleef.'

'Dat is aardig van je, maar ik heb al een afspraak. Ik moet zo gaan, maar Alexa wilde dat ik hier was als je thuiskwam.' Haar ogen glinsterden als saffieren, ze knipperden niet. 'Ze wilde dat ik je zou zien.' Ze was heerlijk recht door zee, geen gedraai. Hij besloot de uitdaging meteen aan te nemen.

'Ik neem aan dat ze je alles heeft uitgelegd over ons.'

'Ja, dat heeft ze. Ik ben helemaal op de hoogte.'

'Ik ben blij toe. Dat maakt de dingen voor ons allemaal een stuk makkelijker.'

'Zijn ze dan moeilijk geweest?'

'Helemaal niet. Maar ik denk dat ze last van haar geweten had.'

'Haar geweten heeft haar altijd al dwarsgezeten.'

'Ze was een beetje ongerust over haar familie.'

'Haar familie betekent veel voor haar. Ze heeft een rare jeugd gehad. Het heeft haar in sommige opzichten volwassen gemaakt, maar in andere opzichten is ze nog erg kinderlijk.'

Noel vroeg zich af waarom ze dit zei. Ze moest toch zeker beseffen dat hij daar zelf al was achtergekomen. Hij zei: 'Ze wilde niemand kwetsen.'

'Ze heeft me gevraagd het aan haar vader te vertellen.'

'Ik vind dat een uitstekend idee. Ik heb daar bij haar op aangedrongen.'

Hij glimlachte. 'Denk je dat hij voor onze deur zal verschijnen met een rijzweep?'

'Ik dacht van niet.' Virginia pakte haar handtas, nam een sigaret en stak die aan met haar gouden aansteker. 'Hij is geen man die zijn emoties de vrije loop laat. Maar ik denk dat je zo spoedig mogelijk kennis met hem moet maken.'

'Ik ben daar nooit tegen geweest.'

Ze keek hem aan door de dwarrelende rook van haar sigaret. 'Ik denk dat het het beste zou zijn als je naar Balnaid kwam. Dan kunnen we er allemaal bij zijn en heeft Alexa een beetje geestelijke steun.'

Hij realiseerde zich dat hij uitgenodigd werd. In dat solide Edwardian huis met de honden en de serre en de landerijen eromheen. Alexa had hem met veel enthousiasme en tamelijk uitgebreid verteld over de geneugten van Balnaid. De tuin, de picknicks, het kleine broertje, de grootmoeder, de oude kindermeid. Hij had zich beleefd belangstellend getoond, maar niet veel meer. Het klonk niet als een plaats waar veel te beleven viel en Noels grootste angst was opgesloten te zitten, te gast in het huis van iemand anders, en zich te vervelen. Maar nu hij had kennisgemaakt met Virginia Aird merkte hij dat zijn voorstelling van Balnaid snel een andere wending nam. Want deze elegante en gedistingeerde vrouw, met haar hypnotiserende ogen en haar charmante, langzame manier van praten, kon nooit saai zijn. Attent genoeg om je even alleen te laten met *The Times*, als je dat wilde, maar toch het soort gastvrouw dat in een opwelling een amusante onderneming kon bedenken of een groep leuke vrienden uitnodigde voor een borrel tussendoor. Zijn verbeelding nam hem verder mee naar andere verrukkingen. Er zou waarschijnlijk ook gevist worden. En geschoten. Hoewel dat voor Noel van minder belang was, omdat hij nog nooit had geschoten. Desalniettemin...

Hij zei: 'Wat ontzettend aardig van je om mij uit te nodigen.'

'Het zou het beste zijn als we het informeel hielden... alsof je, om de een of andere reden, toch wel zou zijn gekomen.' Ze dacht hierover na en kreeg toen een lumineus idee. 'Natuurlijk. Het feest van de Steyntons. Wat ligt meer voor de hand? Ik weet dat Alexa niet zeker weet of ze moet gaan, maar...'

'Ze zei dat ze niet zonder mij zou gaan en ik heb natuurlijk geen uitnodiging gehad.'

'Dat is geen probleem. Ik praat wel met Verena Steynton. Er zijn bij dit soort gelegenheden nooit genoeg mannen. Ze zal het fantastisch vinden.'

'Je zult misschien Alexa moeten overhalen.'

Op het moment dat hij dit zei, kwam Alexa terug in de kamer, een roze met witte vaas dragend waarin ze Noels gift losjes had geschikt. 'Zijn

jullie over me aan het praten?' Ze zette de vaas achter de sofa op tafel.
'Zijn ze niet beeldig? Je bent lief, Noel. Ik voel me bijzonder als ik bloe-
men krijg.' Ze schikte een anjer en liet het arrangement toen voor wat
het was en ging weer terug naar haar plaats in een hoekje van de sofa.
'Alexa moeten overhalen om wat te doen?'
'Om naar het bal van de Steyntons te gaan,' zei Virginia, 'en Noel mee
te brengen. Ik regel een uitnodiging voor hem. Hij kan bij ons op Bal-
naid logeren.'
'Maar misschien wil Noel niet.'
'Ik heb nooit gezegd dat ik niet wilde.'
'Dat heb je wel!' Alexa was verontwaardigd. 'De ochtend dat de uitno-
diging kwam, zei je dat stamfeesten niet je stijl waren. Ik dacht dat het
daarmee was besloten.'
'We hebben er nooit echt over gesproken.'
'Je bedoelt dat je *wel* meegaat?'
'Als jij dat wilt, natuurlijk.'
Alexa schudde ongelovig haar hoofd. 'Maar Noel, het *zal* een stamfeest
zijn. Schotse dansen en dergelijke. Kun je dat verdragen? Er is geen lol
aan als je niet mee kunt doen.'
'Ik ben niet geheel onervaren. Het jaar dat ik in Sutherland viste, hielden ze op een avond een braspartij in het hotel en we sprongen allemaal
rond als wilden, en ik sprong, voorzover ik me kan herinneren, met de
besten mee. Een paar glazen whisky is alles wat ik nodig heb om mijn
remmingen kwijt te raken.'
Virginia lachte. 'Nou, ik ben er zeker van dat als het allemaal te veel
wordt voor de arme kerel, er een plek is waar hij kan gaan schuifelen.'
Ze drukte haar sigaret uit. 'Wat zeg je ervan, Alexa?'
'Het lijkt erop dat ik niet veel meer te zeggen heb. Jullie hebben alles
samen al geregeld.'
'In dat geval is ons kleine dilemma opgelost.'
'Welk dilemma?'
'Noel, die op informele wijze Edmund ontmoet.'
'O, bedoel je dat.'
'Kijk niet zo treurig. Het is een perfect plan.' Ze wierp een blik op de
klok en zette haar glas neer. 'Ik moet ervandoor.'
Noel stond op. 'Kan ik je ergens heen brengen?'
'Nee. Je bent lief, maar als je een taxi voor me kunt bellen, zou dat
geweldig zijn...'
Terwijl hij weg was om zijn opdracht uit te voeren, trok Virginia haar
schoenen weer aan, controleerde haar prachtige kapsel en pakte haar
scharlaken jasje. Haar knopen vastmakend, merkte ze Alexa's be-
zorgde blik op. Ze glimlachte bemoedigend.
'Maak je vooral geen zorgen. Ik maak het allemaal in orde.'
'Maar jij en pa. Hebben jullie dan nog steeds ruzie, of niet? Ik kan het

niet aan als er een vervelende sfeer hangt en jullie nog steeds kwaad op elkaar zijn.'

'Nee, natuurlijk niet. Vergeet dat maar. Ik had het je om te beginnen helemaal niet moeten vertellen. We zullen een geweldige tijd hebben. En jouw aanwezigheid zal me opvrolijken als die arme Henry naar school is.'

'Arme kleine jongen. Ik moet er niet aan denken.'

'Zoals ik zei, ik ook niet. Maar goed, daar kunnen we geloof ik niet veel meer aan doen.' Ze kusten elkaar. 'Bedankt voor de borrel.'

'Fijn dat je gekomen bent. En dat je het zo goed opnam. Je... je vindt hem toch aardig, hè, Virginia?'

'Ik vind hem leuk. Zul je de uitnodiging nu beantwoorden?'

'Natuurlijk.'

'En, Alexa, trakteer jezelf op een snoezige nieuwe jurk.'

16

Edmund Aird reed zijn BMW de parkeerplaats op van de luchthaven Edinburgh, net toen het vliegtuig van zeven uur uit Londen langzaam uit de wolken neerdaalde en zich gereedmaakte voor de landing. Zonder haast zocht hij een parkeerplaats, stapte uit de auto en deed de portieren op slot, ondertussen naar de aankomst van het vliegtuig kijkend. Hij had de dingen precies getimed en dat schonk hem veel voldoening. Rondhangen en wachten, op wat dan ook, maakte hem ongedurig. Ieder moment van zijn tijd was kostbaar en zoiets als vijf minuten naar zijn schoenen turen en niets doen, veroorzaakte bij hem aanzienlijke ergernis en frustratie.

Hij liep over de parkeerplaats, stak de weg over en ging de aankomsthal binnen. Het vliegtuig, met Virginia aan boord, was geland. Er stonden een aantal mensen, gekomen om vrienden of relaties op te halen. Het was een gemengd gezelschap en ze leken of helemaal opgewonden of volkomen ongeïnteresseerd te zijn. Een jonge moeder met drie kleine kinderen die luidruchtig om haar benen draaiden, verloor haar geduld en deelde een tik uit. Het kind brulde verontwaardigd. Het circus kwam op gang. Edmund rinkelde met het losse geld in zijn broekzak.

'Edmund.'

Hij draaide zich om en zag een man die hij vaak ontmoette tijdens de lunch op de New Club. 'Hallo, hoe is het.'

'Wie kom je afhalen?'

'Virginia.'

'Ik kom voor mijn dochter en haar twee kinderen. Ze komen een weekje logeren. Er is ergens een bruiloft en de kleine meid zal bruidsmeisje zijn. Het vliegtuig is tenminste op tijd. Verleden week nam ik de vlucht van drie uur van Heathrow en we vertrokken pas om half zes.'

'Ik weet het. Het is een bende.'

De deuren bovenaan de vliegtuigtrap gingen open en het eerste groepje passagiers daalde af. Sommigen keken uit naar iemand die hen zou afhalen; anderen zagen er verloren en ontreddert uit, beladen met te veel handbagage. Het gebruikelijke troepje zakenlui was er, terug van Londense bijeenkomsten en vergaderingen, compleet met diplomatenkoffertjes, paraplu's, opgevouwen kranten. Eentje droeg, tamelijk nonchalant, een bos rode rozen.

Edmund keek en wachtte op Virginia. Van zijn lange en elegante verschijning, zijn optreden, het gelaat met de diep in hun kassen verzonken ogen, uitdrukkingsloos, viel niets af te lezen en een vreemde die hem zou observeren zou geen enkele aanwijziging hebben voor zijn innerlijke onzekerheden. Want de waarheid was dat Edmund niet zeker was van Virginia's reactie als ze hem daar zag staan.

Vanaf de avond waarop hij zijn plannen had ontvouwd om Henry naar kostschool te sturen, was hun verhouding uiterst gespannen geweest. Ze hadden nog nooit eerder ruzie gehad, nooit gekibbeld, en hoewel hij iemand was die heel goed kon bestaan zonder de goedkeuring van anderen, had hij genoeg van de hele kwestie en verlangde naar een wapenstilstand en dat er een eind kwam aan die ijzige beleefdheid die er tussen hen bestond.

Hij was niet bijzonder hoopvol. Zodra de zomervakantie in Strathcroy was begonnen, had Virginia Henry meegenomen naar Devon en was drie weken bij haar ouders gebleven. Edmund had gehoopt dat deze lange scheiding de wonden enigszins zou helen en Virginia's gemok zou doen ophouden, maar de vakantie, doorgebracht in het gezelschap van haar dierbare kind, bleek haar houding alleen maar te hebben verhard en ze keerde terug naar Balnaid, zo koeltjes en zwijgend als voorheen. Gedurende een korte periode kon Edmund hier mee omgaan, maar hij wist dat de kille atmosfeer die er tussen hem en Virginia bestond, niet onopgemerkt bleef voor Henry. Hij was zwijgzaam geworden, brak snel uit in tranen en was meer dan ooit afhankelijk van zijn dierbare Moo. Edmund haatte Moo. Hij vond het vreselijk dat zijn zoon nog steeds niet in staat was te gaan slapen zonder die weerzinwekkende oude lap. Hij had al maanden geleden voorgesteld dat Virginia Moo van Henry zou afnemen, maar Virginia had zijn advies naar zijn weten genegeerd. En nu, met nog maar drie weken voordat Henry naar Templehall zou vertrekken, zou ze er nog een zware dobber aan hebben.

Na het fiasco van de vakantie in Devon en gefrustreerd geraakt door Virginia's resolute zwijgen, had Edmund overwogen om aan te sturen op een nieuwe ruzie met zijn jonge vrouw, om de zaken op de spits te drijven. Maar toen besloot hij dat dit de situatie alleen maar erger kon maken. In haar huidige toestand was ze best in staat om haar koffers te pakken en 'm naar Leesport, Long Island, te smeren, om bij haar toegewijde grootouders te logeren, die nu terug waren van hun cruise. Daar zou ze zoals altijd vertroeteld en verwend worden en uitbundig bevestigd krijgen dat ze gelijk had en dat Edmund een harteloos monster was om die kleine Henry van haar weg te sturen.

Dus had Edmund zijn gemak gehouden en besloten de emotionele storm te laten uitrazen. Hij was uiteindelijk niet van plan van gedachten te veranderen of een compromis te sluiten. Het lag helemaal in handen van Virginia.

Toen ze meedeelde dat ze een paar dagen in haar eentje naar Londen zou gaan, begroette Edmund dit nieuws opgelucht. Als een paar dagen plezier maken en winkelen haar niet op verstandiger gedachten zouden kunnen brengen, dan zou niets dat kunnen. Henry, zei ze, ging bij Vi logeren. Hij kon doen wat hij wilde. En dus had hij de honden naar Gordon Gillock gebracht, had Balnaid afgesloten en had de week doorgebracht in zijn flat in Moray Place.

Deze periode viel hem niet zwaar. Hij bande simpelweg al zijn huiselijke problemen uit zijn gedachten, stond zichzelf toe helemaal in zijn werk op te gaan en genoot van de lange en produktieve dagen op kantoor. Bovendien deed het nieuws snel de ronde dat Edmund Aird in de stad was en alleen. Aantrekkelijke mannen werden altijd gezocht en de uitnodigingen voor etentjes stroomden binnen. In Virginia's afwezigheid had hij geen enkele avond in zijn flat doorgebracht.

Maar de harde waarheid was dat hij van zijn vrouw hield en een grondige hekel had aan deze spanning die er, als een stinkend moeras, nu al zo lang tussen hen lag. Terwijl hij wachtte tot ze zou verschijnen, hoopte hij vurig dat ze in de tijd die ze voor haar eigen plezier in Londen had doorgebracht, verstandiger was geworden.

Voor haar eigen bestwil. Want hij was niet van plan nog een dag langer onder deze wolk van misnoegen en ergernis door te brengen; als zij niet toegaf, had hij al besloten, zou hij in Edinburgh blijven en niet naar Balnaid teruggaan.

Virginia was een van de laatsten die verscheen. Door de deur en de trap af. Hij zag haar meteen. Haar haar zat anders en ze was gekleed in onbekende en duidelijk gloednieuwe kleren. Zwarte broek, een saffierblauw hemd en een immens lange regenjas die bijna tot haar enkels reikte. Ze droeg, naast haar reistas, een aantal glanzende en uitbundig ogende dozen en draagtassen, bij uitstek het beeld van een elegante vrouw die net terug was van een waar koopfestijn. Bovendien zag ze er betoverend en ongeveer tien jaar jonger uit.

En ze was *zijn* vrouw. Ondanks alles realiseerde hij zich plotseling hoe vreselijk hij haar gemist had. Hij bewoog zich niet, maar hij kon het bonken van zijn eigen hart horen.

Ze zag hem en stopte. Ze keken elkaar aan. Die schitterend blauwe ogen van haar. Lang bleven ze alleen maar kijken. Toen glimlachte ze en kwam naar hem toe.

Edmund haalde adem, een lange, diepe teug waarin opluchting, vreugde en een golf van jeugdig elan onontwarbaar met elkaar vermengd waren. Londen, zo leek het, had het voor elkaar gebokst. Alles zou goed komen. Hij voelde zijn gezicht openbreken in een onstuitbare glimlach en hij liep op haar toe om haar te begroeten.

Tien minuten later zaten ze in de auto, Virginia's bagage in de kofferbak, deuren gesloten, autogordels vastgemaakt. Alleen en samen. Edmund pakte zijn autosleutels, gooide ze op in zijn hand. 'Wat wil je gaan doen?' vroeg hij.

'Wat zijn je voorstellen?'

'We kunnen meteen teruggaan naar Balnaid. Of we kunnen naar de flat gaan. Of we kunnen gaan dineren in Edinburgh en dan terugrijden naar Balnaid. Henry blijft nog een nachtje bij Vi, dus zijn we helemaal vrij om te doen wat we willen.'

'Ik zou graag uit eten gaan en dan naar huis.'

'Dat gaan we dan ook doen.' Hij stak de autosleutel in het slot, startte de motor. 'Ik heb een tafel gereserveerd bij Rafaelli.' Hij manoeuvreerde over de volle parkeerplaats, reed naar het tolhek en betaalde. Ze reden de weg op.

'Hoe was het in Londen?'

'Heet en druk. Maar *enig*. Ik heb een massa mensen ontmoet, ben naar minstens vier feesten geweest en Felicity had kaartjes voor *Phantom of the Opera*. Ik heb zoveel geld uitgegeven, je zult flauwvallen als de rekeningen binnenkomen.'

'Heb je iets gevonden voor het feest van de Steyntons?'

'Ja. Bij Caroline Charles. Echt een droom van een jurk. En ik ben naar de kapper geweest.'

'Dat zag ik.'

'Vind je het mooi?'

'Heel smaakvol. En die jas is nieuw.'

'Ik voelde me zo'n plattelandstutje toen ik naar Londen ging, ik heb me helemaal laten gaan. Het is Italiaans. Van weinig nut in Strathcroy, moet ik toegeven, maar ik kon 'm niet weerstaan.'

Ze lachte. Zijn eigen, lieve Virginia. Hij was vervuld van dankbare tevredenheid en nam zichzelf voor dit niet te vergeten wanneer de onvermijdelijke rekening van American Express binnenkwam. Ze zei: 'Ik begrijp nu dat ik vaker naar Londen zal moeten gaan.'

'Heb je Alexa gezien?'

'Ja, ik heb je veel te vertellen, maar dat bewaar ik tot bij het diner. Hoe is het met Henry?'

'Ik belde een paar avonden geleden op. Hij heeft, zoals gewoonlijk, de tijd van zijn leven. Vi vroeg Kedejah Ishak op de thee in Pennyburn en zij en Henry bouwden een dam in het dal en speelden met papieren bootjes. Hij vond het heerlijk om nog een extra nachtje bij Vi te blijven.'

'En jij? Wat heb jij gedaan?'

'Gewerkt. Buiten de deur gegeten. Ik had een uitgaansweek.'

Ze wierp hem een spottende blik toe. 'Dat zal best,' zei ze zonder rancune.

Hij reed Edinburgh binnen via de oude Glasgow Road en terwijl ze dichterbij kwamen, zag de stad er op z'n indrukwekkendst uit, als een romantische gravure onder de immense en staalblauwe lucht. De brede straten waren grasgroen van lommerrijke bomen, torens en torenspitsen domineerden het silhouet van de stad, en het kasteel op de rots rees hoog boven alles uit, met een wapperende vlag in de top van de mast. In de richting van New Town rijdend, kwamen ze door een gracieuze buurt met zeventiende-eeuwse huizen en ruime bochten. Ze waren allemaal net gezandstraald en de gebouwen, met hun klassieke ramen en portieken en waaiervormige bovenlichten, stonden honingkleurig in het avondlicht.

Terwijl hij zijn weg vond door het eenrichtingsverkeer, rondjes draaiend door een labyrint van verborgen weggetjes, draaide Edmund ten slotte een nauwe straat in met kinderkopjes en stopte aan de rand van de stoep voor een klein Italiaans restaurant. Aan de andere kant van de straat stond een van Edinburghs vele mooie kerken. Hoog boven in de toren, boven de massieve gewelfde toegangspoort, kropen de wijzers van een gouden klok naar negen uur en toen ze uit de auto stapten, galmden z'n slagen boven de daken uit en sloegen het uur. Een zwerm duiven, gestoord in hun dutje hoog op de toren, zwermden uit richting hemel in een opgewonden vlucht. Toen de laatste slag had geslagen, gingen ze weer zitten, op vensterbank en borstwering, koerend, hun vleugels vouwend, alsof er niets gebeurd was, alsof ze zich schaamden voor hun malle opwinding.

'Je zou denken,' zei Virginia, 'dat ze inmiddels gewend zijn aan het lawaai. Dat ze afgestompt raken.'

'Ik heb nog nooit een duif ontmoet die afgestompt was. Jij wel?'

'Nu je het zegt, nee.'

Hij nam haar arm en leidde haar over de straat naar de ingang. Binnen was het restaurant klein, schemerig, het rook er naar verse koffie en knoflook en verrukkelijk mediterraans eten. De zaak zat aangenaam vol en de meeste tafels waren bezet, maar de chef-kelner ontdekte hen en kwam naar hen toe om hen welkom te heten.

'Goedenavond, meneer Aird. En mevrouw.'

'Goedenavond, Luigi.'

'Ik heb uw tafel klaarstaan.'

De tafel waar Edmund speciaal naar gevraagd had; in de hoek, onder de ramen. Een gesteven, roze damasten tafelkleed, roze damasten servetten, een enkele roos in een slanke vaas. Charmant, intiem, verleidelijk. De perfecte omgeving om een ruzie te beëindigen.

'Perfect, Luigi. Bedankt. En de Moët Chandon?'

'Geen probleem, meneer Aird. Die heb ik op ijs staan.'

Ze dronken de gekoelde champagne. Virginia vertelde over de dingen die ze gedaan had, de kunstexpositie waar ze heen was geweest, het concert in Wigmore Hall.

Ze bestelden op hun gemak. Ze vermeden de ravioli en de tagliatelli en namen in plaats daarvan eendepaté en koude Tay zalm.

'Waarom neem ik jou mee naar een Italiaans restaurant, als je toch Tay zalm eet?'

'Omdat niets ter wereld zo lekker is en na mijn rondje Londen heb ik mijn portie exotisch eten wel gehad.'

'Ik zal niet vragen met wie je uit eten bent gegaan.'

Ze glimlachte. 'Noch ik jou.'

Op hun gemak deden ze zich tegoed aan de heerlijke maaltijd, eindigend met verse frambozen, die waren overgoten met dikke room, en een Brie precies op smaak. Ze vertelde hem over de tentoonstelling in Burlington House, Felicity Crowes plannen om een buitenhuisje te kopen in Dorset en probeerde, met nogal wat verwarrende details, de plot van *Phantom of the Opera* uit te leggen. Edmund, die de plot toch al kende, luisterde geboeid, simpelweg omdat het zo geweldig was om haar terug te hebben, naar haar stem te luisteren en dat ze haar genoegens met hem deelde.

Ten slotte werden de borden afgeruimd en werd de koffie gebracht, zwart en geurig, dampend in de kleine kopjes, vergezeld van een schaal met wafeldunne chocolademints.

Tegen die tijd waren de meeste tafels leeg, de eters naar huis. Er was nog een ander paar, zittend zoals zij, maar ze dronken cognac. De man rookte een sigaar.

De Moët Chandon was op, ondersteboven in de ijsemmer. 'Wil je cognac?' vroeg Edmund.

'Nee. Er kan niets meer bij.'

'Ik zou er wel een willen, maar ik moet nog rijden.'

'Ik zou kunnen rijden.'

Hij schudde zijn hoofd. 'Ik heb geen cognac nodig.' Hij leunde achterover in zijn stoel. 'Je hebt me alles verteld, maar nog steeds niets over Alexa.'

'Ik heb het voor het laatst bewaard.'

'Dat betekent dat het goed nieuws is?'

'Ik vind het goed. Ik ben er niet zeker van wat jij vindt.'

'Probeer het maar.'

'Je wordt toch niet Victoriaans, of wel soms?'

'Ik geloof niet dat ik dat ooit ben.'

'Want Alexa heeft een vriend. Hij is bij haar ingetrokken. Ze wonen samen in het huis in Ovington Street.'

Edmund reageerde hier niet onmiddellijk op. Toen zei hij, nogal kalm: 'Wanneer is dit begonnen?'

'In juni, volgens mij. Ze heeft het ons niet verteld, omdat ze bang was dat we overstuur zouden raken of het er niet mee eens zouden zijn.'

'Denkt ze dat we hem niet aardig zullen vinden?'

'Nee. Ik geloof dat ze denkt dat jij hem erg aardig zult vinden. Het is gewoon omdat ze niet zeker was hoe je erop zou reageren. Dus heeft ze mij de taak gegeven om het aan jou te vertellen.'

'Heb jij hem ontmoet?'

'Ja. Maar niet lang. We dronken samen iets. Er was geen tijd meer.'
'Vond je hem aardig?'
'Ja. Zeker. Hij is erg aantrekkelijk, zeer charmant. Hij heet Noel Keeling.'
Edmunds koffiekopje was leeg. Hij trok Luigi's aandacht en vroeg hem nog eens in te schenken. Hierna roerde hij er nadenkend in, z'n ogen geloken, zijn knappe gelaatstrekken niets verradend.
'Waar zit je aan te denken?' vroeg Virginia.
Hij keek haar aan en glimlachte. 'Ik denk dat ik denk dat ik dacht dat het nooit zou gebeuren.'
'Maar het doet je genoegen dat het gebeurd is?'
'Ik ben blij dat Alexa iemand gevonden heeft die dol genoeg op haar is om veel tijd met haar te willen doorbrengen. Het zou makkelijker voor iedereen zijn geweest als het allemaal wat minder dramatisch was verlopen, maar ik neem aan dat het tegenwoordig onvermijdelijk is dat ze eerst gaan samenhokken en het uitproberen voordat ze een serieuze beslissing nemen.' Hij nam een slok hete koffie, zette het kopje neer. 'Het is alleen zo'n buitengewoon naïef kind.'
'Ze is geen kind meer, Edmund.'
'Het is moeilijk om je Alexa als iets anders voor te stellen.'
'We zullen wel moeten.'
'Dat realiseer ik me.'
'Het was nogal moeilijk voor haar dat ik je alles zou moeten vertellen. Ze *vroeg* me het aan jou te vertellen, maar ik weet dat ze het op die gekke manier van haar jammer vond dat het geheim uitkwam.'
'Wat denk je dat ik moet doen?'
'Jij hoeft niets te doen. Ze neemt hem mee naar Balnaid in september voor het feest van de Steyntons. We zullen ons allemaal zo gewoon mogelijk gedragen... net alsof hij een oude vriend van vroeger is of een schoolkameraad. Ik denk niet dat we meer kunnen doen. Daarna is het aan hen.'
'Was het jouw idee of dat van Alexa?'
'Van mij,' zei Virginia, niet zonder trots.
'Wat een slimme meid ben je toch.'
'Ik heb haar ook nog andere dingen verteld, Edmund. Ik heb haar verteld dat wij de laatste paar weken nou niet bepaald de beste maatjes waren.'
'Dat moet het understatement van het jaar zijn.'
Ze keek hem aandachtig aan met haar glanzende ogen. Ze zei: 'Ik ben niet van gedachten veranderd. Ik heb mijn standpunt niet gewijzigd. Ik wil niet dat Henry gaat en ik denk dat hij te jong is. Ik denk dat je een vreselijke fout maakt. Maar ik weet dat Henry overstuur is geraakt door onze ruzie en ik heb besloten dat we moeten ophouden om alleen aan onszelf te denken en in plaats daarvan aan de kinderen moeten den-

ken. Denken om Henry en Alexa. Want Alexa zei dat als wij elkaar nog steeds zo kwaad zouden aankijken, ze dan niet met Noel zou komen omdat ze een slechte sfeer tussen ons niet kan verdragen.' Ze wachtte even of Edmund enig commentaar zou geven. Maar hij zei niets en ze ging door. 'Ik heb hierover nagedacht. Ik heb geprobeerd me voor te stellen dat ik terug zou gaan naar Leesport en mijn grootouders zou aantreffen, elkaar de kop afhakkend, maar het lukte me niet, en zo moeten wij het ook maken voor Henry en Alexa. Ik geef niet toe, Edmund. Ik zal nooit zo kunnen denken als jij. Maar beter slikken dan stikken. Bovendien heb ik je gemist. Ik vind het niet echt leuk om alleen te zijn. In Londen wenste ik steeds dat jij erbij was.' Ze zette haar ellebogen op tafel, haar kin in haar handen. 'Weet je, ik hou van je.'

Na enige tijd zei Edmund: 'Het spijt me.'

'Spijt het je dat ik van je hou?'

Hij schudde zijn hoofd. 'Nee. Het spijt me dat ik naar Templehall ben gegaan en de hele zaak heb geregeld met Colin Henderson zonder met jou te overleggen. Ik had meer rekening met je moeten houden. Het was aanmatigend.'

'Ik heb je nog nooit eerder horen toegeven dat je het bij het verkeerde eind had.'

'Ik hoop dat het ook nooit meer hoeft. Het is pijnlijk.' Hij nam haar hand in de zijne. 'Begraven we dan nu de strijdbijl?'

'Onder één voorwaarde!'

'Wat mag die zijn?'

'Dat als die verschrikkelijke dag komt en die arme Henry naar Templehall moet, er niet van mij wordt verwacht dat ik hem breng. Want ik denk niet dat ik dat op kan brengen. Later misschien, als ik eraan gewend ben zonder hem te zijn. Maar niet de eerste keer.'

'Ik zal er zijn,' zei Edmund. 'Ik zal hem brengen.'

Het werd laat. Het andere paar was vertrokken en de kelners hingen rond en probeerden niet te laten merken dat ze hoopten dat Edmund en Virginia ook naar huis zouden gaan, zodat zij de zaak konden sluiten. Edmund vroeg om de rekening en terwijl deze werd gereedgemaakt leunde hij achterover in zijn stoel, stopte zijn hand in de zak van zijn jasje en haalde een klein pakje te voorschijn, verpakt in dik, wit papier en verzegeld met rode was.

'Dit is voor jou.' Hij legde het op de tafel tussen hen in. 'Het is een welkomstgeschenk.'

17

Als Henry niet thuis kon zijn op Balnaid, dan logeerde hij het liefst bij Vi. Op Pennyburn had hij zijn eigen slaapkamer, een kleine kamer boven wat eens de voordeur was geweest, met een smal raam dat uitkeek over de tuin, het dal en de heuvels daarachter. Uit dit raam, als hij zijn nek een beetje draaide, kon hij zelfs Balnaid zien, half verborgen tussen bomen achter de rivier en het dorp. En 's morgens als hij wakker werd en rechtop ging zitten, kon hij zien hoe de opkomende zon lange vingers van vroeg licht over het land uitstrekte en luisteren naar het lied van de merel, die zijn nest had in de hoogste takken van de oude vlierboom bij de beek. Vi hield niet van vlierbomen, maar ze had deze ene laten staan, omdat het een goede boom voor Henry was om in te klimmen. Zo kwam het dat hij het wist van dat merelnest.

De kamer was zo klein dat het net was alsof je in een speelgoedhuisje sliep, of zelfs in een kast, maar dat was nou juist het leuke. Er was ruimte voor zijn bed en een ladenkast met een spiegel erboven, maar meer niet. Een paar haken aan de deur deden dienst als klerenkast en er was een handig klein lampje boven zijn hoofdeinde, zodat hij in bed kon lezen als hij wilde. De vloerbedekking was blauw en de muren waren wit. Er hing een leuke afbeelding van een bos vol grasklokjes en de gordijnen waren wit met her en der bosjes veldbloemen.

Dit was zijn laatste nacht bij Vi. Morgen zou zijn moeder komen om hem op te halen en hem mee naar huis nemen. Het waren een paar gekke dagen geweest, omdat de lagere school van Strathcroy alweer begonnen was en al zijn vriendjes weer in de klas zaten. En zodoende had Henry, die naar Templehall moest, niemand om mee te spelen. Maar het had hoe dan ook niets uitgemaakt. Edie was er de meeste ochtenden en Vi zat altijd vol met heldere ideetjes om een kleine jongen bezig te houden en te vermaken. Ze hadden samen getuinierd, ze had hem geleerd hoe je kindergebakjes moest maken en voor de avonden had ze een gigantische puzzel waar ze samen mee worstelden. Op een middag was Kedejah Ishak na school op de thee gekomen. Zij en Henry hadden een dam in de beek gebouwd en ze waren ontzettend nat geworden. Een andere keer hadden hij en Vi gepicknickt bij het meer en ze hadden vierentwintig verschillende soorten wilde bloemen verzameld. Ze had hem laten zien hoe je die moest drogen tussen vellen vloeipapier en dikke boeken, en vervolgens plakte hij ze met stukjes plakband in een oud schoolboek.

Hij had gegeten en was in bad geweest en lag nu in bed te lezen in zijn bibliotheekboek, wat geschreven was door Enid Blyton en *The Famous Five* heette. Hij hoorde de klok in de hal acht uur slaan, gevolgd door het geluid van Vi's voetstappen, die zwaar op de trap klonken, wat betekende dat zij kwam om hem goedenacht te wensen.

Zijn deur was open. Hij legde zijn boek neer en wachtte tot zij door de deur zou komen. Ze verscheen, lang en groot en stevig, en maakte het zichzelf gemakkelijk aan het eind van zijn bed. De veren kraakten. Hij lag gezellig in zijn eigen slaapzak, maar zij had er een deken overheen gelegd en hij vond dit een van de fijnste dingen, dat er iemand op je bed zat, met de deken lekker over je benen getrokken. Het maakte dat hij zich erg veilig voelde.

Vi droeg een zijden blouse met een broche op haar boord en een zacht, heideblauw vest. En ze had haar bril meegenomen, wat wilde zeggen dat ze, als hij dat wilde, klaar was om hem hardop een paar hoofdstukken uit *The Famous Five* voor te lezen.

Ze zei: 'Morgen om deze tijd lig je weer in je eigen bed. Maar we hebben het leuk gehad samen, of niet soms?'

'Ja.' Hij dacht aan alle lol die ze samen hadden gehad. Misschien was het verkeerd om naar huis te willen gaan en haar alleen te laten, maar hij wist tenminste dat ze veilig was en gelukkig in haar kleine huisje. Hij wilde dat hij hetzelfde kon voelen wat betreft Edie.

De laatste tijd was Henry ermee gestopt bij Edie langs te gaan, omdat hij bang was voor Lottie. Er was iets hekserigs aan haar, met haar vreemde donkere ogen die nooit knipperden, haar lompe, onberekenbare bewegingen en haar eindeloze gebabbel, dat te onsamenhangend was om een gesprek genoemd te kunnen worden. Meestal had Henry geen enkel idee waar zij over sprak en hij wist dat het Edie uitputte. Edie had hem gezegd aardig tegen Lottie te zijn en hij had zijn best gedaan, maar de waarheid was dat hij haar haatte. Hij kon de gedachte niet verdragen dat Edie opgesloten zat met haar angstaanjagende nicht en dat ze met haar om moest gaan, dag in dag uit.

Van tijd tot tijd had hij krantekoppen gezien over arme mensen die vermoord waren met bijlen of vleesmessen en hij wist zeker dat Lottie, als ze uitgedaagd werd of onhandelbaar was, best in staat was om die lieve Edie aan te vallen – misschien laat in de nacht, in het donker – en haar dood en onder het bloed op de keukenvloer achter te laten.

Hij huiverde bij de gedachte. Vi zag zijn huivering. 'Zit je iets dwars? Er liep zojuist een geest over je graf.'

Deze opmerking lag te dicht bij de waarheid om hem te kunnen troosten. 'Ik dacht aan Edies nicht. Ik mag haar niet.'

'O, Henry.'

'Ik geloof niet dat Edie veilig bij haar is.'

Vi trok een gezicht tegen hem. 'Om eerlijk te zijn, Henry, ben ik er ook niet erg gelukkig mee. Maar ik denk dat het gewoon erg lastig voor Edie is. We praten er morgenvroeg wel over bij de koffie. Lottie is zonder meer erg vermoeiend, maar afgezien van het feit dat ze Edie gek maakt met haar gedrag, denk ik niet dat Edie in echt gevaar verkeert. Niet zoals jij je dat voorstelt.'

Hij had haar niet verteld wat hij zich voorstelde, maar zij wist het. Vi wist zulke dingen altijd.

'Jij zult toch voor haar zorgen, is het niet, Vi? Jij zorgt er toch voor dat er niets gebeurt?'

'Natuurlijk zorg ik daar voor. En ik zal erop letten dat ik Edie elke dag zie, en een oogje in het zeil houden. En ik vraag Lottie een keer op de thee, dat zal Edie wat rust geven.'

'Wanneer denk je dat Lottie weggaat?'

'Ik weet het niet. Als ze beter is. Die dingen hebben tijd nodig.'

'Edie was zo gelukkig in haar eentje. En nu is ze voor geen cent gelukkig. En ze moet op het kampeerbed slapen. En ze kan niet in haar eigen kamer. Ze vindt het vast vreselijk.'

'Edie is erg aardig. Aardiger dan de meesten van ons. Ze offert zich op voor haar nicht.'

Henry dacht aan Abraham en Izaak. 'Ik hoop dat Lottie haar niet offert.'

Vi lachte. 'Je verbeelding slaat op hol. Ga niet slapen met zorgen over Edie. Denk er maar aan dat je je moeder morgen weer ziet.'

'Ja.' Dat was veel beter. 'Hoe laat denk je dat ze komt?'

'Nou, je hebt een drukke dag morgen, want je gaat mee met Willy Snoddy en zijn fretten. Ik denk rond theetijd. Als je terugkomt, is zij hier.'

'Denk je dat ze een cadeautje voor me meebrengt uit Londen?'

'Zeker weten.'

'Misschien heeft ze voor jou ook een cadeau.'

'O, ik verwacht geen cadeau. Trouwens, ik ben gauw jarig, dus krijg ik er dan een. Ze geeft me altijd iets speciaals, iets waarvan ik nooit wist hoe graag ik het wilde hebben.'

'Op welke dag ben je jarig?' Hij was het vergeten.

'Op vijftien september. De dag voor het bal van de Steyntons.'

'Ga je een picknick houden?'

Vi organiseerde altijd een picknick voor haar verjaardag. Iedereen kwam en ze ontmoetten elkaar bij het meer en maakten een vuur en aten worstjes. En Vi bracht haar verjaardagscake mee in een grote doos en als ze 'm aansneed, stond het verzamelde gezelschap eromheen en zong 'Happy Birthday to You'. Soms was het een chocoladecake en soms was het een sinaasappelcake. Vorig jaar was het een sinaasappelcake geweest.

Hij herinnerde zich vorig jaar. Herinnerde zich de gure dag, de harde

147

wind en de buien, die echter niemands enthousiasme hadden getemperd. Vorig jaar had hij Vi een tekening gegeven, die hij gemaakt had met zijn viltstift en die zijn moeder ingelijst had en van een haakje voorzien, net als bij een echt schilderij. Vi had hem in haar slaapkamer hangen. Dit jaar gaf hij haar de fles rabarberwijn die hij gewonnen had bij de verloting op de bazaar.

Dit jaar... Hij zei: 'Dit jaar ben ik er niet.'

'Nee. Dit jaar zit je op kostschool.'

'Kun je je verjaardag niet eerder vieren, zodat ik erbij kan zijn?'

'O, Henry, verjaardagen werken zo niet. Maar het zal niet hetzelfde zijn zonder jou.'

'Zul je mij een brief schrijven en me er alles over vertellen?'

'Natuurlijk zal ik dat. En jij zult aan mij schrijven. Er zal zoveel zijn dat ik wil horen.'

Hij zei: 'Ik wil er niet heen.'

'Nee. Dat weet ik. Maar je vader vindt dat je moet gaan en hij weet het bijna altijd het beste.'

'Mammie wil ook niet dat ik ga.'

'Dat komt omdat ze zoveel van je houdt. Ze weet dat ze je zal missen.'

Hij realiseerde zich toen dat dit de eerste keer was dat hij en Vi het over zijn weggaan hadden. Dit kwam omdat Henry er niet eens over wilde denken, laat staan over praten. En Vi had het onderwerp nooit ter sprake gebracht. Maar nu ze erover begonnen waren, ontdekte hij dat hij zich meer op zijn gemak voelde. Hij wist dat hij alles tegen Vi kon zeggen en hij wist ook dat zij het nooit verder zou vertellen.

Hij zei: 'Ze hebben ruzie gemaakt. Ze zijn boos op elkaar geweest.'

'Ja,' zei Vi. 'Ik weet het.'

'Hoe weet je dat, Vi?'

'Ik mag dan oud zijn, maar ik ben niet gek. En jouw vader is mijn zoon. Moeders weten veel over hun zonen. De goede dingen en de minder goede dingen. Het maakt niet dat ze niet meer van hen houden, maar het maakt ze een beetje begrijpender.'

'Het was zo naar toen ze ruzie hadden.'

'Dat geloof ik meteen.'

'Ik wil niet naar kostschool, maar ik vind het vreselijk als ze boos zijn op elkaar. Ik *haat* het gewoon. Het zorgt voor een afschuwelijke sfeer in huis die je ziek maakt.'

Vi zuchtte. 'Als je wilt weten wat ik denk, Henry, ik denk dat ze allebei erg kortzichtig zijn geweest en egoïstisch. Maar ik kan me er niet mee bemoeien, omdat het mijn zaken niet zijn. Dat is iets wat een moeder niet moet doen. Ze moet nooit tussenbeide komen.'

'Ik wil echt naar huis morgen, maar...' Hij staarde haar aan, liet zijn zin onafgemaakt, omdat hij niet echt wist wat hij wilde zeggen.

Vi glimlachte. Als ze glimlachte, kreukelde haar gezicht in duizend rimpels. Ze legde haar hand op de zijne. Hij voelde warm en droog en ruw aan van al het tuinieren dat ze deed.

Ze zei: 'Er is een oud gezegde, dat je door afstand dichter bij elkaar komt. Je moeder en vader waren een paar dagen van elkaar gescheiden, op zichzelf, met tijd om over de dingen na te denken. Ik ben er zeker van dat ze zich allebei hebben gerealiseerd hoe fout ze waren. Zie je, ze houden erg veel van elkaar en als je van iemand houdt, dan moet je bij hem zijn, dicht bij hem zijn. Je hebt het nodig om vertrouwelijk te kunnen zijn, om samen te lachen. Het is net zo belangrijk als ademhalen. Ik ben er nu zeker van dat ze dit ontdekt hebben. En ik ben er net zo zeker van dat alles weer net als vroeger wordt.'

'Echt zeker, Vi?'

'Echt zeker.'

Ze klonk zo zeker dat Henry dat ook zo begon te voelen. Wat een opluchting. Het was alsof er een geweldige last van zijn schouders viel. Dit maakte alles veel beter. Zelfs het vooruitzicht zijn huis en z'n ouders te moeten verlaten en te worden weggestuurd naar de kostschool in Templehall, had iets van z'n angstaanjagendheid verloren. Niets kon zo beroerd zijn als te denken dat zijn thuis nooit meer hetzelfde zou zijn. Gerustgesteld en vervuld van dankbare liefde voor zijn grootmoeder, stak hij zijn armen uit en zij leunde vooover, en hij omhelsde haar, pakte haar stevig om haar nek en drukte kussen op haar wang. Toen hij losliet, zag hij dat haar ogen erg blonken en helder waren.

Ze zei: 'Het is tijd om te gaan slapen.'

Hij was er klaar voor, plotseling slaperig nu. Hij lag achterover op het kussen en voelde eronder naar Moo.

Vi lachte hem uit, maar teder, om hem te plagen. 'Je hebt dat oude babydekentje niet meer nodig. Je bent een grote jongen nu. Je kan gebakjes maken en puzzelen, en de namen van al die wilde bloemen onthouden. Ik denk dat je best zonder Moo kunt.'

Henry trok zijn neus op. 'Maar niet vannacht, Vi.'

'Goed dan. Niet vannacht. Maar morgen, misschien.'

'Ja.' Hij gaapte. 'Misschien.'

Ze bukte om hem te kussen en kwam toen van het bed af. De veren kraakten nogmaals. 'Goedenacht, mijn lammetje.'

'Goedenacht, Vi.'

Ze deed het licht uit en ging de kamer uit, maar ze liet de deur open. De duisternis was zacht en winderig en rook naar de heuvels. Henry draaide zich op zijn zij, rolde zich op als een bal en sloot zijn ogen.

18

Toen Violet Aird jaren geleden Pennyburn had gekocht van Archie Balmerino, was ze de eigenaresse geworden van een triest en morsig klein huis met weinig aantrekkelijks, afgezien van het uitzicht en de kleine beek die van de heuvel naar beneden liep op de westelijke grens van het land. Aan deze beek ontleende het huis zijn naam.

Het lag in het hart van Archies landgoed, aan de kant van de heuvel die omhoog liep vanaf het dorp. Men ging er binnen via de achteringang van Croy en dan over een weggetje vol geulen, overwoekerd door distels en afgezet met verzakkende palen en gebroken prikkeldraad.

De tuin bevond zich destijds op een glooiing aan de zuidkant van het huis. Ook dit gedeelte was omheind door rottende palen en losgeraakt draad en bestond uit een kleine bleek, een groentetuintje vol onkruid en troosteloze sporen van een kippenren - verzakte houten schuren, veel draadgaas en brandnetels die tot heuphoogte waren gegroeid.

Het huis was gebouwd van grauwe stenen, met een dak van grijze pannen en triest ogende, kastanjebruine verf waar nodig iets aan gedaan moest worden. Betonnen treden liepen van de tuin naar de voordeur en binnen bevonden zich kleine en donkere kamers, afgrijselijk afgebladerd behang, een vochtige lucht en het aanhoudende gedrup van een kapotte kraan.

In feite zag het huis er zo onappetijtelijk uit dat Edmund Aird, toen hij het voor het eerst inspecteerde, zijn moeder sterk afraadde om daar ooit te gaan wonen en uit te kijken naar een andere plek.

Maar Violet had haar eigen redenen om het huis aantrekkelijk te vinden. Het had een tijd leeg gestaan, vandaar het verval, maar ondanks de schimmel en de somberte, hing er een aangename sfeer. En het had die kleine beek die van de heuvel naar beneden tuimelde. En bovendien het uitzicht. Bij het bezichtigen van het huis had Violet af en toe stilgestaan om naar buiten te kijken. Ze had een gedeelte van de bestofte ruit schoongeveegd en het dorp beneden gezien, de rivier, het dal, de heuvels in de verte. Ze zou nooit een ander huis met zo'n uitzicht vinden. Het uitzicht en de beek verleidden haar en ze sloeg geen acht op het advies van haar zoon.

Het opknappen van dit alles was enorm leuk. Het nam zes maanden in beslag eer alles klaar was en gedurende die tijd kampeerde Violet – beleefd Edmunds uitnodiging afwijzend om op Balnaid te blijven totdat ze in haar nieuwe onderkomen kon trekken – in een caravan die ze

gehuurd had van een camping een paar mijl verderop in het dal. Ze had
nog nooit in een caravan gewoond, maar het idee had altijd haar zigeu-
nerinstincten geprikkeld en ze liet deze kans niet liggen. De caravan
stond achter het huis, tussen de betonmolens, de kruiwagens, de scheppen en de ontmoedigende bergen puin. Door de geopende deur kon ze
een oogje houden op de bouwvakkers en naar buiten rennen om met de
veelgeplaagde architect te praten, zodra ze zijn auto over de weg zag
aan komen bonken. Tijdens de eerste twee maanden van dit vrolijke
vagebondbestaan was het zomer en het enige ongerief kwam van de
muggen en een lekkend dak als het regende. Maar toen de herfststormen loeiden, trilde de caravan onder hun geweld en schommelde onvast op z'n tijdelijke standplaats, niet veel anders dan een kleine boot in
een storm. Violet vond dit nogal opwindend en koesterde de donkere
en stormachtige nachten. Ze kon op haar slaapbank liggen, die veel te
kort en te smal was voor zo'n omvangrijke dame, luisterend naar de
harde wind en kijkend naar hoe de wolken door de koude, maanver-
lichte lucht zeilden.

Maar ze bracht niet al haar tijd door met het beurtelings koeioneren en
inpalmen van de bouwvakkers. Voor Violet was een tuin nog belangrijker dan een huis. Voordat de bouwvakkers met hun werk begonnen,
had zij al een man gehuurd met een tractor, die alle oude omheiningen
en los liggende draden weghaalde. In hun plaats plantte ze een beukenhaag aan beide zijden van haar oprijlaan en helemaal rond het kleine
lapje grond. Na tien jaar was hij nog steeds niet erg hoog, maar wel dik
en stevig, altijd goed in de bladeren en bood op die manier een prima
beschutting aan de vogels.

Binnen deze heg plantte ze bomen. In het oosten coniferen. Niet haar
favorieten, maar ze groeiden snel en waren goed om de ergste wind weg
te houden. In het westen, over de beek hangend, groeiden knoestige
vlierbomen, wilgen en dubbele kersebomen. Aan het eind van de tuin
had ze de beplanting laag gehouden, om het uitzicht te bewaren. Azalea's groeiden daar en vijfvingerkruid, met in de lente hoopjes bloem-
bollen tussen het ruige gras.

Er waren twee boogvormige bloemperken, een met kruidachtige gewassen en een gevuld met rozen; daartussenin lag een gazon van flinke
afmetingen. Het glooide en was lastig om te maaien. Violet had een
elektrische grasmaaier gekocht, maar Edmund – die zich er weer mee
bemoeide – was bang dat zij het snoer zou doorklieven en zich aldus
zou elektrokuteren. Hij had het zo geregeld dat Willy Snoddy eens per
week zou komen helpen om die klus voor haar te doen. Violet wist heel
goed dat Willy veel minder capabel was dan zijzelf bij het hanteren van
ingewikkelde apparatuur, maar ze ging akkoord met de regeling omdat
het de weg van de minste weerstand was. Om de zoveel tijd kwam
Willy, geveld door een moordende kater, niet opdagen en dan maaide
Violet, heel tevreden en efficiënt, het gras zelf.

Maar ze vertelde Edmund niet dat ze dit deed.

Wat het huis betreft, dit had een gedaanteverwisseling ondergaan. Ze had het van voor naar achteren ondersteboven gehaald en alle kamers die te klein waren of de verkeerde verhoudingen hadden, uitgebroken. Nu lag de hoofdingang op het noorden en de oude voordeur was vervangen door een glazen tuindeur, die vanuit haar zitkamer rechtstreeks op de tuin uitkwam. De betonnen trap had ze gesloopt en op die plaats stond nu een halfcirkelvormige trap, gebouwd van oude stenen die gered waren van een ingestorte dijk. Aubrietia en geurige tijm groeiden uit spleten tussen de stenen en roken heerlijk als men erop stapte.

Na enig nadenken vond Violet dat ze de grauwe kleur van de stenen muren van Pennyburn niet verdragen kon en dus liet ze ze allemaal bepleisteren en wit verven. Ramen en deurposten waren zwart geschilderd, wat het aangezicht van het huis een verfrissend en nuchter aanzien gaf. Om dit te verfraaien had ze een blauweregen geplant, maar na tien jaar was hij nauwelijks tot haar schouder gegroeid. Tegen de tijd dat hij het dak bereikte, was ze waarschijnlijk dood.

Op je zevenenzeventigste deed je er misschien beter aan het bij eenjarige zaaibloemen te houden.

Het enige wat eraan ontbrak was een serre. Die op Balnaid was tegelijk met het huis gebouwd. De bouw hiervan was te danken aan de vasthoudendheid van Violets moeder, Lady Primrose Akenside, een vrouw die niet echt verslaafd was aan het buitenleven. Het was Lady Primrose's mening dat, indien je dan gedwongen was om in de wildernis van Schotland te wonen, een serre absoluut onontbeerlijk was. Nog afgezien van het feit dat het handig was om het huis te kunnen voorzien van kamerplanten en druiven, was het een plek om te zitten als de zon scheen en de wind toch ijzig waaide. Zulke dagen, zo wist iedereen, kwamen met verbazende regelmaat voor tijdens de winter-, lente- en herfstmaanden. Maar Lady Primrose bracht een flink deel van haar tijd ook 's zomers in haar serre door, waar ze haar vrienden ontving en bridge speelde.

Violet had om minder sociale redenen van de serre op Balnaid gehouden; ze genoot van de warmte, de vredigheid, de geur van vochtige aarde en varens en fresia's. Als het weer te guur was om de tuin te doen, kon je altijd een beetje rondscharrelen in de serre. En welke plek was beter om na de lunch te gaan zitten en de kruiswoordpuzzel van *The Times* op te lossen?

Ja, dat miste ze, maar na lang wikken en wegen had ze besloten dat Pennyburn te klein en te bescheiden was voor zo'n buitenissige uitbreiding. Het zou het huis pretentieus en belachelijk maken en ze was niet van plan haar nieuwe huis zo'n vernedering te doen ondergaan. En het was nauwelijks een ontbering om in haar beschutte en zonnige tuin te zitten en een poging te doen om het kruiswoordraadsel daar op te lossen.

Ze was nu in haar tuin en had de hele middag buiten gewerkt, bezig met het bij elkaar binden van herfstasters voordat de herfststormen zouden beginnen en ze om zouden waaien. Het was een dag om aan de herfst te denken. Niet koud maar fris, met een bepaalde geur in de lucht, iets verkwikkends. De boeren waren aan het oogsten en het gerommel in de verte van dorsmachines in de grote velden vol gerst, hoorde bij het seizoen en was wonderlijk geruststellend. De lucht was blauw maar vol drijvende wolken die uit het westen kwamen aanwaaien. Een knipperdag noemden de oude buitenmensen dat, als de zon telkens verscheen en weer verdween.

In tegenstelling tot veel mensen was Violet niet rouwig om het verdwijnen van de zomer en het vooruitzicht van een lange donkere winter. 'Hoe kun je het verdragen om in Schotland te wonen?' werd er soms aan haar gevraagd. 'Het weer is zo onvoorspelbaar, zoveel regen, zo koud.' Maar Violet wist dat ze nergens anders zou kunnen wonen en ze verlangde er nooit naar weg te gaan. Toen Geordie nog leefde, hadden ze veel gereisd samen. Ze hadden Venetië verkend en Istanboel, door de musea van Florence en Madrid gelopen. Ze hadden een keer een archeologische cruise naar Griekenland gemaakt; een andere keer waren ze door de Noorse fjorden gezeild, naar de Noordpoolcirkel en de middernachtzon. Maar zonder hem had ze geen drang meer om naar het buitenland te reizen. Ze gaf er de voorkeur aan hier te blijven, waar ze haar wortels had, omgeven door het landschap dat ze had gekend sinds ze een kind was. Wat het weer betrof, het liet haar onverschillig. Ze gaf er niet om of het nu vroor of sneeuwde of waaide of regende of snikheet was, vooropgesteld dat ze naar buiten kon en er deel aan kon hebben. Dit was te zien aan haar gelaat, verweerd en vol lijnen als het gezicht van een oude boer. Maar dan nog, wat deden een paar rimpels er op je zevenenzeventigste toe? Een kleine prijs om te betalen voor een energieke en actieve oude dag.

Ze duwde de laatste staak erin, draaide het laatste stuk draad eromheen. Klaar. Ze stapte achteruit het gras op om haar werk te bewonderen. Je zag de stokken, maar als de herfstasters eenmaal wat dikker waren geworden, zouden ze aan het zicht onttrokken zijn. Ze keek op haar horloge. Bijna half vier. Ze zuchtte. Het was altijd met tegenzin dat ze met tuinieren stopte en naar binnen ging. Maar ze trok haar handschoenen uit en liet ze in haar kruiwagen vallen. Ze verzamelde haar gereedschap, de laatste paar stokken, de trommel met draad en kruide alles rond het huis naar haar garage, waar alles netjes opgeborgen werd tot de volgende werkdag.

Toen ging ze, door de keukendeur, het huis binnen, ontdeed zich van haar rubberlaarzen en hing haar jack op aan een haak. In de keuken vulde ze de elektrische ketel en zette die aan om water te koken. Ze dekte een dienblad met twee kopjes en schotels, een melkkan, een suikerpot en een schaal met chocoladekoekjes. Virginia at nooit iets bij de thee, maar Violet was niet afkerig van een klein hapje.

Ze ging naar boven naar haar slaapkamer, waste haar handen, vond een paar schoenen, fatsoeneerde haar haar, deed wat poeder op haar glimmende neus. Terwijl ze hiermee bezig was, hoorde ze de auto de heuvel opkomen en de oprijlaan indraaien. Een moment later volgde het slaan van het portier, haar eigen voordeur die openging en Virginia's stem.

'Vi!'

'Kom eraan.'

Ze deed haar parelsnoer goed, verschikte een losgeraakte pluk haar en ging naar beneden. Haar schoondochter stond in de hal te wachten; haar lange benen in een ribbroek en een leren jack om haar schouders. Ze had een nieuw kapsel, zag Violet, vanaf haar voorhoofd naar achteren gekamd en in de nek vastgemaakt met een gestrikt lint. Ze zag er, als altijd, sportief en elegant uit en gelukkiger dan Violet haar sinds lang had gezien.

'Virginia. Wat fijn om je weer thuis te hebben. En wat zie je er chic uit. Je haar zit leuk.' Ze kusten elkaar. 'Heb je het in Londen laten doen?'

'Ja. Ik dacht, misschien is het tijd om mijn uiterlijk eens te veranderen.' Ze keek om zich heen. 'Waar is Henry?'

'Hij is weg, fretten met Willy Snoddy.'

'O, Vi.'

'Het is in orde. Hij is over een half uur thuis.'

'Dat bedoelde ik niet. Ik vroeg me af waarom hij zijn tijd doorbrengt met die oude onverlaat?'

'Nou, er zijn geen kinderen om mee te spelen omdat ze allemaal op school zitten. En hij raakte aan de praat met Willy toen hij deze week het gras kwam maaien. Willy nodigde hem uit om mee te gaan jagen met de fretten. Hij scheen erg happig te zijn om te gaan, dus zei ik dat hij mee mocht. Je keurt het toch niet af?'

Virginia lachte en schudde haar hoofd. 'Nee, natuurlijk niet. Het komt alleen wat onverwacht. Denk je dat Henry beseft wat fretten inhoudt? Het is nogal een bloeddorstige toestand.'

'Ik heb geen idee. We zullen het ongetwijfeld allemaal horen als hij terugkomt. Willy zorgt ervoor dat hij op tijd is, dat weet ik.'

'Ik dacht altijd dat jij van mening was dat die oude dronkaard zo onbetrouwbaar was.'

'Hij zou het niet durven om zijn belofte aan mij te breken en hij drinkt 's middags nooit. Nu, hoe is het met jou? Heb je het leuk gehad?'

'Geweldig. Hier... Ze stopte een plat pakje, indrukwekkend ingepakt, in Violets handen. 'Ik heb een cadeautje voor je meegebracht uit de grote stad.'

'Liefje, dat had je niet hoeven doen.'

'Het is om je te bedanken dat Henry bij je mocht logeren.'

'Ik vond het heerlijk om hem hier te hebben. Maar hij verlangt ernaar om jou te zien en naar Balnaid te gaan. Lang voor het ontbijt vanochtend had hij zijn spullen al ingepakt en was hij klaar om te gaan. Welnu, ik wil alles van je horen. Kom mee en laten we het cadeautje openmaken.'

Zij ging voor naar de zitkamer en maakte het zichzelf gemakkelijk in haar leunstoel bij de open haard. Het was heerlijk om even te kunnen zitten. Virginia zette zich op de leuning van de sofa en keek toe. Violet maakte de strik los en haalde het papier eraf. Er kwam een platte doos, oranje en bruin, te voorschijn. Ze tilde het deksel op. Binnenin lag opgevouwen en zijdeachtig onder laagjes dun papier een prachtige sjaal van Hermès.

'O, Virginia. Dat had je niet moeten doen.'

'Je hebt het verdiend.'

'Maar om Henry hier te hebben was een feest.'

'Ik heb voor hem ook een cadeautje meegenomen. Het ligt in de auto. Ik dacht dat hij het hier kon openmaken, voor ik hem mee naar huis neem.'

De sjaal was helemaal roze en blauw en groen. Net iets om die grijze wollen jurk mee op te fleuren. 'Ik kan je niet genoeg bedanken – Ik ben er echt heel blij mee. En nu...' Ze vouwde de sjaal op, legde hem terug in de doos en legde hem weg. 'Laten we een kop thee drinken, dan kun je me over alles vertellen wat er in Londen is gebeurd. Ik wil alle details horen...'

'Wanneer ben je teruggekomen?'

'Gisteravond, met een lijnvlucht. Edmund haalde me af van Turnhouse, we gingen Edinburgh in en dineerden bij Rafaelli. En daarna zijn we naar Balnaid gereden.'

'Ik hoop,' – Violet keek Virginia recht in de ogen – 'dat jullie je tijd samen benut hebben om jullie problemen uit te praten.'

Virginia had de deugd om beschaamd te kijken. 'O, Vi. Was het dan zo duidelijk te merken?'

'Je moest wel blind zijn om het niet te zien. Ik heb niets gezegd, maar je moet je realiseren dat het erg verontrustend is voor Henry als het niet goed gaat tussen jou en zijn vader.'

'Heeft Henry er met jou over gepraat?'

'Ja, dat heeft hij. Hij is erg overstuur. Ik denk dat hij het al erg genoeg vindt om naar Templehall te gaan, maar dat jij en Edmund elkaar naar de keel vliegen, is meer dan hij kan verdragen.'

'We zijn elkaar nou niet bepaald naar de keel gevlogen.'

'IJzige beleefdheid is bijna erger.'

'Ik weet het. En het spijt me. Edmund en ik hebben het bijgelegd. Daarmee bedoel ik niet dat er iets veranderd is. Edmund komt niet terug op zijn beslissing en ik denk nog steeds dat het een verschrikkelijke vergissing is. Maar we hebben tenminste een wapenstilstand gesloten.' Ze glimlachte en stak een slanke pols uit waaraan een grote gouden armband hing. 'Tijdens het diner gaf hij me dit. Het is een welkomstgeschenk. Dus zou ik wel erg lomp zijn als ik bleef mokken.'

'Dat is een grote opluchting. Ik ben erin geslaagd Henry te overtuigen dat jullie weer verstandig zouden worden en weer vrienden zouden zijn. En ik ben jullie beiden dankbaar, want nu heb ik het gevoel dat ik hem niet laat zakken. Hij heeft veel vertrouwen nodig, Virginia. En veel bescherming.'

'O, Vi, denk je dat ik dat niet weet?'

'En er is nog iets. Hij is erg ongerust over Edie. Hij is bang voor Lottie. Hij denkt dat Lottie Edie op de een of andere manier kwaad kan doen.'

Virginia fronste. 'Heeft hij dat gezegd?'

'We hebben erover gepraat.'

'Denk je dat hij gelijk heeft?'

'Kinderen zijn ontvankelijk. Net als honden. Ze herkennen het kwaad waar wij het misschien niet zien.'

'Het kwaad is wel een groot woord, Vi. Ik weet dat ze me rillingen bezorgt, maar ik heb me altijd voorgehouden dat ze gewoon een ongevaarlijke dwaas is.'

'Ik weet het echt niet,' zei Violet. 'Maar ik heb Henry beloofd dat we allemaal een oogje in het zeil zullen houden. En als hij er met jou over praat, moet je naar hem luisteren en proberen hem gerust te stellen.'

'Natuurlijk.'

'Goed dan.' Nu deze noodzakelijke gedachtenwisseling achter de rug was, stuurde Violet de conversatie in een wat vrolijker richting. 'Vertel me over Londen. Heb je een jurk gekocht? En wat heb je nog meer gedaan? Heb je Alexa gezien?'

'Ja.' Virginia leunde voorover om haar kopje nog eens bij te schenken uit de theepot. 'Ja, ik heb een jurk gekocht en ja, ik heb Alexa gezien. Daar wilde ik met je over praten. Ik heb het al aan Edmund verteld.'

Violet schrok. Wat was er in hemelsnaam nu weer aan de hand?

'Maakt ze het goed?'

'Beter dan ooit.' Virginia leunde achterover in haar stoel. 'Er is een man in haar leven.'

'Heeft Alexa een vriend? Maar dat is geweldig nieuws! Ik begon al te denken dat er nooit iets opwindends met dat lieve kind zou gebeuren.'

'Ze wonen samen, Vi.'

Even bleef Violet stil. Toen: '*Wonen samen?*'

'Ja. En ik klap hiermee niet uit de school. Ze heeft me nadrukkelijk gevraagd om het aan jou te vertellen.'

'En waar wonen ze samen?'

'In Ovington Street.'

'Maar...' Violet zocht zenuwachtig naar woorden. 'Maar... hoelang is dat al gaande?'

'Ongeveer twee maanden.'

'Wie is hij?'

'Hij heet Noel Keeling.'

'Wat doet hij voor de kost?'

'Hij zit in de reclame.'

'Hoe oud is hij?'

'Ongeveer mijn leeftijd. Knap. Erg charmant.'

Ongeveer Virginia's leeftijd. Een afschuwelijke gedachte kwam bij Violet op. 'Ik hoop niet dat hij al getrouwd is.'

'Nee. Een erg begerenswaardige vrijgezel.'

'En Alexa...?'

'Alexa straalt van geluk.'

'Denk je dat ze gaan trouwen?'

'Ik heb geen idee.'

'Is hij lief voor haar?'

'Ik denk van wel. Ik heb hem maar heel even gezien. Hij kwam thuis van kantoor en we hebben samen iets gedronken. Hij had bloemen voor Alexa meegenomen. Hij wist niet dat ik daar zou zijn, dus kocht hij ze niet om indruk op mij te maken.'

Violet zweeg, ze probeerde deze verbluffende onthulling te verwerken. Ze woonden samen. Alexa woonde met een man. Een bed delend, een leven delend. Ongetrouwd. Ze was het er niet mee eens, maar ze kon haar mening maar beter voor zich houden. Het enige wat er toe deed, was dat Alexa zou weten dat zij haar allemaal zouden steunen, wat er ook mocht gebeuren.

'Wat zei Edmund toen je het hem vertelde?'

Virginia haalde haar schouders op. 'Niet veel. Hij is zeker niet van plan om naar Londen te vliegen met een geladen geweer. Maar ik denk dat hij bezorgd is, al was het alleen maar omdat Alexa een tamelijk rijk meisje is... ze heeft dat huis en ze heeft het geld dat ze van Lady Cheriton erfde. Wat, zoals Edmund benadrukte, niet weinig is.'

'Is hij bang dat deze jongeman op haar geld uit is?'

'Het is een mogelijkheid, Vi.'

'Jij hebt hem ontmoet. Wat denk je van hem?'

'Ik vond hem aardig...'

'Maar je hebt bedenkingen?'

'Hij is zo knap. Zelfverzekerd. Zoals ik zei, charmant. Ik ben er niet zeker van of ik hem wel vertrouw...'

'O hemel.'

'Maar dat zeg ik maar. Ik kan het helemaal mis hebben.'

'Wat kunnen wij doen?'

'Wij kunnen niets doen. Alexa is eenentwintig, ze moet haar eigen beslissingen nemen.'

Violet wist dat dit waar was. Maar Alexa... zo ver weg. In Londen.

'Als we hem nu maar konden ontmoeten. Dat zou alles tot de juiste proporties terugbrengen.'

'Ik ben het helemaal met je eens en je zult hem ontmoeten.' Violet wierp een blik op haar schoondochter en zag dat ze glimlachte, ze zag er zo tevreden uit als de poes die net van de melk heeft gesnoept. 'Ik ben bang dat ik mijn neus erin gestoken heb alsof ik hun moeder was. Ik heb met alletwee gepraat en ze stemden ermee in naar het noorden te komen voor het feest van de Steyntons. Ze zullen op Balnaid logeren.'

'O, wat een slim plan!' Violet had Virginia kunnen zoenen, zo opgetogen was ze. 'Wat ben je toch een geweldige meid. De beste manier om het te regelen, zonder al te veel ophef te maken.'

'Dat dacht ik ook. En Edmund vindt het goed. Maar we moeten doen alsof er niets bijzonders aan de hand is, tactvol zijn en nuchter. Geen suggestieve blikken of betekenisvolle opmerkingen.'

'Je bedoelt dat ik niets moet zeggen over een huwelijk?'

Virginia knikte. Violet dacht hierover na. 'Ik zou het niet gedaan hebben, weet je. Ik ben heus modern genoeg om te weten wanneer ik mijn mond moet houden. Maar door samen te wonen, scheppen jonge mensen zulke moeilijke situaties voor zichzelf. En ze maken het zo lastig voor ons. Als we te veel aandacht geven aan die jongeman, zal hij denken dat hij onder druk wordt gezet en zal hij zich terugtrekken en Alexa's hart breken. En als we hem niet genoeg aandacht geven, zal Alexa denken dat we hem niet mogen en dan zal dàt haar hart breken.'

'Daar zou ik niet zo zeker van zijn. Ze is een stuk volwassener geworden. Ze heeft veel meer zelfvertrouwen. Ze is veranderd.'

'Ik kan het niet verdragen als ze gekwetst wordt. Niet Alexa.'

'Ik ben bang dat we haar niet langer kunnen beschermen. Deze affaire is al te ver heen.'

'Ja,' zei Violet, die zich enigszins berispt voelde. Dit was niet het moment voor bezorgde gevoelens. Als ze van enig nut voor wie dan ook wilde zijn, dan moest ze verstandig blijven. 'Je hebt volkomen gelijk. We moeten allemaal...'

Maar er was geen tijd voor meer. Ze hoorden de voordeur opengaan en dichtslaan. 'Mammie!'

Henry was terug. Virginia zette haar kopje neer en sprong overeind, Alexa vergetend. Ze spoedde zich naar de deur, maar Henry was er als eerste, binnenstormend, met rode wangen van de opwinding en de inspanning van het tegen de heuvel oprennen.

'Mammie!'

Ze opende haar armen en hij wierp zich er met heel zijn gewicht in.

19

Aan Edmund werd tijdens etentjes vaak gevraagd of hij het voortdurend heen en weer reizen tussen Edinburgh en Strathcroy niet als een
bijna ondraaglijke last ervoer, iedere ochtend en avond van de week die
hij werkend in Edinburgh doorbracht. Maar de waarheid was dat de
afstand die hij aflegde Edmund koud liet. Naar huis gaan naar Balnaid
en zijn gezin was belangrijker dan de niet geringe inspanning die het
met zich meebracht, en alleen een laat zakendiner in Edinburgh, een
vroege vlucht die hij moest halen of onbegaanbare wegen in de winter
konden hem in de stad houden en hem dwingen de nacht in zijn flat in
Moray Place door te brengen.
Bovendien hield hij ervan om auto te rijden. Zijn auto was zowel snel
als veilig en de snelweg, dwars over de rivier de Forth en door het graafschap Fife naar Relkirk, kende hij inmiddels als zijn broekzak. Eenmaal door Relkirk, zat hij op landwegen die hem dwongen tot een
voorzichtiger snelheid, maar zelfs dan nam de reis zelden meer dan een
uur in beslag.
Hij gebruikte deze tijd om een dag vol stress en inspanning van zich af te
zetten en in plaats daarvan zijn gedachten te concentreren op de vele
andere, maar evenzeer boeiende facetten van zijn drukke bestaan.
's Winters luisterde hij naar de radio. Niet het nieuws of de politieke
discussies... hij had genoeg van beide tegen de tijd dat hij eindelijk zijn
bureau kon opruimen en alle vertrouwelijke documenten weg kon bergen... maar naar Radio Three, klassieke concerten en erudiete hoorspe-
len. Voor de rest van het jaar, als het langer licht was en hij niet meer de
reis in het donker maakte, ontspande hij zich door het simpelweg kijken naar het ontluikende jaargetijde op het platteland. Het ploegen,
het zaaien, het groen worden van de bomen, de eerste lammetjes in de
wei, de gewassen die een gouden glans kregen, de frambozenplukkers
tussen de lange rijen stokken, de oogst, de herfstbladeren, de eerste
sneeuw.
Ze waren nu aan het oogsten, op deze zachte, winderige avond. Een
zowel vredig als spectaculair schouwspel. Weilanden en akkers werden
overspoeld door grillig zonlicht, maar de lucht was zo helder dat iedere
rots en elk dal in de verre heuvels zichtbaar was. Het licht weerkaatste
tegen de toppen van de heuvels en de rivier die langs de weg liep, glinsterde en schitterde; en door de onbegrensde lucht scheerden wolken.
Het was lang geleden dat hij zich zo tevreden had gevoeld. Virginia was

weer terug, bij hem teruggebracht. Het cadeau dat hij haar had gegeven, kwam het dichtst in de buurt van een verontschuldiging voor de dingen die hij had gezegd op de dag van hun ruzie: dat zij Henry verstikte; dat zij hem uit egoïsme bij zich wilde houden; dat zij nooit aan iemand anders dacht dan aan zichzelf. Ze had de armband dankbaar en met liefde aanvaard en haar ondubbelzinnige plezier stond gelijk aan vergiffenis.

Gisteravond, na het etentje bij Rafaelli, had hij haar naar Balnaid gereden door een schemerig landschap onder de banier van een spectaculaire lucht, hardroze in het westen en gestreept met donkere houtskoolwolken, als door een reusachtige verfkwast geschilderd.

Ze waren thuisgekomen in een leeg huis. Hij kon zich niet herinneren wanneer dit voor het laatst was gebeurd en het maakte hun thuiskomst nog specialer. Geen honden, geen kinderen; alleen zij tweeën. Hij had zich bekommerd om de bagage, had toen twee maltwhisky's naar hun slaapkamer gebracht en zat op het bed en keek hoe zij haar koffers uitpakte. Er was geen haast, omdat het hele huis, de nacht, de zoete duisternis aan hen toebehoorde. Later nam hij een douche; Virginia ging in bad. Zij kwam naar hem toe, fris en geurend, en ze bedreven de meest hemelse en bevredigende liefde.

Hij wist dat de oorzaak van het conflict, het bot zoals hij dat noemde, nog steeds tussen hen in lag. Virginia wilde Henry niet verliezen en Edmund was vastbesloten dat hij moest gaan. Maar op dit moment waren ze opgehouden met snauwen, was het bot begraven en met een beetje geluk zou het vergeten raken.

Daarbij waren er andere goede dingen om naar uit te zien. Vanavond zou hij zijn kleine zoon weer zien na een week van scheiding. Er zou veel te vertellen zijn en veel om naar te luisteren. En dan, binnen een paar dagen, zou het september zijn, en zou Alexa haar jonge vriend meebrengen.

Virginia's nieuws over Alexa was bij hem als een bom ingeslagen; het verbaasde hem, maar hij was niet geschokt of afkeurend. Hij was buitengewoon gek op zijn dochter en herkende haar vele onvervalste kwaliteiten. Maar sinds een jaar of twee had hij, meer dan eens, stiekem gewenst dat zij eens de handen uit de mouwen stak en volwassen werd. Ze was eenentwintig en hij schaamde zich voor haar gebrek aan verfijning, haar verlegenheid, haar plompe figuur. Hij was eraan gewend omgeven te zijn door elegante en wereldse vrouwen (zelfs zijn secretaresse was een schoonheid) en hij haatte zichzelf om zijn eigen ongeduld en zijn ergernis om Alexa. Maar nu had ze helemaal op eigen kracht een man gevonden. En een knappe, als je Virginia mocht geloven.

Misschien moest hij strenger zijn. Maar hij had zich nooit kunnen vinden in het beeld van huisvader en hij was meer begaan met de menselijke kant van de situatie dan met de morele kant.

Zoals altijd wanneer hij met een dilemma werd geconfronteerd, nam hij zich voor te handelen naar eigen inzicht. Handel positief, maak geen plannen, verwacht niets. Het ergste wat er kon gebeuren, was dat Alexa gekwetst zou worden. Voor haar zou dat een nieuwe en ellendige ervaring zijn, maar ze zou er tenminste volwassener en hopelijk sterker uit te voorschijn komen.

Hij reed Strathcroy binnen terwijl de kerkklok zeven uur sloeg. Hij verheugde zich op zijn thuiskomst. De honden zouden er zijn, verlost uit hun hokken door Virginia; en Henry was in bad of aan zijn late middagmaal in de keuken. Hij zou naast Henry zitten die zijn vissticks of beefburgers, of wat hij dan ook voor verschrikkelijks had uitgekozen, verorberde. Hij zou luisteren naar alles wat Henry in die week had uitgespookt, ondertussen drinkend van een grote en sterke gin-tonic.
Wat hem eraan herinnerde dat er geen tonic meer was. In de voorraadkast was plotseling dit kostbare produkt opgeraakt en Edmund was van plan geweest ergens te stoppen en een krat te kopen voor hij Edinburgh verliet, maar hij was het vergeten. En dus reed hij voorbij de brug die naar Balnaid leidde, draaide het dorp in en stopte voor de supermarkt van de Pakistani.
Alle andere winkels waren allang dicht en hadden hun luiken gesloten, maar de Pakistani leken nooit te sluiten. Tot laat in de avond verkochten ze nog melk en brood, pizza's en diepgevroren kerrieschotels aan iedereen die maar wilde kopen.
Hij stapte de auto uit en ging de winkel binnen. Er waren nog meer klanten, maar zij vulden zelf hun ijzeren mandjes of ze werden geholpen door meneer Ishak. Vanachter de toonbank stond mevrouw Ishak met kuiltjes in haar wangen naar hem te lachen. Ze was een bevallige dame, met enorme koolzwarte ogen en op deze avond ging ze gekleed in botergele zijde, met een heel lichtgeel getinte zijden sjaal over haar hoofd en rond haar schouders gedrapeerd.
'Goedenavond, meneer Aird.'
'Goedenavond, mevrouw Ishak. Hoe maakt u het?'
'Met mij gaat het goed, dank u.'
'Hoe is het met Kedejah?'
'Ze kijkt televisie.'
'Ik hoorde dat ze een middag met Henry op Pennyburn heeft doorgebracht.'
'Dat is waar en, mijn god, ze kwam drijfnat thuis.'
Edmund lachte. 'Ze waren dammen aan het bouwen. Ik hoop dat u niet kwaad was.'
'Helemaal niet. Ze heeft het heel erg leuk gehad.'
'Ik wil wat tonic, mevrouw Ishak. Heeft u dat?'
'Maar natuurlijk. Hoeveel flessen heeft u nodig?'

'Vierentwintig?'

'Als u even wacht, dan haal ik ze uit het magazijn.'

'Dank u.'

Ze ging. Edmund wachtte geduldig op haar terugkomst. Een stem klonk achter hem.

'Meneer Aird.'

Het was zo dichtbij, net achter zijn schouder, dat hij schrok. Hij draaide zich met een ruk om en stond oog in oog met Edies nicht, Lottie Carstairs. Sinds ze bij Edie was komen wonen, had hij een paar keer een glimp van haar opgevangen als ze in het dorp aan het scharrelen was, maar hij had er de nodige moeite voor gedaan om geen aandacht te trekken, want hij wenste niet met haar geconfronteerd te worden. Nu leek het erop dat ze hem te pakken had en er geen ontsnappen meer aan was.

'Goedenavond.'

'Kent u mij nog?' Ze sprak bijna koket. Edmund vond er weinig aan om zo dicht in de buurt te zijn van haar bleke, bloedeloze huid en naar de sterke aanzet voor een snor op haar bovenlip te kijken. Haar haar had de kleur – en ongeveer de structuur – van staalwol en onder haar woeste wenkbrauwen waren haar ogen bruin als aalbessen, groot en nogal star. Afgezien van dit alles zag ze er redelijk normaal uit. Ze droeg een blouse en een rok, een lang, groen vest, parmantig opgesierd met een sprankelende broche en schoenen met hoge hakken waarop ze lichtjes wankelde, terwijl ze een gesprek met Edmund begon. 'Ik was vroeger bij Lady Balmerino, nu woon ik bij Edie Findhorn. Zag u in het dorp, maar nooit de kans gekregen een praatje te maken...'

Lottie Carstairs. Ze moest nu bijna zestig zijn en toch was ze niet erg veranderd sinds de dagen dat ze op Croy werkte en bij iedereen in huis een onuitgesproken ergernis en irritatie opwekte, door haar sluipende tred en haar gewoonte om altijd daar op te duiken waar ze niet gewenst of verwacht werd. Archie bezwoer dat ze aan sleutelgaten luisterde en hij gooide onophoudelijk deuren open in de verwachting Lottie erachter te treffen, op haar hurken en meeluisterend. 's Middags, herinnerde Edmund zich, droeg ze altijd een bruine wollen jurk met daaroverheen een mousseline schort gebonden. Het mousseline schort was niet Lady Balmerino's idee, maar kwam van Lottie. Archie zei dat dat was omdat ze er slaafs wilde uitzien. De bruine jurk had vlekken onder de oksels en een van de ergste dingen aan Lottie was haar geur.

De familie beklaagde zich luidruchtig en Archie eiste van zijn moeder dat ze iets aan de situatie zou doen. Of die verdomde vrouw ontslaan of haar een beetje persoonlijke beschaving bijbrengen. Maar die arme Lady Balmerino, met Archies bruiloft voor de deur, het huis gevuld met gasten en een feest gepland op Croy vanwege de grote dag, voelde zich niet sterk genoeg om haar dienstmeid te ontslaan. En ze was veel te goedhartig om Lottie bij zich te laten komen en haar ronduit te zeggen dat ze stonk.

Als ze daarover werd aangevallen, verweerde ze zich zwakjes.

'Ik moet iemand hebben om de kamers schoon te maken en de bedden op te maken.'

'Dan maken wij onze eigen bedden op.'

'Arm ding, ze heeft maar één jurk.'

'Nou, koop dan een nieuwe voor haar.'

'Misschien is ze zenuwachtig.'

'Niet te zenuwachtig om zich te wassen. Geef haar een stuk zeep.'

'Ik vraag me af of dat veel verschil zal maken. Misschien... met Kerstmis... dan zou ik haar wat talkpoeder kunnen geven...?'

Maar zelfs van dit bescheiden idee kwam niets terecht, want kort na de bruiloft liet Lottie het dienblad vallen en brak het Rockinghamservies en toen kwam Lady Balmerino er eindelijk toe haar te ontslaan. Tegen Kerstmis was Lottie weg van Croy. Nu, gevangen in meneer Ishaks winkel, vroeg Edmund zich af of zij nog steeds zo stonk. Hij was niet van plan een poging te doen om dit uit te vinden. Onopvallend schuifelde hij een paar stappen van haar vandaan.

'Ja,' zei hij, zo opgewekt en vriendelijk als hij maar kon. 'Natuurlijk herinner ik me u...'

'Die dagen op Croy! Het jaar dat Archie trouwde met Isobel. Mijn hemel, wat een tijden waren dat. Ik herinner me dat u uit Londen kwam voor de bruiloft en dat u de hele week bleef, om Lady Balmerino met van alles en nog wat te helpen. Dat lijkt lang geleden.'

'Ja.'

'En jullie allemaal zo jong. En de oude Lord en Lady Balmerino zo goed en vriendelijk. Croy is veranderd, hoor ik, en het is er niet beter op geworden. Maar ja, iedereen krijgt zijn portie te verduren. Het was een treurige dag toen Lady Balmerino overleed. Ze was altijd zo goed voor mij. Ze was ook goed voor mijn ouders. Mijn vader en moeder zijn overleden. Dat wist u toch? Ik had al eerder met u willen praten, maar op de een of andere manier liep ik u altijd mis in het dorp. En jullie allemaal zo jong. En Archie met zijn twee goede benen... stel je voor, zijn been eraf geschoten! Nooit zoiets belachelijks gehoord...'

O, mevrouw Ishak, kom gauw terug. Alstublieft, mevrouw Ishak, kom hier terug.

'... hoor alles van Edie, natuurlijk; ben erg bezorgd om Edie, ze is zo dik geworden, kan nooit goed zijn voor haar hart. En jullie allemaal zo jong. En die Pandora! Door het huis wervelend als een draaitol. Afschuwelijk zoals het met haar gegaan is, vindt u niet? Gek dat ze nooit thuiskwam. Altijd gedacht dat ze met Kerstmis thuis zou komen, maar nee. En ze was niet bij Lady Balmerino's begrafenis, nou, het spijt me, ik hou er niet van zulke dingen te zeggen, maar zoals ik het zie was het gewoonweg heidens. Maar ja, ze was altijd een beetje een onbetrouw-baar iemand... in meer dan een opzicht... u en ik weten dat, is het niet zo?'

Op dat moment barstte ze los in een hysterisch gelach en gaf Edmund een speelse, maar feitelijk behoorlijk pijnlijke por tegen zijn arm. Zijn onmiddellijke en instinctieve reactie was haar meteen terug te slaan, een flinke hoek, boem, recht op de punt van haar lange, nieuwsgierige neus. Hij stelde zich voor hoe die neus verfrommelde, in elkaar schoof als een harmonika, in haar gezicht. Hij stelde zich de koppen voor in de plaatselijke kranten. 'Landheer uit Relkirkshire valt dame uit Strath-croy in supermarkt aan.' Hij duwde zijn handen, de vuisten gebald, in zijn broekzakken.

'... en uw vrouw is in Londen geweest? Mooi. En de kleine jongen bij zijn oma. Heb hem een paar keer in de buurt gezien. Hij is magertjes, nietwaar?' Edmund voelde het bloed naar zijn wangen stijgen. Hij vroeg zich af hoelang hij het volhield zichzelf onder controle te houden. Hij kon zich niet herinneren dat iemand hem eerder had opgescheept met zo'n machteloze woede. '... klein voor zijn leeftijd, zou ik zeggen... niet sterk...'

'Het spijt me, meneer Aird, dat ik u zo lang heb laten wachten.' Het was mevrouw Ishaks zachte stem die eindelijk een eind maakte aan de vloed van Lotties dwaze venijn. Mevrouw Ishak, gezegend zij haar lieve hart, kwam hem redden met de krat tonic die ze voor zich uit droeg als een votiefoffer.

'O, dank u, mevrouw Ishak.' En geen moment te vroeg. 'Hier, laat mij dat van u overnemen. Hij verloste haar van haar zware last. 'Ik vraag me af, kunt u het op mijn rekening zetten?' Hij kon gemakkelijk con-tant betalen, maar wenste geen moment langer te blijven dan nodig was.

'Natuurlijk, meneer Aird.'

'Dank u.' De krat werd overgedragen. Met het gewicht veilig in zijn armen, draaide hij zich om om bij Lottie weg te gaan en te ontsnappen. Maar Lottie had verontrustend genoeg het hazepad gekozen en was weg. Plotseling was ze simpelweg verdwenen.

20

'Heeft ze altijd in Majorca gewoond, die tante van jou?'
'Nee. Ze zit hier pas sinds twee jaar. Daarvoor woonde ze in Parijs, daarvoor in New York en daarvoor in Californië,' zei Lucilla.
'Een zwerfkei.'
'Ja. Ik neem aan dat je haar zo zou kunnen noemen, behalve dat ze heel wat prachtig mos heeft verzameld.'
Jeff lachte. 'Wat voor type is het?'
'Ik weet het niet omdat ik haar nooit heb gezien. Tegen de tijd dat ik geboren werd, was ze weg, getrouwd met een immens rijke Amerikaan en wonend in Palm Springs. Voor mij was ze de meest wereldwijze vrouw ter wereld. Zo vals en geraffineerd als iemand uit een toneelspel van 1930, met mannen die als kegels voor haar vielen en ze was altijd schaamteloos extravagant. Ze ging ervandoor toen ze achttien was. Wat afschuwelijk dapper om zoiets te doen. Ik zou nooit het lef gehad hebben. En ze was heel mooi.'
'Zou ze nog steeds mooi zijn?'
'Waarom niet? Ze is tenslotte pas veertig en nog niet over haar hoogtepunt heen. Er hangt een portret van haar in de eetkamer op Croy. Het werd geschilderd toen ze ongeveer veertien was en zelfs toen was ze al een hele meid. Ook foto's, overal in huis, in lijstjes of in de oude albums die mijn grootvader met kiekjes placht te vullen. Ik was blij als het tijdens de middagen regende, want dan kon ik ze doorbrengen met het aandachtig bekijken van die oude albums. En als mensen over haar praatten, zelfs als ze eerst afkeurend waren omdat zij zo onnadenkend en gevoelloos tegenover haar ouders was geweest, herinnerden ze zich uiteindelijk altijd een of andere grappige anekdote over Pandora en dan werd er natuurlijk alleen maar gelachen.'
'Was ze verrast toen je haar belde?'
'Natuurlijk was ze dat. Maar prettig verrast, niet geschokt verrast. Zoiets merk je altijd. Eerst kon ze nauwelijks geloven dat ik het was. Maar toen zei ze gewoon: "Natuurlijk kun je komen. Zo vlug mogelijk. En blijf zo lang als je wilt." En ze legde me uit hoe we er moesten komen en hing op.' Lucilla glimlachte. 'Dus je ziet, we zitten voor ten minste een week goed.'
Ze hadden een auto gehuurd, een kleine Seat, de goedkoopste die ze konden krijgen, en waren nu een eind op weg dwars over het eiland, rijdend door vlak, sterk gecultiveerd landschap, met hier en daar een

groepje langzaam draaiende windmolens. Het was middag en de weg die voor hen lag, glinsterde in de hitte. Aan hun linkerkant, ver weg en wazig, verrees een keten onbegaanbaar ogende bergen. Aan de andere kant, ergens uit het zicht, lag de zee. Voor de frisse lucht hadden ze alle ramen van de auto geopend, maar de wind was verzengend, stoffig en erg droog. Jeff stuurde, Lucilla zat naast hem en hield het stukje papier vast waarop ze de aanwijzingen had neergekrabbeld die Pandora haar door de telefoon had opgegeven.

Ze was die ochtend met Jeff aangekomen met een boot uit Ibiza en had Pandora opgebeld vanuit Palma. Ze hadden een week op Ibiza doorgebracht, logerend bij Jeffs vriend, Hans Bergdorf. Hans was een kunstschilder en zijn huis was moeilijk te vinden geweest, gesitueerd als het was op de hoogste top van de oude stad, binnen de antieke muren van de vestingstad. Toen ze het eindelijk hadden ontdekt, bleek het erg pittoresk. Het had dikke witgeschilderde muren, maar het was ongelooflijk primitief. Vanaf het overhangende balkon had je een uitzicht over de gehele oude stad, de nieuwe stad, de haven en de zee, maar zelfs dit genoegen woog nauwelijks op tegen het feit dat al het kookwerk gedaan moest worden op een klein gasstelletje en dat het enige stromende water uit die ene koude kraan kwam. Met als gevolg dat zowel Jeff als Lucilla erg vies waren, om niet te zeggen stinkend smerig en de uitpuilende rugzakken, opgestapeld op de achterbank van de auto, waren volgestouwd met onappetijtelijke, vuile en bezwete kleren. Lucilla, nooit een meisje dat tijd verdeed met zich zorgen maken over haar uiterlijk, was beginnen te fantaseren over het wassen van haar haar en Jeff had van narigheid zijn baard laten staan. Die was blond als zijn hoofdhaar, maar ongelijk en verwilderd en hij zag er eerder uit als een schooier dan als een Viking. In feite maakten ze samen zo'n onrespectabele indruk, dat het een wonder was dat de man van het autobedrijf erin toegestemd had hun de Seat te verhuren. Lucilla had een zekere argwaan op zijn gezicht gezien, maar Jeff had een pak peseta's getrokken en met het geld contant en veilig in zijn hand, kon hij moeilijk weigeren.

Ze zei: 'Ik hoop dat Pandora een wasmachine heeft.'

'Ik hou het op een zwembad.'

'Je kunt je kleren niet in een zwembad wassen.'

'Zullen we wedden?'

Lucilla staarde uit het geopende autoraam. Ze zag dat ze de bergen waren genaderd en dat het landschap weelderiger werd. Er stonden naaldbomen en de geur van warme hars waaide door de open ramen samen met het stof. Ze kwamen op een kruispunt, de aansluiting op een andere grote weg. Ze stopten om het verkeer te laten passeren. Op een verkeersbord stond te lezen 'Puerto del Fuego'.

'Nou, we zitten op de goede weg. Wat komt er nu?'

'We nemen de weg naar Puerto del Fuego, maar we moeten na een paar kilometer linksaf. Het is een kleine weg en er staat een bordje met 'Cala San Torre' erop.' Er kwam minder verkeer voorbij. Jeff waagde het erop en passeerde omzichtig het kruispunt. 'Als we in de haven uitkomen, zijn we te ver gegaan.'

'Dat spreekt.'

Ze kon de zee nu ruiken. Huizen kwamen in zicht, een nieuw appartementenblok, een garage. Ze passeerden een manege met een miezerige wei waarop trieste, magere paarden op zoek waren naar wat gras.

'Och, arme dieren,' zei de gevoelige Lucilla, maar Jeff had alleen aandacht voor de weg die voor hem lag.

'Daar is een bord. 'Cala San Torre'.'

'Dat is het!'

Ze verlieten de in de zon gestoofde vierbaansweg en zagen zich plotseling omringd door een groen en grazig landschap, geheel anders dan het vlakke, naakte landschap waar ze door waren gekomen. Parasoldennen wierpen hun schaduw over de weg, die bespikkeld werd met spatjes zon, en van de bouwvallige boerderijen kwam het tevreden gekakel van kippen en het gemekker van geiten.

'Het is plotseling heel mooi geworden,' merkte Lucilla op. 'O, kijk nou dat lieve kleine ezeltje.'

'Hou je ogen bij de kaart, kleine. Wat komt hierna?'

Gehoorzaam raadpleegde Lucilla haar aantekeningen. 'Nou, hierna is een heel scherpe bocht naar rechts en dan gaan we de heuvel op naar het laatste huis boven op de top.'

Na de volgende hoek kwamen ze bij de bocht. Jeff schakelde en nam de bocht. De Seat, die klonk alsof hij elk moment het kookpunt kon bereiken, beklom moeizaam het steile en bochtige weggetje. Er waren nog andere huizen, grote villa's, haast onzichtbaar achter gesloten poorten en bloeiende tuinen.

'Dit,' zei Lucilla, 'is wat makelaars een populaire buurt noemen.'

'Je bedoelt met snob-appeal.'

'Ik denk dat ik duur bedoel.'

'Dat denk ik ook. Je tante moet er warmpjes bij zitten.'

'Ze is in Californië gescheiden,' zei Lucilla en haar toon beduidde dat dit veelzeggend genoeg was.

Nog een paar honderd meter, nog een of twee haarspeldbochten en ze waren op hun plaats van bestemming. Casa Rosa. De naam, ingekerfd op sierlijke tegels, was in een hoge stenen muur gemetseld en duidelijk zichtbaar ondanks een deken van roze, bloesemende middagbloemen. Het hek stond open. Een omzoomde oprijlaan voerde omhoog naar een garage. Er stond een auto in de garage geparkeerd en een andere auto – een benijdenswaardige, donkerrode Mercedes – stond in de schaduw van een knoestige olijfboom. Jeff zette de motor af. Het was erg stil. Toen hoorde Lucilla het spatten van water, als van een fontein, en het verre, zachte geklingel van schapebellen. De bergen waren nu dichtbij, hun toppen bleek en kaal, de lagere hellingen zilverachtig van groepjes olijfbomen.

Ze stapten uit de auto, langzaam en dankbaar, en strekten hun zwete-rige ledematen. Zo hoog hierboven kwam er een briesje uit zee, koel en verfrissend. Lucilla keek om zich heen en zag dat de Casa Rosa op een steile rotswand lag, de vooringang bereikbaar via een trap. De treden van deze trap waren afgezet met blauwwitte tegels, en potten met gera-niums stonden als wachters helemaal tot aan de top. Daarbij was alles omstrengeld door een vloed aan paarse bougainville; er groeide hi-biscus en loodkruid en een struik azuurblauwe haagwinde. De lucht was zoet van bloemengeuren, vermengd met de vochtige lucht van pas besproeide aarde.

Het was allemaal zo verbazingwekkend, zo onvergelijkbaar met alles wat ze voorheen hadden ervaren, dat ze allebei een moment met stom-heid waren geslagen. Toen fluisterde Lucilla: 'Ik had geen idee dat het zo indrukwekkend zou zijn!'

'Nou, een ding is zeker, we kunnen hier niet de hele dag blijven staan.'

'Nee.' Hij had gelijk. Lucilla draaide zich om naar de trap en ging voor. Maar voordat ze de eerste tree had genomen, werd de stilte verbroken door het scherpe getik van hakjes, die zich op het terras boven hen voorthaastten.

'Lieverds!' Een figuur verscheen bovenaan de trap, de armen gastvrij uitgestrekt. 'Ik hoorde de auto. Jullie zijn er. En jullie zijn niet ver-dwaald. Wat slim, en wat perfect om jullie te zien.'

Lucilla's eerste indruk van Pandora was er een van krachteloze dun-heid. Ze zag er zo vluchtig uit, dat het leek alsof ze elk moment kon worden weggeblazen. Haar omarmen was alsof je een kleine vogel vasthield. Je wilde niet te hard knuffelen voor het geval ze in tweeën zou breken. Haar haar was hazelnootbruin, achterover gekamd van haar voorhoofd en het viel, in zachte krullen, op haar schouders. Lucilla ver-moedde dat Pandora haar haar sinds haar achttiende op deze manier had gedragen en nooit een reden had gezien het model te veranderen. Haar ogen waren donkergrijs, beschaduwd door zwarte wimpers, en haar gewelfde lippen vol en lief. Op haar rechterwang, net boven de hoek van haar bovenlip, zat een rond donker schoonheidsvlekje, te sexy om het een moedervlek te noemen. Ze droeg een wijde pyjama in het zelfde schitterende roze als de bloemen van de hibiscus en er hingen gouden kettinkjes rond haar nek en ze droeg gouden knopjes in haar oren. Ze rook... Lucilla kende dat parfum. Poison. Ze had het zelf wel eens uitgeprobeerd maar wist nooit of ze het nu lekker vond of niet. Nu ze het bij Pandora rook, was ze er nog steeds niet zeker van.

'Ik zou geweten hebben dat jij Lucilla was, zelfs als niemand het me verteld zou hebben. Je lijkt zo op Archie...' Het scheen haar niet eens op te vallen hoe onappetijtelijk ze eruitzagen, hun vuile afgeknipte broeken en groezelige T-shirts. En als het haar wel opviel, liet ze niet blijken dat ze er moeite mee had. 'En jij moet Jeff zijn...' Ze stak een hand met roze nagels uit. 'Wat heerlijk dat je met Lucilla kon meekomen.'

Hij nam haar hand in zijn eigen enorme klauw en, een beetje overweldigd door haar welkom en haar betoverende glimlach, zei hij: 'Fijn u te ontmoeten.'

Ze herkende zijn accent onmiddellijk. 'Jij bent een Australiër! Wat hemels. Ik geloof niet dat ik hier ooit eerder een Australiër heb gehad. Hadden jullie een akelige rit?'

'Nee. Helemaal niet. Alleen heet.'

'Jullie moeten wel snakken naar een drankje...'

'Zullen we onze spullen uit de auto halen...?'

'Dat kun je later doen. Eerst wat drinken. Kom mee, ik heb een vriend hier die jullie moeten ontmoeten.'

Lucilla schrok. Ze vond het niet erg voor Pandora, maar ze waren echt niet in een staat om aan gezelschap voorgesteld te worden. 'Pandora, we zijn verschrikkelijk smerig...'

'Ach hemeltje, dat doet er niet toe. Hij vindt het niet erg...' Ze draaide zich om, ging hen voor en ze hadden geen keus dan te volgen, over een lang, beschaduwd en fris terras, dat was gemeubileerd met wit rieten stoelen met botergele kussens en grote, blauw met wit porseleinen potten waarin palmen waren geplant. 'Hij kan niet erg lang blijven en ik wil dat jullie hem ontmoeten...'

Ze sloegen de hoek om van het huis en stapten, dicht achter Pandora's tikkende hakken, in het verblindende zonlicht. Lucilla verlangde naar haar zonnebril, achtergelaten in de auto. In een waas zag ze het wijde, open terras, beschaduwd door gestreepte zonneschermen en marmeren plavuizen. Lage treden leidden naar beneden in een grote tuin, vol bloeiende bomen en heesters. Er liep een geplaveid pad, met sierstenen die in een cirkel lagen rond een zwembad, zeegroen en toch zo helder als glas. Door er alleen maar naar te kijken, voelde Lucilla zich al koeler. Een luchtbed dobberde op het wateroppervlak, in beweging gehouden door de onderstroom van de waterzuivering.

Aan het uiterste eind van de tuin, half verscholen achter hibiscus, zag ze nog een huis, klein met één verdieping, maar met een eigen terrasje dat uitkeek op het zwembad. Het werd beschaduwd door een hoge Japanse sierden en voorbij de nok van het dak was er niets te zien dan de schaamteloos blauwe lucht.

'Hier zijn ze, Carlos, veilig aangekomen. Mijn aanwijzingen kunnen niet zo verwarrend zijn geweest als we vreesden.' Boven aan de treden, in de schaduw van een luifel, stond een lage tafel. Hierop een blad met glazen en een grote kruik. Een asbak, een zonnebril, een pocketboek. Nog meer rieten stoelen met gele kussens stonden in het rond en terwijl ze naderden, stond een man op uit een van deze stoelen en bleef glimlachend wachten tot hij voorgesteld zou worden. Hij was lang, had donkere ogen en was erg knap. 'Lucilla, lieverd, dit is mijn vriend Carlos Macaya. Carlos, dit is Lucilla Blair, mijn nichtje. En Jeff...?'

'Howland,' hielp Jeff haar.

'Hij is een Australiër. Is dat niet opwindend? Welnu, laten we gaan zitten en een zalig drankje nemen. Dit is ijsthee, maar ik kan Seraphina vragen iets sterkers te brengen als jullie willen. Een cola misschien? Of wijn?' Ze begon te lachen. 'Of champagne? Een heel goed idee. Maar wellicht een beetje vroeg op de dag. Laten we de champagne bewaren tot later.'

Ze zeiden dat ijsthee prima was. Carlos schoof een stoel aan voor Lucilla en ging toen naast haar zitten. Maar Jeff, die zich als een hagedis in de zon kon koesteren, leunde over de balustrade van het terras en Pandora ging naast hem staan, zwaaide met haar benen en liet een hooggehakte sandaal aan een teen bungelen.

Carlos Macaya schonk ijsthee in en overhandigde Lucilla haar glas.

'Komen jullie van Ibiza?'

'Ja, we zijn vanmorgen aangekomen, met de boot.'

'Hoelang waren jullie daar?' Zijn Engels was perfect.

'Een week. We logeerden bij een vriend van Jeff. Het was een heerlijk huis maar vreselijk primitief. Vandaar dat we er zo smerig uitzien. Want dat zijn we. Het spijt me.'

Hij gaf hier geen commentaar op; glimlachte slechts op een begrijpende manier. 'En vóór Ibiza?'

'Ik was in Parijs. Daar heb ik Jeff ontmoet. Ik had eigenlijk kunstschilder moeten worden, maar er was zoveel te zien en zoveel te doen, dat ik niet veel bereikt heb.'

'Parijs is een prachtige stad. Was het je eerste bezoek?'

'Nee, ik was er een keer eerder. Ik heb er een tijdje als au pair doorgebracht, om de taal te leren.'

'En hoe ben je van Parijs naar Ibiza gekomen?'

'We waren van plan te gaan liften, maar uiteindelijk zijn we per bus gereisd. We hebben in etappes gereisd en overnacht in *gîtes*, en de tijd genomen om een beetje rond te kijken. Kathedralen en wijnkelders – dat soort dingen.'

'Je hebt je tijd niet verdaan.' Hij wierp een blik op Pandora, die druk aan het kletsen was met Jeff, die haar aandachtig bekeek, alsof ze een onbekende diersoort was die hij nog nooit eerder gezien had. 'Pandora vertelde me dat dit de eerste keer is dat jullie elkaar ontmoeten.'

'Ja.' Lucilla aarzelde. Deze man was waarschijnlijk Pandora's huidige minnaar, wat betekende dat het nu de tijd noch de plaats was om uit te weiden over Pandora's vroege weglopen van huis en de daaropvolgende levensstijl.

'Ze zat altijd in het buitenland, ziet u. Ik bedoel, ze heeft altijd in het buitenland gewoond.'

'En Schotland is jouw thuis?'

'Ja. In Relkirkshire. Daar wonen mijn ouders.' Er viel een korte stilte. Ze nam een slok ijsthee. 'Bent u ooit in Schotland geweest?'

'Nee, ik heb een paar jaar in Oxford gestudeerd, maar het kwam er nooit van om naar Schotland te gaan.'

'We willen altijd dat Pandora terugkomt en ons opzoekt, maar dat doet ze nooit.'

'Misschien houdt ze niet van de kou en de regen.'

'Het is niet altijd koud en regenachtig. Alleen zo nu en dan.'

Hij lachte. 'Hoe dan ook. Het is schitterend dat je gekomen bent om haar gezelschap te houden. En nu...' hij duwde zijn zijden manchet terug en keek op zijn horloge. Het was een mooi en ongewoon horloge, de cijfers gemarkeerd door kleine scheepswimpels, en zat om zijn pols aan een zwaar gouden armband. Lucilla vroeg zich af of Pandora het aan hem gegeven had. Misschien zeiden de wimpels wel 'Ik hou van jou' in scheepscode. '... is het tijd dat ik opstap. Ik hoop dat je mij wilt excuseren, maar ik heb werk te doen...'

'Natuurlijk...'

Hij stond op. 'Pandora, ik moet ervandoor.'

'O jé, wat jammer.' Ze deed haar sandaal goed en wipte van de balustrade. 'Geeft niets, je hebt tijd gehad om mijn gasten te ontmoeten. We gaan met je mee en laten je uit.'

'Je hoeft niet iedereen te storen.'

'Ze moeten toch hun bagage ophalen. Ze hunkeren ernaar om uit te pakken en te gaan zwemmen. Kom...' Ze pakte zijn arm.

En dus gingen ze allemaal mee naar de plaats waar zijn auto stond in de schaduw onder de olijfboom. Er werd afscheid genomen, hij drukte een kus op de rug van Pandora's hand en ging toen achter het stuur van de Mercedes zitten.

Hij startte de motor en Pandora stapte achteruit. Maar voor hij wegreed, zei hij: 'Pandora.'

'Ja, Carlos?'

'Zul je het me laten weten als je van gedachten verandert.'

Ze antwoordde niet onmiddellijk en schudde toen haar hoofd. 'Ik verander niet van gedachten,' zei ze.

Hij glimlachte, haalde berustend z'n schouders op, alsof het hem niet kon schelen. Hij zette de auto in beweging en liet hen met een laatste zwaai alleen; reed weg, door de hekken de heuvel af, uit het zicht. Ze stonden te wachten tot ze het geluid van de Mercedes niet langer konden horen. Alleen het gespetter van water uit die onzichtbare fontein, het geklingel van schapebellen.

Zul je het me laten weten als je van gedachten verandert?

Wat had Carlos aan Pandora gevraagd? Voor een moment speelde Lucilla met de gedachte dat hij haar een huwelijksaanzoek had gedaan, maar vrijwel meteen zette ze dit idee uit haar hoofd. Het was te prozaïsch voor zo'n verfijnd en aantrekkelijk stel. Waarschijnlijker was het dat hij had getracht haar over te halen met hem mee te gaan op een romantisch reisje, naar de Seychellen of de palmenstranden van Tahiti. Of misschien had hij haar gewoon mee uit dineren gevraagd en had zij geen zin.

Hoe dan ook, Pandora was niet van plan hen in te lichten. Carlos was weg en ze ging over tot meer praktische zaken, ze klapte kort in haar handen. 'Zo. Nu even zakelijk. Waar is jullie bagage? Is dat alles? Geen tassen, hutkoffers of hoededozen? Ik neem nog meer mee als ik voor één nacht wegga. Nu, kom mee...'

Ze liep de trap op, zette er flink vaart in en zij volgden haar weer, Lucilla droeg haar leren tas en Jeff sleepte met de twee uitpuilende rugzakken. 'Ik breng jullie onder in het gastenverblijf. Jullie kunnen het jezelf makkelijk maken en tamelijk onafhankelijk zijn. En 's morgens ben ik niet op m'n best, dus moet je voor je eigen ontbijt zorgen. De koelkast zit vol lekkers, er is koffie en de rest staat in de kast.' Ze waren nu terug op het terras. 'Redden jullie het?'

'Natuurlijk.'

'En dan dacht ik dat we om een uur of negen kunnen dineren. Gewoon iets kouds, want ik kan niet koken al zou ik het willen en Seraphina, mijn hulp, gaat elke avond naar huis. Maar ze zet alles voor ons klaar. Kom om half negen naar me toe en dan drinken we wat. Nu ga ik een tukje doen, dus laat ik jullie alleen om je weg te vinden en je te installeren. Later, vóór ik me verkleed voor het eten, ga ik misschien nog even zwemmen.'

Het beeld van Pandora, gekleed in een nog fantastischer dracht dan de roze, zijden pyjama, herinnerde Lucilla aan het ergerlijke probleem van hun kleren.

'Pandora, we hebben niets schoons om aan te trekken. Bijna alles is vies. Jeff heeft een schoon overhemd, maar het is niet gestreken.'

'O, liever, wil je iets lenen?'

'Een schoon T-shirt?'

'Natuurlijk, wat dom van me. Ik had het je moeten aanbieden. Een momentje.'

Ze wachtten. Ze verdween door de brede glazen schuifdeuren in wat waarschijnlijk haar slaapkamer was, en kwam bijna meteen terug met een nachtblauwe zijden blouse, overdekt met een regen van lovertjes. 'Neem deze, ze is huiveringwekkend vulgair, maar tamelijk grappig. Je mag haar houden als je wilt. Ik draag haar nooit.' Ze gooide en Lucilla ving haar. 'En nu gaan jullie ervandoor en je in je holletje ingraven. Als jullie iets nodig hebben, bel dan via de huistelefoon en Seraphina zal het jullie brengen.' Ze blies een kusje. 'Half negen. Tot dan.'

En ze was weg, Lucilla en Jeff aan hun eigen lot overlatend. Maar Lucilla aarzelde nog steeds, genietend van het vooruitzicht van wat er zou komen.

'Jeff, ik kan het niet geloven. We hebben een heel huis voor onszelf.'

'Waar wachten we dan op? Als ik niet binnen twee minuten in dat zwembad lig, plof ik uit elkaar.'

Lucilla ging eerst, de weg leidde de trap af en over de hele lengte van de tuin. Het kleine huis lag voor hen klaar. Ze liepen over het terras en openden de deur naar de zitkamer. De gordijnen waren gesloten en Lucilla trok ze open. Licht stroomde naar binnen en ze zag de kleine patio aan het uiterste eind, het overdekte lapje tuin.

'We hebben zelfs ons eigen plekje om te zonnebaden!'

Er was een open haard, gevuld met houtblokken. Er stonden een paar comfortabele stoelen, een blad met flessen en glazen, een tafel met nette stapeltjes tijdschriften en een wand met boekenplanken. Terwijl ze andere deuren openden, ontdekten ze twee tweepersoons slaapkamers en een badkamer van fantastische afmetingen.

'Dit is denk ik de fijnste slaapkamer. Het is in elk geval de grootste.' Jeff zette de rugzakken op de betegelde vloer en Lucilla schoof nog meer gordijnen opzij. 'We kunnen de zee van hieruit zien. Slechts een flard, een driehoekje, maar toch uitzicht op de zee.' Ze opende kastdeuren, zag een rij beklede hangertjes en rook lavendel. Ze hing de geleende blouse op een van de hangers in de lege kast.

Jeff had z'n gympen uitgedaan en was bezig z'n T-shirt uit te trekken. 'Je kunt huisje spelen zoveel je wilt. Ik ga zwemmen. Ga je mee?'

'Ik kom zo.'

Hij vertrok. Een moment later hoorde ze de plons toen hij een ferme duik nam en ze stelde zich de zachte weelde van het koele water voor. Maar straks. Nu wilde ze eerst verkennen.

Een nadere inspectie toonde aan dat Pandora's gastenverblijf in alle opzichten compleet was en Lucilla was vervuld van bewondering voor een dergelijke nauwgezette nadenkendheid en planning. Iemand... en wie anders dan Pandora?... had op een of andere manier gedacht aan alles wat een bezoeker zou willen of nodig had, van verse bloemen en prachtige nieuwe boeken tot extra dekens voor koude nachten en heetwaterkruiken voor eventuele bedorven magen. De badkamer was voorzien van alle soorten zeep, parfum, shampoo, aftershave, huidcrème en badschuim. Er waren dikke witte handdoeken en badmatten en, hangend aan de binnenkant van de deur, een paar wijde en sneeuwwitte badjassen.

Al deze luxe achter zich latend, doorkruiste ze de zitkamer en ging op zoek naar de keuken en vond hem sprankelend schoon, voorzien van donkere houten kasten met Spaans aardewerk, glanzende steelpannen, stoofpannen, en een complete *batterie de cuisine*. Als men wilde – wat bij Lucilla niet het geval was – was het heel goed mogelijk een diner voor tien personen klaar te maken. Er was een elektrisch kookstel, een gasfornuis, een afwasmachine en een koelkast. Ze opende de koelkast en ontdekte, samen met alle ingrediënten voor een stevig ontbijt, daarin twee flessen Perrier en een fles champagne. Er was een tweede deur in de keuken. Ze opende deze en vond, tot haar grote vreugde een kleine wasserij met een wasmachine, drooglijnen, een strijkplank en een strijkijzer. Het zien van deze huishoudelijke spullen gaf haar meer voldoening dan alle andere luxe bij elkaar. Omdat ze zich nu, eindelijk, konden verschonen.

Ze ging zonder dralen aan het werk. Ging terug naar de badkamer, trok haar kleren uit, deed een van de badjassen aan en begon toen met uit-pakken. Dat bestond erin de inhoud van de rugzakken op de slaapka-mervloer te leggen. Op de bodem van haar eigen rugzak lagen haar toi-lettas, haar borstel en kam, haar schetsboek, een paar boeken en de envelop van haar vader, waarin de cheque had gezeten, zijn brief en de uitnodiging voor het bal van Verena Steynton. Ze haalde hem uit de envelop en zette hem op de lege toilettafel. Hij had nu een paar ezels-oren maar, vond ze, het gaf een persoonlijk tintje aan de kamer, alsof Lucilla er haar naam aan had gegeven en hem als de hare beschouwde.

Lucilla Blair
Mrs Angus Steynton
Thuis
Voor Katy

Waarom leek het zo belachelijk? Ze lachte. Een ander leven, een andere wereld. Ze verzamelde ladingen vuile sokken, shorts, spijkerbroeken, onderbroeken en T-shirts, en ging richting wasmachine. Zonder zich druk te maken over het uitsorteren van deze kledingstukken (haar moeder zou een beroerte krijgen als ze zag hoe rode sokken samen met witte shirts gewassen werden, maar haar moeder was hier niet om te protesteren dus wat deed het ertoe?), propte Lucilla de wasmachine vol, gooide er waspoeder in, sloot de deur en zette hem aan. Water stroomde, de trommel draaide en zij keek ernaar met net zoveel genoe-gen als naar een langverwacht televisieprogramma.

Toen schopte ze de rest van de vuile kleren opzij, zocht haar bikini en voegde zich bij Jeff in het zwembad.

Ze zwom lang. Na een tijdje ging Jeff eruit en ging in de zon liggen om te drogen. Nog twee baantjes en ze zag dat hij weg was, naar binnen gegaan. Ze kwam uit het zwembad en wrong het water uit haar lange donkere haar. Ze ging het huis binnen. Ze vond hem in de slaapkamer, uitgevloerd op een van de bedden. Hij zag eruit alsof hij zou gaan slapen. Ze wilde niet dat hij ging slapen. Ze zei zijn naam, nam een aanloop en landde bovenop hem.

'Jeff.'
'Ja?'
'Ik zei je toch dat ze mooi was.'
'Wie?'
'Pandora, natuurlijk.' Jeff reageerde niet onmiddellijk. Hij was soezerig en op het randje van de slaap, niet bereid tot een gesprek. Zijn uitgestrekte arm diende Lucilla als hoofdkussen. Zijn huid rook naar chloor en zwembad. 'Vind je niet dat ze erg mooi is?'
'Ze is zeker sexy.'
'Vind jij haar sexy?'
'Beetje te oud voor mij.'
'Ze ziet er niet oud uit.'
'En een beetje te mager ook.'
'Hou je niet van magere dames?'
'Nee. Ik hou van vrouwen met grote borsten en dikke billen.'
Lucilla, die het figuur van haar vader had geërfd, lang en dun was en bijna geen borsten had, gaf Jeff een stomp met haar vuist. 'Daar hou jij níet van.'
Hij lachte. 'Nou, wat wil je dan dat ik zeg?'
'Je weet wel wat ik wil dat je zegt.'
Hij trok haar gezicht naar het zijne en kuste haar luidruchtig. 'Is het zo goed?'
'Ik denk dat je je baard moet afscheren.'
'En waarom zou ik dat doen?'
'Omdat mijn gezicht er begint uit te zien alsof het schoongemaakt is met schuurpapier.'
'Dan moet ik je maar niet meer kussen. Of je gaan kussen op plaatsen die niemand kan zien.'
Ze zwegen. De zon zakte en spoedig zou het donker zijn. Lucilla dacht aan Schotse zomerschemeringen die aanhielden tot middernacht. Ze zei: 'Denk je dat ze minnaars zijn? Denk je dat ze een wilde affaire hebben?'
'Wie?'
'Pandora en Carlos Macaya.'
'Ik zou het niet weten.'
'Hij is ontzettend knap.'
'Ja. Een echte gladjanus.'
'Ik vond hem aardig. Tamelijk gezellig. Makkelijk om mee te praten.'

'Ik vond zijn auto niet gek.'

'Jij denkt maar aan een ding. Wat denk je dat het was dat hij haar gevraagd heeft?'

'Zeg dat nog eens.'

'Hij zei: "Laat het me weten als je van gedachten verandert." En zij zei: "Ik verander niet van gedachten." Hij moet haar iets gevraagd hebben. Hij moet gewild hebben dat zij iets met hem deed.'

'Nou ja, wat het ook was, het leek haar niet te hinderen.'

Maar Lucilla was niet tevreden. 'Ik ben er zeker van dat het iets heel belangrijks was. Een keerpunt in het leven van hen beiden.'

'Je verbeelding gaat met je aan de haal. Het is waarschijnlijker dat hij met haar wilde tennissen.'

'Ja.' Maar ergens voelde Lucilla dat het zo niet was. Ze zuchtte en de zucht ging over in een geeuw. 'Misschien.'

Om half negen waren ze klaar om zich bij Pandora te voegen en Lucilla meende dat ze, ondanks al haar bezorgdheid, er niet zo slecht uitzagen. Ze hadden allebei een douche genomen en zich schoongeschrobd en roken nu zoet naar de gratis verstrekte shampoo. Jeff had zijn baard gefatsoeneerd met een nagelschaartje en Lucilla had zijn ene schone overhemd gestreken en uit de berg vuile was zijn toonbaarste spijkerbroek gered.

Wat haarzelf betrof, ze had haar lange donkere haar gewassen en geborsteld, een zwarte legging aangetrokken en knoopte nu de geleende blouse dicht. De zijde voelde heerlijk koel op haar blote huid en de lovertjes, bezien in de spiegel door half-gesloten ogen, waren niet zo buitenissig als ze eerst had gedacht. Misschien had het iets te maken met deze ongewone omgeving. Misschien vielen zulke kleine vulgariteiten weg in de ambiance van een enorme luxe. Het was een interessante gedachte en een waarover ze lang zou willen discussiëren, maar op dit moment was daar geen tijd voor.

'Kom mee,' zei Jeff. 'Tijd om te gaan. Ik heb een borrel nodig.'

Hij liep naar de deur en zij volgde hem, na er zich eerst van overtuigd te hebben dat alle lichten in het gastenverblijf uit waren. Ze was er vrijwel zeker van dat Pandora er maling aan had of alle lampen aanbleven, maar opgevoed door een zuinige Schotse moeder, zaten zulke kleine huishoudelijke besparingen diep geworteld in Lucilla, alsof haar onderbewustzijn een zorgvuldig geprogrammeerde computer was. Ze vond dit vreemd, omdat latere beperkingen net zo weinig indruk hadden achtergelaten als water op de rug van een eend. Nog een interessante gedachte die het waard was om later eens uit te pluizen.

Buiten stapten ze in de blauwe nacht, helder en vol sterren, zacht en warm als fluweel. De tuin hing vol zoete geuren die hen naar het hoofd stegen, het zwembad was verlicht en lampen wezen de weg over de sierstenen op het pad. Lucilla hoorde het onophoudelijke getjirp van de cicades en er klonk muziek vanuit Pandora's huis.

Rachmaninoff. Het tweede pianoconcert. Banaal misschien, maar perfect voor zo'n mediterrane nacht. Pandora had alles voorbereid en nu wachtte ze op hen op het terras, uitgestrekt in een ligstoel met een wijnglas op de tafel naast haar.

'Daar zijn jullie!' riep ze toen ze naderden. 'Ik heb de champagnefles al geopend. Ik kon niet langer wachten.'

Ze liepen de trap op, de zee van licht in die hun gastvrouw omhulde. Ze had iets zwarts en spinnewebachtigs aangetrokken en droeg gouden sandaaltjes aan haar blote voeten. De geur van Poison was zelfs nog sterker dan de aroma's van de tuin.

'Jullie zien er allebei keurig verzorgd uit! Ik begrijp niet waarom jullie je zoveel zorgen maakten. En Lucilla, die blouse staat je hemels, je moet haar houden. Welnu, pak stoelen en ga zitten. O, verdorie, ik heb de glazen vergeten. Lucilla, lieverd, wil jij er een paar gaan halen? De kleine bar is net achter de deur, je vindt daar alles. Er is een tweede fles champie in de koelkast, maar die laten we daar tot we deze op hebben. Nou, Jeff, kom jij hier zitten, naast mij. Ik wil alles weten van wat jij en Lucilla hebben gedaan...'

Lucilla liet hen alleen en ging gehoorzaam op zoek naar wijnglazen, het huis binnenstappend door brede deuren met gordijnen. De bar lag onmiddellijk binnen handbereik; een grote kast voorzien van alles wat een mens nodig kon hebben om een drankje klaar te maken. Ze nam twee wijnglazen van de plank, maar ging niet direct terug naar het terras. Dit was de eerste keer dat ze daadwerkelijk in Pandora's huis was en ze zag zichzelf in een kamer, zo ruim en spectaculair dat ze voor een moment vergat wat ze was komen doen. Alles was fris en crèmekleurig, hier en daar fonkelend met gekleurde details. Hemelsblauwe en blauwgroene kussens en veel koraalroze lelies in een vierkante glazen vaas. In nissen, vernuftig verlicht, stond een verzameling figuurtjes van Saksisch porselein en emaille voorwerpen uit Battersea. Een tafel met glazen blad lag vol boeken en tijdschriften, nog meer bloemen, een zilveren sigarettendoos. Er was een open haard met blauwwitte tegels en erboven hing een bloemenstilleven achter glas. Aan de andere kant van de kamer stond een eveneens glazen eettafel, gedekt voor het diner met kaarsen en kristal en nòg meer bloemen – in Lucilla's verbijsterde ogen leek het allemaal meer op een toneeldecor dan op een kamer die ontworpen was om in te wonen. En toch, realiseerde ze zich, waren er ook huiselijke trekjes. Een opengeslagen pocketboek op de sofa neergegooid; een half afgemaakt wandkleed binnen handbereik voor een verloren moment. En er waren foto's. Archie en Isobel op hun trouwdag. Lucilla's grootouders, lieve oudjes in tweed, voor Croy met de honden naast zich.

Lucilla vond deze getuigen van heimwee ongelooflijk ontroerend. Om de een of andere reden had ze die niet verwacht, misschien kon ze zich niet voorstellen dat Pandora in staat was tot zulke sentimenten. Nu zag ze Pandora voor zich die de foto's overal met zich meenam, tijdens al haar grillige liefdesaffaires en haar turbulente nomadenbestaan. Ze zag haar de foto's uit een koffer halen in Californische huizen, hotelkamers, appartementen in New York en Parijs. En nu, Majorca. De bezegeling van haar verleden en haar identiteit in alweer een ander tijdelijk thuis plaatsend.

Er leken geen foto's te zijn van de mannen die deze appartementen hadden bezeten en zo'n groot aandeel hadden in Pandora's leven, maar misschien bewaarde ze die in haar slaapkamer.

Warme, nachtelijke briesjes bliezen door de open ramen en Rachmaninoff kwam van een onzichtbare stereo, verstopt achter goudkleurig latwerk. De piano verstrooide z'n noten, puur als regendruppels. Van het terras klonk het kalme gemurmel van een ontspannen gesprek, Pandora en Jeff klonken vredig en niet gehaast.

Er stonden nog andere foto's op de schoorsteenmantel en Lucilla liep er naar toe om ze beter te bekijken. De oude Lady Balmerino, in alle luister onder haar baret met veren, kennelijk een dorpsfeest openend. Een kiekje van Archie en Edmund Aird, twee zeer jonge mannen zittend in een boot aan de rand van het meer, met hun hengels en fuiken óp de roeibanken uitgestald. Ten slotte, een foto van haarzelf en Hamish, Lucilla in een jurkje van Liberty en Hamish als een dikke baby op haar knie. Archie moest die aan Pandora gestuurd hebben in een van zijn brieven en zij had hem in een zilveren lijst gedaan en een ereplaats gegeven. In een hoekje van de zilveren lijst stak een uitnodiging van een formaat dat haar ogenblikkelijk bekend voorkwam.

Pandora Blair
Mrs Angus Steynton
Thuis
Voor Katy

Lucilla's eerste gedachte was: wat leuk. En toen: wat belachelijk. Zonde van de kaart, zonde van de postzegel, omdat er niet de geringste kans was dat Pandora de uitnodiging zou aannemen. Ze was van Croy vertrokken toen ze achttien was en nooit teruggekomen. Weerstond alle gesmeek, eerst van haar ouders, later van haar broer en bleef standvastig weg. Het was nauwelijks voor te stellen dat Verena Steynton, uitgerekend zij, zou bereiken waar Pandora's eigen familie zo rampzalig had gefaald.

'Lucilla!'

'Kom eraan...'

'Wat ben je aan het doen?'

Lucilla, de wijnglazen in haar handen, voegde zich bij hen op het terras.
'Sorry. Ik heb wat rondgeneusd in die prachtige kamer. En naar de muziek geluisterd...'

'O, lieverd, hou je niet van Rachmaninoff? Het is een van mijn favorieten. Ik weet dat het een beetje banaal is, maar ik ben kennelijk dol op banale dingen.'

'Ik ben net zo,' gaf Lucilla toe. 'Liedjes als 'O, Lovely Moon' en 'The Barcarolle' vind ik prachtig. En sommige van de oude Beatlesplaten. Ik heb ze allemaal thuis op Croy. En voor als ik me echt triest voel, heb ik een cassette van een optreden van de Fiddlers in Oban, die speel ik dan en dan kan ik mijn stemming duidelijk voelen stijgen, zoals kwik in een thermometer als je koorts hebt. Al die lieve oude mannen en kleine jongens in kilts en hemdsmouwen en een eindeloze reeks jigs en reels, alsof ze niet wisten hoe ze moesten stoppen en het trouwens ook niet wilden. Op het laatst sta ik vaak in m'n eentje te dansen en spring als een idioot door de kamer.'

Jeff zei: 'Dat heb ik je nooit zien doen.'

'Nou, als je lang genoeg in de buurt blijft, zul je dat waarschijnlijk wel eens zien. Maar even serieus, Pandora, wat een prachtig huis heb je hier. En ons plekje is perfect.'

'Het is wel lief, vind je niet? Ik had zo'n geluk dat ik er de hand op kon leggen. De mensen die hier woonden, moesten terug naar Engeland; ik zocht een plek om te wonen en het leek gewoon alsof het op mij wachtte. Jeff, jij wordt geacht de champagne in te schenken...'

'En het meubilair? Is dat ook allemaal van jou?'

Pandora lachte. 'O, schat, ik heb helemaal geen meubels, alleen kleine stukjes en beetjes die ik op mijn reizen verzameld heb en met me meeneem. Het grootste deel van het meubilair nam ik over met het huis, maar natuurlijk heb ik bijna alles veranderd. De sofa's waren afzichtelijk blauw en er lag een tapijt met franje. Dat heb ik vrij snel de deur uit gewerkt. Ik nam met het huis ook Seraphina over en ze heeft een man die de tuin doet. Het enige wat ik mis is een hondje, maar hondjes in Majorca zijn voorbestemd om door jongeren met windbuksen te worden neergeschoten of ze krijgen tikken, of worden gestolen of overreden. Dus dat heeft weinig zin.' Alle glazen waren nu tot de rand vol. Pandora hief het hare.

'Dit is op jullie beiden en hoe hemels het is om jullie hier te hebben. Lucilla, Jeff vertelde me alles over jullie reis door Frankrijk. Dat moet fascinerend geweest zijn. En jullie hebben Chartres bekeken, wat een belevenis. Ik wil graag meer horen, alle details weten; maar eerst, en dat is het belangrijkst, wil ik alles over thuis horen, over mijn dierbare Archie en Isobel en Hamish. Hamish moet nu gigantisch zijn. En Isobel, met die vervelende Amerikanen over de vloer. Ik hoor daar van alles over in Archies brieven, als hij het niet heeft over de laatste jachttro-feeën of de grootte van de zalm die hij verleden week ving. Het is een wonder dat hij in staat is zoveel te doen met dat verschrikkelijke been. Vertel me hoe het met dat arme been is.'

'Hij kan eigenlijk niet zoveel doen,' zei Lucilla zonder er doekjes om te winden. 'Hij schrijft jou alleen maar positieve dingen, omdat hij niet wil dat je van streek bent. En zijn been is niets meer. Het is dun, dat is het. Het kan niet beter worden en we hopen allemaal dat het nooit slechter zal worden.'

'Arme schat. Het is beestachtig, beestachtig van de IRA. Hoe durven ze zulke dingen te doen en uitgerekend tegen Archie.'

'Ze waren niet speciaal op hem aan het schieten, Pandora. Ze stonden te wachten, over de grens, om een stelletje Engelse knapen op te blazen en hij was toevallig een van hen.'

'Wist hij dat ze daar waren? Of was het een hinderlaag?'

'Ik weet het niet. En als ik het vroeg, zou hij het me niet vertellen. Hij wil er niet over praten. Hij praat er met niemand over.'

'Is dat wel goed?'

'Ik neem aan van niet, maar wij kunnen er niet veel aan doen.'

'Hij is nooit een groot prater geweest. Een schat van een man, maar zelfs als kleine jongen hield hij alles voor zich. We wisten zelfs niet dat hij verkering had met Isobel en toen hij mama vertelde dat hij met haar wilde trouwen, viel ze bijna dood neer van verbazing omdat ze een heel andere vrouw voor hem in petto had. Het gaf niets, ze maakte er het beste van. Zoals ze altijd overal het beste van maakte...' Haar stem stierf weg. Ze zweeg, leegde toen snel haar glas. 'Jeff, is er nog iets over in die fles of zullen we de andere openen?'

Maar de fles was nog niet leeg en Jeff vulde Pandora's glas opnieuw, schonk toen nog wat bij in Lucilla's glas en in dat van zichzelf. Lucilla begon zich nu niet alleen licht van hart te voelen, maar ook licht in het hoofd. Ze vroeg zich af hoeveel Pandora al op had voor zij zich bij haar voegden. Misschien kwam het door de champagne dat ze zoveel leek te praten.

'Vertel eens...' Ze ging weer van start. 'Wat zijn jullie nu van plan?'

Jeff en Lucilla keken elkaar aan. Het maken van plannen was niet hun sterkste kant. In een opwelling handelen was een belangrijk deel van het plezier.

Het was Jeff die antwoordde. 'We weten het niet echt. Het enige is dat ik over ruim een maand terug moet naar Australië. Ik heb drie oktober een vlucht geboekt bij Quantas.'

'Waarvandaan vertrek je?'

'Londen.'

'Dus vroeg of laat zul je terug moeten naar Engeland.'

'Klopt.'

'Gaat Lucilla met je mee?'

Ze keken elkaar weer aan. 'We hebben er nog niet over gepraat,' zei Lucilla.

'Dus jullie zijn vrij. Vrij als de wind. Vrij om te komen en te gaan wanneer je maar wilt. De wereld is jullie oester.' Ze maakte een weids gebaar met haar hand en morste wat champagne.

'Ja,' gaf Jeff behoedzaam toe, 'ik neem aan dat dat zo is.'

'Laten we dan plannen maken. Lucilla, zou jij plannen met me willen maken?'

'Wat voor plannen?'

'Toen je aan het rondneuzen was, zoals jij het noemde, in mijn zitkamer, viel je toen niet die grote en aanmatigend duur gedrukte uitnodiging op mijn schoorsteenmantel op?'

'Van Verena Steynton? Ja, die heb ik gezien.'

'Ben jij gevraagd?'

'Ja. Pa stuurde mijn uitnodiging door, ik kreeg hem in Ibiza.'

'Ga jij?'

'Ik... ik heb er eigenlijk nog niet over nagedacht.'

'Zou je eventueel willen gaan?'

'Ik weet het niet. Waarom?'

'Omdat...' Ze zette haar glas neer. 'Ik denk dat ik zal gaan.'

De schok van deze aankondiging schudde Lucilla wakker uit haar zalige aangeschotenheid en bracht haar terug in een staat van koude soberheid. Ze staarde ongelovig naar Pandora en die staarde terug, haar grijze ogen met hun grote zwarte pupillen oplichtend van een vreemd soort vervoering, alsof ze genoot van de uitdrukking van pure ongelovigheid die ze op Lucilla's gezicht teweeg had gebracht.

'Ga jij?'

'Waarom niet?'

'Terug naar Schotland?'

'Waar anders?'

'Voor het bal van Verena Steynton?' Het leek zo onlogisch.

'Dat lijkt me een prima reden.'

'Maar eerst kwam je nooit. Pa vroeg je, smeekte je en je kwam nooit. Dat vertelde hij me.'

'Er is altijd een eerste keer. Misschien is dit het goede moment.' Plotseling stond ze op, liep weg en staarde de tuin in. Ze bleef een moment staan, roerloos, haar silhouet afgetekend tegen het licht dat omhoog scheen vanuit het zwembad. Haar jurk en haar haar bewogen zacht in het briesje. Toen draaide ze zich om, leunde tegen de balustrade en zei nu op een heel andere toon: 'Ik heb zoveel aan Croy gedacht. Alleen al de laatste tijd heb ik er zo vaak aan gedacht. Ik droom ervan, word weer wakker en begin me dingen te herinneren waar ik in jaren niet aan gedacht heb. En toen kwam die uitnodiging. Net als die van jou, Lucilla,

doorgestuurd vanuit Croy. En het bracht duizenden herinneringen terug aan het plezier dat we hadden op die belachelijke dansfeesten en
jachtpartijen. Feesten thuis, de heuvels weergalmend van knallende geweren en elke avond een enorm diner. Hoe mijn arme moeder het met
ons allemaal redde, dat is me nog steeds een raadsel.' Ze glimlachte
naar Lucilla en toen naar Jeff. 'En toen jullie twee, die hier aankwamen,
eerst opbelden vanuit Palma en uit het niets opdoken, en jij Lucilla lijkt
zo op Archie. Voortekenen. Geloof jij in voortekenen, Lucilla?'
'Ik weet het niet.'
'Ik weet het evenmin. Maar ik ben er zeker van, met het bloed van de
Hooglanden dat door onze aderen stroomt, dat we erin zouden moeten
geloven.' Ze liep terug naar haar stoel en ging op het voetsteuntje zitten, haar gezicht dicht bij dat van Lucilla. Onder haar schoonheid kon
Lucilla de jaren zien doorschemeren die hun stempel hadden gedrukt:
de lijntjes rond haar ogen en haar mond, de papierachtige huid, de
scherpe hoek van haar kaakbeen. 'Dus, laten we plannen maken. Willen jullie allebei plannen met mij maken? Zouden jullie het erg vinden
als ik jullie vroeg om dat te doen?'
Lucilla keek naar Jeff. Hij schudde zijn hoofd. Ze zei: 'We zouden het
niet erg vinden.'
'Dan gaan we dat doen. We blijven hier een week, alleen wij drieën en
jullie zullen de tijd van je leven hebben. En dan nemen we mijn auto en
pakken we de veerboot naar Spanje. En we rijden door Spanje en
Frankrijk, op ons gemak en we maken van onze reis een pleziertochtje.
Als we Calais bereiken, steken we daar over naar Engeland. En dan
gaan we naar het noorden, naar Schotland en naar huis. Terug naar
Croy. O, Lucilla, zeg dat je het een prachtig idee vindt.'
'Het is in elk geval totaal onverwacht,' was alles wat Lucilla kon beden-
ken, maar als Pandora een zeker gebrek aan enthousiasme in haar stem
bespeurde, liet ze dat niet merken. Voortgestuwd door haar eigen op-
winding, draaide ze zich naar Jeff. 'En jij? Hoe klinkt dit jou in de oren?
Of denk je dat ik gek ben?'
'Nee.'
'Je zou het niet erg vinden om met ons naar Schotland te gaan?'
'Als dat is wat jij en Lucilla willen, dan zal het mij een waar genoegen
zijn.'
'Dan is alles geregeld!' Ze was triomfantelijk. 'We logeren allemaal op
Croy bij Isobel en Archie, en we gaan allemaal naar het heerlijke feest
van de Steyntons.'
'Maar Jeff is niet gevraagd,' merkte Lucilla op.
'O, dat is geen probleem.'
'En hij heeft niets om aan te trekken.'
Pandora stikte van de lach. 'Lieverd, je stelt me teleur. Ik dacht dat jij
een wereldvreemd kunstenares was, maar je lijkt niets anders te doen

dan je zorgen maken over kleren! Zie je niet dat kleren er niets toe doen. Niets doet er toe. Het enige wat er toe doet is dat we naar huis gaan, samen. Denk alleen maar aan het plezier dat we zullen hebben. En nu moeten we het vieren!'

Ze sprong overeind. 'Het juiste moment om die tweede fles champagne te openen!'

September

21

Isobel Balmerino, achter haar naaimachine, stikte het laatste naamlabeltje, HAMISH BLAIR, op de laatste nieuwe zakdoek, brak het garen, vouwde de zakdoek op en legde die boven op de stapel kleren die op de tafel naast haar lag. Allemaal gedaan. Het enige wat nog restte, waren de kledingstukken waarin de naamlabeltjes met de hand ingenaaid moesten worden... rugbykousen, een overjas, een grijze coltrui, maar die kon ze op haar gemak doen, 's avonds, bij het haardvuur.

Ze had dit klusje met de naamlabeltjes niet meer gedaan sinds Hamish voor het eerst naar Templehall ging, vier jaar geleden. Maar tijdens de zomervakantie was hij zo alarmerend gegroeid, dat ze zich gedwongen zag hem mee naar Relkirk te sleuren, de lijst met schoolkleren in haar hand, en helemaal opnieuw te beginnen. Deze expeditie, zoals ze had verwacht, was moeizaam verlopen en duur geweest. Moeizaam omdat Hamish er niet aan wilde denken dat hij weer terug naar school moest, omdat hij winkelen haatte, nieuwe kleren haatte en het ernstig betreurde dat hij een dag van zijn schoolvakantie moest inleveren. En duur omdat het voorgeschreven uniform alleen maar kon worden gekocht bij de beste en duurste winkel in de stad. De overjas, de coltrui en de rugbykousen waren erg genoeg, maar vijf paar nieuwe en enorme leren schoenen waren bijna meer dan Isobel, en haar banksaldo, konden verdragen.

Met de bedoeling om Hamish op te vrolijken, had ze een ijsje voor hem gekocht, maar hij had dit nors en vreugdeloos verorberd en ze waren zonder iets te zeggen, in een onvriendelijke stilte, teruggekeerd naar Croy. Hamish was er meteen vandoor gegaan, gewapend met zijn hengel en met een uitdrukking op zijn gezicht waaruit sprak dat hij afschuwelijk behandeld was. Isobel werd achtergelaten om de pakjes en dozen naar boven te sjouwen, waarop zij ze op de bodem van zijn kleerkast had gegooid en de deur achter zich had dichtgeslagen, om vervolgens naar de keuken te gaan, een ketel water aan de kook te brengen voor een kop thee en met de voorbereidingen voor het avondeten te beginnen.

Ze kon zich grote uitgaven eigenlijk niet veroorloven en deze ervaring maakte dan ook dat ze zich flink beroerd voelde. En Hamish z'n duidelijke ondankbaarheid hielp ook niet echt. Onder het schillen van de aardappels zei ze in stilte gedag tegen alle dromen over het kopen van een nieuwe jurk voor het feest van de Steyntons. Ze zou het moeten doen met de oude marineblauwe jurk van tafzijde. Terwijl ze zich al thuis begon te voelen in haar rol van martelaar, speelde ze met het idee om de jurk op te fleuren met een vleugje wit langs de hals.

Maar dat was twee weken geleden gebeurd en nu was het september. Dat maakte alles beter, om diverse redenen. De belangrijkste was dat ze, tot mei volgend jaar, klaar was met het gedoe van de kostgangers. Scottish Country Tours had de deuren gesloten voor de winter en de laatste groep Amerikanen, compleet met bagage, souvenirs en geruite baret, was uitgezwaaid. De vermoeidheid en de depressie die Isobel de hele zomer achtervolgd hadden, verdwenen bijna ogenblikkelijk met het besef van vrijheid en de wetenschap dat, eens te meer, zij en Archie Croy voor zichzelf hadden.

Dat was echter niet alles. Als geboren en getogen Schotse merkte ze ieder jaar weer dat ze zich beter voelde als augustus voorbij was, van de kalender af, en je kon ophouden met net te doen alsof het zomer was. In sommige jaren, dat was waar, had je jaargetijden zoals vroeger, dat de gazons uitdroogden door gebrek aan regen en gouden avonden werden doorgebracht met het begieten van de rozen en de lathyrus en de jonge sla in de moestuin. Maar al te vaak waren de maanden juni, juli en augustus niets anders dan een lange en vochtige, frustrerende uithoudingsproef. Grijze luchten, koude winden en druppelende regen waren genoeg om zelfs het enthousiasme van een heilige te temperen. Het ergst waren die donkere en drukkende dagen wanneer je, uit wanhoop, ten slotte maar binnen ging zitten en een haardvuur ontstak, waarop de lucht onmiddellijk opklaarde en de late namiddagzon boven de doorweekte tuin schitterde, te laat om nog iemand van dienst te kunnen zijn. Met name deze zomer was teleurstellend geweest en achteraf bezien realiseerde Isobel zich dat de weken van donkere wolken en gebrek aan zon veel hadden bijgedragen aan haar sombere stemming en lichamelijke uitputting. Ze zou nu zelfs de eerste vorstperiode verwelkomen, de tijd dat zij haar zomerrokken en -blouses zou kunnen opbergen en weer terugvallen op het vriendelijke oude tweed en de Shetlandpullovers. Maar zelfs na een schitterende zomer was september in Relkirkshire bijzonder. Die eerste vorst deed de lucht opklaren, zodat de kleuren van het land een sterker en rijker aanzien kregen. Het diepe blauw van de lucht reflecteerde in het meer en de rivier, en met de oogst veilig binnen, stonden de velden vol gouden stoppels. Wilde hyacinten groeiden in greppels langs de kant van de weg en welriekende heide, in volle bloei, kleurde de heuvels paars.

En dan, het allerbelangrijkste, betekende september plezier. Een jaargetijde van gezelligheid voordat de duisternis van een lange winter hen allemaal zou overvallen, als het barre weer en de besneeuwde wegen kleine dorpjes isoleerden en elke vorm van contact uitsloten. September betekende mensen. Vrienden. Dan werd Relkirkshire werkelijk zichzelf.

Tegen eind juli was de jaarlijkse invasie van vakantiegangers grotendeels vertrokken; tenten waren ingepakt, caravans weggesleept en de toeristen gingen naar huis. In hun plaats bracht augustus een tweede immigratie vanuit het zuiden; vaste bezoekers die elk jaar weer naar Schotland kwamen voor de sport en de feesten. Schuilhutten die het grootste deel van het jaar hadden leeggestaan, werden weer in gebruik genomen en hun eigenaars – over de snelwegen naar het noorden rijdend in Range Rovers, tjokvol met hengels, geweren, kleine kinderen, tieners, vrienden, verwanten en honden – hernamen vrolijk en vol verwachting hun plaats.

Bovendien dijden de plaatselijke huishoudens uit, niet door de komst van Amerikanen of andere logés, maar van jonge gezinnen die hier oorspronkelijk vandaan kwamen en die uit noodzaak naar het zuiden waren getrokken om daar te wonen en te werken, en hun jaarlijkse vakantie gebruikten om terug te keren naar huis. Alle slaapkamers waren bezet, zolders werden veranderd in tijdelijke verblijfplaatsen voor benden kleinkinderen en de schaarse badkamers waren continu in gebruik. Grote hoeveelheden eten werden aangedragen, klaargemaakt en iedere dag verorberd aan uitgeschoven tafels.

En dan, september. In september kwam alles tot leven, heel plotseling, alsof een hemelse toneelmeester had afgeteld en op een knop had gedrukt. Het sombere Victoriaanse Stationhotel in Relkirk werd omgetoverd tot een vrolijk, druk ontmoetingspunt voor oude vrienden en de Strathcroy Arms – overgenomen door een groep zakenlieden die Archie opbeurende sommen gelds betaalden voor het privilege om op zijn jachtgebied sneeuwhoenders te mogen schieten – gonsde van de activiteit en gesprekken over sport.

Op Croy stonden de uitnodigingen voor ongeveer iedere denkbare feestelijke gebeurtenis in rijen op de schoorsteenmantel van de bibliotheek. Isobels aandeel in de algehele vrolijkheid was een jaarlijks buffet voor de aanvang van de Strathcroy Games. Archie leidde deze spelen en liep vooraan bij de openingsparade van de dorpsnotabelen, die hun tred tactvol aanpasten aan zijn kreupele gang. Voor deze belangrijke ceremonie droeg hij zijn regimentsbaret en liep hij met een getrokken zwaard. Hij nam zijn verantwoordelijkheden zeer ernstig op en aan het eind van de dag reikte hij de prijzen uit, niet alleen voor het doedelzakblazen en de lokale dansen, maar ook voor de best gebreide trui van handgesponnen wol, de luchtigste cake en de lekkerste pot zelfgemaakte aardbeienjam.

Isobel had haar naaimachine in de oude linnenkamer van Croy staan, niet alleen omdat dat makkelijk was, maar ook omdat de ruimte afgezonderd lag. Het was daarom haar favoriete plekje om zich terug te trekken. Niet groot, maar toch groot genoeg en het had ramen op het westen, waardoor je uitkeek op het croquetveld en de weg die omhoog leidde naar het meer, op heldere dagen altijd overdekt met zonneschijn. De gordijnen waren van wit katoen, op de vloer lag bruin linoleum en langs de muren stonden grote, witgeschilderde kasten waarin de lakens en handdoeken, extra dekens en schone spreien van het huishouden lagen opgestapeld. De massieve tafel waarop de naaimachine stond, was ook handig om patronen op te knippen en jurken te maken en de strijkplank en het strijkijzer stonden klaar voor onmiddellijk gebruik. Er hing hier altijd de vertrouwde geur uit haar kindertijd, van gewassen linnen en de zakjes met lavendel die Isobel tussen de stapels kraakheldere slopen stopte. En dit droeg in belangrijke mate bij tot een sfeer van tijdloosheid en rust.

Dit was de reden dat ze, toen ze klaar was met de naamlabels, niet meteen opstond om weg te gaan, maar bleef zitten op de harde stoel, met haar ellebogen op tafel en haar kin in haar handen. Het zicht vanuit het geopende raam voerde omhoog voorbij de bomen, naar de voorste kalme toppen van de heuvels. Alles was met gouden zonlicht overgoten. De gordijnen bewogen in de wind en diezelfde bries trilde langs de takken van de zilverberken die aan het uiterste eind van het gazon stonden.

Er viel een blad, dwarrelend als een kleine vlieger.

Het was half vier en ze was alleen thuis. Binnen was alles stil, maar in de verte hoorde ze op het erf hameren en het geblaf van een van de honden. Eindelijk had ze tijd voor zichzelf, er waren geen afspraken of mensen die haar onmiddellijke aandacht nodig hadden. Ze kon zich nauwelijks herinneren wanneer ze voor het laatst in zo'n situatie had verkeerd en haar gedachten gingen terug naar haar kindertijd en jeugd en de luie, doelloze vreugde van dagen die in ledigheid werden doorgebracht.

Een vloerpaneel kraakte. Ergens werd een deur dichtgeslagen. Croy. Een oud huis met een eigen hartslag. Haar thuis. Maar ze herinnerde zich de dag, meer dan twintig jaar geleden, toen Archie haar voor het eerst hier had gebracht. Ze was negentien, er was een partijtje tennis georganiseerd en de thee werd 's middags geserveerd in de eetkamer. Isobel, dochter van een notaris uit Angus en knap noch zelfverzekerd, was overweldigd door de afmetingen en de grandeur van het huis en door de charme en de beschaving van Archies vrienden, die elkaar allemaal zo verschrikkelijk goed schenen te kennen. Ze was al hopeloos verliefd op Archie en kon zich moeilijk voorstellen waarom hij de moeite had gedaan om haar uit te nodigen. Lady Balmerino had eveneens perplex gestaan, maar was vriendelijk geweest en had ervoor gezorgd dat Isobel naast haar zat tijdens de thee; ze deed de nodige moeite om ervoor te zorgen dat ze in de gesprekken werd betrokken.

Maar er was een ander meisje, met lange benen en blond haar, die Archie al voor zichzelf scheen te hebben opgeëist. Ze liet dit duidelijk blijken aan het verzamelde gezelschap. Ze plaagde hem en zocht over de tafel heen zijn ogen, alsof zij ontelbare geheimen samen deelden. Archie, vertelde ze aan iedereen, behoorde haar toe en niemand anders zou het worden toegestaan beslag op hem te leggen.

Maar aan het eind van de dag had Archie zelf beslist dat hij met Isobel zou trouwen. Zijn ouders, eenmaal over hun verbijstering heen, waren in de wolken en verwelkomden Isobel in de familie, niet als de vrouw van Archie, maar als een nieuwe dochter. Ze had geboft. De Balmerino's, lief, grappig, gastvrij, ongecompliceerd en absoluut charmant, werden door iedereen aanbeden en Isobel was geen uitzondering.

Ze hoorde een van de tractors op de boerderij starten. Er dwarrelde nog een blad op de grond. Isobel bedacht dat dit een middag van lang geleden zou kunnen zijn, alsof de tijd terugwaarts liep. Het soort middag dat de honden de schaduw opzochten en katten zich op vensterbanken koesterden, hun bontzachte buikjes naar de zon gedraaid. Ze dacht aan mevrouw Harris, bezig met een van de jongere dienstmeisjes, die uit de keuken opdook en naar de ommuurde tuin liep, om daar een kom te vullen met frambozen of zich uitrekte naar de rijpe rode pruimen, hun zoetheid plukkend voor de wespen eropaf zouden komen.

Helemaal Croy zoals het eens was geweest. Niemand was vertrokken. Niemand was gestorven. Ze leefden nog steeds, die twee lieve oude mensen; Archies moeder bezig met haar rozen, de uitgebloeide knoppen snoeiend en de tijd vindend om een praatje te maken met een van de tuinlieden die het stoffige grind aanharkte. En Archies vader, in de bibliotheek, een uiltje knappend met een zijden zakdoek over zijn gezicht gespreid. Isobel had maar te gaan en ze zou ze vinden. Ze verbeeldde zich dat ze dit deed, dat ze de trap afliep, de hal overstak en bij de open voordeur kwam. Ze zag Lady Balmerino met haar strooien tuinhoedje op vanuit de tuin komen aanlopen, met in haar hand een mandje gevuld met afgeknipte takjes en verlepte rozebladeren. Maar als ze opgekeken had en Isobel had gezien, zou ze Isobel niet hebben herkend. De Isobel van middelbare leeftijd was niet meer dan een geest...

'Isobel!'

De luide stem viel haar dagdromen binnen. Isobel was zich ervan bewust dat hij al eerder had geroepen, meer dan eens, maar ze had het nauwelijks gehoord. Wie wilde er nu weer wat van haar? Met tegenzin raapte ze haar gedachten bij elkaar, duwde de stoel achteruit en stond op. Misschien was het te veel gevraagd om voor meer dan vijf minuten alleen gelaten te worden. Ze ging de kamer uit en liep over de overloop van de kinderkamer naar het trapgat. Leunend over de balustrade zag ze ver onder zich de gestalte van Verena Steynton die in het midden van de hal stond, naar binnen was gelopen door de open voordeur.

'Isobel!'

'Ik ben hier.'

Verena hield haar hoofd scheef en keek omhoog. 'Ik begon al te denken dat er niemand thuis was.'

'Alleen ik.' Isobel daalde de trap af. 'Archie heeft Hamish en de honden meegenomen naar de cricketwedstrijd.'

'Ben je bezig?' Verena zag er niet uit alsof ze bezig was geweest. Zoals gewoonlijk kwam ze onberispelijk en passend gekleed voor de dag. En ze was zeker net naar de kapper geweest.

'Ik heb de naamlabeltjes van Hamish ingenaaid.' Instinctief bracht Isobel een hand naar haar haar, alsof ze met dit gebaar nog iets kon doen aan haar eigen verfomfaaide hoofd. 'Maar ik ben nu klaar.'

'Heb je even tijd?'

'Natuurlijk.'

'Ik heb je een heleboel te vertellen en twee gunsten te vragen. Ik had je willen bellen, maar ik was de hele dag in Relkirk en toen, op weg naar huis, bedacht ik me dat het veel eenvoudiger en aardiger was om gewoon langs te komen.'

'Wil je een kop thee?'

'Straks. Haast je niet.'

'Laten we ergens gaan zitten.' Isobel ging haar bezoekster voor naar de salon, niet met de intentie haar te imponeren, maar gewoon omdat het er zo zonnig was en de bibliotheek en de keuken op dit uur van de dag naar somberheid neigden. De ramen stonden open, de kamer voelde fris aan en rook heerlijk door een enorme bos lathyrus, die Isobel die ochtend had geplukt en in een oude soepterrine had geschikt.

'Hemels.' Verena zonk neer in een hoek van de sofa en strekte haar lange, elegant geschoeide benen. 'Wat een dag voor de cricketwedstrijd. Verleden jaar goot het pijpestelen en moesten ze het spel stoppen omdat het veld was overstroomd. Zijn dat je eigen lathyrussen? Wat een kleuren! Die van mij zijn een beetje mislukt dit jaar. Weet je dat ik Relkirk echt haat op warme middagen? De stoepen waren verstopt met dikke meisjes in spijkerbroeken die kinderwagens voortduwden. En al die baby's leken te huilen.'

'Ik ken dat gevoel. Hoe loopt alles?'

Ze had al bedacht dat Verena over het bal wilde praten en daarin had ze geen ongelijk.

'O...' Even werd Verena nogal dramatisch, kreunend alsof ze pijn had en haar ogen sluitend. 'Ik begin me af te vragen waarom ik ooit op het idee ben gekomen om een feest te organiseren. Weet je dat de helft van de uitnodigingen nog niet beantwoord is? Mensen zijn zo onattent. Volgens mij laten ze ze omkrullen op de schoorsteenmantel en wachten ze tot ze van ouderdom uit elkaar vallen. Het maakt het organiseren van etentjes en het vinden van genoeg slaapplaatsen vrijwel onmogelijk.'

'Ik zou me niet ongerust maken.' Isobel trachtte geruststellend te klinken. 'Laat ze hun eigen dingen regelen.'
'Maar dat zou een totale chaos tot gevolg hebben.'
Isobel wist dat dat niet waar was, maar Verena was een perfectioniste.
'Ja, ik denk het ook. Het is afschuwelijk.' En ze voegde daar aan toe, haast bang om het te vragen: 'Heeft Lucilla al geantwoord?'
'Nee,' zei Verena botweg.
'We hebben de uitnodiging doorgestuurd, maar ze reist, misschien heeft ze hem dus niet eens ontvangen. Ze stuurde ons een nogal onduidelijk adres in Ibiza, maar we hebben niets van haar gehoord sinds ze in Parijs was. Ze dacht eraan om Pandora op te zoeken.'
'Ik heb van Pandora ook nog niets gehoord.'
'Het zou me verbazen als het wel zo was. Ze beantwoordt nooit iets.'
'Maar Alexa komt en ze brengt haar vriend mee. Wist je dat Alexa een man heeft gevonden?'
'Vi heeft het me verteld.'
'Opmerkelijk. Ik ben benieuwd hoe hij is.'
'Virginia zegt dat hij aantrekkelijk is.'
'Ik kan nauwelijks wachten om hem te zien.'
'Wanneer komt Katy aan?'
'In de loop van volgende week. Ze belde gisteravond op. Dat is een van de gunsten die ik je wil vragen. Heb jij al een huis vol mensen die blijven slapen voor het bal?'
'Tot dusver niemand. Hamish is dan terug naar school en ik weet niet of Lucilla hier zal zijn...'
'Ach, zou je dan zo lief willen zijn en een dolende man willen onderbrengen? Katy vertelde me gisteravond over hem. Ze heeft hem op een of ander feestje ontmoet en vond hem aardig. Hij is een Amerikaan – een advocaat, meen ik – maar zijn vrouw is pas overleden en hij is hier naartoe gekomen om er even uit te zijn. Hij zou toch naar Schotland komen om bij mensen te logeren die in de Borders wonen en zij dacht dat het vriendelijk zou zijn om hem een uitnodiging te sturen. We kunnen hem niet bergen in Corriehill, omdat ik vol zit met al die vrienden van Katy, en Toddy Buchanan heeft geen kamer vrij in de Strathcroy Arms. Dus dacht ik dat jij misschien een bed voor hem had? Zou je het erg vinden? Ik weet niets van hem behalve dat stukje over zijn vrouw die dood was, maar als Katy hem aardig vindt, neem ik aan dat hij niet heel onverdraaglijk zal zijn.'
'Arme kerel. Natuurlijk kan hij komen.'
'En jij neemt hem mee naar het feest? Je bent een schat. Ik bel Katy vanavond en zeg haar dat ze hem moet vertellen dat hij contact met jou op moet nemen.'
'Hoe heet hij?'
'Iets geks. Plucker. Of... Tucker. Dat is het. Conrad Tucker. Waarom hebben Amerikanen altijd zulke merkwaardige namen?'

Isobel lachte. 'Zij zullen waarschijnlijk Balmerino nogal zonderling vinden. Wat is er nog meer aan de hand?'

'Eigenlijk niets. We hebben Toddy Buchanan overgehaald om de catering te verzorgen en de bar te runnen. En hij komt met iets van een ontbijt. Katy's leeftijdgenootjes hebben altijd een vraatzuchtige honger rond vier uur 's ochtends. En die lieve Tom Drystone organiseert de band.'

'Inderdaad, het zou geen feest zijn zonder onze fluitende postbode op het podium. Heb je een disco?'

'Ja. Een jongeman uit Relkirk doet dat. Hij zorgt overal voor. Een beetje van alles wat. Flikkerende lampen en versterkers. Ik moet er niet aan denken wat een lawaai dat zal geven. En we krijgen tuinlichtjes langs de hele oprijlaan. Ik dacht dat het wel feestelijk zou staan en als het een ellendig donkere avond is, helpt het de mensen om de weg te vinden.'

'Het zal er prachtig uitzien. Je hebt aan alles gedacht.'

'Behalve de bloemen. Dat is de andere gunst die ik je moet vragen. Zou je willen helpen met de bloemen? Katy zal er zijn en ik heb een of twee anderen gedwongen, maar niemand weet met bloemen om te gaan zoals jij en ik ben je oneindig dankbaar als je wilt helpen.'

Isobel voelde zich gevleid. Het was fijn te weten dat er iets was waarin ze beter was dan Verena, en bevredigend om gevraagd te worden.

'De zaak zit zo,' ging Verena door voordat Isobel de kans kreeg om iets te zeggen: 'Ik kan maar niet bedenken hoe ik de feesttent moet aankleden. Het huis is niet zo moeilijk, maar de tent geeft toch problemen, omdat hij zo enorm groot is en gewone bloemstukken simpelweg in het niet zouden verdwijnen. Wat vind jij ervan? Jij zit altijd zo vol goede ideeën.'

Isobel zocht naar een goed idee maar vond niets. 'Hortensia's?'

'Die zijn er niet meer tegen die tijd.'

'Huur wat potpalmen.'

'Te deprimerend. Net de danszaal van een of ander provinciaal hotel.'

'Goed, waarom maak je het dan niet echt landelijk en aangepast aan het seizoen? Schoven rijpe gerst en lijsterbestakken. Mooie rode bessen met die mooie bladeren. En de beuken zullen ook net aan het vertakken zijn. We kunnen de takken in glycerine dompelen en daarmee de tentpalen bedekken, zodat ze op herfstbomen lijken...'

'O, wat een goed idee. Je bent geweldig. Dat doen we allemaal op de dag voor het feest. De donderdag. Schrijf jij het op in je agenda?'

'Die dag is de picknick voor Vi's verjaardag, maar dat kan ik een keer overslaan.'

'Je bent een heilige. Een hele last van mijn schouders. Wat een opluchting.' Verena rekte zich behaaglijk uit, slikte een geeuw in en zweeg.

De klok op de schoorsteenmantel tikte zachtjes en de stilte van de kamer omringde de twee vrouwen. Het gegeeuw werkte aanstekelijk. En het zou een vergissing zijn om midden in de middag te gaan rusten, want je had geen zin meer om ooit nog op te staan. Zomerse namiddagen en niets bijzonders te doen. Weer liet Isobel zich meevoeren door die illusie van tijdloosheid waarin ze verdwaald was voordat Verena haar kwam storen. Ze dacht weer aan de oude Lady Balmerino, die hier placht te zitten, zoals zij en Verena zaten, een roman lezend of vredig bordurend aan haar wandkleed. Alles zoals het ooit was geweest. Misschien dat er elk moment een discreet klopje op de deur zou klinken en Harris de butler zou binnenkomen, een mahoniehouten theekarretje voor zich uit duwend, met daarop de zilveren theepot en de kopjes van flinterdun porselein; de afgedekte schalen met cake, net uit de oven, de schaal met room, de aardbeienjam, de citroencake en de donkere, plakkerige gembercake.

De klok, met een zilveren toon, sloeg vier keer en de illusie loste op. Harris was al lang weg en zou nooit terugkomen. Isobel gaapte weer en stond toen met enige moeite op. 'Ik ga de ketel opzetten,' zei ze tegen Verena, 'en wij gaan die kop thee drinken.'

22

'... Het was het jaar dat mijn nicht Flora haar kind kreeg. Kende u haar ouders? Oom Hector was de broer van mijn vader, veel jonger natuurlijk en getrouwd met een meisje uit Rhum. Ontmoette haar toen hij politieagent was; zij was altijd al een onbeholpen wicht, verloor al haar tanden toen ze nauwelijks dertig was. Toen mijn oma dat hoorde, vloog ze tegen het plafond, ze wilde geen kaarsen dragende katholieken in de familie; ze was vrij en blij grootgebracht. Ik breide een wollen babyjasje voor het kind. Roze met een motiefje van varens, maar ze stopte het in de wasketel met de lakens, ik was ontroostbaar...'

Violet luisterde niet meer. Het scheen niet nodig te zijn om te luisteren. Je knikte gewoon of zei: 'O, ja,' elke keer als Lottie stopte om adem te halen, en dan ging ze weer over op een andere verwarrende koers.

'... kwam in dienst toen ik veertien was, in een groot huis in Fife; ik huilde emmers vol, maar mijn moeder zei dat ik moest gaan. Ik was de keukenmeid en de kokkin was een bemoeial; ik ben van mijn leven niet zo moe geweest, 's morgens om vijf uur opstaan en ik sliep op zolder met een eland.'

Dit trok tenminste Violets aandacht. 'Een eland, Lottie?'

'Ik geloof dat het een eland was. Een van die opgezette koppen. Aan de muur. Te groot voor een hert. Meneer Gilfillan was in Afrika geweest, een missionaris. Je zou niet gedacht hebben dat een missionaris eropuit ging om elanden te schieten, u wel? Met kerst aten ze gebraden gans, maar het enige wat ik kreeg was een beetje koud schapevlees. Gemeen. Wilden je nog niet het snot uit hun neus geven. De zolder was zo vochtig, mijn kleren waren drijfnat, liep longontsteking op. De dokter kwam, mevrouw Gilfillan stuurde me naar huis, nog nooit zo blij geweest om terug te gaan. Had een kat thuis. Tammy Puss. Hij was vreselijk snel. Opende de deur van de provisiekast en dook op de room; we vonden ooit een dode muis in de room. En Ginger had een hele rits poesjes, half wild, krabden het vel van mijn moeders handen... ze was nooit goed met dieren. Haatte mijn vaders hond...'

Als twee oudere dames zaten ze op een bankje in het grote park in Relkirk. Voor hen stroomde de rivier, hoog van de vloed en vies van de bruine turf. Een visser, tot zijn heupen in het water, wierp zijn hengel uit. Tot dusver scheen hij nog geen enkele zalm te hebben gevangen. Aan de overkant van de rivier stonden grote Victoriaanse huizen, verzonken in ruime tuinen met gazons die tot aan het water liepen. Bij een aantal ervan lagen kleine bootjes aangemeerd. Er waren eenden in het water. Een man die met zijn hond voorbijkwam, gooide broodkorstjes en de eenden kwamen, snaterend en kibbelend, de korstjes oppikken. '... de dokter zei dat het een beroerte was, zei dat ze de zenuwen had. Ik wilde wel gaan en vrijwilliger zijn, met die oorlog die aan de gang was en alles, maar als ik was gegaan was er niemand die bij moeder bleef. Mijn vader werkte buiten de deur, hij kweekte prachtige knolrapen, maar eenmaal binnen, ging hij zitten en deed zijn laarzen uit en dat was het... nooit een man gezien die zoveel kon eten. Hij was nooit een prater, op sommige dagen zei hij geen woord. Stroopte konijnen. We aten een boel konijnen, toen. Tuurlijk was dat vóór de mixametosties. Vieze dieren tegenwoordig...'

Violet, die Henry had beloofd dat ze Lottie voor een middag van Edie zou overnemen, had last gehad van haar geweten tot ze ten slotte had besloten de stap te nemen, zodat het maar gebeurd was. Ze had Lottie uitgenodigd met haar te gaan winkelen in Relkirk en thee met haar te drinken, en had Lottie prompt opgehaald bij Edies huisje, had haar in de auto gestopt en was met haar naar de stad gereden. Voor de gelegenheid had Lottie zich op haar paasbest gekleed, in een beige jas met plooikraag en een hoed in de vorm van een boerenbrood. Ze droeg een enorme handtas en had haar wankele hoge hakken aan. Vanaf het moment dat ze in de auto stapte, hield ze niet op met praten. Ze had gepraat terwijl ze door Marks & Spencer liepen, praatte toen ze in de rij stonden voor verse groente, praatte terwijl ze in de drukke straten zochten naar wat Lottie met alle geweld een fournituренzaak wenste te noemen.

'Ik geloof niet dat er tegenwoordig nog fournituренzaken zijn, Lottie...'
'O, ja, er zit een kleintje verderop in die straat... of was het in de volgende? Moeder kocht er altijd haar breiwol.'

Hoewel ze niet kon geloven dat ze het ooit zouden vinden, stond Violet toe dat ze in rondjes werd meegevoerd; ze kreeg het met het moment warmer, haar voeten deden pijn en ze werd heen en weer geslingerd tussen boosheid en opluchting toen Lottie eindelijk de winkel ontdekte. Het was er erg oud, stoffig en volgestouwd met een verzameling kartonnen dozen vol haakpennen, verbleekte borduurgarens en ouderwetse breipatronen. De oude vrouw achter de toonbank zag eruit alsof ze er nog net in geslaagd was uit het bejaardenhuis te glippen en het kostte haar een kwartier zoeken voor ze had wat Lottie wilde, namelijk een meter kookvast elastiek. Hoe dan ook, het werd ten slotte opgedolven uit een la gevuld met oude knopen, bevend in een papieren zak gedaan en betaald. Ze stapten naar buiten op de stoep en Lottie was triomfantelijk. 'Zei ik u toch,' kraaide ze tegen Violet. 'U geloofde me niet, is het wel?'

Ze waren klaar met boodschappen doen, maar het was nog te vroeg voor thee, dus had Violet een wandeling in het park voorgesteld. Ze liepen terug naar haar auto, gooiden de aankopen in de kofferbak en staken het brede grasveld over dat naar de rivier leidde. Violet was resoluut op de eerste de beste bank gaan zitten.

'We houden een korte pauze,' zei ze tegen Lottie en dus zaten ze hier, zij aan zij in het gouden zonlicht, met Lottie die nog steeds een boel te zeggen had.

'Dat is het Relkirk Royal, daar ben ik geweest, je kunt het net zien tussen de bomen. Het was er niet zo slecht, maar ik kon de verpleegsters niet uitstaan. De dokter was wel aardig, maar niet meer dan een jonge student. Ik geloof niet dat hij er iets vanaf wist, hoewel hij wel deed alsof. Mooie tuinen, net zo mooi als het crematorium. Ik wilde moeder laten cremeren, maar de predikant zei dat ze naast mijn vader wilde liggen op het kerkhof in Tullochard. Hoewel ik niet snap hoe hij er meer van zou weten dan ik.'

'Ik neem aan dat je moeder het hem verteld heeft...'

'Heeft het waarschijnlijk zelf bedacht, stak altijd overal zijn neus in.'

Violet keek uit over de rivier naar waar het Relkirk Royal hoog op de heuvel stond, de roodstenen torentjes en puntdaken nauwelijks zichtbaar tussen de bebladerde bomen die eromheen stonden. Ze zei: 'Het ziekenhuis staat werkelijk op een mooie plek.'

'Dat is typisch iets voor dokters. Die hebben geld genoeg.'

Langs haar neus weg: 'Hoe heette hij, de jonge dokter die jou behandeld heeft?'

'Dr. Martin. Er was nog een ander, Dr. Faulkner, maar die kwam niet eens in m'n buurt. Het was Dr. Martin die zei dat ik kon gaan en bij Edie mocht wonen. Ik wilde een taxi, maar het was een ambulance.'

'Edie is erg lief.'

'Zij heeft het goed genoeg gehad in haar leven, sommige mensen hebben al het geluk. Het is een heel verschil of je in het dorp woont of weggestopt zit op de heuvel.'

'Misschien kun je het huis van je ouders verkopen en naar het dorp trekken?'

Maar Lottie negeerde deze praktische raad en ging maar door, onverdroten, alsof Violet niets had gezegd. Het werd Violet toen duidelijk dat Lottie sluwer was dan een van hen had vermoed. 'Maak me zorgen om haar dat ze zo dik is, ze zal op een dag nog eens een hartaanval krijgen, al dat vet dat ze moet meedragen. En altijd hollend het huis uit, op weg naar uw huis of dat van Virginia, nooit eens tijd voor een praatje of een avondje televisie kijken. Moest af en toe eens aan zichzelf denken. Ze vertelde me dat Alexa overkomt voor het feest van mevrouw Steynton. Neemt een vriend mee. Dat is leuk, toch? Maar je moet goed uitkijken, mannen zijn allemaal hetzelfde, op alles uit wat ze maar in hun handen kunnen krijgen...'

198

'Wat bedoel je, Lottie?' Violet klonk scherp.

Lottie keek haar met grote donkere ogen aan. 'Nou, ze is geen armoed-zaaier, die Alexa. De oude Lady Cheriton zat nooit om een dubbeltje verlegen. Ik lees kranten, weet alles van die familie. Niets werkt zo goed als een beetje geld om een jongeman naar een jong meisje te laten loeren.'

Violet voelde hoe ze werd overvallen door een machteloze woede die vanaf haar voetzolen naar haar wangen trok, ze roodgloeiend maakte. Woede om Lotties onbeschaamdheid, en machteloosheid omdat Lottie tenslotte alleen maar zei wat Alexa's familie stilletjes vreesde.

Ze zei: 'Alexa is erg knap en erg lief. Het feit dat ze ook nog onafhanke-lijk is heeft niets van doen met de vrienden die ze uitzoekt.'

Maar Lottie negeerde de terechtwijzing of het ontging haar. Ze stootte een klein lachje uit, schudde haar hoofd. 'Ik zou er maar niet te zeker van zijn. En hij komt ook nog uit Londen. Allemaal zakkenvullers. Yuppies,' voegde ze er enigszins dwingend aan toe, het woord uitspre-kend alsof het iets smerigs was.

'Lottie, volgens mij weet je niet waarover je praat.'

'Al die meisjes zijn hetzelfde. Altijd zo geweest, ze zien een knappe man en ze zijn vertrokken als een loopse teef.' Ze huiverde plotseling, alsof de opwinding van deze gedachte alle toppen van haar zenuwstelsel had bereikt. Toen stak ze een hand uit en sloot hem om Violets pols. 'En nog iets anders. Henry. Ik zie hem vaak. Hij is klein, niet? Komt bij Edie en zegt nooit een woord. Ziet er soms raar uit, vind ik. Ik zou me zorgen maken als ik u was. Niet als andere kleine jongens...'

Haar knokige vingers waren wonderlijk sterk, een ijzeren greep. Violet, van afschuw vervuld, kende een moment van paniek. Haar onmiddel-lijke reactie was de vingers los te wrikken, op te staan en te vluchten, maar net op dat moment liep er een meisje langs die een kind in een wandelwagentje voortduwde en gezond verstand kwam Violet redden. De paniek, de boosheid, nam af. Het was, uiteindelijk, slechts arme Lottie Carstairs, die het niet makkelijk had gehad in het leven en die haar trieste, seksuele frustraties en haar verwarde verbeelding met haar op de loop liet gaan. En als Edie het aankon om met haar niet te wo-nen, dan kon Violet het toch zeker makkelijk aan voor die ene middag. Ze glimlachte. Ze zei: 'Het is aardig van je om bezorgd te zijn, Lottie, maar Henry is een heel gewone jongen en gezond als een vis. Nu...' Ze verschoof ietsje, wierp een blik op haar horloge en voelde de manische greep van Lotties vingers verslappen en loslaten. Zonder haast pakte Violet haar handtas. '... Ik denk dat het tijd is om ergens een aardig plekje te vinden waar we iets kunnen eten. Ik voel me nogal hongerig. Ik heb zin in *fish en chips*. Hoe zit het met jou?'

23

Zoals Isobel, bekaf door de dagelijkse eisen van haar drukke bestaan, zich van tijd tot tijd terugtrok in de linnenkamer, zo vond haar echtgenoot vertroosting in zijn werkplaats. Deze was in het souterrain van Croy, een oord van natuurstenen gangen en schaars verlichte kelders. De oude boiler stond hier beneden, een zwaarmoedig, stinkend monster, groot genoeg om een schip te stoken, dat een constante en regelmatige aandacht vereiste en een enorme hoeveelheid kolen. Bovendien waren er nog twee andere ruimten in gebruik – om ongebruikt porselein op te slaan, afgedankte meubelstukken, kolen en houtblokken, en een sterk uitgedunde wijnkelder. Maar voor het grootste deel stond het souterrain leeg, het hing vol met spinnewebben en werd elk jaar overstroomd door families veldmuizen.

De werkplaats bevond zich naast de stookkamer, wat inhield dat het er altijd aangenaam warm was, en er waren grote ramen, met tralies als in een gevangenis, die uitkeken op het zuiden en het westen en een aangenaam licht binnenlieten. Archies vader, die erg handig was, had hem helemaal toegerust, met zware werkbanken, gereedschapsrekken, bankschroeven en klemmen. De oude man had graag rondgescharreld in deze ruimte, waar hij het kapotte speelgoed van de kinderen repareerde, de onvermijdelijke en uiteenlopende mankementen in het huis verhielp en zijn eigen kunstaas maakte.

Na zijn dood had de werkplaats een paar jaar leeg gestaan, ongebruikt, veronachtzaamd en onder het stof. Maar toen Archie na zijn acht maanden in het ziekenhuis naar Croy terugkeerde, daalde hij met veel pijn de stenen treden af, hinkte door de hel echoënde gang en nam hem weer in bezit. Het eerste wat hij zag toen hij de kamer binnenging was een kapotte stoel met een bolvormige rugleuning, de poten bezweken onder het gewicht van een corpulente eigenaar. Hij was naar de werkplaats gebracht voordat de oude Lord Balmerino stierf. Hij was met de reparatie begonnen, maar had de klus nooit afgemaakt en de stoel was achtergelaten, vergeten en sinds die tijd verwaarloosd.

Archie had daar enige tijd gestaan en had dat eenzame meubelstuk bekeken. Toen riep hij Isobel. Zij kwam. Ze hielp hem bij het wegvegen van de vuiligheid, de spinnewebben, de muizekeutels en de hoopjes oud zaagsel. Wegvluchtende spinnen werden met het vuil meegegeven, zoals ook potten hard geworden lijm, stapels vergeelde kranten en oude blikjes verf. Isobel lapte de ramen en kreeg ze op de een of andere manier open, waardoor frisse lucht de ruimte binnen kon.

Archie ondertussen hing, nadat hij al dat prachtige oude gereedschap had schoongemaakt en geolied, de beitels en hamers, zagen en schaven weer netjes in de rekken. Toen dat gedaan was, ging hij zitten en maakte een lijst van alles wat hij nodig had en Isobel ging naar Relkirk en kocht het voor hem.

Pas toen was hij in staat om aan de slag te gaan en het werk af te maken waarmee zijn vader was begonnen.

Nu zat hij aan dezelfde werkbank, de middagzon viel schuin door het bovengedeelte van het raam, en was klaar met het in de grondverf zetten van de houtsnede waaraan hij, met tussenpozen, de laatste twee maanden gewerkt had. Het was ongeveer tien centimeter hoog en stelde de figuur voor van een meisje dat op een zwerfkei zat met een kleine Jack Russell terriër tegen haar knie leunend. Het meisje droeg een trui en een plooirok, en haar haar wapperde in de wind. Het was, in feite, Katy Steynton met haar hond. Verena had Archie een foto van haar dochter gegeven, verleden jaar op de hei genomen, en hiervan had hij de schetsen voor de houtsnede gemaakt. Als de grondverf droog was, zou hij het schilderen, zo levensecht mogelijk de veranderlijke kleuren van de foto reproducerend. En dan zou het aan Katy geschonken worden, ter ere van haar eenentwintigste verjaardag.

Het was klaar. Hij legde het penseel neer en leunde achteruit in zijn stoel om zijn pijnlijke ledematen te strekken en zijn creatie over zijn halve brilleglazen heen te beoordelen. Hij had zich nog nooit eerder gewaagd aan de complicaties van een zittende figuur en dan nog wel een vrouwelijk figuur, en hij was buitensporig tevreden over het eindresultaat. Het meisje en de hond vormden een fraaie compositie. Morgen zou hij het schilderen. Hij keek tevreden uit naar het aanbrengen van de laatste details.

Van boven hoorde hij het vage geluid van de rinkelende telefoon. Het was maar net waarneembaar en al maanden hadden hij en Isobel het nut besproken van het installeren van een tweede bel in het souterrain, zodat hij het geluid gemakkelijker zou kunnen horen, mocht hij alleen zijn in huis. Maar ze hadden er niets aan gedaan en hij was nu alleen thuis. Hij vroeg zich af hoelang de telefoon al rinkelde, of er nog tijd voor hem was om naar boven te gaan en de hoorn op te nemen voordat de beller, de moed verliezend, zou ophangen. Hij dacht eraan het bellen te negeren, maar het bleef aanhouden. Misschien was het belangrijk. Hij duwde zijn stoel achteruit en ging op zijn trage manier de gang door en de trap op om dat ellendige toestel te beantwoorden. Het toestel stond in de keuken en het rinkelde nog steeds schril toen Archie zich naar de commode begaf en de hoorn opnam.

'Croy.'

'Pap!'

'Lucilla!' Zijn hart sprong op van vreugde. Hij greep naar een stoel.
'Waar zat je? De telefoon heeft uren gerinkeld.'
'Beneden in mijn werkplaats.' Hij ging zitten, gaf zijn been wat rust.
'O, het spijt me. Is mams er niet?'
'Nee. Zij en Hamish zijn bramen aan het plukken. Lucilla, waar ben je?'
'Ik ben in Londen. En je raadt nooit waar ik vandaan bel. Je raadt het in nog geen duizend jaar.'
'In dat geval kun je het me maar beter vertellen.'
'Het Ritz.'
'Wat doe je daar verdomme?'
'De nacht doorbrengen. En dan beginnen we morgen aan de tocht naar het noorden. We zijn morgenavond thuis.'
Archie nam zijn bril van zijn neus; hij kon de grijns van plezier over zijn gezicht voelen trekken. 'Wie zijn 'we'?'
'Jeff Howland en ik. En... hou je vast... Pandora.'
'Pandora?'
'Ik dacht wel dat het je zou verbazen...'
'Maar wat doet Pandora bij jou?'
'Ze komt naar huis. Ze zegt dat het voor het feest van Verena Steynton is, maar volgens mij is het in werkelijkheid om Croy en jullie allemaal weer terug te zien.'
'Is ze daar nu?'
'Nee. Ze doet een tukje. Ik bel vanuit mijn kamer. Ik ben helemaal alleen, afgezien van Jeff. Ik heb jou en mams heel veel te vertellen, maar ik doe het niet nu omdat het allemaal zo ingewikkeld is...'
Maar Archie liet haar niet gaan met dit excuus. 'Wanneer ben je in Londen aangekomen?'
'Vanochtend. Net voor de lunch. We zijn met z'n allen in Pandora's auto door Spanje en Frankrijk gereden. We hebben een fantastische tijd gehad. Vanochtend vroeg hebben we de veerboot naar Dover genomen. Ik was er klaar voor om meteen door te reizen naar het noorden, maar Pandora wilde even op adem komen, dus bracht ze ons hier. Ze stond erop. En maak je geen zorgen over de rekening want zij betaalt hem. Ze heeft de hele reis betaald, vanaf het moment dat we Palma verlieten. Heeft alle benzine betaald, de hotels, alles.'
'Hoe...' Zijn stem haperde. Het was belachelijk, onmannelijk om zo emotioneel te zijn. Hij probeerde het opnieuw. 'Hoe is het met haar?'
'Ze maakt het goed. Ze is mooi. En ze heeft veel plezier. O, pap, je bent toch blij dat ik haar mee naar huis breng, hè? Het wordt toch niet te veel voor mam? Pandora is nou niet wat je noemt erg huiselijk en ik neem niet aan dat ze ooit een vinger zal uitsteken om te helpen, maar ze is zo opgewonden dat ze jullie beiden weer zal zien. Jullie vinden het toch leuk, is het niet?'

'Meer dan leuk, mijn schat. Het is haast een wonder.'
'En vergeet niet dat ik Jeff ook meebreng.'
'We zien er naar uit om hem te ontmoeten.'
'Dan zie ik je morgen.'
'Hoe laat?'
'Rond vijf uur? Maar maak je geen zorgen als we iets later zijn.'
'Daar kun je op rekenen.'
'Ik kan niet wachten.'
'Ik ook niet. Rij voorzichtig, mijn schat.'
'Natuurlijk.' Ze zond hem een kusgeluidje langs de honderden mijlen telefoondraad en hing op.

Archie bleef achter, zittend op de harde keukenstoel en met de zoemende hoorn in zijn hand. Lucilla en Pandora. Ze kwamen naar huis. Hij legde de hoorn terug. Het zoemen hield op. De oude keukenklok tikte langzaam. Hij bleef even zitten waar hij zat, stond toen op en liep de keuken uit over de gang naar zijn studeerkamer. Aan zijn bureau gezeten, opende hij een la en haalde er een sleutel uit. Met deze sleutel opende hij een andere, kleinere la. Hieruit pakte hij een envelop, vergeeld door de jaren en geadresseerd in Pandora's grote en slordige hanepoten aan hemzelf, op het hoofdkwartier van de Queen's Loyal Highlanders in Berlijn. De datum van het poststempel was 1967. Er zat een brief in, maar hij haalde de brief er niet uit om te lezen. Hij kende de inhoud uit zijn hoofd. Wat betekende dat er geen reden was om de brief niet in snippers verscheurd te hebben of jaren geleden in het vuur te hebben geworpen, behalve dat hij er zich niet toe kon brengen om hem te vernietigen.

Pandora. Terug op Croy.

Uit de verte kwam het geluid van een auto, het werd luider en naderde het huis, vanaf de grote weg de heuvel op. Het lawaai van de motor was onmiskenbaar. Isobel en Hamish keerden huiswaarts in de minibus, terug van de bramenpluk. Archie legde de envelop weer in de la, sloot die af, legde de sleutel weg en ging hen tegemoet.

Isobel had de minibus achter het huis gereden en hem op het erf geparkeerd. Tegen de tijd dat Archie terug was in de keuken, waren ze daar al, zijn vrouw en zijn zoon, die de deur open hadden geworpen en triomfantelijk naar binnen waren komen wankelen, elk bijna bezwijkend onder het gewicht van twee grote manden die tot de rand toe waren gevuld met donker fruit. De tocht door de braamstruiken had hen allebei gehavend; ze waren vuil, zaten onder de modder, en ze zagen er niet beter uit, constateerde Archie vol genegenheid, dan een stelletje landlopers.

Elke keer als hij naar Hamish keek, voelde hij een kleine schok van verrassing omdat de jongen gedurende deze zomervakantie gegroeid was als een jonge boom, en elke dag iets langer en steviger was geworden. Op zijn twaalfde kwam hij al boven zijn moeder uit en zijn trui, die hem te krap zat, spande zich om zijn gespierde schouders. Zijn hemd hing uit zijn broek, paars sap bevlekte zijn handen en zijn mond, en zijn weelderige maïskleurige haar moest hoognodig worden geknipt. Archie keek naar hem en was vervuld van trots.

'Hoi, paps.' Hamish zette de manden op de keukentafel en kreunde. 'Ik ben uitgehongerd.'

'Jij bent altijd uitgehongerd.'

Isobel zette ook haar vracht neer. 'Hamish, je hebt de hele middag bramen gegeten.' Ze droeg een slobberige ribbroek en een overhemd dat Archie lang geleden had afgedankt. 'Je kunt geen honger hebben.'

'Wel waar. Bramen vullen niet.' Hamish was op weg naar de kast waar de koekblikken werden bewaard. Hij opende kletterend een deksel en pakte een mes.

Archie bewonderde hun oogst. 'Jullie hebben het verschrikkelijk goed gedaan.'

'We moeten wel ongeveer tien kilo hebben geplukt. Ik heb er nog nooit zoveel gezien. We zijn naar de overkant van de rivier gegaan waar meneer Gladstone zijn knolrapen laat groeien. De struiken rond die velden barsten van het fruit.' Isobel trok een stoel bij en ging zitten. 'Ik doe een moord voor een kop thee.'

Archie zei: 'Ik heb nieuws voor je.'

Ze keek snel op, altijd het ergste vrezend. 'Goed nieuws?'

'Het allerbeste,' vertelde hij haar.

'Wanneer belde ze dan? Wat zei ze? Waarom liet ze ons dat niet eerder weten?' Isobel, in vuur en vlam van opwinding, gaf Archie geen tijd om een van de vragen te beantwoorden. 'Waarom belden ze ons niet vanuit Palma of vanuit Frankrijk om het aan te kondigen? Niet dat ik een aankondiging nodig heb, het doet er niet toe; het enige wat ertoe doet is dat ze komen. En overnachten in het Ritz. Ik geloof niet dat Lucilla ooit van haar leven in een hotel heeft geslapen. Pandora is belachelijk. Ze hadden gemakkelijk naar een iets minder dure gelegenheid kunnen gaan...'

'Pandora kent waarschijnlijk geen andere gelegenheden.'

'En ze blijven voor het feest? En ze brengt de schapenfokker mee? Denk je eigenlijk dat zij Pandora heeft overgehaald om te komen? Het is zo wonderlijk, na al die jaren, dat het Lucilla moest zijn die haar overhaalde. Ik zal alle slaapkamers gereed moeten maken. Er zullen heel wat logés zijn, want we krijgen ook nog die Amerikaanse vriend van Katy te slapen. En eten. Ik geloof dat er nog wat fazanten in de diepvries liggen...'

Ze zaten nu rond de tafel en dronken thee. Hamish, ten einde raad van de honger, had de ketel opgezet voor de thee. Terwijl zijn ouders praatten, had hij drie mokken op tafel gezet, de koekblikken en een brood op de houten broodplank. Hij vond ook de boter en een pot met Branston Pickle. Hamish had, sinds kort, een voorkeur voor Branston Pickle en smeerde het overal op. Hij was op dit moment bezig een boterham te bereiden, de bruine drab sijpelde naar buiten tussen twee enorme hompen brood.

'... heeft ze je verteld over Pandora? Zei ze ook maar iets over haar?'

'Niet erg veel. Klonk gewoon tevreden met het leven.'

'O, ik wou dat ik hier geweest was om met haar te praten.'

'Je kunt morgen met haar praten.'

'Heb je het nog aan iemand anders verteld dat ze komen?'

'Nee. Alleen aan jou.'

'Ik zal Verena moeten bellen en haar vertellen dat ze er nog drie mensen bij heeft die naar het feest komen. En ik moet het Virginia vertellen. En Vi.'

Archie pakte de theepot en vulde zijn mok opnieuw.

'Ik zat te denken. Zou het een goed idee zijn om zondag alle Airds te vragen voor de lunch? Wat zeg je ervan? We weten tenslotte niet hoelang Pandora blijft en volgende week wordt het een circus met dan dit en dan dat. Zondag zou een goede dag kunnen zijn.'

'Dat is een fantastisch idee. Ik bel Virginia. En ik bestel een lendestuk bij de slager...'

Hamish zei: 'Dat wordt smullen.' En hij nam nog een snee gemberkoek.

'... en als het een mooie dag is, kunnen we croquet spelen. We hebben de hele zomer nog geen croquet gespeeld. Jij zult het gras moeten maaien, Archie.' Ze zette haar mok neer en werd zakelijk. 'Welnu. Ik moet bramengelei maken en alle slaapkamers klaarmaken. Maar ik moet niet vergeten Virginia te bellen...'

'Dat doe ik,' zei Archie. 'Dat kun je aan mij overlaten.'

Maar Isobel, met de grote pan op het fornuis en de bramen aan het pruttelen, wist dat als ze haar opwindende nieuws niet met iemand deelde, ze uit elkaar zou barsten en dus vond ze tijd om Violet te bellen. Eerst werd er niet opgenomen op Pennyburn, dus hing ze op en belde een half uur later nogmaals.

'Hallo.'

'Vi, ik ben het, Isobel.'

'O, mijn kind.'

'Ben je bezig?'

'Nee, ik zit met een borrel in mijn hand.'

'Maar Vi, het is pas half zes. Ben je aan de fles?'

'Tijdelijk. Ik had de meest vermoeiende dag van mijn leven, ik was met Lottie Carstairs op sjouw door Relkirk en heb thee met haar gedronken. Maakt niet uit, het is achter de rug en ik heb deze week mijn goede daad verricht. Maar ik vond wel dat ik een grote whisky-soda verdiend had.'

'Dat heb je zeker. Of zelfs twee grote whisky-soda's. Vi, er is iets werkelijk opwindends gebeurd. Lucilla belde vanuit Londen, ze komt morgen naar huis en ze brengt Pandora met zich mee.'

'Wie brengt ze mee?'

'Pandora. Archie is in de wolken. Denk je eens in. Hij heeft de afgelopen twintig jaar geprobeerd haar terug te halen naar Croy en nu komt ze dan echt.'

'Ik kan het niet geloven.'

'Ongelooflijk, vind je niet? Kom zondag lunchen om ze allemaal te zien. We vragen ook alle andere Airds, je kunt met hen meekomen.'

'Ik zal dat graag doen. Maar... Isobel, waarom besloot ze plotseling om te komen? Pandora, bedoel ik.'

'Geen idee. Lucilla zei iets over het feest van de Steyntons, maar dat lijkt me een tamelijk zwak excuus.'

'Wat vreemd. Ik... ik... vraag me af hoe ze eruit zal zien?'

'Geen idee. Waarschijnlijk geweldig. Behalve dat ze nu negenendertig is, dus heeft ze onvermijdelijk een paar rimpels. Hoe dan ook, we zullen het spoedig met onze eigen ogen kunnen zien. Ik moet ophangen, Vi. Ik maak bramengelei en het staat op het punt om over te koken. Ik zie je zondag.'

'Erg aardig. En ik ben opgetogen over Lucilla...'

Maar de bramengelei eiste Isobel op. 'Dag, Vi,' en ze hing op.

Pandora.

Vi legde de hoorn neer, zette haar bril af en wreef in haar brandende ogen. Ze was al moe, maar Isobels nieuws, met zoveel vreugde gebracht, liet haar achter met het gevoel dat ze op de proef werd gesteld. Alsof er onmogelijke eisen aan haar gesteld zouden gaan worden en er vitale beslissingen genomen moesten worden.

Ze leunde achterover in haar stoel en sloot haar ogen. Ze wenste dat Edie hier was, haar oudste en dierbaarste vriendin, zodat ze iemand in vertrouwen kon nemen, dingen kon bepraten en getroost worden. Maar Edie was in haar huisje, opgezadeld met Lottie, en zelfs van een telefoontje kon geen sprake zijn, met Lottie die elk woord afluisterde en haar eigen, gevaarlijke conclusies zou trekken.

Pandora. Nu negenendertig, maar omdat Violet haar niet gezien had sinds ze achttien was, bleef ze in Violets gedachten eeuwig die bekoorlijke tiener. Als iemand die al dood was. Mensen die gestorven waren, werden nooit ouder, ze bleven in het geheugen zoals ze eens waren geweest. Archie en Edmund waren gerijpt tot middelbare leeftijd, maar niet Pandora.

Wat belachelijk was. Iedereen werd in hetzelfde tempo ouder, zoals mensen op vliegvelden verplaatst werden op die bewegende loopbanden. Pandora was negenendertig en had een leven achter de rug dat, als je alle verhalen mocht geloven, allesbehalve rustig en vredig was geweest. Ondervinding zou z'n sporen hebben achtergelaten, lijnen hebben getrokken, de huid gerimpeld, de heldere schittering van dat verbazingwekkende haar dof hebben gemaakt.

Maar het was bijna onmogelijk om je dat voor te stellen. Violet zuchtte, opende haar ogen, pakte haar glas. Zo kon het niet. Ze moest zich in de hand houden. Deze nieuwe verwikkelingen hadden niets met haar te maken. Ze zou geen beslissing nemen omdat er geen besluit te nemen viel. Ze zou gewoon doorgaan met te doen wat ze altijd had gedaan, en dat was observeren, negeren en zich niet blootgeven.

Edmund Aird, die om zeven uur 's avonds thuiskwam op Balnaid, liep net zijn huis in toen de telefoon begon te rinkelen. Hij bleef in de hal staan en wachtte, maar toen niemand onmiddellijk de telefoon beantwoordde, legde hij zijn aktentas op tafel en ging naar de bibliotheek, ging aan zijn bureau zitten en nam de hoorn van de haak.

'Edmund Aird.'

'Edmund. Archie hier.'

'Ja, Archie.'

'Isobel vroeg me jullie te bellen. Ze zou graag willen dat jij en Virginia en Henry zondag komen lunchen. We hebben Vi ook gevraagd. Kun je dan?'

'Wat aardig van Isobel. Ik denk het... een moment...' Hij voelde in zijn zak naar zijn agenda, legde die op het vloeipapier en sloeg de bladzijden om. 'Wat mij betreft is dat uitstekend, maar ik kom net binnen en heb nog niet met Virginia gesproken. Wil je dat ik haar ga halen?'

'Nee, doe geen moeite. Je kunt me bellen als jullie niet kunnen komen, en als we niets horen, verwachten we jullie allemaal om ongeveer kwart voor een.'

'We kijken er naar uit.' Edmund aarzelde. 'Is dit vanwege iets speciaals of gewoon een op zichzelf staande uitnodiging?'

Archie zei: 'Nee.' En zei toen: 'Ja. Ik bedoel, het is een speciale gebeurtenis. Lucilla komt morgen thuis...'

'Dat is fantastisch nieuws.'

'Er komt een Australiër met haar mee.'

'De schapenfokker?'

'Dat klopt. En ze brengt Pandora mee.'

Edmund klapte met enige behoedzaamheid zijn agenda dicht. Het was in marineblauw leer gebonden, met zijn initialen in goud in een van de hoeken. Het zat in zijn kous verleden jaar Kerstmis, een cadeau van Virginia.

'Pandora?'

'Ja. Lucilla en de schapenfokker gingen bij haar logeren in Majorca. Ze zijn samen teruggekomen, door Spanje en Frankrijk gereden. Kwamen vanmorgen in Dover aan.' Archie pauzeerde, alsof hij op commentaar

van Edmund wachtte. Maar Edmund zei niets en na enige tijd ging Archie verder: 'Ik heb de uitnodiging van Verena doorgestuurd, dus ik neem aan dat ze het leuk vond om thuis te komen voor het feest.'
'Dat lijkt me een goede reden.'
'Ja.' Weer een stilte. 'Houden we het dan op zondag, Edmund?'
'Ja, natuurlijk.'
'Tenzij we van jullie horen.'
'We kijken er naar uit. Bedankt voor het bellen.'
Hij hing op. De bibliotheek, het huis, overal was het stil. Hij bedacht dat Virginia en Henry misschien ergens buiten waren en dat hij volkomen alleen was. Dit gevoel van eenzaamheid groeide, werd benauwend. Hij merkte dat hij zijn oren inspande, hij had de geruststelling van een menselijke stem nodig, het gekletter van de borden, de blaf van een hond. Niets. Toen, van buiten het open raam, kwam de lange, heldere roep van een wulp, laag vliegend over de velden voorbij de tuin. Een wolk schoof voor de zon en de koele lucht bewoog. Hij stopte zijn agenda terug in zijn zak, streek met zijn hand zijn haar glad, trok zijn stropdas recht. Hij had een borrel nodig. Hij stond op van zijn stoel, verliet de kamer en ging op zoek naar zijn vrouw en zijn zoon.

24

Lucilla zei: 'Ik ben nog nooit op zo'n comfortabele manier naar huis gekomen.'

'Hoe kwam je voorheen dan thuis?' Jeff reed. Hij had de hele lange reis naar het noorden achter het stuur gezeten.

'In treinen uit school. Of in een ratelend klein autootje uit Edinburgh. Een keer vloog ik vanuit Londen, maar dat was in de tijd dat pap nog steeds soldaat was en de staat mijn reisgeld betaalde.'

Het was half vier, een zaterdagmiddag en er waren nog maar twintig mijl af te leggen. Ze waren goed opgeschoten. De snelweg lag achter hen, ze waren Relkirk gepasseerd en de bochtige weg, aangenaam bekend, voerde hen naar Strathcroy, naar huis. De rivier hield hen gezelschap en voor hen lagen de heuvels. De lucht was helder, de hemel groots en de frisse bries, die naar binnen waaide door de geopende ramen, was heerlijk geurig en steeg naar het hoofd als jonge wijn.

Lucilla kon het nauwelijks geloven, zoveel geluk hadden ze. Het had geregend in Londen en het goot in de Midlands, maar toen ze de grens passeerden, had ze de wolken uiteen zien vallen, zich verspreidend, wegrollend naar het oosten en Schotland verwelkomde hen met een blauwe lucht en bomen die net op het punt stonden een gouden glans te krijgen. Lucilla vond dit bijzonder attent van haar geboorteland en voelde zich zo voldaan alsof ze in hoogst eigen persoon deze miraculeuze metamorfose had geregisseerd. Ze maakte echter opzettelijk geen opmerking over hun geluk noch over het verbluffende schouwspel. Ze kende Jeff lang genoeg om te weten dat hij geen prijs stelde op al te uitbundige uitingen; hij werd er zelfs door in verlegenheid gebracht.

Ze waren die ochtend om tien uur op pad gegaan. Ze hadden toegekeken hoe de majestueuze kruiers van het Ritz hotel Pandora's donkerrode Mercedes hadden volgeladen met haar imponerende collectie koffers, samen met hun eigen nederige rugzakken. Pandora vergat de kruiers een fooi te geven, dus moest Lucilla het voor haar doen. Ze wist dat ze het nooit zou terugkrijgen, maar na een nacht van zoveel luxe met diner en ontbijt, vond ze dat dit wel het minste was dat ze kon doen. In het begin was Pandora voor in haar indrukwekkende auto gaan zitten, warmpjes in haar minkjas, want na de zinderende hitte van Majorca in augustus, voelde ze behoefte aan dat weelderige comfort. Ze was niet voorbereid op de kou en de regen. Terwijl Jeff hen de stad uitreed, die krioelde van het verkeer, en de snelweg bereikte, liet zij een eindeloze stroom warrige praat los. Later werd ze stil en staarde uit het raam naar het grijze en saaie landschap waar ze doorheen kwamen op de snelweg, met tachtig mijl per uur. De ruitewissers werkten zich over de kop, enorme vrachtwagens spoten verblindende, modderige waterdouches op en zelfs Lucilla moest toegeven dat het allemaal uiterst onaangenaam was.

'Mijn hemel, wat is het hier afschuwelijk.' Pandora dook dieper in haar bontjas.

'Weet ik. Het is alleen maar dit stukje.'

Voor de lunch stopten ze bij een wegrestaurant. Pandora wilde van de snelweg af, op zoek naar een of andere afgelegen pub, het liefst met strodak, waar ze bij de open haard konden zitten en whisky of gemberbier konden drinken. Maar Lucilla wist dat als ze zichzelf toestonden af te dwalen, ze nooit in Croy zouden aankomen.

'We hebben geen tijd. Dit is Spanje niet, Pandora. Of Frankrijk. We kunnen onze tijd niet verdoen met frivoliteiten.'

'Lieverd, dit is toch geen frivoliteit.'

'Ja, dat is het wel. En jij raakt in gesprek met de barman en dan zitten we daar eeuwig.'

Dus werd het het wegrestaurant, net zo onplezierig als Lucilla al had gevreesd dat het zou zijn. In de rij staan voor broodjes en koffie en neerstrijken op oranje plastic stoeltjes aan formica tafeltjes, omringd door irritante families met onhandelbare kinderen, punkachtige jongeren in obscene T-shirts, gespierde vrachtwagenchauffeurs, allemaal schijnbaar tevreden gebogen over borden vol vis en patat, gemeen gekleurde toetjes, koppen thee.

Na de lunch hadden Pandora en Lucilla van plaats gewisseld; Pandora had het zichzelf makkelijk gemaakt op de achterbank en was meteen in slaap gevallen. Ze had sindsdien steeds geslapen, wat inhield dat ze de dramatische grensovergang gemist had, het opklaren van de lucht en de miraculeuze opwinding van het feitelijke thuiskomen.

Ze reden door een klein dorp. 'Hoe heet dit?' vroeg Jeff.

'Kirkthornton.'

De stoepen waren bevolkt met mensen die hun boodschappen deden op zaterdagmiddag, de tuintjes in het plaatsje stonden vol met dahlia's. Oude mannen zaten op bankjes van de milde warmte te genieten. Kinderen likten aan ijsjes. Een hoge brug overspande een woelige rivier. Een man viste. De weg voerde omhoog de heuvel op. Pandora, in haar mink, lag opgerold als een kind, haar hoofd steunend op Jeffs tot kussen opgevouwen jack. Een lok glanzend haar viel over haar gezicht, haar wimpers lagen zwart op haar vooruitstekende jukbeenderen.

'Denk je dat ik haar wakker moet maken?'

'Dat is aan jou.'

Dit was het patroon geweest, steeds weer, de hele reis vanaf Palma, door Spanje en Frankrijk. Momenten van ongelooflijke energie, activiteit, gesprekken, veel gelach en plotselinge, onstuimige voorstellen.

We zouden echt die kathedraal moeten gaan bekijken. Hij ligt maar tien kilometer van onze route.

Kijk naar die zalige rivier. Waarom stoppen we niet even en nemen een duik? Niemand die het ziet.

Weet je, we zijn net een alleraardigst café gepasseerd. Laten we omdraaien en teruggaan en wat te drinken nemen.

Maar het drankje zou zich uitstrekken tot een lange en ontspannen lunch, met Pandora die in gesprek raakte met iedereen die maar binnen gehoorsafstand was. Nog een fles wijn. Koffie en cognac. En dan... boem. In slaap. Ze kon overal uiltjes knappen en hoewel dit soms ergerlijk was, betekende het tenminste dat ze ophield met praten. Lucilla en Jeff hadden geleerd dankbaar te zijn voor deze onderbrekingen. Anders zou Lucilla de reis waarschijnlijk niet overleefd hebben. Reizen met Pandora was een beetje als reizen met een uitgelaten kind of een hond – onderhoudend en gezellig, maar ook tamelijk uitputtend.

De Mercedes reed tegen de helling op. Op de top ontvouwde het landschap zich en het uitzicht was magnifiek. Beuken, velden, hier en daar een boerderij, grazende schapen, de rivier ver onder hen, de heuvels in de verte, bloeiend en paars als rijpe pruimen.

'Als ik haar nu niet wek, slaapt ze nog steeds als we thuiskomen. Dat duurt nog maar een minuut of tien.'

'Dan moet je haar wekken.'

Lucilla strekte haar arm uit, legde haar hand op het zachte bont van Pandora's schouder en schudde haar zachtjes.

'Pandora.'

'Hmm.'

'Pandora.' Nog een keer schudden. 'Wakker worden. We zijn er bijna. We zijn bijna thuis.'

'Wat.' Pandora's ogen knipperden open. Ze staarden, uitdrukkingsloos, zonder iets te zien, verward. Ze sloeg ze weer dicht, gaapte, bewoog zich, strekte zich uit.

'We zijn bij Caple Bridge. Bijna thuis.'

'Bijna thuis? Bijna op Croy?'

'Ga zitten, dan zie je het. Je mist het mooiste stuk van de rit, snurkend op de achterbank.'

'Ik was niet aan het snurken. Ik snurk nooit.' Maar na enige tijd ging ze rechtop zitten, duwde haar haar uit het gezicht, schikte haar bontjas om zich heen alsof ze het koud had. Ze gaapte weer, staarde uit het raam. Knipperde met haar ogen. Haar ogen werden helderder. 'Maar... we *zijn* er bijna!'

'Dat zei ik je toch.'

'Je had me uren geleden moeten wekken. Het regent niet meer. Het is helemaal zonnig. En het is groen. Ik was al dat groen vergeten. Wat een welkom. 'Caledonia, stern and wild, fit nurse for a poetic child.' Wie dat schreef? Een of andere domme, oude dwaas. Het is niet onherbergzaam en wild, het is gewoon het toppunt van schoonheid. Wat ontzettend aardig van de natuur om er zo lieftallig uit te zien.' Ze graaide naar haar tas, haar kam; bracht haar kapsel in orde. Een spiegeltje, wat lipstick. Een ruime scheut Poison. 'Ik moet lekker ruiken voor Archie.'

'Vergeet z'n been niet. Verwacht niet dat hij je tegemoet komt rennen om je in z'n armen op te vangen. Als hij je zou optillen, zou hij waarschijnlijk plat achterover vallen.'

'Alsof ik iets dergelijks zou voorstellen.' Ze keek op haar kleine diamanten horloge. 'We zijn vroeg. We hadden gezegd dat we er om vijf uur zouden zijn en het is nog niet eens vier uur.'

'We zijn enorm opgeschoten.'

'Lieve Jeff.' Pandora gaf een dankbaar tikje op zijn schouder, alsof ze een hond een klopje gaf. 'Wat een slimme chauffeur.'

Ze reden de heuvel af. Aan de voet van de helling namen ze de steile bult van Caple Bridge, sloegen linksaf en kwamen aan het begin van het dal. Pandora leunde voorover op haar zitplaats. 'Maar het is verbluffend. Er lijkt absoluut niets veranderd te zijn. Een paar mensen die Miller heetten, woonden in dat huisje. Ze waren verschrikkelijk oud. Hij was ooit schaapherder. Ze moeten nu al dood zijn. Ze hielden bijen en verkochten potten met heidehoning. O hemel, ik ben zo ontroerd, ik geloof dat ik even moet stoppen voor een plasje. Nee, natuurlijk wil ik dat niet. Gewoon verbeelding.' Ze gaf Jeff nog een stomp tegen zijn schouder. 'Jeff, je bent weer stil. Kun je geen woordje van waardering bedenken?'

'Tuurlijk,' grinnikte hij. 'Het is geweldig.'

'Het is veel meer dan dat. Het is òns land hier. De Balmerino's van Croy. Echt hartverwarmend, als roffelende trommels. En wij komen naar huis. We zouden veren op onze mutsen moeten dragen en er zou ergens een doedelzakspeler moeten spelen. Waarom heb je daar niet aan gedacht, Lucilla? Waarom heb je dat niet geregeld? Na twintig jaar is dat toch zeker het minste wat je voor me had kunnen doen.'

Lucilla lachte. 'Het spijt me.'

De rivier liep eens te meer parallel aan de weg, de oevers fel groen van biezen, de weiden aan de overkant afgegraasd door vredige kudden Fries stamboekvee. De geoogste velden waren als gouden tapijten in het zonlicht. De Mercedes zwenkte door de bocht in de weg en het dorp Strathcroy kwam in zicht. Lucilla zag de groepjes grijze stenen huizen, rechte rookpluimen die uit de schoorstenen kwamen, de kerktoren, de groepjes oude en schaduwrijke beuken en eiken. Jeff remde af tot een veiliger snelheid en ze passeerden het oorlogsmonument, de kleine Episcopale kerk, en bevonden zich in de lange, rechte hoofdstraat.

'De supermarkt is nieuw.' Pandora klonk een beetje verontwaardigd.
'Ik weet het. Hij wordt geleid door mensen die Ishak heten. Het zijn
Pakistani. Nu, Jeff, hier is het... rechtsaf... door de hekken...'
'Maar het park is weg! Het is geen grasveld meer. Alles is omgeploegd.'
'Pandora, je wist dat dat gebeurd was. Paps schreef het je.'
'Ik denk dat ik het vergeten ben. Maar het ziet er wel raar uit.'
Op de oprijlaan aan de achterkant rees de heuvel op voor hun ogen, de
watervalletjes van de Pennyburn spatten en stroomden onder de kleine
stenen brug. Dan de brede laan...
'We zijn er,' zei Lucilla en ze leunde over naar Jeff's kant om met de
palm van haar hand op de claxon te drukken.

Op Croy was Lucilla's familie bezig de lange wachttijd van die middag
te vullen. Isobel legde de laatste hand aan de slaapkamers van de gasten, keek of er schone handdoeken waren en schikte bloemen op toilet-
tafels en schoorsteenmantels. Hamish had besloten de honden uit te
laten, was na de lunch verdwenen en sindsdien niet meer gezien. En
Archie, Lord Balmerino, was in de eetkamer de tafel aan het dekken
voor het diner.
Hij had zich ten slotte gedwongen gezien dit te doen. Wachten op iets of
iemand was niet zijn sterke punt. En terwijl de dag voortduurde, was
hij steeds rustelozer geworden, ongeduldig en ongerust. Hij haatte de
gedachte dat zijn dierbaren over de moordende snelweg scheurden en
zijn verbeelding toverde hem maar al te gemakkelijk afschuwelijke
beelden voor, van kettingbotsingen, verwrongen metaal en dode lichamen. Hij had veel tijd doorgebracht met op z'n horloge te kijken, naar
het raam lopend bij het minste geluid van een automotor en was bijna
niet in staat om een moment rustig te gaan zitten. Isobel had voorgesteld dat hij het gazon zou maaien, maar hij had dit afgewezen omdat
hij er zeker van wilde zijn dat hij op de juiste plaats was wanneer de
auto echt voor het huis zou stoppen. Hij had zich teruggetrokken in zijn
studeerkamer en was gaan zitten met *The Scotsman*, maar kon zich niet
concentreren op het nieuws of de kruiswoordpuzzel. Hij wierp de
krant terzijde en begon weer te ijsberen.
Op het laatst verloor Isobel, die genoeg te doen had zonder dat haar
echtgenoot haar voor de voeten liep, haar geduld.
'Archie, als je niet kunt stilzitten, maak jezelf dan nuttig. Je kunt de
tafel voor het diner dekken. De schone tafelkleedjes en de servetten liggen op het buffet.' Ze was verstoord naar boven gegaan en had het aan
hem overgelaten.
Niet dat hij iets had tegen tafels dekken. Vroeger had Harris deze taak
volbracht, dus kon er niets onmannelijks aan zijn. Als er Amerikaanse
gasten waren, was het altijd Archies werk om de tafel te dekken; hij had
er een zeker plezier in gekregen om het met militaire grondigheid te

doen, messen en vorken nauwkeurig naast elkaar, servetten tot een mijter gevouwen.

De wijnglazen zagen er stoffig uit, dus had hij een theedoek gepakt en was bezig ze op te poetsen toen hij de auto de heuvel hoorde opkomen. Z'n hart sprong op. Hij keek naar de klok en zag dat het vier uur was. Wel wat vroeg. Hij zette het glas neer en legde de doek weg. Het zou toch niet zo zijn dat...

De stoot op de claxon, een lang aanhoudend geloei, scheurde de rustige middag en zijn eigen onzekerheid aan flarden.

Lucilla's traditionele signaal.

Hij kon zich niet snel verplaatsen, maar bewoog zo snel als hij kon. Dwars door de eetkamer, door de deur.

'Isobel.'

De voordeur stond open. Hij was in de hal aangekomen toen de auto verscheen, een kolosale Mercedes die grind spoot onder zijn wielen.

'Isobel! Ze zijn er.'

Hij kwam tot de deur, maar niet verder. Pandora was sneller dan hij, uit de auto bijna nog voor hij tot stilstand was gekomen, over het grind naar hem toe rennend. Pandora met datzelfde stralende haar dat alle kanten op wapperde en diezelfde lange, stakige benen.

'Archie!'

Ze droeg een bontjas die bijna tot haar enkels reikte, maar dat weerhield haar niet de treden met twee tegelijk te nemen en als hij haar dan niet langer kon optillen en in het rond draaien zoals hij deed toen zij een kind was, dan was er nog niets mis met zijn armen; en zijn armen waren klaar en wachtten op haar.

Isobel... de lieve, ongecompliceerde, gastvrije, onveranderlijke Isobel... had Pandora de beste vrije kamer toebedeeld. Deze lag aan de voorkant van het huis, met hoge schuiframen, en keek uit op het zuiden, de heuvel af, het dal en de rivier over. Ze was grotendeels gemeubileerd zoals Pandora het zich uit haar moeders tijd herinnerde. Koperen litsjumeaux, hoog op de poten, elk zo breed als een smal tweepersoonsbed. Een verschoten tapijt met een motiefje van rozen en een barokke toilettafel met veel kleine laden en een draaispiegel.

Alleen de oude gordijnen waren verdwenen en zware, crèmekleurige linnen gordijnen waren ervoor in de plaats gekomen. De nieuwe inrichting had waarschijnlijk plaatsgevonden met de Amerikaanse gasten in gedachten. Die zouden nauwelijks waardering hebben voor tot op de draad versleten chintz met door de zon weggerotte voering. Voor hen ook was de aangrenzende kleedkamer veranderd in een badkamer. Niet dat het er erg anders uitzag, want Isobel had gewoon een bad, een wastafel en een w.c. geïnstalleerd. Ze had de kleden, de volle boekenplanken en de comfortabele leunstoel gelaten waar ze waren.

Pandora werd geacht bezig te zijn met het uitpakken van de koffers. 'Pak uit en maak het jezelf gemakkelijk,' had Isobel gezegd. Zij en Jeff hadden, tussen hen in, alle bagage van Pandora naar boven gesjouwd. (Archie kon, uiteraard, vanwege zijn been geen bagage sjouwen. Pandora besloot niet aan Archie te denken. Zijn grijze haar had haar geschokt en ze had nog nooit een man zo mager gezien.) 'Neem een bad als je wilt. Er is heet water genoeg. Kom dan naar beneden om wat te drinken. We eten om ongeveer acht uur.'

Maar dat was alweer een kwartier geleden en Pandora was niet verder gekomen dan het dragen van haar toiletkoffertje naar de badkamer en het neerzetten van een paar flesjes op de marmeren wastafel. Haar pillen en drankjes, haar Poison, badschuim, crèmes en reinigingsmiddelen. Later zou ze een bad nemen. Niet nu.

Nu moest ze zichzelf nog steeds overtuigen dat ze echt thuis was. Terug op Croy. Maar het was moeilijk want ze had niet het gevoel dat ze in deze kamer hoorde. Ze was een gast die te logeren was gekomen, een vogel die verder zou trekken. Ze liet haar flesjes in de steek en ging terug naar de slaapkamer, naar het raam, om met haar ellebogen op de vensterbank te leunen, te staren naar het uitzicht waar ze zo vaak aan had moeten denken, om helemaal, helemaal zeker te zijn dat het niet allemaal een droom was. Dit vergde enige tijd. Want wat was er gebeurd met haar eigen kamer, de kamer die sinds ze een baby was van haar was geweest? Ze besloot om eens hier en daar te gaan neuzen.

Ze verliet de kamer, ging naar het trapgat en hield halt. Uit de richting van de keuken klonken vrolijke, huiselijke geluiden en gedempte stemmen. Lucilla en Isobel, bezig met de voorbereidingen voor het diner en het uitwisselen van het laatste nieuws over haar, Pandora. Het zat er dik in dat ze dit aan het doen waren. Het gaf niet; ze vond het niet erg. Ze stak de overloop over en opende de deur van wat de kamer van haar ouders was geweest en nu die van Archie en Isobel was. Ze zag het enorme tweepersoonsbed, de chaise longue aan het voeteneind met een trui van Isobel erop gegooid, een paar schoenen, nonchalant achtergelaten. Ze zag de familiefoto's, het zilver en het kristal op de toilettafel, boeken naast het bed. Er hing de lucht van gezichtspoeder en eau de cologne. Zoete en onschuldige geuren. Ze sloot de deur en ging verder over de gang. Ze vond de kamer die van Archie was geweest, nu ingenomen door Jeffs rugzak en zijn jack, midden op het tapijt. De volgende kamer... Lucilla, nog steeds vol met alle dierbare rommel van een schoolmeisje... posters aan de muren, porseleinen beeldjes, een cassettedeck, een gitaar met een gebroken snaar.

En ten slotte haar eigen kamer. Haar oude kamer. Sliep Hamish hier misschien? Ze had Hamish nog niet gezien. Voorzichtig draaide ze aan de knop en duwde de deur open. Niet Hamish. Niemand. Ontdaan van elk persoonlijk eigendom. Nieuwe meubels, nieuwe gordijnen. Geen spoor van de jonge Pandora. Wat hadden ze met haar boeken gedaan, haar platen, kleren, dagboeken, foto's... haar leven? Alles hoogstwaarschijnlijk naar boven gebracht naar de zolder, toen de kamer ontruimd werd, leeggehaald, opnieuw geschilderd, opnieuw behangen en voorzien van dat prachtige nieuwe, blauwe, kamerbrede tapijt.

Het was alsof ze had opgehouden te bestaan, alsof ze al een geestverschijning was.

Het had geen nut om naar het waarom te vragen, omdat het volkomen duidelijk was. Croy behoorde aan Archie en Isobel, en om de zaak draaiende te houden, levensvatbaar, moest elke kamer goed benut worden. Pandora had al haar rechten laten varen door simpelweg te vertrekken en nooit meer terug te komen.

Terwijl ze daar stond, dacht ze aan die laatste miserabele weken toen ze buiten zichzelf was van een verdriet waar ze niet over mocht praten. Het had haar hardvochtig gemaakt, hardvochtig tegenover de twee mensen van wie ze meer hield dan van wie ook; snauwend tegen haar vader, haar moeder negerend, dagen achtereen mokkend en geleidelijk ook hun leven tot een tragedie makend.

In deze kamer had ze uren doorgebracht, op bed liggend met haar gezicht naar beneden, met op haar platenspeler, steeds weer opnieuw, het droevigste lied dat ze kende. Matt Monroe die tegen een vrouw zei: 'Walk Away'. En Judy Garland hartverscheurend met 'The Man That Got Away'.

The road gets tougher,
It's lonelier and rougher,
With hope you burn up,
Tomorrow he will turn up...

Stemmen.
Liefje, kom alsjeblieft en eet wat.
Ik wil niet eten.
Ik wou dat je me zei wat je dwarszit.
Ik wil alleen met rust gelaten worden. Het helpt niets als ik het je zei. Je zou het nooit begrijpen.

Ze zag weer haar moeders gezicht, verward en vreselijk gekwetst. En ze schaamde zich. Op mijn achttiende had ik beter moeten weten. Ik dacht dat ik volwassen was en wereldwijs, maar de waarheid was dat ik nog minder van het leven wist dan een kind. En ik had te lang nodig om erachter te komen.

Te lang, en te laat. Allemaal voorbij. Ze sloot de deur en ging verder met uitpakken.

Het diner was afgelopen. Ze hadden met z'n zessen rond de met kaarsen verlichte tafel gezeten en hadden zich tegoed gedaan aan Isobels verrukkelijk bereide feestmaal. Al had ze dan niet een vet kalf geslacht, ze had toch haar uiterste best gedaan om er iets moois van te maken. Koude soep, geroosterde fazant, *crème brûlée* en een uitstekende Stiltonkaas, alles weggespoeld met de beste wijn die Archie kon vinden in de uitgedunde kelder van zijn vader.

Het was nu bijna tien uur en Isobel, in gezelschap van Pandora, was in de keuken bezig met de laatste restjes afwas – de potten en pannen, de messen met de ivoren handvatten en groenteschalen die te groot waren om in de afwasmachine te zetten. Pandora werd geacht te helpen, maar na een of twee messen te hebben afgedroogd en drie steelpannen in de verkeerde kast te hebben gezet, legde ze de theedoek neer, maakte voor zichzelf een mok Nescafé en ging het zitten opdrinken.

Er was onophoudelijk gepraat tijdens het diner, want er viel veel te horen en veel te vertellen. De avontuurlijke busreis van Lucilla en Jeff vanuit Parijs door Frankrijk; hun bohémienachtige verblijf op Ibiza; en ten slotte het genot van Majorca en Casa Rosa. Bij Isobel kwam het water in de mond toen ze Lucilla's beschrijving hoorde van de tuin daar.

'O, ik zou het zo graag zien.'

'Je moet komen. In de zon liggen en nietsdoen.'

Archie lachte hierom. 'Isobel in de zon liggen en niets doen? Je lijkt wel gek. Voor je het weet staat ze voorovergebogen in de bloemperken, onkruid te wieden.'

'Ik heb geen onkruid,' zei Pandora.

En toen, nieuws van het thuisfront. Pandora wilde alle roddel horen. Het laatste nieuws over Vi, de Airds, de Gillocks, Willy Snoddy. Hoorde Archie nog weleens wat van Harris en zijn vrouw? Ze luisterde met enige ontzetting naar het relaas van Edie Findhorn en haar nicht. 'Hemel! Die engerd. Vertel me niet dat ze weer is opgedoken. Ik ben blij dat je me waarschuwde. Ik zal ervoor zorgen de straat over te steken als ik haar zie aankomen.'

Ze werd ingelicht over de familie Ishak, verbannen uit Malawi en met nauwelijks een cent op zak in Strathcroy aangekomen.

'... maar ze hadden een paar familieleden in Glasgow, die het zelf al aardig voor elkaar hadden en met een beetje financiële steun slaagden ze erin de kiosk van mevrouw McTaggert over te nemen. Je zult de winkel niet herkennen. Het is een echte supermarkt. We dachten niet dat ze het zouden volhouden, maar we hadden het allemaal mis. Ze zijn zo werklustig als mieren, lijken hun winkel nooit te sluiten en de zaken gaan goed. Bovendien vinden we ze aardig. Ze zijn allemaal zo behulpzaam en aardig.'

En zo verder naar de wat rijkere buren van de Balmerino's, wat inhield iedereen die binnen een straal van twintig mijl woonde: de Buchanan-

Wrights, de Ferguson-Crombies, de nieuwe mensen die op Ardnamoy waren komen wonen; wier dochter getrouwd was; hun bepaald niet veelbelovende zoon die nu zakenman was geworden in Londen en miljoenen verdiende.

Geen detail was onbelangrijk. Het enige onderwerp dat nooit naar voren werd gebracht, alsof het stilzwijgend was afgesproken, was Pandora en wat zij had gedaan in de afgelopen eenentwintig jaar.

Ze vond het niet erg. Ze was terug op Croy en dat was op dit moment het enige dat ertoe deed. De grillige jaren vervaagden tot iets onwerkelijks, als een leven dat zich aan iemand anders had voltrokken; omringd door familie was ze blij dat ze deze jaren naar de vergetelheid kon sturen.

Zittend aan de keukentafel nam ze slokjes koffie en keek naar Isobel bij de gootsteen, die de braadpan schoonschuurde. Isobel droeg rode rubberhandschoenen en een blauw met wit schort over haar nette jurk geknoopt. Pandora bedacht dat zij een uitzonderlijke vrouw was, vredig aan het ploeteren en totaal niet verontwaardigd omdat de rest van de familie ervandoor was gegaan en zij alleen was achtergebleven om het puin van de maaltijd op te ruimen.

Want na het eten waren de anderen allemaal uiteengegaan. Archie excuseerde zich en was naar zijn werkplaats vertrokken. Hamish had, nadat hem een geldelijke beloning was beloofd, ermee ingestemd gebruik te maken van het lange avondlicht om het gazon te maaien. Hij was dit in alle rust gaan doen en Pandora was zeer onder de indruk. Ze realiseerde zich niet hoe geïmponeerd Hamish was door haar. Een tante die kwam logeren was geen opwindend vooruitzicht. Hamish had visioenen gehad van een soort Vi met grijs haar en rijglaarzen en hij had de schok van zijn leven gehad toen hij voorgesteld werd aan Pandora. Een stuk. Net een filmster. Boven zijn fazant zat hij te fantaseren over hoe hij haar aan de andere oudere jongens in zijn klas op Templehall zou laten zien. Misschien nam paps haar mee naar de een of andere wedstrijd. De schoolvriendjes van Hamish zouden dol worden. Hij vroeg zich af of ze van rugby hield.

'Isobel, ik ben erg gesteld op Hamish.'

'Ik ben zelf ook dol op hem. Ik hoop alleen dat hij niet zo enorm blijft groeien.'

'Hij zal er goddelijk gaan uitzien.' Ze nam nog een slok koffie. 'Vind je Jeff aardig?'

Jeff, die begrijpelijk genoeg z'n buik vol had van twee weken uitsluitend damesgezelschap en het ongewone elegante leven, had Lucilla meegetroond naar de Strathcroy Arms om bij te komen met een pul Foster's lager, opgedronken in een gerieflijk mannelijke omgeving.

'Hij lijkt me erg aardig.'

'Vreselijk vriendelijk. En gedurende die hele lange reis, verloor hij niet een keer zijn geduld. Een beetje laconiek, dat wel. Ik neem aan dat alle Australiërs sterk en zwijgzaam zijn. Ik zou het niet echt weten. Heb nog nooit anderen ontmoet.'

'Denk je dat Lucilla van hem houdt?'

'Nee, ik geloof het niet. Ze zijn gewoon... die afschuwelijke uitdrukking... zeer goede vrienden. Bovendien is ze erg jong. Je denkt nog niet aan een vaste relatie als je pas negentien bent.'

'Je bedoelt een huwelijk.'

'Nee, schat. Ik bedoel geen huwelijk.'

Isobel zweeg. Pandora bedacht dat ze misschien iets verkeerds had gezegd en zocht naar een wat grappiger en minder gevoelig onderwerp. 'Isobel, ik weet over wie je me nog niet verteld hebt. Dermot Honeycombe en Terence. Hebben ze nog steeds die antiekwinkel?'

'O jé.' Isobel draaide zich om van het aanrecht. 'Heeft Archie je dat niet verteld in een van zijn brieven? Zo triest. Terence is gestorven. Ongeveer vijf jaar geleden.'

'Ik kan het niet geloven. Wat deed die arme Dermot? Heeft hij een andere aardige jongeman gevonden?'

'Nee, nooit. Zijn hart was gebroken, maar hij was trouw. We dachten allemaal dat hij Strathcroy zou gaan verlaten, maar hij bleef, helemaal alleen. Nog steeds in de antiekwinkel, nog steeds in dat kleine huisje. Zo nu en dan vraagt hij Archie en mij te eten en dan geeft hij ons van die kleine, angstaanjagend delicate liflafjes met grappige sausjes. Archie komt altijd uitgehongerd thuis en moet dan soep hebben of cornflakes voor hij naar bed gaat.'

'Arme Dermot. Ik moet hem eens opzoeken.'

'Dat zou hij fijn vinden. Hij vraagt altijd naar je.'

'Ik kan een snuisterijtje bij hem kopen om het Katy Steynton voor haar verjaardag te geven. Daar hebben we het ook nog niet over gehad. Het bal, bedoel ik.' Isobel, eindelijk klaar, trok haar rubberhandschoenen uit, legde ze op het afdruiprek en kwam bij haar schoonzuster zitten. 'Zijn we hier dan met een groot gezelschap?'

'Nee. Alleen wij. Hamish niet omdat hij terug moet naar school. En een trieste Amerikaan die Katy ontmoet heeft in Londen, met wie ze medelijden had. Verena heeft geen ruimte voor hem, dus komt hij hier.'

'Grote goedheid! Wat fijn. Een man voor mij. Waarom is hij triest?'

'Zijn vrouw is pas gestorven.'

'O hemel, ik hoop dat hij niet al te somber is. Waar moet hij slapen?'

'In jouw oude slaapkamer.'

Daarmee was die vraag beantwoord. 'En hoe zit het met de avond van het feest. Waar gaan we eten?'

'Hier, denk ik. We kunnen de Airds uitnodigen bij ons te komen, en Vi. Ze komen morgen lunchen; ik wilde het dan met Virginia bespreken.'

'Daar heb je niets van gezegd.'

'Wat, dat ze komen lunchen? Nou, dan heb ik het je nu verteld. Daarom is Hamish het gazon aan het maaien, zodat we croquet kunnen spelen.'

'Leuk tijdverdrijf voor de middag, alles is geregeld. Wat doe je aan voor het bal? Heb je een nieuwe jurk?'

'Nee. Ik heb geen geld meer. Ik moest voor Hamish vijf paar nieuwe schoenen kopen voor school...'

'Maar, Isobel, je moet een nieuwe jurk hebben. We gaan eropuit om een nieuwe voor je te kopen. Waar zullen we naar toe gaan? Naar Relkirk. We maken er een uitje van...'

'Pandora, ik zei je toch... ik kan het echt niet betalen.'

'O, liever d, het minste wat ik kan doen is een cadeautje voor je kopen.' De achterdeur ging open en Hamish verscheen, klaar met het maaien, net voor de duisternis viel en eens te meer in een staat van vraatzuchtige honger. 'We praten er later nog over.'

Hamish verzamelde zijn snacks. Een kom met Weetabix, een glas melk, een handvol chocoladekoekjes. Pandora dronk haar koffie op, zette de mok neer. Ze gaapte. 'Ik denk dat ik naar bed moet. Ik ben doodop.' Ze stond op. 'Welterusten, Hamish.'

Ze deed geen poging om hem te kussen en Hamish werd verscheurd door opluchting en teleurstelling.

'Is Archie in zijn werkplaats? Ik wip alleen even naar beneden om een praatje te maken.' Ze bukte en kuste Isobel. 'En jij welterusten, liever d. Het is heerlijk om hier te zijn. Zalig diner. Ik zie jullie allemaal morgen-ochtend.'

In het souterrain was Archie bezig, geconcentreerd en volledig in beslag genomen door zijn werk. De sterke lamp wierp een heldere cirkel op zijn werkbank. Het schilderen van de houtsnede van Katy met haar hond was een moeilijk friemelwerkje. De veelkleurige ruit op de rok, de stof van de trui, de subtiele, diverse kleurschakeringen in het haar, ze vormden elk een uitdaging en vergden al zijn vaardigheden om het te volbrengen.

Hij legde het ene marterharen penseel neer en pakte een andere, hoorde toen Pandora naderen. Haar tred was onmiskenbaar, de stenen trap afdalend die van de keuken naar beneden voerde, zoals ook het scherpe geklik van haar hoge hakken door de schemerige gang onmiskenbaar was. Hij stopte met zijn werk om op te kijken en zag de deur die open-ging en Pandora die haar hoofd om de hoek stak.

'Stoor ik?'

'Nee.'

'Mijn hemel, 't is wel somber. Ik kon de lichtknop niet vinden. Net een kerker. Maar ik moet zeggen, je zit hier best gezellig.' Ze vond een stoel en ging naast hem zitten. 'Wat ben je aan het doen?'

'Schilderen.'

'Dat zie ik ook wel. Wat een charmant beeldje. Waar heb je dat vandaan?'

Hij vertelde het haar, niet zonder trots. 'Ik heb het gemaakt.'

'Heb jij dat gemaakt? Archie, je bent geweldig. Ik heb nooit geweten dat jij zo handig was.'

'Het is voor Katy's verjaardag. Zij is het. Met haar hond.'

'Wat een enig idee. Dat kon je vroeger niet, dingen maken. Het was altijd pa die ons speelgoed lijmde en gebroken porselein maakte. Heb je een cursus gevolgd of iets dergelijks?'

'Zoiets. Nadat ik gewond was...' Hij corrigeerde zichzelf. 'Nadat mijn been eraf geschoten was en ik eindelijk uit het ziekenhuis werd ontslagen, werd ik naar Headley Court gestuurd. Dat is het revalidatiecentrum van het leger voor jongens die invalide zijn geraakt. Uit elkaar zijn gerukt op de een of andere manier. Daar geven ze je kunstledematen. Benen, armen, handen, voeten. Als je iets mist, wordt ervoor gezorgd. Binnen het redelijke, natuurlijk. En daarna geven ze je maandenlang op je sodemieter tot je geleerd hebt het goed te gebruiken.'

'Dat klinkt niet erg aardig.'

'Het was niet zo erg. En er was altijd wel een arme drommel die nog slechter af was dan jij.'

'Maar jij leefde. Jij was niet dood.'

'Klopt.'

'Is het heel erg vreselijk, om een metalen been te hebben?'

'Beter dan er helemaal geen te hebben, wat het alternatief schijnt te zijn.'

'Ik heb nooit gehoord hoe het gebeurde.'

'Dat is maar goed ook.'

'Was het een nachtmerrie?'

'Alle geweld is een nachtmerrie.'

Verboden terrein. Ze hield op. 'Het spijt me... ga door met vertellen.'

'Nou...toen ik eenmaal...' Hij was de draad van zijn verhaal kwijt. Hij nam zijn bril af, wreef met zijn vingers in zijn ogen. 'Toen... ik eenmaal min of meer lopen kon, leerden ze me hoe ik een machinale figuurzaag met een pedaal moest bedienen. Bezigheidstherapie en een goede oefening voor het been. En vanaf dat punt ging het zo'n beetje vanzelf...'

Het was in orde. Het gevaarlijke moment was veilig voorbij. Als Archie niet wilde praten over Noord-Ierland, dan wilde Pandora het niet horen.

'Repareer je dingen, zoals pa vroeger deed?'

'Ja.'

'En dat beeldige kleine figuurtje. Hoe maak je iets dergelijks? Waar begin je?'

'Je begint met een blok hout.'

'Wat voor soort hout?'

'Voor deze gebruikte ik beuken. Beuken van Croy, een door de wind afgerukte tak van jaren geleden. Ik maakte er een vierkant blok van met de kettingzaag. Toen maakte ik twee tekeningen van de foto, een van voor en een van opzij. Daarna verplaatste ik de schets van het vooraanzicht naar de voorkant van het blok en het zijaanzicht naar de zijkant van het blok. Kun je me nog volgen?'

'Helemaal.'

'Toen sneed ik het uit op de lintzaag.'

'Wat is een lintzaag?'

Hij wees: 'Dat is de lintzaag. Hij werkt elektrisch en is dodelijk scherp, dus ga er niet aan prutsen.'

'Dat was ik niet van plan. Wat doe je daarna?'

'Er een beeld van maken. Uitsnijden.'

'Waarmee?'

'Houtbeitels. Een pennemes.'

'Ik sta versteld. Is dit de eerste die je gemaakt hebt?'

'In 't geheel niet, maar dit was moeilijker vanwege de compositie. Het meisje zittend en de hond. Dat was tamelijk moeilijk. Voorheen maakte ik staande figuren. Meestal soldaten, in verschillende regimentsuniformen. Ik haal de details van de uniformen uit een boek met platen dat ik boven in pa z'n bibliotheek vond. Het was dat boek dat me op het idee bracht. Ze zijn nogal geschikt als huwelijkscadeau als de bruidegom toevallig in het leger zit.'

'Heb je er een om aan mij te laten zien?'

'Ja. Hier is er een.' Hij trok zich op uit de stoel, ging naar de kast, haalde er een doos uit. 'Ik heb deze eigenlijk niet weggegeven omdat ik er niet helemaal tevreden over was en dus maakte ik een andere. Maar het geeft je een indruk...'

Pandora nam het beeldje van de soldaat van hem aan en draaide het in haar handen. Het was een replica van een officier in de Black Watch, perfect tot in het detail - van brogues, tot kilt, tot de rode veer in zijn kakimuts. Ze vond het perfect en was vervuld van woordloze bewondering voor Archies onverwachte talent, zijn nauwkeurigheid, zijn onmiskenbare gevoel voor kunst.

Maar ook ongelovig. 'Bedoel je dat je deze weggeeft? Archie, je bent niet goed snik. Ze zijn prachtig. Uniek. Bezoekers zouden juist zo'n souvenir meenemen. Heb je ooit geprobeerd ze te verkopen?'

'Nee.'

Hij scheen tamelijk verrast te zijn door dit idee.

'Heb je er ooit aan gedacht?'

'Nee.'

Ze voelde zusterlijke irritatie in zich opkomen. 'Je bent hopeloos. Je was altijd al een introverte houten klaas, maar dit is belachelijk. Daar is Isobel die zich uit de naad werkt en alles aan de gang probeert te houden door slierten Amerikanen te huisvesten, terwijl jij deze dingen zou kunnen produceren en een fortuin zou kunnen verdienen.'

'Dat betwijfel ik. Hoe dan ook, het is geen kwestie van produceren. Er gaat erg veel tijd inzitten.'

'Nou, neem iemand die je helpt. Neem twee mensen om je te helpen. Begin een klein huisnijverheidsproject.'

'Ik heb hier beneden niet de ruimte.'

'Hoe zit het met de stallen? Die zijn leeg. Of een van de schuren?'

'Het zou verbouwen betekenen, het nodige gereedschap aanschaffen, elektriciteit aanleggen, veiligheidsvoorschriften, brandweerreglementen.

'Dus?'

'Dus zou het geld kosten. Wat een artikel is dat niet op onze grond voorkomt.'

'Kun je geen subsidie krijgen?'

'Subsidies zijn eveneens nogal dun gezaaid op het moment.'

'Je kunt het toch proberen. O, doe niet zo hopeloos, Archie. Wees een beetje ondernemender. Ik denk dat het echt een geweldig idee is.'

'Pandora, jij zat altijd vol met geweldige ideeën.' Hij nam de soldaat van haar over en legde hem terug in de doos. 'Je hebt gelijk wat betreft Isobel. Ik doe wat ik kan om te helpen, maar ik weet dat ze veel te veel op haar bord krijgt. Vóór Noord-Ierland dacht ik eraan om een of ander baantje te zoeken... als rentmeester of iets dergelijks. Ik weet niet wie me in dienst genomen zou hebben, maar ik wou niet weg van Croy en het leek het enige soort werk dat ik kon doen...' Zijn stem, peinzend, stierf weg.

'Maar nu heb je een nieuw vak geleerd. Dit allemaal. Verborgen talenten zijn tot ontplooiing gekomen. Het enige dat je nodig hebt is een beetje ondernemingslust en heel veel vastberadenheid.'

'En heel veel geld.'

'Archie' – ze sprak op nogal boze toon – 'of je nu één been hebt of twee, je kunt je verantwoordelijkheden niet zomaar van je afschuiven.'

'Praat jij uit ervaring?'

'*Touché.*' Pandora lachte en schudde haar hoofd. 'Nee. Ik ben de laatste om te preken. Ik klets maar wat uit mijn nek.' Abrupt liet ze de woordenwisseling varen, gaapte en rekte zich uit, strekte haar armen in de lucht, spreidde haar vingers. 'Ik ben moe. Ik kwam je goedenacht zeggen. Ik ga naar bed.'

'Ik wens je een goede nacht.'

'En jij?'

'Ik wil dit af hebben. Dan zal ik daarna elk vrij moment dat ik heb met jou kunnen doorbrengen.'

'Lieverd.' Ze stond op en bukte zich om hem te kussen. 'Ik ben blij dat ik thuis ben gekomen.'

'Ik ook.'

Ze liep naar de deur, opende hem, aarzelde en liep terug.

'Archie?'

'Wat is er?'

'Ik heb het me vaak afgevraagd. Heb je die brief gekregen die ik je in Berlijn stuurde?'

'Ja.'

'Je hebt nooit geantwoord.'

'Tegen de tijd dat ik besloten had wat ik ging zeggen, was jij naar Amerika vertrokken en was het te laat.'

'Heb je het aan Isobel verteld?'

'Nee.'

'Heb je er... met iemand over gesproken?'

'Nee.'

'Ik begrijp het.' Ze glimlachte. 'De Airds komen morgen voor de lunch.'

'Ik weet het. Ik heb ze gevraagd.'

'Welterusten, Archie.'

'Welterusten.'

De avond ging over in de nacht. Het huis kwam tot rust terwijl de vaart van alweer een drukke dag minderde. Hamish keek nog even naar de televisie en ging toen naar boven. In de keuken dekte Isobel de tafel voor het ontbijt – de laatste taak van de dag – en liet toen de honden uit voor een laatste rondje in de donkere tuin, snuffelend, alert op de geur van konijnen. Lichten werden uitgedraaid en ook zij ging richting bed. Later kwamen Jeff en Lucilla terug uit het dorp. Ze kwamen naar binnen via de achterdeur. Archie hoorde hun stemmen boven hem in de hal. Toen was het stil.

Na middernacht was hij eindelijk klaar. Nog een dag en het vernis zou droog zijn. Hij ruimde op, sloot de deksels van kleine verfpotjes, maakte zijn penselen schoon, knipte het licht uit en deed de deur dicht. Langzaam schuifelde hij door de schaduwrijke gang en de trap op om zijn nachtelijke ronde te doen. Het huis naar bed brengen, zoals hij dat noemde. Hij controleerde sloten op deuren en grendels op ramen, haardschermen en stopcontacten. In de keuken trof hij de honden in slaap. Hij vulde een glas met water en dronk het op. Ten slotte betrad hij de trap.

Maar hij ging niet onmiddellijk naar zijn eigen slaapkamer. In plaats daarvan liep hij door de gang en zag het licht, dat nog steeds brandde onder de deur van Lucilla's kamer. Hij klopte en opende de deur en vond haar in bed, lezend bij lamplicht.

'Lucilla.'

Ze keek op, vouwde een hoekje van de pagina om en legde haar boek weg. 'Ik dacht dat je al uren geleden naar bed was gegaan.'

'Nee. Ik was aan het werk.' Hij kwam op de rand van haar bed zitten. 'Heb je een leuke avond gehad?'

'Ja, het was leuk. Toddy Buchanan in zijn gebruikelijke goede vorm.'

'Ik wilde je goedenacht zeggen en ik wilde je bedanken.'

'Waarvoor?'

'Thuiskomen. Pandora meebrengen.'

Zijn hand lag op haar dekbed. Ze legde haar eigen hand erbovenop. Isobels nachthemden waren van wit batist, afgezet met kant, maar Lucilla sliep in een groen T-shirt met 'Save the Rain Forests' op de voorkant gedrukt. Haar lange donkere haar lag uitgespreid als zijde op haar kussen en hij was vervuld van liefde voor haar.

'Je bent niet teleurgesteld?' vroeg ze hem.

'Waarom zou ik teleurgesteld zijn?'

'Vaak wanneer je jaren naar iets hebt uitgekeken, voel je je een beetje tekortgedaan als het werkelijk gebeurt.'

'Ik voel me niet tekortgedaan.'

'Ze is mooi.'

'Maar afschuwelijk mager, vind je niet?'

'Ik weet het. Ze weegt bijna niets. Maar ze is zo opgewonden dat ze alles opbrandt.'

'Wat bedoel je?'

'Precies wat ik zeg. Ze slaapt veel, maar als ze wakker is, rijdt ze op alle cilinders. Ze scheurt, zou ik zeggen. Constant in haar gezelschap te zijn, is werkelijk nogal uitputtend. En dan valt ze in slaap alsof de slaap het enige is wat het tegen die energiebron kan opnemen.'

'Ze was altijd al zo. Mevrouw Harris placht te zeggen, "Die Pandora. Of in de zevende hemel, of de wanhoop nabij."'

'Manisch-depressief.'

'Toch zeker niet zo erg.'

'Het neigt ernaar.'

Hij fronste. En toen stelde hij de vraag die de hele avond al ergens in zijn achterhoofd knaagde. 'Je denkt toch niet dat ze aan de drugs is?'

'O, pap.'

Hij wenste onmiddellijk dat hij zijn angsten niet had verwoord. 'Ik vraag je dat alleen, omdat ik aanneem dat jij meer van dit soort dingen weet dan ik.'

'Ze is zeker geen junkie. Maar misschien neemt ze iets om zichzelf aan de gang te houden. Veel mensen doen dat.'

'Maar ze is niet verslaafd?'

'O, pap, ik weet het niet. Maar je schiet niks op met je zorgen te maken over Pandora. Je moet haar gewoon accepteren zoals ze is. De mens die ze geworden is. Maak plezier met haar. Een hoop plezier.'

'In Majorca... denk je dat ze daar gelukkig is?'
'Ze leek het wel. En waarom niet? Een hemels huis, een tuin, een zwembad, veel geld...'
'Heeft ze vrienden?'
'Ze heeft Seraphina en Mario, die voor haar zorgen...'
'Dat was niet wat ik bedoelde.'
'Weet ik. Nee, we hebben haar vrienden niet ontmoet, dus weet ik niet of ze ze heeft of niet. We hebben eigenlijk niemand ontmoet. Behalve een man. Hij was daar op de dag dat wij aankwamen, maar daarna hebben we hem niet meer gezien.'
'Ik dacht dat ze daar wel een lokale geliefde zou hebben.'
'Ik denk dat hij waarschijnlijk haar geliefde was en dat hij niet terugkwam omdat wij er waren.' Archie zei hier niets op en Lucilla glimlachte. 'Het is een andere wereld daarbuiten, pap.'
'Dat weet ik wel. Ik weet het.'
Ze legde haar armen rond zijn nek, trok hem naar beneden en kuste hem. Ze zei: 'Je moet je geen zorgen maken.'
'Zal ik niet doen.'
'Goedenacht, pap.'
'Goedenacht, mijn schat. God zegene je.'

25

Zondagochtend. Bewolkt, heel stil, heel vredig, verstomd door de wekelijkse loomheid van een Schotse sabbat. 's Nachts had het geregend, waardoor er plassen op de wegen lagen en de tuinen dropen. In Strathcroy sluimerden de huisjes, bleven de gordijnen dicht. Langzaam werden de bewoners wakker, stonden op, deden deuren open, staken kachels aan, zetten thee. Pluimen turfrook stegen recht uit de schoorstenen op. Honden werden uitgelaten, heggen geknipt, auto's gewassen. Meneer Ishak opende zijn winkel voor de verkoop van broodjes, melk, sigaretten, zondagskranten en andere artikelen die nodig zouden kunnen zijn voor een gezin om de lege dag door te komen. De klok van de Presbyteriaanse kerk beierde.

Op Croy waren Hamish en Jeff beneden vóór alle anderen om samen hun ontbijt te bereiden. Gebakken eieren met spek, worstjes met tomaten, vers geroosterde toast, jam en honing, alles weggespoeld met grote koppen sterke thee. Isobel, die later beneden kwam, vond hun vuile ontbijtborden opgestapeld op het aanrecht, met een briefje van Hamish.

Lieve Mam. Jeff en ik hebben de honden meegenomen naar het meer. Hij wil het zien. Rond half een terug. Op tijd voor het eten.

Isobel zette koffie, ging zitten en dronk hem op, terwijl ze dacht aan het schillen van de aardappels, het maken van een pudding. Ze vroeg zich af of er genoeg room was voor de mousse. Lucilla verscheen en ten slotte Archie, die zijn goeie tweedpak droeg omdat hij vandaag in de kerk moest voorlezen. Noch zijn vrouw, noch zijn dochter boden aan om met hem mee te gaan. Met tien mensen voor de lunch hadden ze meer dan genoeg te doen.

Pandora sliep de hele ochtend en verscheen pas om kwart over twaalf, toen al het zware werk in de keuken was gedaan. Het was echter meteen duidelijk dat ze niet stil had gezeten, maar zich had opgetut: nagels gelakt, haar gewassen, gezicht gedaan en zichzelf overgoten met Poison. Ze droeg een jersey jurk met een patroon van schitterend gekleurde diamanten; het was zo fijn en soepel en elegant dat het Italiaans moest zijn. Toen ze Lucilla in de bibliotheek aantrof, bezwoer ze dat ze de hele nacht had geslapen, maar ze zakte volkomen gelukkig weg in een luie stoel en aanvaardde dankbaar het aanbod van een glas sherry.

In Pennyburn zat Vi rechtop in bed. Ze dronk haar eerste kop thee en maakte plannen voor de dag. Misschien moest ze naar de kerk. Er was meer dan genoeg om voor te bidden. Ze dacht erover na en besloot om het niet te doen. In plaats daarvan: een ochtendje voor zichzelf. Ze zou blijven waar ze was en haar energie sparen. Ze zou het boek uitlezen waar ze in bezig was en daarna, na een laat ontbijt, aan haar bureau de achterstallige rekeningen, pensioenfondsen en die onbegrijpelijke vordering van de fiscus afhandelen. Ze was uitgenodigd op Croy voor de lunch. Edmund zou haar afhalen en haar erheen rijden, met Virginia en Henry.

Ze dacht hierover met meer bezorgdheid dan genoegen en staarde uit het raam om de weersgesteldheid te peilen: de hele nacht regen maar nu vochtig en stil en benauwd. Misschien dat het later zou opklaren. Het was in meer dan één opzicht een dag die opklaringen behoefde. Voor het gemak zou ze haar grijze wollen vest dragen. En om moed te vatten, haar nieuwe sjaal van Hermès.

In Balnaid ging Virginia op zoek naar Henry.

'Henry, kom je omkleden.'

Hij zat op de vloer van zijn speelkamer, bezig met een legobouwsel en vond het vervelend dat hij onderbroken werd. 'Waarom moet ik me omkleden?'

'Omdat we gaan lunchen en zo kun je niet mee.'

'Waarom niet?'

'Omdat je spijkerbroek vies is, je T-shirt vies is, je schoenen vies zijn en omdat jij vies bent.'

'Moet ik er op m'n zondags uitzien?'

'Nee, maar je moet wel een schoon T-shirt aandoen en een schone spijkerbroek en schone gymschoenen.'

'En sokken?'

'Schone sokken.'

Hij zuchtte, aangeslagen. 'Moet ik mijn lego opruimen?'

'Nee, natuurlijk niet. Laat maar liggen. Kom op, voordat pappie ongeduldig wordt.'

Ze nam hem mee naar zijn slaapkamer, ging toen op zijn bed zitten en trok zijn T-shirt uit.

'Zijn er ook andere kinderen?'

'Hamish.'

'Hij wil niet met me spelen.'

'Henry, je doet zo stom over Hamish. Als je je niet als een sufferd gedraagt, wil hij best met je spelen. Doe je spijkerbroek uit en je sportschoenen.'

'Wie zijn er?'

'Wij. En Vi. En de Balmerino's. En Lucilla omdat ze uit Frankrijk thuis is gekomen. En haar vriend. Hij heet Jeff. En Pandora.'

'Wie is Pandora?'
'De zus van Archie.'
'Ken ik haar?'
'Nee.'
'Ken jij haar?'
'Nee.'
'Kent pappie haar?'
'Ja. Hij kende haar toen ze een klein meisje was. Vi kent haar ook.'
'Waarom ken jij haar niet?'
'Omdat ze heel, heel lang in het buitenland heeft gewoond. Ze woonde in Amerika. Dit is de eerste keer dat ze terug is op Croy.'
'Kent Alexa haar?'
'Nee. Alexa was nog een baby toen ze naar Amerika ging.'
'Kent Pandora jouw opa en oma in Leesport?'
'Nee. Zij wonen in Long Island en Pandora woonde in Californië. Dat is helemaal aan de andere kant van de Verenigde Staten.'
'Kent Edie haar?'
'Ja. Edie kende haar ook toen ze een klein meisje was.'
'Hoe ziet ze eruit?'
'In hemelsnaam, Henry, ik heb haar nog nooit gezien, dus dat kan ik je niet zeggen. Maar ken je dat schilderij in de eetkamer van Croy? Van dat mooie meisje? Nou, dat is Pandora toen ze jong was.'
'Ik hoop dat ze nog steeds mooi is.'
'Je houdt van mooie dames.'
'Nou, ik hou in elk geval niet van lelijke.' Hij vertrok zijn gezicht tot een monsterlijke grimas. 'Zoals die Lottie Carstairs.'
Ondanks zichzelf moest Virginia lachen. 'Weet je wat, Henry Aird, jij wordt mijn dood nog eens. Geef me nu je haarborstel en ga dan je handen wassen.'
Van onderaan de trap riep Edmund: 'Virginia.'
'We komen eraan!'
Hij wachtte op hen, voor de gelegenheid gekleed in een broek van grijs flanel, een overhemd, een clubdas, een blauw kasjmieren pullover en zijn glimmende, kastanjekleurige Gucci-loafers.
'We moeten weg.'
Virginia kwam naast hem staan en kuste hem. 'Je ziet er goed uit, meneer Aird. Wist je dat?'
'Je ziet er zelf ook niet zo slecht uit. Ga je mee, Henry?'
Ze stapten in de BMW en reden weg. Ze stopten even in het dorp, waar Edmund bij meneer Ishak naar binnen ging en naar buiten kwam met een dik pak zondagskranten. Ze gingen door naar Pennyburn.
Vi hoorde hen aankomen en stond al klaar, op het punt om haar voordeur af te sluiten. Edmund leunde opzij om het portier voor haar open te doen en ze ging naast hem zitten. Henry vond dat ze er erg mooi uitzag en zei dat tegen haar.

'Dank je, Henry. Dit is die mooie sjaal die je moeder voor me uit Londen heeft meegenomen.'

'Weet ik. Ze heeft voor mij een cricketbat en een bal meegenomen.'

'Dat heb je me laten zien.'

'En voor Edie nam ze een vestje mee. Edie is er weg van. Ze zegt dat ze het bewaart voor als er iets bijzonders is. Hij is van een soort rozig blauw.'

'Lila,' zei Virginia tegen hem.

'Lila.' Hij herhaalde het woord in zichzelf omdat het een aangename klank had. Lila.

De krachtige wagen liet Pennyburn achter zich en snelde de heuvel op. Toen ze aankwamen, stond Archies oude Landrover voor het huis geparkeerd. Terwijl Edmund ernaast ging staan en zijn gezin uitstapte, verscheen Archie in de open voordeur om hen te begroeten. Ze liepen de trap op.

'Zo, daar zijn jullie.'

'Je ziet er erg deftig uit, Archie.' zei Edmund tegen hem. 'Ik hoop dat ik niet te ordinair gekleed ga.'

'Naar de kerk geweest. Bijbellezing. Ik dacht er nog over iets minder dufs aan te doen, maar nu zijn jullie er, dus is er geen tijd meer. Jullie zullen me moeten nemen zoals ik ben. Vi. Virginia. Leuk om jullie te zien. Hallo, Henry, goeiemorgen. Hoe is het met je? Hamish is zich in zijn slaapkamer aan het opknappen. Hij heeft zijn racebaan opgezet op de vloer van zijn speelkamer. Als je even wilt kijken...'

De terloopse suggestie miste zijn uitwerking niet, zoals Archie verwacht had. Over zijn zoon zat hij niet in, omdat hij hem gewaarschuwd had dat Henry zou komen en Hamish duidelijk had gemaakt dat hij zich tegenover zijn kleine gast gastvrij moest gedragen.

Wat Henry betrof, die herinnerde zich al gauw dat Hamish, als er niemand anders was om zijn aandacht op te eisen, best goed gezelschap kon zijn, ook al was hij vier jaar ouder. En Henry had geen racebaan. Dat was een van de dingen die hij misschien met Kerstmis op zijn verlanglijstje zou zetten.

Zijn gezicht klaarde op. Hij zei 'goed' en snelde toen de trap op, de volwassenen aan hun lot overlatend.

'Briljant,' mompelde Vi, als tegen zichzelf. En toen: 'Wat was je publiek vanmorgen?'

'Zestien, de rector meegeteld.'

'Ik had er moeten zijn om de gelederen te versterken. Nu heb ik de hele dag een slecht geweten...'

'Maar er is niet alleen slecht nieuws. De bisschop heeft voor een meevaller gezorgd en een of ander duister krediet opgedoken, dat jaren geleden was opgesteld. Hij denkt dat hij daarvan een flinke som kan loskrijgen, als compensatie voor de elektriciteitsrekening...'

'Dat zou fantastisch zijn.'

'Maar,' zei Virginia, 'ik dacht dat we daarom de bazaar hadden...'

'We kunnen het geld altijd een andere bestemming geven...'

Edmund zei niets. Het was een lange ochtend geweest, opzettelijk gevuld met onbeduidende taakjes die nochtans al enige weken zijn aandacht hadden opgeëist. Brieven schrijven, rekeningen betalen, een
vraag van zijn accountant opgehelderd en beantwoord. Hij voelde dat
hij nu last kreeg van een groeiend ongeduld. Aan de andere kant van het
brede portaal stonden de dubbele deuren van de bibliotheek uitnodi-
gend open. Hij zag uit naar een gin met tonic, maar Archie, Virginia en
Vi, losjes samenscholend onderaan de trap, waren in beslag genomen
door kerkelijke problemen. Daar had Edmund weinig belangstelling
voor, aangezien hij altijd veel moeite had gedaan om nooit ergens betrokken bij te raken.

'... natuurlijk hebben we nieuwe bidbankjes nodig.'

'Vi, het betalen van kolen voor de boiler is belangrijker dan nieuwe
bidbankjes...'

Zijn vrouw en zijn moeder leken de ware reden voor hun komst naar
Croy te zijn vergeten. Edmund luisterde, terwijl hij zijn ergernis onderdrukte. En hield toen op met luisteren. Een ander geluid trok zijn aandacht. Uit de bibliotheek kwam het getik van hoge hakken. Hij keek
op, over de kruin van Virginia, en zag Pandora te voorschijn komen.
Ze bleef even staan, terwijl ze de situatie in zich opnam, ingelijst door
de deuropening. Door het grote vertrek heen keken haar ogen naar die
van Edmund. Hij vergat zijn ongeduld. Woorden stroomden door zijn
hoofd alsof hem plotseling gevraagd was om een soort verslag uit te
brengen en hij nu verwoed maar vergeefs zocht naar geschikte adjectieven waarmee hij het beeld voor altijd kon vastleggen: ouder, slanker,
verfijnd, elegant, mondain, amoreel, ervaren. Prachtig.

Pandora. Hij zou haar ogenblikkelijk hebben herkend, waar ook ter
wereld. Nog steeds die grote, waakzame ogen, die gekrulde mond met
het uitdagende moedervlekje in de hoek van haar bovenlip. De gelaatstrekken en de botstructuur waren niet veranderd in de voorbijgegane
jaren, haar weelderige, kastanjebruine haar was nog steeds jeugdig.

Hij voelde zijn gezicht verstarren. Hij kon niet glimlachen. Op een duistere wijze werden de anderen geraakt door zijn roerloosheid, zijn zwijgen, alsof hij een jachthond was, gespitst op een vogel. Hun aandacht
dwaalde af, hun stemmen verstomden. Vi draaide zich om.

'Pandora.'

De kerk en zijn beslommeringen waren vergeten. Ze liep van Virginia
weg, over het glimmende parket, haar rug recht, haar armen uiteen,
haar overvolle leren handtas bungelend aan de band om haar elleboog.

'Pandora, liefje. Wat leuk. Wat enig om je weer te zien.'

'Maar Isobel, we kunnen toch niet allemaal bij je blijven dineren. Dat is veel te veel.'

'Nee. Als ik goed heb geteld, zijn we met z'n elven. Dat is er maar eentje meer dan nu.'

'Heeft Verena je niet met logés opgezadeld?'

'Maar één man.'

Pandora viel in. 'Hij staat bekend als 'De Droeve Amerikaan' omdat Isobel zich zijn naam niet kan herinneren.'

'Arme kerel,' zei Archie vanaf het hoofd van de tafel. 'Klinkt alsof hij voor zijn aankomst al gedoemd is.'

'Waarom is hij droef?' vroeg Edmund, terwijl hij zijn glas bier pakte. Op Croy dronk men nooit wijn bij de lunch. Dit was niet uit krenterigheid maar vanwege een familietraditie, die terugging op de ouders van Archie en daarvoor op zijn grootouders. Archie ging ermee door omdat hij het een goed idee vond. Door wijn werden gasten zowel praatziek als sloom en zondagmiddagen waren er naar zijn mening om buitenshuis doorgebracht te worden met nuttige bezigheden, en niet om met de kranten in een luie stoel te dutten.

'Waarschijnlijk is hij helemaal niet droef,' vertelde Isobel. 'Waarschijnlijk is hij een heel verstandige, vrolijke vent, maar hij is pas weduwnaar geworden. Hij heeft een paar maanden vrij genomen en is hier naar toe gekomen om er even tussenuit te zijn.'

'Kent Verena hem?'

'Nee. Maar Katy wel. Zij had medelijden met hem en vroeg Verena om hem een uitnodiging te sturen.'

Pandora zei: 'Ik hoop maar dat hij niet al te ernstig en oprecht is. Je weet hoe ze kunnen zijn. Als je hen door een paar riolen rondleidt, gaan ze van beleefdheid uit hun bol, bezweren ze je dat het allemaal heel, heel interessant is en willen ze weten wanneer het gebouwd is.'

Archie lachte. 'Pandora, hoe vaak heb jij een Amerikaan door een riool rondgeleid?'

'O nooit, schatje. Ik geef alleen maar een voorbeeldje.'

Ze zaten rond de tafel in de eetkamer. De zachte rosbief, voortreffelijk bereid en roze van binnen, was met veel smaak verorberd, met verse bonen, groene erwten, gebakken aardappelen, mierikswortelsaus en donkere jus, subtiel afgemaakt met rode wijn. Nu waren ze toegekomen aan Isobels bramenmousse en warme strooptaart, die droop van de verse room.

Buiten was het weer, als een wispelturige vrouw, niet meer aan het mokken maar het had om een onverklaarbare reden besloten op te klaren. Er was een wind opgestoken die de lucht verfriste. Van tijd tot tijd vielen er spikkels zonlicht op de glimmende tafel en fonkelden in de tumblers van zilver en geslepen glas.

'Nou, als we allemaal komen dineren,' zo bracht Virginia ferm het gesprek terug op het oorspronkelijke onderwerp, 'moeten jullie me laten helpen. Ik zal een voorafje maken, een pudding of wat dan ook.'

'Dat zou helpen,' gaf Isobel toe. 'Omdat ik daarvoor de hele dag in Corriehill ben om Verena met de bloemen te helpen.'

'Maar dat is mijn verjaardag.' Vi was nogal verontwaardigd. 'Dat is de dag van mijn picknick.'

'Dat weet ik, Vi, het spijt me, maar voor het eerst in jaren zal ik er niet kunnen zijn.'

'Nou, ik hoop dat niemand anders terugkrabbelt. Jij hoeft toch geen bloemen te doen, Virginia, of wel?'

'Nee. Ze hebben mij net gevraagd om mijn grootste bloempotten en vazen uit te lenen. Maar ik kan ze woensdag allemaal meenemen naar Corriehill.'

'Wanneer komt Alexa?' vroeg Lucilla.

'Donderdagochtend. Zij en Noel gaan 's nachts rijden. Noel kan niet eerder weg. En natuurlijk nemen ze de hond van Alexa mee. Dus *zij* zullen er met de picknick zijn, Vi.'

'Ik zal het allemaal moeten opschrijven,' zei Vi, 'want anders raak ik de tel kwijt en maak ik veel te veel eten of te weinig.'

Ze leunde voorover en keek naar het andere eind van de tafel om Henry's blik te vangen. Henry keek bedrukt. Hij hield er niet van als mensen het hadden over de verjaardag van Vi. Ze wisten allemaal dat hij er niet zou zijn. Ze zei: 'Ik zal twee enorme plakken cake naar Templehall sturen. Eentje voor Henry en eentje voor Hamish.'

'Nou, zorg dan wel dat het een cake is die niet kledderig wordt.' Hamish schraapte de laatste lepel strooptaart van zijn bord. 'Ma stuurde me ooit eens een cake en alle room lekte door het pak naar buiten. De hoofdzuster was hels. Ze gooide het hele zooitje in de vuilnisbak van de ziekenzaal.'

'Nare ouwe hoofdzuster,' zei Pandora vol medelijden.

'Het is een vervelend mens. Mam, mag ik nog wat?'

'Ja, maar laat het eerst rondgaan.'

Hamish stond op en deed het, met in elke hand een bord.

Lucilla zei: '*Wij* hebben een probleempje.' Iedereen keek naar haar, benieuwd wat het was, maar niet bijzonder bezorgd. 'Jeff heeft niets om aan te trekken. Om te dansen, bedoel ik.'

De blikken werden nu op Jeff gericht, die tijdens de maaltijd nauwelijks aan het gesprek had deelgenomen. Hij keek enigszins verlegen en leek blij met de afleiding toen Hamish bij hem kwam en aanbood om nog wat pudding op te scheppen. Hij draaide zich om, om de lepel in de bramenmousse te steken.

Hij zei: 'Toen ik Australië verliet, had ik nooit gedacht dat ik gevraagd zou worden voor een deftig feestje. Bovendien was er in mijn rugzak geen ruimte voor een smoking.'

Allen dachten na over het probleem.

Archie zei: 'Ik zou je die van mij lenen als ik 'm niet zelf moest dragen.'

'Pap, Jeff zou die van jou niet eens aan kunnen.'

'Hij kan er altijd een huren. Er is een zaak in Relkirk...'

'O, pap, die is verschrikkelijk duur.'

Archie zei beschaamd: 'Sorry. Dat wist ik niet.'

Edmund monsterde de jonge Australiër over de tafel. 'Jij bent ongeveer even groot als ik. Ik kan je wel wat lenen als je wilt.'

Violet was verrast toen ze dit hoorde. Omdat ze naast haar zoon zat, moest ze haar hoofd omdraaien om naar hem te kijken. Hij leek zich niet bewust van haar doordringende blik en zijn profiel, kalm en onbewogen, verried niets. Toen Edmunds moeder probeerde om de voor haar zo vreemde verbazing te analyseren, besefte ze dat ze waarachtig nooit had verwacht dat Edmund zo'n vriendelijk en impulsief voorstel zou doen.

Maar waarom? Hij was haar zoon, het kind van Geordie. Ze wist dat als er iets belangrijks op het spel stond hij altijd gul was – zowel met zijn tijd als met zijn geld – bezorgd en attent. Violet kon naar hem toe gaan – en had dat ook vaak gedaan – in de wetenschap dat hij zich de grootste moeite zou getroosten om een probleem uit te zoeken of haar te helpen bij het nemen van een beslissing.

Maar met kleine dingen... daarmee lag het anders. Het kleine gebaar, het tedere woord, het onbeduidende presentje dat maar een paar centen en zo weinig tijd kostte, en toch belangrijk was vanwege de achterliggende gedachte. Haar ogen dwaalden over de tafel naar Virginia en de zware gouden bracelet die ze om haar pols droeg. Edmund had de bracelet aan haar gegeven – en Violet dacht er liever niet aan wat hij had gekost – als een lapmiddel om hun onenigheid bij te leggen. Maar was het niet beter geweest als ze om te beginnen geen ruzie hadden gemaakt en zich zo weken van ongeluk hadden bespaard.

En nu verleende hij zelfs Jeff een gunst. Het zou hem niet zwaar vallen, maar het aanbod was zo spontaan gedaan dat Violet aan Geordie moest denken. Dat had haar moeten verheugen, maar in plaats daarvan stemde het haar droevig omdat ze zich niet kon herinneren wanneer ze voor het laatst naar Edmund had gekeken en een eigenschap had herkend die hij van zijn vriendelijke vader had geërfd.

Wat Jeff betrof, hij leek net zo in de war als zijzelf.

'Nee. Ik wil niet lastig zijn. Ik huur wel iets.'

'Geen sprake van. In Balnaid heb ik nog wel wat dingen over. Je kunt ze aantrekken om te kijken of ze passen.'

'Maar heb je die zelf dan niet nodig?'

'Ik zal met mijn kilt uitgedost zijn, net als die man op zo'n koektrommel.'

Lucilla was echter dankbaar. 'Je bent een schat, Edmund. Wat een opluchting. Nu hoef ik alleen nog maar iets te vinden om aan te trekken.'

234

'Isobel en ik gaan in Relkirk op zoek naar iets moois,' zei Pandora tegen haar. 'Waarom ga je niet mee?'

Tot ieders verrassing zei Lucilla: 'Dolgraag.' Maar hun verrassing duurde niet lang. 'Er is een fantastische markt in Relkirk en een stalletje vol met spullen uit de jaren dertig. Daar zal ik vast wel iets vinden.'

'Ja,' zei haar moeder. 'Vast en zeker.'

'Pap, je bent een bruut. Je mepte me zo in de rododendrons.'

'Ik wilde je opzij hebben.'

'Je hoefde me niet *zo* ver weg te slaan.'

'Toch wel. Je speelt veel te slim om je voor de poort te laten rondhangen. Nu, Virginia, hoef je alleen maar *hier* te komen.'

'Welk grassprietje had je in gedachten?'

Na de koffie was Isobels lunchgezelschap gemoedelijk uiteen gegaan. De jongens waren, toen ze genoeg kregen van de racebaan, gaan spelen in de boomhut van Hamish en zwaaiden nu aan zijn trapeze. Isobel had Vi meegenomen om haar border te laten zien... niet zo groots en indrukwekkend als hij vroeger was geweest, maar nog steeds een pronkstuk dat ze altijd vol trots liet bewonderen. Archie, Virginia, Lucilla en Jeff hadden besloten om te profiteren van Hamish' inspanning en waren verwikkeld in een spannend potje croquet. Edmund en Pandora zaten op de oude schommelbank boven op de groene glooiing en keken naar hen.

Het was een aangename en winderige middag geworden. De wolken dreven in stapels langs de hemel, maar ertussenin waren grote stukken blauw en als de zon scheen, werd het erg warm. Desondanks had Pandora op weg naar de tuin uit de garderobe een oude kaki jagersbuis van Archie meegenomen, gevoerd met harig tweed. Hierin opgerold zat ze met haar benen opgetrokken naast zich. Van tijd tot tijd gaf Edmund met zijn voet een duw om de oude bank te laten schommelen. Hij moest gesmeerd worden en maakte een akelig knarsend geluid.

Gejammer klonk vanuit de rododendrons. 'Ik kan die rotbal niet vinden en ik heb me geschramd aan een braamstruik.'

'Nog even,' merkte Edmund op, 'en dan vliegen de haren in het rond.'

'Zoals altijd. Het is een levensgevaarlijk spel.'

Ze zwegen en schommelden rustig heen en weer. Virginia gaf een mep tegen haar bal, die rustig vier meter voorbij het punt rolde dat Archie had aangewezen.

'O, sorry, Archie.'

'Je sloeg te hard.'

'Niets ligt zo voor de hand als een voor de hand liggende opmerking,' zei Edmund.

Pandora zei niets. Piep, piep deed de schommel.

Zwijgend keken ze hoe Jeff sloeg. Ze zei: 'Haat je me, Edmund?'

'Nee.'

'Maar veracht je me? Minacht je me?'

'Waarom zou ik?'

'Omdat ik overal zo'n zootje van heb gemaakt. Door weg te lopen met de man van een andere vrouw, die oud genoeg was om mijn vader te zijn. Zonder ook maar iets te zeggen. Door het hart van mijn ouders te breken en nooit terug te komen. Door zoveel afschuw en verbijstering te veroorzaken dat de hele streek ervan natrilde.'

'Is dat gebeurd?'

'Dat weet je best.'

'Ik was er toen niet.'

'Natuurlijk niet. Jij was in Londen.'

'Ik heb nooit begrepen waarom je ervandoor ging.'

'Ik was ongelukkig. Ik wist niet wat ik met mijn leven aan moest. Archie was weg en getrouwd met Isobel en ik miste hem. Het leek alsof ik geen kant op kon. En toen kwam er wat afleiding en leek alles ontzettend aanlokkelijk en volwassen. Opwindend. Mijn ego moest opgepept worden en dat deed hij.'

'Hoe heb je hem ontmoet?'

'O, op een of ander feestje. Hij had een vrouw met een paardegezicht die Gloria heette, maar die ging er snel vandoor toen ze doorhad hoe de vork in de steel zat. Ze vertrok naar Marbella en kwam nooit terug. Wat nog een reden was om ervandoor te gaan naar Californië.'

Lucilla kwam te voorschijn uit de rododendrons, met stukjes blad in haar haar en speelde weer mee. 'Wie is er door de poort gegaan en wie niet?'

De bank hield geleidelijk op met schommelen. Edmund gaf nog een duw zodat hij weer begon. Piep, piep.

Pandora vroeg: 'Ben je gelukkig?'

'Ja.'

'Ik geloof niet dat ik ooit gelukkig ben geweest.'

'Dat spijt me.'

'Ik vond het leuk om rijk te zijn maar ik was niet gelukkig. Ik had heimwee en miste de honden. Weet je hoe hij heette, de man met wie ik ervandoor ging?'

'Ik geloof niet dat het me ooit is verteld.'

'Harald Hogg. Kun jij je iemand voorstellen die ervandoor gaat met een man die Harald Hogg heet? Na onze scheiding was het eerste wat ik deed mijn naam weer in Blair veranderen. Zijn naam hield ik dus niet, maar wel het meeste van zijn geld. Dat was boffen, scheiden in Californië.'

Edmund zweeg.

'En toen het allemaal voorbij was, nadat ik mijn naam weer in Blair had veranderd, weet je wat ik toen deed?'

'Geen idee.'

'Ik ging naar New York. Ik was daar nog nooit geweest en kende er niemand. Maar ik nam een kamer in het duurste hotel dat ik kon vinden en liep toen door Fifth Avenue en wist dat ik alles kon kopen wat ik wilde. Voor mezelf. En toen kocht ik niets. Dat is een soort geluk, vind je niet, Edmund? Weten dat je alles kunt kopen wat je wilt en dan ontdekken dat je het niet wilt.'

'Ben je nu gelukkig.'

'Ik ben thuis'

'Waarom ben je teruggekomen?'

'O, ik weet niet. Daarom. Ik kon meerijden met Lucilla en Jeff. Ik wilde Archie weer zien. En, uiteraard, vanwege de onweerstaanbare verleiding van het feestje van Verena Steynton.'

'Ik heb zo het gevoel dat Verena Steynton er niets mee te maken heeft.'

'Misschien. Maar het is een goed smoesje.'

'Je bent niet teruggekomen toen je ouders overleden.'

'Dat was onvergeeflijk, niet?'

'Dat zei jij, Pandora, niet ik.'

'Ik was niet dapper genoeg. Ik durfde niet. Ik kon begrafenissen, graven, condoleances niet onder ogen zien. Ik kon niemand onder ogen komen. En de dood is zo onherroepelijk, net als de jeugd zo zalig is. Ik kon niet accepteren dat het allemaal voorbij was.'

'Ben je gelukkig in Majorca?'

'Daar voel ik me thuis. Na al die jaren is Casa Rosa het eerste huis dat echt van mij is.'

'Ga je terug?'

De hele tijd dat ze praatten, hadden ze elkaar niet aangekeken. In plaats daarvan hadden ze opzettelijk naar de croquetspelers gekeken. Maar nu wendde hij zich naar haar en zij draaide haar hoofd en haar opmerkelijke ogen, omgeven door dikke zwarte wimpers, staarden in die van hem. Misschien was het doordat ze zo pijnlijk mager was geworden, maar ze leken Edmund groter en glanzender dan ooit.

Ze vroeg: 'Waarom vraag je dat?'

'Ik weet niet.'

'Misschien weet ik het ook niet.'

Ze leunde met haar hoofd achterover op de vale, gestreepte bekleding en richtte haar aandacht weer op het croquetspel. Er leek een eind aan hun conversatie te zijn gekomen. Edmund keek naar zijn vrouw. Ze stond midden in het groene veld en leunde op haar hamer, terwijl Jeff zich klaarmaakte voor een lastige slag. Ze droeg een geruit shirt en een korte blauwe spijkerbroek en haar benen waren lang, bloot en bruin en haar gymschoenen helder wit. Fit, slank, schaterend om Jeffs mislukte poging om zijn bal door de poort te krijgen, straalde zij het soort vitaliteit uit dat Edmund associeerde met advertenties in dure tijdschriften voor sportkleding, Rolexhorloges of zonnebrandolie.

Virginia. Mijn liefste, zei hij tegen zichzelf. Mijn leven. Maar om een of andere reden klonken de woorden hol, als bezweringen die nooit zouden werken en hij werd gekweld door wanhoop. Pandora zei niets meer. Hij kon zich niet voorstellen waar ze aan dacht. Hij draaide zich om, om naar haar te kijken en meteen zag hij dat ze diep in slaap was. Het was gedaan met zijn onderhoudende gezelschap. Hij werd heen en weer geslingerd tussen verdriet en vermaak en deze gezonde reactie op haar trouweloosheid volstond om voorlopig de dodelijke gewaarwording weg te drukken dat hij aan het eind van zijn latijn was gekomen.

26

Maandag was een van de dagen dat Edie 's ochtends Virginia op Balnaid hielp en Virginia was dankbaar voor deze overeenkomst. Ze had altijd een hekel aan deze dag, als het weekend voorbij was en Edmund weer weg. Gekleed in zijn zakenkostuum ging hij om acht uur van huis om naar Edinburgh en zijn kantoor te gaan voordat de verkeersdrukte van het spitsuur losbrak. Na zijn vertrek voelde ze zich leeg, uitgehold, een gevoel van anticlimax en het kostte altijd enige moeite om weer tot de orde van de dag over te gaan en het hoofd te bieden aan de eisen van het huishouden. Maar als ze de achterdeur dicht hoorde slaan bij Edies binnenkomst, werd alles meteen wat draaglijker. Ze wist dan dat Edie er was. Dat er iemand was om mee te praten, iemand om mee te lachen, iemand om de bibliotheek te stoffen en de hondeharen op het tapijt in de hal op te zuigen. Het gerammel in de keuken was geruststellend. Edie die de ontbijtborden afwaste, die de wasmachine volstopte met de vuile was van het weekend, die met de honden praatte.
'Als je niet opzij gaat, trap ik op je staart.'
Virginia verschoonde de lakens in haar slaapkamer op het grote tweepersoonsbed, onderdeel van het maandagochtendcorvee. Henry was boodschappen doen. Zijn moeder had hem vijf pond gegeven en hij was naar het dorp vertrokken om bij mevrouw Ishak langs te gaan en de hem toegewezen hoeveelheid snoep, chocola en koek te kopen die hij in zijn snoeptrommel mee mocht nemen naar Templehall en waar hij een heel schooljaar mee zou moeten doen. Hij had nog nooit eerder zoveel geld gehad om snoep voor te kopen en dat was nu nog zo nieuw voor hem, dat zijn aandacht werd afgeleid van het feit dat hij de volgende dag voor het eerst het huis zou verlaten. Acht jaar en dan weggaan. Weliswaar niet voor altijd, maar Virginia wist dat wanneer ze hem weer zou zien hij al een andere Henry zou zijn, omdat hij dingen gezien, dingen gedaan en dingen geleerd zou hebben die met het leven van zijn moeder niets te maken hadden. Morgen zou hij gaan. De eerste dag van een tien jaar lange onderbroken scheiding van zijn ouders en zijn thuis. Het begin van zijn volwassenwording. Weg van haar.
Ze vouwde kussenslopen. Ze hadden nog maar een dag. Het hele weekend had ze resoluut zijn onvermijdelijke vertrek uit haar hoofd gezet; zichzelf wijsgemaakt dat het nooit dinsdag zou worden. Volgens haar had Henry hetzelfde gedaan en ze werd triest bij de gedachte aan zijn onschuld. Gisteravond, toen ze hem welterusten wenste, had ze zich

voorbereid op een stortvloed van tranen en jammerklachten. *Het weekend is voorbij. Ons laatste weekend. Ik wil niet naar school. Ik wil niet bij je weg.* Maar Henry had haar gewoon verteld dat hij het best leuk had gevonden om met Hamish te spelen, dat hij aan één been aan de trapeze van Hamish had gehangen; en toen, uitgeput door de drukke dag, was hij vrijwel meteen in slaap gevallen.

Ze legde krakende, gestreken lakens uit. Ik zal het vandaag wel redden en zorgen dat hij plezier heeft, zei ze tegen zichzelf. En dan zal ik het op een of andere manier morgen zien te redden. Nadat Edmund Henry heeft meegenomen, als ze zijn weggereden en ik de auto niet meer kan horen, zal ik iets bedenken dat me afleidt of me helemaal in beslag neemt. Ik ga langs bij Dermot Honeycombe en ga urenlang zoeken naar een cadeau voor Katy Steynton. Iets van porselein of een antieke lamp, of misschien een stuk Georgian zilver. Ik schrijf een lange brief naar opa en oma. Ik ga de linnenkast opruimen, knopen aan Edmunds overhemden naaien... En dan komt Edmund thuis en zal het ergste voorbij zijn. En kan ik de dagen gaan tellen tot het eerste weekend dat Henry thuiskomt.

Ze raapte de vuile lakens bijeen en smeet ze op de overloop, borg toen een paar losse kleren en schoenen op, trok een kussen recht. De telefoon ging. Ze ging op de rand van het net opgemaakte bed zitten en nam op.

'Balnaid.'

'Virginia.' Het was Edmund. Om kwart over negen 's ochtends?

'Ben je op kantoor?'

'Ja. Sinds tien minuten. Virginia. Hoor eens. Ik moet naar New York.'

Ze was niet bijzonder verontrust. Het kwam regelmatig voor dat hij naar New York vloog.

'Wanneer?'

'Nu. Vandaag. Ik neem de eerste vlucht naar Londen. Vertrek vanmiddag van Heathrow.'

'Maar...'

'Ik ben vrijdag op tijd terug in Balnaid voor het feest. Waarschijnlijk rond zes uur 's avonds. Vroeger als het me lukt.'

'Bedoel je...' Het kostte haar moeite te verwerken wat hij haar zei. 'Bedoel je dat je de hele week weg bent?'

'Inderdaad.'

'Maar... inpakken... kleren...' Wat belachelijk was omdat ze wist dat hij in de flat in Moray Place dezelfde garderobe had, met pakken, overhemden en ondergoed geschikt voor iedere hoofdstad en ieder klimaat.

'Dat doe ik hier.'

'Maar...' Eindelijk drong de implicatie, de kern van wat hij zei tot haar door. *Dit kan hij me niet aandoen.* Het raam van de slaapkamer stond open en de lucht die naar binnen stroomde was niet koud, maar Virginia rilde toch, gebogen over de telefoon. Ze zag de knokkels van haar om de hoorn geklemde hand wit worden. 'Morgen,' zei ze. 'Dinsdag breng je Henry naar Templehall.'

'Ik kan niet.'

'Je hebt het beloofd.'

'Ik moet naar New York.'

'Iemand anders kan ook gaan. Jij niet.'

'Er is niemand anders die kan. Er is paniek en ik ben de enige.'

'Maar je hebt het *beloofd*. Je zei dat je Henry zou brengen. Ik heb je nog gezegd dat dat het enige was dat ik niet wilde doen. Dat was mijn voorwaarde en jij was het daarmee eens.'

'Dat weet ik en het spijt me. Maar ik kan het niet helpen dat er hier wat gebeurd is.'

'Stuur iemand anders naar New York. Jij bent de baas. Stuur een of andere ondergeschikte.'

'Juist omdat ik ben wie ik ben moet ik gaan.'

'Je bent wie je bent!' Ze hoorde haar eigen stem, bijtend scherp. 'Edmund Aird. Jij denkt aan niemand anders dan jezelf en aan niets anders dan je ellendige baan. Sanford Cubben. Ik haat Sanford Cubben. Ik besef hoe laag ik op jouw prioriteitenlijstje sta, maar ik dacht dat Henry wat hoger scoorde. Je hebt het niet alleen aan mij, maar ook aan Henry beloofd. Betekent dat niets voor jou?'

'Ik heb niets beloofd. Ik zei alleen dat ik hem zou brengen en nu kan ik niet.'

'Dat noem ik een afspraak. Als je in zaken zo'n afspraak zou maken, zou je jezelf dood werken om hem te houden.'

'Virginia, wees redelijk.'

'Ik *wil* niet redelijk zijn! Ik ga hier niet zitten luisteren hoe jij me vertelt dat ik redelijk moet zijn. En ik ga niet mijn kind afleveren bij een kostschool waar ik hem helemaal niet op wilde hebben. Dat is net zo iets als wanneer je me zou vragen een van de honden naar de dierenarts te brengen voor een spuitje. Ik doe het niet!'

Nu klonk ze als een viswijf en het kon haar niet schelen. Maar de stem van Edmund bleef, als altijd, koel en emotieloos. Om razend van te worden.

'In dat geval stel ik voor dat je Isobel Balmerino belt en haar vraagt om Henry mee te nemen. Zij brengt Hamish, dus zal ze genoeg plaats hebben voor Henry.'

'Als jij denkt dat ik Henry met Isobel af ga schepen...'

'Dan moet je hem zelf brengen.'

'Je bent een schoft, Edmund. Dat weet je, hè? Je gedraagt je als een egoïstische schoft.'

'Waar is Henry? Ik zou hem graag nog even willen spreken voor ik ga.'

'Hij is er niet,' zei Virginia tegen hem met een zekere boosaardige voldoening. 'Hij is bij mevrouw Ishak snoep aan het kopen.'

'Nou, als hij thuiskomt, vraag dan of hij me op kantoor opbelt.'

'Bel hem zelf maar.' En met deze scherpe opmerking, smeet ze de hoorn erop en maakte ze een eind aan de deprimerende discussie.

Haar harde stem was tot de keuken doorgedrongen.

'Wat was dat allemaal?' vroeg Edie, terwijl ze zich van het aanrecht omdraaide toen Virginia naar binnen stormde met een gezicht als een donderwolk en haar armen vol verkreukeld linnen, en door de keuken naar de open deur van de bijkeuken beende om daar haar lading in de richting van de wasmachine te gooien.

'Is er iets mis?'

'Alles.' Virginia trok een stoel naar voren en ging zitten, met haar armen over elkaar en een opstandig gezicht. 'Dat was Edmund, hij gaat *vandaag* naar New York. Hij is de hele week weg en hij had me beloofd... hij *beloofde*, Edie... dat hij Henry morgen naar school zou brengen. Ik had hem gezegd dat dat het enige was wat ik níet wilde doen. Ik haatte dat hele idee van Templehall van meet af aan en de enige reden waarom ik uiteindelijk toegaf was omdat Edmund *beloofde* dat hij Henry morgen zou brengen.'

Edie, die zag dat haar humeur op onweer stond, zei redelijk: 'Tja, ik veronderstel dat zulke dingen gebeuren als je een belangrijk zakenman bent.'

'Alleen bij Edmund. Andere mannen richten hun leven in zonder zo verdomd egoïstisch te zijn.'

'Wil je Henry niet zelf wegbrengen?'

'Nee, beslist niet. Dat is wel het allerlaatste wat ik wil doen. Het is onmenselijk van Edmund om dat van me te verwachten.'

Edie overwoog het probleem terwijl ze haar droogdoek uitwrong.

'Kun je niet vragen of Lady Balmerino hem samen met Hamish brengt?'

Virginia deed net of deze suggestie niet al eerder was gedaan.

'Ik weet niet.' Ze dacht erover na. 'Misschien wel,' gaf ze mokkend toe.

'Isobel begrijpt het best. Ze heeft het zelf ook gehad.'

'Welnee.' Het was duidelijk dat Edie niets goeds kon zeggen.

'Hamish was *nooit* zoals Henry. Je zou Hamish naar de maan kunnen sturen en het enige waar hij over in zou zitten zou de vraag zijn wanneer hij weer te eten zou krijgen.'

'Wat je zegt. Maar als ik jou was, zou ik toch even met Isobel praten. Jezelf in de stress werken helpt niet als je er niets aan kunt doen. Beter...'

'Ik weet het, Edie. Beter slikken dan stikken.'

'Wat je zegt,' zei Edie kalm. Ze pakte de ketel en vulde hem met water. Het leek tijd voor een kopje thee. In tijden van stress deed niets een mens zo goed als een lekker kopje warme thee.

Ze dronken de thee toen Henry terugkwam met een plastic tas die uitpuilde van het lekkers.

'Mammie, kijk eens wat ik heb!' Hij stortte de inhoud op de keukentafel. 'Kijk Edie. Marsrepen, Smarties, Cadbury's Dairy Milk, wat wine-gums, Jaffa Cakes, chocoladekoekjes, strooptoffees en Rolo's; en me-vrouw Ishak gaf me een lollie omdat ik wegga. Ik hoefde de lollie niet te betalen, dus mag ik die nu opeten?'

Edie bekeek zijn buit. 'Ik hoop dat je dat niet meteen allemaal opeet, anders hou je geen tand meer over.'

'Nee.' Hij was de lollie al aan het uitpakken. 'Ik moet er lang mee doen.'

Virginia's razernij was inmiddels bedaard. Ze sloeg haar arm om Hen-ry en zei, op een weloverwogen vrolijke toon. 'Pappie belde.'

Hij likte. 'Waarover?'

'Hij moet naar Amerika. Vandaag. Hij vliegt vanmiddag vanuit Lon-den. Dus kan hij je morgen niet naar school brengen. Maar ik dacht dat ik...'

Henry hield op met likken. Zijn gezicht verloor alle vreugde en hij keek met enorme, ongeruste ogen naar zijn moeder.

Ze aarzelde en begon toen opnieuw. '... ik dacht dat ik Isobel maar moest opbellen om te vragen of zij je samen met Hamish kan bren-gen...'

Ze kwam niet verder. Zijn reactie op het nieuws was zelfs nog erger dan ze had gevreesd. Een kreet van teleurstelling en meteen een stortvloed van tranen...

'Ik wil niet dat Isobel me brengt...'

'Henry...'

Hij rukte zich los uit haar omhelzing en smeet zijn lollie op de grond. 'Ik ga niet met Isobel en Hamish. Ik wil dat mijn moeder of mijn vader me brengt. Hoe zou jij het vinden als jij mij was en...'

'Henry...'

'... je weg moest met mensen die niet je eigen moeder en vader waren? Ik vind dat je heel naar voor me bent...'

'Ik zal je wel brengen.'

'En Hamish zal vervelend doen en niet praten omdat hij ouder is. Het is niet eerlijk!'

Woedend huilend, draaide hij zich om en holde naar de deur.

'Henry, ík zal je wel brengen...'

Maar hij was weg. Zijn voetstappen stampten de trap op naar het hei-ligdom van zijn slaapkamer. Virginia deed knarsetandend haar ogen dicht en wenste dat ze ook haar oren dicht kon doen. En ja hoor. Daar was de verschrikkelijke knal van zijn slaapkamerdeur. Vervolgens was het stil.

Ze deed haar ogen open en keek Edie over de tafel aan. Edie slaakte een lange zucht. Ze zei: 'O guttegut.'

'*Dat* was dus geen goed idee.'

'Arm joch. Hij is overstuur.'

Virginia leunde met haar elleboog op de tafel en haalde een hand door haar haar. Opeens werd het haar allemaal te veel.

Ze zei: 'Dit is wel het allerlaatste wat ik wilde.' Ze wist, en Edie wist het ook, dat Henry's woedeuitbarstingen, hoewel ze niet vaak voorkwamen, hem urenlang van streek brachten. 'Ik wilde dat dit een leuke dag zou zijn, niet een akelige. Onze laatste dag samen. En nu gaat Henry hem in tranen doorbrengen en mij overal de schuld van geven. Alsof het al niet erg genoeg was. Die verdomde Edmund. Wat moet ik doen, Edie?'

'Wat zou je ervan denken,' zei Edie 'als ik gewoon vanmiddag zou terugkomen en Henry van je over zou nemen? Met mij kan hij het altijd wel vinden. Ben je al klaar met inpakken? Nou, dat zou ik wel kunnen doen, samen met wat andere kleinigheidjes die gedaan moeten worden en dan kan hij wat rondhangen en kalmeren. Een rustige dag, dat heeft hij nodig.'

'O, Edie.' Virginia liep over van dankbaarheid. 'Zou je dat willen doen?'

'Geen probleem. Ik moet wel naar huis om Lottie eten te geven, maar tegen tweeën ben ik er weer.'

'Kan Lottie niet zelf voor haar eten zorgen?'

'Dat wel, maar ze maakt er zo'n knoeiboel van. Ze laat de pannen aanbranden en verandert de keuken in een puinhoop. Ik kan het beter zelf doen.'

Virginia had berouw. 'O, Edie. Je doet zoveel. Het spijt me dat ik tegen je schreeuwde.'

'Maar goed dat je mij had om tegen te schreeuwen.' Ze hees zich moeizaam op haar gezwollen benen. 'Nu moet ik doorgaan, want anders komt dit nooit af. Ga jij maar even naar boven om met Henry te praten. Zeg maar dat hij de middag met mij kan doorbrengen en dat ik graag een mooie tekening van hem zou willen hebben.'

Virginia vond Henry, zoals ze van tevoren wist, onder zijn dekbed met Moo.

Ze zei: 'Het spijt me, Henry.'

Uitgeput van het snikken gaf hij geen antwoord. Ze ging op zijn bed zitten. 'Het was een stom voorstel. Pappie stelde het voor en ik vond het toen ook al stom. Ik had het er helemaal niet met je over mogen hebben. Natuurlijk ga je niet met Isobel. Je gaat met mij. Ik breng je met de auto.'

Ze wachtte. Na een tijdje rolde Henry op zijn rug. Zijn gezicht was gezwollen en bevlekt met tranen, maar hij leek niet meer te huilen.

Hij zei: 'Hamish kan me niet zoveel schelen, maar ik wil *jou*.'

'Ik zal er zijn. Misschien kunnen we Hamish met ons meenemen. Dat zou aardig zijn. Het zou Isobel een reis besparen.'

Hij snoof. 'Goed.'

'Edie komt na de lunch terug. Ze zei dat ze de middag met jou wil doorbrengen. Ze wil dat je een tekening voor haar maakt.'

'Heb je mijn viltstiften ingepakt?'
'Nog niet.'
Hij stak zijn armen uit en zij pakte hem op en hield hem tegen zich aan, terwijl ze hem in haar armen wiegde en kusjes op zijn kruin drukte. Na een tijdje kwam hij onder zijn dekbed vandaan. Ze vonden een zakdoek en hij snoot zijn neus.
Toen pas herinnerde ze zich de boodschap van Edmund. 'Pappie wilde dat je hem belde. Hij is op kantoor. Je weet het nummer.'
Henry ging naar haar slaapkamer om te bellen, maar Virginia had het te laat gezegd en Edmund was al weg.

De speelkamer was warm en vredig. De zon scheen door de brede ramen en de wind deed de takken van de wisteria tegen de dakpannen tikken. Henry zat aan de grote tafel in het midden van de kamer te tekenen. Edie zat op de stoel bij het raam en naaide het laatste naamstrookje aan zijn nieuwe sokken. 's Ochtends bij het werk droeg Edie haar oudste kleren en een schort, maar deze middag zag ze er erg netjes uit en had ze haar nieuwe lila vest aangedaan. Henry voelde zich gevleid, omdat hij wist dat ze het vest alleen voor bijzondere gelegenheden bewaarde. Zodra ze aankwam had, ze de strijkplank uitgeklapt en de lading wasgoed van die ochtend fris van de lijn gestreken. Deze lag nu opgestapeld, schoon en gevouwen, aan de andere kant van de tafel en rook aangenaam.
Henry legde zijn viltstift neer en zocht in zijn pennendoosje, waarbij hij scharrelende geluiden maakte. Hij zei: 'Verdikkeme.'
'Wat is er, liefje?'
'Ik wil een balpen. Ik heb mensen getekend met ballonnetjes uit hun mond en ik wil schrijven wat ze zeggen.'
'Kijk maar in mijn tas. Daar zit een pen in.'
Haar tas stond op de stoel bij de haard. Het was een grote, leren tas die propvol zat met belangrijke zaken: haar kam, haar dikke huishoudportemonnee, haar pensioenboekje, haar spaarboekje van de postspaarbank, haar treinabonnement, haar busabonnement. Ze had geen auto, dus moest ze overal met de bus naar toe. Daarom had ze een dienstregeling, een klein boekje, 'Relkirkshire Bus Company' stond erop. Henry stuitte hierop bij het zoeken naar de pen. Opeens kwam het in hem op dat dit een zinnig en handig ding was om te hebben. Edie had er thuis vast nog een.
Hij keek naar Edie. Ze was druk aan het naaien, haar witte hoofd gebogen. Hij haalde het boekje uit haar tas en stopte het in de zak van zijn spijkerbroek. Hij vond de balpen, deed haar tas dicht en ging weer aan het werk.
Kort daarop vroeg Edie: 'Wat wil je bij de thee?'
Hij zei: 'Macaroni met kaas.'

De antiekwinkel van Dermot Honeycombe bevond zich aan het verste eind van de dorpsstraat, voorbij de toegangspoorten van Croy en aan de voet van een zachte helling tussen de weg en de rivier. Ooit was het de smederij van het dorp geweest en de woning van Dermot, het huis van de hoefsmid. Het huisje van Dermot was uiterst pittoresk. Het had bakken met begonia's bij de deur, glas-in-loodramen en een dik met stro bedekt dak. Maar de winkel was nog bijna net als vroeger, met muren van donkere steen en zwarte balken. Buiten was een beklinkerde binnenplaats waar ooit de geduldige boerenpaarden hadden gestaan, wachtend tot ze beslagen werden en hier had Dermot zijn winkelbord neergezet, een oude houten wagen, blauw geschilderd met DERMOT HONEYCOMBE ANTIEK smaakvol op de zijkant aangebracht. Het was opvallend genoeg, zodat veel mensen naar binnen liepen. Het was ook handig om honden aan vast te maken. Virginia bevestigde de riemen aan de halsbanden van de spaniels en bond de uiteinden rond een van de karrewielen. De honden gingen zitten en keken verwijtend.

'Ik ben zo terug,' zei ze tegen hen. Ze kwispelden met de stompjes van hun staart en hun ogen gaven haar het gevoel dat ze een moord pleegde, maar ze liet ze achter en liep over de klinkers de deur van de oude smederij binnen. Daar zat Dermot, in de met papier volgestapelde vogelkooi die zijn kantoor was. Hij was aan de telefoon, maar zag haar door het glas, stak een hand op en reikte toen naar een lichtknopje.

In de winkel floepten vier bungelende peertjes aan, die het duister iets verlichtten, maar niet erg veel. De ruimte stond stampvol met allerlei rommel. Stoelen waren op tafels gestapeld, bovenop ladenkasten. Enorme klerenkasten torenden omhoog. Er waren melkbussen, puddingvormen, stapels niet bij elkaar passend porselein, koperen haardranden, hoekkasten, gordijnrails, kussens, pakken fluweel, versleten kleden. De geur was muf en vochtig en Virginia huiverde van verwachting. Bezoekjes aan de winkel van Dermot waren altijd een soort loterij omdat je nooit wist – en Dermot al evenmin – wat je toevallig zou opduikelen.

Ze begaf zich naar voren, baande zich een weg tussen wankelende stapels meubilair, met de behoedzaamheid van een speleoloog. Ze voelde zich nu al een beetje vrolijker. Snuffelen was een aangename therapie en Virginia gunde zichzelf het genot om Edmund en de trauma's van deze ochtend, en de volgende dag, van zich af te zetten.

Een cadeau voor Katy. Haar blik dwaalde rond. Ze schatte de prijs van een ladenkast, een stoel met een brede zitting. Ze zocht naar het zilvermerk op een gehavende lepel, scharrelde in een doos met oude sleutels en koperen deurknoppen, bladerde door een waardig oud vod van een boek. Ze vond een geglazuurde roomkan en veegde het stof er vanaf, op zoek naar barsten en beschadigingen. Die waren er niet.

Nu hij klaar was met zijn telefoongesprek, kwam Dermot bij haar.

'Hallo, liefje.'

'Dermot. Hallo.'

'Zoek je iets speciaals?'

'Een cadeau voor Katy Steynton.' Ze hield de geglazuurde kan op. 'Deze is snoezig.'

'Wat een schatje, hè? Het Paradijs. Ik hou van dat donkere gentiaanblauw.' Hij was een dikke man met een glad gezicht, rijp maar op een vreemde manier leeftijdloos. Zijn wangen waren roze en zijn donzige bleke haar luchtig als het pluis van een paardebloem. Hij droeg een vaal groen ribfluwelen jack, opgesmukt met afhangende stroperszakken, en had een rood gespikkelde doek die met een zwierige knoop rond zijn nek was bevestigd. 'Je bent al de tweede die hier vandaag iets voor Katy komt zoeken.'

'Wie is er verder nog geweest?'

'Pandora Blair. Die kwam vanmorgen aanwippen. Leuk om haar weer te zien. Kon mijn ogen niet geloven toen ze de deur in kwam. Net als vroeger. En dat na al die jaren!'

'We hebben gisteren op Croy geluncht.' Virginia dacht aan gisteren en wist dat het een mooie dag was geweest, zo een die ze zich allemaal zouden herinneren als ze oud waren en er weinig anders te doen viel dan herinneringen ophalen. *Het was die keer dat Pandora uit Majorca thuiskwam, Lucilla was er en een of andere jonge Australiër. Kan me zijn naam niet meer herinneren. En we speelden croquet. Edmund en Pandora zaten in de schommelbank en Pandora viel in slaap, we plaagden Edmund allemaal omdat hij zulk saai gezelschap was.* 'Dat was de eerste keer dat ik Pandora zag.'

'O ja? Verbazend. Wat vliegt de tijd.'

'Wat kocht ze voor Katy? Ik moet niet hetzelfde kopen.'

'Een lamp. Chinees porselein en de kap ervan heb ik zelf gemaakt. Witte zij, gevoerd met heel licht roze. We dronken nog een kopje koffie en wisselden alle nieuwtjes uit. Ze was zo verdrietig toen ik haar van Terence vertelde.'

'Dat zal wel.' Virginia was bang dat Dermot zou gaan huilen en ging snel door. 'Dermot, ik denk dat ik deze kan neem. Katy kan hem voor room of bloemen gebruiken, hoewel hij van zichzelf al mooi genoeg is.'

'Ik denk niet dat je wat mooiers kunt vinden. Maar blijf nog wat. Snuffel wat rond...'

'Dat zou ik dolgraag willen, maar ik ben de honden aan het uitlaten. Ik haal de kan af als ik naar huis ga en dan zal ik er een cheque voor uitschrijven.'

'Prima.' Hij nam de kan van haar over en ging haar voor in het bochtige gangetje naar de deur. 'Ga je donderdag naar de picknick van Vi?'

'Ja. Alexa zal er ook zijn. Ze brengt een vriend mee voor het feest.'

'O, wat leuk. Ik heb Alexa al in geen maanden gezien. Ik zal eens kijken of ik iemand kan vinden die die dag voor me op de winkel wil passen. Als dat niet lukt, sluit ik. De picknick van Vi zou ik voor geen geld willen missen.'

'Ik hoop dat het een mooie dag is.'

Ze kwamen buiten in de zonneschijn. De honden, op de loer liggend, piepten dolgelukkig en sprongen op, waardoor de riemen verward raakten.

'Hoe gaat het met Edmund?' vroeg Dermot.

'Hij is naar New York.'

'Het is niet waar! Wat een gedoe! Ik zou zijn baan niet willen hebben, ook al kreeg ik alle thee in China.'

'Verspil je medelijden maar niet. Hij vindt het zalig.'

Ze haalde de honden uit elkaar, zwaaide naar Dermot en liep door tot ze de laatste afgelegen huisjes van Strathcroy achter zich had gelaten. Na nog een halve mijl kwam ze bij de brug die aan de westkant van het dorp de rivier overspande. De brug was oud, met een steile bochel, en was ooit gebruikt door veedrijvers. In de verte volgde een kronkelend, lommerrijk weggetje de windingen van de rivier, terug naar Balnaid.

Op het hoogste punt van de brug bleef ze stilstaan om de honden los te laten. Meteen renden ze ervandoor, hun neus geprikkeld door de geur van konijnen, om in de ondergroei van varens en braamstruiken te duiken. Af en toe, als om te bewijzen dat ze hun tijd niet verdeden, maakten ze jachtgehuil of sprongen ze hoog boven de hoge varens uit, hun oren flapperend als donzige vleugels.

Virginia liet ze begaan. Het waren de jachthonden van Edmund, met veel geduld afgericht, intelligent en gehoorzaam. Eén keer fluiten en ze zouden naar haar terugkomen. De oude brug was een aangename plaats om zich op te houden. Het stenen muurtje voelde warm aan in de zon en ze leunde er met haar armen op en staarde omlaag naar het stromende, turfbruine water. Soms speelden zij en Henry met stokken vanaf deze brug. Dan gooiden ze verderop stokken in de stroom om vervolgens terug te rennen en te kijken welke stok het eerst aankwam. Soms kwamen de stokken nooit te voorschijn, gevangen in een of ander onzichtbaar obstakel.

Net als Edmund.

In haar eentje, met alleen de rivier als gezelschap, voelde ze zich sterk genoeg om over Edmund te denken, die nu waarschijnlijk al over de Atlantische Oceaan naar New York vloog, als door een magneet weggetrokken van zijn vrouw en zoon, juist in een tijd dat hij thuis het meest nodig was. De magneet was zijn werk en op dit moment voelde Virginia zich even jaloers, wrokkig en eenzaam alsof hij naar een afspraakje was met een minnares.

Dit was merkwaardig omdat ze nooit jaloers op andere vrouwen was geweest en zich nooit had gekweld met voorstellingen van ontrouw tijdens de lange perioden dat Edmund van huis was, in verafgelegen steden aan de andere kant van de aardbol. Eens had ze hem om te plagen gezegd dat het haar niet uitmaakte wat hij deed, zolang ze er maar niet naar hoefde te kijken. Het enige wat telde was dat hij altijd thuiskwam. Maar vandaag had ze de hoorn erop gesmeten zonder afscheid te nemen, om vervolgens te vergeten, tot het te laat was, om Henry de boodschap van zijn vader over te brengen. Ze wapende haar gekwetste gevoelens tegen een scheut van wroeging. *Het is zijn eigen schuld. Laat hem maar broeden. Misschien dat hij een andere keer –*

'Aan het wandelen?'

De stem kwam nergens vandaan. Virginia dacht: o God, geef me even de tijd en draaide zich toen langzaam om. Lottie stond maar een paar passen van haar af. Ze was vanuit het dorp de helling bij de brug opgekomen, stilletjes, onhoorbaar. Had ze Virginia op straat gezien, vanuit het raam van Edie, haar afschuwelijke baret en haar groene gebreide vest gepakt om haar achterna te gaan? Had ze gewacht terwijl Virginia bij Dermot was, om toen weg te duiken en Virginia als een hond te volgen, net buiten gehoorsafstand. Dat was een eng idee. Wat wilde ze? Waarom kon ze mensen niet met rust laten? En waarom werd Virginia, afgezien van haar ergernis, als door een geest bekropen door een angstig voorgevoel?

Belachelijk. Ze beheerste zich. Verbeelding. Het was alleen maar Edie's nichtje, dat om gezelschap verlegen zat. Niet zonder moeite trok Virginia een vriendelijk gezicht. 'Wat doe jij hier, Lottie?'

'De frisse lucht is van iedereen, zeg ik altijd maar. Kijk je naar het water?' Ze kwam naast Virginia staan om net als zij over het muurtje te leunen. Maar ze was niet zo lang als Virginia en moest op haar tenen staan en haar nek uitstrekken. 'Heb je vissen gezien?'

'Daar keek ik niet naar.'

'Je bent bij meneer Honeycombe geweest, toch? Wat een hoop rommel heeft hij daar. Het meeste is brandhout. Maar ja, over smaak valt niet te twisten. En wat mij betreft, ik ben, net als jij, aan het wandelen. Aan het eten vertelde Edie dat je alleen bent, dat Edmund naar Amerika is.'

'Een paar dagen maar.'

'Dat is niet zo leuk. Is-ie voor zaken?'

'Anders zou hij niet gaan.'

'Hoho, dat denk jij. Ik zag Pandora Blair vanmorgen. Wat is die dun, hè? Net een vogelverschrikker. En dat haar! Geverfd volgens mij. Ik riep haar nog maar ze zag me niet. Had een donkere bril op. We hadden leuk over die goeie ouwe tijd kunnen babbelen. Weet je dat ik op Croy als huishoudster heb gewoond? De oude Lady Balmerino was er nog. Dat was een fantastische vrouw. Het speet me voor haar, dat ze zo'n dochter had. Dat was toen ze trouwden. Lord en Lady Balmerino, maar toen waren ze Archie en Isobel. Op de avond van de trouwerij was er een danspartij op Croy. Wat een werk. Er bleven zoveel mensen dat je geen kant op kon. Tuurlijk, mevrouw Harris kookte, dat hoefde de oude Lady Balmerino niet te doen. Er was wel het een en ander gaande, zoals je vast wel hebt gehoord.'

'Ja,' zei Virginia, die een manier probeerde te bedenken waarop ze kon ontsnappen aan deze onwelkome woordenvloed.

'Ze was amper van school, Pandora, maar ze wist van wanten, dat kan ik je wel vertellen. Mannen. Ze at ze als ontbijt en spoog ze dan weer uit. Een rasecht sletje.'

Ze glimlachte en sprak op een onsamenhangende en babbelzieke manier, bijna waarderend, zodat het harde woord Virginia overviel en ze zich op nogal scherpe toon liet ontvallen: 'Lottie, ik vind dat je dat niet over Pandora moet zeggen.'

'O, vind je dat?' Lottie glimlachte nog steeds. 'Niet aangenaam, hè, om de waarheid te horen? Leuk dat Pandora terug is, zegt iedereen. Maar als ik jou was, zou ik niet zo blij zijn. Niet met jouw man. Niet met haar. Ze waren minnaars, Edmund en Pandora. Daarom is ze terug, let maar op. Voor hem. Achttien jaar en Edmund was getrouwd en vader van een kindje, maar dat weerhield hen niet. Dat weerhield hem niet om in haar bed te rollebollen. Dat was op de avond van de trouwerij, toen iedereen aan het dansen was. Maar zíj niet. O, nee. Ze waren boven en dachten dat niemand het zag. Maar ik wel. Mij ontging niet veel.' Er brandden roze vlekjes op Lotties bleke wangen, haar kraaloogjes waren net een stel spijkers die in de holtes van haar hoofd waren getimmerd. 'Ik ging hen achterna. Bleef bij de deur staan. Het was donker. Ik hoorde hen. Nog nooit zoiets gehoord. Dat zou je niet denken, hè? Hij is zo'n kouwe kikker, die Edmund. Liet nooit iets los. Zei nooit iets. Ze wisten het allemaal. Het was ook wel overduidelijk, niet? Edmund weer in Londen en Pandora mokkend in haar slaapkamer, haar gezicht gezwollen van het huilen, wilde niet eten. En de manier waarop ze tegen haar moeder sprak! Maar ze hielden elkaar natuurlijk allemaal de hand boven het hoofd. Daarom ontsloeg Lady Balmerino mij. Ze wilde me daar niet meer hebben. Ik wist te veel.'

Ze glimlachte nog steeds. Warm van opwinding. Gek. Ik moet heel rustig blijven, zei Virginia tegen zichzelf. Ze zei: 'Lottie, ik denk dat je dit allemaal verzint.'

Lottie's houding veranderde met een nogal verrassende abruptheid. 'O ja?' Haar glimlach was meteen verdwenen. Ze liep een paar passen achteruit en rechtte haar rug, terwijl ze Virginia aankeek alsof ze op het punt stond om een krachtmeting aan te gaan. 'En waarom denk je dan dat je man opeens naar Amerika is vertrokken? Als je vraagt wanneer hij weer thuiskomt, betwijfel ik of zijn antwoord je zal bevallen. Ik heb medelijden met je, weet je dat? Omdat hij je voor gek zal zetten, net als zijn eerste echtgenote, de arme vrouw. Hij heeft geen greintje fatsoen.'

En toen was het opeens over. Nu haar gif op was, leek Lottie in zichzelf te zinken. Haar wangen werden weer bleek. Ze trok haar lippen samen, veegde een toefje korstmos van de voorkant van haar vest, stopte een plukje haar onder haar baret, die ze vervolgens weer platklopte. Ze kreeg een zelfvoldane uitdrukking, alsof alles nu goed was en ze tevreden haar veren gladstreek.

Virginia zei: 'Je liegt.'

Lottie gooide haar hoofd in de lucht en lachte kort. 'Vraag het aan wie je maar wilt.'

'Je liegt.'

'Je kunt zeggen wat je wilt. Schelden doet geen zeer.'

'Ik hou mijn mond.'

Lottie haalde haar schouders op. 'Waar maak je je dan zo druk om?'

'Ik hou mijn mond en jij liegt.'

Haar hart bonkte in haar borst, haar knieën knikten. Maar ze draaide Lottie haar rug toe en begon weg te lopen; rustig en beheerst, omdat ze wist dat Lottie keek, vast van plan om haar geen voldoening te schenken. Het ergste was niet om te kijken. Haar haren gingen overeind staan bij de angstige gedachte dat Lottie elk ogenblik op haar nek kon springen, om haar naar de grond te sleuren met al de onmenselijke kracht van een monster met klauwen uit kindernachtmerries.

Dat gebeurde niet. Ze bereikte de oever aan de overkant van de rivier en voelde zich wat veiliger. Ze herinnerde zich de honden en tuitte haar lippen om ze te fluiten, maar haar mond en haar lippen waren te droog om te fluiten, en ze moest het opnieuw proberen. Een ijl piepend geluidje, een zielige poging, maar de spaniels van Edmund hadden genoeg van de konijnejacht en verschenen haast onmiddellijk. Ze sprongen door het kreupelhout naar haar toe, met kleefkruid achter zich aan en doorntakjes van braamstruiken verstrikt in hun vacht.

Ze was nog nooit zo blij geweest om ze te zien, zo dankbaar voor hun ogenblikkelijke gehoorzaamheid. 'Brave honden.' Ze bleef staan om ze te aaien. 'Braaf. Tijd om naar huis te gaan.'

Ze renden voor haar uit, het weggetje af. Virginia volgde ze en liet de brug achter zich, nog steeds kordaat zonder zich te haasten. Ze mocht van zichzelf niet omkijken tot ze bij de bocht van de rivier was gekomen, waar het weggetje onder de bomen afboog. Daar bleef ze staan en draaide ze zich om. Ze kon de brug nog zien, maar Lottie was nergens te bekennen.

Ze was weg. Het was voorbij. Virginia haalde diep adem en slaakte vervolgens een diepe zucht, die grensde aan paniek. Toen raakte ze in paniek en dacht ze helemaal niet meer aan de roomkan. Zonder schaamte vluchtte ze naar huis. Naar Edie, naar Henry, naar Balnaid, haar toevluchtsoord.

Terug naar het begin.

Je liegt.

Twee uur 's ochtends en Virginia was nog steeds wakker, haar ogen prikkend van vermoeidheid, wijd open, starend in de vage duisternis. Ze had de hele tijd liggen draaien, had het of te warm of te koud gehad, had geworsteld met murw gebeukte kussens. Van tijd tot tijd stond ze op, liep ze in haar nachtjapon rond, haalde een glas water, dronk het op, probeerde weer te slapen.

Het had geen zin.

Aan de andere kant van het bed, Edmunds kant, lag Henry vredig te slapen. Virginia had haar zoon mee naar bed genomen, daarmee opstandig een van Edmunds strengste regels brekend. Zo nu en dan, ter geruststelling, stak ze haar hand uit om hem aan te raken, om zijn zachte adem te voelen, zijn lichaamswarmte door het flanel van zijn gestreepte pyjama. In het enorme bed leek hij klein als een baby, nauwelijks in leven.

Ze at ze als ontbijt en spoog ze dan weer uit. Een rasecht sletje.

Ze kon de ontstellende zin niet uit haar gedachten bannen. Lotti's woorden hamerden door, draaiden door haar hoofd als een krakende oude grammofoonplaat. Cirkels van kwelling, nooit ophoudend, nooit tot een slotsom komend.

Ze waren minnaars. Edmund was getrouwd en vader van een kindje. Edmund en Pandora. Als het waar was... Virginia had het zich nog nooit voorgesteld of ooit maar vermoed. In haar onschuld had ze niet naar bewijsmateriaal gezocht, had ze niets achter Edmunds terloopse woorden gezocht, achter zijn rustige houding. 'Pandora is thuis,' had hij haar gezegd, terwijl hij zich een borrel inschonk en naar de koelkast ging om ijs te pakken. 'We zijn op Croy op de lunch gevraagd.' En Virginia had gezegd: 'Wat leuk' en was doorgegaan met het bakken van beefburgers voor Henry's avondeten. Pandora was eenvoudig Archies van het rechte pad geraakte zusje, terug uit Majorca. En toen de grote hereniging zich voltrok, had ze weinig aandacht besteed aan Edmunds broederlijke kus op Pandora's wang, hun gelach en de begrijpelijke affectie waarmee hij haar begroette. En wat de rest van de dag betrof, was Virginia meer geïnteresseerd geweest in het croquetspel dan nieuwsgierig naar waar Edmund en Pandora het over hadden, terwijl ze vanuit de schommelbank toekeken.

En wat deed het ertoe waar ze het over hadden? Wees toch redelijk. Wat dan nog als ze een wilde en onstuimige affaire hadden gehad en in Pandora's bed waren beland? Pandora moest op haar achttiende ontzettend aantrekkelijk zijn geweest en Edmund op het hoogtepunt van zijn mannelijkheid. Dit is vandaag en overspel heet niet meer overspel maar buitenechtelijke seks. Bovendien was het allemaal al lang geleden. Meer dan twintig jaar. En Edmund was Virginia niet ontrouw geweest,

maar zijn eerste vrouw, Caroline. En nu was Caroline dood. Dus het deed er niets toe. Er was niets om je het hoofd over te breken. Niets... *Ze wisten het allemaal. Hielden elkaar allemaal de hand boven het hoofd. Wilde me daar niet meer hebben. Ik wist te veel.*
Wie wisten het? Archie? Isobel? Wist Vi het? En Edie? Want als zij het wisten, hadden ze gekeken en misschien gevreesd dat het allemaal weer opnieuw zou beginnen. Gekeken naar Edmund en Pandora. Gekeken naar Virginia, met een medelijden in hun ogen dat zij nooit had gezien. Maakten ze zich zorgen over Virginia zoals ze zich over Caroline zorgen moesten hebben gemaakt? Hadden ze met elkaar overlegd, als samenzweerders en besloten om de tweede vrouw van Edmund de waarheid niet te vertellen? Want als ze dat hadden gedaan, dan was Virginia verraden en wel door de mensen die haar het meest dierbaar waren en die ze het meest vertrouwde.
En waarom denk je dan dat je man opeens naar Amerika is vertrokken? Hij zal je voor gek zetten, net als zijn eerste echtgenote, de arme vrouw.
Dat was het ergste. Dit waren de afschuwelijkste twijfels. Edmund was vertrokken. Had hij echt weg gemoeten of was New York niets meer dan een geïmproviseerd smoesje om weg te zijn van Balnaid en Virginia en zich de tijd te gunnen om zijn problemen op te lossen? Problemen die eruit bestonden dat hij van Pandora hield, altijd van haar had gehouden en dat ze nu terug was, nog net zo mooi, terwijl Edmund eens te meer vast zat aan een huwelijk met alweer een andere vrouw.
Edmund was vijftig, een kwetsbare leeftijd vanwege de rusteloosheid van de *mid-life crises.* Hij was niet iemand die zijn gevoelens liet blijken en meestal had Virginia geen idee waaraan hij dacht. Haar onzekerheid nam een schrikwekkende omvang aan. Misschien dat hij deze keer eieren voor zijn geld zou kiezen en ervandoor zou gaan, om Virginia achter te laten met het huwelijk en haar leven op instorten. Om haar en Henry in de steek te laten, verdwaald in het puin van wat ze ooit absoluut onaantastbaar had geacht.
Het had geen zin om erover te denken. Ze draaide zich op haar buik en begroef haar gezicht in het kussen, om het gruwelijke vooruitzicht buiten te sluiten. Ze zou het niet accepteren. Zou het niet laten gebeuren. *Je liegt, Lottie.*
Dit is waar wij binnenkwamen. Terug naar het begin.

27

De regen was onbarmhartig, gestaag en onwelkom. Voor het aanbreken van de dag was het begonnen en Virginia werd er wakker van, had de moed in haar schoenen voelen zinken. Alsof het allemaal op deze gevreesde dag nog niet erg genoeg was zonder dat de elementen zich tegen haar keerden. Maar de goden kozen geen partij en het bleef monotoon uit de loodgrijze hemel gieten, de hele ochtend lang en ook nog aan het begin van de middag.

Het was nu half vijf en ze waren op weg naar Templehall. Omdat ze de twee jongens bij zich had en al hun spullen – koffers, snoeptrommels, dekbedden, rugbyballen en boekentassen – had Virginia haar eigen bescheiden wagentje in de garage laten staan en reed ze in plaats daarvan in Edmunds Subaru, een werkpaard met vierwielaandrijving dat hij gebruikte als hij zich op ruw terrein begaf of de heuvels introk. Ze was er niet aan gewend om hierin te rijden en de ongewoonheid en haar eigen onzekerheid vergrootten slechts het noodlotsgevoel en de hulpeloosheid die haar bijna vierentwintig uur hadden gekweld.

De omstandigheden waren miserabel. Het weinige licht dat er was geweest, sijpelde van de hemel en ze reed met de koplampen aan en de ruitewissers op volle kracht. De banden sisten op het kletsnatte wegdek en tegemoetkomende auto's en vrachtwagens joegen grote golven verblindende modder op. Het zicht was bijna nihil, wat frustrerend was, omdat onder normale omstandigheden de weg van Relkirk naar Templehall buitengewoon schilderachtig was, door bloeiend akkerland voerde, langs de oevers van een brede en majestueuze rivier die beroemd was om zijn zalm, en langs grote landgoederen, met in de verte glimpen van statige huizen.

Het zou de sfeer wat meer ontspannen hebben gemaakt als ze hier iets van hadden kunnen zien. Commentaar leveren bij mooie plekjes, wijzen op een of andere verre bergtop. Het zou Virginia iets hebben gegeven om over te praten. Ze had geprobeerd om Hamish in een levendig gesprek te betrekken, in de hoop dat dit Henry zou afleiden van zijn zwijgzame verdriet en dat hij misschien zelfs mee zou doen. Maar Hamish had een slecht humeur. Het was al erg genoeg te weten dat de vrijheid van de zomervakantie voorbij was, maar het was nog erger om terug naar school te moeten gaan in het gezelschap van een nieuwe jongen. Een baby. Zo noemden ze de kleintjes. De babies. Het was beneden Hamish' waardigheid om te reizen met een baby en hij hoopte dat er niemand van zijn jaargenoten in de buurt zou zijn die zijn vernederende aankomst zou zien. Hij wilde geen verantwoordelijkheid voor Henry Aird accepteren en dat had hij maar al te duidelijk gemaakt aan zijn moeder, terwijl ze hem hielp om zijn koffer van de trap van Croy naar beneden te slepen en met een borstel zijn afschuwelijke korte haar had platgestreken.

Vandaar dat hij had besloten om zijn mond niet open te doen en spoedig een eind had gemaakt aan Virginia's toenaderingspogingen door haar te antwoorden met terughoudend gebrom. Ze begreep het en daarna vervielen ze alle drie in een ijzige, woordeloze stilte.

Waardoor Virginia wenste dat ze die rotjongen niet had meegenomen, dat ze Isobel haar eigen mokkende zoon had laten brengen. Maar als hij er niet bij zou zijn geweest, zou Henry zijn tranen wel eens de vrije loop hebben kunnen laten gaan, de hele reis gesnikt kunnen hebben om doorweekt van het huilen in Templehall aan te komen, te zwak om de ontberingen van zijn nieuwe, angstaanjagende toekomst het hoofd te bieden.

Ze vond het vooruitzicht haast ondraaglijk. Ik haat dit, zei ze tegen zichzelf. Het is zelfs nog erger dan ik me had voorgesteld. Het is onmenselijk, hels, onnatuurlijk. En het ergste moet nog komen, omdat ik straks afscheid van hem moet nemen, weg moet rijden en hem daar achter moet laten, alleen in een vreemde omgeving. Ik haat Templehall, ik haat het schoolhoofd en ik zou Hamish Blair wel kunnen wurgen. Ik heb nog nooit van mijn leven iets hoeven doen wat ik zo haatte. Ik haat de regen, ik haat het hele onderwijssysteem, ik haat Schotland, ik haat Edmund.

Hamish zei: 'Er zit een auto achter ons. Hij wil erlangs.'

'Nou, laat hem verdomme maar wachten,' zei Virginia, waarna Hamish zijn mond hield.

Een uur later zat ze weer op dezelfde weg, reed ze met de lege auto in tegengestelde richting.

Het was voorbij. Henry was weg. Ze voelde zich verdoofd. Nietbestaand, alsof het pijnlijke afscheid van hem haar van haar hele identiteit had beroofd. Maar op dit moment wilde ze niet aan Henry denken, omdat ze zou gaan huilen als ze dat deed en door de combinatie van tranen, schemerduister en onophoudelijke regen zou ze vast met de Subaru van de weg raken of achterop een tientonner rijden. Ze stelde zich het knarsen van metaal voor, haar lichaam als een kapotte pop aan de kant van de weg gekwakt, flitsende lichten, het gejank van ambulances en politiewagens.

Ze wilde niet aan Henry denken. Dat gedeelte van haar leven was voorbij. Maar wat gebeurde er met haar leven? Wat deed ze hier? Wie was ze? Waarom reed ze naar een huis dat donker en verlaten was? Ze wilde niet naar huis. Ze wilde niet terug naar Strathcroy. Maar waarheen dan wel? Naar een verrukkelijk oord, ver, ver van Archie, Isobel, Edmund, Lottie en Pandora Blair. Een plaats waar de zon scheen en waar het rustig was, waar geen verantwoordelijkheden waren, waar mensen haar zouden vertellen dat ze fantastisch was, waar ze weer jong kon zijn in plaats van eeuwen oud.

Leesport. Dat was het. Ze reed naar een vliegveld om op een vliegtuig naar Kennedy te stappen, een limousine naar Leesport. Daar zou het niet regenen. Daar op Long Island zou het prachtig herfstweer zijn, met een blauwe lucht en gouden bladeren en een mild briesje dat vanaf de Atlantische Oceaan over de Sound waaide. Leesport, onveranderd. De brede straten, de kruisingen, de gereedschapswinkel en de kruidenier, met de kinderen die buiten op hun fietsen rondreden. Vervolgens, Harbor Road. Houten hekjes en schaduwbomen en sproeiers op de grasvelden. De weg die omlaagliep naar het water, de jachthaven een bosje masten. De poorten van de Country Club en dan het huis van oma. En oma in de tuin, terwijl ze deed alsof ze bladeren harkte maar in werkelijkheid uitkeek naar de auto, zodat ze op de stoep kon staan zodra zij eraan kwam.

'O, schatje, je bent er weer.' De zachte, rimpelige wang, de geur van wit linnen. 'Het is zo lang geleden. Heb je een goede reis gehad? Wat fijn om je te zien.'

Binnen, de andere geuren. De rook van brandend hout, zonnebrandolie, cederhout, rozen. Geweven tapijten en vale meubelbekleding. Katoenen gordijnen die in open ramen door de wind werden bewogen. En opa die van het terras naar binnen kwam, met zijn bril boven op zijn hoofd en de *New York Times* onder zijn arm...

'Waar is mijn lieverdje?'

Door de sombere duisternis schenen nu groepjes lichten. Relkirk. Terug naar de werkelijkheid. Virginia besefte nu dat ze hier even moest stoppen. Ze moest naar de w.c., om zich op te frissen. Een bar opzoeken, een borrel drinken, zich weer mens voelen. Ze had behoefte aan warmte en het stroperige comfort van muzak en sfeerverlichting. Er was geen reden om zich naar huis te haasten aangezien er toch niemand was. Misschien zoiets als vrijheid. Niemand die het wat kon schelen hoe laat ze was, niemand die zich zorgen maakte over wat ze deed.

Ze reed de oude stad in. De klinkerstraten stonden blank, de regen glinsterde in de straatverlichting, de trottoirs waren vol mensen die winkelden en werkten, met laarzen, regenjassen, met paraplu's en tassen, allemaal haastig op weg naar huis, naar het comfort van hun open haard en hun thee.

Ze ging naar het King's Hotel, omdat het vertrouwd was en ze wist waar ze de Dames kon vinden. Het was een ouderwets gebouw dat zich midden in de stad bevond en daarom geen eigen parkeerplaats had. In plaats daarvan vond Virginia een plek aan de overkant van de straat, waar ze de Subaru parkeerde, onder een druppelende boom. Terwijl ze de deur op slot deed, stopte er een taxi voor het hotel. Een man stapte uit, gekleed in een regenjas en met een tweed hoed. Hij betaalde de chauffeur en liep met een koffer de trap op naar de draaideur. Hij verdween. Virginia wachtte tot het verkeer voorbij was en rende toen naar de overkant en volgde hem naar binnen.

De Dames was achter in de foyer, maar de man was blijven staan bij de balie. Hij had zijn hoed afgedaan en schudde de regen er vanaf.

'Ja?' De receptioniste was een pruilerig meisje, met dikke roze lippen en strokleurig kroeshaar.

'Goedenavond. Ik heb een kamer gereserveerd. Ik heb een week geleden opgebeld, vanuit Londen.'

Een Amerikaan. Zijn stem was schor maar wat aan de hoge kant. Iets in zijn stem trok Virginia's aandacht, alsof een hand aan haar mouw had getrokken. Halverwege de foyer bleef ze staan om een blik op hem te werpen. Ze zag hem van achteren, lang en breedgeschouderd, donker haar met grijze strepen.

'Hoe was uw naam?'

'Ik ben Conrad Tucker.'

'O ja. Als u hier wilt tekenen...'

Virginia zei: 'Conrad.'

Verrast draaide hij zich om en keek naar haar. Hun ogen overbrugden de afstand die hen scheidde. Conrad Tucker. Ouder, grijzend. Maar toch Conrad. Dezelfde zware hoornen bril, dezelfde onuitwisbare bruine tint. Eventjes bleef zijn gezicht uitdrukkingsloos, toen glimlachte hij, langzaam, ongelovig.

'Virginia.'

'Niet te geloven...'

'Verdomd nog aan toe.'

'Ik dacht al dat ik je stem herkende.'

'Wat doe jij hier?'

Het meisje met het paardegezicht vond het niet leuk. 'Neem me niet kwalijk, meneer, maar zou u willen tekenen?'

'Ik woon hier vlakbij.'

'Dat wist ik helemaal niet...'

'En jij?'

'Ik logeer...'

'En hoe betaalt u, meneer?' Daar had je het paardegezicht weer. 'Met een creditcard of met cheques?'

'Luister,' zei Conrad tegen Virginia, 'dit heeft geen zin. Geef me vijf minuten en dan tref ik je in de bar en dan drinken we wat. Kan dat? Heb je tijd?'

'Ja, ik heb tijd.'

'Ik ga me installeren, even opfrissen en dan kom ik bij je. Wat vind je daarvan?'
'Vijf minuten.'
'Niet meer.'

Het damestoilet, goedkoop en met veel tierelantijnen, was gelukkig leeg. Virginia had haar versleten oude Barbourjas uitgedaan, was naar de w.c. geweest en stond nu voor de spiegel naar haar eigen spiegelbeeld te staren. Ze had zich nog nooit zo gedesoriënteerd gevoeld als door haar verbazend onverwachte ontmoeting met Conrad. Conrad Tucker, die ze twaalf jaar of meer niet had gezien en waar ze al die tijd niet aan had gedacht. Hier, in Relkirk. Afkomstig uit Londen en ze had geen idee waarom. Ze wist alleen dat ze nog nooit zo blij was geweest om een bekend gezicht te zien, omdat ze nu, ten minste, iemand had om mee te praten.

Ze was niet gekleed op gezelschap, opstandig in een blauwe spijkerbroek en een oude sweater van grijze kasjmier met een kraag die op een das leek. Haar uiterlijk was al niet veel beter. Haar dat slap was van de regen, haar gezicht zonder make-up. Ze zag de rimpels in haar voorhoofd en in haar mondhoeken, en de donkere wallen onder haar ogen als bewijs van haar slapeloze nacht. Ze pakte haar tas, vond een kam, kamde haar haar en bond het toen met een elastische band bij elkaar. Conrad Tucker.

Twaalf jaar. Ze was eenentwintig geweest. Zo lang geleden en sindsdien was er zoveel gebeurd dat het haar wat moeite kostte om zich de details van juist die zomer te herinneren. Ze hadden elkaar ontmoet in de Country Club van Leesport. Conrad was een advocaat, hij had met zijn oom in New York een zaak. Hij woonde in een appartement in de East Fifties, maar zijn vader bezat een oud huis in Southampton en Conrad was van daar naar Leesport gekomen om mee te doen aan een paar tennistoernooien.

Dat wist ze nog. Hoe had hij gespeeld? Dat was verloren gegaan in de nevel van de tijd. Virginia herinnerde zich alleen nog maar dat ze naar de wedstrijd had gekeken en hem had toegejuicht. En naderhand had hij haar opgezocht en een drankje voor haar gehaald, precies zoals haar bedoeling was.

Tevergeefs zocht ze in haar tas naar lipstick, maar ze vond parfum en gebruikte dat overvloedig.

Het was een mooie zomer geweest. Conrad was de meeste weekends naar Leesport gekomen en er waren middernachtelijke barbecues en picknicks op het strand van Fire Island. Ze hadden veel getennist en zeilden met opa's oude sloep naar de blauwe wateren van de baai. Ze herinnerde zich zaterdagavonden in de Club, hoe ze onder de sterrenhemel op het brede terras met Conrad danste terwijl de band 'The look of love' speelde.

Op een doordeweekse dag was ze eens met haar grootmoeder naar de stad gereden, om de nacht door te brengen in de Colony Club, wat te winkelen en naar een show te gaan. En Conrad had opgebeld en haar mee uit eten genomen bij Les Pléiades. Daarna waren ze naar Café Carlyle geweest, waar ze tot vroeg in de ochtend waren gebleven om naar Bobby Short te luisteren.

Twaalf jaar. Een eeuwigheid geleden. Ze pakte haar tas en haar Barbourjas en ging de w.c. uit, de trap op en de bar in. Conrad was er nog niet. Ze bestelde een whisky-soda, kocht een pakje sigaretten en nam haar drankje mee naar een leeg tafeltje in de hoek van de ruimte.

Ze dronk in een teug de whisky half op en voelde zich meteen warmer, gerustgesteld en een beetje sterker. De dag was nog niet ten einde, maar in elk geval had ze nu wat respijt gekregen en was ze niet meer alleen.

Ze zei: 'Begin jij maar, Conrad.'

'Waarom ik?'

'Omdat ik, voor ik ook maar één woord zeg, moet weten wat je hier doet. Wat heeft jou naar Schotland, naar Relkirk, gebracht? Er moet een logische verklaring zijn, maar ik kan niet bedenken welke.'

Hij glimlachte. 'Ik doe eigenlijk niets. Ik ben een tijdlang op vakantie. Niet met verlof, gewoon een wat langere periode om bij te komen.'

'Zit je nog steeds als advocaat in New York?'

'Ja.'

'Met je oom?'

'Nee. Ik run de tent nu.'

'Indrukwekkend. Ga door.'

'Welnu... Ik ben ongeveer zes weken weggeweest. Gereisd door Engeland, gelogeerd bij diverse kennissen. Somerset, Berkshire, Londen. Toen kwam ik naar het noorden en ben ik een paar dagen in Kelso geweest met wat verre familie van mijn moeder. Het is daar fantastisch. Je kunt er lekker vissen. Gisteren ben ik na de lunch bij hen weggegaan. Met de trein hierheen gekomen.'

'Hoe lang blijf je in Relkirk?'

'Alleen vannacht. Morgenochtend huur ik een auto en rijd ik naar het noorden. Ik moet naar een feestje.'

'En waar is dat feestje?'

'Corriehill of zo. Maar ik logeer ergens anders, in een huis dat Croy heet. Bij...'

'Ik weet het,' onderbrak Virginia. 'Archie en Isobel Balmerino.'

'Hoe weet je dat?'

'Omdat ze onze beste vrienden zijn. We wonen allemaal in hetzelfde dorp, Strathcroy. En... jij kent Katy Steynton?'

'Ik heb haar in Londen leren kennen.'

'Jij bent de Droeve Amerikaan.' Virginia zei het zonder na te denken en ze had wel ter plekke haar tong kunnen afbijten.

'Pardon?'

'Nee, Conrad. Ik moet me verontschuldigen. Dat had ik niet moeten zeggen. Het komt gewoon doordat niemand zich je naam kon herinneren. Daarom wist ik niet dat jij het was.'

'Ik begrijp je niet.'

'Zondag lunchten we bij de Balmerino's. Isobel vertelde me toen over jou.'

Conrad schudde zijn hoofd. 'Ik wist dat je getrouwd was en ik wist dat je getrouwd was met een Schot, maar meer ook niet. Ik had nooit gedacht dat we elkaar zo weer zouden ontmoeten.'

'Nou, hier ben ik dan, mevrouw Edmund Aird.' *Dat geloof ik tenminste*. Ze aarzelde. 'Conrad, dat had ik niet willen zeggen. Ik bedoel, dat van die Droeve Amerikaan. Het komt gewoon doordat Isobel niets van je leek te weten. Behalve dat Katy je in Londen had leren kennen. En dat je vrouw gestorven was.'

Conrad hield zijn whiskyglas vast en liet het draaien in zijn hand, terwijl hij keek hoe de amberkleurige vloeistof rondwentelde. Na een tijdje zei hij: 'Ja. Dat klopt.'

'Het spijt me zo.'

Hij keek haar aan. Hij zei: 'Ja.'

'Mag ik vragen hoe het gebeurd is?'

'Ze had leukemie. Ze was al lang ziek. Daarom kwam ik hierheen. Na de begrafenis.'

'Hoe heette ze?'

'Mary.'

'Hoelang waren jullie getrouwd?'

'Zeven jaar.'

'Hebben jullie kinderen?'

'Een dochtertje. Emily. Ze is zes. Op dit moment is ze bij mijn moeder in Southampton.'

'Heeft het geholpen... weggaan?'

'Dat zal ik wel zien als ik terugkom.'

'Wanneer ga je?'

'Volgende week of zo.' Hij sloeg de laatste slok whisky achterover en stond op. 'Ik haal de andere helft.'

Ze keek naar hem terwijl hij bij de bar stond, bestelde en hun tweede rondje betaalde. Ze probeerde vast te stellen waarom hij zo onmiskenbaar Amerikaans was, hoewel hij geen kauwgum kauwde of stekeltjeshaar had. Misschien kwam het door zijn figuur, de brede schouders, de smalle heupen, de lange benen. Of zijn kleren. Glimmende loafers, katoenen broek, een Brooks Brothers shirt, een blauwe Shetland sweater met het discrete merkteken van Ralph Lauren.

Ze hoorde hoe hij de barman om nootjes vroeg, rustig en beleefd. De barman vond een pakje en leegde het op een schoteltje, en Virginia herinnerde zich dat Conrad zelden zijn stem verhief en altijd beleefd was tegen iedereen die toevallig iets voor hem deed. Pompbedienden, barpersoneel, obers, taxichauffeurs, portiers. Het oude, zwarte manusje-van-alles dat in de haven van Leesport het afval ophaalde en alle vuile werkjes deed, was erg ingenomen met Conrad, omdat deze de moeite had genomen om uit te zoeken wat zijn voornaam was, Clement, en hem daarmee aansprak.

Een sympathieke man. Ze dacht aan zijn dode vrouw en was ervan overtuigd dat het een gelukkig huwelijk moest zijn geweest. Ze was kwaad in zijn plaats. Waarom richtte het noodlot zijn venijn altijd op de stelletjes die het het minst verdienden, terwijl anderen gespaard bleven om elkaar en ook alle anderen ongelukkig te maken? Zeven jaar. Dat was niet erg lang. Maar hij had tenminste zijn dochtertje. Ze dacht aan Henry, en was blij dat ze een kind had.

Hij kwam terug naar hun tafeltje. Ze dwong zichzelf te glimlachen. De whisky's zagen er erg donker uit. Ze zei: 'Ik had maar één borrel willen nemen. Ik moet nog rijden.'

'Hoe ver?'

'Ongeveer dertig kilometer.'

'Wil je je man bellen?'

'Hij is niet thuis. Hij is in New York. Hij werkt voor Sanford Cubben. Ik weet niet of je dat via de tamtam gehoord hebt.'

'Ik geloof van wel. En je gezin?'

'Als je daarmee kinderen bedoelt, is er thuis ook geen gezin. Ik heb één kind, een jongetje, en dat heb ik uitgerekend vanmiddag achtergelaten om te beginnen aan zijn eerste jaar op kostschool. Het was een afschuwelijke dag, de ergste dag van mijn leven. Daarom kwam ik hier. Om naar de w.c. te gaan en mijn moed bijeen te rapen voordat ik verder ging.' Zelfs in haar eigen oren klonk ze strijdlustig.

'Hoe oud is hij?'

'Acht.'

'O god!' Zijn stem klonk vertwijfeld, wat Virginia prettig vond. Hier was eindelijk een geestverwant, iemand die net als zij dacht.

'Hij is nog maar een kleuter. Ik wilde helemaal niet dat hij ging en ik heb me uit alle macht verzet. Maar zijn vader was onvermurwbaar. Het is traditie. Een goeie ouwe traditie van die stijve Engelsen. Hij denkt dat het goed is en hij zou Henry zelf brengen. Maar toen moest hij naar New York. En toen moest ik het doen. Ik weet niet wie van ons het meeste verdriet had, Henry of ik. Ik weet niet met wie ik het meest medelijden heb.'

'Ging het met Henry? Ik bedoel, toen hij achterbleef, bij het afscheid nemen.'

'Conrad, ik weet het niet. Eerlijk niet. Ik ben nog nooit zo snel gekeerd. Timing tot op een honderdste van een seconde. Geen ogenblik stilstaan, geen tijd voor tranen. Ik was amper gestopt met de wagen toen er twee stevige jongens waren die de achterdeur opendeden en alle bagage op een steekkar laadden. En toen pakte de huisbeheerster... nogal jong en nogal knap... Henry's arm en nam ze hem mee naar binnen. Ik geloof niet dat hij zelfs maar omkeek. Ik stond daar met mijn mond open, klaar om een scène te maken en opeens kwam het schoolhoofd uit het niets, schudde mijn hand en zei: 'Tot ziens, mevrouw Aird.' Dus stapte ik weer in de auto en reed ik weg. Ken je dat? Ik voelde me net een dooie kip op een lopende band. Vind jij dat ik voor mezelf had moeten opkomen?'

'Nee. Ik geloof dat je het goed hebt aangepakt.'

'Niets had het minder erg kunnen maken.' Ze zuchtte, dronk van haar whisky en zette het glas neer. 'We hadden tenminste geen van beiden een kans om ons te schande te maken.'

'Daar gaat het waarschijnlijk om.' Hij glimlachte. 'Maar je kunt nog steeds wel wat opgevrolijkt worden. Dus waarom gaan we niet samen eten?'

'... Ik had nooit gedacht dat ik in Schotland zou komen wonen. Voor mij was dat een plaats waar je aan het eind van de zomer heen ging voor wat lol en af en toe een jachtfestijn; maar nooit ergens waar je de rest van je leven door zou brengen...'

Het King's Hotel was niet beroemd om zijn keuken, maar het was warm en vriendelijk, en de duisternis en de stromende regen buiten waren geen aansporing om door de winderige straten te zwerven op zoek naar een verfijnder etablissement. Ze hadden hun Schotse bouillon al op en waren nu druk bezig aan steaks, uien, aardappelen en gemengde groenten. Als toetje was er keus uit diverse soorten cake en ijs. De serveerster had hun al verteld dat de trifle 'zalig' was.

Conrad had wijn besteld, wat misschien een vergissing was en Virginia dronk ervan, wat een nog grotere was, omdat ze meestal niet zoveel praatte als nu en ze met geen mogelijkheid kon bedenken hoe ze moest ophouden. Zelfs als ze had gewild. Omdat Conrad een willig oor had en er tot nu toe nog niet uitzag alsof hij zich verveelde. Integendeel, hij leek gefascineerd.

Ze had al verteld over Edmund en zijn eerste vrouw, en van Vi en Alexa. Ze had hem verteld over Henry, over Balnaid, over hoe hun bestaan in Strathcroy bijna onbeschrijflijk afgelegen en toch intiem was.

'Wat gebeurt er zoal?'

'Eigenlijk niets. Het is maar een klein plaatsje op weg naar ergens anders. En toch alles. Je weet hoe kleine gemeenschapjes zijn. En we hebben een pub, een school, winkels, twee kerken en een lieve homo die antiek verkoopt. Er lijkt altijd wel wat aan de hand. Een liefdadigheidsbazaar, een tuinpartijtje of een toneelstuk op school.' Het klonk afschuwelijk saai. Ze zei: 'Het klinkt afschuwelijk saai.'

'Helemaal niet. Wie wonen er?'

'De mensen uit het dorp, de Balmerino's, de voorganger en zijn vrouw, de Airds. Archie Balmerino is de laird, wat betekent dat het dorp en honderden hectaren land van hem zijn. Croy is gigantisch, maar hijzelf is helemaal niet groot en Isobel evenmin. Isobel werkt harder dan alle vrouwen die ik ken en dat wil wat zeggen in Schotland, omdat alle vrouwen onophoudelijk zwoegen. Als ze niet voor hun enorme huishoudens zorgen, kinderen opvoeden of tuinieren, dan organiseren ze gigantische liefdadigheidsevenementen of zijn ze bezig met huisvlijt of zo. Zoals het runnen van winkeltjes met hun eigen boerenprodukten en droogbloemen, of bijen houden, antiek restaureren of voor mensen de prachtigste gordijnen maken.'

'Hebben ze nooit plezier?'

'Ja, ze hebben wel plezier, maar het is geen Long Island-plezier en het is zelfs niet eens Devon-plezier. In augustus en september raakt iedereen van de kook en is er bijna elke avond een feest: jagersfestijnen, schutterswedstrijden en wat al niet. Je bent op het juiste moment gekomen, Conrad, hoewel je het op zo'n sombere avond als deze niet zou geloven. Maar dan komt de winter en houdt iedereen een winterslaap.'

'Hoe ga je op bezoek bij je vriendinnen?'

'Ik weet het niet.' Ze probeerde hier een antwoord op te bedenken. 'Het is niet zoals elders. We wonen allemaal zo ver van elkaar en er is geen clubcircuit. Ik bedoel, er zijn geen country clubs zoals in de States. En de kroegen zijn niet hetzelfde als in het zuiden. Vrouwen gaan eigenlijk niet naar kroegen. Er zijn natuurlijk wel golfclubs, maar die zijn meestal op mannen ingesteld en vrouwen worden er absoluut niet toegelaten. Je zou naar Relkirk kunnen gaan om daar een vriendin te treffen, maar de meeste contacten spelen zich bij mensen thuis af. Lunches voor de meisjes en diners voor de stelletjes. We kleden ons allemaal op ons best en zoals ik al zei, rijden dan zestig mijl of meer. Dat is een van de redenen waarom het leven in de winter min of meer stil ligt. De mensen vluchten dan weg. Ze gaan naar Jamaica, als ze het zich kunnen veroorloven, of naar Val d'Isère om te skiën.'

'En wat doe jij?'

'Ik vind de winters niet erg. Ik haat de natte zomers, maar de winters zijn prachtig. En ik ga skiën boven in het dal. Amper tien mijl van Strathcroy is een skigebied, met een paar skiliften en een stel fijne pistes. Alleen jammer dat de weg onbegaanbaar is als er veel sneeuw is. Dan heb je er niet zoveel aan.'

'Vroeger reed je paard.'

'Ik ging vaak mee op jacht. Alleen daarom reed ik. Toen ik voor het eerst naar Balnaid kwam, zei Edmund dat ik wel een paar paarden kon houden, maar dat leek onzinnig als ik niet zou gaan jagen.'

'Hoe breng je dan je dagen door?'

'Tot nu toe,' zei ze hem, 'heb ik ze met Henry doorgebracht.' Ze staarde over de tafel naar Conrad, sip en hopeloos, omdat hij met een enkele vraag was doorgedrongen tot de kern van al haar angsten. Henry was weg, tegen haar wil van haar weggerukt. *Je verstikt hem*, had Edmund haar gezegd en zij was ontzettend gekwetst en boos geweest, maar verstikken en bemoederen waren haar dagtaak en haar grootste vreugde geweest.

Zonder Henry was er alleen nog Edmund.

Maar Edmund was in New York en als hij niet in New York was, dan was hij wel in Frankfurt, Tokio of Hongkong. Voorheen had ze deze lange scheidingen kunnen uithouden, gedeeltelijk omdat Henry er altijd was geweest als troost en gezelschap, maar ook omdat ze volledig vertrouwen had gehad in de kracht, de standvastigheid en de liefde van Edmund, waar hij ook mocht zijn.

Maar nu... weer werd ze bestormd door de twijfels en de afschuwelijke gedachten uit de angstvisioenen die haar de afgelopen nacht uit haar slaap hadden gehouden. Lottie Carstairs, dat gekke mens... maar misschien niet zo gek... die Virginia dingen had verteld die ze nooit gedacht had te zullen horen. Edmund en Pandora Blair. *En waarom denk je dan dat hij opeens naar Amerika is vertrokken? Hij zal je voor gek zetten, net als zijn eerste echtgenote, de arme vrouw.*

Opeens werd het haar allemaal te veel.

Tot haar afschuw voelde ze hoe haar mond begon te trillen, hoe haar ogen prikten van de tranen. Aan de andere kant van de tafel keek Conrad naar haar en gedurende één roekeloos ogenblik overwoog ze om hem in vertrouwen te nemen, en alle angsten van haar ellendige onzekerheid uit te storten. Maar toen liepen haar ogen over en loste zijn gezicht op in een waterig waas. En Virginia dacht, o verdomme, ik ben teut. Net op tijd. Het ogenblik was gelukkig voorbij en daarmee de gevaarlijke verleiding. Ze moest er nooit met iemand over praten, want als ze dat deed, zou alles bewaarheid kunnen worden doordat het hardop werd gezegd. Dan zou het kunnen gebeuren.

Ze zei: 'Het spijt me. Wat stom.' Ze snoof krachtig en zocht een zakdoek, zonder er een te vinden. Conrad gaf die van hem over de tafel, wit en schoon en net gestreken. Ze nam hem dankbaar aan waarna ze haar neus snoot. Ze zei: 'Ik voel me moe en ellendig.' Ze probeerde er luchthartig over te doen. 'Ik ben ook een beetje dronken.'

Hij zei: 'Je kunt niet zelf naar huis rijden.'

'Ik moet.'

'Blijf vannacht hier en ga morgen terug. We regelen wel een kamer voor je.'

'Ik kan niet.'

'Waarom niet.'

Ze begon weer te huilen. 'Ik moet terug voor de honden.'

Hij lachte haar niet uit. Hij zei: 'Wacht hier even. Bestel koffie. Ik moet even bellen.'

Hij legde zijn servet neer, duwde zijn stoel terug en ging. Virginia wreef haar gezicht droog, snoot haar neus nogmaals, blikte door de eetzaal, in de hoop dat niemand haar plotselinge huilbui had opgemerkt. Maar de andere eters waren allemaal door hun diner in beslag genomen. Ze knabbelden onverstoorbaar van hun gebakken vis of lepelden zich door de 'zalige' trifle. Gelukkig weken de tranen. De serveerster kwam de borden ophalen.

'Heeft uw steak gesmaakt?'

'Ja, hij was heerlijk.'

'Neemt u nog iets toe?'

'Nee, ik denk van niet, dank je. Maar als we wat koffie kunnen krijgen?'

Ze had de koffie gebracht en Virginia dronk al van het zwarte, verderfelijke spul, dat smaakte alsof het uit een flesje kwam, toen Conrad bij haar terugkwam. Hij pakte zijn stoel en ging zitten. Ze keek hem onderzoekend aan en hij zei: 'Het is allemaal geregeld.'

'Wat heb je geregeld?'

'Ik heb mijn kamer opgezegd, evenals de huurwagen van morgen. Ik rij je wel terug naar Strathcroy. Ik rij je wel naar huis.'

'Ga je naar Croy?'

'Nee. Ze verwachten me niet voor morgenochtend. Ik kan naar die kroeg gaan waar je het over had.'

'Nee, dat kun je niet, omdat ze geen kamer zullen hebben. Ze zitten vol met gasten die Archies hei hebben overgenomen om sneeuwhoenders te schieten.' Ze snoof voor het laatst en schonk hem koffie in. 'Je kunt vannacht wel in Balnaid blijven. De bedden in de logeerkamers zijn allemaal opgemaakt.' Ze keek op en zag de uitdrukking op zijn gezicht. Ze zei: 'Geen probleem,' maar terwijl ze dit zei, wist ze al van wel.

Conrad reed door het donker. Het regende niet meer, alsof het water in de lucht op was, maar de wind kwam uit het zuidwesten en was nog steeds vochtig. En de nachtelijke hemel bleef bewolkt. De weg ging omhoog, kronkelde en daalde weer, en in de holtes verzamelde zich het vloedwater uit de overgelopen plassen. Virginia dacht, opgerold in haar Barbourjas, aan de laatste keer dat ze deze reis had gemaakt; de avond dat Edmund haar van het vliegveld had afgehaald en ze in Edinburgh hadden gegeten. Toen was de hemel een kunstig mirakel van roze en grijs. Nu was de duisternis somber en dreigend, en de lichten van de boerderijen die verspreid lagen over de hellingen rond Strathcroy, boden weinig troost. Ze leken even ver en onbereikbaar als sterren.

Virginia geeuwde.

'Je hebt slaap,' zei Conrad tegen haar.

'Niet echt. Gewoon te veel wijn.' Ze stak haar arm uit en deed het raampje omlaag en voelde de koude, natte, mossige lucht over haar gezicht stromen. De banden van de Subaru sisten op het natte asfalt; uit het donker kwam de lange roep van een wulp.

Ze zei: 'Dat is het geluid van thuiskomen.'

'Jullie wonen zeker afgelegen.'

'We zijn er bijna.'

De dorpsstraat lag verlaten. Zelfs meneer Ishak had zijn winkel gesloten en de enige lichten waren die achter gesloten gordijnen. Op zo'n avond bleven de mensen thuis, keken ze naar de televisie, zetten ze thee.

'Wij moeten hier over de brug naar links.'

Ze staken de rivier over, draaiden het weggetje onder de bomen in, kwamen bij de open hekken, de oprit naar het huis. Zoals te voorspellen viel, was alles donker.

'Ga maar niet voorom, Conrad. Parkeer gewoon hierachter. Ik gebruik de voordeur niet als ik alleen ben. Ik heb de sleutel van de achterdeur.'

Hij parkeerde de auto en zette de motor af. Terwijl de koplampen nog aan waren, klom ze naar buiten en ging ze de achterdeur opendoen. Op de tast deed ze binnen een lamp aan. De honden hadden de auto gehoord en wachtten. Het was prettig om te zien hoe blij ze waren dat ze terug was. Ze wierpen zich aan haar voeten en maakten keelgeluidjes om haar te verwelkomen.

'O, wat een brave honden.' Ze hurkte om ze te aaien. 'Het spijt me dat ik zo lang weg ben geweest. Jullie moeten wel gedacht hebben dat ik nooit meer thuis zou komen. Toe maar, ga allebei maar naar buiten om een plasje te doen, dan geef ik jullie lekkere koekjes voor jullie naar bed gaan.'

Ze stormden blij het donker in, blaften tegen de vreemde gestalte die uit de Subaru stapte, gingen hem besnuffelen, kregen een klopje en werden toegesproken, en verdwenen toen, gerustgesteld, tussen de bomen.

Virginia liep door en deed meer lichten aan. De grote keuken was stil, de Aga was warm, de koelkast bromde zachtjes in zichzelf. Conrad voegde zich bij haar, met zijn koffer.

'Wil je dat ik de auto wegzet?'

'Laat maar. Hij kan vannacht wel op de binnenplaats blijven staan. Als je de sleutels er maar uit haalt...'

'Dat heb ik gedaan...' Hij legde ze op de tafel.

In het harde licht keken ze naar elkaar en heel plotseling voelde Virginia hoe ze werd bevangen door een belachelijke verlegenheid. Om hiermee om te gaan, werd ze zakelijk en gastvrij.

'Nu dan. Zou je wat willen drinken? Een slaapmutsje. Edmund heeft een maltwhisky die hij voor deze gelegenheden bewaart.'

'Het gaat best.'

'Maar zou je er wel één willen?'

'Ja hoor.'

'Dan haal ik hem. Ik ben zo terug.'

Toen ze terugkwam met de fles, had hij zijn jas uitgedaan, zijn hoed afgezet en waren de honden terug van hun verkenningstocht en lagen ze opgerold op de zitzakken naast de Aga. Conrad, die gehurkt zat, werd al vriendjes met hen. Hij sprak zachtjes en streelde hun gewelfde, beschaafde koppen voorzichtig. Toen Virginia verscheen stond hij op.

'Ik heb de deur dichtgedaan en op slot.'

'Wat aardig. Dank je. Eerlijk gezegd vergeten we vaak om af te sluiten. Dieven en rovers zijn in Strathcroy geen probleem.' Ze zette de fles op tafel, vond een glas. 'Je kunt het beter zelf inschenken.'

'Doe je niet met me mee?'

Ze schudde zielig haar hoofd. 'Nee, Conrad. Ik heb voor vanavond genoeg gehad.'

Hij schonk de whisky in en vulde het glas aan met koud water. Virginia voerde koekjes aan de honden. Ze namen ze beleefd aan, niet happend en snappend, en knabbelden ze met smaak op.

'Het zijn prachtige spaniëls.'

'Edmunds jachthonden gedragen zich heel keurig. Als Edmund de baas is durven ze niet anders.' De koekjes waren op. Ze zei: 'Als je je drankje mee naar boven wilt nemen, zal ik je laten zien waar je slaapt.' Ze raapte zijn hoed en jas op, Conrad pakte zijn koffer en ze ging hem voor de keuken uit, terwijl ze in het voorbijgaan lichten uit en aan deed. Door de gang, door de grote hal en de trap op.

'Wat een mooi huis.'

'Het is groot, maar daar hou ik van.'

Hij volgde haar. Onder hen tikte de klok uit grootvaders tijd de minuten weg, maar hun voeten maakten geen geluid op de dikke tapijten. De logeerkamer keek uit op de voorkant van het huis. Ze deed de deur open, drukte op het lichtknopje en alles werd verlicht door de koude felheid van de kroonluchter aan het plafond. Het was een grote kamer, gemeubileerd met een hoog koperen bed en een Victoriaans mahoniehouten zithoek die Virginia van Vi had gekregen. Als men onverwacht binnenkwam, leek de kamer onpersoonlijk, zonder bloemen of boeken. Bovendien was de lucht stoffig en verschaald.

'Ik ben bang dat het er niet erg gastvrij uitziet.' Ze liet zijn hoed en jas op een stoel vallen en gooide het hoge schuifraam open. De nachtwind woei naar binnen en bewoog de gordijnen. Conrad ging bij haar staan en ze leunden naar buiten, starend in de fluwelen duisternis. Het licht uit het raam wierp een patroon van ruitjes op het grind bij de voordeur, maar verder was alles donker.

Hij haalde heel diep adem. Hij zei: 'Het ruikt allemaal zo helder en geurig. Als fris water in de lente.'

'Je moet me maar geloven, maar we hebben hier een prachtig uitzicht.

Dat zul je morgen wel zien. De velden en de heuvels als je over de tuin uitkijkt.'

In de bomen bij de kerk riep een uil. Virginia huiverde en trok zich van het raam terug. Ze zei: 'Het is koud. Zal ik het dichtdoen?'

'Nee, laat maar. Het is te lekker om buiten te sluiten.'

Ze trok de zware gordijnen dicht, zo strak dat er geen kieren waren. 'De badkamer is door die deur.' Hij ging op onderzoek uit. 'Er moeten handdoeken zijn en het water is altijd warm als je in bad wilt.' Ze deed de lampjes op de toilettafel aan, dan het bedlampje en deed toen de koude felheid van de kroonluchter uit. Opeens was de kamer met het hoge plafond gezelliger, zelfs intiem. 'Er is helaas geen douche. Dit is geen erg modern huishouden.'

Hij kwam uit de badkamer toen Virginia een zware bedovertrek terug-sloeg, waardoor dikke, vierkante kussens in slopen van geborduurd linnen zichtbaar werden en een gebloemd donzen dekbed. 'Er is een elektrische deken als je wilt.' Ze vouwde het overtrek, legde het ter-zijde. 'Nu dan.'

Er was niets meer om haar handen, haar aandacht in beslag te nemen. Ze stond tegenover Conrad. Even zwegen ze allebei. Zijn ogen waren somber, achter het zware hoornen montuur. Ze zag zijn ruwe gelaats-trekken, de diepe rimpels aan weerszijden van zijn mond. Hij had zijn drankje nog steeds in zijn hand, maar kwam nu in beweging om het op de tafel naast het bed te zetten. Ze keek hoe hij dit deed en dacht hoe die hand zachtjes de kop van een van Edmunds honden aaide. Een sympa-thieke man.

'Gaat het zo, Conrad?' Een onschuldig bedoelde vraag, maar zodra ze de woorden had uitgesproken, klonk hij haar beladen in de oren.

Hij zei: 'Ik weet niet.'

Geen probleem, had ze hem gezegd, maar ze wist dat het probleem de hele avond op de loer had gelegen en nu niet langer meer weggeduwd kon worden. Het had geen zin eromheen te draaien. Ze waren twee volwassen mensen en het leven was één doffe ellende.

Ze zei: 'Ik ben je dankbaar. Ik had behoefte aan troost.'

'Ik heb je nodig...'

'Ik zat te fantaseren over Leesport. Teruggaan naar oma en opa. Dat heb ik je niet verteld.'

'Die zomer werd ik verliefd op je...'

'Ik stelde me voor hoe ik erheen zou gaan. In een limousine vanaf Ken-nedy. En het was nog net zo. De bomen en de grasvelden, en de geur van de Atlantische Oceaan die over de baai landinwaarts werd geblazen.'

'Jij ging terug naar Engeland...'

'Ik wilde dat iemand tegen me zei dat ik fantastisch was. Dat ik de za-ken goed aanpakte. Ik wilde niet alleen zijn.'

'Ik voel me ellendig...'

'Twee werelden, nietwaar, Conrad? We botsten en verwijderden ons, werden onbereikbaar voor elkaar.'

'... omdat ik je wil.'

'Waarom moet alles gebeuren als het te laat is? Waarom moet alles zo onmogelijk zijn?'

'Het is niet onmogelijk.'

'Jawel, omdat het voorbij is. Onze jeugd is voorbij. Zodra je zelf een kind hebt, is je jeugd voorbij.'

'Ik wil je.'

'Ik ben niet jong meer. Een ander mens.'

'Ik ben niet met een vrouw naar bed geweest...'

'Ik wil het niet horen, Conrad.'

'Dat is waar eenzaamheid om draait.'

Ze zei: 'Ik weet het.'

Buiten in de tuin was alles stil. Niets beroerde de druppelende bladeren van de rododendrons. Heimelijk sloop een gestalte weg over de smalle paden in het struikgewas, om een spoor van voetstappen achter te laten in het kletsnatte gras, de afdrukken van schoenen met hoge hakken.

28

Isobel zat aan haar keukentafel, dronk koffie en maakte lijstjes. Ze was een verstokt lijstjesmaakster en deze kleine inventarisaties van dingen die gedaan moesten worden, maaltijden die bereid moesten worden, telefoontjes die gepleegd moesten worden, en ook geheugensteuntjes voor zichzelf om de primula te scheuren of de gladiolen uit te graven, hingen voortdurend aan het prikbord in de keuken, naast kaarten van vrienden en kinderen en het adres van een glazenwasser. Op dit ogenblik werkte ze aan drie lijstjes. Vandaag, morgen en dan vrijdag. Doordat er zoveel tegelijk gebeurde, was het leven opeens erg ingewikkeld geworden.

Ze schreef: 'Avondeten.' Er waren wat kippebouten in de diepvries. Die kon ze grillen of er een soort stoofschotel van maken.

Ze schreef: 'Kippepoten eruit halen. Aardappelen schillen. Boontjes doppen.'

Morgen was moeilijker, omdat het feestweekend zich in drie verschillende richtingen vertakte. Isobel zelf zou het grootste deel van de dag in Corriehill zijn om Verena en haar damesclubje te helpen met bloemschikken en het op de een of andere manier versieren van die enorme feesttent.

Ze schreef: 'Snoeischaren. Lint. Draad. Draadknippers. Beuken snoeien. Lijsterbes snoeien. Alle dahlias plukken.'

Maar er was ook nog de picknick bij het meer voor de verjaardag van Vi, waar ze aan moest denken. Bovendien ging Archie een dag op jacht. Morgen zouden ze de sneeuwhoenders over Creagan Dubh drijven en Archie zou zich bij de andere jagers voegen.

Ze schreef: 'Zachte broodjes en koude ham voor Archies lunchpakket. Gemberkoek. Appels. Warme soep?'

Wat Vi's picknick betrof, Lucilla, Jeff, Pandora en de Droeve Amerikaan zouden daar waarschijnlijk wel heen willen, wat betekende dat Croy flink wat lekkernijen bij moest dragen.

Ze schreef: 'Worstjes voor barbecue Vi. Beefburgers maken. Tomatensla snijden. Stokbrood. Twee flessen wijn. Zes blikjes bier.'

Ze schonk nog wat koffie in, ging door naar vrijdag. 'Elf mensen te eten,' schreef ze en onderstreepte de woorden waarna ze zich afvroeg of ze sneeuwhoen of fazant moest maken. Fazant Theodora was sensationeel, bereid met selderij en spek en geserveerd met een saus van eierdooier en room. Behalve dat het sensationeel was, kon Fazant Theodora ook van te voren worden klaargemaakt, wat haar heel wat gezwoeg op het laatste moment bespaarde terwijl de gasten cocktails dronken.

Ze schreef 'Fazant Theodora'. De deur ging open en Archie kwam binnen.

Isobel keek nauwelijks op. 'Jij houdt toch van Fazant Theodora?'

'Niet bij het ontbijt.'

'Ik bedoelde niet bij het ontbijt. Ik bedoelde bij het diner op de avond van het feest.'

'Waarom geen gebraden sneeuwhoen?'

'Omdat het zo'n gedoe is om het klaar te maken. Zoveel dingetjes die je op het laatste moment moet doen, zoals stukjes toast maken en jus roeren.'

'Gebraden fazant dan?'

'Zelfde bezwaren.'

'Ziet Fazant Theodora er niet wat onsmakelijk uit?'

'Een beetje wel, maar ik kan het van te voren klaarmaken.'

'Waarom maak je mij niet klaar?'

'Haha.'

'Wat hebben we als ontbijt?'

'Het zit in de oven.'

Archie liep naar de Aga en deed de deur van de oven open. 'Een gedenkwaardige dag! Spek, worstjes en tomaten. Hoe zit dat met de pap en de gekookte eieren?'

'We hebben logés. Spek, worstjes en tomaten zijn altijd voor logés.' Hij nam zijn bord mee naar de tafel en ging naast haar zitten, terwijl hij koffie inschonk, toast en boter pakte.

'Ik dacht,' zei hij, 'dat Agnes Cooper vrijdagavond zou komen helpen.'

'Dat is ook zo.'

'Waarom kan zij de fazant niet braden?'

'Omdat zij niet kan koken. Ze is een afwasser.'

'Je kunt haar altijd vragen te koken.'

'Goed, dat zal ik doen. En dan eten we gehakt en aardappelen omdat het arme mens niet tot meer in staat is.'

Ze schreef: 'Gepoetste zilveren kandelaars. Acht roze kaarsen kopen.'

'Ik wou alleen dat Fazant Theodora er niet zo onsmakelijk uitzag.'

'Als jij zegt dat het er onsmakelijk uitziet waar al onze gasten bij zijn, snij ik ter plekke je keel door, met een fruitmesje.'

'Wat hebben we vooraf?'

'Gerookte forel?'

Archie stopte een half worstje in zijn mond en kauwde er bedachtzaam op. 'En pudding?'

'Sinaasappelsorbet.'

'Witte of rode wijn?'

'Van allebei een paar flessen, denk ik. Of champagne. We zullen de rest van de avond wel champagne drinken. Misschien kunnen we het daar beter op houden.'

'Ik heb helemaal geen champagne.'

'Ik zal vandaag een krat bestellen, in Relkirk.'

'Ga je naar Relkirk?'

'O, Archie!' Isobel legde haar balpen neer en staarde in hopeloze ergernis naar haar man. 'Luister je dan nooit naar wat ik je vertel? En waarom denk je dat ik zo keurig gekleed ben? Ja, ik ga vandaag naar Relkirk. Met Pandora, Lucilla en Jeff. We gaan winkelen.'

'Wat ga je kopen?'

'Allemaal dingen voor vrijdagavond.' Ze zei niet 'een nieuwe jurk', omdat ze nog geen besluit had genomen over deze buitensporigheid. 'Dan gaan we lunchen in de Wine Bar en dan gaan we weer naar huis.'

'Wil je wat patronen voor me kopen?'

'Als je een lijstje voor me maakt, koop ik alles wat je nodig hebt.'

'Dus ik hoef niet mee.' Het klonk vergenoegd. Hij had een hekel aan winkelen.

'Je *kunt* niet mee omdat je hier moet zijn als de Droeve Amerikaan komt. Hij komt met een huurauto uit Relkirk en ik verwacht hem in de loop van de ochtend. En blijf wel in de buurt, anders staat hij voor een leeg huis en zal hij denken dat hij niet verwacht wordt en weer weggaan.'

'En waarom ook niet. Wat geef ik hem vanmiddag te eten?'

'Er is soep en paté in de provisiekast.'

'In welke kamer slaapt hij?'

'Pandora's vroegere kamer.'

'Hoe heet hij?'

'Weet ik niet meer.'

'Hoe moet ik hem dan gedag zeggen? Welkom, Droeve Amerikaan.' Archie leek dit grappig te vinden. Met een zware stem vervolgde hij: 'Groot Opperhoofd Lopende Neus Spreekt met Gespleten Tong.'

'Je kijkt te veel televisie.' Maar gelukkig vond zij het ook grappig. 'Hij zal wel denken dat hij in een gekkenhuis is beland.'

'Zou er niet zo ver naast zitten. Hoe laat gaan jullie naar Relkirk?'

'Ongeveer half elf.'

'Lucilla en Jeff zijn volgens mij al op, maar Pandora kunt je beter van haar bed lichten, anders zit je vanmiddag om vier uur nog op haar te wachten.'

'Dat heb ik al gedaan,' zei Isobel. 'Een half uur geleden.'

'Ze is vast weer in bed geklommen en in slaap gevallen.'

Maar dat had Pandora niet gedaan. Archie was amper uitgesproken of ze hoorden het getik van haar hoge hakken in de gang vanuit het portaal. De deur ging open en ze viel de keuken binnen, haar weelderige haar fel als vuur en haar gezicht een en al lach.

'Goeiemorgen, goeiemorgen, hier ben ik en ik wed dat jullie dachten dat ik weer naar bed was gegaan.' Ze kuste Archies kruin en ging naast hem zitten. Ze droeg een broek van donkergrijs flanel en een lichtgrijze sweater met een patroon van gebreide roze schaapjes, en had een tijdschrift in haar hand. Dit bleek de voornaamste oorzaak van haar vrolijkheid. 'Ik was dit fantastische blad helemaal vergeten. Papa had het elke maand. *The Country Landowners' Journal.*'

'We hebben het nog steeds. Ik ben er nooit aan toe gekomen om het abonnement op te zeggen.'

'Ik vond dit exemplaar in mijn slaapkamer. Het is gewoon fascinerend, vol met verbijsterende artikelen over iets wat aardvlooienstof heet en over hoe ontzettend aardig we tegen dassen moeten zijn.' Ze begon er haastig door te bladeren. Isobel schonk haar een kopje koffie in. 'O, dank je, schat, zalig. Maar de beste staan achterin. Moet je hiernaar luisteren: 'Te koop. Dame van stand wil van ondergoed af. Perzikroze directoire en laag uitgesneden zijden hempjes. Nauwelijks gedragen. Niet duur.''

Archie had zijn stukje toast opgeknabbeld. 'Naar wie moeten we schrijven?'

'Een postbusnummer. Denk je dat ze geen ondergoed meer draagt omdat ze van stand is?'

'Misschien is er iemand doodgegaan,' opperde Isobel. 'Een oude tante. En wil zij de buit binnenhalen.'

'Wat een buit. Ik denk dat ze in de menopauze zit en haar uiterlijk heeft veranderd. Op dieet is gegaan en kilo's is kwijtgeraakt en helemaal getikt is geworden. Nu draagt ze satijnen hemdbroekjes met kant rond haar benen en de Lord weet niet wat hem overkomt. En hier is nog een enige. Luister dan, Archie. 'Werk gezocht. Knappe boerenzoon. – Betekent dat dat de boer knap is of dat zijn zoon het is? – Dertig jaar. Enige ervaring in drainage. Chauffeur. Dol op jagen en vissen.' Wat vind je daarvan?' Pandora's ogen werden enorm groot. 'Hij is nog maar dertig en hij kan autorijden. Ik weet zeker dat je hem ontzettend goed kunt gebruiken, Archie. 'Enige ervaring met drainage.' Hij zou al je loodgieterswerk kunnen doen. Kogelkleppen en zo. Waarom stuur je hem geen briefje dat je hem wilt aannemen?'

'Nee, ik denk het niet.'

'Waarom in vredesnaam niet?'

Archie dacht erover na. 'Hij is te hoog gekwalificeerd.'

Tegelijkertijd kwam het onzinnige van hun gesprek naar boven en lagen broer en zus dubbel van het lachen. Isobel, die ze gadesloeg, schudde haar hoofd om die idiote, vrolijke stuiptrekkingen, maar was niettemin vol dankbare verbazing. Sinds Pandora's komst was Archie beter gehumeurd dan Isobel hem in jaren had gezien, en nu, terwijl ze aan haar eigen ontbijttafel zat, herkende ze eens te meer die aantrekkelijke, zalig grappige man op wie ze meer dan twintig jaar geleden verliefd was geworden.

Pandora was niet de perfecte gast. Huishoudelijk gesproken was ze een fiasco en Isobel besteedde veel tijd aan het opruimen van de dingen die ze achter zich had neergegooid, het opmaken van haar bed, het schoonmaken van haar bad en het doen van haar was. Maar Isobel vergaf haar alles, omdat ze wist dat het zijn zuster was die deze verbazingwekkende verandering in Archie teweeg had gebracht en daarvoor kon ze alleen maar dankbaar zijn, want op een of andere wijze had Pandora Archies jeugdigheid opnieuw ontstoken en, als een vlaag frisse wind, Croy weer vrolijkheid ingeblazen.

De mensen die gingen winkelen, verzamelden zich een voor een. Jeff, die Isobels enorme ontbijt achter zijn kiezen had, haalde Pandora's Mercedes uit de garage en reed hem naar de voorkant van het huis. Isobel, gewapend met boodschappenmandjes en haar eeuwige lijstjes, voegde zich bij hem. De volgende die verscheen was Pandora, die haar minkjas en haar zonnebril droeg en naar Poison rook.

Het was alweer een winderige dag met af en toe wat zon en ze stonden allemaal in de wind te wachten op Lucilla. Eindelijk kwam ze, nadat haar vader haar had geroepen en ze door hem de deur was uitgejaagd, net zoals hij zijn honden wegjoeg. Maar ze draaide zich om om gedag te zeggen en omhelsde en kuste hem alsof ze hem nooit meer zou zien, voordat ze de trap afrende, haar donkere haar wapperend in de wind.

'Sorry, ik wist niet dat jullie stonden te wachten.'

Lucilla was gekleed in een oude, vale spijkerbroek met scheuren bij de knieën die onbeholpen met wat rood gespikkelde stof waren versteld. Daarbij droeg ze een gekreukeld katoenen overhemd met veel kantwerk en afhangende mouwen. De achterpanden kwamen onder een heel kort leren vestje met bungelende franjes uit. Haar moeder vond dat ze eruitzag alsof ze zojuist uit een indianenkamp was ontsnapt.

'Liefje, kleed je je niet om?' zei ze snel.

'Mam, ik heb me omgekleed. Dit is mijn beste spijkerbroek. Ik heb hem in Majorca gekocht toen ik bij Pandora logeerde.'

'O ja, natuurlijk.' Ze stapten allemaal in. 'Sorry, Lucilla. Wat dom van me.'

Toen ze in Relkirk waren aangekomen en een parkeerplaats hadden gevonden, gingen ze uit elkaar, omdat Lucilla en Jeff de antiekwinkels wilden verkennen en wat op de beroemde straatmarkt wilden rondsnuffelen.

'We zien jullie wel bij de lunch in de Wine Bar,' zei Isobel. 'Om één uur.'

'Heb je een tafel gereserveerd?'

'Nee, maar we krijgen er vast wel een.'

'Goed, dan gaan wij er nu vandoor.' Ze liepen weg over het klinkerplein. Toen Isobel hen nakeek, zag ze hoe Jeff zijn arm rond Lucilla's smalle schouders sloeg. Wat haar verraste, omdat ze hem altijd voor zeer gereserveerd had gehouden.

'Die zijn we kwijt,' zei Pandora, die klonk als een ondeugend kind dat, nadat ze zich van de volwassenen had ontdaan, stond te popelen om narigheid uit te halen. 'Nu dan, waar zijn alle kledingwinkels?'

'Pandora, ik weet het nog niet...'

'Wij gaan voor jou een baljurk kopen en meer wil ik er niet over horen. En hou op met die bange blikken want dat wordt mijn presentje voor jou. Dat ben ik je wel verschuldigd.'

'Maar... moeten we niet eerst alle belangrijke boodschappen doen? Het eten voor vrijdag, en...'

'Wat kan er belangrijker zijn dan een nieuwe jurk? We kunnen al het saaie gedoe bewaren voor vanmiddag. Sta daar niet zo te kijken en te weifelen, anders is de dag alweer om. Zeg eens waar we heen moeten...'

'Nou... je hebt McKay's...' zei Isobel aarzelend.

'Niet zo'n afschuwelijk warenhuis. Is er nergens een exclusieve, chique zaak?'

'Jawel, maar ik ben er nog nooit in geweest.'

'Nou, dan wordt dit de eerste keer. Kom op.'

En Isobel, die zich opeens zorgeloos en aangenaam zondig voelde, liet haar calvinistische remmingen varen en volgde.

De winkel was smal en diep, met dikke tapijten en overal spiegels langs de wanden, en rook zoet als een aantrekkelijke vrouw. Zij waren de enige klanten en toen ze door de spiegelglazen deur binnenkwamen, stond een dame op achter een begerenswaardig ingelegd bureautje. Ze kwam hen tegemoet. Voor haar werk droeg ze iets waarin Isobel best naar een diner had willen gaan.

'Goedemorgen.'

Ze vertelden haar waarnaar ze zochten.

'Wat voor maat heeft u, mevrouw?'

'O.' Isobel was nu al van de wijs gebracht. 'Twaalf, geloof ik. Of misschien veertien.'

'O nee.' Ze wierp een professionele, taxerende blik op Isobel, die hoopte dat er geen ladders in haar panties zaten. 'Ik weet zeker dat het twaalf is. De baljurken zijn hierachter, als u even meeloopt...'

Ze volgden haar tot achter in de winkel. Ze trok een gordijn opzij en onthulde open kleerkasten vol rekken met avondjurken. Sommige kort, sommige lang; zijde en fluweel, glanzend satijn, chiffon en voile; en in alle denkbare prachtige kleuren. Ze schoof de hangers ratelend langs de rail.

'Dit is de twaalf, hier. Maar als u in een andere maat iets vindt wat u bevalt, kan ik het natuurlijk altijd voor u laten vermaken.'

'Daar hebben we geen tijd voor,' zei Isobel. Haar ogen gingen naar de donkere japonnen. Donkere kleuren raakten niet uit de mode en je kon er altijd iets bijdragen waardoor ze er anders uitzagen. Er was er een van bruin satijn. Of een van marineblauwe geribbelde zijde. Of misschien zwart. Ze pakte een zwarte crêpejapon met gitzwarte knopen en liep naar de spiegel om hem voor zich te houden... misschien een beetje streng, maar ze zag dat het haar jarenlang goed van pas zou komen... Ze probeerde het prijskaartje te lezen maar ze had haar bril niet op. 'Deze is mooi.'

Pandora keek er amper naar. 'Geen zwart, Isobel. En ook geen rood.' Ze duwde nog wat hangers opzij en stortte zich toen naar voren. 'Kijk, deze.'

Isobel, die nog steeds lusteloos de zwarte crêpejapon ophield, keek – naar de mooiste jurk die ze ooit had gezien. Saffierblauwe Thai-zijde met een zwarte weerschijn, zodat het schitterde als de vleugels van een of ander exotisch insekt als er licht op viel. De rok was wijd, bol van de onderrokken en had een lage hals. De mouwen waren bij de ellebogen afgezet met smalle manchetten van dezelfde zijde, evenals de zoom.

Isobel nam de smalle taille op. Ze durfde zich nauwelijks voor te stellen dat zij in het bezit zou komen van zo'n kledingstuk. 'Daar kom ik nooit in.'

'Proberen.'

Het was alsof ze al haar eigen wil had verloren. Achter het gordijn van een krappe kleedkamer, met al haar bovenkleren uit, als een votieffoffer. 'Welnu.' Ze stond in haar bh en haar panty en de massa ritselende zijde werd voorzichtig over haar hoofd omlaag gelaten; mouwen werden over haar armen getrokken; de rits...

Ze hield haar adem in, maar het was geen probleem. De taille zat vrij strak, maar ze kon ademhalen. De verkoopster schikte de schouders, liet de rok uitwaaieren en deed een stapje terug om haar te bewonderen. Isobel zag zichzelf helemaal in de spiegel en het was alsof ze iemand anders zag. Een vrouw uit een andere tijd, uit de lijst van een achttiende-eeuws portret gestapt. De zoom van de jurk zwierde over de vloer, de stijve zijde schikte zich in glanzende plooien. De mouwen waren ontzettend flatteus en de diepe hals onthulde Isobels beste punten, namelijk haar nogal mollige schouders en de welving van haar borsten. Overweldigd door haar verlangen probeerde ze praktisch te blijven. 'Hij is te lang.'

'Niet met hoge hakken,' bracht Pandora naar voren. 'En door die kleur zijn je ogen inktblauw.'

Isobel keek en zag dat dit waar was. Maar ze bracht haar handen naar haar gebruinde en verweerde wangen. 'Er deugt niks van mijn gezicht.'

'Schatje, je hebt geen make-up op.'

'En mijn haar.'

'Ik zal je haar wel doen.' Pandora kneep haar ogen samen. 'Er moeten sieraden bij.'

'Ik zou de Balmerino-oorbellen kunnen dragen. De diamanten hangers met de parels en de saffieren.'

'Natuurlijk. Perfect. En mama's parelketting? Heb je die ook?'

'Die is op de bank.'

'We gaan hem vanmiddag halen. Hij staat je prachtig, Isobel. Elke man in de kamer zal verliefd op je zijn. We hadden niets beters kunnen vinden.' Ze draaide zich om en glimlachte naar de zwijgende maar tevreden verkoopster. 'We nemen hem.'

De jurk werd opengeritst, voorzichtig uitgetrokken en meegenomen om ingepakt te worden.

'Pandora!' Isobel fluisterde met klem, terwijl ze haar Marks & Spencer onderrok pakte. 'Je hebt helemaal niet naar de prijs gevraagd.'

'Als je naar de prijs moet vragen, kun je het je nooit veroorloven,' fluisterde Pandora terug en verdween. Heen en weer geslingerd tussen opwinding en schuldgevoel bleef Isobel achter om haar bloes en haar rok aan te doen, haar jasje dicht te knopen en haar schoenen vast te maken. Tegen de tijd dat ze daarmee klaar was, was de cheque uitgeschreven, het prijskaartje verwijderd en de prachtige jurk ingepakt in een enorme doos.

De verkoopster liep mee om de deur voor hen open te doen.

'Hartelijk dank,' zei Isobel.

'Ik ben blij dat u iets heeft gevonden dat u bevalt.'

De hele transactie had niet meer dan tien minuten geduurd. Pandora en Isobel stonden op de stoep in de zon.

'Hoe moet ik je bedanken?'

'Doe dat maar niet...'

'Ik heb nog nooit van mijn leven zo'n jurk gehad...'

'Dan wordt het wel tijd. Je verdient het...'

'Pandora...'

Maar Pandora wilde er niets meer over horen. Ze keek op haar horloge. 'Het is nog maar kwart voor twaalf. Wat zullen we nu gaan kopen?'

'Heb je nog niet genoeg uitgegeven?'

'Ben je gek? Ik ben nog maar net begonnen. Wat doet Archie aan? Zijn kilt?'

Ze begonnen langzaam de stoep af te lopen.

'Nee. Hij heeft zijn kilt niet gedragen sinds zijn been eraf werd geschoten. Hij zegt dat de afschuwelijke metalen knie die er onderuit steekt een obsceniteit is. Hij zal wel gewoon zijn smoking dragen.'

Pandora bleef staan. 'Maar Lord Balmerino kan toch niet in een smoking naar een bal in de Hooglanden gaan?'

'Nou, dat doet hij al jaren.'

Een dikke dame met een mand zei, geërgerd door de opstopping die ze veroorzaakten 'Pardon,' en duwde zich tussen hen door. Pandora sloeg geen acht op haar.

'Waarom draagt hij geen Schots geruite broek?'

'Die heeft hij niet.'

'Waarom dan niet?'

Isobel probeerde te bedenken waarom deze voor de hand liggende op-lossing niet jaren geleden een eind aan het probleem had gemaakt, en besefte dat, samen met zijn been, Archie alle interesse in zijn uiterlijk had verloren. Het was alsof het er niet meer toe deed. Bovendien was chique kleding duur en er leek altijd wel iets belangrijkers om het aan uit te geven.

'Ik weet het niet.'

'Maar hij zag er vroeger altijd zo smakelijk uit op feesten. En dat wist hij bovendien. In een saaie ouwe smoking zal hij eruitzien als een begra-fenisondernemer. Of, nog erger, een Engelsman. Kom op, laten we iets flitsends voor hem kopen. Weet jij wat voor maat hij heeft?'

'Niet zo uit mijn hoofd. Maar zijn kleermaker wel.'

'Waar zit zijn kleermaker?'

'In de volgende straat.'

'Zou die Schots geruite broeken hebben? Kant en klaar?'

'Dat lijkt me wel.'

'Waar wachten we dan nog op?' En Pandora was er weer vandoor, met grote passen en haar los wapperende minkjas. Isobel, die met haar pak sjouwde, moest rennen om haar bij te houden.

'Maar zelfs als we een broek vinden, wat moet hij daar dan bij dragen? Hij kan geen smokingjasje dragen.'

'Papa had een heel mooi fluwelen smokingjasje. Vaal donkergroen. Wat is daarmee gebeurd?'

'Het is boven op zolder.'

'Nou, dat vinden we later wel. O, wat spannend. Denk je eens in hoe majestueus Archie eruit zal zien.'

Ze troffen de oude kleermaker aan het werk aan zijn tafel ergens achter in de winkel: Een Herenkledingzaak Gespecialiseerd in Hoogland-kleding voor Alle Gelegenheden. Verstoord keek hij op van een afge-wikkelde rol tweed. Hij zag Isobel, legde zijn schaar neer en schonk haar een stralende glimlach.

'Lady Balmerino.'

'Goedemorgen, meneer Pittendriech. Meneer Pittendriech, herinnert u zich nog mijn schoonzusje, Pandora Blair?'

De oude man keek over de rand van zijn bril naar Pandora. 'Ja, ik weet het niet. Maar het is lang geleden. U moet nog een kleuter zijn geweest.'

Over de tafel schudden hij en Pandora elkaar de hand. 'Wat leuk om u weer te zien. En hoe is het met de edele heer, Lady Balmerino?'

'Het gaat heel goed met hem.'

'Kan hij de heuvels in?'

'Niet erg ver, maar...'

Pandora onderbrak hen, ongeduldig. 'We zijn gekomen om een cadeau voor hem te kopen, meneer Pittendriech. Een Schots geruite broek. U kent zijn maten. Wilt u ons helpen er een uit te zoeken?'

'Maar natuurlijk. Het zal me een genoegen zijn.' Hij liet zijn naaiwerk liggen en kwam achter zijn tafel vandaan om hen terug naar de winkel zelf te leiden, waar een uitgebreid assortiment tartans, leren beurzen, schedes voor Schotse dolken, geruite pofbroeken, kanten jabots, schoenen met zilveren gespen en broches van rookkwarts het oog haast geheel verblindde.

Het was duidelijk dat meneer Pittendriech dit allemaal een beetje beneden zijn waardigheid vond.

'Zou het niet beter zijn als ik voor de edele heer een broek zou maken? Hij is nooit iemand geweest die confectiekleding kocht.'

'Daar hebben we geen tijd voor,' zei Isobel voor de tweede keer die ochtend.

'In dat geval, moet het een regimentsruit of een familieruit zijn?'

'O, een familieruit,' zei Pandora vastberaden. 'Wat doet het er ook toe, zo'n mooie.'

Het duurde even tot ze de juiste ruit hadden gevonden en met een lint de maat opgenomen hadden, dit om er zeker van te zijn dat de beenlengte juist was. Uiteindelijk maakte meneer Pittendriech zijn keus.

'Ik denk dat deze de edele heer heel goed zal staan.'

Isobel keek er aandachtig naar. 'Hij zal toch niet te strak zijn? Anders krijgt hij hem niet over zijn metalen been.'

'Nee, ik denk dat deze lekker ruim zal zitten.'

'In dat geval,' zei Pandora, 'nemen we hem.'

'En een sjerp, mejuffrouw Blair?'

'Hij kan die van zijn vader dragen, meneer Pittendriech.' Ze gunde hem haar verblindende glimlach. 'Maar misschien een prachtig nieuw wit katoenen overhemd?'

Meer pakjes, meer cheques. Weer buiten op de stoep. 'Lunchtijd,' zei Pandora en ze begaven zich, allebei zeer tevreden met zichzelf, in de richting van de Wine Bar. Nadat ze door de draaideur de populaire ontmoetingsplaats in waren geduwd, stuitten ze op de eerste tegenslag die dag. Er was geen spoor van Lucilla en Jeff, de meeste tafels waren bezet en op de rest stondden bordjes met 'Gereserveerd'.

'Wij willen een tafel voor vier personen,' zei Pandora tegen de hooghartig kijkende vrouw achter de hoge balie.

'Heeft u gereserveerd?'

'Nee, maar toch willen we een tafel voor vier personen.'

'Als u niet gereserveerd heeft, zult u helaas op uw beurt moeten wachten.'

Pandora deed haar mond open om er tegenin te gaan, maar voor ze iets kon zeggen ging de telefoon op de balie toevallig en wendde de vrouw zich af om de hoorn op te nemen. 'Met de Wine Bar.'

Achter haar rug stootte Pandora Isobel aan en schreed toen kalm naar het raam waar een vrije, gereserveerde tafel stond. Toen ze daar aankwam, haalde ze onopvallend het bordje met 'Gereserveerd' weg en stopte dat diep in de zak van haar jas. Een briljant en professioneel staaltje goochelarij. Toen ging ze elegant zitten, ontdeed ze zich van haar tas en haar pakjes, hing de mink over de rug van de stoel en pakte het menu.

Isobel aarzelde ontsteld. 'Pandora, dat kun je niet...'

'Toch wel. Stom mens. Ga zitten.'

'Maar iemand heeft deze plek gereserveerd.'

'Nu hebben wij hem. Hebben is hebben en krijgen is de kunst.' Isobel, die een hekel had aan scènes, bleef aarzelen, maar Pandora schonk geen aandacht aan haar gesputter en aangezien er geen alternatief was, ging ze na een tijdje ook maar zitten, tegenover haar schaamteloze schoonzuster. 'O, kijk, we kunnen een cocktail nemen. En we kunnen quiche en salade eten of een kruidenomelet.'

'Die vrouw zal razend zijn.'

'Ik haat cocktails, jij niet? Denk je dat ze champagne hebben? Laten we het vragen als ze komt om ons te grazen te nemen.'

Wat ze deed, vrijwel onmiddellijk.

'Pardon, mevrouw, maar deze tafel is gereserveerd.'

'O ja?' Pandora's ogen stonden poeslief en onnozel. 'Maar er staat geen bordje.'

'Deze tafel is gereserveerd en er stond een bordje.'

'Waar is het dan gebleven?' Pandora rekte haar nek om onder de tafel te kijken. 'Het ligt niet op de vloer.'

'Het spijt me, maar u zult helaas op moeten staan en op uw beurt wachten.'

'Het spijt me, maar dat doen we niet. Neemt u onze bestelling op of stuurt u liever een van de serveersters?'

De hals van de vrouw werd rood, als de lellen van een kalkoen. Ze trok met haar mond. Isobel had nogal medelijden met haar.

'U weet best dat er een bordje met gereserveerd op deze tafel stond. De manager heeft het hier vanmorgen zelf neergezet.'

Pandora haalde haar wenkbrauwen op. 'O, dus er is een manager? Misschien dat u hem dan wilt halen en hem wilt vertellen dat Lady Balmerino hier is en haar lunch wil bestellen.'

Isobel, die het warm had van verlegenheid, voelde haar wangen branden. Pandora's tegenstandster zag er nu uit alsof ze elk moment in tranen kon uitbarsten. Vernedering hing boven haar hoofd. 'De manager is er vanmiddag niet.'

'In dat geval ligt de verantwoordelijkheid duidelijk bij u en u heeft alles gedaan wat u kunt. Kunt u nu misschien een serveerster sturen zodat we kunnen bestellen?'

De arme vrouw aarzelde even, totaal ontredderd door zulk koelbloedig overwicht, maar gaf uiteindelijk toe. Haar woede liep leeg als een lek geprikte ballon. Zwijgend, terwijl ze met samengeperste lippen de flarden van haar waardigheid bij elkaar raapte, draaide ze zich om. Maar Pandora was onbarmhartig. 'Nog één dingetje. Zoudt u zo vriendelijk willen zijn om de barman te zeggen dat we een fles van zijn beste champagne willen hebben?' Haar glimlach blikkerde. 'Met ijs.'

Geen bezwaren of tegenwerpingen meer. Het was over. Isobel hield op met blozen. Ze zei: 'Pandora, je bent schaamteloos.'

'Ik weet het, schat.'

'Arme vrouw. Ze huilt bijna.'

'Stom oud wijf.'

'En dat gedoe over Lady Balmerino...'

'Dat deed het hem. Dit soort mensen zijn afschuwelijke snobs.'

Het had geen zin om haar te berispen. Zij was Pandora, gul, liefdevol, goedlachs... en meedogenloos als ze haar zin niet kreeg. Isobel schudde haar hoofd. 'Ik word gek van je.'

'O, schatje, niet boos zijn. We hadden zo'n zalige ochtend en ik zal de rest van de dag braaf zijn en al je boodschappen sjouwen. O, kijk, daar zijn Lucilla en Jeff. Beladen met nogal goedkope draagtassen. Wat zouden ze gekocht hebben?' Ze wuifde met haar rood genagelde hand. 'Hier zitten we!' Ze zagen haar en kwamen die kant op. 'We hebben champagne besteld, Jeff, dus mag je niet saai doen en zeggen dat je liever een blikje Foster's hebt.'

Bij de champagne kregen Lucilla en Jeff, op gedempte toon en met een zekere verholen vrolijkheid, het verhaal van de gereserveerde tafel te horen.

Lucilla vond het vermakelijk, maar was tegelijk haast net zo geshockeerd als haar moeder, en Isobel was blij dat te zien. 'Pandora, dat is afschuwelijk. Wat moeten die arme mensen nou die de tafel gereserveerd hadden?'

'Dat is het probleem van die ouwe taart. O, maak je maar geen zorgen, ze zal hen wel ergens tussenschuiven.'

'Maar het is zo ontzettend oneerlijk.'

'Ik vind je maar erg ondankbaar. Als ik niet zo snel iets had ondernomen, zouden we allemaal in de rij staan met zere voeten van het winkelen. Hoe het ook zij, ze deed kortaf en grof tegen me. En ik hou er niet van als mensen me vertellen dat ik iets wat ik echt wil niet kan krijgen.'

Archie bleef alleen achter en had van zijn vrouw de opdracht gekregen in de buurt te blijven. Het zou nog even duren voordat hun gast aankwam en hij besloot de tijd te doden met het opruimen van de eerste gevallen bladeren, die het veld voor het grindpad bezaaiden. Misschien had hij dan nog tijd om het te maaien, zodat alles er netjes uitzag voor het feest van vrijdagavond. Vergezeld door zijn honden reed hij prompt de tractor uit de garage en ging hij aan het werk. De labradors, die gedacht hadden dat hij een blokje met hen om zou gaan, zaten naast hem en keken verveeld, maar er was een verzetje op komst, want Archie had nog maar een paar banen gedaan toen er een Landrover de oprit opdraaide, over het wildrooster reed en op een paar meter afstand tot stilstand kwam.

Het was Gordon Gillock, de opzichter van Croy, met zijn twee spaniëls achterin de wagen. Meteen barstte er een hels geblaf los, zowel binnen in als buiten de Landrover, maar de vier honden werd spoedig het zwijgen opgelegd door een vloed routineuze verwensingen van Gordon, waarna de rust eens te meer hersteld was.

Archie stopte zijn machine en zette de motor uit, maar bleef waar hij was, omdat het een prima plek was om een gesprek te beginnen.

'Hallo, Gordon.'

'Goeiemorgen, milord.'

Gordon was een soepele, magere Hooglander, voor in de vijftig, maar hij zag er, met zijn zwarte haar en zijn donkere ogen, een stuk jonger uit. Hij was in de tijd van Archies vader naar Croy gekomen als onderopzichter en was sindsdien altijd bij de familie in dienst geweest. Vandaag droeg hij zijn werkkleren, wat een overhemd met open hals inhield en een door vele jaren winderig weer geteisterde tweedhoed vol met vishaakjes. Maar tijdens de jacht droeg hij een das, een wollen kniebroek met bijpassend jasje en een tweed jachtpet, en was hij heel wat beter gekleed dan de meeste andere heren op de hei.

'Waar kom je vandaan?'

'Kirkthornton, meneer. Ik heb dertig koppels vogels naar de poelier gebracht.'

'Heb je er een mooie prijs voor gekregen?'

'Niet zo gek.'

'Wat gebeurt er morgen?'

'Daarom ben ik hier, meneer. Wilde even met u spreken. Meneer Aird gaat niet met ons mee. Hij zit in Amerika.'

'Weet ik. Hij belde me voor hij vertrok. Gaan we naar Creagan Dubh?'

'Inderdaad, het grote dal. Ik dacht, eerst rijden we over de Clash en dan gaan we via de andere kant over Rabbie's Naup.'

'En 's middags? Moeten we de Mid Hill proberen?'

'U zegt het maar, meneer. Maar denk erom, de vogels worden behoorlijk wild. Ze zullen snel bij de schuilhutten overkomen en de jagers zullen goed moeten opletten.'

'Weten ze dat zij ervoor moeten zorgen dat alle afgeschoten vogels opgeraapt en naar beneden gebracht worden? Geen aangeschoten vogels achterlaten. Ik wil niet dat er gewonde vogels dood liggen te gaan.'

'O zeker, dat weten ze. Denk erom, er zijn dit jaar een stel goeie honden.'

'Je bent er maandag geweest. Hoe ging het?'

'Er stond een stevige wind en er lag veel water. Er vlogen een arend en een buizerd over, en dat joeg de hoenders de stuipen op het lijf. Of ze vlogen niet op, of ze vlogen alle kanten op. Toch hebben we wel wat moois geschoten. Uiteindelijk hadden we tweeëndertig koppels.'

'Waren er herten?'

'O zeker, een grote roedel. Ik zag hoe aan de horizon hun koppen boven de Sneck of Balquhidder uitstaken.'

'En hoe staat het met die kapotte brug over de Taitnie?'

'Daar heb ik voor gezorgd, meneer. Hij was bijna ingestort, met de regen die we gehad hebben en de hoge waterstand.'

'Mooi. We willen niet dat een van de Londense heren kopje onder gaat. Hoe staat het met de drijvers voor morgen?'

'Ik heb er zestien.'

'En flankeurs? De laatste keer dat we reden, ontkwamen er heel wat van de vogels omdat we slechte flankeurs hadden.'

'Zeker, dat was een waardeloos stelletje. Maar morgen heb ik de zoon van de schoolmeester en Willy Snoddy.' De opzichter keek naar Archie en ze grinnikten allebei. 'Hij is een onbetrouwbare ouwe boef, maar een flankeur van topklasse.' Gordon verzette zijn voet, nam zijn hoed af, krabde achter in zijn nek en zette toen zijn hoed weer op. 'Ik was gisterochtend vroeg bij het meer. Betrapte hem daar met die ouwe stropershond van hem, terwijl ze jouw forellen uit het water haalden. Hij zit daar als het donker is en maakt er goed gebruik van dat de zon laat opkomt.'

'Heb je hem gezien?'

'Hij sluipt over het weggetje achter het dorp, maar, jazeker, ik heb hem meer dan eens gezien.'

'Ik weet dat hij stroopt, Gordon, dat doet de agent van het dorp ook. Maar hij heeft het zijn hele leven gedaan en hij zal nu niet ophouden. Ik zeg er niets van. Bovendien' – Archie glimlachte – 'als hij in de gevangenis wordt gegooid, hebben we een flankeur te weinig.'

'Maar al te waar, meneer.'

'Hoe zit het met de betaling van de drijvers?'

'Ben vanmorgen naar de bank geweest, meneer, om het op te nemen.'

'Zo te zien heb je het allemaal goed georganiseerd, Gordon. Fijn dat je even langskwam. Ik zie je morgen wel...'

Gordon en zijn honden vertrokken en Archie ging door met het opvegen van de bladeren. Hij was net klaar met zijn werk toen er nog een auto aankwam over de weg vanuit het dorp en hij besloot dat het naar alle waarschijnlijkheid de Droeve Amerikaan in zijn huurauto zou zijn. Hij wilde dat hij verdomme wist hoe die vent heette. Om zich voor te bereiden zette hij de motor van de tractor weer uit. En terwijl hij er voorzichtig naast ging staan, kwam de auto hem over de oprijlaan tegemoet en hij besefte dat het de Subaru van Edmund was en dus toch niet de Droeve Amerikaan. Virginia zat aan het stuur, maar er zat een man naast haar. De Subaru stopte en terwijl Archie stijf en onbeholpen naar voren hinkte, stapten zij uit de wagen en liepen hem tegemoet.

'Virginia.'

'Hallo, Archie. Ik heb je logé meegenomen.' Archie, die er niets van begreep, wendde zich tot de vreemdeling. Lang, goed gebouwd, op een verweerde manier vrij knap. Niet zo jong en met een zware hoornen bril. 'Conrad Tucker; Archie Balmerino.'

De twee mannen gaven elkaar een hand. Archie zei: 'Het spijt me... Ik dacht dat je op eigen gelegenheid zou komen, in een huurauto...'

'Dat was ik ook van plan, maar...'

Virginia onderbrak hem. 'Ik zal het uitleggen. Het is zo'n wonderlijk toeval, Archie. Ik kwam Conrad gisteravond tegen in het King's Hotel, in Relkirk. We kenden elkaar in Long Island toen we jong waren. Dus in plaats van dat hij de nacht in het hotel doorbracht zoals hij van plan was, ging hij mee naar Balnaid, waar hij is blijven slapen.'

Dus alles was duidelijk. 'Maar wat een toevallige ontmoeting en wat een goed idee.' Archie voegde daaraan toe, ter wille van Conrad: 'Het belachelijke is dat mijn vrouw je naam ofwel nooit gehoord had, ofwel vergeten was, en dat Virginia dus nooit had kunnen weten dat jij onze gast was. Soms zijn we zo ontzettend vaag.'

'Het is heel aardig dat je me hier wilt hebben.'

'Hoe het ook zij...' Archie aarzelde en wenste dat Isobel er was. '... het is allemaal in orde. Kom mee. Laten we naar binnen gaan. Ik ben alleen omdat de anderen allemaal zijn gaan winkelen. Heb je een tas, Conrad? Hoe laat is het? Kwart voor twaalf. De zon staat nog niet boven de nok van de ra, maar ik denk dat we wel een gin-tonic kunnen nemen...'

Virginia zei: 'Nee, Archie.' Ze klonk gespannen en niet geheel zichzelf. Toen Archie haar beter bekeek, zag hij hoe bleek ze was onder haar bruine huid en zag de donkere wallen onder haar ogen. Ze leek overstuur. Hij maakte zich zorgen om haar en herinnerde zich toen dat ze de dag ervoor Henry naar Templehall had gebracht. Dat verklaarde alles. Hij had erg met haar te doen en zei vriendelijk: 'Waarom niet? Het zal je goed doen.'

'Het is niet dat ik niet wil blijven, maar ik moet voor Verena nog wat spullen naar Corriehill brengen. Vazen. Dat soort dingen. Als je het niet erg vindt, denk ik dat ik maar naar huis ga.'

'Zoals je wilt.'

'We zien elkaar morgen allemaal op Vi's picknick.'

'Ik niet. Ik ben op jacht. Maar Lucilla, Jeff en Pandora zullen Conrad meenemen.'

Conrad had zijn tas uit Virginia's auto gehaald en stond te wachten op wat er ging gebeuren. Virginia liep naar hem toe en gaf hem een kus. 'Tot morgen, Conrad.'

'Bedankt voor alles.'

'Het was geweldig.'

Ze stapte weer in de Subaru en reed weg, onder de bomen door en de heuvel af. Toen ze weg was, wendde Archie zich tot zijn gast. 'Wat leuk dat je Virginia al kent. Nu dan, kom maar mee, dan zal ik je laten zien waar je slaapt...'

Hij ging hem voor naar de deur, het huis in en Conrad, die zijn tempo aanpaste aan dat van zijn manke gastheer, volgde hem.

Toen ze terug was op Balnaid, in haar kas, op zoek naar kannen, urnen, schalen, oude soepterrines, was Virginia dankbaar dat ze huishoudelijke bezigheden had. Op dit ogenblik had ze geen behoefte aan nietsdoen of tijd om na te denken. Vooral niet nadenken. Ze verzamelde haar buit en zocht toen bloemenprikkers en opgerolde eindjes kippegaas bij elkaar, onontbeerlijk om topzware bloemstukken op hun plaats te houden. In twee of drie keer droeg ze alles naar de Subaru en stouwde ze alles netjes achter in de auto.

Intussen maakte ze plannen. Morgenochtend vroeg zouden Alexa en Noel en de hond van Alexa aankomen, aangezien ze 's nachts vanuit Londen zouden wegrijden. Ze zouden met het ontbijt op Balnaid zijn. Als ik uit Corriehill terugkom, zei ze tegen zichzelf, zal ik de slaapkamers klaarmaken voor Alexa en Noel. Slaapkamers. Niet één slaapkamer. In Londen sliepen ze bij elkaar, in een tweepersoonsbed, maar Virginia wist dat Alexa zich zou generen en zelfs nog meer van haar stuk zou zijn gebracht dan haar vader als ze hen op Balnaid een tweepersoonsbed zou geven.

Morgen. Ze zou over morgen nadenken. Ze wilde niet aan gisteren denken, of de dag daarvoor. Of aan vannacht. Het was voorbij. Afgelopen. Over. Er viel niets meer aan te veranderen, niets meer aan te doen. Als de slaapkamers klaar waren, zou ze Isobel trachten te evenaren in het maken van lijstjes, bij mevrouw Ishak langsgaan en ontzettend veel boodschappen doen. De honden moesten uitgelaten worden. Daarna zou ze wat gaan koken, een cake maken of een pan soep. Of chocoladecakejes voor de picknick van morgen. Tegen die tijd zou het avond zijn, dan nacht en de lange, eenzame dagen van zelfonderzoek zouden voorbij zijn. Zonder Edmund, zonder Henry. Maar 's morgens zouden Alexa en Noel komen, en met hen als gezelschap zou het vast en zeker beter gaan; het leven zou minder onmogelijk lijken, draaglijker.

Ze reed naar Corriehill en trof de plaats in een staat van beroering. Vreemde busjes en vrachtwagens waren buiten op het grind geparkeerd en binnen leek het huis te zijn overgenomen door legers werklieden, alsof het gezin op het punt stond om te verhuizen. In de hal waren het meeste meubilair en de tapijten al opzij geschoven, elektriciteitskabels kronkelden alle kanten op en door de openstaande deuren van de eetkamer zag ze dat deze, door middel van donker gestreepte slingers, was veranderd in een onverlichte grot. De nachtclub. Ze bleef staan om alles te bewonderen, maar werd meteen gevraagd om opzij te gaan door een jongeman met lang haar die met gebogen knieën wankelde onder het gewicht van geluidsapparatuur.

'Weet jij waar ik mevrouw Steynton kan vinden?'

'Probeer de grote tent.'

Virginia begaf zich naar de bibliotheek, waarbij ze zich een weg baande door de wanorde, en zag, voor het eerst, de gigantische tent die de vorige dag op het veld was opgezet. Hij was erg hoog en erg breed en ontnam de kamers binnen het meeste daglicht. De openslaande deuren van de bibliotheek waren verwijderd en het huis en de feesttent waren als met een navelstreng met elkaar verbonden door een brede, overdekte doorgang. Ze liep erdoor en stapte in de waterige, gefilterde schemering binnen in de tent, zag de oprijzende tentpalen, hoog als masten, de geel met wit gestreepte voering. Bovenop de hoge ladders, stonden nog meer elektriciens de spots aan te sluiten en aan de andere kant was een stel potige mannen met schragen en planken een podium aan het bouwen. Het rook er naar platgetrapt gras en tentdoek, net als bij een landbouwtentoonstelling, en temidden van dit alles trof ze Verena met meneer Abberley, die verantwoordelijk was voor de hele onderneming en kennelijk van Verena de wind van voren kreeg.

'... maar het is belachelijk om te zeggen dat de maten verkeerd zijn. Jij hebt de maten genomen.'

'Waar het om gaat, mevrouw Steynton, is dat de vloer bestaat uit voorgevormde delen. Zes bij drie. Dat heb ik uitgelegd toen u mijn grootste tent bestelde.'

'Ik had nooit gedacht dat er een probleem zou zijn.'

'En nog iets. Uw veld is niet vlak.'

'Natuurlijk is het vlak. Het was een tennisbaan.'

'Het spijt me, maar het is niet vlak. In die hoek is het bijna een halve meter lager. Dat betekent wiggen.'

'Nou, gebruik dan maar wiggen. Zolang je maar zorgt dat de vloer niet instort.'

Meneer Abberley keek gekwetst. 'Mijn vloeren storten nooit in,' zei hij en liep hij weg om de situatie te overpeinzen.

Virginia zei: 'Verena.' Verena draaide zich om. 'Kennelijk ben ik niet op het beste moment gekomen.'

'O, Virginia.' Verena haalde haar vingers door haar haar op een zeer onkarakteristieke manier. 'Ik ben aan het instorten. Heb je ooit zo'n puinhoop gezien?'

'Ik vind dat hij er fantastisch uitziet. Heel indrukwekkend.'

'Maar hij is zo kolossaal.'

'Nou, je feest wordt ook kolossaal. Als hij vol is met bloemen, mensen, de band en de rest, zal het heel anders zijn.'

'Denk je niet dat het allemaal een afschuwelijke flop wordt?'

'Natuurlijk niet. Het wordt het dansfeest van de eeuw. Kijk, ik heb de vazen bij me. Als jij me vertelt waar ik ze neer moet zetten, zal ik ze in huis deponeren en dan ben ik weer weg.'

'Je bent een schat. Als je naar de keuken gaat, vind je Katy en een stel vrienden van haar. Ze maken zilveren sterren of serpentines, of weet ik veel wat, om de nachtclub te versieren. Zij zal je wel wijzen waar je ze kunt zetten.'

'Als je nog iets anders nodig hebt...'

Maar Verena had haar aandacht er al niet meer bij. 'Als ik iets bedenk, bel ik je wel...' Ze had te veel aan haar hoofd. 'Meneer Abberley! Er schiet me net te binnen dat ik u nog iets wil vragen...'

Virginia reed naar huis. Toen ze weer bij Balnaid kwam, was het bijna twee uur. Ze had onderhand een ontzettende honger en besloot dat, voor ze iets anders deed, ze iets te eten moest hebben. Een koude sandwich met rundvlees, misschien, een paar koekjes en kaas, een kopje koffie. Ze parkeerde de Subaru bij de achterdeur en ging de keuken in. Elke gedachte aan eten was meteen uit haar hoofd verdwenen. Ze bleef stokstijf staan, haar lege maag trok zich samen in een stuiptrekking van schrik en verontwaardiging.

Want Lottie was er. Ze zat aan de keukentafel te wachten. Ze was niet in het minst in verlegenheid gebracht, maar glimlachte alsof Virginia haar had gevraagd om langs te komen en Lottie de uitnodiging welwillend had geaccepteerd.

'Wat doe jij hier?' Dit keer deed Virginia geen poging om de ergernis in haar stem te onderdrukken. Ze was verrast maar ook woedend. 'Wat wil je?'

'Ik zat gewoon op je te wachten. En ik wilde even een praatje maken.'

'Je hebt geen recht om mijn huis in te lopen.'

'Je zou moeten leren om je deuren op slot te doen.'

Ze keken elkaar aan, over de keukentafel.

'Hoe lang zit je hier al?'

'O, ongeveer een half uur.' Waar was ze nog meer geweest? Wat had ze gedaan? Had ze in haar huis rondgesnuffeld? Was ze naar boven gegaan, kasten en laden opengedaan, haar kleren aangeraakt? 'Ik dacht dat je zo weer terug zou zijn, omdat je de deuren open had gelaten. Tuurlijk, de honden blaften wel, maar ik wist ze al gauw te kalmeren. Ze herkennen goed volk altijd.'

Goed volk.

'Ik denk dat je meteen weg moet, Lottie. En kom alsjeblieft nooit meer terug tenzij je gevraagd wordt.'

'O, gaan we arrogant doen? Ben ik niet goed genoeg voor mensen zoals jij?'

'Ga alsjeblieft weg.'

'Maar dat heb je mis, mevrouw Aird. Ik heb je genoeg te zeggen. Je was in alle staten toen ik je bij de brug tegenkwam. Je vond het niet leuk wat ik zei, hè? Dat zag ik wel. Ik ben niet gek.'

'Je loog.'

'En waarom zou ik liegen? Ik heb geen reden om te liegen omdat de waarheid al zwart genoeg is. Ik noemde Pandora Blair een 'sletje' en jij hield je tanden op elkaar alsof ik een vies woord zei, terwijl je deed alsof je zelf zo braaf en uit de hoogte was.'

'Wat wil je?'

'Ik wil geen kwaad en ontucht zien,' dreunde Lottie, en ze klonk als een predikant die zijn gemeenschap het eeuwige vuur beloofde. 'De smerigheid van mannen en vrouwen. Wellustige praktijken...'

Razend legde Virginia haar het zwijgen op. 'Je zwamt maar wat.'

'O, zwam ik?' Lottie werd weer zichzelf. 'En is het gezwam dat je, als je man weg is en je van je jochie verlost bent, je vrijers mee naar huis neemt en in je bed haalt?' Het was onmogelijk. Ze verzon het. Haar zieke geest werd gevoed door haar eigen onderdrukte lusten. 'Aha, ik dacht wel dat je daar niks op te zeggen zou hebben. Mevrouw Aird, ha. Je bent niets meer dan een tippelaarster.'

Virginia greep de rand van de tafel. Ze zei, en hield haar stem heel koel en heel kalm: 'Ik weet niet waar je het over hebt.'

'En wie, mag ik vragen, liegt er nu?' Lottie leunde naar voren, met haar handen ineengevouwen in haar schoot, haar vreemde ogen star op Virginia's gezicht gericht. Haar huid was als de was van een kaars en haar snor wierp een donkere schaduw op haar bovenlip. 'Ik was getuige, mevrouw Aird.' Haar stem zakte en nu sprak ze op de fluistertoon van iemand die een spookverhaal vertelt en het zo eng mogelijk probeert te maken. 'Ik was hier buiten toen je gisteravond thuiskwam. Ik zag je terugkomen. Ik zag hoe je alle lichten aandeed en met je vrijer de trap opging. Ik zag jullie in het raam van de slaapkamer, naar buiten leunend als een paar minnaars en met elkaar fluisterend. Ik zag hoe je de gordijnen dichttrok en jullie binnensloot, met jullie lust en jullie overspel.'

'Je had geen recht om in mijn tuin te zijn. Net zoals je geen recht hebt om in mijn huis te zijn. Dat is een overtreding en als ik zou willen zou ik de politie kunnen bellen.'

'De politie.' Lottie lachte kakelend. 'Alsof dat iets zou uitmaken. En denk je dat zij niet zouden willen weten wat hier gebeurt als meneer Aird in Amerika is? Je miste hem zeker? Dacht je aan hem en Pandora? Ik zei het je toch van hen, niet dan? Dat zet je toch wel aan het denken, niet? Zet je aan het denken over wie je kunt vertrouwen.'

'Ik wil dat je nu gaat, Lottie.'

'En *hij* zal het niet leuk vinden als hij te weten komt wat hier aan de gang was.'

'Ga. Nu.'

'Een ding is zeker. Jij bent niet beter dan die anderen, en probeer me maar niet te overtuigen van je onschuld, want je gezicht verraadt je...' Virginia verloor eindelijk haar kalmte. Tussen haar opeengebeten tanden schreeuwde ze tegen Lottie: 'MAAK DAT JE WEGKOMT!' Ze zwaaide met haar arm en wees naar de openstaande deur. 'Maak dat je wegkomt en blijf weg en kom nooit terug, jij kruiperig oud wijf.'

Lottie zweeg. Ze verroerde zich niet. Ze staarde over de tafel naar Virginia, haar ogen vol brandende haat. Virginia, die bang was voor wat er nu zou gebeuren, stond gespannen als een staaldraad. Als Lottie één beweging maakte om haar aan te raken, zou ze de zware tafel boven op de ouwe gek gooien en haar pletten als een kever. Maar in plaats van dat ze gewelddadig werd, kreeg Lotties gezicht een zeer vergenoegde uitdrukking. De schittering verdween uit haar ogen. Ze had haar verhaaltje afgedraaid en bereikt wat ze had willen bereiken. Zonder veel haast stond ze op en knoopte nauwgezet haar wollen vest dicht. 'Nou,' zei ze, 'dan ga ik maar. Dag lieve hondjes, leuk om jullie ontmoet te hebben.'

Virginia keek hoe ze wegging. Lottie stapte kwiek met haar hoge hakken door de keuken. Bij de open deur bleef ze staan om om te kijken. 'Het was erg gezellig. Ik zie je vast nog wel.'

En toen was ze weg, de deur zachtjes achter zich dichttrekkend.

Violet, in haar eigen keukentje in Pennyburn, stond met haar schort voor aan de tafel en glaceerde haar verjaardagstaart. Edie had de taart gebakken, die groot was en drie verdiepingen had, maar Violet mocht hem opmaken. Ze had suikerglazuur van chocopasta gemaakt en had daarmee de drie verdiepingen verbonden. Nu was ze bezig om het restant van de kleverige brij over de buitenkant van de cake uit te smeren. Ze was niet goed in het opmaken van taarten en hij zag er toen hij klaar was nogal grof uit, meer als een pas geploegde akker dan als iets anders, maar als ze eenmaal een paar fel gekleurde smarties in het glazuur had gestoken en het enkele kaarsje dat ze zichzelf toestond erop had gezet, zou hij er voldoende feestelijk uitzien.

Ze deed een stap terug om de voltooide taart te bekijken, terwijl ze een paar klodders glazuur van haar vingers likte. Op dat moment hoorde ze hoe een auto de heuvel opkwam en haar oprit insloeg. Ze keek uit het raam en zag dat Virginia op bezoek kwam, wat haar blij maakte. Violet was altijd gevleid als haar schoondochter onverwachts langskwam, onuitgenodigd, omdat dat betekende dat ze wilde komen. En juist vandaag was het belangrijk, omdat ze tijd hadden om te zitten praten en Violet alles over Henry zou kunnen horen.

Ze ging haar handen wassen. Hoorde de voordeur open en dicht gaan. 'Vi!'

'Ik ben in de keuken.' Ze droogde haar handen af en maakte haar schort los.

'Vi!'

Violet gooide haar schort opzij en ging de hal in. Haar schoondochter stond daar onder aan de trap en het was Violet meteen duidelijk dat er iets heel erg mis was. Virginia was lijkbleek en haar schitterende ogen stonden hard en helder, alsof ze brandden van bedwongen tranen.

Ze werd bevangen door ongerustheid. 'Hemeltje. Wat is er?'

'Ik moet met je praten, Vi.' Haar stem was beheerst, maar enigszins onvast. Ze huilde bijna. 'Ik *moet* praten.'

'Maar natuurlijk. Kom mee. Kom en ga zitten...' Ze legde haar arm om Virginia en voerde haar naar de zitkamer. 'Daar. Ga maar even rustig zitten. We zullen niet gestoord worden.' Virginia zonk in Vi's diepe leunstoel, legde haar hoofd op het kussen, sloot haar mooie ogen en opende ze toen weer, bijna onmiddellijk.

Ze zei: 'Henry had gelijk. Lottie Carstairs is slecht. Ze kan niet blijven. Ze kan niet bij Edie blijven. Ze moet weer weg.'

Vi liet zich zakken in haar eigen brede stoel bij de haard. 'Virginia, wat is er gebeurd?'

Virginia zei: 'Ik ben zo bang.'

'Dat ze Edie kwaad zal doen?'

'Niet Edie. Mij.'

'Vertel eens.'

'Ik... ik weet niet goed hoe ik moet beginnen.'

'Alles, van voren af aan.'

Haar kalme toon werkte. Virginia nam zich in acht en deed een zichtbare poging om zich te beheersen en redelijk en objectief te blijven. Ze zat rechtop, streek haar haar naar achteren, hield haar vingers tegen haar wangen alsof ze al had gehuild en tranen wegveegde.

Ze zei: 'Ik heb haar nooit gemogen. Net als niemand van ons haar ooit heeft gemogen of blij was met het feit dat ze bij Edie woont. Maar, net als wij allemaal, zei ik tegen mezelf dat ze ongevaarlijk was.'

Violet herinnerde zich haar eigen bedenkingen ten aanzien van Lottie. En de panische huivering die haar bevangen had toen ze met Lottie bij de rivier in Relkirk zat, met Lottie's hand om haar pols, de vingers sterk als een stalen bankschroef.

'Maar geloof je nu dat we het allemaal mis hadden?'

'De dag voordat ik Henry naar school bracht... maandag... ging ik met de honden wandelen. Ik ging naar Dermot om iets voor Katy te kopen en toen verder, over de westelijke brug. Lottie kwam opeens uit het niets te voorschijn. Ze had me gevolgd. Ze vertelde me dat jullie het allemaal wisten – jullie allemaal – jij en Archie en Isobel en Edie. Ze zei dat jullie het wisten.'

Violet dacht: o, lieve hemel. Ze zei: 'Wat wisten, Virginia?'

'Wisten dat Edmund en Pandora Blair verliefd op elkaar waren geweest. Minnaars waren geweest.'

'En hoe wist Lottie dat?'

'Omdat ze op Croy werkte in de tijd dat Archie en Isobel trouwden. Er was die avond toch een bal? Ze zei dat ze hen tijdens het feest naar boven was gevolgd en dat ze aan de deur van Pandora's slaapkamer had geluisterd. Ze zei dat Edmund getrouwd was en een kind had, maar dat dat niets uitmaakte, omdat hij verliefd was op Pandora. Ze zei dat iedereen het wist omdat het zo overduidelijk was. Ze zei dat ze nog steeds van elkaar houden en dat Pandora daarom is teruggekomen.'

Het was nog erger dan Violet gevreesd had en voor het eerst in haar leven was ze helemaal sprakeloos. Wat kon ze zeggen? Wat kon ze doen om haar gerust te stellen? Hoe kon ze een nietig kruimeltje geruststelling halen uit de modderige diepten van dat schandaal, opgerakeld door een krankzinnige vrouw die niets beters met haar zielige leven kon doen dan problemen maken?

Ze zag hoe Virginia haar smekend aankeek, omdat ze alleen maar wilde dat Violet haar zou verzekeren dat het hele verhaal van A tot Z gelogen was.

Violet zuchtte. Ze zei, volledig ontoereikend: 'O hemeltje.'

'Dus het is waar. En jullie wisten het.'

'Nee, Virginia, we wisten het niet. We hadden allemaal wel zo onze vermoedens, maar we wisten het niet en we praatten er nooit met elkaar over. We bleven allemaal net doen alsof het nooit gebeurd was.'

'Maar waarom?' Het was een kreet van vertwijfeling. 'Waarom sloten jullie mij allemaal buiten? Ik ben getrouwd met Edmund. Ik ben zijn vrouw. Waarom dachten jullie dat niemand het mij zou vertellen? En dan nog wel uitgerekend dat afschuwelijke mens. Het is een soort verraad, alsof jullie me niet vertrouwden. Alsof jullie dachten dat ik een of ander onnozel kind was, niet oud of volwassen genoeg om de waarheid te verdragen.'

'Virginia, hoe konden we het je vertellen? We wisten het niet eens zeker. We vermoedden het alleen maar. En omdat we waren wie we waren, stopten we het in de doofpot en hoopten we dat het daar zou blijven. Zij was achttien en Edmund kende haar sinds zijn kindertijd. Maar hij was in Londen geweest, hij was getrouwd, hij had Alexa en hij had Pandora in geen jaren gezien. En toen kwam hij naar het noorden voor Archies huwelijk en daar was ze weer. Geen kind meer maar het meest aantrekkelijke, verdorven, verrukkelijke schepsel dat je ooit gezien hebt. En ik heb zo het idee dat ze altijd van Edmund heeft gehouden. Toen ze elkaar weer zagen, was het net vuurwerk. We zagen het allemaal, maar we draaiden ons om en keken er niet naar. We konden niets doen, behalve hopen dat het vuurwerk vanzelf op zou branden. En het leek niet mogelijk dat het altijd door zou gaan. Edmund had verplichtingen in Londen. Zijn vrouw, zijn kind, zijn baan. Toen de trouwerij voorbij was, ging hij weg, terug naar zijn eigen verantwoordelijkheden.'

'Ging hij gewillig?'

Violet haalde haar schouders op. 'Met Edmund weet je dat nooit. Maar ik herinner me dat ik hem uitwuifde, in zijn auto, bij Balnaid en dat ik gedag zei. En bijna nog iets anders. Iets belachelijks. Zoals "Het spijt me" of "De tijd heelt alle wonden" of "Je zult Pandora wel vergeten", maar toen het erop aan kwam durfde ik niet meer en ik heb nooit iets gezegd.'

'En Pandora?'

'Ze belandde in een soort tienercrisis. Tranen, mokken, misère. Haar moeder nam me in vertrouwen en zat er ontzettend mee in haar maag, maar werkelijk, Virginia, wat konden we zeggen? Wat konden we doen? Ik stelde voor Pandora een tijdje weg te sturen... om een soort cursus te doen, of naar Parijs of Zwitserland te gaan. Op haar achttiende was ze in veel opzichten nog erg jong, en een of andere zinvolle onderneming... een taal leren of met kinderen omgaan... had haar van haar verdriet af kunnen leiden. Had haar de kans kunnen geven om andere jongelui te ontmoeten en een kans om Edmund te vergeten. Maar ik ben bang dat ze altijd ontzettend verwend is geweest en haar moeder was op een merkwaardige manier bang voor Pandora's woedeaanvallen. Of er ooit iets gezegd is, weet ik niet. Ik weet alleen dat Pandora gewoon een maand of twee op Croy bleef rondhangen, het leven van iedereen totaal vergalde en er vervolgens vandoor ging met die afschuwelijke Harald Hogg, rijk als Croesus en oud genoeg om haar vader te zijn. En dat was, tragisch genoeg, het einde van Pandora.'

'Tot nu toe.'

'Ja. Tot nu toe.'

'Was je bezorgd toen je hoorde dat ze terugkwam?'

'Ja. Een beetje.'

'Denk je dat ze nog steeds van elkaar houden?'

'Virginia, Edmund houdt van *jou*.' Hier zei Virginia niets op. Violet fronste haar voorhoofd. 'Dat weet je toch zeker wel.'

'Er zijn zoveel verschillende soorten liefde. En soms, als ik er echt behoefte aan heb, schijnt Edmund het niet te kunnen geven.'

'Dat begrijp ik niet.'

'Hij nam Henry van me af. Hij zei dat ik hem verstikte. Hij zei dat ik Henry alleen wilde houden omdat hij een soort bezit was, een speeltje waarmee ik wilde blijven spelen. Ik bad en smeekte en had uiteindelijk die verschrikkelijke ruzie met Edmund, maar het maakte allemaal niets uit. Het was alsof ik tegen een muur stond te praten. Muren beminnen niet, Vi. Dat is geen liefde.'

'Dat zou ik niet zeggen, maar wat Henry betreft sta ik aan jouw kant. Maar hij ís het kind van Edmund en ik geloof werkelijk dat Edmund doet wat hem het beste lijkt voor Henry.'

'En toen is hij mooi naar New York gegaan, juist toen ik hem hier echt nodig had. Henry naar Templehall brengen en het arme kleine ding daar achterlaten was het ergste wat ik ooit in mijn leven heb moeten doen.'

'Ja,' zei Vi onbeholpen. 'Ja, ik weet het.' Ze zwegen. Violet overwoog de ellendige situatie, ging in haar hoofd na wat ze allemaal gezegd hadden. En besefte toen dat er iets niet klopte. Ze zei: 'Virginia, dit alles gebeurde maandag. Maar je komt vandaag bij me. Is er nog iets anders gebeurd?'

'O.' Virginia beet op haar lip. 'Ja. Ja, inderdaad.'

'Lottie weer?' Violet durfde het nauwelijks te vragen.

'Ja. Lottie. Kijk... Vi, weet je nog vorige zondag, toen we lunchten op Croy en we Isobel allemaal zaten te plagen met haar gast, de Droeve Amerikaan? Nou, toen ik van Templehall naar huis ging, stopte ik bij het King's Hotel om naar de w.c. te gaan en daar kwam ik hem tegen. En ik ken hem. Ik ken hem heel goed. Hij heet Conrad Tucker en we tennisten vroeger in Leesport, ongeveer twaalf jaar geleden.'

Dit was het vrolijkste dat Violet had gehoord sinds Virginia was verschenen. Ze zei: 'Maar wat ontzettend leuk.'

'Hoe het ook zij, we aten samen en toen leek het stom dat hij in Relkirk zou blijven als hij de volgende dag naar Croy zou gaan, dus ging hij met me mee naar Balnaid, waar hij bleef slapen. Ik bracht hem vanmorgen naar Croy en liet hem bij Archie achter. En daarna ging ik naar Corriehill met een paar vazen voor Verena. En toen ik thuiskwam trof ik Lottie in de keuken.'

'In de keuken van Balnaid?'

'Ja. Ze zat op me te wachten. Ze zei... dat ze gisteravond op Balnaid was geweest, dat ze in de tuin had gestaan, in het donker en in de regen, toen Conrad en ik terugkwamen. Ze keek naar ons. Door de ramen. De gordijnen waren allemaal open. Ze keek hoe we naar boven gingen...' Virginia ontmoette de angstige blik van Violet, deed haar mond open en weer dicht. Eindelijk zei ze: 'Ze noemde me een hoer. Noemde Conrad een vrijer. Bleef maar raaskallen over lust en ontucht...'

'Ze is geobsedeerd.'

'Ze moet weg, anders zal ze het tegen Edmund zeggen.' Opeens, onder de ogen van Violet, stortte Virginia in. Haar gezicht verschrompelde als van een kind, de tranen welden in haar blauwe ogen en liepen over haar wangen. 'Ik kan er niet meer tegen, Vi. Ik kan er niet meer tegen dat alles zo verschrikkelijk is. Ze is net een heks en ze heeft zo de pest aan me... Ik weet niet waarom ze de pest aan me heeft...'

Ze zocht naar een zakdoek maar kon er geen vinden, dus Violet gaf haar die van zichzelf, een batisten met kanten randjes en van weinig nut bij het indammen van zo'n vloed van ellende.

'Ze is jaloers op je. Jaloers op elk normaal geluk... En wat betreft Edmund, hij zal, net als wij allemaal, weten dat het allemaal van A tot Z gelogen is.'

'Maar dat is het nou net,' huilde Virginia. 'Het is waar. Dat is nou juist zo verschrikkelijk. Het is waar.'

'*Waar?*'

'Ik hèb met Conrad gevreeën. Ik ben met hem naar bed gegaan omdat ik het wilde, ik wilde dat hij me zou beminnen.'

'Maar waarom?'

'O, Vi. Ik denk dat we elkaar nodig hadden.'

Het was een wanhopige bekentenis en toen ze naar haar huilende schoondochter keek, werd Violet overspoeld door medelijden. Dat uitgerekend Virginia hiertoe was gebracht, was een duidelijke indicatie van hoever ze het met hun huwelijk hadden laten komen. Maar toen ze erover nadacht, was het heel begrijpelijk. De man, Conrad Tucker of hoe hij ook heette, had net zijn vrouw verloren. Virginia, in verwarring over de motieven van Edmund, had net haar geliefde zoontje verloren. Ze waren vrienden van vroeger. Mensen zoeken vaak troost bij vrienden van vroeger. Ze was een begeerlijke vrouw, zinnelijk en aantrekkelijk, en de onbekende Amerikaan was naar alle waarschijnlijkheid een knappe man. Maar toch wenste Violet, bovenal, dat het nooit gebeurd was. En ze wenste nog meer dat ze het nooit gehoord had.

Eén ding stond als een paal boven water.

Ze zei: 'Je moet het Edmund nooit vertellen.'

Virginia snoot haar neus in de doorweekte zakdoek. 'Is dat alles wat je te zeggen hebt?'

'Het is het enige wat ertoe doet.'

'Geen verwijten? Geen beschuldigingen?'

'Het gaat me niet aan wat er gebeurd is.'

'Het was verkeerd.'

'Maar begrijpelijk, gezien de omstandigheden.'

'O, Vi.' Virginia kwam uit de stoel, op haar knieën, sloeg haar armen om Violet en begroef haar gezicht in de zware boezem van Violet. 'Het spijt me.'

Violet legde een hand op haar haar. Ze zei bedroefd: 'We zijn allemaal mensen.'

Een tijdje bleven ze zo zitten, getroost door elkaars nabijheid. Geleidelijk verstomden de snikken van Virginia. Ze maakte zich los van Violet en ging op haar hurken zitten. Ze snoot haar neus op een besliste manier.

Ze zei: 'Nog één ding, Vi. Als Edmund terug is en het feest voorbij, overweeg ik een tijdje naar Long Island terug te gaan. Om te logeren bij opa en oma. Ik moet er even uit. Ik ben het al een paar maanden van plan, maar het is er nooit van gekomen en nu ik Henry niet meer heb, lijkt het een geschikt moment.'

'En Edmund?'

'Ik dacht... Edmund zou bij jou kunnen.'

'Wanneer wil je weg?'

'Volgende week?'

'Is dat verstandig?'

'Zeg het maar.'

'Als je maar weet dat je net zo min de werkelijkheid kunt ontlopen als je schuldgevoelens.'

'Bedoel je met werkelijkheid Edmund en Pandora?'

'Dat zei ik niet.'

'Maar dat bedoel je toch? Je vertelde me net dat ze altijd van hem heeft gehouden. En ik ben ervan overtuigd dat ze nu niet minder mooi is dan op haar achttiende. En ze hebben iets gemeen dat ik niet met Edmund gemeen kan hebben, namelijk honderden jeugdherinneringen. En gek genoeg zijn dat altijd de meest duurzame en de belangrijkste.'

'Jij bent belangrijk en ik vind dat je Edmund niet op dit moment alleen moet laten.'

'Ik heb het voorheen nooit erg gevonden. Alle keren dat hij weg moest en mij alleen liet, ben ik nooit jaloers geweest of bezorgd over waar hij mee bezig was. Ik zei dat het me niet kon schelen wat hij deed zolang ik er maar niet naar hoefde te kijken. Een grapje. Maar nu is het geen grapje. Als er iets gaat gebeuren, wil ik er niet bij zijn.'

'Je onderschat je vrienden, Virginia. Denk je dat Archie zou toekijken zonder iets te doen?'

'Als Edmund zijn zin wil hebben, kan Archie niet tegen hem op.'

'Pandora zal niet altijd op Croy blijven.'

'Maar ze is er nu. En nu wordt het mijn probleem.'

'Heb je een hekel aan haar?'

'Ik vind haar charmant.'

'Maar je vertrouwt haar niet?'

'Op dit moment vertrouw ik niemand en mezelf nog het allerminst. Ik moet afstand nemen, alles opnieuw bezien, in een ander daglicht. Daarom ga ik terug naar de States.'

'Ik vind nog steeds dat je niet moet gaan.'

'Ik vind dat ik moet.'

Er leek niets meer te zeggen. Violet zuchtte. 'In dat geval praten we er niet meer over. Laten we liever praktisch zijn en maatregelen nemen. Het is overduidelijk dat Lottie weg moet. Terug naar het ziekenhuis. Ze is een gevaarlijke onruststookster en ik ben bang voor Edie. Daar zal ik meteen voor zorgen. En terwijl ik bel, denk ik dat jij maar beter je gezicht kunt gaan wassen en je haar goed doen en dan de fles cognac halen, uit het buffet in de eetkamer, en een paar glazen. We zullen allebei een opkikkertje nemen en dan zullen we ons veel sterker en veel beter voelen.'

Virginia deed wat haar gezegd werd. Terwijl ze weg was, stond Violet op en liep naar haar bureau. Ze zocht het nummer van het ziekenhuis in Relkirk, draaide het en vroeg of ze dokter Martin kon spreken. Ze moest eventjes wachten terwijl de telefoniste hem oppiepte en toen kwam hij aan de lijn.

'Dokter Martin?'

Violet legde vrij omstandig uit wie ze was en in welke verhouding ze tot Lottie Carstairs stond.

'U weet over wie ik het heb, dokter Martin?'

'Ja, natuurlijk.'

'Ik vrees dat ze het niet aan kan om buiten het ziekenhuis te zijn. Ze gedraagt zich heel irrationeel en maakt veel mensen van streek. Wat betreft mevrouw Findhorn, bij wie ze inwoont, ik geloof dat het allemaal te veel voor haar is. Ze is geen jonge vrouw en Lottie is voor haar een te grote verantwoordelijkheid.'

'Ja.' De dokter klonk nadenkend. 'Ik begrijp het.'

'U lijkt niet verrast.'

'Nee, ik ben niet verrast. Ik heb haar aan mevrouw Findhorn toevertrouwd omdat ik dacht dat een terugkeer naar het gewone leven en een normaal huishouden misschien zou helpen om haar tot op zekere hoogte te normaliseren. Maar het bleef een gok.'

'Een gok die kennelijk niet goed is uitgepakt.'

'Nee, dat besef ik.'

'Wilt u haar weer opnemen?'

'Ja, natuurlijk. Ik zal er met mijn hoofdverpleegster over spreken. Zou u juffrouw Carstairs naar het ziekenhuis kunnen rijden? Dat is waarschijnlijk beter dan een ambulance sturen. En neemt u mevrouw Findhorn mee. Het is belangrijk dat zij er is, aangezien zij de patiënte het meest na staat.'

'Natuurlijk. We zullen in de loop van de middag bij u zijn.'

'Als er moeilijkheden zijn, laat het me dan weten.'

'Dat zal ik zeker doen,' beloofde Violet hem, waarna ze de hoorn neerlegde. De wetenschap dat het probleem van Edies niet was opgelost en dat Lottie waarschijnlijk nog diezelfde middag terug zou gaan naar Relkirk Royal droeg meer bij aan het herstel van Virginia's gemoedsrust dan de slok van Violets beste cognac.

'Wanneer breng je haar?'

'Nu,' zei Violet. Ze had al andere schoenen aangedaan en knoopte haar jasje dicht.

'En als Lottie weigert te gaan?'

'Dat zal ze niet.'

'En als ze in de auto hysterisch wordt en probeert om je te wurgen?'

'Edie gaat mee en die zal haar tegenhouden. Ik weet dat dit voor die lieve Edie een enorme opluchting zal zijn. Ze kan geen bezwaren maken.'

'Ik zou wel met je willen meegaan, maar...'
'Nee, ik denk dat jij maar beter een eind uit de buurt kunt blijven.'
'Bel je als het allemaal gelukt is?'
'Natuurlijk.'
'Als je maar oppast.' Virginia sloeg haar armen om Violet en kuste haar. 'En dank je. Ik hou van je en ik kom er nooit toe om het je te zeggen.' Violet was ontroerd, maar had nu andere dingen aan haar hoofd. 'Lief kind.' Ze klopte Virginia afwezig op haar schouder, terwijl ze bedacht hoe ze Lottie en Edie aan zou pakken. 'Ik zie je morgen op de picknick.'
'Natuurlijk. Alexa en Noel zullen er ook zijn.'
Alexa en Noel. Nog meer familie, nog meer vrienden. Zoveel mensen, zoveel verplichtingen, zoveel beslissingen, zoveel dat opgelost moest worden. Violet herinnerde zich eraan dat ze morgen achtenzeventig werd en vroeg zich af waarom ze niet rustig in een rolstoel zat met een kanten kapje op haar hoofd. Ze pakte haar handtas, vond haar autosleutels en deed de voordeur open. Alexa en Noel.
'Ik weet het,' zei ze tegen Virginia. 'Ik was het niet vergeten.'
Ze was bang geweest voor een verschrikkelijke scène met Lottie, maar het viel uiteindelijk allemaal erg mee. Ze trof Lottie aan in Edie's leunstoel, terwijl ze televisie zat te kijken en de onschuld zelve leek. Violet bleef staan om een paar grapjes met haar te maken, maar Lottie was veel meer geïnteresseerd in de dikke dame op het scherm die liet zien hoe je een geplooide lampekap moest maken uit een oud stuk behang. Door het keukenraam keek Violet naar Edie die, zoals elke dag, in de tuin haar was aan de lijn hing. Ze ging naar haar toe en vertelde haar, zachtjes en buiten het gehoorsbereik van haar nicht, dat alles besloten en geregeld was.
Edie, die er de laatste tijd met de dag vermoeider had uitgezien, zag er nu uit alsof ze op het punt stond te gaan huilen.
Ze zei: 'Ik wil haar niet wegsturen.'
'Edie, het wordt ons allemaal te veel. Het is jou altijd te veel geweest en nu is ze begonnen Virginia lastig te vallen en de meest verontrustende geruchten te verspreiden. Je weet wel wat ik bedoel.'
Natuurlijk wist Edie het, maar zij hoefden het tegenover elkaar niet uit te spreken.
'Ik was er al bang voor,' gaf Edie toe.
'Ze is ziek, Edie.'
'Heb je het haar al verteld?'
'Nog niet.'
'Wat ga je zeggen?'
'Alleen dat dokter Martin haar weer wil zien. Om haar een dag of twee in het Relkirk Royal te houden.'
'Ze zal razend zijn.'
'Ik denk het niet.'

Edie hing het laatste wasgoed op, bukte zich om de lege wasmand op te pakken. Ze deed dat alsof hij een ton woog, alsof ze alle zorgen van de wereld op haar schouders droeg.

Ze zei: 'Ik had op haar moeten letten.'

'Hoe dan?'

'Ik geef mezelf er de schuld van.'

'Niemand had meer kunnen doen.' Violet glimlachte. 'Kom. We drinken allemaal een kopje thee en dan zal ik haar vertellen wat er gaat gebeuren terwijl jij haar spullen in een koffer stopt.'

Samen liepen ze door de lange tuin terug naar het huisje.

'Ik voel me net een moordenaar,' zei Edie. 'Ze is mijn nicht en ik heb haar in de steek gelaten.'

'Zij heeft jóu in de steek gelaten, Edie. Jij hebt haar niet in de steek gelaten, zoals je niemand van ons ooit in de steek hebt gelaten.'

Tegen zes uur 's avonds was de hele nare episode voorbij en was Lottie eens te meer opgeborgen in het Relkirk Royal, onder de hoede van een aardige hoofdverpleegster en de ongelooflijk jonge dokter Martin. Gelukkig had ze geen bezwaren gemaakt toen Violet haar vertelde wat er ging gebeuren. Ze had alleen gezegd dat ze hoopte dat dokter Faulkner wat meer aandacht aan haar zou besteden en toen naar Edie geroepen dat ze niet moest vergeten om haar mooiste groene vest in te pakken. Ze was zelfs naar de deur van het ziekenhuis gekomen, onder toezicht van de hoofdverpleegster, om hen vrolijk uit te wuiven terwijl Violet met Edie wegreed door de troosteloze, geometrisch aangelegde tuinen die Lottie zo prachtig had gevonden.

'Je moet niet over haar in zitten, Edie.'

'Ik kan er niets aan doen.'

'Je hebt alles gedaan wat je kon doen. Je hebt engelengeduld gehad. Je kunt Lottie altijd bezoeken. Het is niet afgelopen.'

'Ze is zo'n arme ziel.'

'Ze heeft professionele hulp nodig. En jij hebt meer dan genoeg te doen. Nu moet je het allemaal van je af zetten en weer plezier hebben. Morgen is mijn picknick. Ik wil geen lange gezichten.'

Edie zweeg even. En toen vroeg ze: 'Heb je je taart geglaceerd?' En ze maakten plannen voor de picknick en toen Violet haar bij haar huisje afzette, wist ze dat ze het ergste hadden gehad.

Ze reed terug naar Pennyburn, ging door de achterdeur naar binnen en slaakte een zucht van opluchting omdat ze weer veilig thuis was. De verjaardagstaart stond nog waar ze hem had laten staan, op de tafel. Achtenzeventig jaar. Geen wonder dat ze zich zo totaal uitgeput voelde. Het suikerglazuur was te hard geworden voor de smarties, dus moest het maar zo. Ze wikkelde hem in aluminiumfolie, ging toen naar de zitkamer, maakte voor zichzelf een grote, sterke whisky-soda, ging aan haar bureau zitten en pleegde het laatste maar uiterst belangrijke telefoontje van die dag.

'Templehall School.'

'Goedenavond. U spreekt met mevrouw Aird. Ik ben de grootmoeder van Henry Aird en ik zou graag het schoolhoofd willen spreken.'

'U spreekt met de secretaresse van het schoolhoofd. Kan ik een boodschap aannemen?'

'Nee, ik vrees van niet.'

'Tja, het schoolhoofd is op dit moment bezig. Kan hij u misschien terugbellen?'

'Nee. Ik zou hem graag nu willen spreken. Kunt u even naar hem toe gaan en zeggen dat ik wacht.'

De secretaresse aarzelde en zei toen met tegenzin: 'O. Goed dan. Maar het kan wel even duren.'

'Ik wacht wel,' zei Violet majesteitelijk.

Ze wachtte. Na een lange tijd hoorde ze, in een of andere verre, ongestoffeerde gang, naderende voetstappen.

'Met het schoolhoofd.'

'Meneer Henderson?'

'Ja.'

'U spreekt met mevrouw Aird, de grootmoeder van Henry Aird. Sorry dat ik u stoor, maar het is belangrijk dat u Henry een boodschap van mij doorgeeft. Doet u dat?'

'Wat is de boodschap?' Hij klonk erg ongeduldig, of boos.

'Zeg hem alleen maar dat Lottie Carstairs weer in het ziekenhuis is en niet meer bij Edie Findhorn woont.'

'Is dat alles?' Hij klonk ongelovig.

'Ja, dat is alles.'

'En is het belangrijk?'

'Heel belangrijk. Henry zat erg over mevrouw Findhorn in. Hij zal heel opgelucht zijn als hij weet dat Lottie Carstairs niet meer bij haar woont. Het zal een pak van zijn hart zijn.'

'In dat geval kan ik het beter opschrijven.'

'Ja, dat denk ik ook. Ik zal het herhalen.' Hetgeen ze deed, met stemverheffing en alles duidelijk uitsprekend, alsof het schoolhoofd stokdoof was. 'LOTTIE CARSTAIRS. IS WEER IN HET ZIEKENHUIS. EN WOONT NIET MEER. BIJ EDIE FINDHORN. Heeft u dat?'

'Boodschap ontvangen,' zei het schoolhoofd, aldus getuigend van een tikkeltje humor.

'En u zegt het Henry toch wel, hè?'

'Ik zal meteen naar hem toe gaan.'

'Dat is heel aardig van u. Sorry dat ik u gestoord heb.' Ze dacht erover om Henry aan de lijn te vragen, om te informeren of het goed met hem ging en besloot toen om dat niet te doen. Ze wilde niet dat hij haar voor een ouwe bemoeial aanzag. 'Tot ziens, meneer Henderson.'

'Tot ziens, mevrouw Aird.'

Aan het eind van de lange klim, waar een grof gebulldozerde weg over de top van Creagan Dubh liep, stopte Archie de Landrover en stapten de twee mannen uit om het prachtige uitzicht te aanschouwen.

Ze waren die middag vanaf Croy gekomen over de landweg die het boerenerf en de wildafrastering kruiste, langs het meer en zo de ruige heuvels in. Nu lag de Wester Glen ver achter en onder hen, het water van het meer blauw als een juweel. Voor hen stortte het grote dal van Creagan zich omlaag in een opeenvolging van karen en uitlopers naar het punt waar het kabbelende water van een smal beekje glinsterde als een zilveren draad in de bij vlagen verschijnende zon. Eindeloze stukken verlaten land golfden naar het noorden. Het licht was nukkig, veranderde voortdurend, zodat de verre toppen beschaduwd waren met een blauwe gloed en er wolken op rustten als een deken van rook.

In de tuinen van Croy was het aangenaam warm geweest, met zonlicht dat door de gouden bomen viel en slechts een zwak briesje om de lucht te verfrissen. Maar hier, op deze hoogte, was diezelfde lucht zuiver en helder als ijswater en de noordwestenwind was schraal. Hij geselde de open hei, niet in de weg gestaan door bomen of wat voor obstakels dan ook.

Archie deed de achterklep van de Landrover open en zijn twee honden, die al enige tijd op dit moment hadden gewacht, sprongen naar buiten. Hij haalde er twee versleten loden jassen uit, vuil en vol scheuren, maar met dikke wollen voeringen.

'Hier.' Hij gooide er een naar Conrad en trok toen de andere aan, nadat hij zijn stok tegen de achterkant van de Landrover had gezet. De zakken waren gescheurd en op de voorkant zaten bloedvlekken van een ooit geslachte haas of konijn.

'We kunnen wel even gaan zitten. Een paar meter naar beneden is een plek... waar we uit de wind zijn.'

Hij liep voorop, de rotsachtige weg afstappend, door de hoge hei, waarbij hij zijn stok als een derde been gebruikte om zich een weg te banen door het struikgewas. Conrad volgde. Hij keek hoe zijn gastheer moeizaam vooruitkwam, maar bood niet aan om hem te helpen. Even later kwamen ze bij een aan de oppervlak komende granietlaag, verweerd door miljoenen jaren in de open lucht en bedekt met korstmos en uitsteeksels, als een oeroude monoliet die uit een diep heidebed was gelicht. De natuurlijke vorm bood hen een zitplaats en een niet al te comfortabele ruggesteun, maar toen ze eenmaal zaten, waren ze tegen de ergste wind beschut.

De honden moesten achterblijven, maar de jongste was niet zo gedisciplineerd als haar moeder en terwijl Archie het zich zo gemakkelijk mogelijk maakte en zijn verrekijker pakte, rook zij wild, ging er opgewonden vandoor en joeg een koppel sneeuwhoenders op. Acht vogels vlogen een paar meter van hen vandaan op uit de hei. Weg weg

schreeuwden ze, terwijl ze de diepten van het dal in zweefden en weg-
doken onder de horizon, in de verte neerstreken en verdwenen.

Conrad keek met verbazing en verrukking hoe ze wegvlogen. Maar
Archie snauwde tegen de hond, die vol schaamte terugkwam, met haar
kop tegen zijn schouder leunde en zich uitvoerig verontschuldigde. Hij
sloeg zijn arm om haar heen en trok haar tegen zich aan, ten teken dat
hij haar deze misstap vergaf.

'Zag je waar ze heengingen?' vroeg hij aan Conrad.

'Ik geloof het wel.'

Archie gaf hem zijn kijker. 'Kijk eens of je ze kunt vinden.'

Conrad zocht. Opeens zag hij in de verte allerlei details. In de dichte
pollen hei onderin het dal zocht hij nauwgezet naar de verdwenen vogels, maar hij zag geen spoor van hen, bespeurde geen beweging. Ze
waren weg. Hij gaf de kijker terug aan Archie.

'Ik had nooit gedacht dat ik sneeuwhoenders van zo dichtbij zou zien.'

'Ze verbazen me al mijn hele leven. Zo slim en dapper. Ze zijn snel en
gebruiken elk foefje om iemand met een geweer te slim af te zijn. Het
zijn de meest veeleisende tegenstanders. Daarom is het zo bijzonder om
op ze te jagen.'

'Maar je schiet ze af...'

'Zolang ik leef heb ik sneeuwhoenders geschoten. En toch, nu ik ouder
word, schiet ik minder vaak en, dat moet ik toegeven, met enige bedenkingen. Mijn zoon Hamish heeft er tot nu toe geen moeite mee, maar
Lucilla haat het hele gedoe en weigert met me mee te gaan.' Hij zat
gehurkt in zijn haveloze oude jas, met zijn goede been opgetrokken en
zijn elleboog op zijn knie. Zijn verweerde tweedpet had hij ver over zijn
voorhoofd getrokken, om zijn ogen te beschermen tegen de nukkige
maar felle zon. 'Ze heeft een zeer uitgesproken mening, zegt dat het
wilde vogels zijn en dus een deel van Gods schepping. Met wild bedoel
ik dat ze zichzelf in stand houden. Het is onmogelijk om ze te fokken
zoals je fazanten kunt fokken, omdat als je de kuikentjes uit een broed-
plaats op deze hei zou uitzetten, ze meteen door roofdieren gegrepen
zouden worden.'

'Waar leven ze van?'

'Hei. Bosbessen. Maar voornamelijk hei. Daarom worden er op een
goed verzorgd stuk hei regelmatig stroken afgebrand. Het afbranden is
wettelijk vastgelegd. Het mag alleen gedurende een paar weken in april
en als je het dan nog niet hebt afgebrand, moet je ermee wachten tot een
volgend jaar.'

'Waarom is dat afbranden?'

'Om nieuwe groei te bevorderen.' Hij wees met zijn stok. 'Op de Mid
Hill kun je de zwarte stroken zien van de heide die we dit jaar hebben
afgebrand. De lange hei wordt gespaard om de vogels goede bescherming te bieden.'

Conrad staarde ietwat verbijsterd naar de golvende uitgestrektheid overal om zich heen. 'Het is verdomd veel land voor een paar vogels, lijkt me.'

Archie glimlachte. 'Het lijkt in deze tijd inderdaad een beetje een anachronisme. Maar zonder de grote jachtterreinen in Schotland zouden er enorme stukken land verwaarloosd worden of uitgedund door een of andere vorm van intensieve landbouw, of anders door commerciële bosbouw.'

'Is het zo slecht om bomen te planten?'

'Het ligt erg gevoelig. De grove den is onze inheemse boom, niet de Sitkaspar of de Coloradoden. En het hangt er ook vanaf hoe de bosgrond bebouwd wordt. Maar een dicht sparrenbos verwoest het broedgebied van de vogels in de Hooglanden, omdat ze zich binnen negenhonderd meter van zo'n bos niet nestelen. Het herbergt te veel roofdieren – vossen en kraaien. En ik heb het niet alleen over sneeuwhoenders maar ook over tureluurs, goudplevieren en wulpen. En andere fauna. Wantsen, insekten, kikkers, adders. En flora. Grasklokjes, veenpluis, zeldzame mossen en zwammen, beenbreek. Als het goed verzorgd wordt, is de hei een oersterk, rationeel ecosysteem.'

'Maar is het beeld van de rijke vent die op de hei vogels afknalt niet het mikpunt van allerlei grappen?'

'Natuurlijk. De aristocratische nietsnut die zijn geweer met bankbiljetten laadt. Maar ik geloof dat dat beeld geleidelijk verdwijnt, nu zelfs de groenste politicus begint te beseffen dat de band tussen de jacht en milieubeheer immens belangrijk is voor het voortbestaan van het elementaire ecosysteem in de Hooglanden.'

Ze zwegen. Ongemerkt liep de stilte vol kleine geluiden, zoals sijpelend water een lege ruimte vult. Het zwakke zuchten en blazen van de wind. Het gefluister van het gezwollen stroompje in de verte. Aan de overkant van het dal liepen schapen, grazend, blatend, verspreid over de zijkant van de heuvel. En zoals deze geluiden de stilte vulden, zo voelde Conrad, op zijn gemak bij zijn metgezel, hoe hij langzaam doordrongen raakte van een gemoedsrust waarvan hij het bestaan helemaal vergeten was.

Misschien was dit verkeerd. Misschien zou hij gekweld moeten worden door wroeging en schuldgevoelens, na wat er vannacht had plaatsgevonden. Maar zijn geweten was rustig, zelfs met zichzelf ingenomen. 'Ik voel me ellendig,' had hij tegen Virginia gezegd, 'omdat ik je wil.' En hij had zich inderdaad schuldig gevoeld, gepijnigd door de fysieke behoefte om met de vrouw van een andere man te vrijen, achter de rug van die andere man, in het huis van die andere man. Maar hij kon weinig doen om zijn verlangen te stillen en zelfs nog minder toen het volkomen duidelijk werd dat Virginia's behoefte aan troost en liefde even groot was als die van hemzelf. Het was voor hem een nacht van vreugdevolle ontspanning na maanden van opgelegde onthouding. En voor haar misschien een verzachting van de eenzaamheid en een laatste onstuimige teug van haar verloren jeugd.

Gisteravond, toen ze bij Balnaid kwamen, was ze verlegen geworden, had ze Conrad op een afstand gehouden met haar gastvrouwelijke gedoe, zich als een jong dier bewust van het mogelijke gevaar. Maar vanmorgen was ze rustig geweest. Hij was laat wakker geworden, nadat hij dieper had geslapen dan in maanden, en had ontdekt dat ze weg was. Nadat hij zich had aangekleed, ging hij naar beneden en trof Virginia in de keuken terwijl ze het ontbijt bereidde, koffie zette en praatte met de twee spaniëls. Ze zag nog steeds bleek, maar veel minder gespannen en groette hem met een glimlach. Terwijl ze eieren met spek aten, praatten ze over onbenulligheden en hij respecteerde haar terughoudendheid. Misschien was het beter zo, dat ze geen van beiden zwelgden in zelfonderzoek of probeerden om wat er de vorige avond gebeurd was te rationaliseren.

Een slippertje. Wat Virginia betrof was het dat misschien. Conrad wist het niet zeker. Wat hemzelf betrof, hij voelde zich gewoon ontzettend dankbaar dat het lot hen had samengebracht op een moment dat ze allebei kwetsbaar waren, rouwden en elkaar hard nodig hadden. De zaken hadden hun eigen beloop genomen in een verloop dat even natuurlijk was als ademhalen.

Geen spijt. Over Virginia maakte hij zich niet echt zorgen. Over zichzelf wist hij alleen dat hij twaalf jaar geleden verliefd op haar was geweest en dat hij er nu niet zo zeker van was dat er iets was veranderd. Hij zag iets bewegen. Een buizerd verscheen, zwevend aan de hemel en begon toen spiraalsgewijs aan zijn afdaling. Een seconde later schoot er weer een koppel sneeuwhoenders omhoog uit de hei halverwege de heuvel, om met verbazingwekkende snelheid met de wind in de rug naar het zuiden te vliegen. De twee mannen keken ze na.

Archie zei: 'Ik hoop dat we nog meer vogels zien. Morgen gaan we jagen in dit dal. Drijvend langs de schuilhutten.'

'Ga jij ook?'

'Ja. Dat is zo'n beetje het enige wat ik kan, zolang ik de eerste schuilhut haal. Dat is een van de dingen die ik echt betreur, dat ik niet meer de heuvels in kan. Dat waren de beste dagen; de heuvels ingaan met een paar vrienden en zes honden. Nu niet meer dan iets uit het verleden.'

Conrad aarzelde. De twee mannen hadden het grootste gedeelte van de dag in elkaars gezelschap doorgebracht, maar Conrad, die niet nieuwsgierig of vrijpostig wilde lijken, had opzettelijk Archies duidelijke handicap niet ter sprake gebracht. Nu leek het echter een geschikte gelegenheid.

'Hoe ben je je been kwijtgeraakt?' vroeg hij terloops.

Archie keek naar de buizerd. 'Afgeschoten.'

'Een ongeluk?'

'Nee. Geen ongeluk.' De buizerd bleef hangen, dook, schoot weer omhoog met zijn prooi, een klein konijntje, in zijn klauwen. 'Een incident in Noord-Ierland.'

'Wat deed je daar?'

'Ik was beroepsmilitair. Ik was daar met mijn regiment.'

'Wanneer was dat?'

'Zeven, acht jaar geleden.' De buizerd was weg. Archie draaide zijn hoofd om Conrad aan te kijken. 'Het leger zit nu al twintig jaar in Noord-Ierland. Soms denk ik dat de rest van de wereld vergeet hoe lang dat gesodemieter al aan de gang is.'

'Twintig jaar is lang.'

'We gingen erheen om een eind te maken aan het geweld, om de vrede te bewaren. Maar we hebben geen eind gemaakt aan het geweld en de vrede lijkt nog steeds ver weg.' Hij veranderde zijn houding, legde zijn kijker neer, leunde op zijn elleboog. Hij zei: 'In de zomer hebben we hier Amerikanen te logeren. We verlenen hun onderdak, organiseren activiteiten, eten en drinken met hen en converseren met hen. In deze conversaties komt het onderwerp Noord-Ierland vaak ter sprake en altijd brengt er wel iemand de mening naar voren dat Noord-Ierland het Vietnam van Groot-Brittannië is. Ik heb geleerd om snel van onderwerp te veranderen en over iets anders te beginnen.'

'Dat wilde ik niet zeggen. Over Vietnam, bedoel ik. Ik zou niet zo aanmatigend willen zijn.'

'Het was niet mijn bedoeling om agressief te klinken.' Hij keek naar Conrad. 'Ben jij in Vietnam geweest?'

'Nee. Ik heb sinds mijn achtste een bril gedragen, dus werd ik afgekeurd op medische gronden.'

'Zou je hebben gevochten, zonder dat legitieme smoesje?'

Conrad schudde zijn hoofd. 'Ik weet het niet. Maar mijn broer ging wel. Hij ging bij de mariniers. Als helikopterpiloot. Hij is omgekomen.'

'Wat een verdomde, zinloze rotoorlog. Maar ja, elke oorlog is verdoemd, zinloos en rot. En Noord-Ierland nog het meest zinloos van allemaal omdat de moeilijkheden daar geworteld zijn in het verleden en niemand die wortels wil opgraven en weggooien om iets fatsoenlijks, iets nieuws te gaan verbouwen.'

'Bedoel je met het verleden Cromwell?'

'Ik bedoel Cromwell en Willem van Oranje en de Slag om de Boyne en de Black-and-Tans en de jongemannen die in hongerstaking gingen en verhongerden. En ik bedoel oude, bittere herinneringen en werkloosheid en rassenscheiding en verboden wijken en religieuze onverdraagzaamheid. En het ergste van alles, het onvermogen om de situatie logisch te benaderen.'

'Hoe lang was je daar?'

'Drie maanden. Het hadden er vier moeten zijn, maar ik lag in het ziekenhuis toen het bataljon naar huis ging.'

'Wat gebeurde er?'

'Met mij of met het bataljon?'

'Met jou.'

Archies antwoord was een veelzeggend stroef zwijgen. Toen hij naar hem keek, zag Conrad dat zijn aandacht wederom was getrokken door een of andere beweging in de verte, op de tegenovergelegen heuvel. Zijn profiel was grimmig, schijnbaar verstard in concentratie. Conrad voelde zijn tegenzin om te praten en liet zijn vraag snel varen.

'Het spijt me.'

'Waarom?'

'Ik klonk nieuwsgierig. Dat is niet mijn bedoeling.'

'Het geeft niet. Het was een incident. Dat is het eufemisme voor bomaanslagen, moorden, hinderlagen, algemene chaos. Je hoort het woord bijna dagelijks op het nieuws. Een incident in Noord-Ierland. En ik was erbij betrokken.'

'Was je operationeel?'

'Iedereen was operationeel, maar mijn baan was eigenlijk bevelvoerend officier op het hoofdkwartier.'

'Je leest over zulke incidenten, maar toch is het moeilijk om je voor te stellen hoe het daar moet zijn.'

'Het is een heel mooi land.'

Conrad stond op het punt om te zeggen: 'Dat bedoelde ik niet,' maar bedacht zich toen en liet Archie doorgaan.

'Gedeelten van Noord-Ierland zijn heel mooi. Soms was ik het grootste gedeelte van de dag weg van het hoofdkwartier om langs te gaan bij eenheden op hun posten, verspreid over het platteland. Sommige grensposten bevonden zich in belegerde forten, die gevestigd waren in oude politiebureaus, die je alleen per helikopter kon bereiken uit angst voor hinderlagen langs de wegen. Het was fantastisch om over dat land te vliegen. Ik was er in de lente en vroeg in de zomer. Fermanagh met al zijn meren en de bergen van Mourne.' Hij stopte en grinnikte wrang, terwijl hij zijn hoofd schudde. 'Hoewel je wel moest beseffen dat er niet alleen aan de kust werd geschoten, maar ook in het woeste gedeelte. De grens.'

'Was je daar?'

'Ja. Ik zat er midden in. In weer een heel ander landschap. Heel groen, smalle velden, kronkelende landweggetjes, kleine meertjes en rivieren. Dun bevolkt. Overal bezaaid met boerderijtjes, lamlendige, kleine hoeven omringd door verouderde en kapotte machines; oude auto's en achtergelaten tractors. Maar alles heel landelijk. Vredig. Ik vond het onmogelijk soms om het verband te zien tussen zo'n omgeving en wat er aan de hand was.'

'Het moet zwaar zijn geweest.'

'Het ging wel. We zaten allemaal in hetzelfde schuitje. Met je eigen regiment is het een beetje als met je eigen familie. Je kunt de meeste dingen wel aan als je eigen familie in de buurt is.'

Archie zweeg weer. De granieten rots was een pijnlijke rustplaats en hij zat niet meer gemakkelijk. Hij veranderde zijn houding enigszins, om de druk op zijn been te verlichten. De jongste hond kwam alert naast hem zitten en Archie aaide haar kop zachtjes.

'Hadden jullie je eigen barakken?' vroeg Conrad.

'Ja. Als je een gevorderde kledingfabriek barakken kunt noemen. Het was allemaal vrij primitief. We woonden achter prikkeldraad, golfplaten en zandzakken, zagen zelden daglicht en hadden weinig gelegenheid voor lichaamsbeweging. We werkten op één verdieping, gingen naar beneden om te eten en naar boven om te slapen. Nauwelijks het Ritz. Ik had een oppasser die tegelijk mijn bodyguard was en overal met me meeging. Zelfs in burgerkleren waren we nooit ongewapend.

We leefden in staat van beleg. We werden nooit echt aangevallen, maar er was altijd de dreiging van een of andere hinderlaag of aanslag, dus was je voorbereid op de diverse trucjes om een post van de politie of het leger op te blazen. Een daarvan was een gewapende Landrover te kapen, hem te laden met zware explosieven en dan de arme drommel aan het stuur te dwingen om hem door de open poorten bij de barakken te rijden, hem te parkeren en dan de explosieven van een afstand tot ontploffing te brengen. Dit gebeurde een of twee keer, waarna iets bedacht werd om op te treden tegen zo'n eventualiteit. Een massieve betonnen kuil met een steile richel. Het idee was om het voertuig in de kuil te rijden en dan weg te rennen alsof je peper in je reet had en als een idioot waarschuwingen te schreeuwen vóór het hele zooitje de lucht in ging. De daaropvolgende verwoesting was nog steeds heel aanzienlijk, maar doorgaans werden er levens mee gered.'

'Was dat wat jou gebeurde?'

'Nee, dat gebeurde me niet. Ik heb nachtmerries over die verdomde kuilen met bommen en toch was het niet iets wat ik ooit zelf heb moeten meemaken. Gek hè? Maar ja, de werking van je eigen onbewuste valt niet uit te leggen.'

Nu liet Conrad al zijn nieuwsgierigheid de vrije loop. 'Wat gebeurde er dan wel?'

Archie legde zijn arm rond zijn jonge hond en ze ging liggen met haar kop op de met tweed beklede knie van haar baasje.

'Het was begin juni. De zon scheen en er was overal bloesem. Er was een incident aan de grens bij de kruising vlakbij Keady. Onder de weg was een bom ingegraven in een duiker. Twee pantservoertuigen – we noemden ze Varkens – waren op grenspatrouille, vier man in elk Varken. Van de andere kant van de grens werd de bom met een afstandsbediening tot ontploffing gebracht. Eén Varken was helemaal aan puin, evenals de vier mannen. Het andere was zwaar beschadigd. Twee mannen dood en twee gewond. Een van de gewonden was de bevelvoerend sergeant, en die bracht over de radio verslag uit aan het hoofdkwartier. Ik was in de commandopost toen het bericht en de details doorkwamen. Bij zulke gelegenheden worden over de radio nooit namen genoemd, om veiligheidsredenen, maar elke man in het bataljon had zijn eigen registratienummer. Dus toen de sergeant ons de nummers gaf, wist ik precies wie er gedood waren en wie er nog leefden. En het waren allemaal mijn mannen.'

'Jouw mannen?'

'Ik zei je al dat ik meer een bevelvoerend officier was van een administratieve afdeling dan van een gevechtseenheid. Dat betekende dat ik de leiding had over de signalen, de kwartiermeester, het betaalkantoor en de drums en doedelzakken.'

'Drums en doedelzakken?' Conrad kon het ongeloof in zijn stem nauwelijks onderdrukken. 'Bedoel je dat je daar een band had?'

'Maar natuurlijk. De drums en doedelzakken zijn een belangrijk onderdeel van elk hooglandregiment. Zij blazen de reveille en de laatste post, blazen de aftocht bij ceremoniële gelegenheden, verzorgen de muziek bij dansavonden en informele concerten en de gastenavonden in de officierskantine. En zij blazen het klaaglied bij begrafenissen. 'De Bloemen van het Bos'. Het droevigste geluid ter wereld. Maar behalve dat hij dus een essentieel onderdeel is van het bataljon, is elke muzikant ook een actief soldaat en opgeleid als mitrailleur. Het waren een paar van deze mannen die in die hinderlaag waren gelokt. Ik kende ze allemaal. Een van hen was een jongen die Neil MacDonald heette, hij was 22 jaar en de zoon van de hoofdopzichter in Ardnamore – dat is boven aan ons dal, voorbij Tullochard. Ik had hem voor het eerst horen blazen op de Strathcroy Games, toen hij ongeveer vijftien was. Dat jaar won hij alle prijzen en ik stelde voor dat hij als hij oud genoeg zou zijn, bij het regiment zou komen. En die dag luisterde ik naar de binnenkomende nummers en ontdekte ik dat hij dood was.'

Conrad kon geen geschikte reactie bedenken en zei daarom maar niets. Er viel een stilte, niet onaangenaam, en na een poosje ging Archie, ongevraagd, weer door.

'Voor zulke noodgevallen staat er altijd een eenheid van de luchtmacht paraat. Twee blokken...'

'Blokken?'

'Een soort sectie met een Lynx helikopter klaar om op te stijgen. Die dag zei ik tegen de sergeant dat hij aan de grond moest blijven en ik nam zijn plaats in en ging met hen mee. We zaten met z'n achten in de helikopter: de piloot en een bemanningslid, vijf Schotse soldaten en ikzelf. Toen we bij het gebied aankwamen, cirkelden we rond om uit te vissen wat er precies was gebeurd. Als gevolg van de explosie die het eerste Varken helemaal verwoest had, zat er een gat zo groot als een krater in het wegdek, waar het tweede Varken ondersteboven in lag. Overal in het rond lagen reepjes metaal, etensblikjes, stukjes van camouflagenetten, lijken, kleding, brandende banden. Een hoop rook, vlammen, de stank van brandend rubber en brandstof en verf. Maar geen teken van leven. Geen teken van wie of wat dan ook.'

Eens te meer was Conrad verbaasd over wat volgens hem duidelijk een tegenstrijdigheid was.

'Je bedoelt: geen mensen uit de buurt, boeren of landarbeiders die aan waren komen hollen nadat ze de explosie hadden gehoord?'

'Nee. Niets. In dat deel van de wereld loopt iedereen in een wijde boog om dat soort rottigheid, tenzij hij natuurlijk dood wil of door zijn knieschijven geschoten wil worden. Er was niemand, alleen de rook en het bloedbad.

Er was een strook gras, als een parkeerhaven, langs de weg. De helikopter landde en we stapten allemaal uit. Onze onmiddellijke taak was de omgeving te verkennen en de gewonden weg te brengen, terwijl de helikopter terugvloog naar de basis om de hospik op te halen. Maar de helikopter was amper opgestegen, we hadden zelfs nog geen tijd gehad om ons te verspreiden, of we zaten midden in een regen van mitrailleurvuur vanaf de andere kant van de grens. Ze hadden ons liggen opwachten. Kijken en wachten. Drie van mijn mannen waren op slag dood, een andere werd in zijn borst geraakt en ik in mijn been. Aan flarden geschoten.

Toen de helikopter terugkwam met de hospik aan boord, werden de ergst gewonden, waaronder ikzelf, meteen naar het ziekenhuis in Belfast gevlogen. De sergeant haalde het niet, hij stierf onderweg. In het ziekenhuis werd mijn been boven de knie afgezet. Ik bleef daar een paar weken en werd toen naar Engeland teruggevlogen om aan een langdurig revalidatieprogramma te beginnen. Uiteindelijk keerde ik terug naar Croy, met pensioen gestuurd als luitenant-kolonel.'

Conrad deed een poging om in gedachten het aantal slachtoffers te tellen, maar hij raakte de tel kwijt en gaf het op. 'En wat werd bereikt met dat specifieke incident?'

'Niets. Een gat in de weg. Nog een paar Britse soldaten dood. De volgende ochtend eiste de IRA officieel de verantwoordelijkheid op.'

'Ben je er verbitterd over? Kwaad?'

'Waarom? Omdat ik mijn been kwijt ben? Omdat ik mezelf mee moet zeulen op dit aluminiumgeval? Nee. Ik was beroepsmilitair, Conrad. Aan flarden geschoten worden door een genadeloze vijand is een van de beroepsrisico's van een soldaat. Maar ik had net zo makkelijk een gewone burger kunnen zijn, een doodgewone vent, die een vredig bestaan probeert te leiden. Een oude man, misschien, die naar Enniskillen was gegaan om op de dag van de wapenstilstand te rouwen om zijn dode zoon en uiteindelijk omkomt onder een hoop puin. Een jongen, die zijn vriendinnetje meeneemt naar een kroeg in Belfast om wat te drinken en ziet hoe ze naar de andere wereld wordt geholpen door een boobytrap. Ik had een soldaat in zijn vrije tijd kunnen zijn, in de verkeerde auto, op de verkeerde plaats, op het verkeerde moment; door een menigte naar een stuk braakliggend land gesleurd, uitgekleed, halfdood geknuppeld en uiteindelijk afgeknald.'

Conrad huiverde. Hij kauwde op zijn lip, beschaamd over zijn teergevoeligheid. Hij zei: 'Ik heb erover gelezen. Je krijgt de neiging om te braken.'

'Stom, zinloos, bloedig geweld. En er zijn andere wandaden die nooit in de kranten komen, die nooit gepubliceerd worden. Weet je, er ging eens een man naar een kroeg voor een paar biertjes. Een doodgewone jonge man, behalve dat hij toevallig een lid van de IRA was. Een van de jongens waarmee hij wat dronk zei dat het misschien wel lachen was als hij iemand zijn knieschijven kapot zou schieten. Wat hij eigenlijk nog nooit gedaan had, maar na drie biertjes wilde hij het wel een keer proberen. Hij kreeg een pistool, verliet de kroeg en liep naar een bouwplaats in de buurt. Hij zag een jong meisje dat naar huis liep van een vriend vandaan. Hij verstopte zich en greep het jonge meisje toen ze langskwam en duwde haar tegen de grond. En toen schoot hij allebei haar knieën kapot. Dat meisje zal nooit meer lopen.

Gewoon weer een incident. Maar het blijft me achtervolgen omdat het iedereens dochter had kunnen zijn en het, meer persoonlijk, mijn Lucilla had kunnen zijn. Dus je ziet, ik ben niet verbitterd en ik ben niet kwaad. Ik heb alleen hopeloos medelijden met de mensen in Noord-Ierland, de gewone fatsoenlijke mensen die proberen een bestaan op te bouwen en hun kinderen op te voeden onder deze verschrikkelijke, onophoudelijke schaduw van bloed en wraak en angst. En ik heb medelijden met het hele mensdom, omdat ik voor ons allemaal geen toekomst zie als zulke zinloze wreedheid als norm wordt geaccepteerd. En ik ben bang voor mezelf omdat ik, net als een kind, nog steeds schreeuwend wakker word van enge nachtmerries. En nog erger. Schuldgevoelens en wroeging om die jongeman waar ik je van vertelde. Neil MacDonald. Tweeëntwintig jaar en morsdood. Niets van zijn lichaam over, niets om te begraven. Zijn ouders bleven achter zonder zelfs maar de troost van een begrafenis of een graf om te bezoeken. Ik kende Neil als soldaat, een goeie nog ook, maar ik herinner me hem ook als jongetje, hoe hij op het podium stond bij de Strathcroy Games en op zijn doedelzak speelde. Ik herinner me de dag, de zon op het gras, de rivier en de heuvels en hij en zijn doedelzak als een onderdeel van het geheel. Een jongen nog. Met zijn hele leven voor zich, terwijl hij daar die fantastische muziek stond te maken.'

'Je kunt jezelf niet de schuld geven van zijn dood.'

'Het was door mij dat hij soldaat werd. Als ik me erbuiten had gehouden, zou hij nu nog leven.'

'Mooi niet, Archie. Als het de bedoeling was dat hij bij jouw regiment zou komen, zou hij het ook hebben gedaan als jij hem er niet toe had aangezet.'

'Denk je dat? Ik vind het moeilijk om een fatalist te zijn. Ik wou dat ik het kon, omdat ik dan zijn geest kan begraven en op zou kunnen houden met mezelf te vragen, waarom? Waarom moet ik hier zijn, boven op Creagan Dubh, kijken, ademen, voelen, als Neil MacDonald dood is?'

'Het is altijd het moeilijkst voor de achterblijvers.'

Archie draaide zijn hoofd om en keek naar Conrad. Ze keken elkaar in de ogen. Toen zei Archie: 'Je vrouw is gestorven.'

'Ja. Aan leukemie. Ik zag hoe ze doodging en het duurde lang. En de hele tijd was ik wrokkig en verbitterd, omdat ík niet doodging. En toen ze doodging, haatte ik mezelf omdat ik leefde.'

'Jij ook.'

'Ik denk dat het een onvermijdelijke reactie is. Je moet er gewoon mee in het reine komen. Dat kost tijd. Maar uiteindelijk is er geen antwoord op al die zelfbeschuldigende en navelstaarderige vragen. En dus, zoals jullie Britten zouden zeggen, is het verdomd onnozel om ze te stellen.'

Er was een lange stilte. Toen grinnikte Archie. 'Ja. Je hebt gelijk. Verdomd onnozel.' Hij keek onderzoekend naar de hemel. 'Je hebt gelijk, Conrad.' De hemel werd donker. Ze hadden te lang gezeten en het werd koud. 'Misschien moesten we maar eens naar huis gaan. En ik moet me verontschuldigen. Ik geef toe, ik was even vergeten dat jij zo je eigen tragedies achter de rug hebt. Hopelijk geloof je me als ik zeg dat ik je niet hier naar toe heb meegenomen om je met al mijn problemen op te zadelen.'

Conrad glimlachte. 'Ik vroeg erom,' herinnerde hij Archie. Hij besefte dat hij verkleumd en stijf was van het zitten, verscholen in die harde en ongastvrije zitplaats. Hij stond moeizaam op en strekte zijn benen. Buiten de beschutting van de rots werd hij overvallen door de wind die in zijn gezicht beet en aan de achterkant via zijn kraag naar binnen blies. Hij huiverde enigszins. De honden kwamen door al deze activiteit in beweging, reeds denkend aan hun eten. Ze gingen zitten en staarden Archie met hoopvolle ogen aan.

'Inderdaad. Maar laten we het nu maar allebei vergeten en er niet meer over praten. Vooruit, gulzig gespuis, ik zal jullie naar huis brengen en jullie te eten geven.' Hij stak een arm uit. 'Zou je me een hand willen geven, Conrad, ouwe jongen, en me overeind willen trekken?'

Ze verlieten eindelijk de heuvels en reden langzaam huiswaarts, langs het grote dal en zo terug naar Croy. Toen ze het huis in kwamen, sloeg de ouderwetse klok bij de trap het halve uur. Half zeven. De honden waren uitgehongerd. Het was al lang etenstijd voor hen en ze liepen meteen naar de keuken. Archie wierp een blik in de bibliotheek, maar zag niemand.

'Wat zou je willen doen?' vroeg hij zijn gast. 'We eten doorgaans rond half negen.'

'Als je het niet erg vindt, denk ik dat ik boven even mijn tas ga uitpakken. Misschien onder de douche.'

'Best. Je kunt elke badkamer gebruiken die niet toevallig bezet is. En kom maar naar beneden als je klaar bent. Als er nog niemand is, vind je een blad met drank in de bibliotheek. Bedien jezelf. Doe alsof je thuis bent.'

'Dat is heel aardig.' Conrad liep de trap op en draaide zich toen om. 'En nog bedankt voor vandaag. Het was bijzonder.'

'Misschien moet ik jou wel bedanken.'

Conrad liep weer door. Archie ging de honden achterna en trof Lucilla en Jeff in de keuken, bij het aanrecht en het fornuis, allebei met een schort voor. Ze zagen er ijverig en gezellig uit. Lucilla draaide zich om van een pan waarin ze aan het roeren was.

'Pap. Je bent terug. Waar zijn jullie geweest?'

'Op de hei. Waar zijn jullie mee bezig?'

'We zijn eten aan het maken.'

'Waar is ma?'

'Ze is in bad gegaan.'

'Zou jij voor mij de honden eten willen geven?'

'Natuurlijk. Geen probleem...' Ze ging weer verder met roeren. 'Maar ze moeten nog even wachten, anders wordt deze saus klonterig.'

Hij liet ze koken, deed de deur dicht, ging terug naar de bibliotheek, schonk zich een whisky-soda in en ging, met het glas, de trap op om zijn vrouw te zoeken.

Hij vond haar in bad, wekend in de geurige damp en ze zag er zoals altijd komisch uit met haar blauw met wit gestippelde douchemuts op.

'Archie.' Hij ging op de w.c.-bril zitten. 'Waar ben je geweest?'

'Bovenop Creagan Dubh.'

'Dat moet zalig zijn geweest. Is de Droeve Amerikaan nog komen opdagen?'

'Ja, hij is niet droef. Hij is heel goed gezelschap. En hij heet Conrad Tucker. Hij is toevallig een oud maatje van Virginia.'

'Het is niet waar! Bedoel je dat ze elkaar kennen? Wat ontzettend toevallig. Maar wel een gelukkig toeval. Daardoor zal hij zich niet zo'n vreemde voelen in dit onbekende huishouden.' Ze ging rechtop zitten en pakte de zeep. 'Je vindt hem kennelijk aardig?'

'Prima vent. Buitengewoon aardig.'

'Wat een opluchting. Wat is hij nu aan het doen?'

'Hetzelfde als jij, denk ik.'

'Is hij ooit eerder in Schotland geweest?'

'Ik geloof het niet.'

'Omdat ik zat te denken. Hij noch Jeff kunnen vrijdagavond meedansen. Denk je dat het een goed idee is om ze vanavond na het eten een beetje te instrueren? Als ze mee kunnen doen aan een of twee dansen, missen ze ten minste niet alle lol.'

'Waarom niet? Goed idee. Ik zal een paar banden zoeken. Waar is Pandora?'

'Uitgeteld, denk ik. We kwamen pas om vijf uur thuis. Archie, zou jij het erg vinden als ze morgen met je meeging de heuvels in? Ik vertelde haar van Vi's picknick maar ze zei dat ze de dag liever met jou doorbracht. Ze wil in jouw schuilhut zitten en babbelen.'

'Nee, dat is goed, zolang ze maar niet te veel lawaai maakt. Zorg wel dat ze wat warme kleren heeft.'

'Ik leen haar mijn groene rubberlaarzen en mijn Barbour.'

Hij dronk whisky. Geeuwde. Hij was moe.

'Hoe was het winkelen? Heb je mijn patronen?'

'Ja. En de champagne, de kaarsen en genoeg eten voor een heel leger. En ik heb een nieuwe jurk voor het bal.'

'Heb je een nieuwe jurk gekocht?'

'Nee, ik heb hem niet gekocht. Pandora kocht hem voor me. Hij is ontzettend mooi en ik mocht niet weten hoe duur hij was, maar ik denk dat ze zich blauw heeft betaald. Ze schijnt vreselijk rijk te zijn. Denk je dat ik haar zo buitensporig gul had moeten laten zijn?'

'Als ze je een jurk wilde geven, had je geen mogelijkheid om haar tegen te houden. Ze vond het altijd al leuk om presentjes te geven. Maar het was aardig. Mag ik hem zien?'

'Nee, niet voor vrijdag, dan zal ik je versteld doen staan van mijn schoonheid.'

'Wat hebben jullie verder gedaan?'

'We hebben geluncht in de Wine Bar...' Isobel, die de spons uitkneep, overwoog Archie te vertellen van Pandora en de gereserveerde tafel, maar besloot toen om het niet te doen, omdat ze wist dat hij het zou afkeuren. 'En Lucilla heeft een jurk gekocht bij een stalletje op de markt.'

'O God, hij zit vast vol vlooien.'

'Ik heb haar hem naar de stomerij laten brengen. Iemand zal vrijdagochtend naar Relkirk moeten gaan om hem op te halen. Maar het meest opwindende nieuwtje heb ik voor het laatst bewaard. Pandora heeft ook voor jou een cadeau gekocht en als je me mijn handdoek aangeeft, zal ik uit bad komen en het aan je laten zien.'

Hij deed het. 'Een cadeau voor mij?' Hij probeerde zich te bedenken wat zijn zuster in hemelsnaam voor hem had meegebracht. Hij hoopte geen gouden horloge, een sigareknipper of een dasspeld, dingen die hij toch nooit zou gebruiken. Wat hij echt nodig had, was een nieuwe patroongordel...

Isobel droogde zich af, trok de badmuts van haar hoofd, schudde haar haar uit, pakte haar zijden peignoir, knoopte de ceintuur om haar middel. 'Kom maar kijken.' Hij stond moeizaam op van de w.c.-bril en volgde haar naar hun slaapkamer. 'Daar.'

Het lag allemaal op het bed. De geruite broek, een nieuw wit overhemd in cellofaan, een zwart satijnen sjerp en het groen fluwelen smokingjasje van zijn vader, dat Archie sinds de dood van de oude man niet meer had gezien.

'Waar komt dat vandaan?'

'Het lag op zolder, in de motteballen. Ik heb het boven het bad gehangen om alle kreukels eruit te krijgen. En de broek en het overhemd zijn van Pandora. En ik heb je mooie schoenen gepoetst.'

Hij stond paf. 'Maar waar is dit allemaal voor?'

'Voor vrijdagavond, sufferd. Toen ik Pandora vertelde dat jij je kilt niet aan zou doen en dat je in smoking naar Verena's feestje zou gaan, vond ze dat afschuwelijk. Ze zei dat je eruit zou zien als een part-time ober. Dus zijn we bij meneer Pittendriech langs gegaan en hij hielp ons deze uit te zoeken.' Ze hield de broek op. 'Is hij niet hemels? O, Archie, doe het allemaal eens aan. Ik wil zien hoe het je staat.'

Het laatste wat Archie op dit moment had willen doen was een stel nieuwe kleren passen, maar Isobel leek zo opgewonden dat hij wel toe moest geven. En dus zette hij zijn glas op haar toilettafel en begon hij gehoorzaam zijn oude tweedbroek uit te trekken.

'Hou je overhemd maar aan. Ik wil het nieuwe niet openmaken voor het geval dat vies wordt. Doe je schoenen uit en die stinkende oude sokken. Nu dan...'

Met haar hulp trok hij de nieuwe broek aan. Isobel deed de ritsen en de knopen dicht, stopte de achterpanden van zijn blauwe overhemd in zijn broek en zat aan hem te friemelen alsof ze een kind aankleedde voor een feestje. Ze maakte de sjerp vast, strikte zijn schoenen voor hem, hield het fluwelen smokingjasje op. Hij stak zijn armen in de met zij gevoerde mouwen en ze draaide hem om en maakte de brandebourgs dicht.

'Zo.' Ze streek zijn haar glad met haar handen. 'Ga maar in de spiegel kijken.'

Om een of andere reden voelde hij zich net een idioot. Zijn stomp deed zeer en hij hunkerde naar een warm bad, maar hij hinkte gehoorzaam naar de kleerkast van Isobel, waar een manshoge spiegel in het middenpaneel was ingezet. Zichzelf in de spiegel bekijken was niet een van zijn favoriete bezigheden, omdat zijn spiegelbeeld tegenwoordig zo'n karikatuur leek van zijn vroegere knappe voorkomen, zo dun en grijs was hij geworden, zo lomp in zijn afgedragen kleren, zo onbeholpen met dat slepende, gehate alumiumbeen.

Zelfs nu Isobel trots naar hem keek, kostte het hem moeite om echt naar zichzelf te kijken. Maar toen hij het deed, viel het hem mee. Het was lang niet gek. Hij zag er goed uit. Fantastisch, eigenlijk. De broek, met lange, smalle pijpen, onberispelijk gesneden en geperst, had een kordate, bijna militaire zwier. En het prachtige, diep glanzende fluweel van het jasje zorgde voor precies het juiste vleugje oude en voorname elegantie, doordat het vale groen overeenkwam met het groen in de ruit.

Isobel had zijn haar in orde gebracht, maar nu streek hij het weer plat, voor zichzelf. Hij draaide zich om en keek in de spiegel naar de rest van zijn opsmuk. Hij deed het jasje los om de satijnglans van de sjerp te bewonderen, die glad rond zijn magere middel zat. Deed het jasje weer dicht. Ving zijn eigen blik op en glimlachte spottend toen hij zichzelf als een pauw zag paraderen.

Hij wendde zich tot zijn vrouw. 'Wat denk je?'

'Je ziet er verbazingwekkend uit.'

Hij stak zijn armen uit. 'Lady Balmerino, mag ik deze dans van u?'

Ze liep naar hem toe en hij trok haar tegen zich aan, met zijn wang bovenop haar hoofd, zoals ze lang geleden altijd dansten, schuifelend in nachtclubs. Door de dunne zij van haar peignoir voelde hij haar huid, nog warm van het badwater, de curve van haar heupen, haar elegante taille. Haar borsten drukten zacht tegen hem aan en ze rook naar zoete zeep.

Voorzichtig verplaatsten ze hun voeten, wiegend in elkaars armen, terwijl ze, zo goed en zo kwaad als het ging, dansten op muziek die zij alleen konden horen.

Hij zei: 'Heb jij nu iets dringends te doen?'

'Ik zou niets kunnen bedenken.'

'Moet je geen eten koken, geen honden voeren, geen vogel plukken, geen border wieden?'

'Nee.'

Hij drukte een kus op haar haar. 'Kom dan mee naar bed.'

Ze stond stil, maar Archies hand ging verder, streelde haar rug. Ze maakte zich los van hem, keek hem aan en hij zag dat haar diepblauwe ogen helder stonden van bedwongen tranen.

'Archie...'

'Alsjeblieft.'

'En de anderen?'

'Allemaal bezig. We doen de deur op slot. Hangen een bordje met "Niet Storen" op.'

'Maar... de nachtmerrie?'

'Nachtmerries zijn voor kinderen. We zijn te oud om ons door dromen ervan te laten weerhouden van elkaar te houden.'

'Je bent anders.' Ze fronste haar wenkbrauwen, haar lieve gezicht vol verbazing. 'Wat is er met je gebeurd?'

'Pandora heeft een cadeautje voor me gekocht.'

'Niet dat. Iets anders.'

'Ik vond iemand die wou luisteren. Bovenop Creagan Dubh, alleen in het gezelschap van de wind en de hei en de vogels; iemand die zich niet opdrong. En toen praatte ik.'

Over Noord-Ierland?'

'Ja.'

'Alles?'

'Alles.'

'De bomexplosie, de stukjes lichaam en de dode soldaten?'

'Ja.'

'En Neil MacDonald? En de nachtmerrie?'

'Ja.'

'Maar je hebt het mij ook verteld. Je hebt ook met mij gepraat. En dat heeft ons niks geholpen.'

'Dat is omdat jij een deel van me bent. Een vreemde is anders. Objectief. Zo'n iemand was er nooit eerder. Alleen kennissen en oude vrienden die me al mijn hele leven kenden. Te dichtbij.'

'De nachtmerrie is er nog steeds, Archie. Dat gaat niet weg.'

'Misschien niet. Maar misschien heeft hij zijn klauwen ingetrokken.'

'Waarom ben je daar zo zeker van?'

'Mijn moeder zei altijd: Angst klopte op de deur, Vertrouwen ging kijken en toen was er Niemand. We zullen zien. Ik hou van je, meer dan van het leven zelf en dat is het enige wat telt.'

'O, Archie.' Ze huilde en hij kuste haar tranen weg, maakte de ceintuur van haar peignoir los, gleed met zijn hand onder de zachte zijde en streelde haar naaktheid. Zijn lippen gingen naar die van haar, die zich voor hem openden...

'Zullen we het eens proberen?'

'Nu?'

'Ja. Nu. Meteen. Zo gauw je deze verdomde broek kunt uitkrijgen.'

29

Virginia werd die ochtend om vijf uur wakker; ze wachtte tot de dag aanbrak. Het was donderdag, Vi's achtenzeventigste verjaardag.

Vi had 's avonds voor het nieuws van negen uur opgebeld, zoals ze beloofd had. Lottie zat weer in het Relkirk Royal, had ze Virginia verteld. Helemaal niet overstuur, ze leek het goed op te nemen. Edie had er moeite mee gehad, maar had na enige overreding het onvermijdelijke aanvaard. En Vi had Templehall opgebeld en het schoolhoofd geïnstrueerd om Henry gerust te stellen, dat hij zich niet meer het hoofd moest breken over zijn geliefde Edie. De afschuwelijke episode was eindelijk over. Virginia moest het van zich afzetten.

Virginia was door het gesprek in verwarring gebracht. Maar ze voelde zich vooral dankbaar en vreselijk opgelucht. Nu kon ze het nachtelijk duister weer aan, alleen in bed in het grote, lege huis; slapen, in de zekerheid dat er geen spook ronddwaalde in de schaduwen van de tuin, zwevend, loerend, wachtend om toe te slaan. Lottie zou niet terugkomen; ze was opgesloten met haar gevaarlijke geheimen. Virginia was van haar verlost.

Toch voelde ze een zeker onbehagen. Het was vervelend om zich Edie's verdriet voor te stellen, gedwongen om haar onvermogen te aanvaarden, haar tegenzin om haar niet eens te meer toe te vertrouwen aan de professionele, maar onpersoonlijke zorg van het ziekenhuis. Maar ongetwijfeld moest Edie in het diepst van haar ziel opgelucht zijn dat ze van die bijna ondraaglijke verantwoordelijkheid af was, en niet meer hoefde te luisteren naar Lotties schijnbaar eindeloze woordenvloed.

Tenslotte was Henry er ook nog en op dit punt voelde Virginia zich erg schuldig. Ze wist hoe Henry over Lottie dacht en hoeveel zorgen hij zich had gemaakt om Edie. En toch was het verstandige idee om even naar zijn school te bellen geen moment in haar opgekomen. Ze besefte dat de beschamende reden hiervan was dat ze Henry was vergeten, omdat ze zo door zichzelf en de gebeurtenissen van de afgelopen twee dagen in beslag was genomen.

Eerst Edmund en Pandora. En nu Conrad.

Conrad Tucker. Hier, in Schotland, in Strathcroy, al opgenomen in huize Balmerino en een belangrijk personage in het drama van de komende paar dagen. Door de aanwezigheid van Conrad was alles anders. Vooral zijzelf, alsof een onvermoed, verborgen facet van haar eigen persoonlijkheid door hem was onthuld. Ze was met Conrad naar bed geweest. Ze hadden gevreeën met een wederzijds verlangen dat meer met troost dan met hartstocht te maken had, en ze was bij hem gebleven en had de nacht in zijn armen doorgebracht. Een daad van ontrouw; overspel. Welke verschrikkelijke naam je er ook aan gaf, Virginia had nergens spijt van.

Je moet het Edmund nooit vertellen.

Vi was een wijze oude vrouw en een bekentenis was geen boetedoening, maar toegeven aan je schuldgevoelens. Het was een ander met je zogenaamde zonde opzadelen om je zo van je eigen onrust te ontdoen. Maar Virginia was verrast door haar totale gebrek aan berouw en ze had het gevoel dat ze de afgelopen vierentwintig uur op een of andere manier was gegroeid, niet lichamelijk, maar geestelijk. Het was alsof ze een steile bergwand had beklommen en nu even kon uitblazen en genieten van de vergezichten die de beloning van haar inspanningen was geweest.

Ze was er zo lang tevreden mee geweest om alleen maar de moeder van Henry te zijn, de vrouw van Edmund, een van de Airds, haar bestaan bepaald door een clan, met al haar tijd, energie en liefde gekanaliseerd in het maken van een thuis voor het gezin. Maar nu was Alexa volwassen, Henry was weg en Edmund...? Ze leek Edmund even uit het zicht te hebben verloren, waardoor alleen zijzelf overbleef. Virginia. Een individu, een wezen met een verleden en een toekomst, verbonden door de snel voorbijgaande huwelijksjaren. Henry's vertrek had niet alleen een tijdperk beëindigd, maar had haar ook bevrijd. Er was niets dat haar ervan weerhield haar vleugels uit te slaan en op te vliegen. De hele wereld was van haar.

Het bezoek aan Long Island, dat maandenlang niet meer dan een droom was geweest en ergens achter in haar hoofd had rondgehangen, was nu mogelijk, zeker, zelfs noodzakelijk. Wat Vi ook zei, het was tijd om te gaan en als ze zich moest excuseren, zou ze de hoge leeftijd van haar grootouders aanvoeren en haar eigen brandende verlangen om hen weer te zien voor ze te oud zouden zijn om haar gezelschap op prijs te stellen; voor ze ziek of dement werden; voor ze doodgingen. Dat was het excuus. Maar de ware reden had veel met Conrad te maken.

Hij zou er zijn. Hij zou in de buurt zijn. In de stad of in Southampton, maar altijd telefonisch te bereiken. Ze konden samen zijn. Een man die haar grootouders altijd hadden gekend en aardig hadden gevonden. Een sympathieke man. Hij zou nooit onverwachts weggaan of beloftes breken of haar in de steek laten op het moment dat zij hem het hardst nodig had of van een andere vrouw houden. Het kwam in haar op dat voor een werkelijk duurzame relatie vertrouwen misschien wel belangrijker was dan liefde. Om met deze onzekerheden in het reine te komen, had ze tijd en ruimte nodig, een soort pauze om afstand te nemen en de situatie te bezien. Ze had troost nodig en wist dat ze die zou vinden in het gezelschap van iemand die altijd haar vriend was geweest en nu haar minnaar was. Haar minnaar. Een dubbelzinnig woord, vol betekenissen. Eens te meer doorzocht ze haar geweten op die verplichte gewetenswroeging, maar ze vond slechts een soort zekerheid, een geruststellende kracht, alsof Conrad haar een tweede kans had gegeven, een tweede jeugd, een heel nieuw gevoel van vrijheid. Wat het ook was, ze wist alleen dat ze het aan zou grijpen, voordat het haar voor altijd zou ontgaan. Leesport was er, slechts één vlucht verderop. Onveranderd, omdat het een plaats was die nooit veranderde. Ze rook de frisse herfstlucht, zag de met rode bladeren bezaaide straten, de rook van de eerste haardvuren die uit de schoorstenen van de statige, witte houten huizen opsteeg tegen de diepblauwe hemel van de nazomer op Long Island.

Ze herinnerde zich andere jaren en maakte de balans op. Labour Day was voorbij, de kinderen zaten weer op school, de veerboot ging niet meer naar Fire Island, de slagbomen aan de kust waren gesloten. Maar opa zou zijn kleine motorboot nog niet uit het water hebben gehaald en de grote stranden aan de Atlantische Oceaan waren er nog steeds, vlakbij. De duinen, door de wind gekamd, de eindeloze zandvlaktes bezaaid met mosselschelpen, omzoomd door de donderende rollers van de branding. Ze voelde het schuim op haar wangen. Zag zichzelf, als van een grote afstand, terwijl ze door de wadden liep, afgetekend tegen de avondhemel, met Conrad naast haar...

En toen, ondanks alles, merkte Virginia dat ze glimlachte, niet vol romantische verrukking, maar met gezonde zelfspot. Want dit was een beeld afkomstig van een reclamespot voor tieners. Ze hoorde de sentimentele muziek, de diepe, oprechte mannenstem die haar aanspoorde om een of andere shampoo te gebruiken, of een deodorant of een biologisch afbreekbaar waspoeder. Het zou te gemakkelijk zijn om deze dag door te brengen op een wolk van verbeelding. Niet dat alleen jongeren recht hadden op dagdromen, maar oudere mensen hadden gewoon geen tijd om zich te verliezen in hun fantasieën. Ze hadden te veel te doen, te veel te zien, te veel te organiseren. Zoals zijzelf. Nu, op dit moment. Het leven eiste haar aandacht op, onmiddellijk en dringend. Resoluut zette ze de gedachte aan Leesport en Conrad van zich af en dacht aan Alexa. Zij was haar eerste prioriteit. Alexa zou binnen een of twee uur op Balnaid aankomen en Virginia had Alexa een maand geleden, in Londen, iets beloofd.

'... jij en pa zullen toch niet nog steeds ruzie hebben, hè?' had Alexa gesmeekt. 'Ik kan er niet tegen als er een vervelende stemming is...'

En Virginia had haar gerustgesteld: 'Nee, natuurlijk niet. Vergeet het... We zullen het heel leuk hebben.'

Je deed geen beloftes om je er vervolgens niet aan te houden, en ze had genoeg trots om te weten dat dit geen uitzondering was. Vrijdag zou Edmund weer thuis zijn. Ze vroeg zich af of hij weer een gouden armband voor haar zou meebrengen en hoopte van niet, want nu stond niet alleen Henry tussen hen in, als een been waarom gevochten werd, maar ook datgene wat Virginia over zichzelf en over haar man te weten was gekomen. Ze had het gevoel alsof niets meer simpel of duidelijk zou zijn, maar op een of andere manier zou ze het, omwille van Alexa, wel zo laten lijken. Het was in principe een kwestie van de komende paar dagen door zien te komen. Ze stelde zich een reeks horden voor – de aankomst van Alexa, de picknick van Vi, de thuiskomst van Edmund, het etentje van Isobel, het feest van Verena – die ze allemaal moest nemen, een voor een, zonder een spier te vertrekken. Geen twijfel, geen lust, geen achterdocht, geen jaloezie. Uiteindelijk zou het allemaal voorbij zijn. En wanneer het bezoek weer weg was en het leven weer genormaliseerd, zou Virginia, bevrijd van verplichtingen, plannen voor haar vertrek gaan maken.

Ze wachtte tot de dag aanbrak en deed van tijd tot tijd het lampje naast haar bed aan om te kijken hoe laat het was, maar om zeven uur had ze genoeg van deze zinloze bezigheid en liet ze haar bed met de ineengedraaide lakens dankbaar achter zich.

Ze trok de gordijnen open en werd begroet door een bleekblauwe hemel, een tuin vol lange, vroege schaduwen en een dunne grondmist die over de velden hing. Allemaal tekens die erop wezen dat het een mooie dag zou worden. Als de zon opkwam, zou de mist verdampen en zou het, met een beetje geluk, behoorlijk warm worden.

Ze voelde een zekere opluchting. Als het koud, grijs en regenachtig zou zijn geweest, uitgerekend vandaag, zou ze dat haast niet hebben kunnen verdragen. Niet alleen omdat ze al somber genoeg was, maar ook omdat Vi's verjaardagspicknick goedschiks of kwaadschiks door zou gaan, ongeacht het weer. Want Vi was een vurig voorstander van tradities en haar kon het niet schelen of al haar gasten ineengedoken onder paraplu's zouden zitten, in rubberlaarzen rond zouden waden en hun natte worstjes zouden bakken op een rokende barbecue, sissend van de regen. Dit jaar leken zulke masochistische genoegens hen bespaard te blijven.

Virginia ging naar beneden, gaf de honden te eten en zette een kopje thee. Ze overwoog om het ontbijt te bereiden, liet dat idee varen en ging weer naar boven om zich aan te kleden en haar bed op te maken. Ze hoorde een auto, rende naar het raam en zag alleen iemand die langsreed over de landweg.

Ze ging terug naar de keuken en zette een pot koffie. Om negen uur ging de telefoon en ze sprong op, omdat ze dacht dat het Alexa was die belde vanuit een telefooncel langs de snelweg. Maar het was Verena Steynton.

'Virginia. Sorry dat ik zo vroeg bel. Ben je op?'

'Natuurlijk.'

'Wat een zalige dag. Jij hebt zeker geen tafellakens, hè? Grote witte, damasten. Dat is het enige waar we niet aan gedacht hebben en Toddy Buchanan heeft ze natuurlijk niet.'

'Ik geloof dat ik er zo'n zes heb, maar ik zal ze moeten opzoeken. Ze waren van Vi; zij liet ze hier toen ze verhuisde.'

'Zijn ze echt groot?'

'Banketformaat. Ze had ze voor feestjes.'

'Zou jij zo lief willen zijn en ze vanmorgen naar Corriehill kunnen brengen? Ik zou zelf wel komen om ze op te halen, maar we gaan allemaal met de bloemen aan de gang en ik heb gewoon geen moment over.'

Virginia was blij dat Verena haar gezicht niet kon zien. 'Ja. Ja, dat is goed,' zei ze, zo behulpzaam mogelijk. 'Maar ik kan niet komen voordat Alexa en Noel er zijn, en die zijn er nog niet. En dan moet ik naar de picknick van Vi...'

'Dat is goed... als je ze gewoon even af kunt geven. Heel hartelijk bedankt. Je bent een lieverd. Geef ze maar aan Toddy... en ik zie je morgen wel, of eerder. Doei...'

Ze hing op. Virginia zuchtte enigszins geërgerd, want de vijftien kilometer naar Corriehill heen en terug rijden was deze morgen wel het laatste waar ze zin in had. Na jaren in Schotland te hebben gewoond, was ze echter ingesteld op de plaatselijke gebruiken en een daarvan was dat in gevallen van nood iedereen elkaar een handje hielp en met een vrolijk gezicht het ongemak onderging. Ze veronderstelde dat het geven van een bal een geval van nood was, maar zelfs dan wenste ze dat Verena niet op het laatste moment aan de tafellakens had gedacht.

Ze schreef 'tafellakens' op het telefoonblok. Ze dacht aan de picknick en stopte een grote kip in de oven. Tegen de tijd dat hij gebraden en afgekoeld was, hoopte ze dat Alexa er zou zijn, dan zou ze hem door haar in handige stukken laten snijden.

Weer ging de telefoon. Dit keer was het Edie.

'Zou jij me een lift kunnen geven naar de picknick?'

'Ja, natuurlijk. Ik kom je wel afhalen. Edie, het spijt me zo van Lottie.'

'Ja.' Edie klonk kortaf, zoals ze altijd klonk als ze erg overstuur was geweest maar er niet over wilde praten. 'Ik vond het pijnlijk.' Waardoor Virginia nog niet wist of Edie het pijnlijk vond dat Lottie weg moest of dat Virginia betrokken was bij de hele vervelende aangelegenheid. 'Hoe laat moet ik klaar staan?'

'Ik moet naar Corriehill met een paar tafellakens, maar ik probeer om ongeveer twaalf uur bij je te zijn.'

'Is Alexa er al?'

'Nee, nog niet.'

Edie, die dacht aan dood en ellende, was meteen ongerust. 'Hemeltje, ik hoop niet dat hen iets overkomen is.'

'Vast niet. Misschien is het druk op de weg.'
'Ik doe het in mijn broek van die wegen.'
'Maak je geen zorgen. Ik zie je vanmiddag en dan zijn ze hier.'
Virginia schonk zich nog een mok koffie in. De telefoon ging.
'Balnaid.'
'Virginia.'
Het was Vi. 'Hartelijk gefeliciteerd.'
'Bof ik niet met het weer? Is Alexa er?'
'Nog niet.'
'Ik dacht dat ze er nu al zouden zijn.'
'Dat dacht ik ook, maar ze zijn nog niet komen opdagen.'
'Ik kan niet wachten om het lieve kind weer te zien. Waarom komen jullie niet allemaal vroeg naar Pennyburn. Dan drinken we een kopje koffie en maken we een praatje voordat we ons naar de heuvel begeven.'
'Ik kan niet.' Virginia legde het uit van de tafellakens. 'Ik weet niet eens zeker waar ze zijn.'
'Ze liggen op de bovenste plank van de linnenkast, verpakt in blauw vloeipapier. Verena is zo lastig. Waarom dacht ze er niet eerder aan om het je te vragen?'
'Ik denk dat ze veel aan haar hoofd heeft.'
'Dus wanneer zijn jullie er allemaal?'
Virginia maakte berekeningen en plannen. 'Ik stuur Noel en Alexa naar Pennyburn in de Subaru. En dan ga ik met de andere auto naar Corriehill en op de terugweg haal ik Edie af en neem ik haar mee naar Pennyburn. En dan proppen we ons allemaal met de spullen voor de picknick in de Subaru en vertrekken we daarvandaan.'
'Wat kun jij toch goed organiseren. Dat komt vast doordat je een Amerikaanse moeder hebt. En je neemt toch ook dekens mee, hè? En wijnglazen voor jullie.' Onder 'tafellakens' schreef Virginia 'dekens, wijnglazen'. 'En ik verwacht Noel en Alexa ongeveer om elf uur.'
'Ik hoop dat ze niet te moe zijn.'
'O nee, die zijn niet moe,' verzekerde Vi haar opgewekt. 'Ze zijn jong.'

Noel Keeling was een stadsmens, geboren en getogen in Londen. Zijn natuurlijke omgeving waren de straten van de stad, hoewel hij in het weekend uitstapjes maakte naar het steeds schaarser wordende platteland van de graafschappen rond Londen. Van tijd tot tijd voerden zijn pleziertjes hem verder weg. Dan vloog hij naar de Costa Smeralda of de Algarve, als hij was uitgenodigd voor een feestje, waar hij golf of tennis speelde of zich vermaakte met zeilen. Het bezoeken van bezienswaardigheden, staren naar kerken of kastelen, het bewonderen van uitgestrekte wijngaarden, stond niet op zijn agenda en als zo'n uitstapje werd geopperd, vond hij meestal een goede reden om niet mee te gaan.

Hij bracht in plaats daarvan zijn tijd door met ofwel bij het zwembad rondhangen, ofwel met rijden naar het dichtstbijzijnde stadje om daar onder de luifel van een terras te kijken naar hoe de wereld voorbijkwam.

Een paar jaar geleden, toen hij naar Schotland was gekomen om met een paar vrienden een weekje op zalm te gaan vissen, was hij ineens van Londen naar Inverness gevlogen, waar hij was afgehaald door een ander lid van het visclubje, die hem naar Oykel Bridge had gereden. Het had geregend. Het regende de hele weg naar het hotel en de rest van hun verblijf bleef het regenen. De stortbuien werden slechts met onregelmatige tussenpozen onderbroken, waarna de mist enigszins optrok zodat er veel bruin, boomloos heideland te zien was en weinig anders.

Zijn herinneringen aan die week waren niet duidelijk. Elke dag werd doorgebracht in het water, tot aan zijn middel, vissend in de gezwollen rivier. En elke avond was gehuld in een vrolijk waas van gezelligheid, waarbij ze grote hoeveelheden Schots eten aten en zelfs nog grotere hoeveelheden maltwhisky tot zich namen. De schilderachtige omgeving had geen enkele indruk nagelaten.

Maar nu hij aan het stuur van zijn Volkswagen Golf de laatste paar kilometers van hun lange reis aflegde, besefte hij dat hij niet alleen op bekend terrein was, maar ook in een onverwacht territorium.

Bekend terrein, in overdrachtelijke zin dan. Hij was een doorgewinterde gast, die al vele feestelijke weekends in landhuizen achter zich had, en het was zeker niet de eerste keer dat hij naar een onbekend huis ging om bij vreemden te logeren. In de afgelopen jaren had hij een beoordelingssysteem voor weekends bedacht, waarbij hij sterren verleende voor comfort en vermaak. Maar dat was toen hij veel jonger en armer was en niet in de positie om een uitnodiging af te slaan. Nu hij ouder en rijker was, met de bijpassende vrienden en kennissen, kon hij het zich veroorloven om selectiever te zijn en hij werd zelden teleurgesteld.

Maar het spel, volgens de regels gespeeld, had zijn eigen vaste rituelen. En dus zaten er in de kofferruimte achterin niet alleen zijn smoking en een keur van voor het platteland geschikte kleding, maar ook een fles The Famous Grouse voor zijn gastheer en een royale doos Bendicks chocolaatjes voor zijn gastvrouw. Verder bracht dit weekend verjaarscadeaus met zich mee. Voor de grootmoeder van Alexa, die net op deze dag haar achtenzeventigste verjaardag vierde, had hij glimmende doosjes met zeep en badolie van Floris – Noels standaardgeschenk voor dames op leeftijd, zowel bekende als onbekende; en voor Katy Steynton, die hij nog nooit had ontmoet, had hij een ingelijste jachtprent waarop een bedroefd kijkende spaniël stond met een dode fazant in zijn bek.

Aldus nam hij, met zijn geschenken, de regels in acht.

Het onverwachte territorium was een fysieke zaak, het verbluffend mooie landschap van Relkirkshire. Hij had zich nooit zulke vruchtbare en welvarende landgoederen voorgesteld, zulke groene landbouwgrond, onberispelijk omheind en afgegraasd door kuddes goed uitziend vee. Hij had geen beukenlanen verwacht of tuinen die volstonden met zoveel en zulke kleurrijke bloemen, vlak aan de weg. Toen hij 's nachts reed, had hij gezien hoe het licht door een bewolkte en mistige dageraad sijpelde, maar nu had de zon zijn werk gedaan en de somberheid was opgelost om plaats te maken voor een klaarheldere morgen. Ze hadden Relkirk achter zich gelaten en de weg was vrij. Gouden stoppelvelden, fonkelende rivieren, varens die verkleurden tot saffraangeel, een weidse hemel, een kristalheldere lucht, niet verontreinigd door rook of smog of wat voor verschrikking dan ook die de mens kon voortbrengen. Het was alsof hij terug in de tijd reisde, naar een wereld die je voor altijd verloren waande. Had hij ooit zo'n wereld gekend? Of had hij hem gekend en was hij gewoon vergeten dat hij bestond?

Caple Bridge. Ze staken een rivier over, in een ravijn diep onder hen, en namen toen de afslag waarbij 'Strathcroy' stond aangegeven. De heuvels, waarop de hei nog steeds in bloei stond, golfden aan beide kanten van de smalle, kronkelende weg. Hij zag afgelegen boerderijen, een man die een kudde schapen door groene weilanden naar het verderop gelegen ruige grasland dreef. Alexa zat naast hem, met Larry op haar knie. Larry sliep, maar Alexa was voelbaar gespannen door de nauwelijks onderdrukte opwinding van het thuiskomen. Eigenlijk had ze er al weken naar uitgezien. Ze telde de dagen in haar agenda, ging naar de kapper, kocht cadeautjes en zocht de winkels af naar een nieuwe jurk. Dit bleek uiteindelijk een vergeefse zaak te zijn en ten slotte had ze de winkels laten zitten voor een bedrijf dat prachtige ontwerpen verhuurde – ze had zich het hoofd gebroken over een verrukkelijke minijurk glinsterend van glitter, maar had samen met een aardige bediende uiteindelijk besloten dat ze niet de benen had voor een mini-jurk – en had zich met graagte laten overhalen om een traditionele lange japon te passen, van ruwe zijde en bezaaid met bloemen, waarin ze er volgens Noel zowel verrukkelijk als romantisch uitzag. De afgelopen twee dagen had ze als een tol rondgedraaid om op het laatste moment dingen te regelen; voor hen allebei inpakken, al Noels overhemden strijken, de koelkast leegmaken en de reservesleutels van haar huis bij een buurvrouw afgeven voor het geval er een hele invasie van plunderaars zou plaatsvinden. Ze had dit alles gedaan met de energie en het argeloze enthousiasme van een kind en Noel had haar razende bedrijvigheid met tedere verdraagzaamheid gadegeslagen, terwijl hij weigerde om te doen alsof hij er net zo aan toe was.

Nu echter, met de lange reis achter hen, met het zonlicht dat door die weidse, maagdelijke hemel scheen, de schone lucht die door het open raampje waaide, de nieuwe vergezichten bij elke bocht in de weg, werd haar opwinding opeens aanstekelijk. Hij werd bevangen door een belachelijke vervoering – niet echt geluk, maar een opwelling van lichamelijk welbehagen die misschien wel net zoiets was. Noel haalde spontaan zijn hand van het stuur en legde hem op Alexa's knie. En meteen legde zij die van haar eroverheen.

Ze zei: 'Ik zeg niet de hele tijd 'Is het niet prachtig', omdat het zo ontzettend banaal klinkt als ik dat doe.'

'Ik weet het.'

'En terugkomen is altijd bijzonder, maar vooral deze keer, omdat ik jou bij me heb. Daar dacht ik aan.' Haar vingers verstrengelden zich met die van hem. 'Zo is het nog nooit eerder geweest.'

Hij glimlachte. 'Ik zal me zo goed mogelijk proberen te gedragen.'

Alexa leunde opzij en kuste zijn wang. Ze zei: 'Ik hou van je.'

Vijf minuten later waren ze er. Toen ze het dorpje bereikten, reden ze over een andere brug, door een open poort en een oprit op. Hij zag de grasvelden, de bossen rododendrons en azalea's, en een glimp van het uitzicht op de huizen die in het zuiden lagen. Hij stopte voor het huis dat hij kende van Alexa's foto en dat nu in het echt voor hem stond, massief en onwrikbaar, met de hoge broeikas die aan een kant uitstak. De klimop van Virginia, die nu vuurrood was, omlijstte de open voordeur en voordat Noel zelfs de motor had afgezet, waren de twee spaniëls er al, niet gehoorzaam boven aan de trap, maar er vanaf stuivend, blaffend en met wapperende oren, om de nieuwkomers te besnuffelen. Larry, die ruw wakker werd gemaakt, betaalde hen met gelijke munt terug en kefte in Alexa's armen toen ze uitstapte.

Virginia verscheen bijna meteen na de honden, in een spijkerbroek en een laag wit shirt. Ze zag er net zo sexy uit als in haar chique Londense kleren, de eerste en enige keer dat Noel haar had ontmoet.

'Alexa. Schatje. Ik dacht dat je nooit zou komen.' Knuffels en kussen. Terwijl hij zijn pijnlijke armen en benen strekte, keek Noel naar de tedere hereniging. 'En Noel' – Virginia wendde zich tot hem – 'wat enig om je te zien.' Hij kreeg ook een kus, wat niet onaangenaam was. 'Was het een zware rit? Alexa, ik kan niet tegen die herrie. Zet Larry op de grond en laat ze hier in de tuin vriendjes worden, anders piest hij op mijn tapijten. Waarom zijn jullie zo laat? Ik verwacht jullie al uren.'

Alexa legde het uit. 'We zijn gestopt in Edinburgh om te ontbijten. Noel heeft daar een paar vrienden, Delia en Calum Robertson. Ze wonen in een schattig huisje, een van de verbouwde stallen achter Moray Place. We maakten hen wakker door stenen tegen hun raam te gooien en ze kwamen naar beneden, lieten ons binnen en bakten eieren met spek voor ons en waren helemaal niet boos omdat we hen wakker hadden gemaakt. Ik had je moeten bellen, maar ik heb er niet aan gedacht. Het spijt me.'

'Het doet er niet toe. Het enige wat ertoe doet is dat jullie er zijn. Maar we hebben geen tijd te verliezen, want jullie moeten om elf uur bij Vi op de koffie vóór we allemaal naar de heuvel gaan om te picknicken.' Ze keek een beetje medelijdend naar Noel. 'Arme kerel, je wordt wel meteen voor het blok gezet, maar Vi wil jullie allebei zo graag zien. Red je het? Ben je niet te moe na die lange rit?'

'Helemaal niet,' stelde hij haar gerust. 'We hebben allebei gereden en degene die niet reed, kon een dutje doen...' Hij deed de achterbak open en Virginia trok haar wenkbrauwen op.

'Hemel, wat een hoop bagage. Kom, laten we het allemaal naar binnen sjouwen...'

Hij was zijn bagage in de slaapkamer aan het installeren. De deur stond open en vanuit de gang kon hij de stemmen van Alexa en Virginia horen, die nog steeds veel te bepraten hadden. Van tijd tot tijd klonk er geschater. Hij deed de deur dicht, omdat hij even behoefte had aan privacy voor hij de komende beproevingen moest ondergaan. Hij had te horen gekregen dat hij met de Subaru moest rijden. Er was iets met tafelkleden, maar hij en Alexa zouden bij haar grootmoeder op de koffie gaan en later zouden Virginia en Edie zich bij hen voegen, waarna het hele gezelschap naar de heuvel zou rijden voor de feestelijke picknick.

Hij vond het vooruitzicht niet ontmoedigend; integendeel, hij zag juist uit naar alles wat de dag zou brengen. Hij deed zijn koffer open en begon op een onsystematische manier uit te pakken. Hij hing zijn smoking in de hoge Victoriaanse kleerkast, zocht naar Vi's verjaarscadeau, zijn haarborstels, zijn toilettas. Hij legde de borstels op de toilettafel en ging de badkamer bekijken. Daar zag hij een bad van bijna drie meter met enorme koperen kranen, een marmeren vloer, hoge spiegels, donzige witte badhanddoeken, netjes opgevouwen over een warme stang. Hij voelde zich moe en vies na zijn nachtelijk rit en draaide impulsief de kranen open, trok zijn kleren uit en nam het snelste, heetste bad van zijn leven. Flink opgefrist kleedde hij zich weer aan. Terwijl hij zijn schone overhemd dichtknoopte, liep hij naar het raam om te genieten van het aangename uitzicht. Velden, schapen, heuvels. Uit de stilte kwam de welluidende roep van een wulp. Het geluid zwol aan en stierf weg en hij probeerde zich te herinneren wanneer hij voor het laatst dat obsederende, suggestieve geluid had gehoord, maar het lukte hem niet. Virginia Aird was half Amerikaans; jong, vitaal en chic. Op een zakenreis naar de Verenigde Staten had Noel eens gelogeerd in het huis van een collega die in de staat New York woonde. Het was een huis dat leek op een ranch, met grasvelden die overgingen in de grasvelden van het belendende perceel, en het was ontworpen met het oog op comfort en gemakkelijk onderhoud. Centraal verwarmd, fantastisch uitgedacht en voorzien van elk denkbaar modern hulpmiddel, zou het de meest comfortabele plaats ter wereld zijn geweest om een winters weekend door te brengen. Maar op de een of andere manier klopte er iets niet, omdat zijn gastvrouw, hoewel ze verrukkelijk was, geen enkel idee had van hoe ze gasten moest ontvangen. Ondanks het feit dat ze een volledig geautomatiseerde keuken had, kookte ze niet één keer. Elke avond kleedden ze zich netjes aan en gingen ze naar de plaatselijke Country Club om te dineren, en het enige eten dat uit die keuken kwam, waren gebakken eieren of beefburgers uit de magnetron. Dat was echter niet alles. In de woonkamer was een open haard, maar het rooster stond vol potplanten en in plaats van rond een geruststellend loeiend houtvuur, stonden de schandelijk comfortabele banken en leunstoelen rond de televisie. De zondagmiddag werd doorgebracht met staren naar een footballwedstrijd, waarvan Noel de regels en gebruiken onbegrijpelijk vond. Op zijn slaapkamer was nog een televisietoestel en de daarnaast gelegen badkamer was uiterst nauwkeurig ingericht, voorzien van een douche, stopcontacten voor scheerapparaten en zelfs een bidet. Maar de grootste van de marineblauwe, bijpassende handdoeken was zo minuscuul dat hij er nauwelijks zijn mannelijkheid mee kon bedekken en door dit kleine ongemak had Noel verlangd naar het comfort van zijn eigen, enorme, witte, smachtende badhanddoeken. Het ergste van alles waren het ongemak en de pijn van een verstopte neus, veroorzaakt door het slapen in een verwarmde kamer waarvan het raam niet openging.

Het was lomp en ondankbaar om aanmerkingen te maken, omdat ze zo ontzettend aardig waren geweest, maar hij was nog nooit van zijn leven zo blij geweest om ergens weg te gaan.

Weer de roep van de wulp. Vrede. En... hij ging terug naar de slaapkamer, terwijl hij de achterpanden van zijn overhemd in zijn spijkerbroek stopte... negentiende-eeuwse weelde. Even weelderig als Ovington Street, maar alles van een massief, mannelijk formaat. Het grote bad, gebouwd voor een reus. De enorme handdoeken, de zware gordijnen, versierd met zijden koorden. Hij dacht weer aan Virginia en wist dat, hoewel hij niet bang was geweest voor een herhaling van dat verblijf in het voorstedelijke Amerika, hij amper had verwacht dat zij de scepter zou zwaaien over een huis dat vijftig jaar geleden leek te zijn ingericht en gemeubileerd en sindsdien niet veranderd was.

Maar hij vond het prima. Hij voelde zich erg thuis. De plaats gaf hem een aangenaam gevoel, het degelijke comfort, de aangename geur van een landhuis, de glans op het goed verzorgde meubilair, de helderheid van fris linnen, de familiaire sfeer. Hij floot, terwijl hij schone sokken en een dikke sweater aantrok en zijn haar borstelde. Hij ving zijn eigen blik op in de spiegel en grijnsde naar zijn spiegelbeeld. Hij had er nu al plezier in.

Toen hij klaar was, verliet hij de slaapkamer, met het verjaarscadeau voor Vi. Hij ging de trap af en kwam, het geluid van vrouwelijke stemmen volgend, in de keuken uit. Niet swingend en modern, maar groot en huiselijk, zonnig en heerlijk ruikend naar vers gezette koffie. Alexa had vakkundig een koude kip gesneden en deed de stukken in een plastic doos, en Virginia, die nu een schort over haar spijkerbroek droeg, vulde een thermoskan met koffie. Toen Noel verscheen, zette ze de kan neer en schroefde ze de dop erop.

'Alles goed?' vroeg ze hem.

'Meer dan goed. Ik ben in bad geweest en nu kan ik alles aan.'

'Is dat een cadeau voor Vi? Doe het maar in deze grote doos, samen met al die van ons...' Het was een kartonnen doos van de kruidenier die al propvol zat met vreemd gevormde en fel gekleurde pakjes.

Hij deed dat van hem erbij. 'Iemand heeft haar een fles gegeven.'

'Henry. Het is rabarberwijn. Hij heeft hem bij de bazaar gewonnen. Noel, de Subaru staat achter. Misschien dat jij de doos met alle andere spullen erin kunt zetten en dan kun je het aan Vi geven als jij en Alexa bij Pennyburn komen.'

Noel pakte de doos op en droeg hem door de keuken en de open achterdeur naar buiten. Op de binnenplaats stond de Subaru geparkeerd, een stoer voertuig met vierwielaandrijving, het achterste gedeelte al half vol met allerlei spullen. Voor Noel was een picknick het eten van een sandwich in een veld of misschien een met zorg samengestelde mand van Fortnum's, compleet met champagne, die ceremonieel geopend werd op de grasvelden van Glyndebourne. De voorbereidingen voor vandaag hadden echter meer weg van een legeroefening. Kleden en paraplu's; hengels, fuiken en tassen; een papieren zak met houtskool, nog een met aanmaakhout; roosters en tangen; hondebakken; een fles water, blikjes bier, een mand vol fel gekleurde plastic borden en een aantal plastic wijnglazen. Er was een keukenrol, een stapel regenjassen, Alexa's camera, een verrekijker.

Hij laadde de doos met presentjes in en terwijl hij dat deed, kwam Alexa bij hem met nog een mand, met daarin de thermosfles en de doos met koude kip, een paar mokken, honderiemen en een fluitje.

Hij zei tegen haar: 'Het ziet ernaar uit alsof we ten minste twee weken gaan kamperen.'

'We moeten op alles voorbereid zijn.' Hij nam de mand van haar over en vond er een hoekje voor. 'En we moeten gaan. We zijn al laat.'

'En de honden?'

'Die gaan met ons mee. We proppen ze wel tussen al deze spullen in.'

'Kunnen ze niet op de achterbank?'

'Nee, omdat we met zijn vijven de heuvel op gaan en noch Vi noch Edie is opvallend slank.'

'We zouden mijn auto ook mee kunnen nemen.'

'Dat zouden we kunnen doen, maar we zouden niet erg ver komen. Wacht maar tot je de landweg ziet. Hij is steil en zit vol hobbels. Dit is de enige wagen die het haalt.'

Noel was zuinig op zijn Volkswagen en daarom was de discussie hiermee gesloten. De drie honden werden verzameld, ingeladen en de deuren werden achter hen dichtgedaan. Ze keken berustend. Alexa en Noel gingen voorin zitten, Noel aan het stuur. Virginia, nog steeds in haar schort, kwam hun uitwuiven. 'Ik ben ongeveer kwart over twaalf bij jullie,' zei ze. 'Veel plezier bij Vi.'

Ze vertrokken, achter het huis langs, door de poort, over de brug. Terwijl hij reed, bracht Alexa hem op de hoogte van alle plaatselijke nieuwtjes. 'Pa is in New York. Ik hoorde er alles van toen ik de kip aan het snijden was. Maar hij wordt morgen in de loop van de dag terug verwacht. En Lucilla Blair is op Croy... ze is terug uit Frankrijk... en Pandora Blair. Zij is de zus van Archie Balmerino, dus je zult ze allebei wel zien.'

'Zijn ze allemaal op de picknick?'

'Ik verwacht het wel. Maar van Pandora weet ik het niet zeker. Ik ben erg benieuwd naar haar, omdat ik haar nog nooit heb gezien. Zij is het zwarte schaap van de familie Balmerino, met een reputatie die er niet om liegt.'

'Klinkt interessant.'

'Nou, wind je maar niet te veel op. Ze is ten minste tien jaar ouder dan jij.'

'Ik viel altijd al op rijpere vrouwen.'

'Ik geloof niet dat 'rijp' het juiste woord is voor Pandora. En er logeert nog iemand op Croy, Conrad Tucker. Hij is een Amerikaan en een oude vriend van Virginia. Is dat niet bijzonder? En die arme Virginia moest Henry zelf naar school brengen, omdat pa er niet was. Ze zei dat het echt vreselijk was en ze wil er niet over praten. En ze heeft nog niets gehoord van die lieve Henry, dus weten we niet hoe het met hem gaat. Ze zegt dat ze het schoolhoofd niet wil bellen om het te vragen, voor het geval hij denkt dat ze een bemoeizieke ouder is.' Nu reden ze door de dorpsstraat. 'Ik weet niet waarom ze niet zou mogen bellen. Ik zie niet in waarom ze niet met Henry mag praten als ze dat wil. Hier naar links, Noel, door deze poort en de heuvel op. Dit is Croy. Het land van Archie Balmerino. Ik geloof dat hij vandaag is gaan jagen, maar morgen gaan we vóór het feest allemaal bij hen eten, dus dan zul je hem wel zien...'

De weg ging steil omhoog, door akkerland dat ooit open grasland was geweest. De bladeren van statige beuken kregen een gouden gloed en voor hen prikten de heuvels met hun toppen in de heldere herfsthemel. Ondanks de warmte van de zon stond er een stevige bries en Noel was blij met zijn dikke sweater.

'Nu moeten we over dit weggetje. Het was vroeger echt lelijk, een uitgereden karrespoor dat naar een oud tuiniershuisje liep, maar Vi heeft het helemaal opgeknapt toen ze het van Archie kocht. Ze is gek van tuinieren, dat heb ik je al verteld. Maar kijk toch eens naar het uitzicht. Natuurlijk zit ze wel pal in de wind, maar het is beter nu de beukenhaag hoger is...'

Het huisje stond verblindend wit in de zon, omgeven door een tuin van groene grasvelden en fleurige bloembedden. Toen Noel bij de voordeur stopte, ging deze open en kwam er een grote, goedgebouwde vrouw naar buiten om hen te begroeten, haar armen uitgestrekt, terwijl de frisse bries door haar haar blies. Ze droeg een heel oude tweedrok, een wollen vest, enkelsokken en stevige golfschoenen. Alexa werd toen ze uit de auto sprong bijna meteen meegesleurd in haar grootmoeders gigantische omhelzing.

'Alexa. Mijn lieve kind, wat zalig je te zien.'

'Hartelijk gefeliciteerd.'

'Zo oud, liefje. Is het niet verschrikkelijk? Zo oud als Methusalem.'

Ze kuste Alexa en keek toen, over het hoofd van haar kleindochter, hoe Noel om de voorkant van de Subaru liep. Ze keken elkaar in de ogen en bleven elkaar aankijken. De blik van Violet was kalm en helder; scherp, maar niet onvriendelijk. Ik word gemonsterd, zei Noel tegen zichzelf. Hij zette zijn meest openhartige glimlach op. 'Hoe maakt u het? Ik ben Noel Keeling.'

Violet liet Alexa los en stak haar hand uit. Hij nam hem in de zijne, een gezonde handdruk, de palm warm en droog, de vingers sterk. Zij was niet mooi en was dat waarschijnlijk nooit geweest, maar hij zag veel levenswijsheid in haar verweerde trekken en alle lijnen in haar gezicht zagen eruit alsof ze van het lachen kwamen. Zijn sympathie voor haar, zijn onmiddellijke en woordloze verstandhouding met haar, was instinctief en hij wist dat zij het soort mens was dat, hoewel zeer goed in staat tot onverzoenlijke vijandschap, ook een zeer trouwe vriend kon worden. Hij wilde haar aan zijn kant.

En toen zei ze iets merkwaardigs. 'Hebben wij elkaar niet al eens ontmoet?'

'Ik geloof het niet.'

'Je naam. Keeling. Komt me ergens bekend voor.' Ze haalde haar schouders op, liet zijn hand los. 'Laat maar.' Ze glimlachte en hij besefte dat al was ze nooit mooi geweest, ze fysiek ooit heel aantrekkelijk was geweest. 'Wat ontzettend aardig van jullie om bij ons langs te komen.'

'Ik moet u hartelijk feliciteren. We hebben een doos met cadeaus voor u.'

'Breng ze maar naar binnen. Ik maak ze later wel open.'

Hij ging terug naar de auto, deed de deuren open, kalmeerde de honden, pakte de doos met presentjes en deed de deuren weer dicht. Tegen de tijd dat hij daarmee klaar was, waren Alexa en haar grootmoeder in het huis verdwenen en Noel volgde hen door een smal portaal naar een frisse, lichte zitkamer met een glazen deur die uitzag op de prachtige tuin van de oude vrouw.

'Kun je de doos daar neerzetten? Ik maak ze nog niet open, omdat ik al jullie nieuwtjes wil horen. Alexa, de koffie en de kopjes zijn in de keuken, zou jij het blad voor me willen halen?' Alexa verdween naar de keuken. 'Nu dan, Noel... Ik kan je niet meneer Keeling noemen, omdat niemand dat tegenwoordig doet en jij moet me Violet noemen... waar zou je willen zitten?'

Maar hij wilde niet zitten. Zoals altijd in een nieuwe omgeving, wilde hij rondsnuffelen, zich alles eigen maken. Het was een alleraardigste kamer, met licht gele muren, gordijnen van helder roze chintz en room-kleurige tapijten die strak tegen de plinten lagen. Hij wist dat Violet Aird hier nog niet zo lang woonde en over alles lag een zekere frisheid en helderheid, een teken dat de boel onlangs was opgeknapt. Haar meubels, haar schilderijen en snuisterijen, haar boeken en haar porselein waren duidelijk allemaal met haar mee verhuisd uit een vorige woning, waarschijnlijk Balnaid. De stoelen en de bank waren losjes bedekt met koraalrood linnen en het ebbehouten kabinet, waarvan de deuren open stonden, was gevoerd met hetzelfde koraalrood en bevatte een verzameling Famille Rose porselein. Overal waar hij keek, viel Noels oog op een warboel van ofwel begeerlijke ofwel praktische zaken, de hamstervoorraad van een oude vrouw, die ze als een hoop nootjes om zich heen had verzameld, de troostrijke bezittingen van een heel leven. Er waren gehandwerkte kussens, een rieten mand vol houtblokken, een koperen haardrooster, een blaasbalg, een naaidoos, een klein televisietoestel, stapels tijdschriften, schalen met geurige bloem-blaadjes. Verder stond elk horizontaal oppervlak vol met decoratieve frutsels. Emaille doosjes, vazen met verse bloemen, een koperen schaal vol met paarse hei, foto's in zilveren lijsten, kleine verzamelingen Dresden porselein.

Ze keek naar hem. Hij keek naar haar en glimlachte. Hij zei: 'Jij houdt je aan de regels van William Morris.'

'En wat bedoel je daarmee?'

'Je hebt niets in je huis dat voor jou niet mooi of handig is.'

Ze moest lachen. 'Wie heeft je dat geleerd?'

'Mijn moeder.'

'Het is een achterhaalde opvatting.'

'Maar nog steeds levensvatbaar.'

Ze had in haar haard een vuurtje aangemaakt. Op de schoorsteenmantel stonden een paar Staffordshire honden en daarboven...

Hij fronste zijn wenkbrauwen en liep naar voren om het schilderij van dichtbij te bekijken. Het was een oud schilderij van een kind in een veld met boterbloemen. Het veld lag in de schaduw, maar voorbij het veld scheen de zon op rotsen en de zee en de verre gestalten van twee oudere meisjes. Het bedrieglijke spel van licht en kleur had zijn aandacht getrokken, niet alleen omdat het gonsde van de warmte, maar ook vanwege de techniek, de manier waarop het perspectief was weergegeven. Hij herinnerde het zich plotseling als een vertrouwd gezicht uit zijn kindertijd.

Dat moest het zijn. Noel hoefde nauwelijks de handtekening te lezen om te weten wie het was.

Verwonderd zei hij: 'Dit is een Lawrence Stern.'

'Wat knap dat je dat weet. Dit is mijn dierbaarste bezit.'

Hij draaide zich om, om haar aan te kijken. 'Hoe ben je eraan gekomen?'

'Je lijkt verbaasd?'

'Dat ben ik ook. Er zijn er zo weinig.'

'Mijn echtgenoot gaf het me vele jaren geleden. Hij was in Londen. Hij zag het in de etalage van een galerie, ging naar binnen en kocht het voor mij. Hij vond het niet erg dat hij er heel wat meer voor moest betalen dan hij zich kon veroorloven.'

Noel zei: 'Lawrence Stern was mijn grootvader.'

Ze fronste haar voorhoofd. 'Je grootvader?'

'Ja. De vader van mijn moeder.'

'Van je moeder...?' Ze zweeg, terwijl ze nog steeds haar voorhoofd fronste, en glimlachte toen opeens. Haar verwarring had plaatsgemaakt voor een vergenoegd gezicht. 'Dus zo ken ik je naam! Noel Keeling. Maar ik heb haar gekend... Ik heb haar ontmoet... O, hoe is het met Penelope?'

'Ze is vier jaar geleden gestorven.'

'Wat verschrikkelijk. Zo'n lief mens. We hebben elkaar maar één keer ontmoet, maar...'

Ze werden onderbroken door Alexa, die weer uit Violets keuken kwam. Ze droeg het blad met de koffiekan en de kopjes en schotels erop.

'Alexa, dit is zo ongelooflijk! Stel je voor, Noel is helemaal geen vreemde voor me. Ik blijk zijn moeder ooit tegen te zijn gekomen... en we konden het zo goed met elkaar vinden. Ik hoopte altijd dat we elkaar nog een keer zouden zien, maar op een of andere manier is het er nooit van gekomen...'

Deze ontdekking, deze onthulling, het bijzondere wat-is-de-wereld-toch-klein toeval, eiste alle aandacht op. De picknick en de verjaardag waren even vergeten; Alexa en Noel dronken warme koffie en luisterden gefascineerd naar het verhaal van Vi.

'Het kwam allemaal door Roger Wimbush, de portretschilder. Toen

Geordie terugkwam van de oorlog en uit het interneringskamp terugkeerde naar Relkirk om weer te werken, werd besloten dat hij, als voor-
zitter van het bedrijf, zijn portret moest laten schilderen voor het nage-
slacht. En Roger Wimbush kreeg de opdracht. Hij kwam naar Balnaid,
logeerde bij ons en het portret werd gemaakt in de oranjerie, en prompt
met enig ceremonieel opgehangen in de directiekamer van het kantoor.
Voor zover ik weet hangt het daar nog steeds. We werden dikke vrienden en toen Geordie doodging, schreef Roger me zo'n lieve brief. Hij
stuurde me een uitnodiging voor een tentoonstelling in Burlington
House. Ik ging niet erg vaak naar Londen, maar ik vond de gelegenheid
de lange reis waard, dus ging ik, en Roger haalde me daar af en leidde
me rond. En opeens zag hij die twee dames. De ene was jouw moeder,
Noel, en de andere, geloof ik, een oudtante van haar die ze bij wijze van
uitje had meegenomen naar de tentoonstelling. Een zeer oude dame;
klein en gerimpeld, maar gonzend van vitaliteit...'
'Oudtante Ethel,' zei Noel, omdat het niemand anders geweest kon
zijn.
'Dat is het. Natuurlijk. Ethel Stern, de zuster van Lawrence Stern.'
'Ze is een paar jaar geleden gestorven, maar toen ze nog leefde, was ze
voor ons allemaal een enorme bron van vermaak.'
'Dat kan ik me voorstellen. Hoe het ook zij, Roger en je moeder waren
duidelijk oude vrienden. Ik geloof dat ze hem jaren eerder als kamer-
huurder in huis had gehad, toen hij nog een berooide jonge student was
en nauwelijks de kost kon verdienen. Het was een vrolijke hereniging,
daarna werden we voorgesteld en kreeg ik te horen hoe het zat met
Lawrence Stern. En ik kon je moeder over dat schilderij vertellen. Tegen die tijd was het ijs gebroken en aangezien we allemaal toch alle
portretten al hadden gezien, besloten we om samen te gaan lunchen. Ik
had een restaurant in gedachten, maar je moeder stond erop dat we
allemaal naar haar huis zouden gaan om bij haar te lunchen.'
'Oakley Street.'
'Inderdaad. Oakley Street. We protesteerden dat het te veel moeite was,
maar zij wuifde al onze bezwaren weg en even later zaten we alle vier in
een taxi op weg naar Chelsea. Het was een prachtige dag. Ik herinner
me het nog zo goed. Heel warm en zonnig en je weet hoe mooi Londen
kan zijn aan het begin van de zomer. En we lunchten in de tuin, die
groot was en zo groen, en het rook er zo lekker naar seringen dat het
leek alsof we in een ander land waren, Zuid-Frankrijk misschien of Parijs, met het stadsgedruis gedempt door de bomen en alles bespikkeld
met zon en schaduw. Er was een terras in de schaduw, met een tafel en
tuinstoelen, waar we allemaal zaten en gekoelde wijn dronken, terwijl
je moeder bezig was in die grote keuken in het souterrain en van tijd tot
tijd verscheen om een praatje te maken of meer wijn in te schenken of de
tafel te dekken.

'Wat aten jullie?' vroeg Alexa, gefascineerd door het beeld dat Vi voor hen schetste.

'Eens kijken. Ik moet even denken. Het was verrukkelijk, dat weet ik nog. Precies goed en verrukkelijk. Koude soep – gazpacho, geloof ik – en knapperig, zelfgebakken brood. En een salade. En pâté. En Franse kaas. En er was een schaal met perziken, die ze die ochtend had geplukt van een boom die tegen de muur achterin de tuin groeide. We bleven de hele middag. We hadden geen andere afspraken of waren ze vergeten als we ze hadden. De uren vlogen voorbij, net als een middag in een vage, heerlijke droom. Daarna, herinner ik me, lieten Penelope en ik Ethel en Roger aan tafel, met koffie, cognac en Gauloises, en leidde ze mij rond om al het moois in haar tuin te laten zien. En terwijl we wandelden, praatten we, ademloos. Toch is het moeilijk te zeggen waar we het over hadden. Ik geloof dat ze over Cornwall vertelde, over haar kindertijd daar en het huis dat ze vroeger hadden, en het leven dat ze voor de oorlog leidden. Toen we uiteindelijk weg moesten, wilde ik niet. Ik wilde geen afscheid nemen. Maar toen ik ten slotte weer thuiskwam, in Balnaid en Strathcroy, kreeg dat schilderij, waarvan ik altijd gehouden had, een nog grotere betekenis, omdat ik de dochter van Lawrence Stern ooit had ontmoet.'

'Heb je haar nooit meer gezien?' vroeg Alexa.

'Nee. Helaas. Ik ging zo zelden naar Londen en toen, geloof ik, verhuisde ze naar het platteland. We verloren het contact. Zo dom en zorgeloos van me om het contact te verliezen met iemand die ik zo graag mocht, waar ik me zo mee verwant voelde.'

'Hoe zag ze eruit?' Alexa, natuurlijk gefascineerd door dit onverwachte inzicht in de familie van Noel, wilde alles weten. Vi keek naar Noel. 'Vertel jij het haar maar,' zei ze.

Maar dat kon hij niet. Gelaatstrekken, ogen, lippen, glimlach, haar, het was hem allemaal ontschoten. Hij had haar niet kunnen beschrijven zelfs als iemand een pistool tegen zijn hoofd had gehouden. Wat hem bij was gebleven, na vier jaar zonder zijn moeder te hebben geleefd, was haar aanwezigheid, haar warmte, haar gelach, haar gulheid, haar tegendraadsheid en haar gekmakende hebbelijkheden, de eindeloze overvloed van haar gastvrijheid en vrijgevigheid. Vi's herinnering aan die lunch van zo lang geleden, spontaan en informeel, maar bezield met zo'n aparte sfeer dat ze geen enkel detail van die gelegenheid was vergeten, deed de dagen van vroeger in Oakley Street zozeer herleven, dat hij een scheut nostalgie voelde ten aanzien van alles wat hij zo vanzelfsprekend had gevonden en nooit had gewaardeerd.

Hij schudde zijn hoofd: 'Ik kan het niet.'

Vi keek hem aan. En toen, alsof ze zijn lastige situatie accepteerde, drong ze niet verder aan. Ze wendde zich tot Alexa: 'Ze was lang en zag er heel goed uit – ik vond haar mooi. Ze had donkergrijs haar, in een wrong die door spelden van schildpad bij elkaar werd gehouden. Haar ogen waren donker, heel groot en glanzend, en haar huid was zacht en bruin, alsof ze altijd buiten had gewoond, als een zigeuner. Ze was absoluut niet chic of modieus, maar ze gedroeg zich zo voornaam dat ze heel elegant overkwam. Ze fonkelde van plezier. Een onvergetelijke vrouw.' Ze wendde zich weer tot Noel. 'En jij bent haar zoon. Stel je voor. Wat kan het leven toch vreemd zijn. Op je achtenzeventigste denk je dat je je nergens meer over verbaast en dan gebeurt er iets als dit, en is het net alsof de wereld nog maar net is begonnen.'

Het meer bij Croy lag verborgen tussen de heuvels, drie mijl ten noorden van het huis en alleen bereikbaar via een primitief, zeer steil weggetje, dat zich in een serie haarspeldbochten naar de hei slingerde.
Het was geen natuurlijk stuk water. Lang geleden was dit meer, omringd door de noordelijke heuvels en de oprijzende massa van Creagan Dubh, een verlaten oord, de woonplaats van adelaars en reeën, wilde katten, sneeuwhoenders en wulpen. Op Croy waren nog oude sepiafoto's van het dal zoals het er eens had uitgezien, met een rivier die er doorheen liep, met aan weerszijden steile oevers waar biezen groeiden en aan de kant van de rivier een klein woonhuisje, met koestallen en schaapskooien vervallen tot een dakloze verlatenheid van ingestorte granieten muren. Maar toen besloot de eerste Lord Balmerino, Archies grootvader, die een fortuin te besteden had en dacht aan de forellevangst, om voor zichzelf een meer te maken. Dus werd er een dam gebouwd, sterk als een bastion, bijna vier meter hoog en zo breed dat er een rijtuig overheen kon. Er werden sluizen ingebouwd tegen eventuele overstromingen en toen de dam af was, werden de sluizen dichtgedaan en zat de rivier gevangen. Langzaam steeg het water en het verlaten boerderijtje ging voor altijd onder. Omdat de dam zo hoog was, zag iedereen die hier voor het eerst kwam het water helemaal niet tot hij over de laatste helling was. Dan lag daar opeens de enorme uitgestrektheid van het meer – twee mijl lang en een mijl breed. Afhankelijk van de tijd en het seizoen, glinsterde het blauw in de zon, in beroering door loodgrijze golven of roerloos als glas in het avondlicht, met een bleke maan weerspiegeld in het oppervlak, van tijd tot tijd doorbroken door opspringende vissen.
Er werd een robuust botenhuis gebouwd, groot genoeg voor twee boten, met opzij een extra vertrek waar men met slecht weer kon picknicken. Maar er kwamen niet alleen vissers naar het meer. Ook generaties kinderen hadden het als hun bijzondere plekje opgeëist. Schapen graasden op de rondom gelegen heuvels en het afgegraasde gras dat naar de waterkant afliep was zeer geschikt om tenten op te zetten, te ballen en cricketwedstrijden te houden. Blairs en Airds hadden, in het gezelschap van jonge vrienden, geleerd om forel te vangen aan de oevers van het

meer en hun eerste slagen gezwommen in het ijskoude water; en lange, gelukkige dagen waren voorbijgegaan met het bouwen van vlotten of provisorische kano's, die altijd zonken als er onverschrokken mee naar het diepe werd gepeddeld.

De overvolle Subaru hotste en botste met Virginia aan het stuur over het laatste stuk van het weggetje. Noel had inmiddels, na een zeer ongerieflijk half uur, besloten dat hij op de terugweg het stuk te voet zou afleggen. Virginia reed, omdat zij, heel terecht, zei dat ze de weg wist en hij niet, en Violet mocht, ook heel terecht, naast Virginia zitten, met de grote doos van haar verjaarstaart op schoot. Achterin zat het niet zo makkelijk. Edie Findhorn, over wie Noel zoveel had gehoord, bleek een omvangrijke dame te zijn en nam zoveel ruimte in beslag dat Alexa bij Noel op schoot moest. Daar zat ze ineengedoken, steeds zwaarder. Hij begon kramp in zijn heupen te krijgen, maar omdat ze bij elke hobbel in de weg met haar hoofd tegen het dak van de auto stootte, vond hij het ongepast om zich bij haar te beklagen.

Ze hadden twee stops gemaakt. Een bij Croy, waar Virginia was uitgestapt om te kijken of het gezelschap daar al vertrokken was. Kennelijk wel, want de deur zat op slot en het huis was verlaten. De tweede stop was om het hek van de wildafrastering open en dicht te doen en hier had Virginia de twee spaniëls eruit gelaten, die de rest van de weg achter de langzaam rijdende auto aanrenden. Noel wou dat hij er ook was uitgelaten en met hen mee kon rennen, maar nu was het een beetje te laat voor zo'n suggestie.

Want ze leken er bijna te zijn. Violet tuurde door de voorruit. 'Ze hebben het vuur al aan!' zei ze.

Alexa wrong zich in een bocht om te kijken, waardoor Noel het nog moeilijker kreeg. 'Hoe weet je dat?'

'Ik zie rook.'

'Ze moeten hun eigen aanmaakhout hebben meegenomen,' zei Edie.

'Waarschijnlijk hebben ze afgebrande hei gebruikt,' zei Alexa. 'Of twee stukjes hout tegen elkaar gewreven. Ik hoop dat Lucilla aan de sleutel van het botenhuis heeft gedacht. Jij kunt gaan vissen, Noel.'

'Op dit moment wil ik alleen weer wat gevoel in mijn benen krijgen.'

'Wat vervelend voor je. Ben ik erg zwaar?'

'Nee, helemaal niet. Alleen zijn mijn voeten gevoelloos.'

'Misschien is het gangreen.'

'Vast.'

'Dat kan vreselijk snel gebeuren en dan trekt het als vuur door je hele lichaam.'

Edie werd boos: 'In hemelsnaam, Alexa, hoe kun je zoiets zeggen!'

'O, hij overleeft het wel,' zei Alexa luchtig. 'Bovendien zijn we er bijna.'

Inderdaad. De onbarmhartige weg werd vlak, er waren geen hobbels meer. De Subaru reed rustig over het licht hellende gras en kwam tot stilstand. Noel deed meteen de deur open, duwde Alexa zachtjes naar buiten en volgde haar dankbaar. Toen hij stond en zijn pijnlijke benen strekte, werd hij overvallen door een plotselinge dosis licht, lucht, helderheid, blauwheid, water, ruimte, geuren, wind. Het was koud... kouder dan het in de beschutting van het dal was geweest, maar hij was zo verbluft door alles wat hij zag dat hij de kou nauwelijks opmerkte. Hij was ook onder de indruk, zoals hij onder de indruk was geweest van de imposante pracht van Croy. Hij had niet gedacht dat het meer zo groot en zo mooi zou zijn en hij kon het moeilijk verwerken dat dit immense land, de heuvels en de hei, allemaal van één man was. Alles was op zo'n enorm formaat, zo overvloedig, zo rijk. Om zich heen kijkend, zag hij het botenhuis, de rijkelijk bewerkte gevel en ramen, de Landrover die al een paar meter verderop stond geparkeerd en de grof gemetselde barbecue waarvan de rook al in de schone lucht opsteeg.

Hij zag twee mannen beneden op de kiezelige oever, op zoek naar drijfhout. Hij hoorde de roep van een sneeuwhoen hoog boven hem op de heuvel en toen, heel in de verte, uit een of ander verderop gelegen dal, geweerschoten.

De anderen waren nu allemaal uitgestapt. Alexa had de achterklep opengedaan en haar hondje eruit gelaten. De twee spaniëls van Virginia waren er nog niet, maar dat zou vast niet lang meer duren. Violet was al op weg naar het botenhuis toen er een meisje door de open deuren naar buiten kwam.

'Hallo,' riep ze. 'Jullie zijn er. Gefeliciteerd, Vi!'

Iedereen werd aan elkaar voorgesteld en zodra deze plichtplegingen achter de rug waren, gingen ze allemaal aan het werk en werd het Noel duidelijk dat er een ordelijk patroon was voor deze traditionele gelegenheden. De Subaru werd uitgepakt, het vuur werd opgebouwd met stokken en houtskool. Twee grote uitklaptafels werden uit het botenhuis aangesleept en vlakbij opgezet en gedekt met grote, geruite lakens, waarop eten, borden, salades en glazen werden klaargezet. Dekens werden uitgespreid op de hei. De twee spaniëls, buiten adem en met hun tong uit hun bek, kwamen over de heuvel aanzetten en gingen meteen naar het water, waar ze hun poten afkoelden, gulzig dronken en toen uitgeput in elkaar zakten. Edie Findhorn, met haar grote witte schort voor, pakte worstjes en beefburgers uit en begon te bakken toen de houtskool begon te verassen. De rook werd dikker. Haar rode wangen werden nog roder door de hitte en de wind blies haar witte haar in de war.

Een voor een verschenen andere wagens, waar nog meer gasten uit kwamen. De wijnflessen werden opengemaakt en ze stonden her en der met een glas in de hand of maakten het zich gemakkelijk op de uitgespreide geruite dekens. De zon bleef schijnen. Toen verscheen Julian

Gloxby, de predikant van Strathcroy, boven de kam van de heuvel met zijn vrouw en Dermot Honeycombe. Omdat geen van hen een auto had die de weg vanaf Croy aan kon, hadden ze de reis te voet gemaakt. Ze zagen er bepaald uitgeput uit, ondanks het feit dat ze alledrie loopschoenen en wandelstokken hadden. Dermot had een rugzak en haalde daar zijn bijdrage aan het feestmaal uit: zes kwarteleieren en een fles vlierbessenwijn.

Lucilla en Alexa stonden aan de tafel en smeerden zachte broodjes, de zoete witte broodjes waar geen enkele Schotse picknick zonder kan. Violet joeg wespen van haar taart weg en de hond van Alexa stal een gloeiendheet worstje en brandde zijn bek.

Het feest was begonnen.

Virginia zei: 'Ik zal een cadeautje voor je maken.' Ze trok de biezen een voor een uit een veldje aan de waterrand.

'Wat ga je voor me maken?' vroeg Conrad.

'Wacht maar rustig af, dan zie je het wel.'

Nadat het eten en de koffie op waren, waren ze van de anderen weggelopen, langs de dam en vervolgens over de oostelijke oever van het meer, waar in de loop der jaren de wind en hoge waterstanden de turfachtige oever hadden afgeknabbeld en een smal kiezelstrand hadden gevormd. Niemand was ze achterna gegaan en afgezien van de twee spaniëls, waren ze alleen.

Hij wachtte geduldig af en keek naar haar. Uit de zak van haar ribbroek haalde ze een plukje schapewol dat ze van een hek met prikkeldraad had geplukt. Ze draaide dit tot een draad en bond daarmee de biezen samen tot een bosje. Toen deed ze ze uit elkaar en begon ze te vlechten en te vouwen, terwijl de biezen ronddraaiden als de spaken van een wiel. In haar vingers ontstond een mandje dat, toen het klaar was, ongeveer zo groot was als een theekopje.

Hij was gefascineerd. 'Van wie heb je dat geleerd?'

'Van Vi. En zij heeft het als kind van een oude zwerfster geleerd. Zo.' Ze vouwde het laatste uiteindje naar binnen en hield het mandje op zodat hij het kon bewonderen.

'Dat is leuk.'

'Nu doe ik het vol met mos en bloemen en dan heb je een bloemstukje om op je bureau te zetten.'

Ze keek om zich heen, zag mos op een rots, trok het er met haar vingernagels af en propte het in het mandje. Ze liepen door, terwijl Virginia af en toe stil bleef staan om een grasklokje, een takje hei of een toefje veenpluis te plukken, dat ze aan haar scheppinkje toevoegde. Eindelijk tevreden stak ze het hem toe. 'Alsjeblieft. Een aandenken, Conrad. Een souvenir uit Schotland.'

Hij nam het aan. 'Dat is heel aardig. Dank je. Maar ik hoef geen souvenir, omdat ik het nooit zal vergeten. Niets.'

'In dat geval,' zei ze luchtig, 'kun je het weggooien.'

'Dat zou ik nooit doen.'

'Zet het dan maar in een bakje met water op je wastafel, zodat het niet verwelkt of doodgaat. Je kunt het meenemen naar Amerika. Maar dan moet je het wel verstoppen in je toilettas, anders word je bij de douane gepakt voor het binnenbrengen van ziektekiemen.'

'Misschien kan ik het drogen, dan blijft het altijd goed.'

'Ja, misschien kan dat.'

Ze liepen door, tegen de wind in. Kleine bruine golfjes kabbelden tegen de oever. Op het water dreven zachtjes twee vissersboten, waarin de vissers zwijgend en geconcentreerd hun lijnen in de gaten hielden. Virginia bleef staan, bukte om een platte steen op te rapen en zeilde hem deskundig weg, zodat hij een aantal keer ketste voordat hij ten slotte zonk.

Ze zei: 'Wanneer ga je?'

'Wat?'

'Wanneer ga je terug naar de States?'

'Ik heb een vlucht geboekt voor aanstaande donderdag.'

Ze zocht nog een steen. Ze zei: 'Misschien ga ik met je mee.' Ze vond er een en gooide. Een misser. Hij verdween meteen. Ze ging rechtop staan en draaide zich om, keek hem aan. De wind blies het haar over haar wangen. Hij zag haar verbazingwekkende ogen.

Hij zei: 'Waarom zou je dat doen?'

'Ik heb er gewoon behoefte aan om weg te gaan.'

'Wanneer heb je dat besloten?'

'Ik loop er al een paar maanden over te denken.'

'Dat is geen antwoord op mijn vraag.'

'Goed. Gisteren. Ik heb het gisteren besloten.'

'Hoeveel heb ik met deze beslissing te maken?'

'Weet ik niet. Maar het is niet alleen om jou. Ook om Edmund en Henry. Alles. Het wordt me allemaal te veel. Ik moet een tijdje alleen zijn. Afstand nemen, om alles in de juiste verhoudingen te zien.'

'Waar ga je naar toe?'

'Naar Leesport. Naar het oude huis. Naar opa en oma.'

'Zal ik langskomen?'

'Als je wilt. Ik hoop dat je wilt.'

'Ik weet niet zeker of je beseft wat dat inhoudt.'

'Hoezo, Conrad?'

'We begeven ons dan wel op glad ijs.'

'We hoeven niet hard te gaan. We kunnen het ook voorzichtig aan doen. Voetje voor voetje.'

'Ik geloof niet dat ik dat wil.'

'Dat weet ik van mezelf ook nog niet zeker.'

'Als je man en je gezin aan de andere kant van de oceaan zitten, zal ik

me niet alleen rot voelen, maar me waarschijnlijk ook zo gaan gedragen.'
'Dat risico neem ik wel.'
'In dat geval zeg ik niets meer.'
'Dat wilde ik van je horen.'
'Behalve dat ik met Pan Am vlieg, om elf uur 's ochtends, vanaf Heathrow.'
'Ik zal kijken of ik met hetzelfde vliegtuig kan.'

Het ergste van oud worden, vond Violet, was dat geluk je op het meest ongepaste moment ontging. Ze zou zich nu gelukkig moeten voelen, maar was dat niet.
Het was de middag van haar verjaardag en alles was nagenoeg perfect. Niemand kon meer verlangen. Ze zat op een kussen van hei, hoog boven het meer. Ondanks het feit dat de lucht in het westen onheilspellend dichttrok, bleef de zon schijnen vanuit een smetteloze herfsthemel. Ver in de diepte, maar duidelijk zichtbaar, alsof je het zag door het verkeerde eind van een telescoop, zag ze het picknickgezelschap; kleine groepjes die waren uiteengegaan om zich te wijden aan hun eigen activiteiten. De twee boten waren op het water. Julian Gloxby en Charles Ferguson-Crombie zaten in de ene te vissen, Lucilla en haar jonge Australische vriend in de andere. Dermot was er in zijn eentje op uit gegaan om wilde bloemen te zoeken. Virginia en Conrad Tucker waren de dam overgestoken en liepen nu naast elkaar langs de smalle oever aan de overkant van het meer. De twee spaniëls van Edmund vergezelden hen. Van tijd tot tijd stonden ze stil, alsof ze verdiept waren in een gesprek, of bukten ze om een plat steentje op te rapen en het ketsend over het glinsterende water te laten scheren. De anderen bleven liever waar ze waren, luierend in de zon, rond de resten van het vuur. Edie en Alexa zaten bij elkaar. Mevrouw Gloxby, die bijna nooit rustig zat, had haar breiwerk en een boek meegenomen en genoot van een rustig plekje.
Violet hoorde allerlei geluiden. Het rommelen van de wind, een overslaande stem, het plassen van roeispanen, de roep van een vogel. Af en toe droeg de wind het geluid van schoten vanuit het verre dal hun kant op, over de top van Creagan Dubh.
Alles was precies zoals het zou moeten zijn en toch voelde ze zich bezwaard. Het komt, zei ze tegen zichzelf, doordat ik te veel weet. Ik word te vaak in vertrouwen genomen. Ik zou onwetend willen zijn en dus zalig. Ik zou niet willen weten dat Virginia en Conrad Tucker, die knappe Amerikaan, minnaars zijn. Dat Virginia in een crisis zit; dat ze, nu Henry weg is, in staat is om een rampzalige beslissing te nemen. Ik zou er zeker van willen zijn dat Edie niet langer met die arme Lottie in haar maag zit.
En tegelijk waren er onzekerheden die ze liever opgehelderd zou heb-

ben. Ik zou er graag zeker van willen zijn dat Alexa niet teleurgesteld wordt in haar liefde, dat Henry niet wegkwijnt zonder zijn moeder. Ik zou graag precies willen weten wat er omgaat in Edmunds onpeilbare geest.

Haar familie. Edmund, Virginia, Alexa, Henry en Edie. Liefde en betrokkenheid brachten vreugde, maar konden evengoed veranderen in een molensteen om haar nek. En het ergste was dat ze zich nutteloos voelde omdat er helemaal niets was wat ze kon doen om hun problemen te helpen oplossen.

Ze zuchtte. De zucht was duidelijk hoorbaar en toen ze dit besefte, beheerste Violet zich, probeerde ze, met enige moeite, een vrolijk gezicht te trekken en wendde ze zich tot de man die steunend op één elleboog naast haar lag.

Ze zei het eerste wat in haar opkwam. 'Ik hou van de kleuren van de hei omdat ze me doen denken aan de prachtigste tweed. Allemaal rossig en paars, larixgroen en turfbruin. En ik hou van mooie tweedstoffen omdat ze me doen denken aan de hei. Wat zijn mensen toch knap dat ze de natuur zo volmaakt kunnen namaken.'

'Zat je dat te denken?'

Hij was niet gek. Ze schudde haar hoofd. 'Nee,' gaf ze toe. 'Ik zat te denken... dat het niet hetzelfde is.'

'Wat is niet hetzelfde?' vroeg Noel.

Violet wist niet zeker waarom hij met haar mee was gekomen. Ze had niet gevraagd of hij haar op haar wandeling wilde vergezellen en hij had het niet voorgesteld. Ze was gewoon op stap gegaan, de heuvel op en hij was meegelopen, alsof ze van tevoren stilzwijgend een afspraak hadden gemaakt. Ze hadden samen geklommen, terwijl Violet voorging op het smalle schapepad en af en toe stil bleef staan om het weidse uitzicht te bewonderen, om te kijken naar de vlucht van een sneeuwhoen, om een takje witte hei te plukken. Toen ze de top hadden bereikt, was zij gaan zitten voor een korte adempauze en had hij het zich naast haar makkelijk gemaakt. Ze was getroffen dat hij bij haar had willen zijn en er was nog wat meer van haar reserves jegens hem weggesmolten.

Want, toen ze hem voor het eerst had gezien, was ze op haar hoede geweest. Hoewel ze bereid was om de jongeman waar Alexa van hield aardig te vinden, had ze haar verdediging niet neergehaald, vastbesloten om zich niet in te laten pakken door een dun vernisje van opgelegde charme. Zijn donkere knappe gezicht, zijn lange lijf, zijn heldere, intelligente blauwe ogen hadden haar ietwat van de wijs gebracht en het feit dat hij de zoon van Penelope Keeling was had haar nog meer wind uit de zeilen genomen. Dat was nog een smet op haar dag, want Noel had haar verteld dat Penelope dood was en om een of andere reden vond ze het pijnlijk om dat onder ogen te zien. Achteraf vol spijt, wist ze dat ze het alleen zichzelf kon verwijten dat ze nooit meer contact had opgenomen met die vitale, fascinerende vrouw. En nu was het te laat.

'Wat is niet hetzelfde?' herinnerde hij haar vriendelijk.

Ze nam zich in acht. 'Mijn picknick.'

'Het is een fantastische picknick.'

'Maar anders. Er ontbreekt iets. Henry is er niet, Edmund niet en Isobel Balmerino. Dit is de eerste keer dat ze mijn verjaardag mist, ze moest naar Corriehill om Verena Steynton te helpen met het schikken van de bloemen voor het feest van morgenavond. En wat mijn lieve schatje Henry betreft, die is nu voor minstens tien jaar toevertrouwd aan kostscholen en tegen de tijd dat hij weer kan komen, lig ik waarschijnlijk al onder de groene zoden. Dat hoop ik althans. Achtentachtig jaar oud te zijn is een ondraaglijke gedachte. Te oud. Misschien afhankelijk van je kinderen. Dat is mijn enige angst.'

'Ik kan me jou niet afhankelijk voorstellen.'

'Seniel worden we uiteindelijk allemaal.'

Ze zwegen. In de stilte weerklonk van over de heuvels nog een sporadische uitbarsting van ver geweervuur.

Violet glimlachte. 'Zij lijken tenminste een geslaagde dag te hebben.'

'Wie zijn er aan het jagen?'

'Ik veronderstel de leden van het jagersgezelschap die hier nu net toevallig zijn. En Archie Balmerino is met hen mee.' Ze draaide zich om en glimlachte naar Noel. 'Jaag jij?'

'Nee. Ik heb nooit een geweer gehad. Ik ben zo niet opgevoed. Ik ben opgegroeid in Londen.'

'In dat prachtige huis in Oakley Street?'

'Inderdaad.'

'Wat heb jij dan geboft.'

Hij schudde zijn hoofd. 'Het beschamende is dat ik mezelf niet beschouwde als een bofkont. Ik werd naar een gewone school gestuurd en ik vond mezelf heel oneerlijk behandeld, omdat mijn moeder het zich niet kon veroorloven om me naar Eton of Harrow te sturen. Bovendien was mijn vader ervandoor gegaan en trouwde hij met een andere vrouw toen ik naar school zou gaan. Ik miste hem niet echt, omdat ik hem amper had gekend, maar op de een of andere merkwaardige manier zat het me toch dwars.'

Ze deed geen poging om met hem mee te voelen. In plaats daarvan zei ze, met Penelope Keeling in gedachten: 'Het is niet makkelijk voor een vrouw om in haar eentje een gezin groot te brengen.'

'Ik geloof niet dat dat toen ooit in me is opgekomen.'

Violet lachte, omdat ze zijn eerlijkheid waardeerde. 'Jeugd is niet aan jongeren besteed. Maar vond je je moeder aardig?'

'Ja, zeker. Maar van tijd tot tijd hadden we gigantische ruzies. Meestal over geld.'

'Daar gaan de meeste familieruzies over. Ik kan me niet voorstellen dat ze erg aan bezittingen hing.'

'Integendeel. Ze had haar eigen levensfilosofie en een keur aan vaste gemeenplaatsen, waar ze mee aankwam in moeilijke tijden of midden in een of andere vurige discussie. Een daarvan was dat geluk bestaat uit het beste maken van wat je hebt, een andere dat rijkdom gelijk staat aan het beste maken van wat je bezit. Het klonk aannemelijk, maar ik heb er nooit de logica van ingezien.'

'Misschien had je behoefte aan meer dan wijze woorden.'

'Ja. Ik had behoefte aan meer. Ik had er behoefte aan me geen buitenstaander te voelen. Ik wilde deelhebben aan een ander soort leven, een andere achtergrond hebben. De gevestigde orde. Oude huizen, oude families, oude namen, oud geld. Wij werden opgevoed met de gedachte dat geld niet belangrijk was, maar ik wist dat het alleen niet belangrijk was als je er genoeg van had.'

Violet zei: 'Dat keur ik af, al begrijp ik het wel. Het gras is ergens anders altijd groener en mensen verlangen nu eenmaal altijd naar wat ze niet hebben.' Ze dacht aan het prachtige kleine huisje van Alexa in Ovington Street en de financiële zekerheid die ze van haar grootmoeder had geërfd en voelde een lichte ongerustheid. 'Het ergste is,' ging ze door, 'dat als je aankomt bij dat groene gras, je vaak ontdekt dat je het helemaal niet wilde.' Hij zweeg en fronste zijn wenkbrauwen. 'Vertel eens,' zei ze plotseling, meteen terzake, 'wat vind je van ons allemaal?'

Noel was uit het veld geslagen door haar directheid. 'Ik... ik heb nauwelijks tijd gehad om me een mening te vormen.'

'Onzin. Natuurlijk wel. Denk je bij voorbeeld dat wij de gevestigde orde zijn, zoals jij dat noemt? Denk je dat we allemaal erg *bijzonder* zijn?'

Hij lachte. Misschien verborg zijn plezier een zekere verlegenheid. Ze wist het niet zeker. 'Bijzonder, dat weet ik niet. Maar je moet toegeven dat jullie op vrij grote voet leven. Om in het zuiden zo'n leven te kunnen leiden, zou je zeker tien keer miljonair moeten zijn.'

'Maar dit is Schotland.'

'Precies.'

'Dus je denkt wèl dat wij bijzonder zijn?'

'Nee. Alleen anders.'

'Niet anders, Noel. Gewoon. Doodgewone lui, die toevallig het geluk hadden om op te groeien en te wonen in dit weergaloze land. Er zijn, dat geef ik toe, titels, kasten van huizen en een zeker feodalisme, maar als je onder de oppervlakte van elk van ons kijkt, een generatie of twee teruggaat, dan zie je eenvoudige keuterboertjes, molenaars en schaapherders. Het Schotse clansysteem was iets buitengewoons. Niemand was dienaar van iemand anders, maar iedereen was lid van een familie. Daarom loopt de gemiddelde Hooglander niet rond met gebogen hoofd. Hij is trots. Hij weet dat hij net zo goed is als jij en waarschijnlijk een stuk beter. Verder hebben de industriële revolutie en het Victoriaanse geld een groot aantal hardwerkende ambachtslieden omgevormd tot een rijke middenklasse. Archie is de derde Lord Balmerino, maar zijn grootvader verdiende een fortuin in grove textiel en hij groeide op in de straten van de stad. Wat mijn eigen vader betreft, hij begon als de blootsvoetse zoon van een keuterboertje van het Isle of Lewis. Maar hij was gezegend met hersens en kon goed leren, en zijn ambitie bezorgde hem beurzen, zodat hij uiteindelijk medicijnen kon studeren. Hij werd chirurg en vergaarde veel rijkdom en aanzien – de leerstoel voor anatomie aan de universiteit van Edinburgh en een ridderorde. Sir Hector Akenside. Een klinkende naam, niet? Maar hij bleef altijd een eenvoudig man zonder veel pretenties, iets waarom hij zowel werd gerespecteerd als bemind.'

'En je moeder?'

'Mijn moeder had een totaal andere achtergrond. Ik moet toegeven dat zij inderdaad erg bijzonder was. Lady Primrose Marr, een dochter van een oude familie uit de Borders, met goede relaties, die alleen door haar eigen schuld totaal aan lager wal was geraakt. Ze was beroemd om haar grote schoonheid. Ze was klein en elegant en had hoog opgestoken zilverblond haar, zodat het leek alsof haar dunne nek onder het gewicht zou breken. Mijn vader zag haar op een of ander bal of een receptie en was meteen verliefd. Ik geloof niet dat zij ooit van hem heeft gehouden, maar hij was toen al vrij belangrijk en bovendien in goede doen, en zij was intelligent genoeg om te zien waar haar kansen lagen. Haar familieleden, hoewel ze het huwelijk nauwelijks konden goedkeuren, maakten geen bezwaren... ze waren waarschijnlijk maar wat blij dat ze van haar af waren.'

'Waren ze gelukkig?'

'Ik geloof het wel. Ik geloof dat ze zeer goed bij elkaar pasten. Ze woonden in een groot en tochtig huis in Heriot Row, waar ik geboren ben. Mijn moeder was dol op Edinburgh, het hele sociale leven daar, het komen en gaan van vrienden, het theater en de concerten, de bals en de recepties. Maar mijn vader bleef iemand van het platteland. Hij had altijd van Strathcroy gehouden en keerde er elke zomer terug voor zijn jaarlijkse visvakantie. Toen ik ongeveer vijf was, kocht hij het land ten zuiden van de rivier en bouwde hij Balnaid. Hij werkte nog en ik zat op school in Edinburgh, dus in het begin was Balnaid gewoon een vakantiehuis, een soort jachtverblijf. Voor mij het paradijs en ik leefde helemaal voor de zomermaanden. Toen hij ten slotte met pensioen ging, verhuisde hij naar Balnaid. Mijn moeder vond het een slecht idee, maar hij kon erg stijfkoppig zijn en uiteindelijk maakte ze er maar het beste van. Ze zorgde dat het huis vol gasten was, zodat er altijd een vierde man was om te bridgen en er elke avond een diner was. Maar we hielden het huis in Heriot Row aan en als het onophoudelijk regende of de barre winterwinden gierden, vond ze altijd een of ander excuus om terug te gaan naar Edinburgh, of naar Italië of Zuid-Frankrijk te vertrekken.'

'En jij?'

'Ik zei al. Voor mij was het het paradijs. Ik was enig kind en een grote teleurstelling voor mijn moeder, omdat ik niet alleen verschrikkelijk lang en dik was, maar ook nog lelijk. Ik stak boven al mijn leeftijdgenoten uit en was bij de danslessen een totale flop omdat er geen enkele jongen met me wilde dansen. In de hogere kringen van Edinburgh viel ik ontzettend uit de toon, maar op Balnaid leek het niets uit te maken hoe ik eruitzag en kon ik gewoon mezelf zijn.'

'En je man?'

'Mijn man?' Door haar warme glimlach ondergingen Violets trekken een ware transformatie. 'Geordie Aird was mijn man. Zie je, ik trouwde met mijn beste vriend en toen we meer dan dertig jaar getrouwd waren, was hij nog steeds mijn beste vriend. Er zijn niet veel vrouwen die dat kunnen zeggen.'

'Hoe heb je hem leren kennen?'

'Tijdens een jachtpartij op de hei van Creagan Dubh. Mijn vader was gevraagd om met Lord Balmerino te gaan jagen en omdat mijn moeder weg was op een cruise in de Middellandse Zee vroeg hij of ik met hem mee ging. Jagen met mijn vader was altijd een heel bijzonder uitje en ik deed mijn uiterste best om nuttig te zijn, door zijn patroontas te dragen en zo stil als een muis in zijn schuilhut te zitten.'

'Was Geordie een van de jagers?' vroeg Noel.

'Nee, Noel. Geordie was een van de drijvers. Zijn vader, Jamie Aird, was de hoofdopzichter van Lord Balmerino.'

'Trouwde je met de zoon van de jachtopziener?' Noel kon de verbazing in zijn stem nauwelijks onderdrukken, maar er klonk ook bewondering in door.

'Inderdaad. Het heeft iets van Lady Chatterley, niet, maar ik kan je verzekeren dat het zo helemaal niet was.'

'Maar wanneer was dit?'

'Aan het begin van de jaren twintig. Ik was tien en Geordie was vijftien. Ik vond hem de mooiste jongen die ik ooit gezien had en toen het tijd was voor de lunch, nam ik mijn boterhammen mee naar de plek waar de opzieners en de drijvers zaten en at ik met hen mee. Je zou kunnen zeggen dat ik achter hem aan zat. Daarna was hij mijn vriend; ik was zijn schaduw, hij nam mij onder zijn hoede. Ik was niet meer alleen. Ik was met Geordie. We brachten samen hele dagen door, altijd buiten. Hij leerde me hoe ik zalm en forel moest vangen. Soms wandelden we vele kilometers en dan liet hij me de verborgen dalen zien waar de reeën graasden en de hoge pieken waar de adelaars hun nesten bouwden. En na zo'n dag op de hei nam hij me mee naar het huisje waar zijn ouders woonden... waar Gordon Gillock, Archies opzichter, nu woont... en mevrouw Aird gaf me haverkoekjes en schonk sterke zwarte thee uit haar mooiste theepot.'

'En had je moeder geen bezwaren tegen deze vriendschap?'

'Ik geloof dat ze wel blij was dat ik niet in de weg liep. Ze wist dat me niets zou gebeuren.'

'En ging Geordie zijn vader achterna?'

'Nee. Net als mijn eigen vader was hij slim en leergierig, en op school ging het goed met hem. Mijn vader moedigde hem aan. Ik geloof dat hij iets van zichzelf in Geordie herkende. Daardoor mocht Geordie naar het gymnasium in Relkirk en kwam hij daarna terecht op een accountantskantoor.'

'En jij?'

'Helaas, ik werd een grote meid. Opeens was ik achttien en mijn moeder besefte dat haar Lelijke Eendje een Lelijke Eend was geworden. Ondanks mijn lengte en mijn gebrek aan sociale vaardigheden, besloot ze dat ik 'mijn debuut moest maken' – een poosje in Edinburgh doorbrengen en voorgesteld worden aan leden van het koninklijk huis in Holyrood House. Dat was het laatste wat ik wilde, maar Geordie was weg en woonde op kamers in Relkirk en ik dacht bij mezelf dat als ik meedeed aan dit afschuwelijke plan van haar, dat ze dan misschien te zijner tijd het feit zou accepteren dat Geordie Aird de enige man ter wereld was met wie ik wilde trouwen. Het verblijf en mijn debuut waren, zoals je je kunt voorstellen, een totale flop. Een schertsvertoning. Ik was net een aangeklede pop in mijn enorme avondjurken, met veel glitter en satijn. Aan het eind van die periode was ik nog steeds niet in trek, en niet aan de man gebracht. Mijn moeder bracht me diep beschaamd naar Balnaid en ik verzorgde de bloemen en liet de honden uit... en wachtte op Geordie...'

'Hoe lang moest je wachten?'

'Vier jaar. Tot hij klaar was met zijn stage en een vrouw kon onderhouden. Ik had natuurlijk geld van mezelf. Op mijn eenentwintigste kwam een vermogen vrij waar we het makkelijk mee konden redden, maar Geordie wilde er niet van horen. Dus bleef ik wachten. Tot de grote dag was aangebroken en hij zijn laatste examens had gehaald. Ik herinner me dat ik op Balnaid in het washok was en de hond in bad deed. Ik had hem uitgelaten en hij had in iets smerigs liggen rollen, en daar stond ik in een schort, druipnat en ruikend naar carbolzeep. En de deur van het washok werd opengegooid en daar stond Geordie, die was gekomen om me ten huwelijk te vragen. Het was zo'n romantisch moment. Sindsdien heb ik altijd een zwak gehad voor de geur van carbol.'

'Wat was de reactie van je ouders?'

'O, zij hadden het al jaren zien aankomen. Mijn vader vond het schitterend en mijn moeder legde zich erbij neer. Toen ze niet meer piekerde over wat haar chique vrienden zouden zeggen, geloof ik dat ze vond dat het voor mij beter was om met Geordie Aird te trouwen dan een oude vrijster te blijven, die haar voor de voeten liep en haar luizeleventje in de weg stond. Dus, op een dag in de zomer van 1933 trouwden Geordie en ik eindelijk. En omwille van mijn moeder liet ik mezelf in een korset rijgen en inpakken in wit satijn, zo stijf en glimmend dat het was alsof ik in karton zat. En na de receptie stapten Geordie en ik in zijn kleine Austin en tuften we helemaal naar Edinburgh, waar we onze huwelijksnacht doorbrachten in het Caledonian Hotel. Ik herinner me dat ik me uitkleedde in de badkamer, mijn trouwjurk uitdeed en mijn korset losmaakte en het met veel ceremonieel in de prullebak gooide. En ik zwoer een eed. Niemand zou me ooit weer in een korset krijgen. En dat is ook niet gebeurd.' Ze barstte in vrolijk lachen uit en sloeg Noel op zijn knie. 'Mijn huwelijksnacht was dus niet alleen een afscheid van mijn maagdelijkheid, maar ook van mijn korset. Het is moeilijk te zeggen wat me meer voldoening gaf.'

Hij lachte. 'En je leefde nog lang en gelukkig?'

'O, zo lang en gelukkig. Zulke gelukkige jaren in een klein rijtjeshuis in Relkirk. Toen werd Edmund geboren en verscheen Edie in ons leven. Ze was achttien jaar en de dochter van een meubelmaker in Strathcroy; ze kwam bij ons als kindermeisje en sindsdien zijn we altijd samen geweest. Het was een mooie tijd. Zo mooi dat ik deed alsof ik de donderwolken van de oorlog niet aan onze horizon zag. Maar de oorlog kwam. Geordie nam dienst bij het regiment Hooglanders en ging naar Frankrijk. In mei 1940 werd hij bij Saint Valéry gevangen genomen en vijfeneenhalf jaar lang zag ik hem niet meer. Edie, Edmund en ik gingen terug naar Balnaid en zaten de oorlog uit bij mijn ouders, die echter oud waren en voordat de vrede werd getekend stierven. Dus toen Geordie ten slotte bij ons terugkwam, was dat op Balnaid, waar we de rest van ons leven samen doorbrachten.'

'Wanneer is hij gestorven?'

'Ongeveer drie jaar nadat Edmund was getrouwd – voor de eerste keer, begrijp je, met de moeder van Alexa. Het ging allemaal zo snel. We hadden zo'n goed leven. Ik maakte plannen – voor de tuin, voor het huis, voor vakanties en reisjes die we samen zouden ondernemen – alsof we allebei het eeuwige leven hadden. En dus was ik nogal verrast toen ik besefte dat Geordie, heel plotseling, achteruitging. Hij verloor zijn eetlust, werd lichter, klaagde over vage ongemakken en pijn. Eerst weigerde ik om me bang te laten maken en vertelde ik mezelf dat het gewoon een of ander spijsverteringsprobleem was, een gevolg van zijn lange krijgsgevangenschap. Maar uiteindelijk raadpleegden we een dokter en daarna een specialist. Geordie werd met een rolstoel het Relkirk General in gereden voor wat in dat stadium eufemistisch 'onderzoek' werd genoemd. Een specialist bracht me op de hoogte van het resultaat van dit onderzoek. Hij zat tegenover me, aan de andere kant van een bureau in een zonnig kantoor en hij was heel aardig. Nadat hij het mij verteld had, stond ik op en ging de kamer uit, door de lange gangen naar de zaal waar Geordie lag, door kussens ondersteund in dat hoge ziekenhuisbed. Ik had van Balnaid narcissen voor hem meegebracht en ik zette ze voor hem in een vaas, met veel water zodat ze niet zouden verwelken en dood zouden gaan. Geordie ging twee weken later dood. Ik was er samen met Edmund, maar Caroline, zijn vrouw, niet. Zij was zwanger en had last van misselijkheid. De wetenschap dat Alexa op komst was, was een van de dingen waar ik me aan vastklampte in die verschrikkelijke, donkere dagen. Geordie was er niet meer, maar er was een nieuw klein leventje op komst, als om te bezegelen dat alles gewoon doorging. Dat is een van de redenen waarom Alexa altijd zo bijzonder voor me is geweest.'

Na een tijdje zei Noel: 'Jij bent voor haar ook bijzonder. Ze heeft het tegen mij zo vaak over je gehad.'

Violet zweeg. De wind stak op, deed het gras huiveren, en voerde de geur van regen met zich mee. Ze keek en zag vanuit de verte wolken aankomen, die de heuvels omsluierden en de lagere hellingen verduisterden met hun schaduw.

Ze zei: 'We hebben het beste deel van de dag gehad. Ik hoop dat je niet vindt dat ik je dag heb verspild. Ik hoop dat ik je niet heb verveeld.'

'Geen moment.'

'Eerst probeerde ik iets duidelijk te maken en uiteindelijk heb ik je mijn levensverhaal verteld.'

'Ik voel me bevoorrecht.'

Ze zei: 'Alexa komt eraan.'

Hij ging rechtop zitten, terwijl hij plukjes gras van de mouwen van zijn sweater veegde. 'Ik zie het.'

Ze keken hoe ze met jeugdige snelheid en energie over het steile pad naar boven kwam. Ze droeg een spijkerbroek en een donkerblauwe sweater, met haar bleke rode haar in de war en haar wangen rood van de wind en de zon en de inspanning van de klim. Violet vond dat ze er belachelijk jong uitzag. En wist opeens dat ze nog iets moest zeggen.

'Ik was zo gelukkig om te trouwen met de man van wie ik hield. Ik hoop maar dat het Alexa net zo zal vergaan.' Noel draaide langzaam zijn hoofd en ze keken elkaar aan. 'Virginia zei tegen me dat ik mijn mening voor me moest houden en me er niet mee moest bemoeien. Maar ik geloof dat je al weet hoeveel ze van je houdt en ik kan het niet aanzien als ze gekwetst wordt. Ik ga je niet onder druk zetten, maar ik wil dat je voorzichtig bent. En als je haar moet kwetsen, dan moet je het nu doen, voor het te laat is. Je houdt toch zeker genoeg van haar om dat te kunnen doen?'

Zijn gezicht was uitdrukkingsloos, maar zijn blik ernstig. Na een tijdje zei hij: 'Ja. Ja, zeker.'

Er was, misschien maar gelukkig, geen tijd voor meer. Alexa was er, binnen gehoorsafstand. Ze ploeterde de laatste paar meters naar hen toe en liet zich toen naast Noel in de hei vallen.

'Waar hebben jullie het met z'n tweeën over gehad? Jullie zitten hier al een eeuwigheid.'

'O, over alles en nog wat,' zei haar grootmoeder luchtig.

'Ze hebben mij gestuurd om jullie te vertellen dat het misschien tijd is om op te breken. De Ferguson-Crombies moeten naar een diner en ze hebben aangeboden om de Gloxby's en Dermot Honeycombe een lift te geven terug naar Croy. Hoe het ook zij, het zal niet lang meer duren of het begint te regenen; de lucht wordt al helemaal zwart.'

'Ja,' zei Violet. Ze keek en zag dat de boten van het water kwamen. Iemand had het vuur gesmoord en haar gasten waren al op de been. Ze vouwden dekens op en laadden de auto's weer in. 'Ja, het is tijd om te gaan.'

Ze maakte aanstalten om zich overeind te hijsen, maar Noel stond eerder dan zij en bood haar een helpende hand.

'Dank je, Noel.' Ze veegde takjes hei van haar zware tweedrok, bleef nog even staan kijken. Het zat er weer allemaal op. Er zat weer een jaar op. 'Kom.'

Ze ging voor, over het pad de heuvel af.

Noel werd 's nachts wakker met een ontzettende dorst. En iets dat nog dringender was. Toen hij het geanalyseerd had, bleek het een toenemend lichamelijk verlangen naar liefde en Alexa te zijn. Hij bleef even liggen, met een droge mond, alleen en gefrustreerd, in het vreemde bed, in de onbekende slaapkamer, met de ramen wijd open in een donkere, winderige nacht, waarin geen lichten aan waren en geen auto's langskwamen. Het enige geluid was het suizen van de wind in de hoogste takken van de bomen. Hij dacht met heimwee aan Londen, aan Ovington Street, waar hij de laatste paar maanden had gewoond, omgeven door comfort en goede zorgen. Als hij in Londen dorstig wakker werd, hoefde hij alleen maar zijn hand uit te steken naar het whiskyglas met bronwater dat Alexa elke nacht voor hem klaarzette, met een schijfje citroen op smaak gebracht. Als hij, in de kleine, donkere uurtjes van de ochtend, naar haar verlangde, hoefde hij zich alleen maar om te draaien naar de bult in het bed, zijn arm uit te steken en haar naar zich toe te trekken. Eenmaal wakker was ze nooit boos of te slaperig voor zijn hartstocht, maar reageerde ze met de tedere liefde die hij haar had geleerd, zich verlustigend in haar eigen nieuw verworven kennis, overtuigd van haar eigen begeerlijkheid.

Deze overwegingen hielpen helemaal niet. Uiteindelijk deed hij een lampje aan en klom uit bed, omdat hij zijn dorst geen moment langer kon verdragen. Hij ging naar de badkamer, liet de koude kraan lopen en vulde een beker op de wastafel met water. Het water was ijskoud en smaakte zoet en schoon. Hij goot het glas leeg, vulde het opnieuw en ging toen terug naar de slaapkamer, waar hij op de gierende tocht stond en naar buiten in de ondoordringbare duisternis staarde.

Hij dronk nog wat. Zijn dorst was gelest, maar zijn andere behoefte bleef. Koud water en Alexa. Het scheen hem toe dat deze twee basisbehoeften, die op dit moment dringender waren dan wat ook in zijn leven, op een merkwaardige wijze elkaars spiegelbeeld waren. Zijn hoofd liep over van de adjectieven. Schoon, zoet, zuiver, doorzichtig, goed, onschuldig, onbevlekt. Ze waren zowel op het element als op het meisje van toepassing. En dan, de laatste lofbetuiging. Levengevend.

Alexa.

Hij ging er prat op dat hij er verantwoordelijk voor was dat zij van een onhandig meisje was opgebloeid tot een vrouw met zelfvertrouwen – ontdekken dat ze maagd was, was een van de meest ontwapenende ervaringen in zijn leven geweest – maar hij wist ook dat het van twee kanten kwam. Hij had zich door haar laten overstelpen met liefde en kameraadschap en onvoorwaardelijke aanvaarding; want hoewel ze gezegend was met aardse weelde, waren niet al haar gaven materieel geweest. Het gezelschap van Alexa was een mooi intermezzo in zijn leven geweest, een van de mooiste, en wat er in de toekomst ook zou gebeuren, hij wist dat hij het zich altijd dankbaar zou herinneren.

En wat *zou* er gebeuren? Maar daar wilde hij, op dit moment, niet over denken. Het was nu belangrijker om zich te concentreren op – Alexa. Zij sliep in haar eigen bed, in de slaapkamer uit haar kinderjaren, slechts een paar meter verderop, aan de andere kant van de overloop de gang door. Hij dacht erover haar op te zoeken, zachtjes de deur open en dicht te doen, bij haar tussen de lakens te kruipen. Ze zou plaats voor hem maken, zich naar hem toe draaien en haar lichaam zou voor hem ontwaken...

Hij overwoog deze mogelijkheid even en besloot toen om het niet te doen, uit, zo verzekerde hij zichzelf, redenen die eerder praktisch dan hoogstaand waren. Hij wist uit ervaring dat het maar al te makkelijk was om te verdwalen in de onverlichte gangen van landhuizen van andere mensen en had absoluut geen zin om te eindigen in een of andere bezemkast, met de stofzuiger en een stel oude stofdoeken. En hier, op Balnaid, had hij niet eens het waterdichte excuus dat hij naar de w.c. ging, omdat hij zelf een uitstekende badkamer had.

En toch, zelfs zonder zulke excuses, terwijl hij meer waardige redenen uit zijn hoofd zette, vroeg hij zich nog steeds af of hij haar zou durven opzoeken. Het had iets te maken met dit huis. Er was een sfeer die hij bespeurd had zodra hij door de deur kwam, een gevoel tot een familie te behoren, dat het idee om stiekem door de gang te sluipen domweg ondenkbaar maakte. Zijn lange gesprek met Vi, die middag op de heuvel, had zijn opvatting over Balnaid nog meer bevestigd. Het was alsof alle generaties die hier hadden gewoond er nog steeds waren, resideerden, leefden en ademden, hun dagelijkse dingen deden, keken en misschien oordeelden. Niet alleen Alexa en Virginia, maar ook Violet en haar trouwe, dierbare Geordie. En vóór hen de oude mensen, Sir Hector en Lady Primrose Akenside, diepgeworteld, heel principieel, die nog steeds de baas waren over een huis vol mensen, kinderen in de kinder-kamers, gasten in de logeerkamers en dienstmeisjes die boven op de zolderkamertjes snurkten. Dit was het onvergankelijke soort huishou-den waar Noel als jongen, gevangen in Londen, bij had willen horen. Een ordelijke, weelderige levenswijze met alle bijbehorende verrukkin-gen van het buitenleven. Tennissen en picknicken op nog grotere schaal dan de picknick die vanmiddag had plaatsgehad. Ponies, geweren en hengels; en toegewijde helpers en drijvers die altijd paraat stonden en de jongeman maar wat graag behulpzaam wilden zijn.

Vanochtend was hij overweldigd door het gevoel dat hij op een of an-dere manier terugreed naar het verleden, naar een wereld die hij ooit gekend had en toch vergeten was, toen hij naar Strathcroy reed met Alexa naast zich, verbluft door het landschap en de kleuren en de frisse lucht. Nu hij die wereld gevonden had, accepteerde hij dat hij haar nooit had gekend, maar wilde hij haar niet meer loslaten. Voor het eerst in zijn leven had hij het gevoel dat hij ergens thuishoorde.

En Alexa?

Hij hoorde de stem van Violet. *Als je haar moet kwetsen, dan moet je het nu doen, voor het te laat is.*

De woorden klonken onheilspellend. Misschien was het al te laat, in welk geval hij het keerpunt in zijn verhouding met Alexa had bereikt. En met de waarschuwing van Vi nog in zijn hoofd wist hij dat voor hem de tijd was gekomen om de balans op te maken. Voor het weekend voorbij was, moest er een of andere beslissing worden genomen.

Hij zag zichzelf, als van een grote afstand, aarzelend op het keerpunt, terwijl hij probeerde te kiezen welke weg hij moest volgen. Hij zou te-rug kunnen gaan zoals hij gekomen was, wat betekende dat hij Alexa moest verlaten, afscheid nemen, proberen om het uit te leggen, zijn tas-sen inpakken, van Ovington Street weer verhuizen naar het souterrain in Pembroke Gardens, zijn huurders sussen en hun vertellen dat ze maar ergens anders onderdak moesten zoeken. Het betekende een te-rugkeer naar zijn oude leven, op de een of andere manier weer in de roulatie raken. Vrienden opbellen, afspreken in bars, etentjes in restau-rants, proberen de telefoonnummers te vinden van al die magere, prachtige vrouwen, ze te eten geven, luisteren naar hun conversatie. Het betekende op vrijdagavond naar het platteland rijden en dan de daaropvolgende zondagavond terug naar Londen, worstelend over wegen met kilometers file.

Hij zuchtte. Maar hij had het allemaal al eerder gedaan en er was geen reden waarom hij het niet weer zou doen.

Het alternatief, de andere weg, leidde naar een vaste verbintenis. En voor Alexa en alles waar ze voor stond, wist hij dat het dit keer onvoorwaardelijk moest zijn. Een leven van verantwoordelijkheden – het huwelijk en waarschijnlijk kinderen.

Misschien was het tijd. Hij was vierendertig, maar werd nog steeds geplaagd door de twijfels van onvolwassenheid. Fundamentele en diepgewortelde onzekerheden rammelden met hun botten, als een stel enge skeletten op de loer in een vergeten kast. Misschien was het tijd, maar het vooruitzicht vervulde hem met angst.

Hij huiverde. Genoeg. De wind nam toe. Een vlaag deed het open raam rammelen. Hij ontdekte dat hij tot op het bot verkleumd was, maar de frisse lucht had eindelijk, als een koude douche, zijn onbeantwoorde hartstocht geblust. Waarmee tenminste één probleem was opgelost.

Hij ging terug naar bed, trok de dekens over zich heen en deed het licht uit. Lange tijd lag hij wakker, maar toen hij zich eindelijk omdraaide en weer in slaap viel, had hij nog steeds geen beslissing genomen.

30

De regen was begonnen al gauw nadat Edmund Relkirk achter zich had gelaten. Terwijl de landweg omhoog voerde, in de richting van het noorden, dreef er mist van de toppen van de heuvels naar beneden en zijn voorruit raakte beslagen. Hij deed de ruitewissers aan. Het was de eerste regen die hij in meer dan een week had gezien, want New York had gezinderd in de hitte van de nazomer, het zonlicht spiegelde in torens van glas, vlaggen wapperden in de bries voor Rockefeller Center, zwervers genoten van de laatste warmte, uitgestrekt op de bankjes in Central Park, hun bezittingen in de tassen en bundels om zich heen.

Edmund had in één dag twee werelden bestreken. New York, Kennedy, Concorde, Heathrow, Turnhouse en nu terug naar Strathcroy. Onder normale omstandigheden zou hij de tijd hebben genomen om even bij het kantoor in Edinburgh langs te gaan, maar vanavond was het dansfeest van Verena Steynton en daarom reed hij liever rechtstreeks naar huis. Zijn tenue te voorschijn halen zou vast tijd in beslag nemen en het was mogelijk dat Virginia noch Edie eraan had gedacht om de zilveren knopen op zijn jas en zijn vest te poetsen. In dat geval zou hij dat zelf moeten doen.

Een bal. Ze zouden naar alle waarschijnlijkheid niet voor vier uur 's ochtends in bed liggen. Hij had zijn gevoel voor tijd verloren en was licht vermoeid. Niets echter dat een slok whisky niet kon genezen. Zijn polshorloge stond nog op New York-tijd, maar de klok op zijn dashboard vertelde hem dat het half zes was. De dag was nog niet om, maar de laaghangende wolken verduisterden het zicht. Hij deed zijn stadslichten aan.

Caple Bridge. De sterke wagen zoefde door de kronkelende bochten van de smalle weg door het dal. Het asfalt glinsterde van het vocht, doornstruiken en steekbrem waren versluierd door mist. Hij deed het raampje open en rook de koude, unieke lucht. Hij dacht aan het weerzien met Alexa. Aan het ontbreken van Henry. Aan Virginia...

Hij vreesde dat hun fragiele wapenstilstand verbroken was. Hun laatste woordenwisseling toen hij op het punt stond om naar New York te gaan, was fel geweest. Door de telefoon had ze haar woedeaanval op hem afgevuurd, hem beschuldigd van egoïsme, achteloosheid, gebroken beloftes. Ze had geweigerd te luisteren naar zijn redelijke uitleg en had uiteindelijk de hoorn erop gesmeten. Hij had met Henry willen spreken, maar of ze was het vergeten of ze had zijn boodschap opzettelijk niet aan Henry doorgegeven. Misschien dat ze nu, na vijf dagen zonder hem, wat gekalmeerd zou zijn, maar Edmund was niet hoopvol gestemd. De laatste tijd was ze haar grieven gaan koesteren alsof het baby's waren.

Alexa zou alles goedmaken. Hij wist dat Virginia zich voor Alexa van haar beste kant zou laten zien en zo nodig het hele weekend toneel zou spelen, er een schertsvertoning van plezier en genegenheid van zou maken. Voor deze kleine zegen zou hij dankbaar zijn.

Een bord doemde op vanuit de mist. 'Strathcroy'. Hij remde, sloeg af, stak de brug over bij de Presbyteriaanse kerk, reed onder de hoge iepetakken vol klepperende roeken door en toen door de open poort van Balnaid.

Thuis. Hij reed niet om het huis naar de voordeur, maar draaide de binnenplaats van de oude stal op en parkeerde daar de BMW. Slechts één auto, die van Virginia, stond in de garage en de achterdeur naar de keuken was open. Maar hij wist dat dit niet noodzakelijkerwijs betekende dat er iemand thuis was.

Hij zette de motor af en wachtte. Hoewel hij geen dolblij gezin verwachtte, dat naar buiten kwam om hem te begroeten, dan toch tenminste een welkom van zijn honden. Maar het bleef stil. Er leek niemand te zijn.

Hij stapte vermoeid uit zijn auto, deed de achterbak open om zijn bagage te pakken. Zijn koffer, zijn overvolle leren aktentas, de gele plastictas van de tax free-shop, vol zware flessen, Schotse whisky, Gordon's gin en doosjes met Franse parfum voor zijn vrouw, zijn dochter, zijn moeder. Hij droeg ze naar binnen, uit de regen. De keuken was warm, aangeveegd, opgeruimd maar verlaten, het enige teken van zijn honden waren hun lege manden. De Aga bromde in zichzelf. In de gootsteen druppelde zachtjes een kraan. Hij zette zijn koffer op de grond, de gele plastictas op de tafel en liep naar de gootsteen om de kraan dicht te draaien. Het druppelen hield op. Hij luisterde of er andere geluiden waren, maar niets verstoorde de daaropvolgende stilte.

Hij liep met zijn aktentas de keuken uit, de gang en de hal door. Daar bleef hij even staan. Hij luisterde of er een deur openging, voetstappen, een stem, iemand anders. De oude klok tikte. Niets meer. Hij liep door, zijn voetstappen gedempt door het dikke tapijt, langs de salon, om de deur van de bibliotheek open te doen.

Ook hier was niemand. Hij zag zachte, dikke kussens op de bank, een lege haard, een keurige stapel *Country Life*, een bosje droogbloemen met vale, berookte roestkleuren. Door het open raam kwam een koude, vochtige tochtstroom naar binnen. Hij zette zijn aktentas neer, deed het raam dicht en liep toen terug naar zijn bureau, waar de post van een week netjes was opgestapeld, in afwachting van zijn komst. Hij keek een paar enveloppen door, maar wist dat er niets was dat niet nog een dag kon wachten.

De telefoon ging. Hij nam de hoorn op.

'Balnaid.'

Een klik, een zoemtoon en toen was de lijn dood. Waarschijnlijk iemand die het verkeerde nummer had gedraaid. Hij legde de hoorn weer neer en kon opeens de somberheid van de lege kamer geen moment langer verdragen. Zonder een gezellig haardvuur was de bibliotheek van Balnaid als iemand zonder hart en alleen op de heetste dagen in de zomer mocht het ooit uit. Hij vond lucifers, stak het papier in de haard aan, wachtte tot het aanmaakhout knisperde, deed er blokken bij. De vlammen laaiden in de schoorsteen, brachten licht en warmte, leven. Zo bereidde hij zijn eigen ontvangst. Hij voelde zich wat vrolijker.

Hij keek een moment naar de vlammen, zette toen het vuurscherm ervoor en ging weer naar de keuken. Hij haalde de whisky en de gin uit de tas, zette ze in de kast en droeg toen zijn koffer en de gele plastictas naar boven. Het tikken van de ouderwetse klok begeleidde zijn stappen. Hij stak de overloop over en deed de deur van hun slaapkamer open.

'Edmund.'

Ze was er, was de hele tijd al thuis geweest. Ze zat aan haar toilettafel en was haar nagels aan het lakken. De ruime kamer – gedomineerd door het enorme dubbele bed dat gedrapeerd was met antiek wit linnen en kantwerk – was, heel onkarakteristiek, enigszins in een staat van wanorde. Schoenen lagen op de grond, op een stoel lag een stapel opgevouwen kleren, de deuren van de klerenkasten stonden open. Aan een van deze deuren hing op een gestoffeerde hanger Virginia's nieuwe avondjurk, die ze speciaal voor vanavond in Londen had gekocht. De rok, die uitwaaierde in laagjes van een of andere ragfijne, met een soort zwarte confetti gespikkelde stof, zag er zonder haar erin een beetje droevig en leeg uit.

Ze keken elkaar aan. Hij zei: 'Hoi.'

Ze droeg haar witte badstofjas en had haar haar gewassen. Ze had de enorme krulspelden ingedaan die haar volgens Henry het uiterlijk van een buitenaards monster gaven.

'Je bent terug. Ik heb de auto helemaal niet gehoord.'

'Ik heb hem bij de garage neergezet. Ik dacht dat er niemand was.'

Hij nam de koffer mee naar zijn kleedkamer en zette hem op de grond. Zijn avondkleding was uitgelegd op het eenpersoonsbed. Zijn kilt, kousen, dolk, overhemd, jasje en vest. De knopen fonkelden als sterren, evenals de zilveren gespen van zijn schoenen.

Hij ging terug naar de slaapkamer. 'Je hebt mijn knopen gepoetst.'

'Dat heeft Edie gedaan.'

'Dat was aardig.' Hij liep naar haar toe om haar een kus te geven. 'Een cadeautje, voor jou.' Hij zette de doos op haar toilettafel.

'O, wat lief. Dank je.' Ze was klaar met het lakken van haar nagels,

maar de lak was nog niet droog. Ze zat met haar vingers gespreid en blies af en toe om het sneller te laten gaan. 'Hoe was het in New York?'
'Best.'
'Ik verwachtte je niet zo vroeg terug.'
'Ik had een vroege vlucht.'
'Ben je moe?'
'Niet meer als ik een borrel heb gehad.' Hij ging op de rand van het bed zitten. 'Is er iets mis met de telefoon?'
'Ik weet niet. Hij ging vijf minuten geleden maar één keer en toen hield het op.'
'Ik nam hem beneden op, maar hoorde niets.'
'Dat is vandaag al een of twee keer gebeurd. Maar we kunnen nog wel naar buiten bellen.'
'Heb je het gemeld?'
'Nee. Denk je dat we dat moeten doen?'
'Ik doe het later wel.' Hij leunde achterover in de stapel kussens, met zijn hoofd tegen het gewatteerde beddehoofd. 'Hoe heb jij het gehad?'
Ze keek keurend naar haar nagels. 'Goed.'
'En Henry?'
'Ik weet het niet. Ik heb niets gehoord en ik heb niet gebeld.' Ze keek hem aan en haar schitterende blauwe ogen stonden koel. 'Ik dacht dat bellen misschien niet echt correct was. Tegen de traditie misschien.'
Het was overduidelijk dat ze hem niet vergeven had. Maar dit was niet het moment om de handschoen op te nemen en weer een ruzie aan te gaan.
'Heb je hem naar Templehall gebracht?'
'Ja. Met de auto. Hij wilde niet met Isobel, dus hebben wij Hamish met ons meegenomen. Hamish was in een van zijn afschuwelijke buien en Henry heeft de hele reis geen woord gezegd. Bovendien goot het de hele tijd. Afgezien daarvan was het een makkie.'
'Hij heeft Moo toch niet meegenomen, hè?'
'Nee, hij heeft Moo niet meegenomen.'
'Goddank. En Alexa?'
'Die is gisterochtend aangekomen, met Noel.'
'Waar zijn ze nu?'
'Ik geloof dat ze de honden aan het uitlaten zijn. Na de lunch moesten ze naar Relkirk om de jurk van Lucilla af te halen bij de stomerij. We kregen een SOS van Croy. Ze waren de jurk vergeten en ze hadden het allemaal zo druk met de voorbereidingen van het diner dat niemand tijd had om te gaan.'
'Wat is er verder nog gebeurd?'
'Wat er verder nog is gebeurd? De picknick van Vi is achter de rug. Verena heeft ons als slaven laten hollen en draven en Edie's nicht is terug naar het ziekenhuis.'

Edmunds hoofd ging een beetje omhoog, zoals een waakzame hond zijn oren opsteekt. Virginia, wier nagels nu voldoende droog en hard waren, nam het pakje dat hij voor haar had meegenomen en begon het cellofaanpapier eraf te scheuren.

'Ze is terug?'

'Ja.' Ze deed het doosje open en haalde de flacon eruit, groot en vierkant, met rond de stop een strik van fluweel. Ze schroefde de stop eraf en deed een beetje in haar nek. 'Verrukkelijk. Fendi. Wat aardig. Dit luchtje heb ik al een tijd willen hebben, maar het is te duur om voor jezelf te kopen.'

'Wanneer was dat?'

'Lottie, bedoel je? O, een paar dagen terug. Ze werd zo onmogelijk, dat Vi erop stond. Ze had nooit ontslagen moeten worden. Ze is gek.'

'Wat heeft ze gedaan?'

'O, gepraat. Zich met dingen bemoeid. Onrust gestookt. Ze wilde me niet met rust laten. Ze is slecht.'

'Wat heeft ze gezegd?'

Virginia draaide zich weer naar de spiegel en begon langzaam de spelden uit haar krullers te halen en legde ze een voor een op de glazen plaat van de toilettafel. Hij keek van opzij naar haar, naar de lijn van haar kaak, de welving van haar prachtige hals.

'Wil je het echt weten?'

'Anders zou ik het niet vragen.'

'Goed dan. Ze zei dat jij en Pandora Blair minnaars waren. Jaren geleden, toen Archie en Isobel trouwden en Lottie op Croy als dienstmeisje werkte. Je zei altijd dat ze aan deuren luisterde. Ze schijnt overal van op de hoogte te zijn. Ze heeft het me allemaal beschreven, in geuren in kleuren. Ze raakte heel opgewonden, kreeg er om zo te zeggen een kick van. Ze zei dat Pandora er om jou met een getrouwde man vandoorging en nooit meer thuiskwam. Dat het allemaal jouw schuld was. En nu...'

Een van de rollers bleef vastzitten en Virginia rukte eraan om hem los te krijgen, waardoor ze haar korenkleurige haar in de war bracht. '... nu zegt ze dat jij de reden bent waarom Pandora naar Croy is teruggekomen. Heeft niets te maken met het feest vanavond. Heeft niets te maken met Archie. Alleen met jou. Ze wil weer helemaal opnieuw beginnen. Om jou terug te krijgen.'

Nog een ruk en de roller liet los. Virginia's ogen traanden van de pijn. Edmund keek naar haar en kon de pijn die ze zichzelf toebracht nauwelijks verdragen.

Hij dacht aan de avond dat hij Lottie had ontmoet in de supermarkt van mevrouw Ishak en hoe ze hem staande had gehouden. Hij was teruggedeinsd voor haar onsmakelijke verschijning. Hij herinnerde zich haar ogen, haar bleke huid, haar snor en de zinloze razernij die ze bij hem had opgeroepen, zodat hij bijna zijn geduld had verloren en haar ernstig lichamelijk letsel had willen toebrengen. Hij herinnerde zich zijn bange voorgevoel. Een voorgevoel dat niet ongegrond was gebleken. Hij zei ijskoud: 'Ze liegt.'

'Is dat zo, Edmund?'

'Geloof je haar?'

'Ik weet niet...'

'Virginia...'

'O...' In een uitbarsting van vertwijfeling trok ze nog een roller los, gooide die naar haar eigen spiegelbeeld en keerde zich toen woedend naar hem. 'Ik weet het niet. Ik weet het niet. Ik kan niet meer helder denken. En het kan me niet schelen. Waarom zou het ook? Wat maakt het mij uit dat jij en Pandora Blair ooit een hartstochtelijke verhouding hebben gehad? Wat mij betreft is dat allemaal verleden tijd en heeft het helemaal niets met mij te maken. Ik weet alleen dat het gebeurde toen je al getrouwd was – getrouwd met Caroline – en dat je al een kind had. Dat geeft me nou niet bepaald een veilig gevoel.'

'Vertrouw je me niet?'

'Soms denk ik dat ik je niet eens ken.'

'Dat is een belachelijke opmerking.'

'Goed, dan is het maar belachelijk. Maar helaas kunnen we niet allemaal zo koel en afstandelijk zijn als jij. Als het belachelijk is, dan kun je het altijd nog toeschrijven aan menselijke zwakte, al veronderstel ik dat je niet eens weet wat dat betekent.'

'Ik begin te beseffen dat ik het maar al te goed weet.'

'Ik heb het over òns, Edmund. Over jou en mij.'

'In dat geval is het misschien beter om dit gesprek uit te stellen tot je wat kalmer bent.'

'Ik ben kalm. Ik ben geen kind meer. Ik ben niet je kleine vrouwtje. En ik denk dat ik je misschien net zo goed nu kan vertellen dat ik een tijdje wegga. Ik ga terug naar Long Island, naar Leesport, om een tijdje bij mijn grootouders te logeren. Ik heb het Vi al verteld. Zij zegt dat je wel bij haar kunt komen. Dan doen we het huis op slot.'

Edmund zweeg. Ze keek naar hem en zag zijn onbewogen gezicht, de knappe trekken roerloos, de halfdichte ogen die niets verraadden. Er was niet te zien of hij gekwetst was of boos. Ze zweeg ook en wachtte tot hij zou reageren op wat ze had gezegd. Voor een dwaas moment stelde ze zich voor hoe hij zijn reserves zou laten varen en naar haar toe zou komen, haar in zijn armen zou nemen, haar zou overladen met kussen, van haar zou houden, de liefde met haar zou bedrijven...

'Wanneer heb je dit allemaal bedacht?'

Tranen prikten achter haar ogen, maar ze verbeet zich en wist ze te bedwingen.

'Nadat Henry weg was. Zonder Henry is er geen reden om niet te gaan.'

'Wanneer vertrek je?'

'Ik heb op een vlucht geboekt bij Pan Am, aanstaande donderdagochtend vanaf Heathrow.'

'Donderdag? Dat is over minder dan een week.'

'Ik weet het.' Ze draaide zich weer naar haar spiegel, trok de laatste roller uit haar haar, pakte de kam, haalde die door de verwarde krullen en streek de knopen glad. 'Maar er is een reden en die kan ik je net zo goed nu vertellen, want als ik het je niet vertel, doet iemand anders het wel. Er is iets geks gebeurd. Herinner je je nog dat Isobel ons vorige zondag vertelde dat er een onbekende Amerikaan bij haar kwam logeren? Het bleek Conrad Tucker te zijn, iemand die ik jaren geleden heb ontmoet, in Leesport.'

'De Droeve Amerikaan.'

'Ja. En hij is droef. Zijn vrouw is onlangs gestorven aan leukemie en hij is achtergebleven met een dochtertje. Hij is hier al een maand of langer, maar donderdag gaat hij terug naar de States.' Ze legde de kam neer, gooide het glanzende, schone haar uit haar gezicht en draaide zich om om hem aan te kijken. Ze zei: 'Het leek ons een goed idee om samen te reizen.'

'Was dat zijn idee of jouw idee?'

'Doet dat ertoe?'

'Nee. Ik veronderstel dat het helemaal niets uitmaakt. Wanneer ben je van plan terug te komen?'

'Ik weet het niet. Ik heb een ticket voor onbepaalde duur.'

'Ik vind dat je niet moet gaan.'

'Dat klinkt onheilspellend, Edmund. Het is toch geen waarschuwing?'

'Je loopt weg.'

'Nee. Ik profiteer gewoon van de vrijheid die me is opgedrongen. Zonder Henry ben ik in een soort niemandsland. Ik moet het verwerken dat ik hem niet meer heb, wat ik hier niet kan. Ik heb tijd nodig om met mezelf in het reine te komen. Om op mezelf te zijn. Mezelf te zijn. Probeer eens, al was het maar voor één keer, om een situatie vanuit iemand anders z'n standpunt te bekijken. In dit geval, vanuit mijn standpunt. En misschien zou je het ook eens kunnen waarderen dat ik eerlijk tegen je ben.'

'Het zou me verbaasd hebben als je iets anders had gedaan.'

Daarna leek er niets meer te zeggen. Buiten de geopende ramen verzonk de mistige herfstavond in een vroege schemering. Virginia deed de lichten aan van haar toilettafel en stond toen op om de zware chintz gordijnen dicht te doen. Van beneden kwamen geluiden. Een deur die open en dicht ging, het geblaf van honden, harde stemmen.

Ze zei: 'Noel en Alexa. Ze zijn terug van hun wandeling.'

'Ik ga naar beneden.' Hij stond op, strekte zijn armen, onderdrukte een geeuw. 'Ik heb behoefte aan een borrel. Wil jij er een?'

'Later.'

Hij liep naar de deur. 'Hoe laat worden we op Croy verwacht?'
'Half negen.'
'Kom voor we weggaan iets drinken in de bibliotheek.'
'De haard brandt niet.'
'Ik heb hem aangemaakt.'
Hij ging de kamer uit. Virginia hoorde hoe hij de overloop overstak en
de trap afliep. En toen de stem van Alexa. 'Pa!'
'Hallo, schatje van me.'
Hij had de deur opengelaten. Ze deed hem dicht en liep toen terug naar
de toilettafel, met het vage voornemen om iets aan haar gezicht te doen.
Maar de tranen, die ze zo lang had onderdrukt, welden in haar ogen en
stroomden over haar wangen.
Ze ging zitten en zag zichzelf huilen in de spiegel.

De streekbus stopte, startte opnieuw, reed sukkelend door het schemerige landschap. In Relkirk, toen hij daar vertrok, was de bus vol geweest, was elke plaats bezet en hadden een of twee passagiers moeten
staan. Sommige mensen gingen van hun werk naar huis, anderen hadden boodschappen gedaan. Velen van hen leken elkaar te kennen. Ze
glimlachten en babbelden terwijl ze instapten. Waarschijnlijk reisden
ze elke dag samen. Er was een man met een herdershond. Het dier zat
tussen zijn knieën en staarde hem onophoudelijk in de ogen. De man
hoefde voor zijn hond geen kaartje te kopen.
Henry zat voorin, pal achter de chauffeur. Hij werd tegen het raampje
gedrukt door een ontzettend dikke dame, die naast hem was komen
zitten.
'Hallo, jochie,' had ze gezegd, terwijl ze ging zitten, waarbij haar dikke
billen hem opzij duwden en haar uitpuilende heupen de meeste ruimte
in beslag namen. Ze had twee volle tassen bij zich, waarvan ze er een
aan haar voeten zette en de andere op schoot nam. Uit deze tas staken
een bos selderij en een fel roze windmolen van celluloid. Henry veronderstelde dat ze die voor haar kleinkind mee naar huis nam.
Ze had een rond, vriendelijk gezicht, net als dat van Edie en onder de
rand van haar hoed knepen haar ogen zich vriendelijk samen. Maar
toen ze hem aansprak, gaf Henry geen antwoord; hij wendde zich gewoon af en staarde naar buiten, hoewel er niets te zien was dan regen.
Hij droeg zijn schoolkousen en schoenen, zijn nieuwe wollen overjas,
die hem veel te groot was, en zijn bivakmuts. De bivakmuts kwam goed
van pas en hij was trots op zichzelf dat hij eraan gedacht had. Hij was
marineblauw, heel dik en Henry had hem over zijn gezicht getrokken,
als een terrorist, zodat alleen zijn ogen te zien waren. Dat was zijn vermomming, want hij wilde niet dat iemand hem herkende.
De bus kwam maar langzaam vooruit en ze waren al bijna een uur onderweg. Om de zoveel tijd stopten ze bij een of ander kruispunt of een

eenzaam huisje om mensen eruit te laten. Henry keek toe hoe de bus leegraakte; passagiers raapten hun spullen bij elkaar en stapten een voor een uit, om te voet het laatste stukje naar huis af te leggen. De dikke dame naast hem ging er bij Kirkthornton uit, maar zij hoefde niet te lopen, omdat haar man haar kwam afhalen in zijn kleine boerentruck. Terwijl ze moeizaam opstond zei ze: 'Tot ziens, jochie.' Hij vond dit heel aardig van haar, maar gaf weer geen antwoord. Het was niet makkelijk om iets te zeggen met een bivakmuts over je mond.

Ze reden weer verder. Nu waren er nog maar zes mensen aan boord. De motor van de bus maakte een knarsend geluid toen ze na de kleine marktplaats de heuvel opgingen. Boven op de heuvel werd het erg mistig en de chauffeur deed zijn koplampen aan. Doornhagen en kromgebogen beuken snelden spookachtig en in mist gehuld voorbij in het donker. Henry dacht aan de kale vijf mijl tussen Caple Bridge en Strathcroy die hij zou moeten lopen, omdat hij er daar uit moest. Hij vond het een eng vooruitzicht, maar niet zo heel erg, omdat hij de weg kende en het moeilijke stuk al achter de rug was. En hij was er bijna.

In Pennyburn bereidde Violet zich voor op de zware avond die voor haar lag.

Ze was in geen tijden voor een echt bal uitgenodigd en op haar achtenzeventigste was het onwaarschijnlijk dat ze ooit voor een ander zou worden uitgenodigd. Daarom had ze besloten om er het beste van te maken. Ze was die middag dan ook naar Relkirk gereden om haar haar vakkundig te laten wassen en watergolven. Tevens had ze haar handen bij de manicure laten verwennen door een leuk meisje, dat enige tijd had besteed aan het weghalen van aarde onder Violets nagels en het terugduwen van verwaarloosde nagelriemen.

Na haar bezoekje aan de manicure was ze naar de bank gegaan en had ze de verweerde leren doos uit de kluis gehaald, die de diamanten tiara van Lady Primrose bevatte. Hij was niet erg groot en moest van achteren bij elkaar worden gehouden met een lus van elastiek, maar ze had hem mee naar huis genomen en hem schoongemaakt met een oude tandenborstel, die ze in onverdunde gin had gedoopt. Dit was een huishoudelijke tip die ze lang geleden van mevrouw Harris had opgepikt. Het ging goed, maar Violet vond het toch ontzettend zonde van de gin.

Vervolgens had ze haar baljurk uit de klerenkast gehaald, van zwart fluweel en minstens vijftien jaar oud. De volant van zwart kantwerk bij de nek was een beetje losgeraakt en moest even met naald en draad onderhanden worden genomen. Haar schoenen, van zwart satijn met gespen van glitterstof, bleken toen ze ze nakeek bij de tenen enigszins te zijn gerafeld, dus nam ze haar nagelschaartje en knipte ze de rafels af. Toen alles klaar was, gunde ze zichzelf een beetje rust. Ze werd pas om half negen op Croy verwacht. Dus was er tijd om nog een verkwikkende whisky-soda in te schenken en bij de haard te gaan zitten om te kijken naar het journaal op de televisie en dan naar 'Wogan'. Ze was dol op Wogan. Ze hield van zijn vrolijke Ierse charme, zijn vleierij. Van-avond interviewde hij een jonge popster die om een of andere reden erg betrokken was geraakt bij het behoud van heggen op het platteland. Mensen waren werkelijk heel bijzonder, bedacht Violet, terwijl ze keek hoe de jongeman met zijn punkhaar en zijn oorbel voortratelde over nestelende geelgorzen.

Na Wogan kwam er een quiz. Vier mensen moesten de waarde raden van verschillende stukjes antieke rotzooi die aan hen werden voorge-legd. Violet deed in haar eentje mee aan het spel en raakte ervan over-tuigd dat haar schattingen veel nauwkeuriger waren dan die van alle anderen. Ze begon er net plezier in te krijgen toen de telefoon ging.

Wat vervelend. Waarom ging dat rotding altijd op de meest ongelegen momenten? Ze zette haar glas neer, hees zich uit haar makkelijke stoel, zette de televisie zachter en nam de hoorn op.

'Hallo?'

'Mevrouw Aird?'

'Ja.'

'U spreekt met dokter Martin. Van het Relkirk Royal.'

'O, ja.'

'Mevrouw Aird, ik ben bang dat er iets vervelends is gebeurd. Juffrouw Carstairs is verdwenen.'

'Is ze verdwenen?' Het klonk als een soort afschuwelijke goocheltruc, met een ontploffing, een rookwolk en Lottie die in het niets verdwenen was. 'Hoe kan ze in hemelsnaam verdwenen zijn?'

'Ze is weg. Ze ging wandelen in de tuin, met een andere patiënt. Maar ze kwam niet terug.'

'Maar dat is een ramp.'

'We denken dat ze simpelweg de poort is uitgelopen. We hebben na-tuurlijk de politie gewaarschuwd en ik ben ervan overtuigd dat ze niet ver weg kan zijn. Ze zal waarschijnlijk wel uit zichzelf terugkomen. Ze is heel rustig geweest, heeft gereageerd op de behandeling en heeft hoe dan ook niet moeilijk gedaan. Er is geen reden waarom ze niet zou te-rugkomen. Maar ik vond dat ik het u moest laten weten...'

Violet vond hem weinig overtuigend.

'Had u niet beter op haar kunnen letten?'

'Mevrouw, we zijn hier overvol en onderbezet. Gegeven de omstandig-heden doen wij wat we kunnen, maar lopende patiënten, die we tot op zekere hoogte in staat achten om voor zichzelf te zorgen, genieten altijd een zekere mate van vrijheid.'

'En wat doen we nu?'

'We kunnen niets doen. Maar, zoals ik al zei, ik dacht dat u moest weten wat er gebeurd is.'

'Heeft u al gesproken met haar naaste familie, mevrouw Findhorn?'
'Nog niet. Het leek me beter om eerst even met u te praten.'
'In dat geval vertel ik het mevrouw Findhorn wel.'
'Dat zou ik zeer op prijs stellen.'
'Dokter Martin...' Violet aarzelde. 'Denkt u dat Lottie Carstairs zal proberen terug te gaan naar Strathcroy?'
'Dat is natuurlijk mogelijk.'
'Zou ze naar het huis van mevrouw Findhorn gaan?'
'Dat kan.'
'Ik zal eerlijk tegen u zijn. Dat vooruitzicht bevalt me allerminst. Ik maak me zorgen om mevrouw Findhorn.'
'Ik begrijp uw angst, maar naar mijn mening is die ongegrond.'
'Ik wou,' zei Violet droogjes, 'dat ik ook zo zeker was, maar bedankt voor het bellen, dokter Martin.'
'Als er nieuws is, neem ik contact met u op.'
'Ik ben hier vanavond niet te bereiken. U kunt me bereiken op Croy, ik dineer bij Lord Balmerino.'
'Ik zal het opschrijven. Dank u. Tot ziens, mevrouw Aird. En het spijt me dat ik u gestoord heb.'
'Ja,' zei Violet. 'U heeft me gestoord. Tot ziens.'
En ze was meer dan verstoord. Al haar gemoedsrust was aan flarden geschoten. Ze was niet alleen gestoord maar ook doodsbang. Het was dezelfde redeloze paniek die haar had bevangen op de dag dat ze met Lottie in Relkirk bij de rivier zat en Lotties vingers haar pols als een tang hadden omkneld. Toen was de verleiding groot geweest om op te springen en weg te rennen. Nu voelde ze zich net zo. Haar hart bonsde. Het was de angst voor het onbekende, het onvoorstelbare, een of ander gevaar dat op de loer lag.
Toen ze die angst geanalyseerd had, besefte dat ze niet bang was voor zichzelf maar voor Edie. Haar verbeelding ging met haar op de loop. Geklop op de deur van Edie's huisje, Edie die opendeed en Lottie die met haar handen als klauwen gespreid boven op haar sprong...
De gedachte was onverdraaglijk. Op de televisie begon een vrouw gegeneerd te lachen, met haar mond open en haar hand voor haar ogen, toen ze met een gebloemde lampetkan werd geconfronteerd. Violet zette de televisie uit, nam de hoorn op en draaide Balnaid. Edmund zou nu wel terug zijn uit New York. Edmund zou precies weten wat ze moesten doen.
Ze hoorde de telefoon overgaan. Hij bleef overgaan. Ze wachtte, werd ongeduldig. Waarom nam er niemand op? Wat waren ze allemaal aan het doen?
Uiteindelijk smeet ze geërgerd en nu totaal van de wijs de hoorn op de haak, om hem vervolgens weer op te nemen en Edie's nummer te draaien.

Edie keek ook naar de televisie. Een leuk Schots programma, met volksdansen en een komiek in een kilt die vreemde verhalen vertelde. Ze zat met een blad op schoot te eten, gegrilde kippepoten, aardappelen en papperige erwten. Als toetje was er nog een restje Apple Betty in de koelkast. Ze at vanavond laat. Een van de goede kanten van weer alleen zijn was dat ze kon eten wanneer het haar uitkwam, zonder dat Lottie de hele tijd zat te zeuren wanneer ze aan tafel gingen. Er waren andere goede kanten. Rust was er een van. En het feit dat ze weer lekker in haar eigen bed kon slapen, in plaats van liggen woelen en draaien op het ongemakkelijke opklapbed. Een goede nachtrust was beter geweest voor het herstel van haar energie en goede humeur dan wat ook. Ze voelde zich nog steeds schuldig over die arme Lottie, weer in het ziekenhuis. Maar het leven was beslist een heel stuk gemakkelijker zonder haar.

De telefoon ging. Ze zette het blad neer en stond op om op te nemen.
'Ja?'
'Edie.'
Ze glimlachte. 'Hallo, mevrouw Aird.'
'Edie...' Er was iets mis. Edie wist het meteen, alleen al door de manier waarop mevrouw Aird haar naam zei. 'Edie, ik had net dokter Martin van het ziekenhuis aan de telefoon. Lottie is weggelopen. Ze weten niet waar ze is.'

Edie voelde de moed in haar schoenen zinken. Na een tijdje zei ze: 'O hemeltje.' Dat was alles wat ze kon zeggen.

'Ze hebben de politie gewaarschuwd en zijn er vrij zeker van dat ze niet ver is gekomen, maar dokter Martin is het met me eens dat er een goede kans bestaat dat ze zal teruggaan naar Strathcroy.'

'Heeft ze geld bij zich?' vroeg Edie, praktisch als altijd.

'Ik weet het niet. Daar heb ik niet aan gedacht. Maar ik ben ervan overtuigd dat ze niet ver weg is gegaan zonder haar handtas.'

'Nee. Dat is zo.' Lottie was verknocht aan haar handtas en hield hem zelfs bij zich als ze gewoon bij de haard zat. 'Arme ziel. Iets moet haar van de wijs hebben gebracht.'

'Ja. Misschien. Maar, Edie, ik maak me ongerust om jou. Als ze inderdaad naar Strathcroy teruggaat, wil ik niet dat jij alleen thuis bent.'

'Maar ik moet er zijn. Als ze komt, moet ik er zijn.'

'Nee. Nee, Edie, luister. Je moet luisteren. Wees nou verstandig. We weten niet wat er in Lottie omgaat. Ze kan het in haar hoofd hebben gehaald dat jij haar op een of andere manier in de steek hebt gelaten. Haar gekwetst hebt, haar verstoten hebt. Als ze een van haar buien heeft, kun je haar met geen mogelijkheid alleen aan.'

'En wat zou ze me kunnen doen?'

'Ik weet het niet. Ik weet alleen dat je weg moet... dat je vannacht bij mij moet slapen of naar Balnaid moet gaan tot ze haar gevonden hebben en ze veilig terug is in het ziekenhuis.'

'Maar...'

Haar bezwaar werd weggewuifd. 'Nee, Edie, ik accepteer geen nee, anders heb ik geen moment rust. Je moet een nachthemd inpakken en naar Balnaid gaan. Of hier komen. Dat maakt me niet uit. En als je dat niet wilt, zal ik je zelf met de auto moeten komen halen. En omdat ik om half negen op Croy moet zijn en nog niet in bad ben geweest of me omgekleed heb, zou me dat heel slecht uitkomen. Zeg het maar.'

Edie aarzelde. Het laatste wat ze wilde was iemand overlast bezorgen. Bovendien wist ze van eerdere gelegenheden dat Violet onvermurwbaar was als ze zich iets had voorgenomen. En toch...

'Ik moet hier blijven, mevrouw Aird. Ik ben haar naaste familie. Ik ben verantwoordelijk voor haar.'

'Je bent ook verantwoordelijk voor jezelf. Als je van streek gemaakt zou worden of bedreigd of op een of andere manier gekwetst, zou ik het mezelf nooit vergeven.'

'En wat gebeurt er als ze inderdaad komt en het huis verlaten aantreft?'

'De politie is gewaarschuwd. Ik ben ervan overtuigd dat er een patrouillewagen in de buurt is. Het zal voor hen niet moeilijk zijn om haar op te pikken.'

Edie wist geen argumenten meer te bedenken. Ze was verslagen, haar lot was bezegeld. Ze zuchtte en zei nogal uit haar humeur: 'O, goed dan. Maar volgens mij maak je je onnodig druk.'

'Misschien wel. Ik hoop het maar.'

'Weten ze op Balnaid dat ik kom?'

'Nee. Ik kan ze telefonisch niet bereiken. Ik denk dat er iets mis is met de verbinding.'

'Heb je het gemeld bij de storingsdienst?'

'Nog niet. Ik heb jou meteen gebeld.'

'Nou, ik zal de storingsdienst wel bellen en hen laten weten dat het nummer geen antwoord geeft. Ze moeten er zijn, allemaal bezig om zich klaar te maken voor het feest.'

'Ja, Edie. Bel jij de storingsdienst. En als je dat gedaan hebt, moet je me beloven dat je naar Balnaid gaat. Je kamer daar staat altijd klaar en Virginia zal het begrijpen. Leg haar uit wat er gebeurd is. Als het niet zo goed uitkomt, geef je mij maar de schuld. Het spijt me, Edie, dat ik zo dictatoriaal ben. Maar ik kan geen plezier maken in de wetenschap dat jij alleen bent.'

'Het lijkt me een hoop drukte om niets, maar ik veronderstel dat ik niet dood zal gaan aan een nachtje op Balnaid.'

'Dank je, Edie, liefje. Tot ziens.'

'Veel plezier op het feest.'

Edie hing op. En toen nam ze, voor ze het vergat, de hoorn weer op en belde ze de storingsdienst om de dode lijn te melden. Ze kreeg een behulpzame man die zei dat hij het mankement zou onderzoeken en haar terug zou bellen.

Lottie weg. Wat ging er nu weer gebeuren? Het was een verschrikke-lijke gedachte dat Lottie ergens helemaal in haar eentje rondzwierf, misschien wel bang, verdwaald. Waarom was ze niet gebleven waar ze was, verzorgd door vriendelijke mensen? Wat voor wild idee had ze nu weer in haar hoofd?

Ze zou naar Balnaid gaan, maar niet meteen. Ze moest eerst nog het afgekoelde restant van haar maaltijd opeten, dan de borden wassen, de keuken opruimen en de Rayburn opbanken met kolen. Daarna zou ze een nachthemd in haar boodschappentas doen en zich op weg begeven. Ze zuchtte geërgerd. Die Lottie was een echte lastpost, dat stond vast. Ze haalde het leven van iedereen overhoop. Weer ging ze zitten met haar avondeten op schoot, maar de kip was koud en had zijn smaak verloren. Zelfs het Schotse programma kon haar niet meer boeien.

Weer ging de telefoon. Ze zette het blad nogmaals op de grond en nam op. De man van de storingsdienst zei haar dat het toestel van Balnaid het niet scheen te doen, maar dat er morgenochtend een monteur langs zou komen om ernaar te kijken.

Edie bedankte hem. Er viel niets meer te doen. Ze pakte haar blad op en bracht het naar de keuken. Ze schraapte de resten op haar bord in de afvalemmer, deed het beetje afwas en stapelde het op het afdruiprek, terwijl ze de hele tijd probeerde te bedenken waar haar ongelukkige, halfgare nicht toch heen kon zijn.

Archie Balmerino ging in bad, schoor zich, fatsoeneerde zijn haar, deed zijn avondkleding aan en liet Isobel, nadat ze hem een goedkeurende kus had gegeven, achter aan haar toilettafel, waar ze iets moeilijks deed met haar wimpers, en liep toen hun slaapkamer uit naar de overloop. Even bleef hij stilstaan, terwijl hij luisterde of er tekenen van leven wa-ren, maar behalve hijzelf leek er niemand te zijn en dus begon hij de trap af te dalen, stapje voor stapje, met een hand op de leuning. De hele dag waren alle aanwezigen op Croy druk bezig geweest met werk dat hun was toegewezen en klusjes die gedaan moesten worden. Dat was maar goed ook, want er was heel veel te doen. Nu was het huis gereed, opge-tuigd voor het feest, als een podium klaar voor het drama, in afwach-ting van het opengaan van het gordijn en de entree van de eerste spelers. Hij was de eerste. Bij de bocht van de trap stond hij stil om het tafereel onder hem met enige voldoening gade te slaan. Het grote portaal, schoongemaakt en van alle gebruikelijke dagelijkse rommel ontdaan, bood een aanblik die zowel indrukwekkend als gastvrij was. In de enorme haard, met zijn gebeeldhouwde schouw, brandden blokken hout en de tafel, die in het midden van het versleten Turkse tapijt stond, weerspiegelde in zijn glimmende oppervlak de grote bos witte chrysan-ten en rode rozebottels die Isobel ergens in de loop van de middag had samengesteld.

Croy was klaar voor vermaak. Er hing iets in de lucht, het beloofde een opwindende avond te worden. Voor één keer waren soberheid en de noodzakelijke besparingen overboord gegooid en zwelgde het oude huis voelbaar in ongewone buitensporigheid.

Hij dacht aan andere avonden. Zijn eigen eenentwintigste verjaardag; en de avond dat hij en Isobel hun verloving hadden gevierd. Verjaardagen, kerstfeesten, jachtpartijen, het zilveren huwelijk van zijn ouders... En toen verdrong hij afkeurend de herinneringen. Nostalgie was zijn grootste zwakte. Je kon wel altijd om blijven kijken, maar omkijken was iets voor oude mensen en hij was niet oud. Hij was nog geen vijftig. Croy was van hem en toch ook niet. Hij had het gekregen van zijn vader en zijn grootvader om het voor Hamish te beheren. En een ketting was zo sterk als zijn zwakste schakel.

Hijzelf. De verschrikkingen van Noord-Ierland zouden hem bijblijven tot de dag van zijn dood, maar de geesten en de dromen die hem achtervolgden, waren eindelijk het zwijgen opgelegd en nu hij daarvan af was, wist hij dat hij zich niet meer kon verontschuldigen. De tijd was gekomen om op te houden met aarzelen en te beginnen met het maken van een stel praktische plannen voor zijn erfgoed, zijn gezin en hun toekomst. Hij had te lang de jaren geteld en had nu geen tijd meer te verspillen. Hij wist nog niet helemaal zeker wat hij zou gaan doen, maar hij zou iets doen. Geld lenen en die fabriek beginnen waarover Pandora het had gehad. Of fruit verbouwen, zoals frambozen en aardbeien, op grote, winstgevende schaal. Of een viskwekerij beginnen. Overal rondom lagen kansen voor het grijpen. Hij hoefde alleen maar een besluit te nemen en aan de slag te gaan.

Aan de slag gaan. De woorden klonken bemoedigend. Er was weer iets van zijn vroegere, jeugdige vertrouwen. Hij wist dat het ergste achter de rug was en dat het nooit meer zo erg kon worden.

Hij liep verder, de trap af, de eetzaal in. Hij en Pandora hadden samen de tafel gedekt zoals hij altijd werd gedekt bij belangrijke gelegenheden, toen Harris nog de leiding had en het leuk vond om de jonge Blairs de juiste, traditionele, gang van zaken bij te brengen. Het had hun het grootste deel van de middag gekost. Archie had de als zeepbellen zo dunne wijnglazen gepoetst, terwijl Pandora de gesteven witte servetten tot mijters had gevouwen, waarvan alle puntjes waren voorzien van een geborduurd kroontje en de letter B.

Nu keek hij met een kritisch oog naar hun werk. Het resultaat was uitstekend. De vier zware zilveren kandelaars stonden in het midden van de tafel en het vuur scheen en fonkelde in het glimmende zilver en glas, want ook hier brandden houtblokken in de haard. Jeff Howland had als taak de voorraad aan te vullen. De geur van droog, knappend naaldhout was warm en kruidig. Archie liep door de kamer, terwijl hij de schikking controleerde, een vork recht legde en de stand van een zoutvaatje een klein beetje veranderde. Tevreden liep hij door naar de keuken.

Hier trof hij Agnes Cooper, die voor vanavond uit het dorp was overgekomen. Agnes werkte doorgaans in haar trainingspak en een paar sportschoenen, maar vanavond droeg ze onder haar schort haar beste turquoise jurk en had ze haar haar gedaan.

Ze stond bij de gootsteen een paar sauspannen af te wassen, maar draaide zich om toen ze hem hoorde aankomen.

'Agnes. Alles goed?'

'Alles gaat naar wens. Ik moet alleen nog op de braadschotel letten en de stukjes gerookte forel op de borden leggen als Lady Balmerino het zegt.'

'Het is aardig van je om ons te komen helpen.'

'Daar ben ik voor.' Ze nam hem enigszins bewonderend op. 'Ik hoop dat u het niet erg vindt dat ik het zeg, maar u ziet er *schit-te-rend* uit.'

'O, dank je, Agnes.' Hij voelde zich een beetje opgelaten en bood haar iets te drinken aan om zijn verwarring te verbergen. 'Wil je misschien een glaasje sherry?'

Agnes was ook een beetje uit het veld geslagen. 'O. Graag. Dat zou er wel ingaan.'

Ze pakte een handdoek en droogde haar handen af. Archie vond een glas en de fles met Harvey's Bristol Cream. Hij schonk haar een flink glas in. 'Alsjeblieft...'

'Dank u wel, Lord Balmerino...' Ze hief haar glas op een feestelijke wijze en zei: 'Op een leuke avond,' en nam toen als een dame een slokje, waarbij ze haar lippen tuitte om van de volle smaak te genieten. 'Sherry ziet er mooi uit,' zei ze. 'Ik zeg altijd dat het zo'n prachtige gloed heeft.'

Hij ging weer terug, door de eetzaal en het portaal, naar de salon. Nog een haardvuur, meer bloemen, gedempte verlichting, maar geen gasten. Zijn logés leken er de tijd voor te nemen. Het blad met de drankjes stond klaar op de vleugel. Hij overwoog de situatie. Ze zouden de rest van de avond champagne drinken, maar hij had behoefte aan een Scotch. Hij schonk een drankje in, toen nog een en ging moeizaam weer de trap op, terwijl hij behoedzaam de twee glazen droeg.

Op de overloop stuitte hij op zijn dochter, die om een of andere reden in haar ondergoed rondliep.

'Lucilla!' sprak hij vermanend.

Maar zij was meer geïnteresseerd in zijn verschijning dan in die van zichzelf.

'Wel heb je ooit! Pa, je ziet er adembenemend uit. Echt romantisch en gedistingeerd. Lord Balmerino in vol ornaat. Is dat een nieuwe broek? Hij is hemels. Ik zou er ook wel zo een willen hebben. En opa's oude smokingjasje. Uitstekend!' Ze legde haar blote armen rond zijn nek en drukte een kus op zijn net geschoren wang. 'En je ruikt ook heerlijk. Zo gesoigneerd en geschoren en lekker. Voor wie zijn die drankjes?'

'Ik dacht dat ik maar eens moest gaan kijken of Pandora al wakker was. Waarom heb jij geen kleren aan?'

'Ik ben net op weg naar ma om een onderrok te lenen. Mijn nieuwe jurk is een beetje dun.'

'Je mag wel opschieten. Het is vijf voor half negen.'

'Ik ben nu klaar.' Ze gooide de deur van de slaapkamer van haar ouders open. 'Ma! Ik moet een onderrok aan...'

Archie stak de overloop over naar de logeerkamer. Achter de deur klonken flarden ijle muziek, Pandora had haar radio aangezet, wat niet noodzakelijkerwijs betekende dat ze wakker was. Hij balanceerde de twee glazen in een hand, gaf een korte bons op het paneel en deed de deur open.

'Pandora?'

Ze lag niet in bed, maar erop, gekleed in een peignoir van zijde met kant. Bijna overal lagen kleren en de hele kamer was vergeven van die bijzondere geur die zo'n essentieel onderdeel van haar persoonlijkheid was geworden.

'Pandora.'

Ze deed haar mooie, grijze ogen open. Ze had make-up opgedaan en haar dikke wimpers zagen zwart van de mascara. Ze zag hem en glimlachte. Ze zei: 'Ik slaap niet.'

'Ik heb een borrel voor je.'

Hij zette het glas op haar tafel, naast het lampje en ging op de rand van het bed zitten. Haar radio neuriede zachtjes een programma met dansmuziek, alsof het vanuit een ver verleden kwam.

Ze zei: 'Wat aardig.'

'Het is bijna tijd om naar beneden te gaan.' Haar glanzende haar waaierde over het kussen, alsof het een eigen leven leidde, maar zoals ze daar lag leek ze zo dun, zo onstoffelijk, zo gewichtloos, dat hij zich opeens bezorgd voelde. 'Ben je moe?'

'Nee. Alleen lui. Waar is iedereen?'

'Isobel is bezig met haar gezicht en Lucilla loopt in haar slipje rond omdat ze een onderrok van haar moeder wil lenen. Tot nu toe zijn beide mannen nergens te bekennen.'

'Dit is altijd een mooi moment, vind je niet? Vlak voor een feestje? Tijd om even te liggen en te luisteren naar liedjes van vroeger. Ken je deze nog? Zo mooi. Nogal droevig. Ik ken de tekst niet meer.'

Samen luisterden ze. De tenorsaxofoon speelde de melodie. Archie fronste zijn voorhoofd, terwijl hij probeerde om zich de vergeten woorden te herinneren. De muziek bracht hem twintig jaar terug, naar Berlijn en een of ander regimentsbal. Berlijn was de clou.

'Iets over een lange, lange tijd van mei tot december.'

'Ja, natuurlijk, Kurt Weill. 'De dagen worden korter in september.' En dan de herfstbladeren en steeds minder dagen die overblijven en geen tijd meer om te wachten. Zo ontzettend ontroerend.'

Ze zat rechtop in de kussens. Ze pakte haar drankje en hij zag haar smalle pols en de hand met de rode nagels, een hand zo fijn en bleek en blauw geaderd dat hij Archie bijna transparant toescheen.

Hij zei: 'Ben je bijna klaar?'

'Bijna. Ik hoef alleen mijn jurk aan te schieten en de rits dicht te doen.' Ze nam een slok whisky. 'O, verrukkelijk. Hiermee kan ik er weer tegen.' Boven de rand van het glas leken haar ogen enorm groot. 'Je ziet er te gek uit, Archie. Even flitsend als vroeger.'

'Volgens Agnes Cooper zag ik er schit-te-rend uit.'

'Wat een compliment. Ik sliep niet, schat. Ik lag gewoon even rustig na te denken over gisteren. Het was allemaal zo fijn. Net als vroeger. Met z'n tweetjes, in de schuilhut, toen we tijd hadden om te babbelen. Of om niets te zeggen, zoals het uitkwam. Misschien heb ik wel te veel gepraat, maar twintig jaar is een lange tijd. Was het erg saai?'

'Nee. Je maakte me aan het lachen. Je hebt me altijd aan het lachen gemaakt.'

'En de zon, de blauwe lucht, het getsjilp van de heikneutjes, het geluid van de geweerschoten en die arme sneeuwhoentjes die uit de lucht kwamen vallen. Wat een geluk, zo'n dag. Net of je een heel mooi cadeau krijgt.'

Hij zei: 'Ik weet het.'

'Het is leuk om te weten dat zulke dagen nog mogelijk zijn. Dat ze niet voor altijd voorbij zijn.'

'We moeten veranderen. Breken met die ergerlijke familiegewoonte om bij het verleden stil te blijven staan.'

'Het is moeilijk om dat niet te doen met zo'n mooi verleden. Bovendien, waar kun je verder nog over denken?'

'Het heden. Het verleden is dood en morgen is nog niet geboren. We hebben alleen vandaag.'

'Ja.'

Ze nam nog een slokje. Ze zwegen. Vanachter de gesloten deur kwamen geluiden. Een deur ging open en dicht. En toen de stem van Lucilla.

'Conrad. Wat zie je er mooi uit. Ik weet niet waar Pa is, maar ga maar naar beneden. We komen zo allemaal...'

Archie zei: 'Ik hoop dat ze Isobels onderrok aan heeft.'

'Conrad is zo'n heer dat zelfs al was Lucilla spiernaakt hij er geen aandacht aan zou besteden. Zo'n aardige Droeve Amerikaan. Het zou verschrikkelijk zijn geweest als hij een ontzettende droogstoppel was.'

'Je moet beslist met hem dansen.'

'Ik zal hem een Dashing White Sergeant leren en hem aan alle hoge pieten voorstellen terwijl we ronddraaien. Dat is het enige van vanavond wat me een beetje deprimeert. Dat jij niet kunt dansen.'

'Zit daar maar niet over in. In de loop der jaren heb ik de kunst van de sprankelende conversatie geperfectioneerd...'

Ze werden eindelijk onderbroken door Lucilla die de deur opendeed en haar hoofd om de hoek stak.

'Sorry dat ik lastigval, maar er is een probleem. Pa, Jeff kan Edmunds strik niet vastkrijgen. Hij heeft maar één keer in zijn leven een strik gedragen en dat was een kant en klare met een elastiekje. Ik probeerde hem te helpen, maar dat ging helemaal mis. Kun jij komen helpen?'

'Natuurlijk.'

De plicht riep. Hij was nodig. Het was gedaan met de rust. Hij gaf Pandora een kus. 'Tot zo.' En toen stond hij op en ging hij achter Lucilla aan. Pandora, die alleen achterbleef, dronk langzaam haar whisky op. *Deze dierbare dagen zal ik doorbrengen met jou.*

Het lied stierf weg.

Violet, bij wie het bloed van de Hooglanden door de aderen stroomde, beweerde altijd met klem dat zij niet bijgelovig was. Ze liep onder ladders door, lette niet op vrijdag de dertiende, en deed niet aan afkloppen. En als er zich een of ander voorteken voordeed, zei ze dapper tegen zichzelf dat het zo waarschijnlijk maar beter was en zag ze naar goed nieuws uit. Ze was dankbaar dat ze niet met helderziendheid was gezegend – of opgezadeld. Het was beter om niet te weten wat de toekomst in petto had.

Nadat ze klaar was met Edie en haar die belofte had afgedwongen, had ze verwacht dat haar zorgen zouden verdwijnen en dat haar gemoedsrust zou terugkeren. Maar dit gebeurde niet en ze keerde vol angstige voorgevoelens terug naar haar stoel bij de open haard. Wat was er mis? Waarom voelde ze zich plotseling zo belaagd door naamloze, loerende angsten? In haar oude kamerjas zat ze voorover en staarde in de vlammen, op zoek naar de oorzaak van haar plotselinge huiver, het onbehagen dat als een gewicht diep in haar ziel verankerd lag.

Het was erg genoeg te horen dat Lottie ontsnapt was en rondzwierf, met god wist wat voor plannen. Maar het feit dat ze Balnaid niet kon bereiken en Edmund niet aan de lijn kon krijgen, verontrustte haar gek genoeg nog veel meer. Het was niet alleen de frustratie van het niet kunnen communiceren. Violet werd vaak, tijdens de winterstormen, een dag of langer afgesneden en ze vond het helemaal niet erg om geïsoleerd te zijn. Het was alleen dat de storing zich op zo'n verontrustend ongelegen moment had voorgedaan. Alsof er een of andere onbeheersbare, kwaadaardige kracht aan het werk was.

Ze was niet bijgelovig. Maar een ongeluk kwam zelden alleen. Eerst Lottie, toen de kapotte telefoon. Wat nu?

In haar verbeelding liep ze vooruit op de komende avond en ze wist dat daar echt een mijnenveld van mogelijke rampen lag. Voor de eerste keer zouden alle spelers van het drama dat de afgelopen week gebroeid had aan de eettafel van Croy bij elkaar komen. Edmund, Virginia, Pandora,

Conrad, Alexa en Noel. Allemaal op hun eigen manier in de war en rusteloos, op zoek naar een of ander ongrijpbaar geluk, alsof je een pot goud kon vinden aan het eind van een sprookjesregenboog. Maar al hun inspanningen hadden slechts destructieve gevoelens blootgelegd. Wrok, wantrouwen, egoïsme, hebzucht en ontrouw. Ook overspel. Alleen Alexa leek onbezoedeld te zijn gebleven. Voor Alexa was er alleen de pijn van het liefhebben.

Een houtblok dat doorbrandde, stortte met een zucht in een bed van as. Een onderbreking. Violet keek op haar klok en zag tot haar schrik dat ze veel te lang had zitten broeden, want het was al kwart over acht. Ze zou te laat op Croy aankomen. Onder normale omstandigheden zou ze dit vervelend hebben gevonden, want ze was altijd stipt op tijd, maar vanavond, met zoveel andere dingen aan haar hoofd leek het er nauwelijks toe te doen. Dat ene kwartiertje zou men haar niet missen en Isobel zou hen toch niet voor negen uur in de eetzaal laten.

Ze besefte ook dat uitgaan wel het laatste was waar ze zin in had. Glimlachen, babbelen, haar angsten verbergen. Ze wilde niet weg uit de geborgenheid van haar huis, haar haard. Iets lag ergens te wachten en haar zwakke menselijke instinct zei haar zichzelf binnenshuis op te sluiten, in veiligheid en de wacht te houden bij de telefoon.

Maar ze was niet bijgelovig.

Ze vermande zich, stond op uit haar stoel, zette het scherm voor het dovende vuur en ging de trap op. Snel ging ze in bad, waarna ze zich voor het feest kleedde. Zijden ondergoed en zwarte zijden kousen, de deftige zwart fluwelen japon, de satijnen pumps. Ze stak haar haar op, nam toen de diamanten tiara en zette hem op haar hoofd, waarbij ze met enige moeite de elastieken lus aan de achterkant vastmaakte. Ze poederde haar neus, vond een kanten zakdoek, sprenkelde een beetje eau de cologne over zich. Ze liep naar de grote staande spiegel en taxeerde met een kritisch oog de algehele indruk. Ze zag een grote, vastberaden douairière, voor wie het woord 'waardig' de vriendelijkste omschrijving was.

Groot en vastberaden. En oud. Opeens voelde ze zich erg moe. Vermoeidheid deed rare dingen met je verbeelding, want, terwijl ze in de spiegel staarde, zag ze door haar eigen spiegelbeeld het wazige beeld van een andere vrouw. Niet mooi, maar zonder rimpels, met bruin haar en vol razende levenskracht. Zijzelf, in haar favoriete rode satijnen baljurk. En naast die andere vrouw stond Geordie. Even leek de illusie zo echt dat ze hem had kunnen aanraken. En toen vervaagde hij en was ze weer alleen. Ze had zich in geen jaren zo alleen gevoeld. Maar er was geen tijd om te blijven staan en medelijden met zichzelf te hebben. Anderen zaten, zoals altijd, te wachten op haar gezelschap, om haar aandacht op te eisen. Ze wendde zich af van de spiegel, pakte haar bontjas en trok hem aan, waarna ze haar handtas opraapte en de lichten uitdeed. Beneden ging ze door de keukendeur, die ze achter zich op slot deed. De nacht was donker en vochtig van de druilerige mist. Ze liep naar de garage en stapte in haar auto. Iedereen had haar een lift aangeboden, maar zij reed liever zelf naar Croy en na het eten naar Corriehill. Op die manier zou ze van niemand afhankelijk zijn en naar huis kunnen gaan wanneer ze maar wilde.

Je moet altijd weggaan op een feest wanneer je je het meest vermaakt. Dat was een van de stelregels van Geordie. De gedachte aan Geordie en de klank van zijn lieve stem in haar hoofd bood haar enige troost. Op zulke momenten voelde ze dat hij nooit ver weg was. Wat zou hij haar nu vermakelijk hebben gevonden, achtenzeventig jaar, opgedoft met fluweel, bont en diamanten, terwijl ze in haar met modder besmeurde auto op weg was naar, stel je voor, een bal.

Terwijl ze de heuvel opreed en naar de weg voor zich keek in de baan van haar koplampen, deed ze Geordie een belofte.

Ik weet dat dit een belachelijke situatie is, lieveling, maar het is de laatste keer. Na vanavond zal ik nee zeggen als iemand zo vriendelijk is om me voor een bal uit te nodigen. En mijn excuus zal zijn dat ik echt veel te oud ben.

Henry liep. Het was donker geworden en een dunne regen woei in zijn gezicht. De rivier naast de weg, de Croy, hield hem gezelschap. Hij kon hem niet zien, maar was zich voortdurend bewust van de aanwezigheid van stromend water, het kabbelende geluid van de ondiepe rivier, die zich in een reeks poeltjes en watervalletjes omlaag stortte. Het was een hele troost dat de Croy er was. De enige andere geluiden die hij hoorde waren vertrouwd, maar op vreemde wijze versterkt door zijn eigen eenzaamheid. De wind, die de takken van bomen in beroering bracht, en de eenzame roep van de wulp. Zijn voetstappen klonken enorm hard. Soms stelde hij zich andere voetstappen voor, die een eindje achter hem aan kwamen, maar het was waarschijnlijk gewoon een echo van zijn eigen pas. Iedere andere mogelijkheid was te eng om aan te denken.

Hij was gepasseerd door drie auto's die van Caple Bridge afkwamen en, evenals hij, de heuvel opgingen. Elke keer was hij ineengedoken in de greppel, wanneer hij de naderende koplampen bemerkte, om zich te verstoppen tot de auto weg was, voorbij zoevend met de banden sissend op het natte wegdek. Hij wilde niet gezien worden en hij wilde ook geen lift aangeboden krijgen. Het was niet alleen ontzettend gevaarlijk om van vreemden een lift te accepteren, maar ook absoluut verboden en in deze fase van zijn lange reis was Henry niet van plan om het risico te nemen dat hij ergens tegen zijn wil naar toe zou worden gereden en vermoord zou worden.

Toch kreeg hij een lift toen hij minder dan een mijl van Strathcroy af was en al kon zien hoe de lichten van het dorp als welkome sterren door de duisternis priemden. Een zware vrachtwagen met schapen kwam achter hem de weg opknarsen en Henry had om een of andere reden geen energie om in de greppel te springen voordat de koplampen hem beschenen. De wagen remde al af toen hij Henry passeerde. Hij stopte met een schok en de chauffeur deed de deur van zijn hoge cabine open en wachtte tot Henry hem had ingehaald. Hij tuurde in de duisternis en zag Henry vanachter zijn bivakmuts naar hem opkijken.

'Hallo, knulletje.' De bestuurder was een grote, potige man met een wollen baret. Een bekend iemand. Geen vreemde. Henry's benen begonnen nu slapjes aan te voelen, als gekookte spaghetti en hij wist niet zeker of hij het laatste stukje van de weg naar Strathcroy zou halen.

'Hallo.'

'Waar moet je heen?'

'Strathcroy.'

'Heb je de bus gemist?'

Dit leek een goed excuus. 'Ja,' jokte Henry.

'Wil je een lift?'

'Ja, alstublieft.'

'Stap dan maar in.'

De man stak een eeltige hand uit. Henry legde zijn eigen hand erin en werd opgetild, alsof hij zo licht was als een vlieg, op de knie van de grote man en toen over hem heen, op de andere plaats. De cabine was warm, knus en erg vies. Hij rook bedompt, naar oude sigaretten en schapen en er lagen overal snoeppapiertjes en afgebrande lucifers op de vloer, maar dat vond Henry niet erg, omdat het er aangenaam was, in het gezelschap van iemand anders en in de wetenschap dat hij niet verder hoefde te lopen.

De chauffeur smeet zijn deur dicht, schakelde en ze kwamen in beweging.

'Waarvandaan ben je komen lopen?'

'Caple Bridge.'

'Dat is een flinke tippel voor een regenachtige nacht.'

'Ja.'

'Woon je in Strathcroy?'

'Ik ga daar bij iemand op bezoek.' Voordat hem nog meer gevraagd kon worden, besloot Henry zelf een vraag te stellen. 'Waar bent u geweest?'

'Op de markt in Relkirk.'

'Had u veel schapen?'

'Jazeker.'

'Waren ze van uzelf?'

'Nee, ik hou geen schapen. Ik rij ze alleen maar.'

'Waar woont u?'

'Inverness.'

'Gaat u daar vanavond naar toe?'

'O, zeker.'

'Dat is ver.'

'Misschien wel, maar ik slaap graag in mijn eigen bed.'

De ruitewissers zwiepten heen en weer. Door het schoongeveegde stuk van de voorruit zag Henry hoe de lichten van Strathcroy dichterbij kwamen. Toen passeerden ze het verkeersbord met 30 erop en vervolgens het oorlogsmonument. Na de laatste bocht in de weg verdween de hoofdstraat van het dorp in het duister.

'Waar wil je dat ik je afzet?'

'Hier is prima, dank u.'

Weer stopte de vrachtwagen met een schok.

'Denk je dat het zo gaat?' De man leunde voorover om de deur voor Henry open te doen.

'Ja, natuurlijk. Nogmaals hartelijk bedankt. Dat was heel aardig van u.'

'Pas maar goed op jezelf.'

'Dat zal ik doen.' Hij klom omlaag. 'Tot ziens.'

'Tot ziens, knulletje.'

De deur sloeg dicht. Henry bleef staan kijken hoe de massieve wagen verder reed, met een rood achterlicht dat knipoogde als een vriendelijk oog. Het geluid van de motor verdween in het donker en toen het weg was, leek alles heel stil.

Hij ging weer op weg en liep midden over de verlaten straat. Hij was ontzettend moe, maar dat gaf niet, omdat hij er bijna was. Hij wist precies waar hij heenging en wat hij ging doen, omdat hij zijn geheime plannen zeer zorgvuldig had uitgedacht. Hij had alle mogelijkheden overwogen en niets aan het toeval overgelaten. Hij ging niet naar Balnaid of naar Pennyburn, maar naar het huis van Edie. Hij ging niet naar Balnaid, omdat daar niemand zou zijn. Zijn moeder, zijn vader, Alexa en haar vriend waren allemaal op Croy, uit eten bij de Balmerino's voordat ze naar het feest van mevrouw Steynton gingen. En hij ging niet naar Pennyburn omdat Vi ook op Croy was. En zelfs als ze allemaal thuis zouden zijn geweest, zou hij nog naar het huisje van Edie zijn gegaan omdat Edie er zou zijn.

Zonder Lottie. Die enge Lottie was weer in het ziekenhuis. Meneer Henderson had het nieuws aan Henry doorgegeven en het was een opluchting geweest te weten dat Edie weer veilig alleen was. Dit had Henry aangemoedigd om zijn illegale vertrek uit te voeren. Het maakte een heel verschil, omdat hij nu wist dat er een veilige plaats was waar hij heen kon gaan. Edie zou hem in haar armen nemen, geen vragen stellen, warme chocola voor hem maken. Edie zou naar hem luisteren. Zij zou het begrijpen. Zij zou zijn kant kiezen. En met Edie aan zijn kant, zouden alle anderen ongetwijfeld luisteren naar wat hij te zeggen had en niet boos op hem zijn.

De lichten in de supermarkt van mevrouw Ishak waren nog aan, maar hij bleef aan de overkant van de weg, zodat mevrouw Ishak hem niet toevallig zou zien als hij langskwam. De rest van de straat was donker en werd alleen verlicht door de ramen van de huizen aan de kant van de weg. Vanachter deze ramen kon Henry de gedempte geluiden horen van de televisies. Edie zou in haar leunstoel zitten en naar de televisie kijken, bezig met haar breiwerk.

Hij kwam bij het kleine huisje met het rieten dak, veel lager dan de woningen ernaast. Het raam van haar zitkamer was donker, wat betekende dat ze niet naar de televisie keek. Maar vanuit haar slaapkamer straalde helder licht naar buiten en het leek alsof ze vergeten was om de gordijnen dicht te doen.

Ze had andere gordijnen, vitrages, voor haar privacy, maar daar kon je heel goed doorheen kijken. Henry liep naar het raam en gluurde naar binnen, terwijl hij zijn handen aan de zijkant van zijn gezicht hield zoals hij volwassenen had zien doen. Het interieur was een beetje vaag door de vitrages, maar hij zag Edie meteen. Ze stond aan haar toilettafel, met haar rug naar hem toe. Ze droeg haar nieuwe lila vest en het leek alsof ze poeder op haar gezicht deed. Misschien ging ze uit. In haar mooiste lila vest...

Hij balde zijn vuist en klopte op het glas om haar aandacht te trekken. Ze wendde zich met een schok van haar spiegel af en kwam naar het raam. De lamp aan het plafond bescheen haar gezicht en zijn hart sloeg over van schrik, omdat er iets verschrikkelijks met haar was gebeurd. Ze had een ander gezicht gekregen, met starende zwarte ogen, en haar mond was volgesmeerd met bloedrode lipstick. En haar haar zat niet goed en haar wangen waren bleek als papier...

Het was Lottie.

Die starende ogen. Walging, sterker dan angst, trok hem van het raam weg. Hij liep achteruit, de straat over, uit de gele lichtvlek op de natte stoep. Elke uitgeputte vezel van zijn lichaam trilde en zijn hart bonkte in zijn borst alsof het eruit wilde. Verstijfd van angst dacht hij dat hij vast nooit meer zou kunnen bewegen. Hij was bang, voor zichzelf, maar vooral voor Edie.

Lottie had haar iets aangedaan. Zijn ergste nachtmerrie was bewaarheid geworden. Op een of andere manier was Lottie in het geheim terug komen sluipen naar Strathcroy en had ze Edie overvallen toen die niet keek. Edie lag ergens in het huisje. Misschien op de keukenvloer, met een vleesmes achter in haar nek en overal bloed.

Hij deed zijn mond open om om hulp te roepen, maar het enige geluid dat hij voortbracht was een bevend, zwak gefluister.

En nu was Lottie er, aan het raam. Ze deed de vitrage omhoog en tuurde naar buiten, met haar enge gezicht tegen het glas gedrukt. Nog even, dan zou ze naar de deur gaan, hem achterna komen.

Hij dwong zich te bewegen; liep terug de straat in, draaide zich toen om en rende. Het was alsof hij rende in een afschuwelijke, kleverige droom, maar deze keer wist hij dat hij niet wakker zou worden. Zijn oren daverden van zijn eigen voetstappen en zijn hijgende ademhaling. Het was moeilijk om te ademen. Hij trok zijn bivakmuts af en de koude lucht stroomde langs zijn wangen. Zijn hoofd werd weer helder en voor zich zag hij zijn toevluchtsoord. De hel verlichte ramen van de winkel van mevrouw Ishak, met de gebruikelijke kleurige uitstalling van zeeppoeders, pakken cornflakes en afgeprijsde artikelen.
Hij rende naar mevrouw Ishak.

De lange werkdag van mevrouw Ishak zat er bijna op. Haar man, die de kas had opgemaakt, was verdwenen in het magazijn, waar hij elke avond het geld telde, om het dan in zijn safe op te bergen. Mevrouw Ishak was bij de schappen bezig geweest met het vervangen van blikjes en goederen en het aanvullen van de gaten die de klanten die dag hadden achtergelaten. Ze was nu met een bezem de vloer aan het aanvegen. Ze schrok een beetje, toen de deur zo plotseling en met zo'n kracht werd opengegooid. Ze keek op van haar bezem, met opgetrokken wenkbrauwen boven haar koolzwarte ogen en schrok nog meer toen ze zag wie het was.
'Henry!'
Hij zag er verschrikkelijk uit, in een met modder besmeurde tweedjas die hem een paar maten te groot was, met afgezakte sokken en zijn schoenen onder het vuil. Maar mevrouw Ishak was niet zozeer bezorgd vanwege zijn kleren, maar door de toestand waarin Henry zelf verkeerde. Hijgend, lijkbleek, stond hij daar een seconde, voordat hij de deur dichtsmeet en er met zijn rug tegenaan leunde.
'Henry.' Mevrouw Ishak legde haar bezem opzij. 'Wat is er gebeurd?' Maar hij had niet genoeg adem om te praten. 'Waarom ben je niet op school?'
Zijn mond bewoog. 'Edie is dood.' Ze kon hem amper horen. En toen weer, maar deze keer schreeuwde hij het tegen haar: 'Edie is dood!' 'Maar...'
Henry barstte in tranen uit. Mevrouw Ishak spreidde haar armen uit en Henry vluchtte erin. Ze knielde en hield hem dicht tegen haar zijden borst, haar hand rond zijn achterhoofd. 'Nee,' prevelde ze. 'Nee. Het is niet waar.' En toen hij doorging met huilen en hysterisch beweerde dat het wèl zo was, probeerde ze hem te kalmeren, door hem in *katchi* toe te spreken, dat innige, onschrijfbare dialect dat de hele familie Ishak gebruikte als ze onder elkaar waren. Henry had de zachte klanken eerder gehoord, de keren dat mevrouw Ishak Kedejah troostte of op de knie nam om haar aan te halen. Hij kon er geen woord van verstaan, maar ook hij werd erdoor getroost, bovendien rook mevrouw Ishak heerlijk naar muskus en haar mooie roze tuniek was koel aan zijn gezicht.

En toch moest hij het haar laten begrijpen. Hij maakte zich los uit haar omhelzing en staarde in haar beduusde, bezorgde gezicht.

'Edie is dood.'

'Nee, Henry.'

'Ja, wel.' Hij gaf haar een stootje tegen haar schouder, boos omdat ze zo dom was.

'Waarom zeg je dat?'

'Lottie is in haar huis. Ze heeft haar vermoord. Ze steelt haar gebreide vest.'

Mevrouw Ishak keek niet meer beduusd. Haar gezicht werd scherper. Ze fronste haar voorhoofd.

'Heb je Lottie gezien?'

'Ja. Ze is in de slaapkamer van Edie, en...'

Mevrouw Ishak stond op. 'Shamsh!' riep ze naar haar man, haar stem was hard en dringend.

'Wat is er?'

'Kom snel.' Hij verscheen. Mevrouw Ishak gaf hem instructies in een lange stroom van *katchi*. Hij stelde vragen; zij gaf er antwoord op. Hij ging terug naar zijn magazijn en Henry hoorde hoe hij een nummer draaide op zijn telefoon.

Mevrouw Ishak haalde een stoel en liet Henry erop zitten. Ze knielde naast hem en hield zijn handen vast.

Ze zei: 'Henry, ik weet niet wat je hier doet, maar je moet naar me luisteren. Meneer Ishak belt nu de politie. Die komt in een patrouillewagen om Lottie op te halen en haar terug naar het ziekenhuis te brengen. Ze weten al dat ze zonder toestemming het ziekenhuis heeft verlaten en zijn gewaarschuwd dat ze naar haar uit moeten kijken. Begrijp je dat?'

'Ja, maar Edie...'

Met haar zachte vingers veegde mevrouw Ishak de tranen weg die over Henry's wangen liepen. Met de punt van haar roze sjaal van chiffon, die ze rond haar glanzende zwarte haar droeg, bette ze zijn snotterende neus.

Ze zei tegen hem: 'Edie is op Balnaid. Ze logeert daar vannacht. Ze is veilig.'

Henry keek zwijgend naar mevrouw Ishak, bang dat ze hem niet de waarheid vertelde.

'Hoe weet u dat?' vroeg hij ten slotte.

'Omdat ze op weg daar naar toe hier even langskwam om een avondkrant te kopen. Ze vertelde me dat je oma, mevrouw Aird, haar had verteld van Lottie en ook dat mevrouw Aird niet wilde dat ze alleen thuisbleef.'

'Was Vi ook bang voor Lottie?'

'Niet bang. Mevrouw Aird is nooit bang, geloof ik. Maar bezorgd om je lieve Edie. Dus je ziet, het is goed. Je bent veilig.'

Van achter uit de winkel konden ze horen hoe meneer Ishak telefoneerde. Henry draaide zijn hoofd om te luisteren, maar hij kon de woorden niet opvangen. Toen hield meneer Ishak op met praten en hing hij op. Henry wachtte. Meneer Ishak kwam binnen.

'Goed?' vroeg mevrouw Ishak.

'Ja. Ik heb de politie gesproken. Ze sturen een patrouillewagen. Hij moet hier over ongeveer vijf minuten zijn.'

'Weten ze waar ze heen moeten?'

'Ja. Dat weten ze.' Hij keek naar Henry en glimlachte geruststellend. 'Arme jongen. Wat ben jij geschrokken. Maar het is nu voorbij.'

Ze waren heel aardig. Mevrouw Ishak zat nog steeds geknield, terwijl ze Henry's hand vasthield en hij trilde nu niet meer. Na een tijdje vroeg hij: 'Mag ik Edie opbellen?'

'Nee. Dat kan niet want jullie telefoon op Balnaid doet het niet. Edie heeft het gemeld bij de storingsdienst voordat ze van huis ging, maar ze zeiden dat ze er niet voor morgenochtend naar konden kijken. Maar we wachten nog eventjes en ik zal iets warms te drinken voor je maken en dan loop ik met je naar Balnaid en dan ben je bij je Edie.'

Toen pas was Henry er werkelijk van overtuigd dat Edie niet dood was. Ze was op Balnaid en wachtte op hem en hij kon de wetenschap dat hij spoedig bij haar zou zijn nauwelijks verdragen. Hij voelde hoe zijn mond trilde als die van een baby, hoe zijn ogen volliepen met tranen, maar hij was te moe om er iets aan te doen. Mevrouw Ishak zei zijn naam en nam hem weer in haar zachte, geurige omhelzing en hij huilde lange tijd.

Uiteindelijk was het allemaal over, afgezien van een paar benarde snikken. Mevrouw Ishak bracht hem een mok met warme chocola, heel zoet en bruin en bruisend en bovendien maakte ze een sandwich met jam.

'Vertel eens,' zei mevrouw Ishak, toen Henry zich wat sterker voelde en meer op zijn gemak was, 'want je hebt nog steeds geen antwoord gegeven op mijn eerste vraag. Waarom ben je hier en niet op school?'

Henry staarde in haar donkere, glanzende ogen, met zijn vingers om de mok geklemd.

'Ik vond het er niet leuk,' zei hij. 'Ik liep weg. Ik ben naar huis gekomen.'

De klok op de schoorsteenmantel wees tien over half negen toen Edmund de salon van Croy binnenliep. Hij had verwacht dat hij vol mensen zou zijn, maar vond in plaats daarvan alleen Archie en een onbekende man, die waarschijnlijk, omdat hij niemand anders kon zijn, de Droeve Amerikaan was, Conrad Tucker en de directe oorzaak van Edmunds onenigheid met Virginia.

Beide mannen zagen er schitterend uit in hun avondkledij. Archie zag er beter uit dan Edmund hem in jaren had gezien. Ze zaten gezellig bij het haardvuur, met een glas in hun hand. Conrad Tucker zat in een leunstoel en Archie had met zijn rug naar het vuur plaatsgenomen op het haardbankje. Ze hielden op met praten toen de deur openging, keken op, zagen Edmund en stonden op.

'Edmund.'

'Sorry dat we te laat zijn. We hadden wat problemen.'

'Zoals je kunt zien, zijn jullie helemaal niet te laat. Er is nog niemand anders. Waar is Virginia?'

'Naar boven om haar jas uit te doen. En Alexa en Noel zullen zo wel komen. Op het laatste moment besloot Alexa om haar haar te wassen en ze was het nog aan het drogen toen we vertrokken. God weet waarom ze daar niet eerder aan dacht.'

'Dat doen ze nooit,' zei Archie ontmoedigend, sprekend uit jaren van ervaring. 'Edmund, je kent Conrad Tucker nog niet.'

'Nee, ik geloof het niet. Hoe maakt u het?'

Ze gaven elkaar een hand. De Amerikaan was net zo lang als Edmund en stevig gebouwd. Van achter het hoornen brilmontuur werd Edmund aangekeken door twee kalme ogen en hij kreeg last van een onkarakteristiek gevoel van onzekerheid. ·

Want diep in zijn binnenste, verborgen onder een vernisje van goede manieren, smeulden razernij en wrok jegens deze man, deze Amerikaan, die achter Edmunds rug zijn plaats had ingenomen en in Virginia de herinneringen aan haar jeugd had doen ontbranden, en nu kalmpjes van plan was om met haar – de vrouw van Edmund – op sleeptouw terug naar de States te vliegen. Terwijl hij beleefd glimlachte naar het openhartige gezicht van Conrad Tucker, speelde Edmund met het zalige idee zijn vuist te ballen en een dreun te geven op die stoere, zongebruinde neus. Toen hij zich de daarop volgende verminking voorstelde, het bloed en de kneuzing, voelde hij een beschamend genot.

En toch wist hij aan de andere kant dat, onder andere omstandigheden, dit het soort mens was dat hij onmiddellijk sympathiek zou kunnen vinden.

De vriendelijke gezichtsuitdrukking van Conrad Tucker weerspiegelde die van Edmund zelf. 'Wat leuk je te leren kennen.' Die verdomde ogen. Archie begaf zich naar het blad met drank.

'Edmund? Een whisky?'

'Dank je. Ik kan er wel een gebruiken.'

Zijn gastheer pakte de Famous Grouse. 'Wanneer ben je uit New York teruggekomen?'

'Ongeveer half zes.'

Conrad vroeg: 'Was je reis een succes?'

'Min of meer. Een beetje puin ruimen, een paar welgekozen woorden. Ik geloof dat je een vroegere vriend van mijn vrouw bent?'

Als hij had gehoopt om de andere man uit zijn evenwicht te brengen, had hij geen succes. Conrad Tucker verraadde niets, toonde geen verlegenheid.

'Inderdaad. We waren danspartners in onze lang vervlogen en vergooide jeugd.'

'Ze vertelde dat jullie samen terugreizen naar de States.'

Nog steeds geen reactie. Als de Amerikaan doorhad dat hij uitgedaagd werd, liet hij dat niet merken. 'Gaat ze met hetzelfde vliegtuig?' was alles wat hij zei.

'Kennelijk wel.'

'Dat wist ik niet. Maar dat is fantastisch. Het is een lange reis in je eentje. Ik ga vanaf Kennedy Airport meteen naar de stad, maar ik kan haar wel vergezellen bij de douane en bij de transportband en ervoor zorgen dat ze vervoer naar Leesport heeft.'

'Dat is heel aardig van je.'

Archie gaf Edmund zijn drankje. 'Conrad, ik wist niet dat jullie dit allemaal hadden geregeld. Ik wist niet eens dat Virginia naar de States wilde...'

'Ze gaat bij haar grootouders op bezoek.'

'En wanneer vertrek jij?'

'Ik blijf hier tot zondag, als dat mag tenminste, en dan vertrek ik donderdag vanaf Heathrow. Ik moet in Londen nog enkele zaken regelen.'

'Hoe lang ben je hier geweest?' vroeg Edmund.

'Een maand of wat.'

'Ik hoop dat je bezoek je bevallen is.'

'Dank je. Ik heb het prima naar mijn zin gehad.'

'Daar ben ik blij om.' Edmund hief zijn glas. 'Proost.'

Ze werden onderbroken door de binnenkomst van Jeff Howland die, nadat hij eindelijk het probleem van de strik had opgelost, klaar was met aankleden en naar beneden kwam. Hij voelde zich duidelijk slecht op zijn gemak en onzeker in deze kleding, waar hij niet aan gewend was, en zijn gezicht stond enigszins verlegen toen hij de kamer in kwam. Maar hij zag er inderdaad heel presentabel uit in de kleren die hij en Lucilla uit Edmunds kleerkast bijeen hadden gesprokkeld. Edmund vond het vermakelijk om te zien dat Jeff een beige jute jasje had uitgezocht, dat hij tijdens een kortstondig oponthoud in Hongkong had gekocht. Het was een slechte koop gebleken, want Edmund had het maar één keer aan gehad.

'Jeff.'

De jongeman strekte zijn nek en haalde een vinger door de strakke kraag van het gesteven overhemd. Hij zei: 'Ik ben hier niet aan gewend. Ik voel me een echte oen.'

'Je ziet er prima uit. Kom wat drinken. Wij zijn aan de whisky voordat de vrouwen komen opdagen en champagne willen.'

Jeff ontspande zich enigszins. Hij voelde zich altijd meer op zijn gemak in mannelijk gezelschap. 'Er is zeker geen blikje Foster's?'

'Zeker wel. Op het blad. Bedien jezelf.'

Jeff ontspande zich nog wat meer, pakte het blikje, schonk het grote glas vol. Hij zei tegen Edmund: 'Bedankt voor de uitmonstering, dat was aardig van je.'

'Geen dank. Het jasje is perfect. Gekleed, maar nonchalant met precies de juiste rimboe-look.'

'Dat zei Lucilla ook al.'

'Ze had groot gelijk. En het staat jou heel wat beter dan mij. Toen ik het aanhad was ik net een barman op leeftijd... een barman die niet eens weet hoe hij een droge martini klaar moet maken.'

Jeff glimlachte, nam een flinke slok en keek toen om zich heen. 'Waar zijn alle vrouwtjes?'

'Goede vraag,' zei Archie. 'God mag het weten.' Hij was weer op het bankje gaan zitten, omdat hij geen reden zag om een moment langer te staan dan noodzakelijk was. 'Ze zijn vast hun avondjurken aan het aandoen. Lucilla was op zoek naar ondergoed, Pandora besloot naar bed te gaan en Isobel is in paniek vanwege haar balschoenen.' Hij wendde zich tot Edmund. 'Maar je zei dat jullie problemen hadden. Wat was er op Balnaid aan de hand?'

Edmund vertelde het hem.

'Om te beginnen doet onze telefoon het niet. We kunnen opbellen, maar niemand kan ons bereiken. Maar het is gemeld en morgenochtend komt er iemand kijken. Maar dat is de minste van onze zorgen. Edie kwam overwacht aanzetten, met een nachthemd in haar tas en het nieuws dat Lottie Carstairs weer vrij is. Ze is uit het Relkirk Royal weggelopen en is sindsdien niet meer gezien.'

Archie schudde geërgerd zijn hoofd. 'Dat mens is lastiger dan een loopse teef. Wanneer was dat?'

'Ik weet het niet. In de loop van de middag, veronderstel ik. De dokter belde Vi op om het haar te laten weten. Toen probeerde Vi Balnaid te bellen maar ze kreeg niemand aan de lijn. Dus belde ze Edie, om haar vervolgens het bevel te geven haar huisje voor vannacht te ontruimen en bij ons te komen. Wat Edie heeft gedaan.'

'Vi denkt toch zeker niet dat die gek gevaarlijk is?'

'Ik weet het niet. Zelf denk ik dat ze tot bijna alles in staat is en als Vi niet tegen Edie had gezegd dat ze naar Balnaid moest gaan, had ik het wel gedaan. Hoe het ook zij, Alexa zou de deur voor haar op slot doen en de honden bij haar laten. Maar zoals je je wel kunt indenken, heeft het allemaal wat lang geduurd.'

'Geeft niet.' Nu de huiselijke problemen waren afgehandeld, bracht Archie het gesprek op belangrijker zaken. 'We hebben je gisteren gemist, Edmund. Het was een fantastische dag. Drieëndertig en een half koppel en de vogels vlogen als de wind...'

Violet kwam als laatste aan. Ze wist dat ze de laatste was, omdat ze toen ze het grind van de oprijlaan voor Croy opreed, daar al vijf andere voertuigen geparkeerd zag. De Landrover van Archie, de minibus van Isobel, de BMW van Edmund, de Mercedes van Pandora en de Volkswagen van Noel. Ze vond dat het wel een beetje leek op de parkeerplaats bij een steeplechase, een groot wagenpark voor slechts twee gezinnetjes.

Ze stapte uit, haalde haar lange rok op bang voor de nattigheid en begaf zich naar de voordeur. Terwijl ze de trap opliep, zwaaide hij open en ze zag Edmund die haar in het felle licht van het portaal stond op te wachten. Met zijn zilveren haar en in zijn kilt, wambuis en geruite kuitbroek zag hij er nog gedistingeerder uit dan gewoonlijk en ondanks al haar ellendige zorgen, voelde Violet toch even een opwelling van moederlijke trots. En de opluchting dat hij op dit ogenblik in de buurt was, vervulde haar met dankbaarheid.

'O, Edmund.'

'Ik hoorde je auto.' Hij gaf haar een kus.

'Wat een gedoe allemaal.' Ze ging naar binnen. Hij deed de deur dicht en kwam haar helpen met haar bontjas. 'Jullie telefoon. Die doet het niet...'

'Maak je geen zorgen, Vi. Alles is al geregeld. Morgenochtend wordt hij gemaakt...'

Hij legde de jas op een stoel terwijl Vi haar fluwelen rokken uitschudde en haar kanten kraag weer goed deed. 'Goddank. En mijn lieve Edie? Is die op Balnaid?'

'Ja. Gezond en wel. Wat kijk je zorgelijk. Hou nu op met piekeren, anders vermaak je je niet.'

'Ik kan niet ophouden. Die ellendige Lottie. Altijd wat anders. Maar jij bent tenminste thuis en dat is het belangrijkste. Ik ben wel verschrikkelijk laat, hè?'

'Vanavond is iedereen te laat. Isobel is nog maar net verschenen. Kom nu, drink een glas champagne, dan voel je je veel beter.'

'Zit mijn tiara recht?'

'Perfect.' Hij nam haar arm en leidde haar naar de salon.

'Ik geloof,' zei Pandora, 'dat Verena iets is vergeten. We hadden allemaal van die schattige balboekjes moeten hebben, met van die kleine potloodjes eraan...'

'Daaraan kun je zien,' zei Archie, 'hoe lang je weg bent geweest. Balboekjes, daar doet men niet meer aan...'

'Wat jammer. Dat vond ik juist altijd zo leuk. Die bewaarde je dan, met een lintje eromheen, om te broeden over gemiste aanbidders.'

'Het was leuk,' bracht Isobel naar voren, 'als je populair was, met veel bewonderaars. Maar niet als niemand met je wilde dansen.'

Conrad zei met een zekere transatlantische hoffelijkheid: 'Ik weet zeker dat dat jou nooit is overkomen.'

'O, Conrad, wat aardig van je. Maar af en toe was er toch wel zo'n rampzalige avond waarbij je een puistje op je neus had of een afschuwelijke jurk.'

'Wat deed je dan?'

'Dan verstopte ik me van schaamte op het damestoilet. De Dames zat altijd vol verdrietige muurbloempjes...'

'Zoals Daphne Brownfield,' onderbrak Pandora. 'Archie, die moet je je herinneren. Ze was zo groot als een huis en haar moeder kleedde haar altijd in witte mousseline... ze was dolverliefd op je en werd zo rood als een kreeft als je ook maar even in de buurt kwam...'

Maar Archie was milder in zijn oordeel. 'Ze kon uitstekend tennissen.'

'Met een voetbal zeker,' schimpte Pandora.

Stemmen en gelach klonken door de kamer. Violet, die aan Archie's rechterhand zat, met een glas champagne op, voelde zich al wat minder gespannen. Ze luisterde naar Pandora's plagerijen, maar slechts met een half oor, omdat kijken haar veel meer fascineerde dan luisteren. De eetzaal van Croy zag er vanavond schitterend uit. De lange tafel was feestelijk gedekt, als een slagschip, vol met glimmend zilver, gesteven linnen, groen-met-gouden porselein, fonkelend kristal. In het midden stonden zilveren kandelaars en alles werd verlicht door de vlammen van het haardvuur en de kaarsen.

'Het waren niet alleen de meisjes die te lijden hadden,' bracht Noel naar voren. 'Voor een jongeman konden balboekjes ontzettend lastig zijn. Geen kans om de kat uit de boom te kijken en tegen de tijd dat je een aantrekkelijk meisje had gezien, was het al te laat om nog veel te ondernemen...'

'Waar heb je al die ervaring vandaan?' vroeg Edmund.

'Toen ik als Snoepje-van-de-Week meedraaide in het balcircuit, maar goddank zijn die dagen voorbij...'

Ze aten gerookte forel, met schijfjes citroen en dun bruin brood met boter. Lucilla liep rond de tafel en schonk witte wijn in. Violet vond dat ze eruitzag alsof ze een kist met oude kleren had geplunderd. Haar jurk van de vlooienmarkt was van blauwgrijze voile, mouwloos en hing recht van haar knokige schouders omlaag, met een gekartelde rok die om haar knieën sliertte. Het was zo smakeloos dat ze er eigenlijk belachelijk uit had moeten zien, maar om een of andere reden stond het haar heel lief.

En de anderen? Violet leunde naar achteren en nam hen over haar bril heimelijk op. Naaste familie, oude vrienden, nieuwe vrienden, bijeengekomen voor dit lang verwachte feest. Ze schonk geen aandacht aan de onderhuidse spanning waardoor de sfeer als met elektriciteit geladen was, en hield haar blik objectief. Ze zag de vijf mannen; twee van hen afkomstig van de andere kant van de wereld. Verschillende leeftijden, verschillende culturen, maar allemaal tot in de puntjes verzorgd. Ze zag de vijf vrouwen, elk op haar eigen wijze mooi.

In het oog springende kleuren. Baljurken van donkere zijde of gebloemde chintz. Virginia koel en verfijnd in zwart en wit. Pandora ongrijpbaar als een bosnimf in zeegroene chiffon. Ze zag sieraden. De geerfde parels en diamanten van Isobel, de ketting van zilver met turkoois rond de slanke hals van Pandora, de gouden glans aan de oren en de pols van Virginia. Ze zag het gezicht van Alexa, die over de tafel lachte om een opmerking van Noel. Alexa droeg geen sieraden, maar haar bleekrode haar gloeide als vuur en haar zachte gezicht straalde van liefde...

Maar op dat moment besefte Violet dat het haar niet lukken zou. Ze was te betrokken bij hen allemaal om objectief te blijven en hen te blijven observeren met het koele oog van een vreemde. Ze was ongerust over Alexa, zo kwetsbaar en argeloos. En Virginia? Over de tafel keek ze naar haar schoondochter en ze wist dat hoewel Edmund weer thuis was, er tussen hen niets was opgelost. Want Virginia was vanavond zeer geanimeerd. Er hing een heldere, broze glans om haar heen en haar ogen stonden gevaarlijk opgewekt.

Ik moet me niet het ergste inbeelden, zei Violet tegen zichzelf. Laat ik maar eenvoudig het beste ervan hopen. Ze pakte haar glas en dronk wat wijn.

Ze hadden de eerste gang gehad. Jeff stond op om als een butler de borden af te ruimen. Terwijl hij dat deed, wendde Archie zich tot Virginia.

'Virginia, Edmund vertelde me dat je teruggaat naar de States om bij je grootouders op bezoek te gaan.'

'Dat klopt!' Haar glimlach was te snel, haar ogen te wijd open. 'Leuk hè. Ik kan niet wachten om al die dierbare dingen van vroeger weer te zien.'

Dus ze had het toch gedaan, ondanks de waarschuwingen van Violet. Het was definitief, officieel. Nu ze wist dat haar ergste vrees bewaarheid was geworden, zonk Violet de moed in de schoenen.

'Dus je gaat?' Ze probeerde de afkeuring in haar stem niet te onderdrukken.

'Ja, Vi. Ik ga. Dat zei ik toch. En nu is het allemaal geregeld. Ik vertrek donderdag. Conrad en ik reizen samen.'

Vi zweeg even. Over de tafel kruisten hun ogen zich. De blik van Virginia was uitdagend en onverstoorbaar.

'Hoe lang ga je weg?' vroeg Violet.

Virginia haalde haar blote, bruine schouders op. 'Weet ik nog niet. Ik heb een ticket voor onbepaalde duur.' Ze wendde zich weer tot Archie. 'Ik had Henry altijd mee willen nemen, maar nu hij niet langer bij ons is, besloot ik dat ik net zo goed alleen kon gaan. Zo'n gek gevoel, om impulsief dingen te kunnen doen. Geen verantwoordelijkheden. Geen verplichtingen.'

'En Edmund?' vroeg Archie.

'O, Vi zal wel voor me op Edmund letten,' zei Virginia luchtig. 'Toch, Vi?'

'Natuurlijk.' Ze onderdrukte een neiging om haar schoondochter bij haar schouders te grijpen en haar heen en weer te schudden tot haar tanden rammelden. 'Helemaal geen moeite.'

Vervolgens wendde Violet zich van hen af en begon ze met Noel te praten.

'... mijn grootvader had een jonge onderopzichter die Donald Buist heette. Een leuke, flinke knul van twintig...'

Ze waren nu aan de tweede gang toe, de Fazant Theodora van Isobel. Jeff had de groenteschotels rondgedeeld en Conrad Tucker had de wijnglazen bijgevuld. Archie, ingeleid en aangespoord door Pandora, was bezig met het vertellen van een klassiek verhaal, dat, evenals de sage van mevrouw Harris en de sok in de soep, in de loop der jaren een vaak herhaald familiegrapje was geworden. De Blairs en de Airds hadden het al dikwijls gehoord, maar omwille van de nieuwkomers was Archie overgehaald om het nog een keer te vertellen.

'... hij was een prima onderopzichter, maar hij had één zwakte en het uiteindelijke resultaat daarvan was dat elk meisje binnen een straal van twintig mijl ongelukkigerwijze zwanger werd. De dochter van de herder in Ardnamore, de dochter van de slager in Strathcroy; zelfs het dienstmeisje van mijn grootmoeder viel tijdens de lunch opeens flauw, net toen ze de chocoladesoufflé opdiende.'

Hij zweeg even. Van achter de gesloten deur die via de bijkeuken naar de keuken leidde, was het rinkelen van de telefoon duidelijk te horen. Hij ging twee keer over en hield toen op. Agnes Cooper had hem opgenomen. Archie ging verder met zijn verhaal.

'Ten slotte trad mijn grootmoeder krachtig op en stond ze erop dat mijn grootvader Donald Buist flink zou aanpakken. Dus werd hij geroepen en marcheerde hij plichtsgetrouw het kantoor van mijn grootvader binnen voor het onaangename onderhoud. Mijn grootvader noemde zes van de dames die zwanger waren of zwanger waren geweest van de jongeman en vroeg uiteindelijk wat Donald tot zijn verdediging aan te voeren had en wat voor mogelijke verontschuldiging hij voor zijn gedrag kon geven. Er viel een lange stilte toen Donald hierover nadacht en uiteindelijk kwam hij met zijn verdediging voor de dag. "Nou, ziet u, meneer, ik heb een fiets."'

Terwijl het gelach verstomde, klonk er een korte klop op de deur van de bijkeuken, die meteen open werd gedaan. Agnes Cooper stak haar hoofd om de hoek.

'Sorry dat ik stoor, maar Edie Findhorn is aan de telefoon; ze wil mevrouw Violet Aird hebben.'

Een ongeluk komt nooit alleen.

Violet kreeg het meteen heel koud, alsof er met Agnes ook een ijskoude tochtstroom door de open deur was gekomen. Ze stond zo abrupt op dat ze haar stoel omver zou hebben gestoten als Noel hem niet had beetgepakt.

Niemand sprak. Ze keken allemaal naar haar, hun gezicht een afspiegeling van hun eigen ongerustheid. Ze zei: 'Als jullie me willen excuseren...' en schaamde zich voor de beving in haar stem '... ik ben zo terug.' Ze draaide zich om en verliet de tafel. Agnes hield de deur voor haar open en ze liep naar de grote keuken van Isobel. Agnes ging achter haar aan, maar dat gaf niet... privacy was op dit moment het laatste om over in te zitten. De telefoon stond op het buffet. Ze nam de hoorn op.

'Edie.'

'O, mevrouw Aird...'

'Wat is er, Edie?'

'Sorry dat ik u uit uw etentje haal...'

'Is Lottie er?'

'Met Lottie zit het wel goed, mevrouw Aird. U had gelijk. Ze is inderdaad naar Strathcroy gekomen. Met de bus. Ze is naar mijn huisje gegaan en via de achterdeur binnengekomen...'

'Was jij er niet?'

'Nee, ik was er niet. Ik was hier op Balnaid.'

'God zij dank. Waar is ze nu?'

'Meneer Ishak heeft de politie gebeld en binnen vijf minuten waren ze er om haar op te pikken.'

'Waar is ze dan nu?'

'Veilig terug in het ziekenhuis...'

Violet voelde zich slap van opluchting. Haar knieën trilden. Ze blikte in het rond, op zoek naar een stoel, maar er was er geen binnen handbereik. Agnes Cooper, die zag waar ze behoefte aan had, bracht er een, zodat Violet haar benen kon verlichten.

'En met jou gaat het goed, Edie?'

'Prima, mevrouw Aird.' Ze stopte. Violet wachtte. Er was nog iets. Ze fronste haar voorhoofd. 'Hoe wist meneer Ishak dat Lottie er was. Heeft hij haar gezien?'

'Nee. Dat niet precies.' Nog een lange pauze. 'Ziet u, dat is niet alles. U zult het Edmund moeten vertellen. Hij en Virginia moeten terugkomen. Henry is hier. Hij is van school weggelopen, mevrouw Aird. Hij is naar huis gekomen.'

Veel te hard reed Edmund door de regen en de duisternis, weg van Croy, de heuvel af naar het dorp. Virginia zat naast hem, haar kin begraven in de bontkraag van haar jas. Ze staarde voor zich uit naar de zwiepende ruitewisser. Ze zei niets. Niet omdat er niets te zeggen was, maar omdat de afstand tussen hen zo groot was geworden en de situatie waarin ze zich bevonden zo schokkend dat er geen woorden voor waren.

De korte reis was zo voorbij. Ze snelden door de poort van Croy de dorpsstraat in. Nog een paar honderd meter, toen over de brug. De bomen; de open hekken; Balnaid.

Eindelijk sprak Virginia. Ze zei: 'Je moet niet boos op hem zijn.'

'Boos?' Hij kon amper geloven dat ze zo onopmerkzaam kon zijn.

Ze zei niets meer. Hij draaide de BMW de binnenplaats op, trapte op de rem, zette de motor af. Hij was eerder dan zij uit de auto, ging haar voor naar het huis en wierp de deur open.

Ze waren in de keuken. Edie en Henry zaten aan de tafel te wachten. Henry keek naar de deur. Zijn gezicht was heel wit en zijn ogen groot van angst. Hij droeg zijn grijze schoolsweater en zag er meelijwekkend klein en weerloos uit.

Hoe had hij in vredesnaam die lange, eenzame reis kunnen maken? De gedachte schoot Edmund door het hoofd en was toen weg.

Hij zei: 'Hallo Henry.'

Henry aarzelde maar even, liet zich toen van de stoel af glijden en rende naar zijn vader. Edmund tilde hem op. De jongen leek niets te wegen, niet meer dan een baby. Henry klemde zijn armen rond zijn nek en hij voelde Henry's tranen op zijn eigen wang.

'Henry.' Virginia was er, naast hem. Edmund hield Henry nog even vast en zette hem toen voorzichtig op de grond. Henry's wurggreep verslapte. Hij wendde zich tot zijn moeder en Virginia liet zich in een gracieuze, vloeiende beweging op haar knieën vallen, zonder op haar avondjurk te letten en nam hem in haar zachte omhelzing. Hij begroef zijn gezicht in haar bontkraag.

'Schatje. Schatje. Het geeft niet. Niet huilen. Niet huilen...'

Edmund wendde zich tot Edie. Ze was opgestaan en over de geboende keukentafel keken Edmund en zij elkaar zwijgend aan. Ze kende hem al zijn hele leven en hij was dankbaar dat ze niet verwijtend naar hem keek.

In plaats daarvan zei ze: 'Het spijt me.'

'Wat spijt je, Edie?'

'Dat ik uw feestje heb bedorven.'

'Doe niet zo belachelijk. Dat doet er toch helemaal niet toe. Wanneer kwam hij hier aan?'

'Ongeveer een kwartier geleden. Mevrouw Ishak bracht hem.'

'Heeft er iemand van school gebeld?'

'De telefoon is kapot. Niemand kan bellen.'

Dat was hij vergeten. 'Natuurlijk.' Er waren dus zaken die geregeld moesten worden, zeer dringende praktische aangelegenheden. 'In dat geval, moet ik een paar telefoontjes plegen.'

Hij liet hen achter. Henry huilde nog steeds. Door het stille huis liep hij naar de bibliotheek. Hij deed de lichten aan, ging aan zijn bureau zitten en draaide het nummer van Templehall.

De telefoon ging maar één keer over voor de hoorn werd opgenomen.

'Templehall.'

'Mag ik het schoolhoofd?'

'Daar spreekt u mee.'

'Colin, dit is Edmund Aird.'

'O...' Het geluid kwam door met een hoorbare zucht van opluchting. Edmund vroeg zich af hoe lang de arme man geprobeerd had om contact met hen op te nemen. 'Ik heb als een gek geprobeerd om jullie te bereiken.'

'Henry is hier. Hij mankeert niets.'

'God zij dank. Wanneer is hij boven water gekomen?'

'Ongeveer een kwartier geleden. Ik heb de details nog niet gehoord. We zijn zelf nog maar net terug. We waren uit eten. Daar kregen we de boodschap door.'

'Hij verdween kort na bedtijd. Zeven uur. Sindsdien heb ik de hele tijd geprobeerd om jullie te pakken te krijgen.'

'Onze telefoon is kapot. Geen inkomende gesprekken.'

'Daar kwam ik uiteindelijk ook achter. Toen belde ik je moeder, maar daar kreeg ik ook geen antwoord.'

'Zij was naar hetzelfde etentje.'

'Gaat het met Henry?'

'Zo te zien wel.'

'Hoe is hij in godsnaam thuis gekomen.'

'Ik heb geen idee. Zoals ik al zei, ik ben er zelf nog maar net. Ik heb amper met hem gepraat. Ik wilde jou eerst spreken.'

'Dat waardeer ik.'

'Het spijt me van alle overlast.'

'Ik moet me verontschuldigen. Henry is jouw zoon en ik was voor hem verantwoordelijk.'

'Weet...' Edmund leunde achterover in zijn stoel, '...weet je of er een bepaalde reden was dat hij is weggelopen?'

'Nee, dat weet ik niet. Evenmin als de oudere jongens of de stafleden. Hij leek niet gelukkig of ongelukkig. En het duurt altijd een week of twee voor een nieuwe jongen tot rust komt en gewend raakt aan zijn nieuwe leven; voor hij de verandering en de onbekende omgeving accepteert. Ik heb hem natuurlijk in het oog gehouden, maar het zag er niet naar uit dat hij zulke drastische stappen zou ondernemen.'

Hij klonk net zo verontrust en verbaasd als Edmund zelf. Edmund zei: 'Ja. Ja, ik begrijp het.'

Het schoolhoofd aarzelde en vroeg toen: 'Ga je hem naar ons terugsturen?'

'Hoezo?'

'Ik vroeg me alleen af of je wilde dat hij terugging.'

'Is er een reden waarom niet?'

'Voor zover ik kan zien is er helemaal geen reden. Het is een erg aardige jongen en ik denk wel dat ik wat van hem zou kunnen maken. Persoonlijk zou ik hem altijd graag terug hebben, maar...' Hij aarzelde en Edmund had de indruk dat hij uiterst zorgvuldig zijn woorden koos.

'... maar, weet je, Edmund, af en toe komt er een jongen naar Templehall die eigenlijk niet van huis weg had moeten gaan. Ik ken Henry niet goed genoeg om er helemaal zeker van te zijn, maar ik geloof dat hij een van die kinderen is. Niet alleen omdat hij jong is voor zijn leeftijd; het is meer dat hij het leven op een kostschool nog niet aankan.'

'Ja. Ja, ik begrijp het.'

'Waarom hou je Henry niet een dag of twee thuis om het te overdenken? Als je maar weet dat ik hem werkelijk terug wil. Ik probeer niet onder mijn verantwoordelijkheid uit te komen of mijn plichten te verzaken, maar ik zou serieus willen voorstellen dat je de situatie nog eens in overweging neemt.'

'En wat moet ik dan doen?'

'Hem terugsturen naar de lagere school bij jullie. Dat is duidelijk een goede school, en hij is goed onderlegd. Tegen de tijd dat hij twaalf is, kun je nog eens kijken.'

'Je zegt precies wat mijn vrouw het afgelopen jaar tegen me heeft gezegd.'

'Het spijt me. Maar achteraf gezien geloof ik dat ze gelijk heeft. En ik geloof dat het aan jou en mij ligt en dat we ons allebei hebben vergist...'

Ze praatten nog even en werden het erover eens dat ze over een paar dagen contact zouden opnemen, en hingen ten slotte op.

Hij is een van die kinderen. Hij kan het leven op een kostschool nog niet aan. We hebben ons allebei vergist.

Vergist. Dat was het woord dat in hem bleef hangen, als een spijker in een blok hout. Je vrouw heeft gelijk en jij hebt je vergist. Het duurde even voor hij het woord kon accepteren, kon aanvaarden wat het inhield. Hij zat aan zijn bureau en legde zich er langzaam bij neer dat hij bijna rampzalig fout was geweest. Dat was een oefening waar hij niet aan gewend was en het duurde dan ook een tijdje.

Eindelijk stond hij op. Hij zag dat het vuur bijna was uitgegaan. Hij liep door de kamer en gooide er nieuwe blokken op, zoals hij eerder die avond had gedaan. Toen het droge hout vlam had gevat en het vuur weer aangenaam loeide, verliet hij de bibliotheek en keerde terug naar de keuken.

Hier waren de zaken min of meer genormaliseerd. Wederom zaten ze rond de tafel, Henry op zijn moeders knie. Edie had een pot thee gezet en voor Henry chocola gemaakt. Virginia had nog steeds haar bontjas aan. Toen hij binnenkwam, keken ze alle drie naar hem en hij zag dat Henry's tranen waren opgedroogd en dat er weer wat kleur op zijn wangen was gekomen.

Edmund trok een vrolijk gezicht.

'Dat hebben we weer gehad...' Hij woelde door het haar van zijn zoon en pakte een stoel. 'Is er een kopje thee voor mij?'

'Wat heb je gedaan?' vroeg Henry.

'Ik heb met meneer Henderson gesproken.'

'Was hij erg boos?'

'Nee, niet boos. Alleen een beetje bezorgd.'

Henry zei: 'Het spijt me heel erg.'

'Ga je het ons uitleggen?'

'Ja. Ik denk het wel.'

'Hoe ben je thuisgekomen?'

Henry nam nog een slok van de dampende, zoete chocola en zette toen zijn mok op de tafel. Hij zei: 'Ik heb de bus genomen.'

'Maar hoe ben je uit school weggekomen?'

Henry legde het uit. Zoals hij het vertelde, klonk het allemaal belachelijk eenvoudig. Met bedtijd had hij zijn kleren onder zijn pyjama aangehouden en toen zijn kamerjas aangedaan. En toen de lichten uitgingen, had hij gedaan alsof hij naar de w.c. wilde. In de badkamer was een grote droogkast en daarachter had hij zijn overjas verstopt. Hij had zijn kamerjas voor zijn overjas verruild en was vervolgens door het raam op de brandtrap geklommen. Daarna was hij via de oprijlaan naar de hoofdstraat gegaan waar de bussen reden.

'Maar hoe lang moest je op een bus wachten?' vroeg Virginia.

'Heel even maar. Ik wist dat er een kwam.'

'Hoe wist je dat?'

'Ik had een dienstregeling.' Hij keek naar Edie. 'Die heb ik een keer uit je tas gehaald. Ik heb hem bewaard.'

'Ik vroeg me al af waar mijn dienstregeling was gebleven.'

'Ik had hem. Ik heb de bus naar Relkirk opgezocht en ik wist dat hij zou komen. En hij kwam.'

'Maar vroeg niemand wat je helemaal in je eentje deed?'

'Nee. Ik had mijn bivakmuts op, dat was mijn vermomming en je kon alleen mijn ogen zien. Ik zag er niet uit als een schooljongen omdat ik mijn schoolpet niet op had.'

'Hoe heb je het buskaartje betaald?' vroeg Edmund.

'Vi gaf me twee pond toen ze me gedag zei. Ik heb het niet afgegeven. Ik heb het bewaard in de binnenzak van mijn overjas. Ik had de dienstregeling ook daarin, zodat niemand hem zou vinden.'

'En toen ging je naar Relkirk?'

'Ja. Ik kwam bij het busstation. En het werd donker. Ik moest de andere bus zoeken, die langs Caple Bridge gaat. Er was ook een bus naar

Strathcroy, maar die wilde ik niet nemen voor het geval iemand me zag, iemand die me kende. En het was heel moeilijk om die bus te vinden, omdat er veel bussen waren en ik de namen voorop allemaal moest lezen. Maar ik vond hem toch, en we moesten heel lang wachten voor hij wegging.'

'Waar ben je uitgestapt?'

'Dat heb ik gezegd. Caple Bridge. En toen heb ik gelopen.'

'Je hebt gelopen vanaf Caple Bridge?' Virginia keek verbaasd naar haar zoon. 'Maar Henry, dat is acht kilometer...'

'Ik heb niet het hele stuk gelopen,' gaf hij toe. 'Ik weet dat ik niet mag liften, maar helemaal aan het eind kreeg ik een lift van een heel aardige man in een vrachtwagen. Hij bracht me naar Strathcroy. En toen...'

Zijn stem, die zo helder en zelfverzekerd was geweest, begon weer te trillen. 'En toen...' Zijn ogen gingen naar Edie.

Edie nam het over. 'Niet huilen, liefje. We zullen er niet over praten als je dat niet wilt...'

'Ik wil dat jij het vertelt.'

Dat deed Edie, op haar meest nuchtere manier, maar zelfs dit verlichtte niet de schrik van Henry's verschrikkelijke ervaring. Toen Lotties naam viel, werd Virginia wit, trok ze Henry dicht tegen zich aan en drukte ze haar gezicht op zijn kruin, terwijl ze haar handen over zijn ogen hield, alsof ze zo de aanblik van Lottie Carstairs die door Edies slaapkamer kwam kijken wie er bij het raam stond, voor altijd buiten kon sluiten. 'O, Henry.' Ze wiegde hem als een baby. 'Wat verschrikkelijk... Dat zoiets jou nou juist moest overkomen.'

Edmund, die al even geschokt was, hield zijn stem in bedwang.

'En wat deed je toen, Henry?'

Door de kalme toon van zijn vader kreeg Henry weer wat moed. Hij maakte zich opgewonden los uit Virginia's omhelzing. Hij zei: 'Ik ben naar mevrouw Ishak gerend. De winkel was nog open en ze was de vloer aan het vegen. En ze was heel aardig. En meneer Ishak belde de politie en die kwam met de sirene en een blauw zwaailicht aan. En toen de politieauto weer weg was, terug naar Relkirk, deed mevrouw Ishak haar jas aan en liep ze met me mee hier naar toe. En zij belde aan omdat de deur op slot zat en toen blaften de honden en kwam Edie.' Hij pakte zijn warme chocola, dronk de mok leeg en zette hem toen op tafel. Hij zei: 'Ik dacht dat ze dood was! Lottie had haar lila vest aangetrokken en haar mond was helemaal rood. Ik dacht dat ze Edie vermoord had...' Hij vertrok zijn gezicht. Het werd hem allemaal te veel. Hij begon weer te huilen en ze lieten hem begaan. En Edmund zei niet tegen hem dat hij een man moest zijn, maar zat daar gewoon, terwijl hij naar zijn snikkende zoontje keek met steeds meer bewondering en trots. Want Henry was, op zijn achtste, niet alleen van school weggelopen, maar had zijn vlucht ook met een zekere stijl volbracht. Hij had de hele onderneming gepland met ongehoorde moed, gezond verstand en voorzorg. Hij leek op alles voorbereid te zijn en het was alleen de rampzalige, toevallige verschijning van die ellendige Lottie Carstairs die hij niet aankon.

Uiteindelijk raakte Henry door zijn tranen heen. Edmund gaf hem zijn schone linnen zakdoek. Henry ging overeind zitten en snoot zijn neus. Hij zei: 'Ik geloof dat ik nu naar bed wil.'

'Natuurlijk.' Virginia glimlachte naar hem. 'Wil je eerst in bad? Je moet je wel erg koud en vies voelen.'

'Ja, goed.'

Hij ging van haar knie af. Snoot zijn neus nog een keer, liep naar zijn vader om de zakdoek terug te geven. Edmund pakte hem, trok Henry dicht tegen zich aan en boog zich voorover om hem boven op zijn hoofd te kussen.

Hij zei: 'Er is nog één ding dat je ons nog niet verteld hebt.' Henry keek op. 'Waarom ben je weggelopen?'

Henry dacht na. En toen zei hij: 'Ik vond het niet leuk. Het voelde helemaal verkeerd. Net als ziek zijn. Alsof je hoofdpijn krijgt.'

'Ja,' zei Edmund na een tijdje. 'Ja, ik begrijp het.' Hij aarzelde en ging toen door. 'Kijk eens, ouwe jongen, waarom ga je niet met Edie naar boven en dan in bad? Mammie en ik moeten naar dat feestje, maar ik zal Vi opbellen en haar vertellen dat het goed met je gaat en dan zullen we boven welterusten komen zeggen als je in bed ligt.'

'Goed.' Henry legde zijn hand in die van Edie en ze liepen naar de deur. Maar hij draaide zich om. 'Jullie komen toch wel, hè?'

'Beloofd.'

De deur ging achter hem dicht. Edmund en Virginia bleven samen achter.

Nu Henry weg was, zat Virginia in elkaar gezakt in de harde keukenstoel. Ze hoefde niet langer de uitwerking van de schrik en de spanning te verbergen en onder haar make-up was haar gezicht bleek en strak. Haar ogen stonden somber, niet meer stralend van het lachen zoals eerder die avond.

Ze zag er uitgeput uit. Hij stond op en nam haar hand en trok haar overeind. 'Kom,' zei hij en leidde haar de keuken uit, door de gang naar de verlaten bibliotheek. Het vuur dat hij weer had opgerakeld, laaide nog steeds en het grote, donkere vertrek was warm. Ze was dankbaar voor de warmte. Ze liep er naar toe, ging zitten op het krukje bij de haard en strekte haar handen naar de vlammen uit. De vele laagjes van haar lange rok golfden om haar heen en de kraag van haar bontjas ondersteunde haar hoofd, haar scherp gesneden profiel.

'Je ziet eruit als een bijzonder welgestelde Assepoester.' Ze blikte even op en wierp hem een vaag glimlachje toe. 'Wil je iets drinken?'

Ze schudde haar hoofd. 'Nee. Het gaat wel.'

Hij liep naar zijn bureau, deed de lamp aan en draaide het nummer van Croy. Archie nam op.

'Archie. Je spreekt met Edmund.'

'Hoe is het met Henry?'

'Prima. Hij had een wat nare ervaring, maar zeg maar niets tegen Vi. Vertel haar alleen dat Edie bij hem is en dat hij bijna in bed ligt.'

'Komen jullie weer hierheen?'

Edmund keek naar zijn vrouw, die met haar rug naar hem toe zat, afgetekend tegen het licht van het haardvuur. Hij zei: 'Nee, dat denk ik niet. We gaan rechtstreeks naar Corriehill en dan zien we jullie daar wel allemaal.'

'Goed. Ik zal het tegen iedereen zeggen. Tot straks Edmund.'

'Tot straks.'

Hij legde de hoorn neer en ging terug naar de haard. Hij stond met een voet op de haardrand en een hand op de schoorsteen, terwijl hij, net als zijn vrouw, in de vlammen staarde. Maar de stilte tussen hen was niet langer vijandig, maar de vredige verstandhouding van twee mensen die, nadat ze samen een crisis hadden doorstaan, geen behoefte hadden aan woorden.

Het was Virginia die de stilte verbrak. Ze zei: 'Het spijt me.'

'Wat spijt je?'

'Het spijt me dat ik dat zei. In de auto. Dat ik zei dat je niet boos moest zijn. Dat was stom. Ik had moeten weten dat je nooit boos zou zijn op Henry.'

'Integendeel, ik ben trots op hem. Hij heeft zich goed gered.'

'Hij moet zich zo rot hebben gevoeld.'

'Ik denk dat hij zich gewoon eenzaam voelde. Ik heb me vergist. Jij had gelijk. Colin Henderson zei iets wat daar ook op neerkwam. Hij is nog niet aan een kostschool toe.'

'Je moet jezelf niet de schuld geven.'

'Dat is edelmoedig van je.'

'Nee, het is niet edelmoedig. Ik ben dankbaar. Omdat we nu kunnen ophouden met kibbelen en ruzie maken en elkaar omlaag halen. En je had alleen de beste bedoelingen. Je dacht dat dit voor Henry het beste zou zijn. Iedereen maakt fouten, op een gegeven moment. Een man die nooit fouten maakt, maakt nooit iets. Het is nu voorbij. Laten we het vergeten. Gewoon dankbaar zijn dat Henry niet iets verschrikkelijks is overkomen en dat hij veilig is.'

'Lottie is hem overkomen. Ik zou zo zeggen dat die ervaring genoeg is om hem voor de rest van zijn leven nachtmerries te bezorgen...'

'Maar hij heeft zich er doorheen geslagen. Heel verstandig. Hij is naar mevrouw Ishak gegaan. Heeft op zichzelf gepast en alarm geslagen. Het heeft geen zin om erover te tobben, Edmund.'

Hier zei hij niets op. Na een tijdje verwijderde hij zich van het vuur en ging aan een kant van de grote sofa zitten, met zijn lange benen, in rood met wit geruite kousen en schoenen met zilveren gespen, voor zich uit.

Het vuur twinkelde in de gepoetste knopen en in het met juwelen bezette handvat van zijn beurs.

Ze zei: 'Je zult wel doodop zijn.'

'Ja. Het is een lange dag geweest.' Hij wreef in zijn ogen. 'Maar ik denk dat we moeten praten.'

'We kunnen morgen praten.'

'Nee. Het moet nu. Voor het te laat is. Ik had het je vanavond moeten zeggen, toen ik terugkwam en jij me over Lottie begon te vertellen. Lottie en haar praatjes, haar roddels. Ik zei dat ze loog, maar dat was niet helemaal waar.'

'Ga je me over Pandora vertellen?' Virginia klonk koel, berustend.

'Het moet.'

'Je was verliefd op haar.'

'Ja.'

'Ik ben bang voor haar.'

'Waarom?'

'Omdat ze zo mooi is. Mysterieus. Onder die spraakwaterval weet je nooit wat ze denkt. Ik heb geen idee wat er in haar omgaat. En omdat ze je altijd heeft gekend, toen ik je nog niet kende. Daardoor voel ik me buitengesloten en onzeker. Waarom is ze teruggekomen naar Croy, Edmund? Weet jij waarom ze gekomen is?'

Hij schudde zijn hoofd. 'Nee.'

'Ik ben bang dat ze nog steeds van je houdt. Dat ze je nog steeds wil hebben.'

'Nee.'

'Hoe kun je daar zo zeker van zijn?'

'Pandora's motieven, wat ze ook mogen zijn, zijn niet van belang. Het enige dat voor mij van belang is, dat ben jij. En Alexa. En Henry. Dat fundamentele belang schijn jij uit het oog te hebben verloren.'

'Je was ook getrouwd toen je van Pandora hield. Je was getrouwd met Caroline. Je had een baby. Was dat zo anders?'

Het was een beschuldiging en hij accepteerde die.

'Ja. En ik was hen allebei ontrouw. Maar Caroline was niet zoals jij. Als ik je zou proberen uit te leggen waarom ik om te beginnen met haar trouwde, denk ik dat je het niet zou begrijpen. Het had iets te maken met hoe het toen was, de wilde jaren zestig en wij allemaal nog jong. En een bepaald rusteloos materialisme dat in de lucht hing. Ik was bezig carrière te maken, geld te verdienen, me te bewijzen in de Londense society. Zij hoorde bij mijn ambities, bij wat ik wilde. Haar ouders waren immens rijk en zij was enig kind. En ik hunkerde naar de zekerheid van een gevestigd bestaan en de weerspiegeling van succes.'

'Maar hield je van haar?'

Edmund schudde zijn hoofd. 'Ik weet het niet. Ik stond er niet zo bij stil. Ik wist alleen dat ze er fantastisch uitzag, ontzettend elegant, het soort vrouw waar iedereen naar omkeek, die afgunst opriep. Ik vond het leuk om met haar gezien te worden. Ik was heel trots op haar. Seks ging ons niet zo gemakkelijk af. Ik weet niet wanneer het allemaal mis begon te gaan. Ik weet zeker dat het net zozeer aan mij lag als aan Caroline, maar ze was een merkwaardig meisje. Ze gebruikte seks als wapen en frigiditeit als straf. Voor het eerste jaar om was, sliep ik de helft van de tijd in een andere kamer en toen ze besefte dat ze zwanger was van Alexa, was er geen vreugde, alleen maar tranen en beschuldigingen. Ze wilde geen baby, omdat ze bang was voor het baren en, zoals bleek, heel terecht. Want nadat Alexa geboren was, kreeg ze een verschrikkelijke depressie die maanden aanhield. Ze lag lange tijd in het ziekenhuis en toen ze in staat was om te reizen, nam haar moeder haar mee naar Madeira om daar de winter door te brengen. Aan het begin van die zomer trouwden Archie en Isobel. Hij was mijn oudste, mijn beste vriend. Ik had hem weinig gezien nadat ik naar Londen was gegaan, maar ik wist dat ik bij zijn huwelijk moest zijn. Ik nam een week vrij en ging naar huis. Ik was negenentwintig. Ik kwam alleen naar Strathcroy. Ik logeerde hier, op Balnaid, bij Vi, maar Croy zat vol met logés en gonsde van de bedrijvigheid. En op mijn eerste dag thuis ging ik erheen om Archie op te zoeken en mee te doen met al het plezier.

Pandora was er ook. Ik had haar in vijf jaar niet gezien. Ze was achttien, had haar schooltijd en haar kindertijd achter zich. Ik had haar altijd gekend, ze had altijd onderdeel uitgemaakt van mijn leven. Een baby in een kinderwagen, een klein meisje dat achter Archie en mij aan liep, dat overal van op de hoogte was. Verwend als de pest, nukkig, verdorven, maar heel bekoorlijk en innemend. Toen ik haar weer zag, wist ik dat ze niet veranderd was. Ze was alleen groot geworden. Ik zag hoe ze door de hal op Croy op me af kwam en ik zag haar ogen, haar glimlach en haar lange benen; een aura van zinnelijkheid om zich heen, zo sterk dat je het bijna kon zien. En ze legde haar armen rond mijn nek en kuste me op mijn mond en zei: 'Edmund, jij nare vent. Waarom heb je niet op mij gewacht?' Dat was alles wat ze zei. En ik voelde me alsof ik kopje onder ging.'

'Jullie waren minnaars.'

'Ik heb haar niet verleid. Ze was nog maar achttien, maar ergens onderweg had ze haar maagdelijkheid al verloren. Het was niet moeilijk om samen te zijn. Er was zoveel aan de gang, zoveel mensen in huis, dat niemand ons miste als wij ervandoor gingen.'

'Ze was verliefd op je.'

'Dat zei ze. Ze zei dat ze dat altijd was geweest, al toen ze een klein meisje was. Het feit dat ik getrouwd was, sterkte haar hardnekkigheid. Ze had altijd alles gekregen wat ze wilde en toen ik haar tot rede probeerde te brengen, hield ze haar handen over haar oren en weigerde ze te luisteren. Ze kon niet geloven dat ik haar zou verlaten. Ze kon niet geloven dat ik niet terug zou komen.

De trouwerij was op een zaterdag. Ik moest zondagmiddag terug naar Londen. Op zondagochtend gingen Pandora en ik de heuvel op, over de weg naar het meer. Maar we stopten bij de Corrie en lagen in het gras, met het gekabbel van de beek aan onze voeten. En ik wist haar eindelijk te overtuigen dat ik moest gaan en ze huilde en protesteerde en klampte zich aan me vast; en ten slotte beloofde ik, om haar te kalmeren, dat ik terug zou komen, dat ik zou schrijven, dat ik van haar hield. Al die verdomde stomme dingen die je zegt als je niet de moed hebt om ergens een eind aan te maken. Als je niet de moed hebt om sterk te zijn. Als je jezelf er niet toe kunt brengen andermans droom kapot te maken.'

'O, Edmund.'

'Ik heb er zo'n verdomd zootje van gemaakt. Ik was zo'n verdomde lafaard. Ik ging terug naar Londen en toen ik Croy een eind achter me had, begon ik mezelf te haten om wat ik Caroline en Alexa had aangedaan en om wat ik Pandora aandeed. Toen ik weer in Londen was, besloot ik dat ik Pandora zou schrijven en haar zou proberen uit te leggen dat de hele episode een soort verzinsel was geweest; gestolen dagen die niet meer substantie, niet meer toekomst hadden dan een zeepbel. Maar ik schreef niet. Omdat ik de volgende ochtend naar kantoor ging en diezelfde avond met de president van ons bedrijf in het vliegtuig naar Hongkong zat. Er was een enorme financiële transactie in de maak en ze hadden mij uitverkoren om het af te handelen. Ik was drie weken weg. Toen ik terug was in Londen was die tijd op Croy vervaagd tot een onwaarschijnlijke episode, alsof ik een paar dagen uit het leven van iemand anders had gestolen. Ik kon nauwelijks geloven dat het mij was overkomen. Ik was de nuchtere zakenman, niet de besluiteloze romanticus, die zich door een bevlieging het hoofd op hol had laten brengen. En er stond te veel op het spel. Mijn baan, veronderstel ik. Een levenswijze waarvoor ik me te pletter had gewerkt. Alexa. Ik moest er niet aan denken dat ik Alexa kwijt zou raken. En Caroline, ondanks alles mijn vrouw. Terug uit Madeira, gebruind, gezond, hersteld. We hadden samen een slechte tijd doorgemaakt, maar nu zou alles beter gaan. We waren weer samen en dat was niet het moment om het allemaal op te geven. We namen de draad weer op, de resten van een verstandshuwelijk.'

'En Pandora?'

'Niets. Afgelopen. Ik heb die brief nooit geschreven.'

'O, Edmund. Dat was wreed.'

'Ja. Een schandelijk verzuim. Ken je dat afschuwelijke gevoel, als er iets heel belangrijks is wat je had moeten doen maar niet hebt gedaan? Met iedere dag die voorbijgaat wordt het moeilijker om te doen, tot het uiteindelijk de grens van het mogelijke overschrijdt en onmogelijk wordt. Het was voorbij. Archie en Isobel gingen naar Berlijn en de directe betrekkingen met Croy werden verbroken. Ik hoorde niets meer. Tot de dag dat Vi vanaf Balnaid belde dat Pandora weg was. Weggelopen, uitgeweken naar de andere kant van de wereld met een rijke Amerikaan die oud genoeg was om haar vader te zijn.'

'Geef je jezelf daar de schuld van?'

'Uiteraard.'

'Heb je het Caroline ooit verteld?'

'Nooit.'

'Was je gelukkig met haar?'

'Nee. Ze was niet een vrouw die geluk opwekte. Het ging wel, omdat we ervoor zorgden dat het ging, zulke mensen waren wij. Maar liefde, hoe dan ook, was altijd ver te zoeken. Ik wilde dat we gelukkig waren geweest. Het zou makkelijker zijn geweest om haar dood te aanvaarden als we het samen goed hadden gehad en ik er zeker van had kunnen zijn dat het niet allemaal slechts' – hij zocht naar woorden – 'een verspilling van tien kostbare jaren was geweest.'

Er leek niets meer te zeggen. Over de afstand die hen scheidde keken man en vrouw naar elkaar en Virginia zag dat Edmunds halfdichte ogen vol wanhoop en verdriet waren. Daarom stond ze op van het lage bankje, om naast hem te gaan zitten. Ze betastte zijn mond met haar vingers. Ze kuste hem. Hij stak zijn arm uit en trok haar tegen zich aan. Ze zei: 'En hoe zit het met ons?'

'Ik heb nooit geweten hoe het kon zijn tot ik jou ontmoette.'

'Ik wilde dat je me dit alles eerder had verteld.'

'Ik schaamde me. Ik wilde niet dat je het wist. Ik zou mijn rechterarm hebben gegeven als ik daardoor de dingen had kunnen veranderen. Maar dat kan ik niet, omdat ze gebeurd zijn. Ze worden een deel van je, blijven je voor altijd bij.'

'Heb je hier met Pandora over gesproken?'

'Nee. Ik heb haar nauwelijks gezien. Er is geen gelegenheid geweest.'

'Je moet het met haar goedmaken.'

'Ja.'

'Je bent, geloof ik, nog steeds heel erg op haar gesteld.'

'Ja. Maar zij is een deel van mijn vroegere leven. Niet van mijn leven zoals het nu is.'

'Weet je, ik heb altijd van je gehouden. Ik denk dat als ik niet zoveel van je had gehouden, je me niet zo had kunnen deprimeren. Maar nu ik besef dat je menselijk en zwak bent en dezelfde stomme blunders maakt als wij allemaal, is het zelfs nog beter. Zie je, ik had nooit gedacht dat je me nodig had. Ik dacht dat je heel onafhankelijk was. Het allerbelangrijkste is dat iemand je nodig heeft.'

'Ik heb je nu nodig. Ga niet weg. Laat me niet alleen. Ga niet met Conrad Tucker naar Amerika.'

'Ik ging er niet met hem vandoor.'

'Dat dacht ik.'

'Nee, dat dacht je niet. Eigenlijk is hij heel aardig.'
'Ik wilde hem vermoorden.'
Je moet het Edmund nooit vertellen. Ze had nog steeds geen last van schuldgevoelens en wilde haar man in bescherming nemen, haar geheim bewaren als een trofee. Ze zei luchthartig: 'Wat zou dat ontzettend zonde zijn geweest.'
'Zullen je grootouders erg teleurgesteld zijn?'
'We gaan wel een andere keer. Jij en ik samen. We laten Henry bij Vi en Edie en dan gaan we samen bij hen op bezoek.'
Hij kuste haar, met zijn hoofd terugleunend in de dikke kussens van de sofa en zuchtte. 'Ik wilde dat we niet naar dat verdomde bal hoefden.'
'Ik weet het. Maar we moeten. Eventjes maar.'
'Ik zou veel liever met je naar bed gaan.'
'O, Edmund. We hebben zoveel tijd voor liefde. Jaren en jaren. De rest van ons leven.'
Op dat moment kwam Edie bij hen. Ze klopte op de deur voordat ze hem opendeed. Het licht van de hal scheen achter haar en veranderde haar witte haar in een aureool.
'Ik wilde alleen even zeggen dat Henry in bed ligt en op jullie wacht...'
'O, dank je, Edie...'
Ze gingen naar boven. Henry lag in zijn eigen kamer en in zijn eigen bed. Het nachtlampje gaf weinig licht en de kamer was donker. Virginia ging op de rand van zijn bed zitten en boog zich voorover om hem te kussen. Hij was al half in slaap.
'Welterusten, schatje.'
'Welterusten, mammie.'
'Nu gaat het wel weer, hè?'
'Ja. Het gaat wel weer.'
'Geen nare dromen?'
'Ik denk het niet.'
'Als je naar droomt, is Edie beneden.'
'Ja. Ik weet het.'
'Pappie komt nog even bij je.'
Ze stond op en liep naar de deur.
'Veel plezier op het feest,' zei Henry.
'Dank je, schatje. Dat zal wel lukken.' Ze ging de deur uit. Edmund kwam haar vervangen.
'Zo, Henry, nu ben je weer thuis.'
'Het spijt me van school. Het was echt niet goed.'
'Nee. Ik weet het. Meneer Henderson ook.'
'Ik hoef toch niet terug, hè?'
'Ik denk het niet. We moeten maar kijken of ze je op de school van Strathcroy nog willen hebben.'
'Denk je dat ze nee zullen zeggen?'

'Ik denk het niet. Dan ben je weer bij Kedejah.'

'Dat is leuk.'

'Welterusten, ouwe jongen. Je hebt je goed gehouden. Ik ben trots op je.'

Henry's ogen gingen dicht. Edmund stond op en liep weg. Maar bij de open deur draaide hij zich om en besefte hij, niet zonder verbazing, dat zijn ogen nat waren.

'Henry?'

'Ja?'

'Heb je Moo daar bij je?'

'Nee,' zei Henry, 'ik hoef Moo niet meer.'

Buiten gekomen, realiseerde Virginia zich dat het niet langer regende. Er was wind opgestoken die de duisternis in beroering bracht, en de hoge iepen van Balnaid ruisten en kraakten en zwaaiden met hun kruin. Toen ze omhoog keek, zag ze sterren, want de wind dreef alle wolken naar het oosten en in hun kielzog was de hemel helder en oneindig, bezaaid met het geglinster van miljoenen sterrenstelsels. De zuivere lucht woei langs haar wangen, geurig en koud. Door hem diep in te ademen, voelde ze zich weer opleven. Niet meer moe. Niet meer gedeprimeerd, kwaad, wrokkig, alleen. Henry was en bleef thuis en Edmund was, in meer dan een opzicht, bij haar teruggekeerd. Ze was jong en wist dat ze er mooi uitzag. Piekfijn gekleed en op weg naar een feestje, had ze zin om de hele nacht te dansen.

Ze reden in het schijnsel van de koplampen, terwijl de smalle landweg zich achter hen kronkelend afrolde. Toen ze Corriehill naderden, werd de avondhemel verlicht door de schitterende weerkaatsing van de spots die gericht waren op de voorkant van het huis. Ze kwamen dichterbij en zagen Verena's feestverlichting in snoeren langs de hele oprijlaan van de ene naar de andere boom gespannen en de heldere gloed van Romeinse kaarsen die aan de rand van het gras stonden.

De BMW ging de laatste bocht om en het huis openbaarde zich in al zijn glorie, oprijzend tegen de donkere achtergrond van de hemel. Het zag er ontzettend fier en indrukwekkend uit.

Virginia zei: 'Het moet zich vanavond echt goed voelen.'

'Wat?'

'Corriehill. Als een monument. Ter nagedachtenis aan alle diners, trouwerijen en bals die daar in de loop der geschiedenis zijn gehouden. En doopplechtigheden. En ik veronderstel ook begrafenissen. Maar vooral feesten.'

De heldere zoeklichten schenen omhoog en verlichtten Corriehill vanaf de fundamenten tot aan de schoorstenen. Achter het huis stond de feesttent, van binnen verlicht, als een schaduwtheater. Vervormde silhouetten bewogen en draaiden langs het witte canvas. Ze hoorden het ritme van de muziek. Het dansen was onmiskenbaar al aan de gang.

In een boom aan de linkerkant van de oprijlaan hing een spot die de grote wei verlichtte. Hier stonden auto's geparkeerd, in lange, ordelijke rijen, zo ver het oog reikte. Een gestalte naderde door de duisternis, met een zaklantaarn. Edmund stopte en draaide zijn raampje omlaag. De man met de zaklantaarn stopte om naar binnen te kijken. Het was Hughie McKinnon, de oude klusjesman van de Steyntons, voor vanavond geronseld als parkeerwacht. Hij rook al naar whisky.

'Goedenavond, meneer.'

'Goedenavond, Hughie.'

'O, bent u het, meneer Aird! Sorry, ik herkende de auto niet. Hoe gaat het met u, meneer?' Hij boog zich nog wat verder voorover om Virginia te bekijken, waarbij de whiskydampen opnieuw opwalmden. 'En mevrouw Aird. Hoe is het ermee?'

'Uitstekend, dank je, Hughie.'

'Uitstekend, uitstekend,' zei Hughie. 'U bent wel erg laat. De rest van uw gezelschap was hier al een uur geleden.'

'We werden helaas opgehouden. Niets aan te doen.'

'O, nou, het geeft niet. De nacht is nog jong. Welnu, meneer' – het was gedaan met de grapjes en hij rechtte zijn benen – 'als u nu uw dame naar de voorkant van het huis zou willen brengen en haar daar af zou willen zetten, dan kunt u daarna hier terugkomen en dan zal ik er zijn om u te helpen de auto dáár te parkeren.' De lichtstraal van zijn lantaarn wuifde op goed geluk in de richting van het veld, terwijl hij een discrete boer liet. 'En zorg dat u zich allebei vermaakt en maak er wat van.'

Hij deed een stapje terug. Edmund draaide het raampje omhoog.

'Ik betwijfel of Hughie het eind van de avond zal halen.'

'Hij is tenminste wel centraal verwarmd. Hij zal niet bezwijken aan onderkoeling.'

De auto reed naar voren en stopte bij de voordeur achter een grote Audi met een persoonlijke nummerplaat, waaruit een lading heel jonge jongens en meisjes stapte, allemaal met rode hoofden en lachend na een of ander langdurig en overvloedig etentje. Virginia ging na hen de trap op, terwijl Edmund wegreed om Hughie terug te vinden en zijn auto te parkeren.

Ze kwam het huis binnen en werd overvallen door licht, warmte, muziek, de geur van bloemen, planten, rook; het geluid van harde stemmen die groetten, lachten en luidkeels converseerden. Terwijl ze langzaam de trap opliep, keek ze over de leuning naar het circus beneden. Overal mensen. Velen kende ze, anderen waren vreemden, speciaal voor deze gelegenheid uit alle delen van het land gekomen. Een houtvuur laaide op in de gigantische haard en daaromheen stonden jongemannen in kilt en avondkleding met drankjes in hun hand met elkaar te praten. Twee van hen waren officieren uit de barakken van Relkirk. Ze zagen er kleurig uit in de rode smokingjasjes van het regiment.

Vanuit de eetzaal, waarvan de deuren met draperieën van diepblauwe zijde waren versierd, kwam de zware dreun van discomuziek. De stroom van mensen ging gestaag in twee richtingen door deze deuren. Gretige jongens, met hun partners op sleeptouw, verdwenen in de duisternis, terwijl anderen te voorschijn kwamen, de jongemannen verhit en bezweet alsof ze juist een zware partij squash hadden beëindigd, terwijl de meisjes, met geveinsde nonchalante verfijning hun vingers door hun verwarde haar haalden en sigaretten pakten. De gedempte verlichting en de herrie veroorzaakten kennelijk een zekere erotische spanning.

Op een van de banken naast de ingang van de bibliotheek zat de oude generaal Grant-Palmer, in zijn kilt en met zijn benen onbeschaamd ver uit elkaar. Hij sprak met een enorme dame met een gigantische boezem, die Virginia niet kende. Anderen liepen langs hen via de bibliotheek naar de feesttent achter het huis. 'Virginia!' Een man die haar gezien had, riep haar.

Ze wuifde, glimlachte, ging verder de trap op. Ze ging de slaapkamer in, waar een bordje 'Dames' op de deur hing, trok haar bontjas uit en legde hem bovenop de jassen die al op het bed lagen opgestapeld. Ze liep naar de spiegel om haar haar te kammen. Achter haar zwaaide de deur van het toilet open. Er kwam een meisje te voorschijn. Haar haar was even bleek en fijn als paardebloempluis en ze had haar ogen zwart gemaakt als die van een panda. Virginia wilde haar net vriendelijk vertellen dat ze per ongeluk haar jurk in haar slipje had gestopt toen ze besefte dat ze een tutu droeg. Ze wilde dat Edmund er was, zodat ze er samen om konden lachen. Vervolgens draaide ze snel rond om de kreukels uit haar rok te schudden, deed ze haar kam terug in haar tas en verliet ze het vertrek.

Edmund stond onderaan de trap op haar te wachten. Hij nam haar hand. 'Gaat het?'

'Ik moet je zo iets grappigs vertellen. Is het gelukt met de auto?'

'Hughie heeft een plek voor me gevonden. Kom, laten we gaan kijken wat er gaande is.'

Ze had het allemaal al gezien, de ochtend dat ze haar vazen was gaan brengen, toen de feesttent leeg en nog niet klaar was en er overal werklui waren. Nu was alles anders en bleken Verena's maanden van planning, gepieker en keihard werken de moeite waard te zijn geweest. Virginia bedacht dat Corriehill speciaal voor deze gelegenheid ontworpen had kunnen zijn. Vanaf de bibliotheek leidde een overdekte passage over de stenen treden van de tuin naar de tent. De urnen die hier stonden, bevatten een overvloed aan planten en witte chrysanten en de lampen die ze verlichtten, zwaaiden in de tocht onder de dichte luifel.

Boven aan de trap, een voor de hand liggend uitkijkpunt, bleven ze staan om met verbazing en bewondering te kijken naar het tafereel dat voor hen lag.

De hoge tentpalen waren veranderd in echte bomen van gerstschoven, beuketakken en rode lijsterbessen. In de hoogte hingen vier fonkelende kroonluchters. Aan de andere kant van de tent was een podium opgebouwd, versierd met zilveren heliumballonnen en daar zaten Tom Drystone en zijn band, die een bekend stuk speelden, 'De Soldatendans'. Tom zat, als bandleider, met zijn accordeon in het midden en de anderen hadden zich rondom hem opgesteld. Een pianist, twee violisten en een jongen met een drumstel. In hun witte smokingjasjes en geruite broeken waren ze leuk om naar te kijken; Tom knipoogde en gooide zijn hoofd in de lucht toen hij Virginia's blik opving. Zijn grote, boordevolle glas bier stond naast hem op de vloer.

De groepjes dansers, van acht en zestien personen, draaiden en zwierden, haakten hun armen in elkaar, veranderden van partner, klapten in hun handen en stampten met hun voeten op de maat van de hypnotiserende muziek. Temidden van zo'n groepje was een forse jongeman zich behoorlijk aan het uitsloven. Hij zag er sterk genoeg uit om een kogelstoter of een paalwerper te zijn. Zijn kilt wapperde en zijn overhemd schoot uit zijn rode vest, terwijl hij zijn armen hoog boven zijn massieve schouders hield. Hij gaf zich helemaal. Zijn gespierde benen zwaaiden toen hij, onder het slaken van dolle kreten, hoog in de lucht sprong.

'Als hij niet uitkijkt,' merkte Edmund op, 'verwondt hij zichzelf nog.'

'Ik zie hem eerder een van de meisjes van de vloer slaan.'

Maar de meisjes waren dol op hem. Ze schreeuwden van verrukking, werden opgetild of draaiden als tollen. Virginia verwachtte half en half dat een van hen als een pop omhoog zou worden gegooid.

Edmund stootte haar aan. 'Kijk eens naar Noel.'

Virginia volgde zijn wijsvinger, zag Noel en kreeg een lachbui. Hij stond met een verdwaasde uitdrukking op zijn knappe gezicht tussen een van de groepjes. Hij was duidelijk de kluts kwijt en had geen idee wat er nu weer van hem verwacht werd. Alexa die in het geheel niet uit het veld was geslagen en ternauwernood haar lach kon inhouden, probeerde hem zijn volgende partner aan te wijzen, terwijl ze, op haar beurt, opzettelijk niet meewerkte en deed alsof ze zich verveelde.

Ze gingen op zoek naar de anderen en vonden Vi, Conrad en Pandora, en Jeff en Lucilla, die met zijn allen dansten in een grote groep van zestien. De partner van Vi was een gepensioneerde rechter, ongeveer half zo groot als zij en misschien de enige in de zaal die ouder was. Vi, lang en fors, danste zo licht als een veertje en zwierde gracieus van de ene man naar de andere zonder ooit een pas uit de maat te maken. Terwijl ze keken, nam ze haar plaats in de kring weer in en twee andere dames begonnen samen in het midden te dansen. Vi keek op, zag over hun hoofden Edmund en Virginia, die hand in hand bovenaan de stenen trap stonden.

Even betrok haar vrolijke, rode gezicht. Ze haalde vragend en bang haar wenkbrauwen op. Bij wijze van antwoord hield Edmund hun in-eengeslagen handen omhoog, alsof ze iets gewonnen hadden. Ze begreep het. Een glimlach verlichtte haar bezorgde gezicht. Het tempo van de aanstekelijke muziek werd sneller. Zij en de oude rechter haakten hun armen in elkaar om weer te draaien en Violet gaf hem zo'n allemachtige zwieper dat hij bijna omviel.

Ten slotte de Grand Chain, een laatste draai, een lang akkoord van de band en toen was het nummer voorbij. Onmiddellijk barstte het applaus voor de muzikanten los, met klappen, juichen en stampen. De verhitte, ademloze, zwetende dansers wilden meer. Ze schreeuwden om een encore, nog een rondje.

Maar Vi had er genoeg van. Ze verontschuldigde zich, liet haar partner aan zijn lot over en begaf zich over de dansvloer in de richting van Edmund en Virginia. Ze liepen de stenen trap af, haar tegemoet en Violet omhelsde haar schoondochter.

'Jullie zijn er eindelijk. Ik maakte me zo'n zorgen. Is alles goed?'

'Alles, Vi.'

'Henry?'

'Gezond en wel.'

Violet keek haar zoon dreigend aan.

'Edmund. Je gaat hem toch niet terugsturen?'

'Als je zo kijkt, geloof ik niet dat ik dat zou durven. Nee, we houden hem nog een tijdje thuis.'

'O, god zij dank. Je bent tot bezinning gekomen. En, als ik me niet vergis, in meer dan één opzicht. Dat weet ik, alleen al door naar jullie te kijken.' Ze deed haar tas open, haalde er een zakdoek uit en depte haar bezwete voorhoofd. Ze zei: 'Nu heb ik er genoeg van. Ik ga naar huis.'

'Maar, Vi,' protesteerde Edmund, 'ik heb nog niet met je gedanst.'

'Dan moet ik je teleurstellen, want ik ga. Ik heb een fantastische avond gehad, een fantastisch diner en ik heb op onze heerlijke volksmuziek gedanst. De truc met de hoed gedaan. Ik vermaak me prima en dit is het moment om er een punt achter te zetten.'

Ze was niet te vermurwen. 'Als je wilt,' bood Edmund aan, 'haal ik je wagen en breng ik hem naar de deur.'

'Dat zou aardig zijn. Ik ga naar boven om mijn jas te redden.' Ze kuste Virginia nogmaals. 'We hebben zoveel te bepraten, maar dit is de tijd noch de plaats. Maar ik ben zo blij voor jullie allebei. Welterusten, liefje. Veel plezier.'

'Welterusten, Vi.'

Na enig zoeken had Edmund Pandora eindelijk opgespoord in de salon. Een kant van het vertrek werd in beslag genomen door een lange bar en er waren banken en stoelen handig gegroepeerd voor mensen die wilden praten. Hier was het betrekkelijk rustig, hoewel het onmogelijk was om geheel te ontsnappen aan de alles doordringende dreun van de muziek, afkomstig vanuit de tent en de disco. Toen hij in de deur stond, zag hij dat een aantal van Verena's gasten een dans of wat oversloegen om even te zitten, op adem te komen en iets te drinken. Zeer jonge meisjes zaten op de grond... een goede houding om op te kijken naar de aanwezige jongemannen. Een van hen had Edmunds aandacht al getrokken, omdat ze het kortste zwarte lovertjesjurkje droeg dat hij ooit had gezien. Het minimale rokje bedekte amper haar kruis. Toen hij informeerde naar haar naam, had men hem verteld dat ze een oude schoolvriendin van Katy was, wat hij nauwelijks kon geloven. De uitdagende lovertjes en de eindeloze zwart zijden benen leken niet samen te gaan met hockeysticks.

Ten slotte zag hij Pandora, weggestopt in een hoekje van de bank bij de haard en diep in gesprek met een man. Edmund baande zich een weg naar hen toe. Zij voelde dat hij eraan kwam en draaide haar hoofd om toen hij er was.

'Edmund.'

'Kom dansen.'

'O, schatje, ik ben doodop. Ik heb als een jojo op en neer gesprongen.'

'Dan maar de disco. Ze spelen 'Lady in Red'.'

'Zalig liedje. Edmund, je kent Robert Bramwell toch wel? Ach ja, natuurlijk. Hij is immers een van de topmensen bij jouw bedrijf. Wat dom van me.'

'Sorry, Robert. Je vindt het toch niet erg als ik haar even afpik?'

'Nee, natuurlijk niet...' Het kostte hem enige moeite zich uit de sofa te hijsen, daar hij behalve goed gebouwd ook stevig was. '... Het is trouwens tijd dat ik mijn vrouw opzoek. Ze zei dat ik iets met haar moest doen dat Hamilton House heet. Geen idee hoe dat gaat, maar ik denk dat ik me maar beter kan melden...'

'Een gezellig borreltje...' Pandora bedankte hem vagelijk.

'Het was me een genoegen.'

Ze keken hem na. Door het volle vertrek, de deur door. Toen nam Edmund onbeschaamd zijn plaats in.

'O, schatje, je bent ondeugend. Ik dacht dat je wilde dansen.'

'Arme kerel. Het heeft hem vast vreselijk veel moeite gekost om jou voor zichzelf te krijgen en nu heb ik het allemaal bedorven.'

'Voor mij heb je het niet bedorven. Je hebt niets te drinken.'

'Ik ben even opgehouden. Ik heb deze avond al veel te veel naar binnen geslagen.'

'Arme schat, wat een afschuwelijke gebeurtenissen. Hoe gaat het met Henry?'

'Prima, als je in aanmerking neemt wat hij heeft meegemaakt.'

'Heel erg dapper om van school weg te vluchten. Eigenlijk heel erg dapper om waar dan ook heen te vluchten.'

'Net als jij.'

'O, schatje, begin je daar nu weer over? Ik dacht dat we daar niet meer over zouden praten.'

'Sorry.'

'Dat je het erover hebt?'

'Nee. Sorry voor alles wat er gebeurd is. Voor de manier waarop ik me heb gedragen. Ik heb het je nooit uitgelegd en ik veronderstel dat het daar nu te laat voor is.'

'Ja,' zei ze, 'ik denk dat het daar een beetje te laat voor is.'

'Heb je het me nooit vergeven?'

'O, Edmund, ik vergeef mensen niet. Ik ben niet goed genoeg om mensen te vergeven. Het woord 'vergeven' behoort niet tot mijn vocabulaire. Hoe zou ik kunnen vergeven als ikzelf in de loop van mijn leven zoveel mensen ontzettend ongelukkig heb gemaakt?'

'Daar gaat het niet om.'

'Als je erover wilt praten, laten we dan objectief zijn. Jij zei dat je zou schrijven, contact zou opnemen, altijd van me zou houden en je hebt geen van die dingen gedaan. Het was niets voor jou om je woord niet te houden en ik heb het nooit begrepen...'

'Als ik je had geschreven, dan was dat geweest om je te vertellen dat mijn beloftes niets betekenden en dat ik terugkrabbelde. Ik heb te lang gewacht en toen ik uiteindelijk de moed bij elkaar had geraapt, was het te laat... Dus koos ik voor de makkelijkste manier.'

'Dat was het ellendige. Ik dacht dat jij nooit voor de makkelijkste manier zou kiezen. Ik dacht dat ik je zo goed kende en dat was waarom ik zoveel van je hield. Ik kon niet geloven dat je niet van me hield. Ik wilde je. Zo stom. Maar mijn hele leven heb ik alles gekregen wat ik wilde. Iets geweigerd worden, was een nieuwe en wrede ervaring. Ik kon het niet accepteren. Ik kon niet geloven dat er niet een wonder zou gebeuren en dat alles wat je had gedaan – naar Londen gaan, trouwen met Caroline, Alexa krijgen – dat dat niet magisch ontbonden kon worden, kon worden weggemoffeld. Zo stom. Maar toen was ik nog maar achttien en ik ben nooit slim geweest.'

'Het spijt me.'

Ze glimlachte naar hem, beroerde zijn wang met haar vingers. 'Geef jij jezelf de schuld voor de puinhoop die ik overal van heb gemaakt? Niet doen. Ik was vanaf mijn geboorte een wandelende ramp. Dat weten we allebei. Als jij het niet was geweest, dan was het wel iemand anders geweest. Als Harald Hogg er niet was geweest, stinkend rijk en hijgend van opwinding, weet ik zeker dat ik wel een andere, even onmogelijke man had gevonden om mee vandoor te gaan. Ik zou je nooit gelukkig hebben gemaakt. Ik geloof niet dat Caroline je gelukkig heeft gemaakt. Maar nu, met Virginia, geloof ik dat je eindelijk gelukkig bent. Dus dat maakt mij gelukkig.'

'Wat maakt jou nog meer gelukkig?'
'Zelfs als ik het wist, zou ik het jou niet zeggen.'
'Waarom ben je teruggekomen naar Croy?'
'O, een gril. Een opwelling. Om jullie allemaal weer te zien.'
'Blijf je?'
'Ik denk het niet. Te rusteloos, schatje.'
'Dat maakt dat ik me schuldig voel.'
'Waarom?'
'Ik weet niet. We hebben allemaal zoveel.'
'Ik ook. Maar ik heb andere dingen.'
'Ik vind het verschrikkelijk dat jij alleen bent.'
'Het is maar beter zo.'
'Je bent een deel van ons allemaal. Weet je dat?'
'Dank je. Dat is het liefste wat je tegen me kunt zeggen. Dat is precies zoals ik het wil. Precies zoals ik wil dat het blijft.' Ze leunde voorover en kuste hem op zijn wang en zijn zinnen werden overrompeld door haar nabijheid, de aanraking van haar lippen, de geur van haar parfum.
'Pandora...'
'En nu, schatje, hebben we hier lang genoeg gezeten... Denk je ook niet dat we de anderen moeten gaan opzoeken?'

Het was over enen die nacht, met de festiviteiten op hun hoogtepunt, toen Noel Keeling, die niet in staat was om mee te doen aan een ingewikkelde dans die de Duke of Perth heette en daar ook geen zin in had, ontdekte dat hij alleen was achtergebleven. Hij besloot dat hij behoefte had aan een vloeibare verfrissing en begaf zich naar de bar. Hij kreeg champagne aangeboden, maar zijn mond was droog en hij nam genoegen met een ijskoud pilsje. Hij had het glas net naar zijn lippen gebracht en een grote slok genomen, toen Pandora Blair opeens naast hem verscheen.
Sinds het etentje had hij haar die avond nauwelijks gezien, wat jammer was, omdat hij haar leuk vond en veruit de mooiste en meest onderhoudende vrouw die hij in lange tijd had ontmoet.
'Noel.'
Het was prettig dat ze hem uitverkoren had. Hij zette meteen zijn glas neer en maakte plaats voor haar. Zij ging naast hem op een lege barkruk zitten en, nadat ze het zich gemakkelijk had gemaakt, lachte ze samenzweerderig naar hem.
Ze zei: 'Ik moet je om een gunst vragen.'
'Maar natuurlijk. Wil je iets drinken?'
Ze pakte een overvol glas champagne en dronk het als water.
Hij lachte. 'Drink je dat al de hele avond?'
'Natuurlijk.'
'Wat is de gunst?'

'Ik geloof dat het tijd is dat ik naar huis ga. Zou jij me willen brengen?'
Noel was werkelijk een beetje uit het veld geslagen. Dat was het laatste wat hij had verwacht.

'Maar waarom wil je naar huis?'

'Ik vind dat ik lang genoeg ben gebleven. Heb met iedereen gedanst, alle juiste dingen gezegd en nu wil ik naar mijn bedje. Ik zou Archie wel kunnen vragen om me te brengen, maar hij heeft het zo naar zijn zin, opgesloten in het kantoor van Angus Steynton met de oude generaal Grant-Palmer en een fles Glen Morangie, dat het zonde is om zijn plezier te bederven. En alle anderen hopsen in de tent rond en doen inheemse dansen. Zelfs Conrad, onze vriendelijke Droeve Amerikaan.'

'Het verbaast me dat hij weet hoe het moet.'

'Archie en Isobel hebben woensdagavond op Croy een kleine werkgroep georganiseerd en ons lesgegeven, maar ik had nooit gedacht dat hij er helemaal verslaafd aan zou raken. Wil je me brengen, Noel? Is dat zo'n verschrikkelijke vraag?'

'Nee, natuurlijk niet. Natuurlijk breng ik je.'

'Ik ben met de auto, maar ik ben echt niet in staat om te rijden en ik weet zeker dat ik op de terugweg in slaap zal vallen en in een sloot zal belanden. En de anderen zullen ook naar huis moeten. Dus misschien moet ik hem voor hen laten staan...'

'Ik breng je met mijn auto.'

'Je bent een engel.' Ze dronk haar champagne op. 'Ik ga mijn jas halen. Zie je bij de voordeur.'

Hij overwoog om iemand te vertellen wat hij ging doen, maar verwierp dat idee, omdat de rit naar Croy niet langer dan een half uur in beslag zou nemen en hij naar alle waarschijnlijkheid niet gemist zou worden. Hij wachtte onder aan de trap en vond het amusant dat hij in zo'n aangename staat van verwachting verkeerde, alsof hij en Pandora samen begonnen aan een kleine, geheime opdracht die mogelijk romantische implicaties had. Wat, zo besefte hij bij nader onderzoek, veel met haar te maken had en hij veronderstelde dat ze waarschijnlijk dit effect had op elke man die haar aandacht ten deel viel.

'Klaar.' Ze holde de trap af, ingepakt in haar lange, weelderige minkmantel. Hij nam haar arm en ze gingen naar buiten, de trap af en over het grind. Het gras van het weiland was koud en nat, en de grond modderig en hij bood aan om haar in zijn armen naar zijn auto te dragen, maar ze lachte slechts naar hem, trok haar tere sandaaltjes uit en liep op haar blote voeten naast hem.

Oude Hughie was verdwenen, maar eindelijk vonden ze de Golf van Noel. Hij deed de verwarming aan voor haar koude tenen. 'Wil je muziek?'

'Niet echt. Dat zou de sterren kunnen verstoren.'

Hij reed achteruit, keerde en reed weg van Corriehill, over de oprijlaan met de feestverlichting, het donkere platteland tegemoet. Het warme interieur van de auto was doordrongen van haar parfum en hij had een vreemd gevoel dat hij als hij het in de toekomst weer zou ruiken, zou denken aan dit moment, deze reis, deze vrouw.

Ze begon te praten. 'Het was een fantastisch feest. Van het begin tot aan het eind precies goed. Net zoals het vroeger was, alleen dan nog beter. Vroeger, een eeuwigheid geleden, toen we allemaal jong waren, hadden we ook zulke feesten op Croy. Kerstmis en verjaardagen. Geweldig! Je moet nog eens naar Croy komen, omdat het nu beter zal gaan. Het zal er niet meer somber zijn. Archie is beter. Hij is zichzelf weer. Hij heeft een afschuwelijke tijd gehad, net een nachtmerrie, maar hij is er overheen, heeft er vrede mee.'

Ze zweeg even en staarde door het raampje, met haar hoofd van hem afgewend en haar haar over het zachte bont van haar jas, terwijl de donkere verlaten weg zich achter hen afrolde.

Toen zei ze: 'Kom je terug naar Croy, Noel?'

'Waarom vraag je dat?'

'Misschien vraag ik iets anders. Misschien vraag ik naar Alexa.'

Hij was op zijn hoede. 'Wat bedoel je?'

'Ik denk dat je aarzelt, twijfelt. Je weet niet wat je moet doen.'

Haar opmerkzaamheid verraste hem. 'Heb je met Vi gepraat?'

'Schatje, ik praat nooit met iemand. Niet over belangrijke zaken.'

'Alexa is belangrijk.'

'Dat dacht ik ook. Zie je, ik heb zo'n raar gevoel dat jij en ik erg op elkaar lijken. Ik heb nooit echt geweten wat ik wilde en toen ik het kreeg, ontdekte ik dat ik het nooit echt had willen hebben. En dat kwam doordat ik op zoek was naar iets wat niet bestond.'

'Heb je het over een bepaalde man of over een levenswijze?'

'Allebei, geloof ik. Gaan ze niet samen? En perfectie. Het uiterste. Maar dat komt er nooit van, omdat het niet bestaat. Liefhebben is niet het vinden van perfectie, maar het vergeven van verschrikkelijke fouten. Ik veronderstel dat het allemaal een kwestie van compromissen is. Het moment herkennen wanneer het tijd is om te beslissen of het vlees of vis gaat worden.'

Noel zei: 'Ik hou van Alexa, maar ik ben niet verliefd op haar.' Hij dacht over deze bewering na en glimlachte toen. 'Weet je, dat heb ik nog nooit hardop gezegd. Niet tegen mezelf. Tegen niemand. Over niemand.'

'Hoe voelt dat, om het hardop te zeggen?'

'Beangstigend. Ik ben bang om beloften te doen, omdat ik ze nooit goed heb kunnen houden.'

'Angst is het slechtste motief om iets te doen, of niets te doen. Het is negatief. Net als iets nalaten om wat de mensen ervan zullen zeggen. Pandora, zo kun je je niet gedragen! Wat zullen de mensen wel zeggen? Alsof dat ertoe doet. Nee, dat is niet goed genoeg. Je zult een beter smoesje moeten bedenken.'

'Goed, wat vind je hiervan? Zolang ik geen verplichtingen aanga, ben ik alleen verantwoordelijk voor mijn eigen leven.'

'Dat is prima als je jong bent. Maar de alleenstaande mannen in de stad eindigen vaak als eenzame en zielige oude vrijgezellen, als ze niet oppassen. Het soort dat gastvrouwen op etentjes uitnodigen om een even aantal te krijgen. Daarna rijden ze naar huis naar een lege flat en alleen hun trouwe hondje om mee naar bed te nemen.'

'Dat is een vrolijk vooruitzicht.'

'Je hebt maar één leven. Je krijgt geen tweede kans. Als je iets dat echt goed is door je vingers laat glippen, is het voor altijd weg. Dan besteed je de rest van je leven aan een poging het terug te vinden... en zwalk je van de ene onbevredigende verhouding naar de andere. En na een tijdje komt de dag dat je weet dat het allemaal voor niets is. Zinloos. Alleen maar een verspilling van tijd en moeite.'

'Dus wat is het antwoord?'

'Ik weet het niet. Ik ben jou niet. Ik veronderstel een beetje moed en veel vertrouwen.' Ze dacht hierover. 'Ik klink net als de directrice op proclamatiedag. Of een politicus. "Laat ons de ploeg ter hand nemen en vooruitzien, want daar ligt de weg die we moeten gaan."' Ze begon te lachen. '"Stem op Blair, dan krijg je gratis pleisters tegen likdoorns."'

Hij zei: 'Je bent een voorstander van schipperen.'

Ze hield op met lachen. 'Er zijn ergere dingen. Vanavond heb ik Alexa voor het eerst ontmoet, maar ik heb tijdens het eten naar haar gekeken... en naar jou en naar haar liefdevolle gezicht. Zij is iemand die geeft. Ze is goud waard.'

'Dat weet ik allemaal.'

'Dan beëindig ik mijn pleidooi.'

Wederom stilte en nu nog maar een klein eindje. Door het lange dal. De lichten van Strathcroy waren al uit. Alleen de schaarse straatverlichting was nog aan. Binnen in de auto was het erg warm geworden. Noel deed het raampje wat omlaag en voelde de frisse luchtstroom op zijn gezicht en hoorde het geluid van de rivier die langs de weg liep.

Ze bereikten het eerste huisje, de poorten van Croy, de oprit naar de voorkant. Hij schakelde terug en snelde de heuvel op. Het huis wachtte op hen, met donkere ramen. Alleen de Landrover van Archie stond eenzaam buiten bij de voordeur geparkeerd. Noel stopte en zette de motor af. De nacht was rustig; het enige wat bewoog was de wind.

'Je bent er weer. Veilig thuis.'

Ze draaide zich naar hem toe, met een dankbare glimlach. 'Je bent heel lief geweest. Ik hoop dat ik je plezier niet heb vergald. En het spijt me als ik me ermee bemoeid heb.'

'Ik snap niet goed waarom je al die dingen hebt gezegd.'

'Misschien omdat ik te veel champagne heb gedronken.' Ze leunde voorover en kuste hem op zijn wang. 'Welterusten, Noel.'

'Is de deur open?'

'Natuurlijk. Hij is nooit op slot.'

'Ik loop wel met je mee.'

'Nee.' Ze hield hem tegen met een hand op zijn arm. 'Ik red het wel. Ga maar niet mee. Ga terug naar Alexa.'

Ze stapte uit de wagen en sloeg de deur dicht. In de stralenbundel van de koplampen liep ze van hem weg over het grind en de trap op. Hij keek haar na. De grote deur ging open, ze draaide zich om en wuifde, glipte naar binnen. De deur ging dicht. Ze was weg.

Zelfs Tom Drystone kon niet eeuwig doorspelen. Na twee enthousiaste ronden van 'The Duke of Perth', afgesloten met de duidelijk niet Schotse tonen van 'The girl I left behind me', trok hij een lang, ademloos akkoord uit zijn accordeon, legde hem op de grond, stond op en kondigde voor de microfoon aan dat hij en zijn collega's hun avondmaal gingen gebruiken. Ondanks overdreven kreunen van wanhoop en een boel geringschattende scherts, hield hij voet bij stuk en leidde hij zijn zwetende ploegje muzikanten over de dansvloer in de richting van welverdiende verfrissingen.

In de daarop volgende stilte keken de achtergebleven dansers even doelloos in het rond, maar bijna onmiddellijk werden ze overweldigd door de verrukkelijke geur van gebakken spek en verse koffie die uit het huis kwam drijven. Deze herinnerde het hele gezelschap eraan dat het al een paar uur geleden was sinds ze voor het laatst hadden gegeten en er kwam een ware exodus op gang in de richting van het voedsel. Terwijl de tent langzaam leegliep, klom er een jongeman – spontaan of misschien van te voren door Verena geïnstrueerd – op het podium, nam achter de piano plaats en begon te spelen.

'Virginia...' Ze was al halverwege de stenen trap die naar het huis leidde. Ze draaide zich om en zag Conrad achter haar. 'Dans met me.'

'Wil je geen gebakken ei met spek?'

'Later. Dit wil ik niet missen.'

Het was goed. Het soort zachte, doordringende muziek die de sfeer van lang vervlogen tijden opriep, van dure, exclusieve restaurants en donkere nachtclubs en sentimentele films waar je na afloop betraande ogen en een prop natte papieren zakdoekjes aan overhield.

'Bewitched'. 'I'm wild again, beguiled again...'

Ze gaf toe. 'Goed dan.'

Ze ging terug, stapte in zijn armen. Conrad trok haar dicht tegen zich aan, hield zijn wang tegen haar haar. Ze dansten, waarbij ze zich amper bewogen en waren zich nauwelijks bewust van andere stelletjes die toegaven aan de verleiding van de klaaglijke piano en weer de dansvloer op gingen.

Hij zei: 'Denk je dat die vent weet hoe 'The Look of Love' gaat?'

410

Ze glimlachte in zichzelf. 'Ik weet het niet. Je zou het hem kunnen vragen.'

'Het was een leuk feest.'

'Ik ben onder de indruk van hoe je danst.'

'Als je een quadrille kunt dansen, kun je alles.'

'Een kwestie van lef.'

'Wordt er in de Country Club van Leesport nog steeds gedanst op zaterdagavond?'

'Ik denk het wel. Een heel nieuwe generatie die op het terras schuifelt, onder de sterren.'

'Wij doen het nu ook niet zo gek.'

Ze zei: 'Ik ga niet terug, Conrad. Ik ga niet terug met je.'

Ze voelde hoe zijn hand langs haar schouderblad bewoog, zachtjes als een streling. Ze keek op naar zijn gezicht. 'Dat wist je al, nietwaar?'

'Ja,' gaf hij toe. 'Ik had er al zo'n gevoel van.'

'Alles is veranderd. Henry is thuis. We hebben gepraat. Het is nu anders. We zijn weer samen, Edmund en ik. Het is weer goed.'

'Daar ben ik blij om.'

'Edmund is mijn leven. Ik was hem uit het oog verloren, maar hij is er weer en we zijn samen.'

'Ik ben echt blij voor je.'

'Dit is niet echt het moment om van hem weg te gaan.'

'Hij is een gelukkig man.'

'Nee, niet gelukkig. Alleen bijzonder.'

'Hij is ook een geschikte kerel.'

'Het spijt me, Conrad. Wat je ook voelt, ik wil niet dat je denkt dat ik je alleen maar gebruikte.'

'Ik denk dat we elkaar gebruikt hebben. Elkaar hebben opgevangen. Op precies het juiste moment was er de juiste persoon. Tenminste, voor mij was het de juiste persoon. Dat was jij.'

'Jij bent ook een bijzondere man. Dat weet je toch, hè? En op een dag, vroeg of laat, zul je iemand ontmoeten. Iemand net zo bijzonder als jij. Ze zal niet Mary's plaats innemen, omdat ze haar eigen plaats zal hebben. En ze zal die innemen om alle juiste redenen. Dat moet je niet vergeten. Omwille van jezelf en omwille van je dochtertje.'

'Goed. Een positieve benadering.'

'Ik wil dat je niet langer droevig bent.'

'Niet langer de Droeve Amerikaan.'

'O, herinner me daar niet aan! Wat bot van me om dat eruit te flappen.'

'Wanneer zie ik je weer?'

'O, gauw. We komen een keer naar de States, Edmund en ik. Dan zien we elkaar weer.'

Ze legde haar hoofd op zijn schouder. 'Bewitched, bothered, and bewildered, am I.' De piano speelde de laatste tonen van het liedje.

Hij zei: 'Ik hou van je.'
'Ik ook van jou,' zei Virginia. 'Het was fantastisch.'

Noel reed terug naar Corriehill. Terwijl de wind door het open raampje naar binnen waaide, reed de Golf terug de heuvels in en hij nam er de tijd voor. Het was merkwaardig vredig om alleen te zijn, een kleine adempauze waarin hij sommige gedachten op een rijtje kon zetten en andere kon laten afdwalen. Toen hij Croy verliet, had hij gespeeld met het idee om een cassette op te zetten, bij wijze van gezelschap, om het vervolgens toch niet te doen, want voor één keer hunkerde hij naar rust. Bovendien leek het bijna godslasterlijk om de oneindige, volle duisternis van de nacht te verstoren met keiharde rockmuziek.

Overal om hem heen was de landelijke omgeving donker, troosteloos en nauwelijks bewoond en toch voelde hij dat hij op een onverklaarbare wijze werd gadegeslagen. Dit was een oud land. De heuveltoppen die omhoog rezen hadden die vorm al sinds het begin der tijden en zijn onmiddellijke omgeving had er vast honderden jaren haast net zo uitgezien als nu.

De smalle weg slingerde voor hem uit. Lang geleden, toen hij werd aangelegd, had hij waarschijnlijk langs de grenzen van het land van een boer gelopen, om de gestapelde stenen muurtjes rond het akkerland van een keuterboertje. Nu hadden deze landerijen andere eigenaren en kwamen er tractoren, melkwagens en bussen deze kant op. En toch slingerde, steeg en daalde de weg nog steeds zonder duidelijke reden, zoals hij altijd had gedaan.

Niet in staat om het gevoel dat hij werd bekeken van zich af te schudden, dacht hij na over deze keuterboertjes uit het verleden, die worstelden met het gure klimaat, het stugge land, de barre grond, die achter een paard de schrale aarde doorploegden, met sikkels hun schamele gewassen oogstten; die noodweer trotseerden op zoek naar schapen en turf staken om als brandstof op te slaan. Hij stelde zich voor hoe zo'n man op weg was naar huis, over de weg waar Noel nu over reed, door het verlaten dal, misschien te paard maar eerder te voet, hoe hij tegen de heuvel op ploeterde, tegen de oostenwind gekromd. De weg had toen vast erg lang geleken en het zwoegen voor het voortbestaan eindeloos. Hij vond het onmogelijk om zich zulke ontberingen, zo'n zwaar bestaan voor te stellen. Veilig in de twintigste eeuw, waar luxe en vervulling van levensbehoeften vanzelfsprekend waren, was het probleem van overleven niet iets waar Noel ooit over had nagedacht, laat staan dat hij ermee te maken had gehad. Daarmee vergeleken schenen zijn eigen onzekerheden zo onbelangrijk dat hij zich nietig voelde door hun banaliteit.

En toch was het zijn leven. *Je hebt maar één leven*, had Pandora tegen hem gezegd. *Je krijgt geen tweede kans. Als je iets dat echt goed is door je vingers laat glippen, is het voor altijd weg.*

Wat hem weer terugbracht bij Alexa. *Alexa was goud waard.* Pandora had gelijk en dat wist hij. *Als je haar moet kwetsen, dan moet je het nu doen...* Dat was de oude Vi, die op de heuvel boven het meer zat en zo openhartig tegen hem was geweest.

Hij dacht over Vi en Pandora, over de Balmerino's en de Airds. Samen stonden ze voor een levenswijze die hij nooit eerder echt had meegemaakt. Familie, vrienden, buren; met elkaar begaan en van elkaar afhankelijk. Hij dacht over Balnaid en werd wederom overweldigd door de redeloze overtuiging dat hij hier hoorde.

Alexa was de sleutel.

Nu deed tot zijn verrassing zijn moeder ook mee aan de discussie. *Geluk is het beste maken van wat je hebt.* Penelope's stoere, zelfverzekerde uitspraken schalden in zijn hoofd. Ze stonden niet ter discussie, maar schreven de wet voor, zoals altijd als ze iets heel belangrijk vond.

Wat had hij dan?

Het antwoord was pijnlijk simpel. Een meisje. Niet verfijnd en niet bijzonder mooi. Eigenlijk totaal het tegendeel van de vrouwen die haar waren voorgegaan. Een meisje dat van hem hield, dat hem niet afleidde; en nooit met eisen aankwam. Met een gelijkmatigheid die even helder brandde als een roerloze vlam. Hij dacht na over de laatste paar maanden waarin hij met Alexa had samengewoond in haar huisje in Ovington Street, en een reeks willekeurige beelden kwam ongevraagd naar boven. En deze overvielen hem, omdat om de een of andere reden zijn onbewuste niet op de proppen kwam met een van die weelderige, materiële zaken die hem het eerst waren opgevallen die avond dat Alexa hem binnen had gevraagd om iets te drinken, nu alweer zo lang geleden. De schilderijen, het meubilair, de boeken en het porselein; de mooie onderzetters op het buffet en de twee zilveren fazanten die in het midden van haar eettafel stonden. In plaats daarvan zag hij heerlijke en huiselijke dingen. Een schaal met verse appels, een versgebakken brood, een kan vol tulpen, de glans van de avondzon op de koperen pannen die in de keuken hingen.

En dan de andere leuke dingen die ze samen hadden gedeeld. Kiri te Kanawa in Covent Garden, in het weekend de Tate Gallery. Op zondag de lunch in San Lorenzo. Naar bed gaan met elkaar. Hij dacht aan het vredige gevoel van 's avonds uit kantoor naar huis lopen, Ovington Street ingaan en weten dat zij er was en op hem wachtte.

Dat was wat hij had. Alexa. Daar. Wachtend op hem. Dat was alles wat hij wilde. Alleen dat was belangrijk. Waarom aarzelde hij verdomme dan nog? Waar was hij verdomme naar op zoek? Tegelijk waren deze vragen zo onbelangrijk dat hij niet eens de moeite nam om te proberen een antwoord te bedenken.

Omdat het vooruitzicht van een toekomst zonder haar ondenkbaar was.

Hij wist toen dat hij voorbij het keerpunt was en zich op de weg van een vaste verbintenis bevond. In voor- en tegenspoed. Tot de dood ons scheidt. Maar hij deinsde niet meer terug voor die angstaanjagende woorden. In plaats daarvan ontdekte hij dat hij vol was van een ongebruikelijke vervoering en een onverwacht gevoel van vastberadenheid. En haast. Er was geen reden meer om te treuzelen. Hij voelde een nieuw soort ongeduld. Hij had genoeg tijd verspild. Hij haalde diep adem en schakelde. De motor reageerde en de auto snelde de heuvel op, over de weg naar Corriehill.

Zijn moeder was nog steeds ergens in de buurt. 'Goed,' zei hij, 'ik heb je wel gehoord. Je hebt je bedoeling duidelijk gemaakt. Ik ben op weg.' En hij zei het hardop en de wind rukte de woorden uit zijn mond en smeet ze over zijn schouder. Hij riep: 'Ik kom eraan!' En die verzekering was voor hen allebei, voor zijn dode moeder en zijn levende geliefde.

De eerste gasten waren al van het feest op weg naar huis. Van ver kon je de koplampen van hun auto's zien die zich verwijderden van Corriehill, tussen de bomen en door de indrukwekkende poort. Toen hij de heuvel opreed in de richting van het huis, passeerde Noel een paar van deze auto's, maar er was genoeg ruimte op de brede oprijlaan en ook genoeg tijd voor enige spotternijen, zoals opmerkingen dat Noel te laat was voor het feest en verzekeringen dat het beter laat was dan nooit.

Degenen die naar huis gingen, hadden zich duidelijk vermaakt.

Omdat de uittocht al begonnen was, nam Noel niet de moeite om zijn auto in het weiland te parkeren, maar zette hij hem naast de oprit bij de voordeur. Toen hij de trap opliep, kwam er een oud stel naar buiten en hij deed een stapje opzij om de deur voor hen open te houden en hen erlangs te laten. De man bedankte hem beleefd en wenste hem welterusten, stak toen bezorgd zijn arm in die van zijn vrouw en hielp haar de trap af lopen. Noel keek hoe ze zich verwijderden, met voorzichtige stapjes en in diep gesprek. Hij hoorde hen lachen. Ze waren misschien bejaard, maar ook zij hadden zich vermaakt, een leuke avond gehad en gingen nu samen naar huis. Weer dacht hij: tot de dood ons scheidt. Maar uiteindelijk was de dood niet meer dan een onderdeel van het leven en ging het om het levende deel.

Hij ging de deur door en op zoek naar Alexa. Ze was niet in de disco en ook niet in de salon. Toen hij de salon uitkwam, hoorde hij zijn naam.

'Noel.'

Hij bleef staan, draaide zich om en zag een meisje waaraan hij nog niet officieel was voorgesteld. Hij wist echter dat het Katy Steynton was omdat Alexa haar had aangewezen. Ze was blond en heel slank, met zeer Engelse gelaatstrekken: een mooie huid, een lang gezicht, bleek blauwe ogen en een kleine mond. Ze droeg een jurk van glanzend satijn die precies dezelfde tint had als haar ogen en hield de hand vast van een man die duidelijk ongeduldig was omdat hij met haar naar het bonkende, flikkerend verlichte discohol wilde.

'Hallo.'

'Jij bent toch Noel, hè? De vriend van Alexa?'

Om een of andere reden voelde Noel zich een beetje belachelijk. 'Dat klopt.'

'Ze is in de tent. Ik ben Katy Steynton.'

'Ja, dat weet ik.'

'Ze danst met Torquil Hamilton-Scott.'

'O, dank je.' Wat een beetje bot klonk, dus voegde Noel er tactvol aan toe: 'Leuk feest. Je moet er wel heel blij mee zijn. Aardig van je om me uit te nodigen.'

'Helemaal niet. Het was te gek...' ze werd al bij hem weggetrokken.

'... dat je kon komen.'

Een ober kwam gehaast voorbij met een blad overvolle glazen champagne. Toen hij langskwam, nam Noel er handig een van het blad, waarna hij zich via de bibliotheek in de richting van de tent begaf. De dreun van de muziek werd steeds harder, want de band was aan zijn tweede set begonnen en het tempo scheen met elke tel te versnellen. Boven aan de trap bleef hij staan om Alexa te zoeken, maar toen, ook al verlangde hij nog zo haar te vinden en was hij nog zo ongeduldig, werd hij afgeleid, gefascineerd door wat hij zag. Hij was nooit dol geweest op dansen, laat staan Schotse volksdansen, maar de sfeer was zo spannend, zo geladen dat hij het niet kon negeren. Bovendien reageerden zijn professionele, creatieve instincten automatisch op dit visuele bombardement, de zwierende cirkels van kleur en beweging, en hij wenste, meer dan wat ook, dat hij het met een camera had kunnen vastleggen. Want deze dans had een agressieve symmetrie over zich die hem deed denken aan de precisie van een steeds herhaalde militaire taptoe. De holle vloer van de tent kreunde hoorbaar onder het eendrachtig ritmische gestamp van tweehonderd voeten en het centrum van elke kring was een werveling die van opzij een danser uit de groep aanzoog en hem dan een seconde later uitspoog, versneld door de middelpuntvliedende kracht. Meisjes met blote armen toonden spottend de schrammen veroorzaakt door de zilveren manchetknopen aan de kiltjasjes van hun partners, maar feitelijk waren ze gehypnotiseerd door de ingewikkelde dans en stonden ze geconcentreerd te wachten tot het hun beurt was om in het ronddraaiende inferno te worden gezogen.

Eindelijk zag hij Alexa, in haar gebloemde jurk, met rode wangen en wapperend haar. Ze was zich niet bewust van zijn aanwezigheid en danste met een van de jonge soldaten, een knappe jongen met ravezwart haar en een rood smokingjasje. Noel zag dat ze geheel door de dans in beslag werd genomen, opgewonden en gelukzalig, haar lachende gezicht schuin opgeheven naar dat van haar partner.

Alexa.

'Wat een geweldige dans, hè?'

Noel schrok op, keek om zich heen en zag de man die naast hem stond en waarschijnlijk net was gekomen om, net als hij, van het schouwspel te genieten.

Hij zei: 'Dat is het zeker. Welke dans is dat?'

'De reel van de 51ste Hoogland Divisie.'

'Nooit van gehoord.'

'Hij is bedacht in een Duits gevangenenkamp tijdens de oorlog.'

'Het ziet er ontzettend ingewikkeld uit.'

'Waarom ook niet? Ze hadden vijf en een half jaar om dat duivelse geval uit te denken.'

Noel glimlachte beleefd en ging weer naar Alexa staan kijken. Maar zijn geduld liep ten einde en hij wilde dat het allemaal voorbij was. Wat even later ook het geval was. Een paar daverende laatste maten en toen een laatste knetterende roffel op de drums. Applaus en gejuich kwamen in de plaats van muziek, en Noel verspilde geen moment. Hij zette zijn glas neer in een plantenbak en baande zich met zijn schouder een weg over de drukke dansvloer naar haar toe, terwijl zij nog door haar oververhitte partner werd bedankt met een stevige omhelzing.

'Alexa.'

Toen ze hem zag, klaarde haar rode gezicht op. Ze maakte zich los en stak haar hand naar hem uit.

'Noel. Waar ben je geweest?'

'Dat zal ik je uitleggen. Kom, dan gaan we wat drinken...' En hij nam haar hand en sleurde haar van de dansvloer, terwijl Alexa over haar schouder de jonge soldaat bedankte, maar niets deed om zich te verzetten tegen Noels tirannieke actie. Hij leidde haar de tent uit, door de bibliotheek; zocht naar een rustig plekje en besloot dat halverwege de trap nog niet zo'n slechte plaats was.

'Maar, Noel, ik dacht dat we wat gingen drinken.'

'Ja, zo direct.'

'Je brengt me naar de Dames.'

'Nee, dat doe ik niet.'

Het trapbordes was rustig en zacht verlicht. Hij ging op de brede, met een Turks tapijt beklede trap zitten, trok Alexa naast zich, nam haar hoofd tussen zijn handen en kuste haar warme, rode wangen, haar voorhoofd, haar ogen en toen haar lieve, open mond, om zo haar lacherige protesten het zwijgen op te leggen.

Het duurde lang. Uiteindelijk lieten ze elkaar los. Na een tijdje zei hij: 'Ik keek hoe je danste en toch was dat het enige wat ik wilde doen.'

'Dat begrijp ik niet, Noel.'

Hij glimlachte. 'Ik ook niet.'

'Wat is er gebeurd?'

'Ik heb Pandora naar Croy gebracht.'
'Ik wist niet waar je heen was.'
'Ik hou van je.'
'Ik heb je gezocht, maar...'
'Ik wil je voor altijd.'
'Je hebt me.'
'Tot de dood ons scheidt.'
Ze keek, plotseling bijna bang. 'O, Noel...'
'Alsjeblieft.'
'Maar dat is voor de rest van ons leven.'
Hij dacht aan het oude stel dat, arm in arm, op weg naar huis ging. Samen. 'Ik weet het.' Hij had zich in zijn hele leven nog nooit zo zelfverzekerd gevoeld, zo gerust, zo overtuigd. 'Zie je, lieve Alexa, ik vraag je of je met me wilt trouwen.'

Pandora deed de deur achter zich dicht. Binnen was het, met de gordijnen en de deuren dicht, erg donker. De grote hal werd alleen verlicht door de rode gloed van het haast tot as vergane haardvuur. Ze was alleen. Het was de eerste keer in haar leven dat ze Croy voor zichzelf had. Er waren altijd anderen geweest. Archie, Isobel, Lucilla, Conrad, Jeff. En lang voor hen haar ouders, hun bedienden, de constante stroom bezoekers en vrienden; altijd wel iemand die kwam of ging. Verre stemmen, ver gelach.
Ze deed het licht aan. Ging naar boven, door de gang naar haar kamer. Ze trof alles net zo aan als ze het had achtergelaten; overal kleren, het bed overhoop, het lege whiskyglas nog steeds op het nachtkastje, samen met haar radio en een paperback vol ezelsoren. De toilettafel stond vol flessen en potjes, zat onder het gemorste poeder; de deur van de kleerkast stond open, en schoenen lagen slordig op de grond.
Ze gooide haar tas op het bed en liep naar de dikbuikige secretaire. Hier lag de brief die ze aan het schrijven was voordat ze toegaf aan haar uitputting en even op bed was gaan liggen voor een van haar dutjes. Ze pakte hem op en las hem door. Dat duurde niet erg lang. Ze vouwde hem op, stopte hem in een envelop, likte aan de flap en drukte die vast. Ze liet de envelop op het vloeiblad liggen.
Ze ging de badkamer in. Hier was het ook een rotzooitje, zoals gebruikelijk, met de natte badmat en handdoeken op de vloer, de zeep die doorweekt op de bodem van het bad lag. Bij de wastafel vulde ze een glas met water, dat ze opdronk terwijl ze naar haar eigen spiegelbeeld keek in de grote spiegel boven de wastafel. Haar potjes met pillen stonden op de plank daaronder. Ze wilde er een pakken, maar uit onhandigheid of misschien doordat haar hand trilde, stootte ze per ongeluk het flesje Poison dat ernaast stond om. Het kantelde en viel omver en ze keek hoe het viel. Het leek allemaal heel geleidelijk te gaan, alsof ze

naar een film in slowmotion keek. Pas toen het flesje de wasbak raakte en aan diggelen viel, stak ze haar hand uit als om het te redden.

Te laat. Het was allemaal weg. De wasbak lag vol met glasscherven en zijzelf was bijna verdoofd door de geconcentreerde geur van het kostbare parfum...

Barst.

Het gaf niet. Het had geen zin om te proberen het schoon te maken, omdat ze alleen maar in haar vingers zou snijden. Isobel zou er wel voor zorgen. 's Ochtends. Morgenochtend. Isobel zou er wel voor zorgen. Ze stopte het potje met pillen veilig weg, diep in de zak van haar minkjas en ging toen, nadat ze zorgvuldig alle lichten uit had gedaan en haar slaapkamerdeur had gesloten, weer naar beneden naar de salon. Ze deed de hoofdschakelaar aan en de enorme kroonluchter in het midden van het plafond floepte aan met de schittering van honderden kristallen facetten. Ook hier was het vuur bijna uit, maar de kamer was nog warm en behaaglijk sleets en vertrouwd, met de vuurrode muren met de oude portretten en landschappen die Pandora haar hele leven had gekend. Het was haar allemaal zo dierbaar. De gehavende leunstoelen en banken, de niet bijpassende kussens, het kleine groen fluwelen voetenbankje waar ze als kind op had gezeten terwijl haar vader haar voorlas voor ze naar bed ging. En de piano. Mama speelde vroeger 's avonds op de piano, terwijl Pandora en Archie oude liedjes zongen. Schotse liedjes. Liedjes over trouw en liefde en dood... bijna allemaal ontzettend droevig.

> O, banken en oevers van de bevallige Doon,
> Jullie bloeien zo fris, zo mooi en zo groen...

Wat was het fijn als je kon spelen zoals mama. Maar toen ze zelf les had gekregen, was het haar al gauw gaan vervelen en haar lieve moeder had haar, als altijd, haar zin gegeven. En dus had ze het nooit geleerd. Nog iets waar ze spijt van had. Nog een gemiste kans op vreugde. Ze liep naar de piano, deed de klep omhoog en sloeg de noten aarzelend met één vinger aan.

> Het duurt zo lang
> Van mei tot december
> Maar de dagen worden korter...

Verkeerde noot, nog een keer proberen.

> ... korter
> In september.

Niet zo'n best optreden.

418

Ze deed de pianoklep dicht, liep het vertrek uit, door de hal en de eetkamer in. Hier, nog meer rommel. De tafel niet afgeruimd, lege koffiekopjes, portglazen, verkreukelde servetten, chocoladepapiertjes, de geur van sigarerook. Het buffet stond vol karaffen en ze vond een open fles champagne, nog voor driekwart vol, waar Archie voor later een patentkurk op had gedaan. Hiermee liep ze de hal door, de voordeur uit.

Archie's Landrover stond op haar te wachten. Ze klom achter het stuur in het geurige, gehavende interieur. Ze had er nooit in gereden en het duurde even voor ze doorhad hoe de starter, de versnelling en de lichten werkten. Maar uiteindelijk had ze de slag te pakken. Met alleen de stadslichten aan kwam de oude motor sputterend tot leven en reed ze weg.

Over de oprijlaan tussen de donkere massa's van de rododendrons, over het veerooster, naar rechts, in de richting van de heuvels. Ze reed heel langzaam, heel voorzichtig, op de tast in het gedimde licht van de koplampen, alsof ze op haar tenen liep. Langs de boerderij en de bijgebouwen en toen het huis van Gordon Gillock. Ze was bang dat het geluid van de motor Gordons honden zou doen opschrikken en dat ze zouden beginnen te blaffen en tekeer zouden gaan en hun baas wakker zouden maken. Maar dat gebeurde niet.

Nu deed ze het groot licht aan en kon ze haar snelheid opvoeren. De weg kronkelde en draaide, maar ze kende hem tot op de centimeter. Na korte tijd bereikte ze de grote hekken van de wildafrastering. Het laatste obstakel. Ze stopte, trok de handrem aan en klom eruit, terwijl ze de motor liet draaien, om de hekken open te doen. De grendel was roestig en ging moeilijk los, maar uiteindelijk lukte het haar toch en zwaaiden de verzwaarde hekken vanzelf open. Terug in de Landrover, er doorheen en toen de hele procedure weer opnieuw - de hekken dichttrekken en ze achter zich vergrendelen.

Vrij. Nu was ze vrij. Niets meer om bang van te zijn. Niets meer om zich zorgen over te maken. Hotsend en botsend kroop de Landrover over de onverharde weg, met de koplampen naar boven gericht, terwijl de zoete, vochtige lucht door de slecht sluitende raampjes stroomde en koud aanvoelde op haar wangen.

De wereld die ze achter zich liet werd kleiner, oneindig klein, onbelangrijk. De heuvels sloten zich aaneen, trokken haar als troostende armen naar zich toe. Dit was Pandora's land. Al die verspilde jaren had ze het in haar hart gedragen en nu was ze voorgoed terug. Dit was de werkelijkheid. De duisternis, het gevoel hier thuis te horen. Warm, veilig en behaaglijk als de moederschoot.

Jullie zijn mijn baarmoeder, zei ze tegen de heuvels. Ik ga terug naar de baarmoeder. Ze begon te zingen.

O, banken en oevers van de bevallige Doon,
Jullie bloeien zo fris, zo mooi en zo groen...

Haar stem, dun en gebarsten en vals, klonk even eenzaam als de roep van een wulp. Te banaal. Iets vrolijks.

De zwarte kat pieste op de witte kat,
En de witte kat zei: 'Wel verdomd.'
'Het spijt me, schat,' zei de zwarte kat,
'Maar dat krijg je ervan als je achter me komt.'

Het duurde even voor ze bij het meer kwam, maar dat gaf niet, want ze hoefde zich nu niet te haasten. Er was geen stress, geen pressie, geen paniek. Overal was voor gezorgd, niets was vergeten. Ze passeerde vertrouwde oriëntatiepunten. De Corrie was er een van. Ze dacht aan Edmund en dacht toen niet meer aan hem.

Ze wist dat ze eindelijk in de buurt van het meer was toen het hotsen ophield, het land vlak werd en de wielen van de Landrover over het zachte, dikke gras reden.

In het licht van de koplampen zag ze het donkere water. De oevers verderop gingen onzichtbaar over in de heidevelden. Ze zag de donkere vorm van het botenhuis, de bleke sikkel van het keienstrand.

Ze deed de motor en de lichten uit, pakte de fles champagne en klom eruit, op het gras. De hielen van haar sandalen zonken in de zachte turfgrond en de hoge lucht was erg koud. Ze trok haar minkjas stevig om zich heen en stond even stil om te luisteren naar de stilte. Ze hoorde het gefluit van de wind, het kabbelen van het water over de kiezels, het verre zuchten van de hoge dennebomen aan de andere kant van de dam. Ze glimlachte, omdat het net zo aanvoelde als het altijd had aangevoeld. Ze liep naar het water en ging zitten op de veenbank boven het strandje. Ze zette de champagnefles naast zich, haalde toen het potje met slaappillen uit de zak van haar jas, schroefde de dop eraf en goot ze allemaal in de palm van haar hand. Het leken er ontzettend veel. Ze bracht haar hand naar haar mond en propte ze naar binnen.

Hun smaak en samenstelling deden haar huiveren en kokhalzen. Onmogelijk om te kauwen of te slikken. Ze pakte de champagnefles, trok de kurk eraf, bracht hem naar haar lippen en spoelde alles weg. De wijn bruiste en schuimde nog steeds. Het was belangrijk om nu niet over te geven. Ze dronk meer champagne, spoelde haar mond alsof ze net een naar bezoek aan de tandarts achter de rug had.

Een vermakelijke gedachte kwam in haar op. Wat chic om het met champagne te doen. Zoiets als het eten van een giftige oester of overreden worden door een Rolls-Royce. Wat was er nog meer chic? Ze had ooit eens gehoord van iemands moeder die bij Fortnum & Mason in de zaal met etenswaren aan een hartaanval was gestorven. Ze hadden haar vast opgebaard...

Ze dwaalde af. Er was echt geen tijd om hier te zitten en te denken aan die arme dode dame.

... opgebaard door een vriendelijke heer in rokkostuum; verborgen achter de potten met leeuwerikstongetjes in Aspic...

Ze stopte om haar hooggehakte sandalen uit te trekken en voelde, toen ze overeind kwam, haar hoofd draaien alsof iemand haar een klap in haar nek had gegeven. Er is geen tijd te verliezen, zei ze enigszins bedachtzaam tegen zichzelf. Ze deed haar jas uit, liet hem liggen, stond op en liep het kleine stukje naar het meer. De stenen deden zeer aan haar voeten, maar op een of andere manier was het een afstandelijk soort pijn, alsof het iemand anders overkwam.

Het meer was koud, maar niet kouder dan anders, andere zomers die ze zich herinnerde, andere keren dat ze midden in de nacht was gaan zwemmen. Hier ging de bodem steil omlaag. Eén stap en ze stond tot aan haar enkels in het water; nog een stap en het kwam tot aan haar knieën. De dunne rokken van haar jurk werden zwaar door het gewicht van het water. Nog een stap en dat was het.

Ze viel voorover omdat ze niet meer kon staan en het water sloot zich boven haar hoofd. Ze kwam boven, hijgend en sputterend om lucht te krijgen. Haar lange natte haar kleefde aan haar blote schouders en ze begon te zwemmen, maar haar armen voelden slapjes aan en haar benen waren verstrengeld in laagjes doorweekt chiffon. Ze kon ze misschien los schoppen, maar ze was te moe... altijd te moe... om die moeite te nemen.

Het was gemakkelijker, dat zeker, om zich gewoon met de kabbelende golfjes mee te laten drijven.

De heuvels waren nu ver weg, maar ze waren er en dat was geruststellend.

Altijd moe. Ik ga gewoon een dutje doen.

Met dankbare verbazing zag ze dat de hemel vol sterren was. Ze hield haar hoofd achterover om ernaar te kunnen kijken en het donkere water spoelde over haar gezicht.

31

Het was half zes in de ochtend toen Archie Balmerino op zijn horloge keek, besefte hoe laat het was en zich met tegenzin uit de leunstoel hees waarin hij gezeten had, terwijl hij rustig de laatste teugjes van zijn maltwhisky nam en een grapje maakte met de jonge Jamie Ferguson-Crombie.

Het feest was voorbij. Isobel en zijn logés waren nergens te bekennen, de band was naar huis en de tent was verlaten. Alleen uit de disco kwam nog steeds muziek en toen hij een blik naar binnen wierp, zag hij twee of drie stelletjes die in het donker rondschuifelden en eruitzagen alsof ze staande in slaap waren gevallen. Ook de gastvrouw was nergens te zien. Vanuit de keuken klonken stemmen en hij vroeg zich af of hij Verena moest gaan zoeken, maar hij besloot het niet te doen. Het was tijd om naar huis te gaan en hij zou de volgende ochtend wel een hartelijk bedankbriefje schrijven.

Hij liep naar buiten, de trap af en begaf zich in de richting van de parkeerplaats. Het werd al licht en de hemel kreeg een grijze kleur. De dag zou spoedig aanbreken. Toen bedacht hij dat hij wellicht geen vervoer zou hebben. Het kon zijn dat de anderen, die misschien niet tegelijk naar Croy waren teruggegaan, Archie helemaal waren vergeten en geen auto hadden achtergelaten waar hij mee naar huis kon. Maar toen zag hij de minibus van Isobel, eenzaam midden in het veld en wist hij dat ze hem niet vergeten was. En hij was heel dankbaar dat ze aan hem had gedacht.

Hij reed weg van Corriehill. De Romeinse kaarsen waren opgebrand en de feestverlichting was uitgedaan. Hij wist dat hij een beetje aangeschoten was, maar voelde zich om een of andere reden helemaal helder. Hij reed langzaam, geconcentreerd, want hij wist maar al te goed dat mocht hij toevallig door de politie worden aangehouden, hij geen enkele kans had om het blaaspijpje te misleiden. Aan de andere kant, als hij wel een politieman zou tegenkomen, zou het waarschijnlijk de jonge Bob McCrae uit Strathcroy zijn en het laatste wat Bob zou willen doen was de landheer opbrengen op verdenking van rijden onder invloed. Helemaal verkeerd; maar dat was een van de voordelen en privileges van de landadel, zo dacht hij spottend.

Het was een leuk feest geweest. Hij had genoten van elk moment. Een hoop oude vrienden gezien, een hoop nieuwe gemaakt. Wat uitstekende whisky gedronken en een heerlijk ontbijt van gebakken eieren met spek, worstjes, bloedworst, champignons, tomaten en toast. En zwarte koffie. Dat was waarschijnlijk de reden waarom hij zich zo wakker en levendig voelde.

Het dansen was het enige wat hij had moeten missen. Maar hij had veel plezier gehad in het kijken naar enkele van de volksdansen en het luisteren naar de aanstekelijke muziek. De enige keer dat hij zich een beetje melancholiek had gevoeld was bij de Duke of Perth. Dat was de dans waarbij volgens de traditie je vrouw je partner was en hij had het een beetje kwetsend gevonden om Isobel met een andere man te zien zwieren. Het gaf niet, zij en Archie hadden een paar keer geschuifeld in de disco, dicht tegen elkaar aangedrukt, wat heel romantisch en aangenaam was geweest, net als vroeger.

De zon kwam in het oosten boven de horizon uit toen hij de oprijlaan naar Croy indraaide en de heuvel opreed. Op de oprit voor het huis stonden geen auto's. Geen Landrover. Jeff, die goeie jongen, had hem zeker in de garage gezet.

Hij klom uit de minibus en ging naar binnen. Lichamelijk was hij erg moe en zijn stomp deed ontzettend zeer, zoals altijd als hij lange tijd rechtop had moeten staan. Moeizaam, terwijl hij de leuning vasthield, klom hij de trap op. Isobel was in hun slaapkamer, diep in slaap. Haar mooie avondkleding lag als een klein spoor door de kamer. Schoenen, panty's; de prachtige donkerblauwe jurk nonchalant op het bankje aan het voeteneind van het bed. Haar sieraden op de toilettafel, haar handtas op een stoel. Hij ging op de rand van het bed zitten en keek hoe ze sliep. Er zat nog mascara aan haar wimpers en haar haar was in de war. Na een tijdje bukte hij zich en kuste hij haar. Ze verroerde zich niet. Hij liet haar slapen, ging zijn kleedkamer in en kleedde zich langzaam uit. In de badkamer zette hij de kranen open. Het hete water vulde de lucht met stoom. Hij ging op de toiletpot zitten, maakte zijn tuig en zijn metalen been los en legde het akelige geval op de badmat. Toen liet hij zich, met een uitgekiende vaardigheid die hij in de loop der jaren had geperfectioneerd, zakken in het warme badwater.

Hij bleef lang liggen en zette telkens de hete kraan open als het water dreigde af te koelen. Hij zeepte zich in, waste zijn haar. Hij overwoog naar bed te gaan en besloot toen om het niet te doen. De nieuwe dag was begonnen en hij kon net zo goed opblijven.

Even later ging hij weer naar beneden, naar de keuken, gekleed in een oude ribbroek en een ouderwetse dikke coltrui. De honden zaten op hem te wachten, klaar voor hun ochtendwandeling. Hij zette de ketel op. Als hij weer terugkwam zou hij een kopje thee zetten. Hij ging met de honden de hal door en de voordeur uit. Ze holden voor hem uit, over het grind naar het gras, waar ze de konijnen roken die daar 's nachts hadden gespeeld. Hij stond boven aan de trap en keek hen na. Zeven uur en de zon was op. Een parelende ochtend met slechts een paar dunne wolkjes die in het westen rondhingen. Vogels zongen en het was zo stil dat hij, ver in de diepte van het dal, een auto kon horen starten en door het dorp hoorde rijden.

Nog een geluid. Voetstappen die over het grind naderbij kwamen vanuit de richting van het veerooster. Hij keek en zag, enigszins verbaasd, de onmiskenbare gestalte van Willy Snoddy, gevolgd door zijn stropershond, op hem afkomen. Willy, sjofel als altijd met zijn zwerverspet, zijn sjaal en zijn oude jas met de uitpuilende stroperszakken.

'Willy?' Archie liep de trap af en hem tegemoet. 'Wat ben jij aan het uitspoken?' Een belachelijke vraag, want hij wist maar al te goed dat Willy Snoddy, op dit uur van de dag, maar één ding aan het uitspoken was en dat was niet veel goeds.

'Ik...' De oude man deed zijn mond open en toen weer dicht. Zijn ogen kruisten die van Archie en blikten weg. 'Ik... ik was daar aan het meer... ik en de hond... ik...'

Hij hield op.

Archie wachtte. Willy stopte zijn handen in zijn zakken en haalde ze er weer uit. En toen begon de hond, die iets voelde, te huilen. Willy vloekte en sloeg tegen zijn kop, maar een huivering liep Archie over de rug en hij verstijfde, bevangen door een angstig voorgevoel.

'Nou, wat is er?' vroeg hij scherp.

'Ik was daar aan het meer...'

'Dat heb je al gezegd...'

'Gewoon een paar forelletjes, van die kleintjes, weet u wel...' Maar daarvoor was Willy niet gekomen. 'Uw Landrover. Die staat daar. En de bontjas van de dame...'

En toen deed Willy iets merkwaardigs. Hij nam zijn pet af, een instinctief, ontroerend gebaar van deelneming. Hij hield hem verwrongen in zijn hand. Archie had hem nog nooit eerder blootshoofds gezien. De pet van Willy hoorde bij hem, naar men zei ging hij er zelfs mee naar bed. Maar nu zag hij dat Willy kaal werd en dat zijn schaarse witte haar dun over de weerloze huid lag. Zonder de schelmse aanblik van zijn pet was het alsof de onbeschaamde stroper was ontwapend; niet meer de alom bekende deugniet, die er slonzig bij liep met zijn zakken vol fretten, maar gewoon een oude plattelander, ongeschoold en met een mond vol tanden, omdat hij geen woorden kon vinden om het onzegbare te zeggen.

'Lucilla.'

De stem kwam van heel ver weg. Lucilla besloot hem te negeren.

'Lucilla.'

Een hand op haar schouder, die zachtjes aan haar schudde.

'Lucilla, liefje.'

Haar moeder. Lucilla zuchtte, begroef haar hoofd in het kussen. Werd langzaam wakker. Ze bleef even zo liggen en rolde zich toen op haar rug en deed haar ogen open. Isobel zat op de rand van het bed, legde haar hand op de schouder van haar dochter.

'Liefje. Wakker worden.'

'Ik ben wakker,' mompelde Lucilla. Ze gaapte en rekte zich uit. Knipperde een paar keer met haar ogen. 'Waarom heb je me wakker gemaakt?' vroeg ze wrokkig.

'Het spijt me.'

'Hoe laat is het?'

'Tien uur.'

'Tien uur. O mam, ik had tot de lunch willen slapen.'

'Ik weet het. Het spijt me.'

Lucilla kwam langzaam tot bewustzijn. De gordijnen waren open en het licht van de ochtendzon viel schuin in de verste hoek van haar kamer. Met slaperige ogen keek ze naar haar moeder. Isobel was aangekleed, ze droeg een pullover en een huisjasje, maar haar haar zat slordig, alsof ze alleen tijd had gehad om er een kam door te halen. En haar gezicht leek gespannen. Ze zou wel moe zijn. Slaapgebrek. Ze waren geen van allen voor vier uur naar bed gegaan.

Maar ze glimlachte niet. Ze was niet zichzelf.

Lucilla fronste haar voorhoofd. 'Is er iets?'

'Liefje, ik moest je wakker maken. Ja, er is iets. Er is iets gebeurd. Iets ergs. Ik moet het je vertellen. Probeer je te beheersen.' Lucilla's ogen werden groot van angst. 'Het is Pandora...' Haar stem beefde. 'Lucilla, Pandora is dood...'

Dood. Pandora dood? 'Nee.' Haar instinctieve reactie was het te ontkennen. 'Dat kan niet.'

'Lieveling, het is zo.'

Lucilla was nu klaarwakker, elk spoor van loomheid was door de schrik verdreven. 'Maar wanneer?' Noel Keeling had Pandora van het feest naar huis gereden. 'Hoe?' Ze stelde zich voor hoe Pandora, als een geest, roerloos, op haar bed lag. Misschien een hartaanval.

Maar niet dood. Niet Pandora.

'Ze heeft zich verdronken, Lucilla. We denken dat ze zich heeft verdronken...'

'Zich heeft verdronken?' Wat dat inhield was zo verschrikkelijk dat ze het niet kon accepteren.

'In het meer. Ze nam de Landrover van pap. Ze moet er zelf heen zijn gereden. Langs het huis van Gordon Gillock, maar de Gillocks hebben niks gehoord. De hekken van de wildafrastering waren vergrendeld. Ze moet ze achter zich hebben dichtgedaan.'

Pandora verdronken. Lucilla dacht aan Pandora ergens in Frankrijk, zwemmend, naakt, in een diepe, snelstromende rivier. Ze zwom tegen de stroom in en riep naar Jeff en Lucilla dat het heerlijk was, het water was heerlijk, waarom kwamen ze er niet in?

Pandora verdronken. Ze had de zware hekken achter zich vergrendeld. Dat was op zich toch al een bewijs dat ze geen zelfmoord had gepleegd? Niemand zou toch zeker onder zulke omstandigheden de moeite nemen om de wildhekken dicht te doen?

Nee.

'Het moet een ongeluk zijn geweest. Ze zou nooit, nooit zelfmoord hebben gepleegd. O, mam, niet Pandora...'

'Het was geen ongeluk. Dat hoopten we. Dat ze van het feest thuis was gekomen en het in haar hoofd had gehaald om te gaan zwemmen. Dat was net het absurde idee dat in haar op zou komen. Een gril. Maar ze hebben haar minkjas en haar sandalen bij het meer gevonden. En een leeg slaappillenpotje en het laatste restje van een fles champagne.'

En het laatste restje van een fles champagne. Het laatste restje wijn. Als een verschrikkelijk slotfeest.

'... toen we naar haar kamer gingen, was er een brief voor pap.'

Lucilla wist dat het waar was. Ze was dood. Pandora had zelfmoord gepleegd. Ze huiverde. Op een stoel naast haar bed lag een oud vest. Ze ging overeind zitten, pakte het en wikkelde het rond haar schouders. Ze zei: 'Vertel me wat er gebeurd is.'

Isobel nam Lucilla's handen in die van haar. 'Willy Snoddy was al vroeg aan het meer, klaar om bij zonsopgang een paar forellen te vangen. Hij was met zijn hond uit het dorp komen lopen. Hij zag de Landrover die bij het botenhuis geparkeerd stond. En toen haar jas, die op de kant lag. Hij dacht, net als wij, dat iemand misschien 's nachts was gaan zwemmen. En toen zag hij haar lichaam, aangespoeld bij de sluizen.'

'Wat verschrikkelijk voor hem. Arme oude man.'

'Ja. Arme Willy. Maar voor deze ene keer deed hij wat juist was en kwam hij meteen naar Croy om Archie te halen. Tegen die tijd was het zeven uur en pap was buiten met de honden. Hij was na het feest helemaal niet naar bed gegaan. Had alleen een bad genomen en zich weer aangekleed. Hij was buiten met de honden, zag Willy komen, die hem vertelde wat hij ontdekt had.'

Lucilla kon zich het tafereel maar al te goed voorstellen. Ze dacht aan haar vader en kon toen even niet aan hem denken, omdat Pandora zijn zuster was en hij van haar had gehouden en altijd had gewild dat ze thuis naar Croy zou komen. Ze was gekomen en nu was ze voor altijd weg.

Ze zei: 'Wat deed pap?'

'Ik sliep nog. Hij maakte me wakker. We gingen naar de kamer van Pandora en zagen dat ze haar parfumflesje had omgegooid in de wastafel. Ze moet het omver hebben gestoten. De wastafel lag vol gebroken glas en de hele kamer rook ernaar, overweldigend, als een soort drug. Dus we deden de gordijnen open en alle ramen en toen bedachten we dat we een of andere aanwijzing moesten zoeken. We hoefden niet veel moeite te doen omdat ze een envelop op de secretaire had laten liggen, waar een brief voor pap in zat.'

'Wat stond erin?'

'Niet veel. Alleen dat het haar speet. En... iets over geld. Haar huis in Majorca. Ze zei dat ze moe was en niet langer door kon gaan met vechten. Maar ze gaf geen reden op. Ze moet vreselijk ongelukkig zijn geweest en niemand van ons wist het. Niemand van ons had het minste vermoeden, het geringste idee van wat er in haar omging. Had ik het maar geweten. Ik had beter moeten opletten, aardiger moeten zijn. Ik had misschien met haar kunnen praten... haar helpen...'

'Hoe dan? Je moet jezelf geen moment de schuld geven. Natuurlijk wist je niet wat Pandora dacht. Niemand wist ooit wat ze dacht.'

'Ik dacht dat we intiem met elkaar waren. Ik dacht dat ik haar na stond.'

'Dat was ook zo. Zo intiem als een vrouw maar met Pandora kon zijn. Ze hield van je, dat weet ik. Maar ik geloof niet dat ze mensen ooit te dichtbij wilde laten komen. Ik denk dat dat haar manier was om zich te verdedigen.'

'Ik weet het niet.' Isobel was duidelijk radeloos en in de war. 'Het zal wel.' Ze omklemde Lucilla's handen. 'Ik moet je de rest vertellen.' Ze haalde diep adem om tot rust te komen. 'Nadat we de brief hadden gevonden, belde pap de politie in Relkirk. Hij legde uit wat er was gebeurd en waar het was, de weg naar het meer. Ze stuurden geen ambulance maar een Landrover van de politie. En er kwam een arts mee. Toen reden ze naar het meer...'

'Wie gingen er?'

'Willy. En pap. En Conrad Tucker. Conrad ging met hen mee. Hij was toen al op en hij bood aan om met pap mee te gaan. Zo aardig van hem, zo'n aardige man, omdat Archie niet wilde dat ik meeging en ik het vervelend vond dat hij alleen zou gaan.'

'Waar zijn ze dan nu?'

'Ze zijn nog niet terug uit Relkirk. Ze zouden haar – het lichaam – daarheen brengen, naar het Relkirk General. Ik veronderstel naar het mortuarium.'

'Komt er een lijkschouwing?'

'Ja. Een onderzoek of het een noodlottig ongeval was.'

Een noodlottig ongeval. De woorden klonken kil en officieel. Lucilla stelde zich de rechtszaal voor, de koude, objectieve taal van het bewijsmateriaal en de conclusie. Dan kranten met verslagen van het voorval. Een of andere oude, vage foto van Pandora's mooie gezicht. De koppen. 'Zuster van Lord Balmerino verdronken.'

Ze wist dat de onvermijdelijke publiciteit de laatste verschrikking zou zijn. 'O, arme pap.'

Isobel zei: 'De mensen zeggen altijd "Dit gaat voorbij. De tijd heelt alle wonden." Maar in tijden zoals deze ben je gewoon niet in staat om verder dan het moment te kijken. Dit is nu. En het lijkt onverdraaglijk. Er is niets wat je kunt zeggen als troost.'

'Ik snap het niet. Het is allemaal zo zinloos.'

'Ik weet het, liefje. Ik weet het.'

De stem van Isobel was troostend, maar had geen uitwerking op Lucilla. In plaats daarvan laaide haar verdriet op tot een uitbarsting van verontwaardiging. 'Het is allemaal zo zonde. Waarom moest ze dat nou doen? Hoe is ze daar in hemelsnaam toe gekomen?'

'We weten het niet. We hebben geen idee.'

De kleine woedeuitbarsting trilde nog even na en was toen voorbij. Lucilla zuchtte. Ze zei: 'Weet iemand anders het? Is het al aan iemand verteld?'

'Er is eigenlijk niemand om het aan te vertellen. Behalve Edmund. En Vi. Ik verwacht dat pap Edmund zal opbellen als hij terugkomt uit Relkirk. Maar Vi moet het niet over de telefoon horen. Iemand moet naar haar toe gaan om het te vertellen. De schok is te groot voor een oude dame...'

'Hoe zit het met Jeff?'

'Jeff is beneden in de keuken. Hij verscheen vijf minuten geleden. Ik ben bang dat ik hem helemaal vergeten was en de arme jongen kreeg geen al te best onthaal. Kwam naar beneden voor het ontbijt om dan zulk nieuws te moeten horen. En er was niet eens ontbijt, omdat ik er nog niet aan toe was gekomen om iets klaar te maken. Ik geloof dat hij nu wat voor zichzelf aan het bakken is.'

'Ik moet naar hem toe.'

'Ja. Ik denk dat hij wel wat gezelschap kan gebruiken.'

'Wanneer zijn pap en Conrad terug?'

'Ik denk rond half elf of half twaalf. Zij zullen ook wel uitgehongerd zijn, omdat er geen tijd was om te eten voor ze vertrokken. Ik zal iets voor hen maken wanneer ze komen. En intussen...' ze stond op 'ga ik de eetzaal opruimen. De tafel staat nog steeds vol met de rommel van het etentje van gisteravond.'

'Het lijkt wel een eeuwigheid geleden, vind je niet? Waarom laat je het niet staan? Jeff en ik doen het later wel of we laten Agnes uit het dorp komen...'

'Nee, ik wil iets te doen hebben. Vrouwen zijn zoveel gelukkiger dan mannen. Op afschuwelijke momenten zoals dit vinden ze altijd wel iets dat gedaan moet worden, zelfs al is het maar het schrobben van de keukenvloer. Glazen afwassen en zilver poetsen lijken me zeer geschikt...'

Lucilla was alleen. Ze stond op en trok een spijkerbroek en een sweater aan. Borstelde haar haar, ging naar de badkamer om haar tanden te poetsen en haar gezicht te wassen. Een washandje met heet water dat ze tegen haar ogen en haar wangen drukte. De hitte zuiverde haar hoofd. Ze rende naar beneden.

Jeff zat aan de keukentafel, met een mok koffie en een bord vol spek en worstjes. Hij keek op toen ze binnenkwam, nam een grote slok, legde zijn mes en vork neer en stond op. Ze liep naar hem toe en hij nam haar in zijn armen en even bleven ze gewoon zo staan. Het was warm en veilig in zijn sterke omhelzing en de dikke schapewol van zijn trui rook vriendelijk en vertrouwd. Vanuit de bijkeuken kwam het geluid van stromend water, glasgerinkel. Isobel was al hard aan het werk.

Hij zei niets. Na een tijdje lieten ze elkaar los. Ze glimlachte dankbaar voor zijn troost, pakte een stoel en ging zitten, met haar ellebogen op de geboende tafel leunend.

'Wil je iets eten?' vroeg hij.

'Nee.'

'Je voelt je vast beter als je iets hebt gegeten.'

'Ik zou geen hap naar binnen kunnen krijgen.'

'Een kopje koffie dan.' Hij liep naar de Aga en vulde een mok, die hij voor haar neerzette. Toen ging hij weer zitten en at verder van zijn worstjes.

Ze dronk wat koffie. Ze zei: 'Ik ben blij dat we die tijd met haar hebben doorgebracht.'

'Ja.'

'Ik ben blij dat ze met ons thuis is gekomen.'

'Het was goed.' Hij nam haar hand in de zijne. Hij zei: 'Lucilla, ik denk dat ik maar beter kan gaan.'

'Gaan?' Ze staarde hem enigszins ontzet aan. 'Waarheen?'

'Wel, dit is voor je vader en moeder niet zo'n best moment om een vreemde over de vloer te hebben...'

'Maar jij bent geen vreemde...'

'Je weet wat ik bedoel. Ik denk dat ik maar beter mijn tas kan pakken en weg kan gaan...'

'O, maar dat kun je niet doen...' Alleen al door het voorstel raakte Lucilla in paniek. 'Je kunt ons niet allemaal verlaten...' Ze verhief haar stem en hij bracht haar zachtjes tot bedaren, zich bewust van de aanwezigheid van Isobel aan de andere kant van de open deur. Hij wilde niet dat zijn gastvrouw het gesprek zou horen. Lucilla fluisterde woedend: 'Je kunt me niet verlaten. Niet nu. Ik heb je nodig, Jeff. Ik kan het niet aan, al dat afschuwelijke gedoe. Niet alleen.'

'Ik voel me een indringer.'

'Dat ben je niet. Dat ben je niet. O, ga alsjeblieft niet weg.'

Hij keek in haar smekende gezicht en gaf toe.

'Goed dan. Als ik kan helpen, blijf ik beslist nog even. Maar wat er ook gebeurt, ik kan niet lang blijven. Begin oktober moet ik terug naar Australië.'

'Ja, ik weet het. Maar praat nog niet over weggaan.'

Hij zei: 'Als je wilt, kun je met me mee.'

'Wat zeg je?'

'Ik zei: als je wilt, kun je met me mee. Naar Australië, bedoel ik.'

Lucilla klemde haar vingers rond de mok met koffie. 'Wat zou ik daar moeten doen?'

'We zouden samen kunnen zijn. Samen kunnen blijven. Er is genoeg ruimte in het huis van mijn ouders. En ik weet dat je daar van harte welkom zou zijn.'

'Waarom vraag je me dat nu?'

'Het lijkt me een goed idee.'

'En wat zou ik in Australië moeten doen?'

'Wat je maar wilt. Een baan nemen. Schilderen. Bij me zijn. We zouden een woning voor onszelf kunnen zoeken.'

'Jeff... Ik weet niet goed wat je van me vraagt.'

'Ik vraag niets. Ik nodig je alleen uit.'

'Maar... het... het is toch geen... Jij en ik. Niet voor altijd.'

'Ik dacht dat we dat misschien eens konden uitzoeken.'

'O, Jeff.' Ze kreeg een brok in haar keel en voelde tranen in haar ogen, wat belachelijk was omdat ze om Pandora niet had gehuild, maar nu huilde ze tranen met tuiten alleen omdat Jeff zo lief was, haar vroeg om met hem terug naar Australië te gaan en omdat ze niet zou gaan, omdat ze niet van hem hield en wist dat hij niet van haar hield.

'Kom op, niet huilen.'

Ze pakte een theedoek en snoot haar neus erin.

'Het is alleen dat je zo lief bent. En ik zou graag gaan. Alleen niet nu. Ik moet nu hier blijven. Bovendien denk ik dat je me niet echt om je heen wilt hebben als je naar huis gaat. Je hebt genoeg aan je hoofd zonder dat ik in de weg loop. Weer aan het werk, doorgaan met je leven, je ergens vestigen...' Ze snoot weer haar neus en slaagde erin om waterig te glimlachen. '... en ik geloof, om een of andere reden, niet dat ik bij je pas. Als je je ergens vestigt, en dat zul je, dan zal het met een mooi Australisch meisje zijn. Een bruin jong ding met een dikke kont en grote borsten...' Hij gaf haar zachtjes een draai om haar oren. Hij zei: 'Dat is niet grappig.' Maar hij glimlachte.

Ze zei: 'Het was de aardigste uitnodiging die ik ooit heb gehad. Je bent de liefste man die ik ooit ontmoet heb. We hebben het gewoon fantastisch gehad vanaf het moment dat we elkaar tegenkwamen in Parijs. Op een dag zal ik naar Australië komen en dan verwacht ik een daverend welkom van je, met een rode loper, serpentines, de hele mikmak. Maar op dit moment... en voor altijd... kan ik niet.'

'Nou, als je van gedachten verandert, de uitnodiging staat...'

Hij was klaar met zijn ontbijt, legde zijn mes en vork op het bord en droeg het naar het aanrecht. Vanuit de eetzaal klonk nu het geluid van de stofzuiger. Jeff liep door de keuken en deed de deur van de bijkeuken dicht. Hij liep terug naar de tafel en ging tegenover Lucilla zitten.

Hij zei: 'Ik vind het niet leuk om dit te vragen en het gaat me niets aan, maar heeft Pandora een brief of zo achtergelaten?'

'Ja, inderdaad. Voor pap. Op de secretaire in haar kamer.'

'Zei ze waarom ze zelfmoord pleegde?'

'Nee. Kennelijk niet.'

'Wat denkt je moeder?'

'Op het moment heeft ze te veel verdriet om erover na te denken.'

'Dus er is geen duidelijke reden?'

'Niet een.'

'En wat denk jij?'

'Ik heb geen mening, Jeff.' Zijn zwijgen trok haar aandacht. 'Waarom? Jij wel?'

'Ik dacht alleen. Ik zat te denken. Herinner je je die kerel die we de eerste dag in de villa hebben ontmoet? Carlos Macaya?'

'Carlos?' De gladde, knappe man met zijn charmante manieren en zijn opvallende polshorloge. 'Maar natuurlijk.' Ze kon zich niet voorstellen waarom ze niet eerder aan hem had gedacht. 'Jeff. Denk je dat hij misschien iets weet?'

'Waarschijnlijk niet. Maar hij en Pandora waren duidelijk heel intiem. Misschien dat ze hem in vertrouwen heeft genomen. Hem iets heeft verteld wat wij niet weten...'

Lucilla herinnerde het zich. Herinnerde zich die raadselachtige opmerking die Carlos had gemaakt toen hij van de villa wegreed... *Laat het me weten als je van gedachten verandert*, had hij gezegd. En zij had geantwoord: *Ik verander niet van gedachten*. En Lucilla en Jeff hadden het erover gehad en hadden besloten dat Carlos en Pandora waarschijnlijk hadden verwezen naar iets heel banaals – een afgezegd partijtje tennis of een uitnodiging die niet was aangenomen.

'Ja. Je hebt gelijk. Ik geloof dat ze heel intiem waren. Waarschijnlijk geliefden. Misschien dat hij iets weet...'

'Zelfs als dat niet zo is, weet hij misschien wat er gebeurd is, als ze zo intiem waren.'

'Ja.' Het was een zeer zinnige suggestie. 'Maar hoe kunnen we het hem vragen?'

'Bel hem op.'

'We hebben zijn nummer niet.'

'Pandora moet een adresboekje hebben gehad... wedden dat we daarin het nummer van Carlos Macaya zullen vinden?'

'Ja. Je hebt gelijk. Natuurlijk.'

'Als we hem opbellen, kunnen we dat beter nu doen, terwijl je moeder bezig is en vóór je vader en Conrad terugkomen. Is er ergens een telefoon waar we niet gestoord kunnen worden...?'

'Nergens. Behalve, misschien, in de slaapkamer van mam. We kunnen de telefoon naast haar bed gebruiken...'

'Kom op dan.' Hij stond op. 'Dan doen we het nu.'

Isobel was nog steeds aan het stofzuigen. Ze gingen de keuken uit en liepen zachtjes de met tapijt beklede trap op. Lucilla ging voorop door de gang naar de slaapkamer van Pandora. Ze gingen naar binnen en ze sloot de deur achter hen.

Het was koud in de kamer, met het onopgemaakte bed en de rommel van vrouwelijke spulletjes. Alle ramen stonden open en de gordijnen bolden in de wind. En toch hing dat parfum er nog steeds, als een sluier, de geur van Poison.

Lucilla zei: 'Ik ben er nooit uitgekomen of ik nou van die geur hield of dat ik hem haatte.'

'Waarom is het zo sterk?'

'Ze heeft het flesje omgegooid in haar wastafel.' Ze keek om zich heen, zag de ragfijne peignoir die op het bed was gegooid, Pandora's handtasje, de klerenkast met Pandora's kleren, de uitpuilende prullenbak, de volle toilettafel, de schoenen die op het tapijt in het rond lagen.

De schoenen van duur Spaans leer, met hoge hakken, onpraktisch, waren om een of andere reden de meest persoonlijke en schrijnende herinnering, omdat ze van niemand anders dan van Pandora konden zijn geweest.

Lucilla wilde er niet aan denken.

Ze zei: 'Haar adresboekje. Waar zou haar adresboekje zijn?'

Ze vonden het op de secretaire, naast het vloeiblad. Het was groot en in leer gebonden, met Pandora's initialen in goud en schutbladen van Florentijns papier. Lucilla ging zitten, ging met haar vinger langs de index en sloeg het open bij de letter M.

Mademoiselle, kledingzaak.

Maitland, Lady Letitia.

Mendoza, Philip en Lucia.

Macaya...

Carlos Macaya. Ze zat roerloos en staarde naar de pagina, zonder iets te zeggen.

Na een tijdje zei Jeff: 'Heb je het gevonden?'

'Ja.'

'Wat is er mis?'

'Jeff.' Ze keek naar hem op. 'Jeff, het is een dokter.'

'Een dokter?' Hij fronste zijn voorhoofd. 'Laat eens kijken.'

Ze wees het aan. 'Hier, 'Macaya, Dr. Carlos en Lisa'. Lisa zal zijn vrouw wel zijn. Jeff, denk je dat hij Pandora's dokter was?'

'Vast en zeker. We zullen wel zien.' Hij keek op zijn horloge. 'Het is half elf. In Majorca zal het nu ongeveer half twaalf zijn. We bellen hem thuis. Het is zaterdagochtend. Dan krijgen we hem vast wel thuis te pakken.'

Met het adresboekje in haar hand stond Lucilla op. Ze liepen Pandora's kamer uit, naar de slaapkamer van haar ouders waar, op deze onwezenlijke en stuurloze ochtend, nog een bed niet was opgemaakt. De telefoon stond op het nachtkastje. Jeff vond het telefoonboek en zocht het landnummer van Spanje op, waarna Lucilla zorgvuldig, cijfer voor cijfer, het lange, ingewikkelde nummer draaide.

Even wachten. Wat geklik en gezoem. En toen ging de telefoon over. Ze dacht aan de ochtend op Majorca, het al warme zonlicht aan de Middellandse Zee, de lucht helder met het vooruitzicht op wederom een warme, onbewolkte dag.

'*Hola?*' Een vrouwenstem.

'Mevrouw...' De woorden bleven steken in Lucilla's keel. Ze schraapte haar keel en begon opnieuw. 'Mevrouw Macaya? Señora Macaya?'

'*Sí?*'

'Het spijt me, maar spreekt u Engels?'

'Ja, een beetje. Met wie spreek ik?'

'Mijn naam is Lucilla Blair.' Ze dwong zichzelf tot kalmte en sprak opzettelijk langzaam en duidelijk. 'Ik bel vanuit Schotland. Ik wil uw man spreken. Is hij er?'

'Ja, hij is er. *Uno momento...*'

De hoorn werd neergelegd. Voetstappen verwijderden zich, tikkend op een tegelvloer. In de verte hoorde Lucilla haar roepen: 'Carlos!' En toen een paar onverstaanbare zinnen in het Spaans.

Ze wachtte. Ze stak haar hand uit en Jeff nam die in de zijne.

Hij kwam. 'Dokter Macaya.'

'Carlos, dit is Lucilla Blair. De nicht van Pandora Blair. Ik heb u in augustus bij haar thuis ontmoet. Ik kwam met een vriend vanuit Palma en u was bij Pandora op de thee. Weet u het nog?'

'Maar natuurlijk herinner ik het me nog. Hoe is het met je?'

'Met mij goed. Ik bel van thuis, vanuit Schotland. Carlos, neemt u me het alstublieft niet kwalijk dat ik het vraag, maar was u Pandora's dokter?'

'Ja, dat was ik. Waarom?'

'Omdat... Het spijt me ontzettend, maar ik heb helaas heel naar nieuws. Ze is dood.'

Hij sprak niet meteen. En zei toen: 'Hoe is ze gestorven?'

'Ze is verdronken. Ze heeft zich verdronken. Ze heeft al haar slaappillen ingenomen en zich toen verdronken. Afgelopen nacht...'

Nog een stilte. En toen zei Carlos Macaya: 'Ik begrijp het.' Was dat alles wat hij te zeggen had?

'Het schijnt u niet erg te verrassen.'

'Lucilla, ik vind het verschrikkelijk. Maar het komt niet echt als een verrassing. Ik was al bang dat er zoiets zou gebeuren.'

'Waarom?'
Hij vertelde het haar.

Boven het geluid van de stofzuiger uit hoorde Isobel dat Archie's Landrover terugkwam uit Relkirk, het vertrouwde geluid van de motor die
vanuit het dorp de heuvel op zwoegde en toen de landweg insloeg. Ze
zette de stofzuiger af en de herrie kwam langzaam tot bedaren. Toen ze
door het hoge raam een blik naar buiten wierp, zag ze de Landrover
voorbijkomen, met Conrad aan het stuur.
Ze liet de stofzuiger midden op de vloer staan en ging hen tegemoet.
Door de voordeur naar buiten en dan de trap af, het grind op. De twee
mannen stapten al uit de Landrover. Archie hinkte nogal, wat altijd een
slecht teken was. Ze ging naar hem toe, sloeg haar armen om hem heen
en kuste hem. Zijn gezicht was lijkbleek, grijs van vermoeidheid en
voelde erg koud aan.
Ze zei: 'Je bent er weer. Kom.'
Ze nam zijn arm en Conrad volgde hen. Ze liepen de trap op en gingen
naar binnen. Toen ze naar de Amerikaan keek, zag Isobel dat de spanning hem ook was aan te zien. Ze stelde haar vragen uit en concen-
treerde zich op praktische aangelegenheden.
'Jullie zullen wel uitgeput zijn en hongerig. Ik heb niets klaargemaakt
omdat ik heb gewacht tot jullie zouden komen, maar het duurt niet
lang. Jullie zullen je allebei beter voelen als je iets hebt gegeten.'
Conrad zei: 'Dat lijkt me een goed idee,' maar Archie schudde zijn
hoofd.
'Dadelijk, Isobel. Ik moet eerst telefoneren. Ik moet Edmund Aird bellen. Hun telefoon zou het nu weer moeten doen.'
'Schat, dat kan toch wel wachten...'
'Nee.' Hij stak zijn hand op. 'Ik heb het liever achter de rug. Gaan jullie
maar vast. Ik kom zo bij jullie.'
Isobel deed haar mond open om te protesteren en bedacht toen dat ze
beter maar niets kon zeggen. Archie draaide zich om en liep moeizaam
door de hal naar zijn studeerkamer. Zwijgend keken Conrad en Isobel
hem na. Ze hoorden de deur achter hem dichtgaan.
Ze keken elkaar aan. Isobel zei: 'Ik denk dat hij even alleen wil zijn.'
'Dat is begrijpelijk.' Conrad droeg een geleend paar groene rubberlaar-
zen en een oude jas van Archie. Zijn hoofd was onbedekt, zijn ogen,
achter de zware brilleglazen, vol medeleven.
'Was het heel erg?' vroeg ze.
'Ja,' zei hij, zijn stem was vriendelijk. 'Ja. Het was heel deprimerend.'
'Waar hebben jullie haar gevonden?'
'Precies waar Willy zei dat ze was. Bij de sluizen.'
'Was ze...' Ze probeerde het opnieuw. 'Ik bedoel, hoe lang had ze daar
al gelegen?'

'Een paar uur maar.'

'Ja.' Een paar uur maar. Niet lang genoeg om te veranderen, op te zwellen, tot ontbinding over te gaan. 'Ik ben blij dat Willy haar zo snel heeft gevonden. Het was heel vriendelijk van je om met Archie mee te gaan en hem weer terug te brengen. Ik kan je niet vertellen hoe dankbaar ik ben...'

'Het was het minste wat ik kon doen.'

'Ja. Je kunt weinig doen, nu.'

'Weinig.'

'Nee. Nu...' Het onderwerp was, voor het moment, afgesloten. Ontbijt. 'Ik weet zeker dat je uitgehongerd bent.'

'Dat is zo. Maar ik wil eerst, als het mag, deze laarzen uitdoen en mijn handen wassen.'

'Natuurlijk. Ik ben in de keuken.'

Lucilla en Jeff waren verdwenen, samen ergens naar toe gegaan. Isobel vond de koekepan, worstjes, spek, tomaten en eieren. Ze deed brood in de broodrooster, zette een verse pot koffie, dekte voor twee personen. Toen Conrad zich bij haar voegde, was zijn ontbijt bijna klaar. Ze schonk een kopje koffie in en zette het bij hem neer.

'Drink hem nu hij nog warm is. Ik moet alleen nog een eitje voor je bakken. Hoe wil je het? Met de zonnige kant boven? Zeggen ze dat niet in Amerika?'

'Dat zeggen ze. Isobel...'

Ze wendde zich van de Aga af. 'Ja?'

'Ik denk dat ik vanmiddag wegga. Jullie hebben genoeg aan je hoofd zonder buitenstaanders die hier rondhangen.'

Ze was ontsteld. 'Maar ik dacht dat je morgen pas wegging!'

'Ik kan een taxi bellen om me naar Turnhouse te brengen...'

'Alsjeblieft, Conrad, je hoeft niet het gevoel te hebben dat je weg moet...'

'Dit is geen tijd voor bezoekers...'

'Voor mij ben je geen gewone bezoeker. Voor mij ben jij een vriend. En ik zou het erg naar vinden als je het gevoel had dat je een dag eerder bij ons weg moest. Maar als jij dat liever hebt, dan begrijp ik het wel.'

'Het is niet dat ik het liever wil...'

'Ik weet het. Je denkt aan ons. Maar weet je, op dit moment is het voor ons goed om vrienden om ons heen te hebben. Wat zouden we zonder jou hebben moeten doen? En ik ben ervan overtuigd dat Archie wil dat je blijft. Ten minste nog één nacht.'

'Als je dat echt meent, dan blijf ik graag.'

'Ik meen het echt. En toen ik zei dat ik je als een vriend beschouwde, meende ik dat ook echt. Je kwam als een vreemde naar Croy en niemand van ons kende je of wist iets van je af. Maar nu, na een paar dagen, heb ik het gevoel dat we je al ons hele leven kennen. Ik hoop dat je nog eens bij ons zult terugkomen.'

'Dat lijkt me leuk. Dank je.'

Isobel glimlachte. 'En je kunt je dochtertje meenemen. Dit is een goede plaats voor kinderen.'

'Pas maar op. Ik zou je er nog aan kunnen houden.'

Isobel brak het ei vakkundig op de rand van de pan.

'Wanneer ga je weer terug naar je dochter?'

'Donderdag.'

'En gaat Virginia met je mee?'

'Nee. Niet nu Henry weer thuis is. Ze zegt haar vlucht af en belt haar grootouders om het uit te leggen. Misschien komen zij en Edmund volgende lente en dan treffen we elkaar allemaal.'

'Wat een teleurstelling voor haar. Maar misschien is het maar beter zo. Het is leuker om met je man op vakantie te gaan.' Ze bukte om zijn bord uit de oven te halen, legde het ei bij de stapel lekkers die er al op lag en zette toen alles voor hem neer. 'Nou, werk dat allemaal maar eens naar binnen, zoals mijn zoon Hamish altijd zegt.' Ze wierp een blik op de klok. 'Wat is Archie aan het doen? Ik denk dat ik hem een kopje koffie ga brengen. Je vindt het toch niet erg als ik je alleen laat?'

'Nee, ik red me wel. Dit ziet eruit als het beste ontbijt dat ik ooit heb gehad.'

'Je hebt het verdiend,' zei Isobel.

Archie zat aan zijn bureau in zijn studeerkamer, in de stoel van zijn vader, omringd door de bezittingen van zijn vader. De kamer keek uit op het westen en dus viel er op deze heldere ochtend geen zon naar binnen. Voorlopig was hij dankbaar voor de rust en de eenzaamheid. Verdoofd door vermoeidheid en zijn eigen wanhoop, wachtte hij op het moment dat hij genoeg moed bijeen had geraapt om de telefoon te pakken, het nummer van Balnaid te draaien en met Edmund Aird te praten. Vanaf het ogenblik dat het Willy Snoddy eindelijk was gelukt om de woorden te vinden voor zijn verschrikkelijke mededeling, was Archie bevangen door een geestelijke verdoving die elk intelligent initiatief onmogelijk maakte. Op een of andere manier, als een slaapwandelaar worstelend met een nachtmerrie, had hij zonder erbij na te denken gedaan wat hij wist dat gedaan moest worden.

Isobel wakker maken, haar aan zijn zijde te hebben, was het allerbelangrijkste geweest. Alleen met Isobel kon hij zijn verdriet delen. Toen waren ze samen naar de slaapkamer van Pandora gegaan, die ze aantroffen in de voor haar karakteristieke wanorde, alsof ze nog maar net de kamer was uitgegaan. Isobel had de zware gordijnen weggeschoven en alle ramen opengedaan om de verstikkende lucht van de gemorste en verspilde parfum te verdrijven. En Isobel had de envelop op de secretaire zien liggen en hem aan Archie gegeven.

Samen hadden ze Pandora's laatste brief gelezen.

Daarna de onvermijdelijke, pijnlijke procedures. Het inlichten van de politie en het schijnbaar eindeloze wachten tot de dienstwagen kwam met de arts erbij. De lange rit naar het meer, tergend traag tegen de steile, hobbelige weg opkruipend. De gruwelijke, hartverscheurende taak om het lijk van zijn dode zuster uit het meer te halen.

De ironie van de situatie was zijn eigen hopeloosheid. Hij was nog maar net in het reine gekomen met zijn herinneringen aan Noord-Ierland of hij werd door het lot met een nieuwe verschrikking opgezadeld. De aanblik van Pandora, als een doorweekte pop, aangespoeld onder aan de sluizen. Haar gezicht bleek, haar natte haar als koorden van zijde rond haar nek gestrengeld. Haar witte armen, dun en gebleekt als drijvende twijgen, de rokken van haar jurk verstrikt in het drijfhout van gebroken takken en stukken riet.

Hij zou er heel wat voor over hebben om het onmogelijke mogelijk te kunnen maken en het beeld voor eeuwig uit zijn geheugen te wissen.

Hij zuchtte en trok de brief naar zich toe. Het dikke blauwe papier voorzien van het in reliëf geperste adres van Croy en het slordige, kinderlijke handschrift van Pandora. Een glimp van een glimlach beroerde zijn lippen, omdat hij zich herinnerde dat ze nooit de moeite had genomen om iets fatsoenlijk te leren. En aan het eind van haar leven kon ze nog nauwelijks schrijven.

Vrijdagavond.

Lieve Archie. Ik ben een keer naar een begrafenis geweest, waar een man opstond die iets voorlas dat zo leuk was, over doden die gewoon naar de volgende kamer zijn geglipt en dat je je niet rot moet voelen of spijt moet hebben, maar door moet gaan met lachen om dezelfde grapjes als altijd. Als je me toevallig een prachtige en nette begrafenis wilt geven (en wie weet, misschien ben je wel zo boos dat je me gewoon op de composthoop van Isobel gooit), dan zou het leuk zijn als iemand dat over mij zou kunnen voorlezen.

Hij legde de brief neer en staarde zonder te kijken over zijn brilleglazen naar de muur tegenover hem. Het merkwaardige was dat hij precies wist wat Pandora bedoelde. Hij wist het omdat hij de passage zelf ook een keer in de kerk had voorgelezen bij de begrafenis van zijn eigen vader. (Maar dat wist Pandora niet, omdat zij er niet bij was geweest.) Bovendien had hij, omdat hij zich niet wilde vergissen en van zijn emotionele plicht geen knoeiboel wilde maken, in zijn eentje de tekst een aantal keren geoefend, zodat hij hem ten slotte uit zijn hoofd kende.

De dood is helemaal niets. Het telt niet. Ik ben slechts weggeglipt naar de volgende kamer. Er is niets gebeurd. Alles blijft net zoals het was. Ik ben ik en jij bent jij en het leven dat we altijd zo dierbaar samen hebben geleefd, is onberoerd, onveranderd. Wat wij voor elkaar waren, dat zijn we nog steeds. Noem mij bij m'n oude koosnaampje. Spreek makkelijk over mij zoals je voorheen ook deed. Verander niets aan je toon. Hul je niet in een geforceerd waas van plechtigheid of verdriet. Lach zoals we altijd lachten om de grapjes die we samen maakten. Speel, glimlach, denk aan mij, bid voor mij. Laat mijn naam altijd hetzelfde begrip blijven. Laat hij moeiteloos uitgesproken worden, zonder dat er zelfs maar de minste schaduw over valt. Het leven betekent wat het altijd heeft betekend. Het is hetzelfde als altijd. De continuïteit is absoluut en ononderbroken. Wat is deze dood anders dan een onbelangrijk voorval? Waarom zou ik uit je hart zijn nu ik uit het oog ben? Ik wacht alleen maar op je, ergens vlakbij, net om de hoek. Alles is goed.

Alles is goed.
Maar de oude Lord Balmerino had geen zelfmoord gepleegd.

Archie, ik ben heel praktisch en verstandig geweest en heb een testament gemaakt en heb jou al mijn aardse bezittingen nagelaten. Misschien moet je contact opnemen met mijn advocaat in New York. Hij heet Ryan Tyndall en je vindt zijn adres en telefoonnummer in mijn adresboekje. (Hij is ontzettend aardig.) Ik weet dat ik geld schijnbaar als water heb uitgegeven, maar toch moet er nog heel veel op de bank staan, evenals diverse aandelen en obligaties en zelfs een klein stukje grond in Californië. En natuurlijk, het huis in Majorca. Je kunt ermee doen wat je wilt, verkoop het of hou het zelf. (Leuk vakantiehuisje voor jou en Isobel.) Maar wat je ook doet, zorg wel dat Seraphina en Mario niets tekort komen.
Ik zou het leuk vinden als je een gedeelte van dit geld gebruikt om de stallen of de schuur in een werkplaats te veranderen, waar je kunt beginnen met het maken van je leuke houten mannetjes en ze over de hele wereld kunt verkopen met een daverende winst. Ik weet dat je het kunt. Er is alleen een duwtje in de rug voor nodig. En als de zakelijke kant ervan wat eng lijkt, weet ik zeker dat Edmund je wil helpen en raad wil geven.
Schatje, het spijt me allemaal ontzettend. Het komt alleen doordat alles opeens zo ingewikkeld is geworden en zo zwaar en dat ik niet de energie heb om nog langer te vechten. Ik was nooit erg volhardend en moedig.
Het was altijd wel een lollig leventje.
Ik hou van jullie allebei en die liefde laat ik jullie na.
Pandora

Weet ik zeker dat Edmund je wil helpen en raad wil geven.
Hij dacht aan de andere brief, veilig in de la van zijn bureau. Hij vond de sleutel, opende de la en haalde de brief eruit. De luchtpostenvelop, gekreukeld en met ezelsoren, geadresseerd aan hemzelf in Berlijn; het poststempel 1967.
Hij haalde de twee dunne velletjes eruit, volgekrabbeld met hetzelfde onvolwassen handschrift. Vouwde ze open.

Lieve Archie. Het was zo'n leuke trouwerij en ik hoop dat jij en Isobel gelukkig zijn, een leuke huwelijksreis hadden en gelukkig zijn in Berlijn, maar o, ik mis je zo. Alles is afschuwelijk, omdat iedereen waarvan ik hou weg is. Ik heb niemand om mee te praten. Ik kan niet met mama en pa praten omdat het over Edmund gaat. Dit is vast geen verrassing voor je, omdat je het geweten moet hebben. Ik weet niet waarom ik het helemaal niet wist, maar ik moet altijd van hem gehouden hebben, omdat ik, toen ik hem een paar dagen voor de trouwerij weer zag, opeens besefte dat er nooit iemand anders was geweest of weer zou kunnen zijn. En het verschrikkelijke, tragische, onverdraaglijke is dat hij met een ander is getrouwd. Maar we houden van elkaar. Ik kan het met grote letters schrijven. WE HOUDEN VAN ELKAAR. Maar ik mag het aan niemand vertellen omdat hij met Caroline getrouwd is en de baby heeft enzovoort. Hij is naar haar teruggegaan, maar hij houdt niet van haar, Archie. Hij houdt van mij en ik zit hier vast, zonder hem en ik heb je zo hard nodig en jij zit in Berlijn. Hij zei dat hij zou schrijven maar hij is al een maand weg en ik heb nog niks gehoord, ik kan het niet verdragen en ik weet niet wat ik moet doen. Ik weet dat het verkeerd is om een huwelijk kapot te maken, maar dat doe ik niet, omdat ik Edmund lang voor haar had. Ik weet dat jij me niet kunt helpen maar ik moest het gewoon aan iemand vertellen. Ik heb nooit geweten dat Croy zo eenzaam kon zijn en ik doe verschrikkelijk tegen mama en pa en ik kan het niet helpen. Ik kan hier niet altijd blijven. Ik denk dat ik dan gek zou worden. Alleen aan jou kan ik het kwijt.
Veel liefs en tranen.
Pandora

Vroeger had hij die puberale wanhoop altijd ontzettend aangrijpend gevonden. Nu, na de tragedie van die ochtend, kreeg het een nog ernstiger betekenis. Hij bedekte zijn ogen met zijn hand. Achter hem ging de deur open.
'Archie.'
Het was Isobel. 'Ik heb hier wat koffie voor je.'
Hij draaide zich niet om.

Ze reikte over zijn schouder en zette het dampende, geurige kopje voor hem neer, sloeg toen haar armen om zijn nek en bukte om haar warme wang tegen die van hem te drukken.

'Waar blijf je zo lang? Wat ben je aan het doen?'

'Gewoon, lezen.' Hij legde de brief neer.

Ze aarzelde en zei toen: 'Dat is de brief die Pandora je stuurde net nadat we getrouwd waren.'

'Ja.'

'Ik wist niet dat je die bewaard had. Waarom, Archie?'

'Ik kon het niet opbrengen om hem te verscheuren en hem weg te gooien.'

'Zo droevig. Arm klein meisje. Heb je Edmund al gebeld?'

'Nee. Nog niet.'

'Je weet niet wat je moet zeggen, hè?'

'Ik weet niet wat ik moet denken.'

'Misschien hield ze nog steeds van hem. Misschien is ze daarom naar huis gekomen. En toen zag ze hem weer, met Virginia, Alexa en Henry en besefte ze dat het hopeloos was.'

Ze bracht zijn eigen onuitgesproken angsten onder woorden. Hij had het niet gekund en luisterde hoe Isobel de woorden hardop zei, vol dankbare genegenheid voor haar dappere, gezonde verstand. Want nu zouden ze erover kunnen praten.

'Ja,' gaf hij toe. 'Dat vrees ik ook.'

'Ze was zo'n kleine toverheks. Altijd bezig met betoveren. Gul en grappig. Maar, Archie, je weet dat ze meedogenloos kon zijn. Als ze iets wilde, kon ze meedogenloos zijn om het te krijgen. Als ze haar zinnen op iets had gezet, deden andere mensen er niet toe.'

'Ik weet het. Het was onze fout. We hebben haar allemaal verwend, aan haar toegegeven...'

'Ik denk dat het onmogelijk was geweest om dat niet te doen...'

'Ze was pas achttien toen ze die verhouding hadden. Edmund was negenentwintig. Hij was getrouwd en had een kind. Ik weet dat Pandora zich in zijn armen heeft geworpen, maar in plaats dat hij afstand nam, vergat hij zijn verantwoordelijkheden, gooide hij ze overboord. Ze was net een vuur en hij goot zijn eigen olie op dat vuur; het gevolg was een explosie.'

'Heb je er ooit met Edmund over gepraat?'

'Nee. Ooit zou ik het hebben gekund. Maar niet nadat het gebeurd was. Hij was de reden waarom ze wegliep. Hij was de reden waarom ze nooit terugkwam.'

'Je hebt hem nooit vergeven, hè, Archie?'

'Nee. Niet echt.' Het was een nare bekentenis.

'Is dat waarom je nu aarzelt? Is dat de reden waarom je hem niet hebt gebeld?'

'Als al onze gissingen waar zijn, zou ik zelfs mijn ergste vijand niet graag met zo'n schuldgevoel opzadelen.'

'Archie, dat is niet jouw...'

Ze zweeg abrupt, hief haar hoofd om te luisteren. Achter de gesloten deur hoorde ze voetstappen door de hal komen.

'Mam!' Het was Lucilla.

'We zijn in de studeerkamer.'

De deur ging op een kier. 'Kan ik binnenkomen? Ik stoor jullie toch niet?'

'Nee, natuurlijk niet, schatje. Kom binnen.'

Lucilla deed de deur achter zich dicht. Ze zag eruit alsof ze gehuild had, maar haar tranen had gedroogd. Archie strekte zijn arm naar haar uit en ze nam zijn hand en boog zich voorover om zijn wang te kussen. Ze zei: 'Het spijt me ontzettend.' Ze ging tegenover haar ouders op de rand van het bureau zitten. Ze zei: 'Ik moet jullie iets vertellen. Het is heel naar, ik hoop dat het jullie niet te veel van streek maakt...'

'Gaat het over Pandora?'

'Ja. Ik heb ontdekt waarom ze het heeft gedaan.' Ze wachtten en keken naar hun dochter. 'Ze had kanker, zie je... ongeneeslijk.'

Haar stem was zacht, maar heel kalm en resoluut. Isobel keek naar Lucilla's gezicht en zag daar, achter de jeugdige trekken, een grote innerlijke kracht en ze wist dat ze, op haar negentiende, opeens volwassen was geworden. Het kind was voorgoed verdwenen. Lucilla zou nooit meer kind zijn.

'Kanker?'

'Ja.'

'Hoe weet je dat?'

'Toen Jeff en ik bij haar op Majorca logeerden, was er de middag dat we aankwamen een man bij haar die Carlos Macaya heette. Ik heb je van hem verteld, pap. Hij was heel aantrekkelijk en Jeff en ik waren ervan overtuigd dat hij haar minnaar was. Maar dat was hij niet. Hij was haar dokter. Jeff herinnerde zich hem en stelde voor hem op te bellen, voor het geval hij iets zou weten wat wij niet wisten. We vonden zijn naam en zijn telefoonnummer in haar adresboekje en toen beseften we dat hij een dokter was en niet gewoon een vriend. Dus belden we naar Majorca en spraken we met hem. En hij heeft ons alles verteld.'

'Had hij haar onder zijn hoede?'

'Ja. Maar ik geloof dat hij het een nogal moeilijke en ondankbare taak vond. Hij besefte dat er iets mis was toen ze zo mager begon te worden, maar het kostte hem veel moeite om haar zover te krijgen dat ze instemde met een onderzoek. En zelfs toen wilde ze de werkelijkheid niet onder ogen zien of zich aan haar afspraken houden. Tegen de tijd dat hij haar eindelijk in zijn behandelkamer kreeg, liep ze al lang met haar ziekte rond. Bovendien ontdekte hij een knobbeltje in een van haar borsten. Hij deed een punctie en stuurde die naar het ziekenhuis in Palma voor nader onderzoek. Het was kwaadaardig en zou zich best uitgezaaid kunnen hebben. Dus ging hij bij Pandora langs om haar te vertellen dat ze zich moest laten opereren, een borstamputatie, en dan chemotherapie zou moeten doen. Dat was wat hij haar vertelde de dag dat Jeff en ik langs kwamen. Maar ze weigerde botweg. Ze zei dat niets haar kon overhalen om zich te laten opereren en dat niets haar zou overhalen om de daarop volgende behandeling te ondergaan, bestraling en chemotherapie. Hij kon haar geen echte hoop op algehele genezing geven... de ziekte was al te ver gevorderd... maar hij vertelde haar dat haar levensverwachting niet erg lang was als ze haar eigen gang ging.'

'Had ze pijn?'

'Een beetje. Ze gebruikte medicijnen. Tamelijk sterke pijnstillers. Daarom was ze steeds zo moe. Ik denk niet dat ze veel heeft geleden, maar het zou natuurlijk op een gegeven moment wel erger zijn geworden.'

'Kanker.' Archie zei het woord en het klonk als een doodsklok. Het einde. De dubbele streep onder aan een rij cijfers. 'Dat had ik nooit gedacht. Ik had niet het minste vermoeden. Maar we hadden het kunnen raden. Er was haast niets van haar over. We hadden het moeten weten...'

'O, pap...'

'Waarom heeft ze het ons niet verteld... We hadden haar kunnen helpen...'

'Nee, jullie hadden niet kunnen helpen. En ze zou het jullie nooit gezegd hebben. Zie je dan niet dat het laatste wat ze wilde was dat jij en mam het wisten? Ze wilde alleen maar terug zijn op Croy en alles net als vroeger. September. Feestjes en kleine uitstapjes naar Relkirk om te winkelen en mensen die kwamen en gingen en het huis vol gasten. Geen droevigheid. Geen gepraat over doodgaan. En dat is wat jullie haar gaven. Het dansfeest van Verena was voor Pandora een ideaal excuus om naar huis te komen en te doen wat ze volgens mij al die tijd van plan was.'

'Wist de dokter dat?'

'Niet zeker. Maar hij zei dat hij haar nooit die reis door Spanje en Frankrijk had toegestaan als Jeff en ik niet met haar mee waren gegaan.'

'Maar hij vermoedde wel wat ze van plan was?'

'Ik weet het niet. Dat kon ik niet vragen. Maar ik denk het wel. Hij kende haar heel goed. En ik denk dat hij erg op haar gesteld was.'

Archie zei: 'Hoe kon hij haar gewoon weg laten gaan?'

'Je moet Carlos niet de schuld geven, pap. Hij heeft gedaan wat hij kon om haar over te halen naar het ziekenhuis te gaan, om te proberen haar die ene kans, hoe klein ook, aan te laten grijpen. Maar ze was gewoon onvermurwbaar.'

'Ze kwam dus naar huis om dood te gaan?'

'Dat niet alleen. Ze kwam naar huis om bij jou te zijn, om op Croy te zijn. Om het ons allemaal naar de zin te maken, ons leuke cadeautjes te geven en ons aan het lachen te maken. Ze kwam terug naar haar kindertijd en de dierbare plaatsen die ze zich herinnerde. Het huis, het dal, de heuvels, het meer. Als je erover denkt, was het heel dapper van haar. Maar dat maakt het voor jou niet makkelijker. Het spijt me. Ik vond het zo naar om het je te vertellen. Ik hoop maar dat het hierdoor allemaal wat begrijpelijker is.' Lucilla zweeg en dacht hierover na. Toen zei ze, terwijl haar stem, die zo sterk was geweest, plotseling beefde: 'Niet dat begrijpen veel helpt.' Isobel zag haar gezicht vertrekken als dat van een kind. Haar ogen werden vochtig en de tranen liepen over haar wangen. 'Ze was zo lief voor Jeff en mij... we hadden het zo leuk samen... en nu is het net alsof voor ons allemaal het licht is uitgegaan...'

'O, schatje,' Isobel kon er niet tegen. Ze liep naar Lucilla, sloeg haar armen rond de dunne, schokkende schouders van haar dochter. 'Ik weet het. Het spijt me zo. Je bent zo dapper geweest... maar je bent niet alleen, we zullen haar allemaal missen. Ik denk dat we dankbaar moeten zijn dat ze toch naar huis is gekomen. Het was vreselijk geweest als we haar nooit meer hadden gezien. Jij hebt haar naar ons teruggebracht, al was het maar voor eventjes...'

Na een tijdje kalmeerde Lucilla en hield ze op met huilen. Isobel gaf haar een zakdoek en ze snoot haar neus. Ze zei: 'Ik heb al een keer gejankt en ik hoopte dat dat voor het laatst was. Zie je, Jeff vroeg me met hem mee te gaan naar Australië en ik ga niet. Om een of andere stomme reden moest ik daar ook al om huilen...'

'O, Lucilla...'

'Ik blijf nog even thuis. Als jij en pap mij nog om jullie heen kunnen verdragen.

'Ik zou niet weten wat we liever zouden willen.'

'Ik ook niet.'

Lucilla glimlachte waterig naar haar moeder, snoot haar neus op een definitieve manier en stond op. Ze zei: 'Ik laat jullie nu alleen. Maar, pap, kom alsjeblieft snel wat ontbijten. Dan zul je je veel beter voelen.'

'Ik kom,' beloofde hij haar.

Ze liep naar de deur. 'Ik ga eens even kijken of die twee gulzige mannen niet al het spek hebben opgemaakt.' Ze glimlachte. 'Niet te lang wegblijven.'

'Goed, schatje. En bedankt.'

Ze was weg en Isobel en Archie bleven alleen achter. Na een tijdje stond Isobel op en liep ze van Archie naar het grote raam. Buiten was de tuin, het croquetveld en de krakende oude schommelbank. De zon had het gras nog niet bereikt en het was nog nat van de dauw van die nacht. Ze zag de zilveren berken, waarvan de bladeren de kleur van goud hadden gekregen. Spoedig zouden de bladeren vallen en zouden de takken kaal de winter ingaan.

Ze zei: 'Arme Pandora. Maar ik geloof dat ik het begrijp.'

Ze keek naar de heuvels, naar de hemel en zag vanuit het westen de regenwolken opdoemen. Om zeven uur zon; om elf uur regen. Ze hadden het beste deel van de dag gehad.

'Archie.'

'Ja.'

'Dit zuivert Edmund toch van alle blaam, hè?'

'Ja.'

Ze wendde zich van het raam. Hij keek naar haar. Ze glimlachte. 'Ik denk dat je hem nu maar moet bellen. En ik denk dat het nu tijd is om te vergeven. Het is voorbij, Archie.'

Edie, die geen adem meer had nadat ze de heuvel op was geklommen, haastte zich over de landweg die naar Pennyburn leidde.

Het leek iets geks om op zaterdag te doen. Zaterdag was een van de weinige dagen van de week die Edie voor zichzelf bewaarde, om haar eigen huisje te verzorgen, een beetje in de tuin te werken als het mooi weer was, kasten op te ruimen, te koken. Vanmorgen had ze, omdat de zon scheen, een lange lijn was opgehangen en was ze vervolgens naar mevrouw Ishak gelopen om een paar inkopen te doen en de krant te halen. Verder had ze een *People's Friend* gekocht en een doos chocolaatjes voor Lottie, omdat ze van plan was om met de bus die middag naar Relkirk te gaan en haar arme nicht te bezoeken. Ze voelde zich rot vanwege Lottie, maar ook een beetje geërgerd, omdat Lottie haar nieuwe lila vest had gepikt. De politie had natuurlijk niet kunnen weten dat het vest niet van haar was, maar Edie was vastbesloten om het terug te krijgen. Ze zou het goed wassen voor ze het weer zou dragen. Arme Lottie. Misschien zou ze, naast het tijdschrift en de doos met chocolaatjes, uit haar tuin een stel herfstasters plukken om de onpersoonlijke ziekenzaal wat op te vrolijken. Niet dat ze enige dank zou krijgen voor de moeite, maar toch zou haar eigen geweten gesust zijn. Alleen omdat alles zo naar was gelopen voor Lottie kon men de arme ziel niet gewoon in de steek laten.

Alles keurig georganiseerd.

Maar toen was Edmund langsgekomen, net toen ze een pan bouillon opwarmde voor het avondeten. Hij was direct van Pennyburn naar Edie toe gekomen en daarvoor, van Croy. Hij had verschrikkelijk nieuws gebracht en nadat ze dat had gehoord, had Edie helemaal niet meer aan Lottie gedacht en was ze blijven zitten met haar dag aan stukken. Ze had de stukken opgeraapt en ze weer aan elkaar geplakt; alleen had alles nu een andere vorm. Het voelde vreemd aan. Verontrustend.

Van tijd tot tijd las ze in de kranten over een of andere familie die met de auto een onschuldig, fijn uitstapje maakten, misschien bij vrienden op bezoek of gewoon om van het platteland te genieten, en waarbij een ongeluk hun levens voorgoed in stukken smeet; een kettingbotsing op de snelweg, met dode chauffeurs achter het stuur en voertuigen kriskras over de weg verspreid. Ze voelde zich nu alsof ze, zo er niet bij betrokken, toch getuige van een dergelijke ramp was geweest, en bij de ravage stond en alleen wist dat ze iets moest doen om te helpen.

'Ik heb het mijn moeder verteld,' had Edmund gezegd, 'maar ze is alleen. Ik heb haar gevraagd om terug te komen naar Balnaid voor de lunch en de dag met ons door te brengen, maar dat weigerde ze. Ze zei dat ze gewoon alleen wilde zijn.'

'Ik ga wel naar haar toe.'

'Ik zou je dankbaar zijn. Als er iemand ter wereld is met wie ze zou willen zijn, dan ben jij het.'

Dus had Edie de pan met soep van de kookplaat gehaald en haar jas en wandelschoenen aangetrokken. Ze had haar bril en breiwerk in een grote tas gedaan, toen haar huis afgesloten en was naar Pennyburn vertrokken.

Nu was ze er. Ze ging door de keukendeur naar binnen. Alles was netjes aan kant. Mevrouw Aird had vanmorgen haar eigen ontbijtborden afgewassen en ze allemaal opgeruimd. Zelfs de vloer geveegd.

'Mevrouw Aird!' Ze zette haar tas op de tafel, liep, met haar jas nog steeds aan, door de hal en opende de deur van de zitkamer.

Ze was er. Ze zat roerloos in haar stoel en staarde naar de haard waar geen vuur in brandde. Ze was niet aan het breien, niet bezig aan haar wandkleed, ze las de krant niet – ze zat daar maar. En de kamer was koud. De ochtend die zo mooi was begonnen, was nu helemaal bewolkt en voelde merkwaardig troosteloos aan, zonder de warmte van de zon door de ramen.

'Mevrouw Aird.'

Verstoord draaide Violet haar hoofd om en Edie schrok, omdat ze voor de eerste keer in haar leven Vi zo oud, zo eenzaam en verward zag, zwak zelfs. Haar gezicht bleef even uitdrukkingsloos, alsof ze Edie maar amper herkende. En toen lichtten haar ogen eindelijk op en keek ze vreselijk opgelucht.

'O, Edie.'

Edie deed de deur achter zich dicht. 'Ja, ik ben het.'

'Maar waarom ben je hier?'

'Edmund kwam even bij me langs. Om me te vertellen van Pandora. Wat erg om zoiets te doen. Hij zei dat je alleen was. Misschien wat gezelschap kon gebruiken...'

'Alleen jij, Edie. Niemand anders. Hij wilde dat ik met hem mee terugging naar Balnaid. Heel aardig. Maar om een of andere reden kon ik het niet opbrengen. Ik voelde me niet sterk genoeg. Als je bij je kinderen bent, moet je altijd dapper zijn en degene zijn die troost biedt. En om een of andere reden geloof ik dat ik geen energie meer over heb om iemand te troosten. Voor het moment althans. Morgen zal ik me weer beter voelen.'

Edie keek om zich heen. 'Het is hier verschrikkelijk koud.'

'Ik geloof dat je gelijk hebt. Ik heb het echt niet gemerkt.' Violet keek naar de haard. 'Ik was vanmorgen heel vroeg op. Ik heb alles gedaan. Zelf de as opgeruimd, de blokken opnieuw opgestapeld en alles. Ik ben er alleen nog niet aan toe gekomen om de haard aan te steken.'

'Dat is zo gebeurd.' Edie knoopte haar jas los en legde hem over een stoel, liet toen haar enorme lichaam op haar eeltige knieën op het haardkleedje zakken en pakte de doos met lucifers. Het papier vatte vlam. De takken, het stapeltje houtskool. De vlammen flakkerden.

Violet zei: 'Ik zit me hier te schamen, Edie. We hadden beter op moeten letten. We hadden moeten beseffen dat Pandora ziek was, misschien doodging. Ze was zo ontzettend mager. Vel over been. We hadden zelf moeten zien dat er iets verkeerd was. Maar wat mij betreft, ik was zo in beslag genomen door mijn eigen familie dat ik geen moment aan Pandora heb gedacht. Misschien dat als ik wat minder in mezelf verzonken was geweest, ik gevoeld zou hebben dat het niet goed met haar ging.' Ze zuchtte en haalde haar schouders op. 'En toch was ze net als altijd. Mooi, behaagziek, grappig. Betoverend.'

'Ze was altijd al een type.'

Edie pakte een stel blokken en legde ze op de fel brandende houtskool. Toen stond ze moeizaam op en ging ze zitten in de stoel tegenover Violet. Ze droeg haar beste tweedrok en haar Shetland vest met de felgekleurde hals en haar lieve gezicht was rood van de lange, zware wandeling tegen de heuvel op. Nu het vuur brandde en Edie daar aan de andere kant van het haardkleedje zat, voelde Violet zich warmer en niet meer zo verlaten.

'Ik hoorde,' zei Edie met haar roddelstemmetje, 'dat Willy Snoddy haar gevonden had?'

'Ja. Arme Willy. Hij zal ongetwijfeld dagenlang dronken zijn na zo'n ervaring.'

'Kanker is verschrikkelijk. Maar om zelfmoord te plegen...' Edie schudde haar hoofd. 'Ik kan niet begrijpen dat iemand zoiets doet.'

'Ik denk dat we het moeten begrijpen, Edie, anders kunnen we haar nooit vergeven...'

'Maar de Balmerino's. En die kleine Lucilla. Heeft ze dan niet aan hen gedacht?'

'Ik weet zeker van wel. En toch heeft ze misschien nooit veel aan iemand behalve zichzelf gedacht. Ze was zo knap, zo aantrekkelijk voor mannen. Kleine verhoudingen waren haar lust en haar leven. Om het te begrijpen, moeten we proberen om ons haar toekomst voor te stellen zoals zij die kennelijk zag. Ziek, verminkt door operaties, in gevecht met de ziekte, waarbij ze al haar mooie haar kwijt zou raken en onaantrekkelijk zou worden.' Het vuur knetterde nu in de haard. Violet spreidde haar handen in de richting van de warmte. 'Nee. Dat had ze allemaal niet aangekund, Edie. Niet alleen, niet zoals zij was.'

'En Edmund?' vroeg Edie.

Ze hadden geen geheimen voor elkaar. Dat was een goed gevoel.

'Je hebt Edmund gezien, Edie.'

'Maar hij zei niet erg veel.'

'Hij zei heel wat tegen mij. Hij is natuurlijk kapot door de dood van Pandora, net als wij allemaal, maar volgens mij niet meer dan wij. En ik geloof dat het nu wel goed met hem zal komen, omdat hij Virginia heeft en Alexa en Henry. Die lieve kleine Henry. En, wie weet, misschien ook nog Noel Keeling. Ik heb zo het gevoel dat Noel zeer binnenkort lid van de familie zal worden.'

'Is dat zo?'

'Alleen maar een gevoel, Edie. We zullen wel zien. Verder vertelde Edmund me dat hij een tijdje vrijaf neemt. Hij wil wat tijd met Virginia en Henry doorbrengen en hij moet natuurlijk in de buurt zijn om Archie Balmerino de komende paar dagen te steunen. Er zullen veel dingen geregeld moeten worden. Een onderzoek naar een noodlottig ongeval is onvermijdelijk. Als dat achter de rug is, de begrafenis en het deprimerende, hartverscheurende afwerken van al haar zaken. Daarna, als het allemaal voorbij is, gaan hij en Archie samen vissen, misschien een tijdje naar Sutherland. Weet je, daar ben ik zo blij om. Ik heb altijd van Edmund gehouden, Edie, maar de laatste tijd niet zo. Maar ik geloof dat hij is veranderd. Misschien heeft hij zich eindelijk gerealiseerd dat de kleine dingetjes in het leven soms oneindig veel belangrijker zijn dan de grote. En het is een troost te weten dat deze afschuwelijke, onnodige tragedie tenminste iets goeds heeft opgeleverd, en dat is dat Archie en Edmund weer goede vrienden zijn, net als vroeger.'

'Dat heeft anders lang genoeg geduurd,' zei Edie, nuchter als altijd en niet bang om te zeggen wat ze op haar hart had. 'Meer dan twintig jaar.'

'Ja. Maar Edmund heeft zich zeer slecht gedragen. Dat weten we, geloof ik, allebei.'

Edie zweeg even en gaf toen haar enige commentaar.

'Alexa's moeder. Dat was een erg koude vrouw.'

Het was geen goed excuus, maar Violet was dankbaar voor haar trouw aan Edmund. 'Nou, jij kunt het weten, Edie. Jij hebt in Londen bij hen gewoond. Jij hebt ze allebei gekend, misschien beter dan wij allemaal.'

'Een leuk meisje, maar koud.'

Op de schoorsteen sloeg Violets vergulde klokje. Eén uur. Edie keek enigszins verrast op. De tijd was voorbijgevlogen.

'Kijk toch eens,' zei ze. 'Al één uur. Je zult wel wat willen eten. Ik ga naar de keuken en kijk wat ik kan vinden. Gisteren heb ik een pan met rundvlees in de provisiekast gezet. Ik zal het even opwarmen. Er is meer dan genoeg voor ons allebei. Wat zeg je daarvan? We eten het hier wel, bij de haard.'

'Dat lijkt me zalig. En misschien een glaasje sherry om ons op te vrolijken?' Edie klakte afkeurend met haar tong, maar ze glimlachte. Ze stond op en liep naar de deur. 'O, en Edie, je blijft toch bij me, hè? Dan brengen we samen de middag door en praten we over vroeger.'

'Dat lijkt me leuk,' zei Edie. 'Ik heb geen zin om vandaag alleen te zijn. Ik heb mijn breiwerk meegenomen.'

Ze ging. Even later hoorde Violet haar in de keuken rammelen met borden, de deur van de provisiekast open en dicht doen. Troostrijke, gezellige geluiden. Ze stond op en hield zich vast aan de schoorsteen tot haar knieën niet meer stijf waren. Achter de klok zag ze de uitnodiging, die daar zoveel weken had gestaan. Omgekruld nu en een beetje stoffig van de rook die van het vuur opsteeg.

> Mrs Angus Steynton
> Thuis
> Voor Katy

Ze haalde hem achter de klok vandaan en las hem voor de laatste keer, scheurde hem toen stuk en gooide de snippers in de vlammen. Ze laaiden op, verbrandden, verschrompelden tot as en verdwenen.

Ze liep naar de tuindeur, deed hem open, liep de trap af en over het hellende grasveld. Nu de zon weg was en de hemel was betrokken met grijze wolken, was het erg koud. Kouder dan het de hele herfst was geweest. September zat er bijna op en spoedig zouden de winterstormen beginnen.

Ze begaf zich naar de voet van de tuin om bij het gat in de heg te staan en op het zuiden uit te kijken, over het onvergelijkelijke panorama. Het dal, de rivier, de heuvels in de verte: niet in de zon vandaag, somber, maar mooi. Altijd zo mooi. Het zou haar nooit vervelen. Het leven zou haar nooit vervelen.

Ze dacht aan Pandora. En Geordie. Geordie zou, waar hij ook was, op Pandora letten. Ze dacht aan Edie en voor de eerste keer kwam de verschrikkelijke gedachte in haar op dat haar beste vriendin misschien wel eerder dan zij dood zou kunnen gaan en dat ze achter zou blijven zonder leeftijdgenoten, zonder iemand tot wie ze zich kon wenden om haar te troosten; niemand om mee te praten, om samen herinneringen op te halen.

Ze sprak een gebed. 'Ik weet dat ik een ontzettend egoïstisch mens ben, maar laat mij alstublieft voor Edie heengaan, want ik geloof dat ik zonder haar het leven niet aan zou kunnen. Ik geloof niet dat ik het ouder worden aan zou kunnen.'

Ze hoorde een geluid. Hoog boven haar, ver voorbij de aanwaaiende wolken. Een ver gesnater en gekakel, dat zowel irritant als vertrouwd was. De wilde ganzen kwamen terug. De eerste die ze had gehoord sinds ze in de lente naar het noorden waren gevlogen. Ze keek omhoog naar de hemel, kneep haar ogen toe om ze te zoeken. En toen gingen de wolken even uiteen en zag ze een glimp van de enkele vlucht vogels die naar het zuiden wiekte, de voorhoede van de vele duizenden die al op weg waren.

Ze waren vroeg. Ze waren laat vertrokken en kwamen vroeg terug. Misschien zou het erg koud worden. Misschien zou het een strenge winter worden.

Maar ze had al eerder strenge winters overleefd en deze zou niet erger zijn. Eigenlijk zou hij beter zijn, omdat ze op een vreemde manier het gevoel had dat ze haar familie had teruggekregen en omdat ze wist dat de Airds, samen, sterk genoeg waren om alles te doorstaan wat het noodlot zou brengen. Dat was het allerbelangrijkste. Samenzijn. Daarin lag de grootste kracht. Haar familie die het verleden achter zich liet en nooit uit het oog verloor dat er na de winter altijd een nieuwe lente kwam.

'Mevrouw Aird.'

Ze draaide zich om en zag Edie bij de open deur staan. Ze had een van de schorten van Violet over haar goede rok aangedaan en haar witte haar wapperde in de wind. 'Kom binnen, we gaan eten.'

Violet glimlachte, stak haar hand op. 'Ik kom, Edie.' Ze liep... eerst langzaam en toen kwiek... over het hellende veld terug naar haar huis. 'Ik kom.'